Ullstein

ÜBER DAS BUCH:

Die ebenso maßlose wie schöpferische Epoche der Renaissance in der Kunst- und Handelsmetropole Florenz, die Zeit der prunk- und kunstliebenden Medici und ihrer oft rücksichtslosen Regentschaft – durch dieses farbenprächtige Fresko zieht sich der Lebensroman der geheimnisvoll schönen Lisa de' Gherardini, die Leonardo da Vinci mit seinem berühmten Gemälde unsterblich gemacht hat. Ihre Kindheit und Jugend im Kaufmannshaus der Gherardinis, die rauschenden Feste, aber auch der Krieg vor den Toren der Stadt und die Pest in Palästen und Hütten, ihre stürmische Liebe zu Giuliano de' Medici und die Ehe mit dem geschäftstüchtigen Seidenhändler Francesco del Giocondo – all dies ergibt ein Menschenporträt, das sich zu einem meisterhaften Zeit- und Sittengemälde weitet.

DER AUTOR:

Mit sicherem Gespür für außergewöhnliche Lebensschicksale hat der französische Schriftsteller Pierre La Mure eine Reihe weltbekannter biographischer Romane verfaßt. *Moulin Rouge* (UB 23336) wurde sein erster durchschlagender Erfolg. Er hatte als Biograph großer Amerikaner begonnen. Als er Frankreich im Zweiten Weltkrieg verlassen mußte, ging er in die Vereinigten Staaten. Pierre La Mure starb 1976 in Kalifornien.

Pierre La Mure

Mona Lisa

Ein Lächeln für die Medici

Roman

Ullstein

ein Ullstein Buch
Nr. 23496
im Verlag Ullstein GmbH,
Frankfurt/M – Berlin
Titel der Originalausgabe:
The Private Life of Mona Lisa

Einzig berechtigte Übersetzung
aus dem Englischen
von Gertrud Baruch

Ungekürzte Ausgabe

Umschlagentwurf:
Hansbernd Lindemann
unter Verwendung eines Gemäldes
von Leonardo da Vinci
Archiv für Kunst und Geschichte,
Berlin

Taschenbuchausgabe mit freundlicher
Genehmigung des Scherz Verlags,
Bern und München
Gesamtdeutsche Rechte beim
Scherz Verlag, Bern und München
Printed in Germany 1995
Gesamtherstellung:
Ebner Ulm
ISBN 3 548 23496 8

Februar 1995
Gedruckt auf alterungs-
beständigem Papier mit
chlorfrei gebleichtem Zellstoff

Vom selben Autor
in der Reihe
der Ullstein Bücher:

Moulin Rouge (23336)

Die Deutsche Bibliothek –
CIP-Einheitsaufnahme

LaMure, Pierre:
Mona Lisa : ein Lächeln für die Medici ;
Roman / Pierre La Mure. [Einzig
berecht. Übers. aus dem Engl. von
Gertrud Baruch]. – Ungekürzte
Ausg. – Frankfurt/M ; Berlin : Ullstein,
1995
(Ullstein-Buch ; Nr. 23496)
Einheitssacht.: The private life of
Mona Lisa <dt.>
ISBN 3-548-23496-8
NE: GT

Für Sir William Collins C.B.E.,
der mehr als zwanzig Jahre
mein Verleger war –
und mein Freund.

Inhalt

Vorwort

Im Jahre 1480 erschien eines Tages ein junger, wohlhabender Wollhändler im Steueramt der Stadt Florenz und gab seine Einkommensteuererklärung ab. Darin bezeichnete er sich als »Antonio Maria de' Gherardini, Sohn des Noldo, wohnhaft in der Via Maggio im Stadtteil San Spirito, Vater einer Tochter namens Lisa, ein Jahr alt, noch ohne den Grundstock einer Mitgift – *senza principio di dote*«.

Aus diesem kleinen Mädchen wurde später die berühmte und geheimnisvolle Mona Lisa.

Wer war sie, diese Frau, die seit Jahrhunderten die Menschen fasziniert hat und die allen Fragen mit dem lächelnden Blick ihrer sanften braunen Augen ausgewichen ist? Warum heiratete diese reiche Patriziertochter mit fünfzehn Jahren einen Seidenhändler, der doppelt so alt, Vater eines Kindes und bereits zweimal verwitwet war? Warum stand sie mit vierundzwanzig Jahren Modell für ein Porträt, das ihr Gatte nicht in Auftrag gegeben hatte, das sich nie in seinem Besitz befand und auf dem sie ohne Ehering, ohne jedes Schmuckstück abgebildet ist, jedoch mit offen herabwallendem Haar, wie es damals von jungen Mädchen getragen wurde, für eine ehrbare verheiratete Frau aber als unschicklich galt?

Und wie kam Leonardo dazu, das Bildnis dieser Florentiner Ehefrau zu malen, er, der nicht in Florenz ansässig und zudem an Porträtaufträgen nicht interessiert war? Warum arbeitete er so lange und intensiv an dieser kleinen Tafel aus Pappelholz, er, der nicht gern malte und seine bedeutendsten Werke unvollendet ließ? Warum widmete er dieser Nebensächlichkeit unzählige Stunden, er, dessen Leben gerade seinen dramatischen Höhepunkt erreicht hatte – das künstlerische Duell mit Michelangelo, das von ganz Florenz gespannt beobachtet wurde?

Und das Rätselhafteste von allem: Für wen wurde das Porträt gemalt?

Im Oktober 1517, als alter Mann an der Schwelle des Todes, gab Leonardo selbst die Antwort auf diese Frage. Er tat es in aller Öffentlichkeit und ging damit, wie wir später sehen werden, ein großes persönliches Risiko ein. Seine Worte wurden von einem Mann, der sie mit eigenen Ohren vernommen hatte, für die Nachwelt aufgezeichnet. Diese Enthüllung war so verblüffend, daß man sie für unglaubhaft hielt. Seither haben Generationen von Forschern das Für und Wider erörtert.

Heute, da uns viel umfassendere Forschungsergebnisse vorliegen, sind wir zu der Erkenntnis gelangt, daß Leonardo die Wahrheit gesagt hat.

Er äußerte sich damals nicht nur eindeutig zur Entstehung des Porträts, sondern enthüllte auch eine zarte, bittere Liebesgeschichte der Renaissance und flüsterte uns das Geheimnis der Mona Lisa zu.

ERSTER TEIL

Die Familie

Lisa betritt die Bühne

Im fünfzehnten Jahrhundert waren Uhren selten, teuer und, da sie nur einen Zeiger hatten, ungenau. Außerdem waren sie leicht zerbrechlich und derart kompliziert, daß es schwierig war, jemanden zu finden, der sie reparieren konnte. Daher richtete sich das tägliche Leben in Florenz nach dem Geläut der Kirchenglocken.

An einem Märzmorgen trat ein wohlbeleibter Mönch mit einer Laterne in der Hand aus dem Dom. Die Kapuze tief ins Gesicht gezogen, ging er hinüber zu Giottos Glockenturm und begann, die vierhundertvierzehn Stufen hinaufzusteigen. Da er nicht mehr jung war, mußte er des öfteren eine Verschnaufpause einlegen.

Als er endlich im Glockenstuhl angelangt war, zwängte er sich auf den Sims einer der schmalen Maueröffnungen und stützte, schwer atmend, die Hände auf die Knie. Neben seinen mit Sandalen bekleideten Füßen warf die Laterne einen gelben Lichtkreis auf den Boden.

Nach einer Weile schob der Mönch seine Kapuze zurück. Er hatte ein Doppelkinn, ein freundliches Gesicht und eine rosig glänzende, von einem weißen Haarkranz gesäumte Glatze. Wie eine Schnecke aus ihrem Haus, schob er vorsichtig den Kopf durch die Öffnung und hielt Ausschau nach dem hellen Streifen am östlichen Horizont, mit dem sich der neue Tag ankündigte. Aber der Himmel über den Hügeln hellte sich noch nicht auf; eine kleine Weile würde die Nacht noch dauern.

Er blickte zum schwarzblauen Firmament, bestaunte die Vielzahl der Sterne und fühlte sich freudig bewegt. Andächtig bekreuzigte er sich. Ja, dachte er, das sind die Diamanten des Allmächtigen, und selbst der Papst und die Medici besitzen nicht so viele. Und ihre Diamanten sind auch längst nicht so schön.

Eine sanfte Brise strich über sein schütteres Haar.

»Der Frühling ist da«, murmelte er.

Nur noch eine Woche, dann würden die Hügel grün sein von jungem Gras und die Mandelbäume weiß von Blüten. Die Leute würden nicht mehr niesen und husten, und die Schwalben würden zurückkehren und wieder um die Kuppel des Domes segeln.

Und das neue Jahr, das nach dem noch gültigen Julianischen Kalender an Mariä Verkündigung, dem 25. März, begann, würde mit den üblichen Festlichkeiten begrüßt werden: am Vormittag der Aufzug der Zünfte; am Nachmittag Hahnenkämpfe, Darbietungen der Akrobaten und der alljährliche Sängerwettstreit; nach dem Nachtmahl öffentlicher Tanz um die Freudenfeuer auf den Plätzen der Stadt. Und in den Hauseingängen würden die jungen Leute ein paar Küsse und Zärtlichkeiten austauschen – eine ganz natürliche Sache.

Wie verständnisvoll vom Herrgott, daß Er das Jahr mit der Wiedergeburt der Natur im Frühling beginnen ließ! Wie unendlich waren doch Seine Weisheit und Seine Gnade! Und welch guten Platz hatte Er für Florenz ausgewählt – genau im Herzen Italiens, umgeben von den vierzehn Staaten der Halbinsel wie eine Königin von ihren Hofdamen! Und mitten im schönen Arnotal, das sich vom schneebedeckten Apennin bis zum Meer erstreckte.

Es gab Leute, die sich wünschten, Florenz wäre an der Küste erbaut worden, damit es, wie Pisa, einen Hafen besäße. Er persönlich hielt nicht viel von solchen Ideen. Zwar hatte er das Meer noch nie gesehen – es war immerhin an die fünfundzwanzig Wegstunden von Florenz entfernt! –, aber von heimkehrenden Reisenden hatte er alles erfahren, was man darüber wissen mußte.

Es war eine riesige blaue Wasserfläche, bevölkert von seltsamen Fischen, Kraken, Meerjungfrauen und schuppenschwänzigen Ungeheuern. Wenn der Sturm tobte, wurde es grün und türmte sich zu schaumgekrönten Wasserbergen auf, die Schiffe und Seeleute verschlangen. Später beruhigte es sich wieder, aber auch dann hörte es nicht damit auf, geräuschvoll zu atmen und die Menschen mit seinem Gewoge zu quälen, sie krank und – wegen des versäumten Schlafes – mißmutig zu machen.

Es war also viel besser, daß Florenz nicht am Meer lag, und sicher hatte die Madonna selbst dem Herrgott diesen Platz vorgeschlagen, denn dies war die Stadt, die sie über alles liebte, die einzige, die unter ihrem persönlichen Schutz stand. Und wenn diese genuesischen Halsabschneider die Stirn hatten, zu behaupten, die Madonna liebe auch ihre jämmerliche Stadt, dann waren sie Lügner, Türken und Gotteslästerer! Aber was konnte man schon von diesen Schurken erwarten, die sich einbildeten, mit Florentiner Waren und Florentiner Banken konkurrieren zu können.

Neidisch waren sie! Genauso neidisch wie die Römer mit ihren zerbröckelnden Ruinen, wie die Venezianer mit ihrer schwimmenden Stadt, die jeden Augenblick versinken konnte, wie die Neapolitaner mit ihrem rauchenden Berg, wie die Mailänder mit ihrer flachen langweiligen Landschaft – alle diese Ausländer, die am liebsten hier, in der Stadt der Blumen, geboren wären, in der alles besser war als anderswo.

Wie eines jener wasserspeienden Fabelwesen blickte er auf die schlafende Stadt hinab.

»Fiorenza!« flüsterte er liebevoll.

Da lag sie vor ihm, die Hauptstadt der Republik der Roten Lilie, mit ihrem die ganze Toskana überziehenden Netz von tributpflichtigen Städten und Dörfern, mit ihrem gewaltigen Dom, ihren Bankhäusern und Manufakturen, ihren unzähligen Kirchen, den einhundertundzehn Klöstern und den prächtigen Steinhäusern, in denen die »fetten Leute« wohnten.

Sobald er die Glocke läutete, würde die Stadt erwachen – ein Gewimmel von braunen und rötlichen Häusern, ein Labyrinth von Straßen und Gassen, eine Vielzahl von betriebsamen Läden, und mittendrin die Märkte voller feilschender Hausfrauen. Jetzt aber schlief sie noch friedlich im Schutz der hohen Stadtmauern. Kein anderer erblickte sie jemals so, wie er sie in aller Frühe sah, und jeden Morgen gehörte sie einige Augenblicke lang ihm ganz allein.

Wieder spähte er nach Osten, und jetzt war über der Hügelkette ein schwacher Schimmer zu sehen. Die Nacht hatte sich in violette Dunstschleier aufgelöst. Die Sterne wurden fahl. Wie ein schüchternes Lächeln kroch die Morgendämmerung über den Horizont.

Ein neuer Tag war geboren.

Der Mönch ging zu der kleinen Glocke, die von einem Balken herabhing, und läutete das Morgengebet ein. Das helle Gebimmel hallte über die Ziegeldächer. Kurz darauf drang Kerzenlicht aus vielen Fenstern. Irgendwo krähte ein Hahn.

Nun trat der Mönch zu einer viel größeren Glocke, spuckte in die Hände, wickelte das Seil um seine Fäuste, zog mit aller Kraft und ließ das Weckläuten in den Himmel über der Stadt dröhnen.

Als Noldo de' Gherardini, Besitzer der großen Wollweberei Gherardini und ehemaliger Vorsteher der Wollhändlergilde, an diesem Morgen hinter den Samtvorhängen seines Himmelbettes erwachte, klagte er über schmerzhafte Dünste im Kopf. Schuld daran sei der *campanaro* mit seinem gräßlichen Gebimmel.

»Dieser närrische Mönch scheint sogar die Toten aufwecken zu wollen. Eine gehörige Tracht Prügel verdient er! Ich werde eine Beschwerde bei der Signoria einreichen.«

»Gewiß, edler Gemahl.« Lisa de' Gherardini, die diese Drohung schon oft gehört hatte, ließ sich nicht beim Anziehen stören.

Durch einen Spalt im Vorhang beobachtete Noldo, wie sie den Rock aus schwarzem Serge an ihrer schlanken Taille zuknöpfte. Eine vage, leicht erotisch gefärbte Zärtlichkeit regte sich in ihm. Seine liebe Lisa – noch immer anmutig und attraktiv mit ihren achtundvierzig Jahren! Oder waren es neunundvierzig? Stets war sie ihm eine gute Frau gewesen, obzwar sie hin und wieder Launen hatte und ein bißchen störrisch war. Aber so hatte Gott die Frauen nun einmal geschaffen.

Er sah zu, wie sie zu dem venezianischen Spiegel ging und ihr rosiges Gesicht betrachtete, und er lächelte, als sie die weiße Haube über ihr leicht ergrautes Haar zog.

Das Leben, das für Noldo de' Gherardini stets in geordneten Bahnen und geschäftlich erfolgreich verlaufen war, hatte seinem rundlichen Gesicht noch keine Falten eingeprägt. Die einzigen Spuren, die all die Jahre hinterlassen hatten, waren die kahle, rötlich glänzende Stelle auf seinem Kopf und der kleine Wulst unter seinem Kinn. Mit seinen sechsundfünfzig Jahren wirkte er wie ein quengeliges, grauhaariges Baby.

»Man sollte die Leute nicht so plötzlich aus dem Schlummer reißen«, knurrte er. »Was natürlich nicht heißen soll, daß ich gut geschlafen habe. Vor lauter Problemen habe ich kein Auge zugetan.«

Obwohl sie wußte, daß er wie ein Kind geschlummert hatte – wie üblich war sie aufgewacht, als sein Schnarchen verstummte –, fragte sie mitfühlend: »Warum schlaft Ihr nicht noch ein Stündchen?«

Aber davon wollte er nichts hören. Wie sie denn etwas so Törichtes sagen könne! War ihr etwa der Verstand in die Pantoffeln gerutscht? Wußte sie denn nicht, daß in der Weberei tausenderlei Probleme auf ihn warteten? Entscheidungen, die zu treffen nur er imstande war?

»Und da Antonio nicht hier ist, habe ich niemanden, der mir dabei helfen könnte. Keinen Menschen, dem ich wirklich trauen kann.«

Antonio, sein zweiundzwanzigjähriger Sohn, hatte vor drei Monaten eine Geschäftsreise nach Frankreich, England und den Niederlanden angetreten, um dort Wolle einzukaufen. Vor Oktober wurde er nicht zurückerwartet.

»Ich muß also unverzüglich aufstehen«, erklärte Noldo, wobei er etwas unschlüssig mit der Bettdecke wedelte. »Kein Wort mehr darüber!«

»Und wenn Ihr Euch überanstrengt und krank werdet?« fragte Lisa, während sie ihr Mieder schnürte.

Dieses Risiko müsse er eben eingehen. Er könne nur hoffen, daß die Madonna ihn am Leben erhalten werde, wenigstens bis zu Antonios Rückkehr.

Worauf seine Frau erklärte, die Madonna helfe keinem, der darauf bestehe, sich selbst ins Grab zu bringen. »Ich bitte Euch inständig, schlaft noch ein Stündchen!«

Wie schön, dachte Noldo, wenn man jemanden hat, der sich um einen sorgt und der einen anfleht, das zu tun, was man selbst gern möchte. Aber allzu rasch durfte er nicht nachgeben, sonst würde sie sich auch noch einbilden, alles bei ihm durchsetzen zu können. Und so betonte er nochmals, daß er in der Weberei unabkömmlich sei, zumal man bald mit der Herstellung von *tintillano* beginnen wolle, einem sehr warmen, weichen Kleiderstoff, der aus der Wolle totgeborener Lämmer gewoben werde.

Lisa ging schweigend zu ihm ans Bett und zog seine Hand an die Lippen. »Gott segne Euch, edler Gemahl. Möge Er Euch heute vor aller Unbill bewahren.«

»Auch Euch einen gesegneten Tag, liebe Frau.«

Seit über dreißig Jahren hatten sie diesen Morgengruß ausgetauscht, und inzwischen war er zum Ausdruck einer gedämpften Zärtlichkeit geworden.

Danach pflegte Lisa das Schlafzimmer zu verlassen, diesmal jedoch blieb sie am Bett stehen und erklärte Noldo, seine Gesundheit sei wichtiger als dieser *tintillano*. Und schließlich gab er nach.

»Aber nur, um Euch den Gefallen zu tun.«

Sie dankte ihm lächelnd, und als sie hinausgehuscht war, beglückwünschte er sich zu seiner geschickten Taktik. Dann zog er die Decke bis ans Kinn, kuschelte sich tiefer in die Kissen und döste ein.

Währenddessen begann in Florenz ein neuer Arbeitstag. Männer, Frauen und Kinder strömten in Scharen über die vier Brücken in das Stadtviertel San Spirito, wo sich die großen *stabilimenti* des Textilgewerbes befanden. Von den siebzigtausend Einwohnern der Stadt arbeiteten allein in der Wollindustrie dreißigtausend, während in der Seiden- und Baumwollbranche sechzehntausend ihr Brot verdienten.

Ladenbesitzer stellten ihre Ware auf der Straße aus, Maurer mischten frischen Mörtel, und ihre Lehrlinge hievten die erste Ladung Backsteine auf die Baugerüste. Junge Mädchen mit Zöpfen verschwanden in den hinteren Räumen der Läden, in denen Bekleidung und Modeartikel verkauft wurden. Bankangestellte versammelten sich um eine Marienstatue und sangen die Litanei, bevor sie zu ihren Federkielen, Kontobüchern und Goldwaagen eilten.

Auf dem Neuen Markt wurde mit dem Läuten einer Silberglocke und einem kurzen Gebet die Börse eröffnet, und kurz darauf hallte sie von den Rufen wild gestikulierender Makler wider, die ihre Auftragsgeschäfte abwickelten und sich so aufgeregt gebärdeten wie der Teufel im Weihwasser.

In vielen Kirchen begannen übernächtigte *dipintori* an ihren Fresken weiterzumalen: an den Figuren bärtiger Heiliger, blutender Märtyrer und goldgeflügelter Engel. Und in Verrocchios *bottega* – Laden und Werkstatt in einem – waren Lehrlinge in blauen Strumpfhosen damit beschäftigt, in irdenen Gefäßen Farben zu reiben, Malbretter zu schmirgeln oder mit dem Kohlestift die Werke des Meisters zu kopieren – alles unter der freundlichen Aufsicht eines stattlichen Dreiundzwanzigjährigen namens Leonardo da Vinci.

Noldo erwachte, als Chirigora, eine üppige Orientalin in gelbem Turban und blauer Kattunbluse, ins Zimmer trat.

»Einen gesegneten Morgen, Herr!«

»Gleichfalls.« Er sah zu, wie sie den Krug mit heißem Wasser neben die Waschschüssel stellte.

Sie war über vierzig, breithüftig und schon recht schwerfällig, aber er erinnerte sich noch gut daran, wie schön sie gewesen war, als man sie vom venezianischen Sklavenmarkt hierhergebracht hatte: ein Mädchen mit Rehaugen, weichen Lippen und einer Haut wie heller Bernstein. Ein paar Jahre hatte sich sein Herr Vater – und in aller Heimlichkeit auch er selbst – an ihr ergötzt. Als sie auseinanderging und schwabbelige Brüste bekam, taugte sie nicht mehr fürs Vergnügen, sondern nur noch für die Hausarbeit.

»Wie rasch die Jugend vergeht!« seufzte Noldo, als Chirigora hinauswatschelte.

Einen Augenblick später kam Pandolfo, sein Kammerdiener, mit den Rasierutensilien herein.

»Gott zum Gruß, Herr!« sagte er mit breitem Lächeln, half Noldo aus dem Bett und zog ihm ein langes Flanellhemd über. »Eine lustige Geschichte habe ich heute für Euch!«

Pandolfo war im Haus der Gherardini zur Welt gekommen, wo sein Vater als Erster Diener gearbeitet hatte, und wurde daher gewissermaßen zur Familie gezählt. Ihm oblag es auch, das Personal beim Servieren der Abendmahlzeit zu überwachen.

Während er seinen Herrn einseifte, erzählte er ihm von einem im selben Stadtviertel arbeitenden Stubenmädchen namens Cristofana, das beim Salatessen versehentlich einen Teufel verschluckt und sich in ein liederliches Frauenzimmer verwandelt hatte. Erst als der herbeigeholte Barbier ihr eine Spezialmedizin aus Zwiebelsaft verabreichte, war der Teufel aus Christofanas Nasenloch gefahren, hatte Tränen vergossen und sich die Nase zugehalten.

Noldo, inzwischen fertig rasiert, setzte schmunzelnd seine Morgentoilette fort. Er wusch sein Gesicht, rieb Kastanienasche auf die wenigen Zähne, die ihm noch geblieben waren, kratzte seine Zunge mit einem zweischneidigen Elfenbeinschaber ab und gurgelte mit Zitronenwasser. Als ihm Pandolfo in den *lucco* – ein bodenlanges, kimonoartiges Gewand aus Wollstoff – geholfen hatte, stülpte er die rote, an einen Fes erinnernde Kappe auf, die er daheim zu tragen pflegte. Dann ging er gravitätisch ins Speisezimmer, wo ihn Lisa, verstohlen lächelnd, erwartete. Sie begrüßte ihn mit einem tiefen Knicks.

»Wie ich sehe, haben sich die bösen Dünste in Eurem Kopf verzogen.«

Noldo schwieg, denn es schickte sich nicht, daß eine Frau den Mund aufmachte, bevor ihr Gatte sie angesprochen hatte. Wenn er das einreißen ließe, würde er nie mehr in Ruhe frühstücken können. Er verleibte sich eine Gemüsesuppe ein, sodann zwei weiche Eier, Haferpfannkuchen und Obst. Bevor er aufstand, wischte er sich den Mund am Tischtuch ab.

Lisa begleitete ihn ins Vestibül, wo er seine Hauskappe mit dem formellen *capuccio a foggia* vertauschte, einer runden, randlosen Kopfbedeckung mit seitlich herabfallender Sendelbinde. Lisa wünschte ihm nochmals Gottes Segen, als er die Stufen zum Hof hinunterging, wo Tommaso bereits das Pferd seines Herrn am Zügel hielt.

Der Pferdeknecht hob Noldos Fuß in den Steigbügel und half ihm mit einem respektvollen Schubs in den Sattel. In gemütlichem Trab überquerte der Kaufherr, gefolgt von Tommaso, die Piazza, ritt eine Weile am Arno entlang und dann über die Santa-Trinità-Brücke. Auf dem Gelände der Weberei trabte er durch einen großen Hof zum Verwaltungsgebäude, wo ihm Tommaso vom Pferd half.

Noldos Kontor im ersten Stock war ein großes Eckzimmer, von dem aus er den gesamten Gebäudekomplex überblicken und dahinter den silbrig schimmernden Fluß sehen konnte.

Die Einrichtung bestand aus einem massiven Schreibtisch, mehreren Schränken sowie Regalen, auf denen ein Sortiment von Stoffballen lag.

Den Rest des Vormittags verbrachte Noldo damit, Rechnungen und Frachtbriefe zu überprüfen, Mitteilungen seiner Handelsvertreter in Italien und im Ausland zu lesen und mit langen, detaillierten Briefen zu beantworten, in denen er sie anspornte, ihre Verkaufserfolge unermüdlich zu steigern.

Dann ließ er den Aufseher kommen, mit dem er noch einmal das *tintillano*-Projekt durchsprach. Aller Voraussicht nach würde die Weberei damit hohe Gewinne erzielen, aber für diesen neuen Produktzweig waren ein weiterer Anbau und Spezialgeräte nötig. Und das würde viel Zeit und Geld erfordern.

Mit bewölktem Gesicht starrte Noldo eine Weile unschlüssig vor sich hin.

»Eine Weberei muß sich weiterentwickeln, oder sie ist zum Untergang verurteilt«, erklärte er schließlich und gab Anweisung, das Projekt in die Wege zu leiten.

Als er wieder allein war, beschloß er, in dem neuen Anbau eine Statue der Heiligen Jungfrau aufstellen zu lassen, dort, wo jeder Arbeiter sie sehen konnte. Die Madonna würde die Leute anspornen, so fleißig wie möglich zu arbeiten, und ihr würden sie diesen Wunsch bestimmt erfüllen. Auf diese Weise wäre sie gewissermaßen sein stiller Teilhaber, und dann konnte der Erfolg nicht ausbleiben.

Am frühen Nachmittag machte er seinen ersten Rundgang. Bei der Kontrolle der gleichförmig ratternden Webstühle blieb er gelegentlich stehen, um diesem und jenem alten *tessitore* ein paar Worte zuzurufen. Er winkte den Frauen an den Krempel- und Spinnmaschinen zu, und sie lächelten zurück, denn bei aller Strenge war er ein fürsorglicher Brotherr.

Dann inspizierte er die Reparaturwerkstatt, in der Männer mit nacktem Oberkörper auf glühende Eisenklumpen einhämmerten. Im Versandschuppen sah er beim Wiegen und Verpacken der Ballen zu, und zum Schluß ging er in die Wollwäscherei, in der er seine eigene Lehrzeit begonnen hatte. Von dem Trog, an dem er als Zwölfjähriger gekniet hatte, sahen jetzt Knaben im gleichen Alter zu ihm auf. Er erwiderte ihr Lächeln und fühlte sich einen Augenblick lang versucht, ihren Lohn zu erhöhen. Aber als er in sein Kontor zurückgekehrt war, hatte er diese Anwandlung bereits verdrängt.

Er lehnte sich im Stuhl zurück, faltete die Hände auf dem Bauch und lauschte dem durchs Fenster dringenden Geräusch der Webstühle. Obwohl er es sein Leben lang gehört hatte, bekam er es nie satt. Es war für ihn der Herzschlag der Weberei, der seit über zweihundert Jahren niemals aufgehört hatte, allmählich immer kräftiger geworden war und wohl für immer weiterpochen würde.

Sein Blick wanderte zu dem kleinen Nebenraum, wo Antonio seinen Arbeitsplatz hatte. Ein guter Junge, sein Tonio – respektvoll, intelligent und in geschäftlichen Dingen sehr beschlagen. Plötzlich bekam Noldo feuchte Augen. Vergeblich versuchte er, sich damit zu trösten, daß Tonio im Oktober wieder hiersein würde. Sieben Monate waren eine sehr, sehr lange Zeit.

Um nicht allzu sentimental zu werden, klingelte er mit der silbernen Schreibtischglocke seinen Sekretär herbei und wies ihn an, sein Pferd vorführen zu lassen. Den Heimritt unterbrach er, um im Haus der Wollhändlergilde mit einem im Ruhestand lebenden Zunftgenossen zwei Partien *scartino* zu spielen, wobei er zwanzig Gulden verlor. Trotzdem ritt er gut gelaunt nach Hause.

Bei der Ankunft teilte ihm ein Stubenmädchen mit, daß Donna Lisa mit ihrer Freundin, Donna Lucrezia de' Medici, ausgegangen sei. Noldo nickte, stieg schwerfällig zur *loggia*, einer kleinen, gedeckten Dachterrasse, hinauf und machte es sich in einem Korbsessel bequem. Kurz darauf erschien das Hausmädchen mit einem Tablett, auf dem eine Karaffe mit spanischem Wein und ein Silberpokal standen, schenkte ein und zog sich mit einem Knicks zurück.

Noldo ließ den Blick über das vertraute Panorama der Giebel und Türme schweifen. Auf dem Spätnachmittagshimmel hatten die letzten Sonnenstrahlen einen bernsteinfarbenen Nachglanz hinterlassen. Die ganze Stadt schien von einem Gefühl der Ermattung befallen.

Auch Noldo fühlte sich angenehm müde. Es tat gut, nach einem anstrengenden Arbeitstag hier oben zu sitzen und zu wissen, daß in Florenz und in der Weberei alles in Ordnung und daß man selbst an diesem Tag noch reicher geworden war.

Seiner ganzen Veranlagung nach hätte es Noldo, auch wenn er arm auf die Welt gekommen wäre, vermutlich geschafft, reich zu werden. Als Sohn einer der angesehensten und wohlhabendsten Familien der Stadt war ihm das allerdings sehr viel leichter gemacht worden.

Seit die Gherardini im Jahr 910 nach Florenz gekommen waren, hatten sie zu den »Fetten«, den reichen Leuten, gezählt. Im Stadtteil Por Santa Maria, nahe des Ponte Vecchio, stand ihr Geschlechterturm – Symbol für Reichtum und gesellschaftliches Ansehen –, den ein schönes korinthisches Kapitell und zwei etruskische Löwenköpfe zierten.*

Sie hatten nicht auf Strohsäcken auf dem Fußboden, sondern in Betten geschlafen und nicht wie das gemeine Volk, die *popolani*, aus Holzschüsseln, sondern von Zinntellern gegessen. Achtunddreißig

* Anmerkungen siehe Anhang

Familienmitgliedern war das begehrte Privileg erteilt worden, goldene Sporen zu tragen. Und bei Prozessionen ritten die Gherardini direkt hinter dem Bischof, ein Zeichen für höchsten gesellschaftlichen Rang.

Und natürlich verheirateten sie sich vorteilhaft.

Nur die Armen heirateten aus Liebe (einer der Gründe dafür, daß sie arm blieben), die Gherardini aber waren entschlossen, reich zu bleiben. Von Anfang an waren sie darauf bedacht gewesen, daß ihre Schwiegertöchter von untadeliger Herkunft und mit einer ansehnlichen Mitgift ausgestattet waren.

Wenn die Mitgift sehr ansehnlich war, nahmen sie es mit dem Stammbaum nicht mehr ganz so genau. Jedenfalls nicht bezüglich der Medici, die ihren erstaunlichen Aufstieg als Pfandleiher begonnen hatten und, als sie zur reichsten Familie der Stadt geworden waren, ihr Ziel nicht zuletzt mit Hilfe eines Gherardini erreichen wollten, der bereit war, sein blaues Blut mit dem plebejischen einer Medici-Erbin zu vermischen.

Und das geschah nicht nur einmal, sondern dreimal.

1351 vermählte sich Guelfo de' Gherardini, florentinischer Gesandter beim Heiligen Stuhl, mit Leonarda de' Medici, und sein Bruder Francesco, Gesandter in Bologna, heiratete im selben Jahr Venna de' Medici. Wenige Jahre später ehelichte Tita de Gherardini den Sohn des ungeheuer reichen Tanai de' Medici.

Es hatte allerdings auch Mitglieder der Familie Gherardini gegeben, die auf der Jagd nach Geld vom Pfad der Tugend abgewichen waren. Cecco de' Gherardini war einer der ersten gewesen, die für ihre Webereien das Fabrikationsgeheimnis der *Umiliati* gestohlen hatten. Bereits 1260 war Jacopo de' Gherardini Vorsteher der Wollhändlergilde und einer der ersten »Magnaten des Webstuhls«. Im Lauf der Zeit dehnten Angehörige der Sippe ihre Aktivität auch auf das Bankgeschäft und das »vornehme Gewerbe« der Weinproduktion aus. Sie erwarben große Vermögen, führten aber ein unauffälliges, selbstgenügsames Leben.

Zu ihnen hatte Noldos Vater gezählt. Als er starb, war die Weberei Gherardini eine der führenden Firmen des Wollgewerbes. Er hatte die Lehrjahre seines Sohnes sorgfältig überwacht, ihn in sämtlichen Arbeitsgängen ausbilden lassen und schließlich zu seinem Stellvertreter ernannt. Geduldig hatte er sich Noldos Neuerungsvorschläge angehört und ihn dann, um seine Ruhe zu haben, auf Einkaufsreise durch Europa geschickt. Nach seiner Rückkehr hatte sich Noldo mit Lisa Rucellai, die aus einer bedeutenden Kaufmannsfamilie stammte, vermählt. Sie hatte die Frische ihrer vierzehn Jahre, strahlende Augen und eine großzügige Mitgift von fünfzehnhundert Goldgulden in die Ehe eingebracht.

Er hätte vielleicht gelernt, sie zu lieben, wenn sein Vater nicht kurz nach der Hochzeit gestorben wäre und ihm die alleinige Verantwortung für die *stabilimenti* hinterlassen hätte. Noldo, mit außergewöhnlichem Geschäftssinn begabt, hatte verschiedene Neuerungen eingeführt, die sich als äußerst lukrativ erwiesen. Unter seiner Leitung hatte sich die Weberei zu einem Großbetrieb entwickelt, der zweitausend Menschen beschäftigte. Mit vierzig Jahren war Noldo in den Vorstand der Wollhändlergilde, mit einundvierzig zum Vorsitzenden gewählt worden.

Er war damals wie ein Lebemann aufgetreten und hatte sich, mehr aus Prestigegründen, eine kostspielige venezianische Kurtisane geleistet. Als er aber eines Tages zu der Überzeugung gelangt war, daß die Wonnen, die sie zu bieten hatte, in keinem Verhältnis zu den Kosten standen, hatte er sich von ihr getrennt.

Von nun an hatte er die exklusiven Badehäuser besucht, wo man in Gesellschaft attraktiver, unbekleideter Frauenzimmer in großen Holzwannen planschen, dabei einen Imbiß einnehmen und später eine entspannende Massage sowie die damit betraute Maid genießen konnte – und das alles für drei Gulden. Zweifellos sehr viel billiger als diese venezianische Metze . . .

Allmählich wurde er der Badedirnen überdrüssig und blieb abends öfter zu Hause, besonders im Winter, wenn es ihm zu kalt war, zum Kartenspielen ins Zunfthaus zu gehen. Und mit der Zeit schenkte er seiner Gattin mehr Beachtung und entdeckte, wie anziehend sie war. Nachdem er sie eines Abends zum ersten Mal aufgefordert hatte, ihm in seinem *studiolo* Gesellschaft zu leisten, verbrachten sie die Abende stets gemeinsam am Kaminfeuer – er in einem wuchtigen Ledersessel, sie auf einem dreibeinigen Hocker.

So waren die Jahre vergangen. Die kahle Stelle auf seinem Kopf, anfangs nicht größer als ein Goldstück, war jetzt pfannkuchengroß, und er hatte einen stattlichen Bauch bekommen. Der alternde Mann hatte sein Herz für Lisa entdeckt, aber er vermied es sorgfältig, seine

Gefühle zu offenbaren: Männer, die diese Torheit begingen, wurden nur allzu rasch von ihren Frauen eingewickelt.

Noldos Ausflug in die Vergangenheit wurde von dem Hausmädchen unterbrochen, das ihm meldete, Donna Lisa sei zurückgekehrt und warte im Speisezimmer auf ihn.

Bei der Mahlzeit, die sie in verständnisinnigem Schweigen einnahmen, aßen die beiden vom selben Teller und benützten einen Pokal gemeinsam. Zwei Mägde servierten die Speisen, wobei sie von Pandolfo beaufsichtigt wurden, der jetzt mit einer Livree und weißen Handschuhen ausstaffiert war. Nach dem Dessert stellte er eine mit Malaga gefüllte Kanne auf den Tisch und schenkte seinem Herrn ein. Dann bedeutete er den Mägden mit einem diskreten Fingerschnalzen, sich zurückzuziehen.

Zum Zeichen dafür, daß ihm das Essen geschmeckt hatte, gab der Kaufherr einen diskreten Rülpser von sich. Dann zog er aus seiner Gürteltasche einen silbernen Zahnstocher, dessen er sich, wie es sich für guterzogene Menschen gehörte, hinter vorgehaltener Hand bediente.

»Ihr seid also von Donna Lucrezia abgeholt worden«, begann er die Unterhaltung. »Wohin seid Ihr gegangen?«

»Ins Waisenhaus der Unschuldigen Kindlein, wo ich mit der Mutter Oberin ein anregendes Gespräch geführt habe.«

Da er aus Erfahrung wußte, daß diese Gespräche unweigerlich auf eine Bitte um Spenden hinausliefen, stand er auf und schlug vor, in sein Arbeitszimmer zu gehen.

Der kleine Raum lag auf der Rückseite des Hauses. Er hatte einen gedeckten Kamin und war mit einem Perserteppich ausgelegt, dessen leuchtende Farben an Buntglasfenster erinnerten. Außer Noldos Schreibtisch stand hier auch ein bemalter Schrank, in dem er die Familienurkunden und die goldene Amtskette, die er als Vorsteher der Wollhändlergilde getragen hatte, aufbewahrte. An der Wand hing ein Gemälde, das die Madonna mit dem Jesuskind zeigte.

Als sie vor dem Kamin Platz genommen hatten, berichtete Noldo von dem *tintillano*-Projekt. Lisa starrte in die Flammen, und aus ihrer sorgenvollen Miene schloß er, daß sie an Antonio dachte.

Sie hatte ihm vier Kinder geboren. Das erste, ein Knabe, hatte nur wenige Stunden gelebt. Es folgten Zwillingstöchter, die gut gediehen und deren Lachen und Geplapper im ganzen Haus zu hören waren. Doch dann wurden beide am selben Tag von der Pest dahingerafft. In den folgenden zehn Jahren war Lisas Leib unfruchtbar geblieben, und sie hatte die Hoffnung auf ein Kind schon fast aufgegeben. Dann wurde Antonio geboren, aber er war so schwächlich, daß man kaum damit rechnete, ihn am Leben erhalten zu können. Einzig und allein mit der Kraft ihrer Liebe hatte Lisa diesen Kampf gewonnen, und Antonio war ein großer, kräftiger Junge und ein liebevoller Sohn geworden.

»Nach seiner Rückkehr«, sagte Noldo, um Lisa aufzumuntern, »werde ich ihn mit der Leitung der *tintillano*-Produktion betrauen.«

»Darüber braucht Ihr nicht nachzudenken, edler Gemahl«, sagte Lisa, ohne ihn anzusehen. »Antonio wird nie zurückkehren. Wenn er auf See nicht von Piraten getötet wird, fällt er zu Lande ganz gewiß Straßenräubern zum Opfer.«

»Da lachen ja die Hühner! Piraten gibt es nicht mehr, und Straßenräuber auch nicht.«

»Und wenn ihm ein französisches oder englisches Frauenzimmer schöne Augen macht und seine Geldbörse stiehlt? Oder wenn er an einem ausländischen Fieber erkrankt? Oder wenn sein Schiff von einem Seeungeheuer verschlungen wird?«

Er wies sie darauf hin, daß er für Antonios Schutz drei Messen hatte lesen lassen. »Sie haben mich fünf Gulden gekostet, und der Priester hat mir versichert, daß Tonio ausreichend geschützt sei.«

Worauf sie ärgerlich fragte, was dieser alte Narr, der noch nie weiter als bis nach Prato gekommen sei, denn schon von den Gefahren des Reisens im Ausland wisse.

Derart gereizt hatte Noldo seine meist so sanftmütige und gehorsame Frau noch nie gesehen. Diese Widerborstigkeit!

»Und wieviel Schutz kann man schon für fünf Gulden verlangen!«

Das sei eine beträchtliche Summe, konterte er, und schließlich könne man das Geld nicht einfach von den Bäumen schütteln. Aber er sei bereit, ihr – als versöhnliche Geste – einen Gulden zu geben, damit sie der Heiligen Jungfrau Kerzen weihen könne.

Doch statt ihm zu danken, erklärte sie achselzuckend, geweihte Kerzen würden vielleicht bei kurzen Reisen, etwa nach Siena oder Arezzo, helfen, aber bestimmt nicht bei langen Reisen in ferne Länder.

Noldo hörte ihrer Stimme an, daß sie wieder einmal den Punkt erreicht hatte, wo sie entsetzlich störrisch wurde. Und wozu sie in dieser Verfassung fähig war, konnte man nicht voraussehen.

»Welcher Betrag wäre denn Eurer Meinung nach für Antonios Schutz erforderlich?«

»Fünfundzwanzig Gulden.«

Mit hochgezogenen Brauen und offenem Mund starrte er sie an.

»Fünfundzwanzig . . .« Ihm blieb die Luft weg.

»Die Mutter Oberin sagt –«

»Das hab' ich mir doch gleich gedacht! Ich wußte, daß sie dahintersteckt!« Jetzt wurde er bissig. »Und wofür soll nach Ansicht der lieben Mutter Oberin dieser Betrag verwandt werden?«

Er erfuhr, daß im Waisenhaus ein armes Mädchen lebe – ein sehr liebes, sehr frommes Geschöpf –, das einen ehrbaren jungen Mann heiraten könnte, wenn es eine Mitgift von fünfundzwanzig Gulden hätte.

»Wenn sie wirklich so fromm ist, warum geht sie dann nicht ins Kloster? Oder warum nicht gleich in ein Badehaus? Dort könnte sie ihre Mitgift selbst verdienen und gleichzeitig ein Gewerbe erlernen!«

Er war außer sich. Mit dunkelrotem Gesicht beugte er sich vor und schneuzte sich direkt ins Kaminfeuer hinein, was er normalerweise nie getan hätte.

»Sagt Eurer Mutter Oberin, daß sie von mir keine einzige *lira*, keinen *quattrino*, keinen *picciolo* bekommt! Und jetzt kein Wort mehr darüber!«

Das Schweigen hüllte sie wie ein Bahrtuch ein.

Um seine Erregung zu verbergen, stocherte Noldo im Feuer herum. Er fühlte sich im Recht. Er hatte sich verständnisvoll und großzügig gezeigt, aber sie hatte seine versöhnliche Geste zurückgewiesen. Die Mutter Oberin, dieser alte Drache, hatte ihr weisgemacht, daß Antonio nicht ausreichend geschützt sei, und ihr damit entsetzliche Angst eingejagt.

Verstohlen lugte er zu Lisa hinüber. Sie wirkte so niedergeschlagen, daß er plötzlich Mitleid bekam. Jetzt hätte er ihr das Geld nur zu gern gegeben, aber er durfte keinesfalls seine Autorität aufs Spiel setzen. Er mußte ihr seine Standhaftigkeit beweisen.

»Edler Gemahl«, sagte Lisa schließlich und sah ihn von der Seite her an, »ich wußte nicht, daß wir so arm sind. Ich bitte Euch, macht

Euch wegen des Geldes keine Sorgen. Ich habe doch die Brosche, die Ihr mir zur Hochzeit geschenkt habt. Morgen werde ich sie zu einem Pfandleiher . . .«

Ob sie denn völlig von Sinnen sei? Zum Pfandleiher. Wollte sie denn unbedingt, daß ihn die anderen Kaufleute für ruiniert hielten? Wußte sie denn nicht, daß seit fünfhundert Jahren, seit die Gherardini Bürger der Stadt Florenz waren, keine ihrer Frauen – keine einzige! – jemals eine Pfandleihe betreten hatte?

»Das ist mir gleichgültig. Ich will, daß Antonio beschützt wird. Richtig beschützt!«

Damit, so fügte sie hinzu, meine sie nicht nur so nebenbei von Gott, der doch so viele andere Dinge zu bedenken habe, sondern jede einzelne Minute, Tag und Nacht, von der barmherzigen Madonna. Und dafür sei sie bereit, zu zehn Pfandleihern zu gehen, ja sogar einen Pakt mit dem Teufel selber zu machen.

»Ich möchte, daß Tonio gesund heimkehrt«, schluchzte sie, die Hände ans Gesicht gepreßt.

Er legte die Hand auf ihre Schulter. »Macht Euch keinen Kummer, Frau. Bevor ich Euch zum Pfandleiher gehen lasse, gebe ich Euch das Geld lieber selbst.«

Im nächsten Moment bedauerte er seine Nachgiebigkeit, aber es war schon zu spät. Zwischen ihren Fingern hindurch sah sie ihn forschend und unter Tränen lächelnd an. Blieb ihm etwas anderes übrig, als ihr zuzunicken?

»Gott wird Euch dafür segnen«, sagte sie. »Und Ihr werdet sehen, daß die Madonna dann auch über Euren *tintillano* wachen wird.«

Spontan küßte sie seine Hand.

Ihre Impulsivität war natürlich unschicklich, aber diesmal nahm er sie ihr ausnahmsweise nicht übel. Auch die Sache mit dem Geld nicht. Einen Augenblick lang genoß er das angenehme Gefühl, das die Reichen haben, wenn sie Geld verschenken. Aber Lisa so glücklich lächeln zu sehen, war alle Gulden der Welt wert.

Als am Morgen des 25. März das neue Jahr mit lautem Geläut begrüßt wurde, beklagte sich Noldo nicht über den Lärm. Er sprang aus dem Bett, zog sich (da es allgemeiner Brauch war, unbekleidet zu schlafen) ein Flanellhemd über und verkündete, 1476 würde ein gutes Jahr werden. Das habe er so im Gefühl.

»Und es wird uns Antonio zurückbringen«, fügte Lisa hinzu.

An diesem Morgen half ihm sein Kammerdiener in einen formellen roten *lucco* und hängte ihm die schwere goldene Zunftkette um. Eine Stunde später nahm Noldo gemeinsam mit anderen ehemaligen Würdenträgern seiner Gilde, eine Kerze in der Hand und die Marienlitanei psalmodierend, an der Neujahrsprozession teil.

Am Nachmittag spazierte er durch die Stadt und blieb manchmal stehen, um sich Hahnenkämpfe, Akrobaten und Tanzbären anzusehen. Zu Hause berichtete er Lisa, die Veranstaltungen seien recht gut gewesen, aber mit denen in seiner Jugendzeit nicht zu vergleichen.

»Wir verstanden es damals, fröhlich zu sein, aber die heutige Jugend hat so wenig Spaß am Leben wie ein toter Fisch.«

Es kam der April mit seinem launischen Himmel und den plötzlichen Regengüssen.

Die Hügel wurden grün. Junge Burschen mit federgeschmückten Baretten standen unter den Fenstern ihrer Angebeteten und schlugen die Laute. An den Straßenaltären legten liebeskranke Mädchen Veilchensträuße vor die Madonnenfiguren.

Als der Mai mit seinem milden Wetter eingezogen war, sagte Noldo eines Abends nach dem Abendessen, er wolle noch ein wenig auf die Piazza della Signoria gehen, um Neuigkeiten zu hören.

»Man weiß nie, was diese verflixten Päpste im Schild führen, und für den, der jetzt auf dem Stuhl Petri sitzt, gilt das ganz besonders.«

Seit Jahrhunderten herrschten zwischen der Republik Florenz und dem autokratischen Heiligen Stuhl gespannte Beziehungen, und nicht selten war es zu heftigen Auseinandersetzungen gekommen. Mehrmals waren die päpstlichen Truppen gegen die Stadt der Blumen vorgerückt, deren Einwohner überzeugt waren, daß die Madonna höchstpersönlich Florenz davor bewahrt hatte, kirchliches Hoheitsgebiet zu werden.

Seit die Medici an die Macht gekommen waren, hatte sich die Lage zwar beträchtlich gebessert, aber die Florentiner standen den Päpsten noch immer mißtrauisch gegenüber, insbesondere dem jetzigen Pontifex, Sixtus IV., allgemein *Papa Sisto* genannt. In ihren Augen war der in Celle, einem ligurischen Fischerdorf bei Savona, Geborene nichts anderes als ein Genuese, also ein heimtückischer, verlogener Spitzbube.

Begleitet von seinem Pferdeknecht, der eine Laterne trug, begab er sich zur Piazza della Signoria. Im rötlichen Schein der Pechfakkeln wirkte der Platz größer, als er tatsächlich war. Bürger in vielfarbiger Kleidung drängten sich um heimgekehrte Reisende, die Nachrichten aus den verschiedensten Ländern mitgebracht hatten. Vor der spanischen Küste war eine ganze Schiffsladung Damast von Piraten gekapert worden ... In Venedig mußte man für eine dreizehn- bis vierzehnjährige tscherkessische Sklavin, »garantiert noch Jungfrau«, zwischen sechzig und fünfundsechzig Gulden bezahlen ... Der König von Neapel, Don Ferrante von Aragon, führte wieder einmal Krieg gegen den einheimischen Adel und stellte die einbalsamierten Leichen seiner in Gefangenschaft geratenen Gegner überall in seinem Schloß zur Schau ...

Noldo gesellte sich zu einer Gruppe, die einen soeben aus Rom zurückgekehrten Kaufmann mit Fragen bestürmte. War *Papa Sisto* gut gelaunt oder wirkte er mürrisch wie jemand, der Ränke schmiedet? Warb er Soldaten an? Kaufte er Kanonen? Inspizierte er seine Truppen?

Nach Auskunft des Reisenden tat er nichts dergleichen, sondern war gerade damit beschäftigt, sein häßliches Gesicht auf Münzen prägen sowie verschiedene Kirchen, eine Brücke und seine eigene Kapelle errichten zu lassen, die »Sixtinische Kapelle« heißen sollte. Er hatte vor kurzem den König von Dänemark, einem vorwiegend von Wölfen und Bären bevölkerten Land im Norden, empfangen und der Universität von Kopenhagen seinen Segen erteilt. Kurzum, er habe gar keine Zeit zum Ränkeschmieden.

Beruhigt ging Noldo ein Stück weiter und schnappte dabei noch andere Neuigkeiten auf: Die Seidenmanufaktur in der Nähe des San-Frediano-Tores hatte einen großen Auftrag aus Portugal erhalten ... In seiner Sonntagspredigt hatte der Prälat von San Pancrazio gegen jene Gemeindemitglieder gewettert, die gefälschte Münzen in den Klingelbeutel warfen ... Bei der Stadtverwaltung waren Beschwerden über einige Hausfrauen eingegangen, die ihre Abfallkübel aus dem Fenster kippten, ohne sich zu vergewissern, ob gerade jemand vorbeiging. Auf diese Weise waren mehrere kostbare Gewänder verdorben worden ... Die Bewohner des Stadtviertels Santa Maria hatten die Signoria ersucht, einen zusätzlichen öffentlichen Backofen aufzustellen ... Die Börsenmakler sammelten Unterschriften für ein Gesuch um Errichtung einer öffentlichen Latrine nahe der *borsa*, weil sie es als unter ihrer Würde erachteten, ihre Notdurft auf der Straße zu verrichten . . .

Als dumpfes Geläut den Beginn der Nachtruhe verkündete, lösten sich die Gruppen auf. Die Bürger entzündeten ihre Laternen und machten sich auf den Heimweg.

Die Fackeln auf der Piazza della Signoria wurden von städtischen Bediensteten gelöscht. Die Straßen, vor wenigen Stunden noch vom Lärm der geschäftigen Menge erfüllt, wurden still und leer – dunkle Furchen, überwölbt vom gestirnten Himmel. Hin und wieder tauchte der Nachtwächter mit seiner Hellebarde auf und ließ seinen einsamen Ruf ertönen.

Wieder einmal war in Florenz ein Tag zu Ende.

Mitte Juli war die Hitze unerträglich geworden, und wer es sich leisten konnte, verbrachte den Sommer im Hügelland. Nur die Armen und Noldo de' Gherardini blieben in der Stadt.

»Edler Gemahl«, sagte Lisa eines Morgens beim Frühstück, »es ist so heiß, daß gestern sogar ein Teufel ohnmächtig wurde und im Milchkrug ertrank. Meint Ihr nicht, daß wir aufs Land reisen sollten? Ihr seht überanstrengt aus, und die frische Luft würde Euch guttun.«

Er legte die Feige, in die er gerade beißen wollte, auf den Teller zurück. Natürlich sehe er überanstrengt aus. Natürlich würde ihm die frische Luft guttun. Aber der Anbau für die *tintillano*-Produktion werde gerade errichtet, und die Bauarbeiten müsse er unbedingt persönlich überwachen, damit bis zu Antonios Rückkehr im Oktober alles fertig sei.

»Ihr seht also, daß ich in der Stadt bleiben muß. Kein Wort mehr darüber!«

Nach drei Tagen hatte sie erreicht, daß er seine Meinung änderte. Am Morgen nach jenem Gespräch begann sie ihr taktisches Manöver. Du lieber Himmel, wie seine Mitarbeiter hinter seinem Rücken lachen würden – all diese jungen Leute, die dafür, daß sie den ganzen Tag Däumchen drehten, hohe Gehälter einstrichen, während er selbst sich wie ein armer Mann zu Tode arbeitete! Tags darauf erklärte sie seufzend, es sei doch wirklich ein Jammer, daß ihre schöne Villa in Montici[2] leerstehe, während sie alle hier vor Hitze umkämen. Chirigoras Beine seien bereits so geschwollen, daß sie sich nicht mehr bewegen könne. Und die Köchin habe schon Halluzinationen, weil sie den ganzen Tag am glühenden Herd stehen müsse. Und die Hausmägde seien viel zu erschöpft zum Fegen und Staubwischen.

Worauf er erklärte, sie könnte ja mit der Dienerschaft allein nach Montici reisen. Er selbst werde seine Pflichten niemals vernachlässigen.

Am dritten Morgen prophezeite sie ihm, daß er weder Antonios Heimkehr noch die Einweihung des Anbaus erleben würde, weil er im Oktober bereits in der Familiengruft läge. Dies quittierte Noldo nur mit einem düsteren Blick.

Als die beiden am Spätnachmittag in der Loggia saßen und sich Luft zufächelten, teilte er ihr mit, er habe seinen Aufseher mit der Überwachung der Bauarbeiten betraut.

»Sollten Schwierigkeiten auftreten, so wird er sofort nach Montici reiten, um meine Anweisungen entgegenzunehmen.«

Lisa lobte seinen Entschluß, und zwei Tage später reisten sie nach Montici.

Sobald sie in der Villa angekommen waren, gab sich Noldo den Freuden des Landlebens hin. In einem leinenen *lucco*, einen breitrandigen Strohhut auf dem Kopf, werkelte er im Garten herum, legte lange Siestas ein, spazierte durch den Weinberg, den Obstgarten und den Olivenhain und besuchte sogar seine Kleinpächter, die am Rand der Besitzung wohnten.

Doch schon nach einigen Tagen begann er sich zu langweilen. Er sorgte sich wegen des Anbaus und hoffte, sein Vorsteher würde mit irgendeinem Problem zu ihm kommen. Aber es erschien niemand.

Lisa und er sprachen viel über Antonio, erinnerten sich rührender kleiner Vorfälle aus seiner Kindheit, und des öfteren holte Noldo auf Lisas Wunsch einen Brief hervor, den ein Florentiner Kaufmann, der auf einer Reise Antonio begegnet war, überbracht hatte. Dann zog Noldo die Pergamentrolle aus der Lederhülle, setzte seine Stahlbrille auf und flocht beim Vorlesen gelegentlich Kommentare ein.

Nach der üblichen Anredeformel – »Hochverehrte Eltern« – schilderte Antonio seine Ankunft in *Londra*, einer riesigen englischen Stadt, deren Straßen noch enger waren und, falls man sich das überhaupt vorstellen konnte, noch abscheulicher stanken als die von Florenz. Er und sein Diener Battista waren vom Londoner Vertreter der Firma Gherardini aufs liebenswürdigste empfangen und dringend gebeten worden, in seinem Haus zu wohnen. Battista hatte im Dienstbotenquartier einen bequemen Strohsack bekommen.

Zusammen mit dem Vertreter hatte Antonio die Läden besucht, die Stoffe aus der Weberei Gherardini führten, und man hatte ihm viele Komplimente über die ausgezeichnete Qualität gemacht.

Die englische Weiblichkeit, so schrieb er, zeichne sich durch Anmut und Schönheit aus, während bei den Männern die rötliche Gesichtsfarbe auffalle, die darauf zurückzuführen sei, daß sie ungeheuer viel Fleisch äßen und häufig starke Getränke zu sich nähmen. Die Engländer hätten eine große Vorliebe für die Bühne, und allein in London gebe es mehrere Theater, die jahraus, jahrein geöffnet seien. Er habe eine Aufführung besucht und festgestellt, daß während der Vorstellung hübsche Mädchen dem Publikum spanische Orangen verkauften.

In einigen Tagen wolle er nach Schottland reisen, das weiter nördlich liege und berühmt sei für seine Wolle, seine starken Getränke und den wilden Kampfgeist seiner Bewohner. Das Schreiben schloß mit der üblichen Grußformel und Antonios Versicherung, daß er, wie geplant, im Oktober heimkehren werde.

»Von dieser Reise wird er eine ganze Menge profitieren«, sagte Noldo eines Tages. »Und nach seiner Rückkehr wird es an der Zeit sein, ihn zu vermählen. Ich werde mir von einem Ehevermittler die Liste der heiratsfähigen Mädchen zeigen lassen.«

Lisa, die schon lange auf diese Gelegenheit gewartet hatte, ließ ihre Näharbeit sinken. »Wie umsichtig von Euch, darüber nachzudenken! Aber vielleicht könnt Ihr Euch die Vermittlergebühr sparen. Ich glaube, ich weiß eine geeignete Braut für Antonio.«

Er warf ihr einen mißtrauischen Blick zu. Eine Ehe zu planen war ein Unternehmen, das viel Scharfsinn erforderte. Das Für und Wider sorgfältig zu erwägen, Stammbaum, Mitgift und dergleichen Fragen genauestens in Betracht zu ziehen – das alles ging weit über die geistigen Fähigkeiten einer Frau hinaus. Aber da ihre Bemerkung ihn neugierig gemacht hatte, fragte er, wen sie denn im Sinn habe.

»Caterina Rucellai, die Tochter meines Vetters Mariotto.«

Er lachte gutmütig.

»Eine Verwandte! Das hätte ich mir denken können! Ihr Rucellai haltet zusammen wie die Schalen einer Muschel.«

Sie ging nicht auf seinen scherzhaften Ton ein. »Habt Ihr mich als eine so unwürdige Gattin befunden, daß Euch der Gedanke, Antonio könnte ein Mitglied meiner Familie zur Frau nehmen, mit Abscheu erfüllt?«

Mit einer ärgerlichen Handbewegung versicherte er ihr, daß seine Bemerkung keineswegs so zu verstehen sei. »Aber ich finde, eine Rucellai in der Familie genügt. Trotzdem hat Euer Vorschlag manches für sich, und ich werde darüber nachdenken.«

Und je länger er darüber nachdachte, desto mehr sagte ihm ihr Vorschlag zu.

Die Rucellai zählten zu den reichsten und angesehensten Familien in Florenz. Den Grundstock ihres Vermögens verdankten sie einem Färbemittel, *oricello* genannt, das ein wunderschönes Karminrot erzeugte und dessen Herstellungsgeheimnis sie seit dem Jahre 1261, als es ihnen jemand aus der Levante mitgebracht hatte, sorgfältig hüteten.

Giovanni Rucellai, das Oberhaupt der Familie, war ein Kaufmannsaristokrat, der für seine guten Taten ebenso berühmt war wie für seinen Reichtum. Er hatte die Marmorfassade der Kirche Santa Maria Novella gestiftet, und sein Name war dort eingemeißelt worden. Er bewohnte den prächtigen Palazzo Rucellai in der Via Vigna Nuova. Die Vermählung seines Bruders Bernardo mit Nannina, der Schwester Lorenzo de' Medicis, war mit denkwürdigen, drei Tage dauernden Festlichkeiten gefeiert worden.

Mariotto Rucellai, das wohl prominenteste Mitglied dieser prominenten Familie, hatte sich als Bankier einen Namen gemacht, in einem Gewerbe also, für das Noldo eine Schwäche hatte. 1468 war der damals Vierunddreißigjährige zum Vorsteher der Bankiersgilde gewählt worden.

Wie sein Vater, der Schatzmeister der Republik Florenz gewesen war, hatte auch Mariotto politische Interessen an den Tag gelegt. Bereits mit dreißig Jahren stand er als *gonfaloniere* an der Spitze der Signoria, was in der langen Geschichte der Republik nahezu einmalig war. Danach hatte er noch andere hohe öffentliche Ämter bekleidet und war zu einem der engsten Ratgeber Lorenzo de' Medicis geworden.

All dies, so befand Noldo, versprach Vorteile. Caterina Rucellai wurde in seinen Augen von Tag zu Tag attraktiver. Besser als sie würde wohl kaum eine andere Schwiegertochter den hohen Anforderungen, welche die Gherardini in puncto Stammbaum und Mitgift stellten, gerecht werden. Man mußte der Sache nähertreten.

Eines Nachmittags fragte er Lisa betont beiläufig: »Wie alt ist Caterina eigentlich?«

»Fünfzehn. Genau das richtige Alter, edler Gemahl.«

»Ist sie unscheinbar oder ein erfreulicher Anblick? Ich möchte nicht, daß Antonio eine reizlose Frau heiratet.«

Worauf Lisa erklärte, Caterina sei ein sehr attraktives Mädchen, das nicht nur ein schönes Gesicht, sondern auch eine schöne Seele habe. Sie sei fromm, respektvoll, gehorsam und von sanftem Gemüt. Außerdem könne sie kochen, auf dem Rechenbrett addieren, Mahlzeiten vorausplanen und mit den Händlern, die ihre Ware an der Küchentür anboten, feilschen. Sie würde also den Haushalt sparsam und zweckmäßig führen. Und Antonio sicher viele Söhne schenken. Übrigens sei sie auch eine gute Lautenspielerin.

Daß Lisa so genau Bescheid wußte, machte Noldo mißtrauisch. »Mir scheint, Ihr seid sehr gut über dieses Mädchen informiert. Habt Ihr diese Heirat etwa mit Caterinas Mutter ausgeheckt?«

Sie begann eifrig zu nähen. Donna Filippa Rucellai und sie hätten zwar über dieses Thema gesprochen, erklärte sie, aber nur ganz beiläufig.

Das regnerische Herbstwetter begann dieses Jahr schon im September. Sturmböen fegten die Blätter von den Bäumen, und die Bewohner der Sommervillen kehrten eiligst in die Stadt zurück.

Noldo rechnete insgeheim damit, daß während seiner Abwesenheit in der Weberei irgendeine nicht wiedergutzumachende Fehlentscheidung getroffen worden sei, aber alles war in bester Ordnung. Der Anbau war fertig, die neuen Maschinen installiert, und die Madonnenstatue stand auf einem Wandsims.

Düster gestimmt machte er sich auf den Heimweg. Manufakturen, dachte er, sind wie Kinder. Wenn sie groß geworden sind, brauchen sie einen nicht mehr.

In den folgenden Wochen stellte er diskrete Erkundigungen bezüglich Caterinas Vater an, der, wie er zu seiner Befriedigung erfuhr, noch reicher war, als er angenommen hatte. Und eines Sonntags ging Noldo zur Messe in die Kirche Santa Maria Novella, wo er Caterina, die zwischen ihren Eltern stand und in ihr Gebetbuch vertieft war, von der Seite her sehen konnte. Sie war tatsächlich sehr hübsch. Alles stand zum besten.

Am Abend sagte er zu Lisa: »Ihr seid zwar ein recht vorwitziges Geschöpf, aber ich glaube wirklich, daß diese Caterina, falls sie auch nur halb so gut veranlagt ist, wie sie aussieht, eine vortreffliche Frau für meinen Sohn sein wird.«

»Für unseren Sohn!«

»Na schön, für unseren Sohn.«

An einem Oktobermorgen traf Antonio völlig überraschend zu Hause ein, begleitet von seinem Diener, der ein mit Gepäck beladenes Maultier am Zügel führte.

Lisa, die gerade mit der Köchin den Speisezettel besprach, hielt mitten im Satz inne und rannte, lachend und weinend und der Madonna dankend, in den Hof.

»Tonio, *bimbo mio!*«

Auf den Zehenspitzen stehend, zog sie den Kopf ihres stattlichen *bimbo* zu sich herunter und bedeckte sein Gesicht mit Küssen. Inzwischen hatte sich die gute Nachricht im ganzen Haus verbreitet. Die Dienstboten eilten herbei und drängten sich um den Heimkehrer. Im ersten Stock wurde ein Fenster heftig geöffnet, und Noldo streckte, halb rasiert, den Kopf heraus und fragte, was denn dieser Tumult zu bedeuten habe. Beim Anblick seines Sohnes unterdrückte er einen Freudenschrei. Dann forderte er ihn mit Stentorstimme auf, sofort ins *studiolo* zu kommen. Kurz darauf fand auch er sich – in ein Hausgewand aus kastanienbraunem Samt gehüllt – dort ein.

»Willkommen daheim, mein Sohn!« Er reichte ihm die Hand zum Kuß. »Gut, daß du wieder zu Hause bist!«

Er setzte sich an seinen Schreibtisch, faltete die Hände auf dem Bauch und musterte den hochgewachsenen jungen Mann, der lederne Reithosen und ein langes Reisecape trug. Sein Gesicht war gebräunt und vom Wetter gegerbt. Er war breitschultriger geworden und sah besser denn je aus. Die Madonna hatte wirklich gut über ihn gewacht!

»Hochedler Herr Vater, ich freue mich, Euch bei guter Gesundheit zu sehen.«

Das hätte er nicht sagen sollen. Noldo erklärte sofort, daß der

Schein trüge. Schon möglich, daß er einen gesunden Eindruck mache, in Wirklichkeit aber sei er überarbeitet und krank.

»Während du dir Europa angesehen, Theater besucht und hübsche Orangenverkäuferinnen begafft hast, habe ich unermüdlich gearbeitet. Aber gottlob, der *tintillano*-Anbau ist fertig, und die Produktion kann beginnen.«

Die Leitung, so fügte er hinzu, solle Antonio übernehmen. Natürlich zusätzlich zu seinen anderen Pflichten.

»Doch diese Dinge wollen wir nicht jetzt besprechen. Du willst dich sicher mit deiner Frau Mutter unterhalten und einige Freunde besuchen. Dafür gebe ich dir heute Urlaub. Es genügt, wenn du morgen mit der Arbeit beginnst.«

Antonio verbeugte sich respektvoll und ging hinaus. Nein, sein Vater hatte sich nicht im geringsten verändert! Aber es war trotzdem schön, wieder daheim zu sein.

Am Abend dieses Tages beauftragte Noldo seine Frau, ein Treffen zwischen ihm und ihrem Vetter Mariotto zu arrangieren, damit sie über Caterinas Mitgift verhandeln könnten.

Mariotto Rucellai war einer jener Männer, die im Lauf der Jahre immer besser aussehen. Mit zweiundvierzig (einem für damalige Zeiten fortgeschrittenen Alter) wirkte er anziehender als mit zwanzig. Unter dem graumelierten Haar erschienen seine Gesichtszüge weniger scharf. Obwohl bereits von tiefen Furchen durchzogen, war sein Gesicht jugendlich schmal geblieben, und die Augen unter den buschigen Brauen hatten ihren wachen Blick bewahrt.

Wie so viele Toskaner besaß Mariotto einen kühlen Verstand und ein feuriges Temperament. Er brachte wenig Geduld auf, wenn er es mit mittelmäßig begabten oder dummen Menschen zu tun hatte, und er neigte zu Jähzorn. Er hatte das sichere Auftreten derer, denen der Reichtum in die Wiege gelegt wird, und den Lebensoptimismus der Erfolgreichen. Und er lachte gern.

Als seine erste Frau, Camilla de' Uggucioni, im Kindbett starb, war er einundzwanzig Jahre alt gewesen. Fünf Jahre später hatte er Filippa de' Venturi geheiratet, die einer der ältesten Florentiner Familien entstammte. Sie hatte ihm drei Söhne und zwei Töchter geschenkt und sehr viel später eine weitere Tochter, die jetzt erst ein Jahr alt war.

Er hatte Filippa wegen ihrer Schönheit zur Frau genommen, bald aber auch ihre Herzens- und Geistesbildung schätzen gelernt. Seine Verliebtheit hatte sich in echte Liebe verwandelt. Soweit es die Etikette erlaubte, behandelte er Filippa als seinesgleichen, und es gab Momente, in denen er sich nicht verhehlen konnte, wie sehr er ihre Intelligenz und ihr Urteilsvermögen bewunderte. Dann bescheinigte er ihr einen männlichen Verstand, und das war in seinen Augen das höchste Kompliment, das man einer Frau zollen konnte.

Da seine Geschäfte ihn stark in Anspruch nahmen, überließ er Filippa nicht nur die gesamte Verantwortung für den Haushalt, sondern auch die Auswahl der Ehepartner für seine Söhne und Töchter. Daher überraschte es ihn nicht, als sie ihm mitteilte, Antonio de' Gherardini sei soeben von einer langen Geschäftsreise heimgekehrt und eigne sich ihrer Meinung nach vortrefflich als Ehemann für Caterina.

Mariotto hatte sich für diesen Tag gewappnet, seit Caterina im vergangenen Jahr das heiratsfähige Alter erreicht hatte. Nur zu gern hätte er sie noch etwas länger zu Hause behalten, denn sie war eine liebevolle, gehorsame Tochter, die er beim Abendessen und bei der Sonntagsmesse sehr vermissen würde. Aber sie war jetzt alt genug, um aus dem Schoß der Familie entlassen zu werden, und was blieb ihm anderes übrig, als sich den Naturgesetzen zu beugen?

Da allein schon der Name Gherardini für finanzielle Sicherheit und gesellschaftlichen Rang bürgte, konnte sich Mariotto die üblichen Erkundigungen sparen.

»Seid Ihr Euch in dieser Angelegenheit mit Antonios Mutter einig?« fragte er Filippa.

Sie nickte, und er schloß aus ihrer Miene, daß sie bereits alle Fragen mit Donna Lisa geklärt hatte. Wie er erfuhr, hatte diese sogar versprochen, Noldo zu überreden, Antonio ein eigenes Haus einzurichten. Caterina würde also nicht in dem alten, muffigen Palazzo Gherardini wohnen müssen, der keine modernen Bequemlichkeiten aufwies – nicht einmal verglaste Fenster.

Als Filippa ihm mitteilte, Noldo sei jederzeit bereit, den Ehevertrag auszuhandeln, sagte Mariotto, daß er sich am nächsten Dienstag, und zwar am frühen Nachmittag, mit ihm auf der Piazza della Signoria treffen wolle.

Und so trafen sich die beiden, und jeder tat so, als sei er über diesen »Zufall« sehr überrascht. Beide trugen ihren *capuccio a foggia*, hatten sich goldene Siegelringe an den Daumen gesteckt und, da es ein kühler Tag war, einen pelzgefütterten Mantel über den *lucco* gezogen. Nach einigen Bemerkungen über das Wetter schlug Noldo vor, in die »Taverne zur Schnecke« zu gehen und sich bei einem Krug Glühwein aufzuwärmen.

Obwohl die Taverne leer war, ließen sie sich an einem Tisch in der hintersten Ecke nieder. Während das Schankmädchen einen hohen Deckelkrug aus Zinn brachte, musterten sie einander verstohlen. Dann tranken sie abwechselnd aus dem Krug.

Nach einer Weile brach Mariotto das Schweigen. Die Jahre, erklärte er wehmütig, flögen schneller dahin als Schwalben. Ihm käme es so vor, als ob seine kleine Caterina erst gestern eine lustig plappernde *bimba* gewesen sei, die gerade laufen lernte. Und doch sei sie jetzt bereits eine heiratsfähige Fünfzehnjährige.

Man bestürme ihn geradezu mit Bitten um ihre Hand. Die begehrtesten jungen Männer der Stadt schwirrten um sie herum wie Wespen um den Honigtopf. Die Konkurrenz sei so stark, daß einige Familien bereits erklärt hätten, sie würden die Mitgift nicht einmal erwähnen, denn in ganz Florenz sei kein Mädchen zu finden, das es an Frömmigkeit, Gehorsam, Liebreiz, Höflichkeit, Bildung, Sparsamkeit und Güte mit Caterina aufnehmen könne.

»Ich fürchte, daß ich mich nicht mehr lange dagegen wehren kann«, fügte er mit bekümmerter Miene hinzu. »Ich muß täglich darauf gefaßt sein, daß sie mir von einem Freier, dem das Glück hold ist, weggenommen wird.«

Jetzt war Noldo an der Reihe.

In Florenz, so begann er, wimmle es geradezu von frommen, gehorsamen, liebreizenden, sparsamen und gütigen jungen Mädchen, deren Eltern verzweifelt versuchten, sie an den Mann zu bringen. Wirklich selten – noch seltener als Perlen in der Muschel – seien geeignete junge Männer zu finden. Für einen, der so stattlich, pflichtbewußt, arbeitsam und weitgereist sei wie sein Antonio, würde jedes Mädchen freudig das rechte Auge opfern.

Während er Mariotto Zeit gab, darüber nachzudenken, stärkte sich Noldo mit einem Schluck Wein. Dann leckte er sich die Lippen und erklärte, er wolle den Liebreiz Caterinas keineswegs in Abrede stellen, o nein! Aber Schönheit sei wie Morgentau und schwinde fast genauso rasch dahin. Ein Mädchen müsse etwas Beständigeres als gutes Aussehen mit in die Ehe bringen, nämlich eine Mitgift.

»Sagen wir zweitausend Gulden.«

Worauf Mariotto krampfhaft lächelnd erwiderte, sein guter Freund Noldo de' Gherardini beliebe wohl zu scherzen. Allerhöchstens tausend Gulden könne er Caterina mitgeben.

»Da lachen ja die Hühner! Jedermann weiß, daß Ihr ein reicher Mann seid.«

Das sei ein Irrtum, entgegnete der Bankier. Die Leute verwechselten ihn ständig mit seinem Vetter Giovanni Rucellai, der allerdings wirklich ein reicher Mann sei. »Ich dagegen lebe von der Hand in den Mund.«

Schmunzelnd bemerkte Noldo, es sei doch sehr merkwürdig, daß man einen armen Mann zum Vorsteher der Bankiersgilde gewählt habe. Und daß er es sich leisten könne, die prächtige Casa Rucellai im vornehmsten und teuersten Stadtviertel zu bewohnen. Und daß Donna Filippa solch glänzende Feste veranstalten könne.

»Und das berühmte Bankhaus Rucellai in der Via dei Tavolini – gehört das etwa nicht Euch?«

Seufzend bejahte Mariotto. Aber die Geschäfte gingen nicht gut. Wenn die Leute mit den Tatsachen vertraut wären, würden sie ihn bestimmt nicht für reich halten. »Aber um Euch zu zeigen, daß ich nicht um das Glück meiner Tochter feilsche, werde ich ihr zwölfhundert mitgeben. Besiegeln wir's mit Handschlag, bevor ich wieder zur Vernunft komme!«

»Zweitausend.«

»Noldo de' Gherardini, Ihr habt ein Herz aus Stein! Bei der Heiligen Jungfrau, Ihr seid schlimmer als ein Türke!«

Und so ging es noch lange weiter. Sie feilschten, durchbohrten einander mit Blicken, hüllten sich in feindseliges Schweigen. Nach und nach wurde der Betrag auf fünfzehn-, sechzehn- und schließlich auf siebzehnhundert erhöht.

»Siebzehnhundertfünfzig!« forderte Noldo.

»Einverstanden.«

Und plötzlich herrschte eine äußerst herzliche Atmosphäre. Jetzt redeten sie einander mit »Gevatter« an. Noldo gab schmunzelnd zu, er sei eigentlich bereit gewesen, sich mit fünfzehnhundert Gulden zu bescheiden, und Mariotto erklärte, er hätte letzten Endes auch zweitausend springen lassen. Und so waren beide mit dem Handel zufrieden.

Ein zweiter Krug Wein wurde bestellt, Mariotto erhob sich und trank auf das Wohl der Familie Gherardini, dann brachte Noldo einen Trinkspruch auf die Familie Rucellai aus. Die nächste halbe Stunde verbrachten sie damit, auf ihre künftigen Enkelsöhne (von Enkeltöchtern war nicht die Rede), auf ihre beiden Gilden, die Weberei Gherardini, das Bankhaus Rucellai und schließlich auf die Republik zu trinken. Am Spätnachmittag verließen sie Arm in Arm die Taverne und machten sich schwankenden Schrittes auf den Heimweg.

Am nächsten Morgen wurde Caterina in das Arbeitszimmer ihres Vaters gerufen. Sie knickste und wartete, bis er den Federkiel hinlegte und lächelnd das Wort an sie richtete.

»Meine liebe Tochter, es ist an der Zeit, dich zu vermählen, und ich habe einen guten Gatten für dich gefunden.«

Antonio de' Gherardini sei sehr ansehnlich, von liebenswertem Charakter und zähle zu den heiratsfähigen jungen Florentinern, die den höchsten Ansprüchen gerecht würden. Die Hochzeit habe man auf den Juni festgesetzt, so daß Caterina noch acht Monate Zeit habe, um ihre Aussteuer zu beschaffen, die Brautjungfern auszuwählen und alle sonstigen Vorbereitungen zu treffen.

Dann überreichte er ihr ein Exemplar von *Dalla famiglia*, einem Handbuch, in dem die Eigenschaften der idealen Ehefrau beschrieben wurden. »Du findest darin alles, was du wissen mußt, um deinem Gatten wohlgefällig zu sein. Solltest du weitere Fragen haben, so wende dich an deine Frau Mutter.«

Damit war die Audienz beendet.

Zwei Wochen später begegnete Caterina bei dem Diner, das nach Unterzeichnung des Ehevertrages stattfand, Antonio zum ersten Mal. Sie fand ihn sehr ansehnlich, wenn auch ziemlich schweigsam. Mehrmals jedoch spürte sie seinen zärtlichen Blick, und dann lächelten sie einander über die Tafel hinweg heimlich zu. Und gegen Ende des Diners war sie schon halbwegs in ihn verliebt.

Kurz nach Weihnachten begann sie ihre Aussteuer zusammenzutragen. Mit ihrer Mutter und manchmal auch mit ihrer Zofe Tessa ging sie in die Mohren-Apotheke, wo man nicht nur Arzneien, Toilettenartikel, Pinzetten zum Auszupfen der Augenbrauen und Elfenbeinkämme, sondern auch Seidenstrümpfe in verschiedenen Farbtönen, Bett- und Tischwäsche und viele andere Dinge kaufen konnte. Während die Kunden ihre Auswahl trafen, wurden ihnen von adretten jungen Burschen, die enganliegende Strumpfhosen trugen, Süßigkeiten und Erfrischungen angeboten, während hinter Grünpflanzen verborgene Lautenspieler für musikalische Unterhaltung sorgten.

In dieser *bottega* kauften sie reichverzierte Truhen und ein Ehebett, dessen Kopfbrett mit tanzenden Putten dekoriert war.

Zu Hause widmete sich Caterina eifrig der Lektüre von *Dalla famiglia.* Eine gute Ehefrau, so hieß es darin, sollte stets über die Witze ihres Gatten lachen, auch wenn sie nicht komisch waren und er sie schon tausendmal erzählt hatte. Sie sollte herausfinden, welches seine Leibgerichte waren, und sie regelmäßig auf den Tisch bringen. Und sie sollte stets auf persönliche Reinlichkeit und appetitliches Aussehen achten, damit sie nicht seinen Widerwillen erregen und er sich lieber mit Badehausdirnen amüsieren würde.

Wünschte er, daß sie ruhig war, so durfte sie ihn nicht durch Geschwätz erzürnen. Und beim Liebesakt sollte sie schamhaft bleiben – oder wenigstens die Schamhafte spielen –, so daß er stets »ein wenig liebevolle Gewalt« anwenden müsse. Ein weiterer Hinweis: Die Männer, insbesondere die Verheirateten, neigten dazu, sich für großartige Liebhaber zu halten. Die vollkommene Ehefrau dürfte ihnen diese Illusion niemals rauben. Taktvoll müsse sie seine Leistungsfähigkeit auf diesem Gebiet loben, und er würde sie dafür um so inniger lieben.

Während Caterina lernte, wie man eine gute Ehefrau wird, wurde Antonio von seinem Vater über seine Rechte und Privilegien als Ehemann belehrt.

»Du mußt deiner Frau möglichst rasch klarmachen, daß du ihr Herr und Meister bist und daß zu Hause deine Befehle Gesetz sind.«

Er riet ihm, außerhalb des Schlafzimmers auf zärtliche Worte, Blicke und Gesten zu verzichten, falls er nicht riskieren wolle, daß Caterina sich durch derlei Getue ermutigt fühle, ihre Liebe zu ihm unschicklicherweise zu allen möglichen Tageszeiten zur Schau zu stellen.

Des weiteren sollte Antonio bedenken, daß die Frauen von Natur aus zum Gackern neigten. Sie könnten einfach nicht den Mund halten. Sollte sich Caterina als geschwätzig erweisen, so müßte er ihr zunächst einen milden Tadel erteilen. Wenn das nicht half, hätte er das gute Recht, zum Stock zu greifen. Wie hatte es doch der heilige Bernhardin so treffend formuliert? »Ich habe nichts dagegen einzuwenden, daß du dein Weib züchtigst, aber wähle dafür stets den rechten Augenblick!«

Das war in Noldos Augen wahrhaft christliche Weisheit.

Unterdessen blieb auch Lisa nicht untätig. Sie erklärte Noldo, sosehr sie sich über die bevorstehende Heirat freue, sosehr erfülle sie der Gedanke, daß das junge Paar bei ihnen wohnen würde, mit Sorge.

»Und aus welchem Grund?« fragte Noldo spitz. »Seit vielen Generationen haben die Schwiegertöchter der Gherardini in diesem Haus ein glückliches Leben geführt.«

»Das stimmt, edler Gemahl. Aber habt Ihr schon einmal darüber nachgedacht, was es für uns bedeuten wird?«

Dann malte sie ihm die Zukunft in den düstersten Farben aus. Plärrende Säuglinge, die ihnen den Schlaf rauben würden; unzählige kostspielige Arztvisiten, weil kleine Kinder doch ständig krank seien; und im ganzen Haus würde es entsetzlich nach Arznei und dergleichen riechen.

Nach einer Woche hatte sie ihr Ziel erreicht. Noldo eröffnete seinem Sohn, daß er ihm zur Hochzeit Geld schenken würde, um ihm zu ermöglichen, die ersten Ehejahre in einem eigenen kleinen Haus zu verbringen.

»Später, wenn sich die Kinder zu vernünftigen Wesen entwickelt haben, erwarte ich, daß du mit deiner Familie hier bei uns einziehst.«

Lisa machte sich unverzüglich auf die Suche nach einem geeigneten Haus. Sie fand es in der Via Maggio im Stadtteil San Spirito, wo auf einem großen Areal Wohnhäuser für Bürger der mittleren Einkommensstufe errichtet worden waren. Das Haus hatte große, luftige Räume, verglaste Fenster, in die Mauern eingebaute Heizungsrohre und andere moderne Bequemlichkeiten. Auf der Rückseite war ein kleiner Garten mit einigen Obstbäumen, einem winzigen Teich und einem Hühnerhof. Im Souterrain befand sich ein Baderaum, der mit einer Holzwanne für zwei Personen ausgestattet war. Caterina konnte also ihren Gatten oder eine ihrer Freundinnen zum gemeinsamen Bad einladen.

Noldo war mit Lisas Wahl einverstanden, und Caterina verliebte sich auf den ersten Blick in das Haus. Zu Frühlingsanfang wurden die Gardinen und Bilder aufgehängt, die Teppiche ausgelegt und die ersten Vorräte in den Keller geschafft: Olivenöl in Steingutkrügen, Weinfässer, Schmalz, gepökelter Fisch und – was besonders kostspielig war – einige Pfund Zucker.

An einem Aprilmorgen erschien Mariotto Rucellai in der Casa Gherardini.

»Gevatter Noldo, mir ist eingefallen, daß wir wegen der Trauungszeremonie noch nichts unternommen haben.«

Sie waren übereingekommen, sich in die Kosten des Hochzeitsbanketts zu teilen, und hatten die Einzelheiten bereits mehrmals mit den Lieferanten, den Musikern und verschiedenen Unterhaltungskünstlern besprochen. Da sie dafür mehr als erwartet ausgeben mußten, waren sie entschlossen, die kirchliche Feier in bescheidenem Rahmen zu halten.

»Richtig, Gevatter Mariotto, das müssen wir sofort erledigen. Und wir sollten daran denken, wie gut es der Klerus versteht, einem das Geld aus der Tasche zu ziehen.«

»Wir werden auf der Hut sein. Geschäftsleute wie wir lassen sich doch nicht von einem Priester Honig um den Mund schmieren! Ich persönlich ziehe eine schlichte, aber geschmackvolle Zeremonie vor.«

»Da bin ich ganz Eurer Meinung. Protzerei ist Sünde. Außerdem erregt sie die Aufmerksamkeit des Steuereinnehmers.«

So sprachen sie denn in bestem Einvernehmen beim Erzpriester in der Domkanzlei vor. Da Noldo älter als Mariotto war, ergriff er zuerst das Wort. »Wir wünschen eine geschmackvolle, aber schlichte Zeremonie.«

»Da haben die Herrlichkeiten einen sehr weisen Entschluß gefaßt! Nichts ist Gott wohlgefälliger als geschmackvolle Schlichtheit.«

Allerdings, so gab der Geistliche zu bedenken, habe auch die Schlichtheit ihre Grenzen. Den Herrlichkeiten sei doch sicher nichts an einer Zeremonie gelegen, die angesichts ihres gesellschaftlichen Ranges schäbig wirken würde. Sie sollte daher sowohl von geschmackvoller Schönheit als auch standesgemäß sein.

»Und die wichtigste Voraussetzung dafür sind Kerzen.«

Den stechenden Blick auf die Besucher gerichtet, erklärte er, es sei eine ziemlich große Anzahl Kerzen erforderlich: auf dem Hauptaltar, in den Seitenkapellen, der Apsis, dem Querschiff und natürlich auf den Säulen und vor den Madonnen- und Heiligenfiguren. Und da der Dom ungeheuer lang und breit sei, bedeute das eine ganze Menge Kerzen.

»Sagen wir viertausend.« Er zückte den Federkiel.

Die beiden schluckten erst einmal, dann nickten sie. Als der Priester die Zahl in sein Kontobuch eingetragen hatte, sagte er eifrig: »Und jetzt zum Blumenschmuck!«

O ja, Blumen in Santa Maria del Fiore – wie schön, wie passend! Es gab nichts, wovon sich die Madonna tiefer rühren ließ, nichts, was die Gäste stärker beeindruckte! Bei einer Trauung sollte der Dom ein einziger großer Blumenkorb sein!

»Überall Blumen!« rief er, wie im Banne einer Vision. Dann nannte er eine Zahl, und wieder nickten die beiden.

»Und jetzt zum Weihrauch!«

Weihrauch, erklärte er, sei das Parfüm Gottes. Dieser Duft behage Seiner geheiligten Nase, und die Freude daran bewege Ihn zu Gnadenbeweisen, zu denen Er sonst nicht bereit wäre. Eine Hochzeit ohne Weihrauch sei wie ein Tag ohne Sonne, wie eine Mahlzeit ohne Wein.

»Ich bitte die Herrlichkeiten inständig, keinesfalls am Weihrauch zu sparen.«

Also sparten sie nicht am Weihrauch. Auch an der Musik nicht und ebensowenig an der Anzahl der Chorsänger, Offizianten und Kreuzträger, auch wenn sie einander bei jedem Posten besorgte Blicke zuwarfen.

»Dieser Priester ist ein Türke!« fauchte Noldo, als sie hinausgegangen waren. »Wie doppelzüngig er mit uns geredet hat!«

»Ich fürchte, wir haben uns der Sünde der Protzerei schuldig gemacht.«

Es deprimierte sie, daß sie so wenig Standfestigkeit gezeigt hatten. Um wieder in Stimmung zu kommen, kehrten sie in einer nahe gelegenen Schenke ein, wo sie bei einem Krug Wein ihr Verhalten zu rechtfertigen versuchten. Waren sie etwa nicht verpflichtet, das Ansehen ihrer Familien zu wahren? Und was hätten ihre Gilden von einer schäbigen Zeremonie gehalten?

»Mir persönlich tut es um keinen einzigen *picciolo* leid«, erklärte Noldo.

»Mir auch nicht. Ich sage Euch, es wird die schönste Hochzeit des Jahres.«

Und das wurde sie tatsächlich.

An einem sonnigen Vormittag im Juni bewegte sich der Brautzug von der Casa Rucellai zum Dom, angeführt von buntgebänderten Trompetern und hundert weißgekleideten Blumenmädchen im Alter zwischen fünf und acht Jahren, die Rosenblätter auf den Weg streuten. Die in roten Damast gekleidete Braut bot einen hinreißenden Anblick, als sie, hoch zu Roß, der die Straßen säumenden Menschenmenge lächelnd zuwinkte. Hinter ihr ritten die zwölf Brautjungfern.

Antonio, der ein Wams aus blauem Brokat trug, wartete vor dem Dom. Er half Caterina vom Pferd, dann schritten sie durch das Hauptportal. Der Priester hatte Wort gehalten. Der riesige Kirchenraum war ein Meer von Kerzen und Blumen. Unter brausendem Orgelklang wurde die Messe zelebriert. Nach altem Ritus schritten die Offizianten und Akolythen mit vor dem Gesicht gefalteten Händen auf und ab, verneigten sich, schlugen das Kreuzeszeichen, schwenkten Weihrauchkessel und tauschten den Bruderkuß aus.

Das Hochzeitsbankett fand im Hause Gherardini statt. Im Innenhof stand unter einem Zeltdach die lange Tafel, an der das junge Paar mit den nächsten Verwandten und den vierundzwanzig Brautjungfern und Brautführern speiste. Jeder Gang wurde durch eine Fanfare angekündigt und von einem Vorkoster feierlich ausprobiert. Lautenspieler und Akrobaten sorgten für Unterhaltung.

Die anderen Gäste hatte man im Haus untergebracht. Den älteren Damen stand ein Zimmer zur Verfügung, in dem sie es sich bequem machen, ihre aus Haifischzähnen angefertigten Gebisse herausnehmen und sich von ihren Sklavinnen silberne Nachttöpfe bringen lassen konnten. Auch die Herren blieben unter sich und sprachen übers Geschäft. Die Kinder hatte man ins obere Stockwerk verbannt, wo sie sich mit Brathuhn und Kuchen vollstopften und an einem Possenreißer mit seinem dressierten Äffchen ihren Spaß hatten.

Es war bereits spät am Tag, als die Gäste das junge Paar zu dem Haus in der Via Maggio begleiteten, wo Antonio Caterina aus dem

Sattel hob und über die Schwelle trug. Vor den Augen der Gäste schnitt die Braut den Kuchen an, während Lorbeerwein, der bei keiner Hochzeit fehlen durfte, herumgereicht wurde.

Aus der Nachbarschaft brachte man einen neugeborenen Knaben und legte ihn Caterina zum Zeichen dafür, daß man ihr viele Söhne wünschte, in den Arm. Und damit ihr ein Leben im Wohlstand beschieden sei, schob man ihr eine Goldmünze in den Schuh. Zu Tränen gerührt, verabschiedeten sich schließlich die Eltern und Verwandten von den Neuvermählten.

Später, als die beiden ihre Gewänder abgelegt hatten, gingen sie, jeder einen Kerzenleuchter in der Hand, völlig unbekleidet ins Schlafzimmer, stellten die Leuchten mitten auf den Fußboden, knieten vor dem Bett nieder und baten Gott, ihnen viele Söhne zu schenken.

Erst in der Morgendämmerung schliefen sie, eng umschlungen und Mund an Mund, ein. Das Weckläuten hörten sie nicht. Die Mittagsstunde war schon vorüber, als sie zum ersten Mal im selben Bett aufwachten. Und als Caterina Antonios zärtlichen Kuß erwidert hatte, taten sie im hellen Tageslicht das gleiche, was sie beim Flackern der Votivkerzen getan hatten.

Als Antonio nach kurzem Schlummer das lächelnde Gesicht Caterinas neben sich sah, holte er schweigend einen goldenen Ring aus dem Nachttisch und streifte ihn ihr über den Mittelfinger der linken Hand, zum Zeichen dafür, daß er Gefallen an ihr gefunden hatte und sie beide nun wirklich Mann und Frau waren.

In den folgenden Monaten lernte Caterina die Vorzüge ihres Gatten kennen: sein freundliches Wesen, seine Umsicht und seinen Sinn für Humor. Sie stellte fest, daß er ein sachkundiger Geschäftsmann war, der, im Gegensatz zu seinem Vater, Geld nicht für das Wichtigste im Leben hielt. Er hing an seiner Arbeit und war sehr pflichtbewußt, aber wenn er einen Tag im Kontor hinter sich hatte, konnte er die Weberei völlig vergessen. Caterina verstand es vorzüglich, auf seine jeweilige Stimmung einzugehen, kannte bald seine Leibgerichte und zeigte ihm so diskret, wie es sich für eine Ehefrau schickte, daß sie seine Freude an der körperlichen Liebe teilte.

Er wiederum gewöhnte sich daran, daß sie ihn morgens mit »Gottes Segen, ehrenwerter Gemahl« begrüßte, daß sie ihm die Hand küßte und daß er die Sechzehnjährige, in schwarzen Serge gekleidet und den Schlüsselbund am Gürtel, geschäftig durchs Haus laufen, Dienstboten antreiben, Bett- und Tischwäsche sortieren und der Köchin ein bestimmtes Quantum Salz und Zucker aushändigen sah.

Bei Tisch benutzte jeder von ihnen – der neuesten Sitte entsprechend – seinen eigenen Teller und Weinpokal. Es machte Antonio Spaß, seine Frau heimlich zu beobachten, wenn sie sich fein säuberlich mit drei Fingern die Speisen vom Präsentierteller holte, beim Kauen den Mund sorgfältig geschlossen hielt und nach dem Dessert den Dienerinnen fast unmerklich bedeutete, sich zurückzuziehen.

Dann berichtete sie ihm von den Ereignissen des Tages. Eine Dame aus der Nachbarschaft hatte ihr einen Topf Jasminkonfitüre gebracht. Eine ihrer Hausmägde war am Morgen zum Barbier gegangen, um sich einen Zahn ziehen zu lassen. Die Köchin hatte einen Teufel gesehen. Ob sie wohl ein Quattrino Schwefel kaufen dürfe, um die Küche auszuräuchern?

All dies gehörte zum Ehealltag.

Anfang Juli legte Noldo die Leitung seiner *stabilimenti* in die Hände Antonios. Einige Tage bevor er auf seinen Landsitz reiste, fand die feierliche Übergabe statt. Der alte Gherardini begann seine Rede mit einem Rückblick auf seine berufliche Laufbahn, der viel Zeit in Anspruch nahm, weil Noldo mit seiner Lehrzeit, die er als Zwölfjähriger begonnen hatte, anfing und mit dem *tintillano*-Projekt aufhörte. Nach einem Leben unermüdlicher Arbeit, so fuhr er fort, sei jetzt für ihn der Tag gekommen, an dem er sich abwenden wolle von jedem weltlichen Streben, um die wenigen Jahre oder Monate, die ihm vielleicht noch vergönnt seien, dem Gebet, der Meditation und der Vorbereitung auf die letzte große Reise zu widmen.

Von nun an trage Antonio die alleinige Verantwortung für die Weberei und ihre zweitausend Arbeiter. Jetzt sei es an ihm, die schlaflosen Nächte zu erleben, die dem verantwortlichen Leiter eines so weitverzweigten Unternehmens beschieden seien.

»Es werden natürlich Probleme auftauchen, aber dann kannst du mich jederzeit um Rat fragen.«

Er selbst werde sich jetzt nach Montebuoni begeben, wo er in seinem bescheidenen Landhaus innere Einkehr halten wolle. Als man ihn auf sein Pferd gehievt hatte, gab er seiner Hoffnung Ausdruck, daß Caterina bei seiner Rückkehr Mutterfreuden entgegensehen und ihm bald einen Enkelsohn schenken werde.

Diese Bemerkung erwähnte Antonio nicht, als er später seiner Frau von den Ereignissen des Tages berichtete. Dann fragte er sie, ob sie eventuell darauf verzichten würde, den Sommer auf dem Besitz in Montici zu verbringen, den ihm sein Vater überschrieben hatte. »Ich möchte seine Abwesenheit dazu benützen, mich mit meinen neuen Aufgaben vertraut zu machen.«

Caterina versicherte ihm, daß der kleine Garten des Stadthauses durchaus geeignet sei, als Ersatz für das sommerliche Landleben zu dienen. Und so nahmen sie im Juli und August das Abendessen im Garten ein, genossen die nach Sonnenuntergang einsetzende leichte Brise und blieben am Tisch sitzen, bis die Sterne aufgingen. An den Sonntagnachmittagen ruhten sie sich unter dem Kirschbaum aus, sprachen über dieses und jenes und erfreuten sich ihrer Zweisamkeit.

Der Herbstregen verwies sie wieder ins Haus und brachte Noldo in die Stadt zurück. Eines Tages erschien er in der Weberei, vertiefte sich in die Kontobücher, überprüfte Rechnungen und unternahm einen Rundgang. Er war offenbar bei bester Gesundheit und erwähnte seine bevorstehende Reise ins Jenseits kein einziges Mal. In der folgenden Woche kam er wieder, in der nächsten und übernächsten ebenfalls. Mit der Zeit wurden seine Besuche immer häufiger und dauerten immer länger.

»Was soll ich bloß tun?« fragte Antonio eines Abends seine Frau. »Er kommt jetzt fast täglich, übt an allem Kritik, macht die Leute kopfscheu und hält sich stundenlang im *tintillano*-Anbau auf. Dann läßt er sein Pferd vorführen und reitet zum Kartenspielen ins Gildenhaus.«

Caterina spürte, daß er gereizt war. »Habt Geduld! Die Weberei ist sein Leben. Er kann sich nicht damit abfinden, untätig zu sein.«

Die Winterabende am Kaminfeuer trugen dazu bei, daß sich das junge Paar immer inniger verbunden fühlte. Caterina hatte eine hübsche Singstimme und begleitete sich zur Laute, so daß die Stunden bis zum Nachtläuten wie im Flug vergingen. Antonio erfuhr jetzt Einzelheiten über ihre glückliche Kindheit in der Casa Rucellai, über die Tanz- und Gartenfeste auf dem »Bauernhof«, wie der Landsitz ihres Vaters genannt wurde, über ihre Spiele und die kleinen Reibereien mit den Geschwistern. Sie erzählte von ihrem Hauslehrer, der sie mit den Sonetten Petrarcas vertraut gemacht hatte. Ihre Frömmigkeit war echt, ihr Glaube unerschütterlich. Sie war überzeugt, daß die Madonna alles zum Guten wenden würde, wenn man ihr nur genug Kerzen weihte und den Armen reichlich Almosen gab.

Der Februar brachte die lärmende Fröhlichkeit des Karnevals, der die düstere Stimmung der Fastenzeit folgte. Von jeder Kanzel herab erinnerten Dominikanermönche in weißer Kutte und schwarzen Umhängen die Gläubigen daran, daß nur einer von hunderttausend Christen in den Himmel komme, während unzählige im Fegefeuer schmoren müßten und die Hölle bis unter die Dachbalken überfüllt sei.

Unter dem Eindruck dieser Predigten wurde die Bevölkerung von einer Welle der Bußfertigkeit ergriffen. Viele Frauen verzichteten darauf, Mandelkuchen zu essen und sich die Augenbrauen auszuzupfen. Und auch die Männer faßten gute, wenn auch kurzlebige Vorsätze.

Mitte März, als alles wieder beim alten war, bereitete man sich auf das Neujahrsfest vor. Im Palazzo Vecchio an der Piazza della Signoria waren alle Fenster mit Fahnen geschmückt. Mit den Schaubuden, Erfrischungsständen und Wagen der Wanderschauspieler sah es auf dem Platz wie auf einem Jahrmarkt aus.

Seit einiger Zeit stand das Neujahrsfest ganz im Zeichen Lorenzo de' Medicis, der am Neujahrstag (25. März) 1450 geboren war. Die Bevölkerung benützte die Gelegenheit, um dem noch jungen Mann, der gemeinsam mit seinem Bruder seit acht Jahren als Stadtherr von Florenz über die Republik herrschte, ihre Zuneigung und Dankbarkeit zu beweisen.

Antonio schlug Caterina vor, den Beginn des Jahres 1478 inmitten der Volksmenge auf der Piazza della Signoria zu feiern. »Dann können wir zusehen, wie sich Gevatter Lorenzo am Sängerwettstreit beteiligt und seine Lieder in der falschen Tonart zum besten gibt.«

Hand in Hand bahnten sie sich einen Weg durch das Gedränge, sahen Possenreißern, Schwertschluckern und Tanzbären zu, erfrischten sich, da es ein sonniger und schon recht warmer Tag war, mit einem Becher Zitronenwasser und kauften sich ein Stück Mandelkuchen.

Eine Weile blieben sie vor dem Podest eines *narratore*, eines Geschichtenerzählers, stehen, der das Publikum anlockte, indem er auf einen eisernen Topf schlug.

Nach Beendigung seiner Erzählung kletterte der *narratore* die drei Stufen seines Podests herab und machte, mit dem Barett in der Hand, die Runde. Antonio warf eine Münze hinein und zog Caterina weiter. Und plötzlich erblickten sie Lorenzo de' Medici, der auf einem ähnlichen Podest wie der Geschichtenerzähler stand.

Der Mann, der an diesem Tag achtundzwanzig wurde, war eine auffallende Erscheinung: hochgewachsen und schlank, mit einem kantigen Gesicht, das wie aus Kirschbaumholz gemeißelt schien. Die Hakennase, die vorspringenden Backenknochen und der schmallippige Mund ließen seine Züge eher häßlich erscheinen, aber es war jene Häßlichkeit, die auf Frauen anziehend wirkt. Daß sich so manche in ihn verliebte - und er sich in sie –, machte sein ohnehin kompliziertes Leben noch komplizierter.

Er war ein ungemein intelligenter, feinsinniger, von Natur aus gutherziger – wenngleich gegenüber Feinden unversöhnlicher – Mensch von liebenswürdigen Umgangsformen. Und er war als vorzüglicher Reiter bekannt (was in einer Zeit, in der jedermann ritt, etwas heißen wollte). Er beherrschte die Kunst des Fechtens (ein Umstand, der ihm wenig später das Leben rettete), war ein trefflicher Dichter, ein Kenner des Lateinischen und Griechischen, ein eifriger Sammler alter Manuskripte, ein gehorsamer Sohn, liebevoller Vater und untreuer Gatte.

Und er zählte zu den reichsten Männern der Welt.

Als Antonio und Caterina ihn erspähten, sang er gerade mit klangloser Stimme die erste Strophe einer von ihm selbst komponierten Ballade. Danach wandte er sich im Florentiner Dialekt an die Männer und Frauen, die sich um das Podest drängten. Es sei sein größter Wunsch, den Sängerwettstreit zu gewinnen, aber er wisse, daß er vergeblich hoffe, da jedermann in Florenz besser singen könne als er. Vielleicht wäre ihm eines Tages der Sieg beschieden, falls er Gesangsunterricht nähme, aber dazu hätte er keine Zeit. Und warum nicht? Nun, weil er und sein Bruder Giuliano sich für das Volk von Florenz zu Tode arbeiteten und auch des Nachts, wenn sie alle zufrieden auf ihren Strohsäcken schnarchten, kein Auge zutäten.

Und war ihm das Volk dankbar dafür? Mitnichten! Ständig wollte es noch mehr öffentliche Brunnen, Backöfen und Latrinen haben! Und wo sollte er das Geld dafür hernehmen, wenn die Bürger falsche Steuererklärungen abgaben und ihr Geld in Ölkrügen versteckten, damit es die Steuereinnehmer nicht finden konnten?

Kurzum: Undankbare Geschöpfe seien sie und nicht wert, daß man sich für sie abrackere. Er habe das Problem mit seinem Bruder besprochen, und sie hätten beschlossen, den Florentinern eine letzte Chance zu geben. Noch ein Jahr wollten sie für die Bürgerschaft arbeiten, nur noch ein einziges Jahr! Hatte sich die Situation dann noch immer nicht gebessert, würde er sich mit seiner Familie ans Ende der Welt zurückziehen, um nie mehr etwas von den Florentinern zu hören.

Die Leute lachten, denn sie wußten, daß er sie liebte und nie verlassen würde. Und sie liebten ihn und würden ihm treu bleiben – komme, was wolle!

Einen Monat und drei Tage später, am 28. April 1478, wurde Lorenzo im Dom nach Abschluß der Messe von zwei Priestern attakkiert, die sich, mit Degen bewaffnet, auf ihn stürzten, ihn aber nur an der Schulter verwundeten. Gleichzeitig wurde sein neben ihm kniender Bruder Giuliano von Francesco Pazzi getötet, der neunzehnmal auf ihn einstach und sich in seiner Raserei selbst eine Wunde am Oberschenkel beibrachte.

Kurz darauf schwang sich der Erzbischof Salviati, der die Messe zelebriert hatte, aufs Pferd und sprengte, zusammen mit einer Verschwörerschar, zum Palazzo Vecchio. Noch mit dem Meßgewand bekleidet, stürmte er am Wachtposten vorbei, überraschte die Mitglieder der Signoria beim Mittagessen und erklärte dem Gonfaloniere, die Brüder Medici seien getötet worden. Im Namen Seiner Heiligkeit fordere er den unverzüglichen Rücktritt sämtlicher Ratsherren. Wer sich weigere, würde sofort gehängt werden.

Während er sprach, stellte er zu seinem Entsetzen fest, daß die anderen Verschwörer nicht hereingekommen waren. (Sie hatten sich im Palast verlaufen und sich versehentlich in einem Raum eingeschlossen, dessen Tür nur von außen zu öffnen war.) Der Erzbischof erbleichte, versuchte zu fliehen, aber der Gonfaloniere war schneller. Er packte Salviati bei den Haaren und versetzte ihm einen Faustschlag. Dann stellte er ihm Fragen.

So kam die Wahrheit über den als »Pazzi-Verschwörung« bekanntgewordenen Putschversuch ans Licht. Er zielte darauf ab, durch die Ermordung der Brüder Medici und die gewaltsame Übernahme der Signoria die Republik Florenz unter die Herrschaft Papst Sixtus' zu bringen und Florenz samt Territorium dem Kirchenstaat einzuverleiben. Etwa eine Woche später hätte Seine Heiligkeit in der Stadt Einzug halten sollen, um der Krönung seines Sohnes Girolamo zum Herzog der Toskana beizuwohnen.

Diesen finsteren Plan hatte Francesco Pazzi ausgeheckt, der einer bedeutenden Florentiner Bankiersfamilie angehörte und mit den Medici verwandt war. Einige Jahre vorher hatte er mit Giuliano um die Gunst der schönen blondhaarigen Simonetta de' Vespucci[3] rivalisiert.

Als sie sich für den Mediceer entschied, hatte sich Francesco wutentbrannt nach Rom abgesetzt, wo er Girolamos Kumpan beim Glücksspiel und Papst Sixtus' Privatbankier geworden war.

All dies war dem Geständnis des angstschlotternden Erzbischofs zu entnehmen, den die Ratsherren mit Schlägen und Fußtritten traktierten. Inzwischen waren die Bürger aus dem Dom gestürmt und hatten sich vor dem Palazzo Medici versammelt.

Lorenzo, der einen blutgetränkten Verband trug, trat mit grimmiger Miene ans Fenster und teilte der Menge den Tod Giulianos mit. Dieser Mord sei im Zuge einer gegen Florenz gerichteten Verschwörung begangen worden, der auch er selbst fast zum Opfer gefallen wäre.

»Bitte geht jetzt nach Hause! Die Übeltäter werden entlarvt und ihrer gerechten Strafe zugeführt werden.«

Aber diesmal gehorchten ihm die Florentiner nicht. Ihr Schmerz und ihre Empörung mußten sich Luft machen. Die Volksmenge verwandelte sich in einen nicht mehr zu zügelnden Mob.

Die Verbrecherjagd begann.

Das erste Opfer war Francesco Pazzi. Nach dem Mord an Giuliano war es ihm gelungen, sich unbemerkt aus dem Dom zu stehlen und in das Haus seines Onkels zu flüchten, wo ihn die Verfolger aufspürten. Unzählige Hände zerrten ihn hinaus, wütende Frauen zerkratzten ihm das Gesicht. Man stieß und schleifte ihn durch die Straßen, geradewegs in den Speisesaal der Signoria, wo in diesem Augenblick der Erzbischof gehängt werden sollte.

Nun legte man auch Francesco die Schlinge um den Hals, dann stieß man die beiden aus dem Fenster. In den wenigen Sekunden, in denen sie, bevor der Tod eintrat, nebeneinander baumelten, ereignete sich etwas Grauenhaftes: In einem letzten Wutausbruch riß der Erzbischof seinem Mitverschwörer mit den Zähnen ein Stück Fleisch aus der Brust. Er hatte es im Mund, als er starb. Verwerfliches Ende eines verwerflichen Lebens.

Eine Woche lang bestimmte die hysterische Wut des Volkes in Florenz die Szene. Ein Verschwörer nach dem anderen wurde aufgespürt und sofort niedergemetzelt. Einmal hingen gleichzeitig sechsundzwanzig Körper an den Fenstern des Palazzo Vecchio, und weitere achtundzwanzig verrotteten auf der von warmer Frühlingssonne überstrahlten Piazza. Die Gesamtzahl derer, die für den Mord an Giuliano mit dem Leben büßen mußten, belief sich auf zweihundertzweiundsiebzig.

Als es seinen Rachedurst gestillt hatte und, über seine Untaten beschämt, ins Alltagsleben zurückgekehrt war, wartete das Volk von Florenz gespannt darauf, wie der Papst auf dieses Blutbad reagieren würde.

Es brauchte nicht lange zu warten. Wutentbrannt bezeichnete Sixtus in einem Sendschreiben Lorenzo de' Medici als »Sohn des Lasters« und exkommunizierte die ganze Stadt.

Damit kam das gesamte kirchliche Leben in Florenz zum Stillstand. Die Glocken durften nicht mehr läuten, so daß die Bevölkerung nicht mehr wußte, wieviel Uhr es war. Es fanden weder Trauungen noch Taufen statt. Die Beichtstühle blieben geschlossen, und die Florentiner mußten mit sündenbeladenem Gewissen herumlaufen. Starb jemand, so wurde er wie ein Hund verscharrt – ohne Priester, ohne Kerzen, ohne das Jammern der gedungenen Klageweiber.

Noch schlimmer war, daß sich der Bannspruch des Papstes auch auf die florentinischen Handelsgüter auswirkte. In aller Welt haftete jetzt den in Florenz hergestellten Textilien, Schuhen und Modeartikeln ein Pesthauch an. Jeder Ausländer, der einige Ellen San-Martino-Tuch kaufte oder eine Florentiner Bankfiliale betrat, galt ebenfalls als »Sohn des Lasters«, als eine Art Aussätziger.

Solchermaßen zu offener Rebellion getrieben, berief die Signoria eine Versammlung der toskanischen Bischöfe ein, die über die Gültigkeit der Exkommunikation befinden sollten. Sie studierten das päpstliche Breve und verkündeten, es sei in so abscheulichem Latein geschrieben, daß dies unmöglich die Stimme Gottes sein könne. Sie erklärten es für null und nichtig und forderten den toskanischen Klerus auf, das kirchliche Leben wieder in Gang zu setzen und den Gläubigen wieder die Sakramente zu spenden. Und gewissermaßen als Ausklang der Konferenz exkommunizierten die Bischöfe – den Papst.

Sixtus' Antwort auf diese unerhörte Herausforderung hieß Krieg. Und erst jetzt wurde den Florentinern klar, was sie sich eingebrockt hatten. Sie besaßen kein Heer, das es mit den Truppen des Papstes und des mit ihm verbündeten Ferrante von Aragon, des Königs von Neapel, hätte aufnehmen können. Diese fielen bereits im Juli in der Toskana ein und rückten gegen das schutzlos in sein üppiges Tal gebettete Florenz vor.

Aber auch diesmal wachte die Madonna über ihre Lieblingsstadt.

Offenbar war sie den Päpsten nicht besonders zugetan, denn seit Jahrhunderten hatte sie sich mit Florenz gegen sie verbündet. Meistens hatte sie der Signoria nahegelegt, den päpstlichen *generalissimo* zu bestechen, eine Methode, die unweigerlich von Erfolg gekrönt war.

Diesmal jedoch war der Oberbefehlshaber der päpstlichen und der neapolitanischen Truppen unbestechlich. Herzog Federigo von Urbino, der über einem kleinen Staat im großen Apennin herrschte, war ein sehr reicher Mann. Als Condottiere hatte er sich in vielen Feldzügen den Ruf eines Meisterstrategen und eine ganze Schublade voller Auszeichnungen – darunter den englischen Hosenbandorden – erworben.

Doch die Madonna hatte wohlweislich dafür gesorgt, daß dieser Herzog Federigo ein anständiger Kerl und ein alter Freund der Familie Medici war. Ihn erfüllte die Rolle, die der Papst bei der Pazzi-Verschwörung gespielt hatte, mit Abscheu. Zu Beginn der Feindseligkeiten hatte er gebeten, vom Oberbefehl über die päpstlichen Truppen entbunden zu werden, aber Sixtus hatte ihn unter Androhung der Exkommunikation dazu verdonnert, sofort ins Hauptquartier zurückzukehren.

Der *generalissimo* hatte zwar gehorcht, sich aber fest vorgenommen, die Pläne seines Dienstherrn zu durchkreuzen. Ohne zu zögern befahl er – den Rückzug »aus strategischen Gründen« und ließ militärisch völlig unwichtige Dörfer im Hinterland belagern. Mitte November rückten seine Truppen gegen Monte Sansovino vor, eine auf den meisten Landkarten überhaupt nicht verzeichnete Ortschaft. Er ließ sich volle drei Wochen Zeit, um die Bombarden in Position zu bringen.

Am 8. Dezember 1478, als endlich die erste Salve handbehauener Steine abgefeuert werden sollte, hißten die Einwohner von Monte Sansovino die weiße Flagge und baten um einen viermonatigen Waffenstillstand, der ihnen sofort gewährt wurde.

Als sie diese Nachricht erhielten, tanzten die Florentiner vor Freude auf den Straßen.

»Jetzt hat Lorenzo genug Zeit, um sich mit dem Papst zu arrangieren«, sagte Antonio de' Gherardini. »Und im Frühling können wir unsere Waren wieder verkaufen.«

Die vergangenen sechs Monate mit all ihren Schwierigkeiten waren nicht spurlos an ihm vorübergegangen. Sixtus' Bannspruch hatte den Florentiner Handel fast zum Erliegen gebracht. Viele der am Arno gelegenen Textilbetriebe hatten schließen müssen. In den *stabilimenti* Gherardini wurde zwar noch gearbeitet, aber die Produktion war eingeschränkt worden, die Lagerhäuser waren überfüllt, und man mußte täglich mit der Einstellung der Arbeit rechnen.

Aber jetzt durfte man plötzlich wieder hoffen.

»Ihr seht, ehrenwerter Gemahl, daß die Madonna uns beschützt hat«, sagte Caterina.

Ihr unerschütterlicher Glaube rührte Antonio. »Ja, sie hat uns beschützt, und Ihr dürft ihr so viele Kerzen weihen, wie Ihr wollt.«

Endlich lächelt er wieder, dachte sie. Und jetzt würden sie beide wieder am abendlichen Kaminfeuer sitzen, und sie würde wie im letzten Winter Lieder zur Laute singen. Um sein Glück vollkommen zu machen, gestand sie ihm, daß sie guter Hoffnung sei.

»Seid Ihr ganz sicher?« Er wagte noch kaum, an die freudige Nachricht zu glauben.

Sie berichtete, daß sie die Hebamme konsultiert habe, nach deren Voraussage der *bimbo* (denn es würde natürlich ein Knabe sein!) gegen Ende des Sommers, wahrscheinlich im August, das Licht der Welt erblicken würde.

Er betrachtete sie voller Zärtlichkeit. Endlich würde sie ihm den

Sohn schenken, nach dem er sich gesehnt hatte, seit sie ihm vor achtzehn Monaten angetraut worden war.

»Ich freue mich darauf, zuzusehen, wie Ihr unserem *bimbo* die Brust gebt«, sagte er treuherzig.

Aber zu seiner Verblüffung schüttelte sie den Kopf.

»So gern ich Euch diesen Wunsch erfüllen würde«, sagte sie mit gesenkten Lidern, »so fürchte ich doch, daß es mir nicht möglich sein wird.«

Von jeher wurde die Mutterschaft von den Frauen als ihnen auferlegtes Schicksal hingenommen, dem sie mit den verschiedensten, von Entzücken bis zur Resignation reichenden Gefühlen begegneten. Sie umgingen es jedoch, wenn irgend möglich, ihre Kinder selbst zu stillen, und überließen diese Aufgabe lieber armen, gesunden Mädchen vom Lande. Sich als Amme zu verdingen, dürfte so ungefähr das zweitälteste Gewerbe der Welt sein.

Um sich das Stillen zu ersparen, hatten im Zeitalter der Renaissance die Damen von Stand eine ganze Reihe von Ausflüchten parat, die sich von Mutter zu Tochter vererbten.

Und jetzt konfrontierte Caterina ihren ehrenwerten und sehr verwirrten Gemahl damit. Bauernfrauen, so erklärte sie, seien imstande, ihren Nachwuchs zu stillen und obendrein die ganze Hausarbeit zu verrichten. Eben dafür habe Gott sie so kräftig gemacht. Damen von Stand dagegen seien zarte Geschöpfe. Ihre Muttermilch sei dünn und wäßrig, und man könnte damit höchstens einen jungen Hund aufziehen. Dazu sei sie gern bereit. Aber von ihr zu verlangen, ihren kleinen Sohn zu stillen, hieße, sie und das Kind einem frühen Tod auszuliefern.

»Wollt Ihr das?« Jetzt waren ihre schönen braunen Augen auf Antonio gerichtet.

Bevor er antworten konnte, brachte sie weitere Argumente vor. Das Stillen würde ihre Figur verderben. Einen Hängebusen würde sie bekommen und mit siebzehn bereits wie ein abstoßendes altes Weib aussehen. Und um den Anblick seiner eigenen Frau nicht ertragen zu müssen, würde er bei den Badehausdirnen Trost suchen.

Etwas unsicher wandte Antonio ein, die Heilige Jungfrau werde immer mit dem Kind an der Brust dargestellt und sehe trotzdem wunderschön aus. Auf dieses Argument war Caterina vorbereitet.

Gewiß, die Heilige Jungfrau sei die Gottesmutter, aber das ändere nichts an der Tatsache, daß sie die Frau eines armen Zimmermanns, also eine *popolana* gewesen sei, eine jener robusten Frauen aus dem Volk, die ihre Kinder stillen und trotzdem anziehend bleiben konnten.

Als nächsten Punkt brachte Caterina ihr gesellschaftliches Ansehen aufs Tapet. Jedermann würde annehmen, Antonio sei zu arm oder zu geizig, um einer Amme den Monatslohn von zwei Gulden zu bezahlen. »Seht doch«, würden die Leute sagen, »dort geht Antonio de' Gherardini! Er stammt aus einem berühmten Geschlecht, aber er ist so knauserig, daß er seine Frau dem vorzeitigen Tod preisgibt, nur um den Lohn für eine *balia* zu sparen.«

»Wollt Ihr das?« Sie schien mit den Tränen zu kämpfen.

Antonio war inzwischen so verwirrt, daß er sich in allgemeine Redensarten flüchtete. Er warf ihr Doppelzüngigkeit vor, drohte, sie zu züchtigen, und rannte schließlich mit den Worten, sie könne es halten, wie sie wolle, aus dem Zimmer.

In den folgenden zwei Wochen hielt Caterina nach einer Amme Ausschau, die allen Anforderungen gerecht wurde. Sie mußte fromm, freundlich, fleißig, kerngesund und dunkelhaarig sein (denn Blonde waren blutarm, und Rothaarige neigten zu Temperamentsausbrüchen). Sie mußte reichlich mit Muttermilch gesegnet sein, die nicht säuerlich schmecken und keine Klümpchen haben durfte. Ihre Brüste sollten nicht zu groß sein, damit der Säugling nicht daran erstickte, aber auch nicht zu klein, damit er nicht erst danach suchen mußte. Waren sie zu hart, würden sie sein Näschen eindrücken, waren sie zu weich, würde er sich vielleicht »aus purem Ekel« weigern, daran zu saugen.

Schließlich fand Caterina eine solche Perle und nahm sie für ein volles Jahr in Dienst. Sie gab ihr einen Monatslohn im voraus und wies sie an, sich im August bereitzuhalten.

Als die Nachricht von ihrer Schwangerschaft im Stadtviertel bekannt wurde, sprachen Damen aus der Nachbarschaft, Bekannte und Verwandte vor, um Spielzeug, Klappern und Decken aus Ziegenfell zu bringen. Und um Caterina Ratschläge zu erteilen.

Wenn sie Fisch oder Schweinefleisch äße, würde ihr Baby runde, starre Augen beziehungsweise statt der Nase einen Rüssel bekommen. Unter allen Umständen müsse sie ihre Gelüste auf bestimmte Speisen, mochten sie noch so ausgefallen sein, befriedigen, denn sie seien stets ein Zeichen dafür, daß das Kind in ihrem Leib irgendein dringendes Bedürfnis habe. Um einer Fehlgeburt vorzubeugen, solle sie jeden Morgen mit einem Smaragd über ihren Leib streichen.

Vor allem aber dürfe sie nicht mehr bei Antonio schlafen, weil dieser im Halbschlummer ihren Zustand vergessen und zärtlich werden könnte. Wenn sie darauf einginge, könnte schon im nächsten Moment ein hurtiger Teufel in sie hineinschlüpfen. Und sobald sich ein solcher Bösewicht in ihrem Leib eingenistet habe, sei es nahezu unmöglich, ihn auszutreiben, ohne daß sie dabei das Kind verlöre.

Einmal wöchentlich sah die Hebamme nach Caterina. Eine Schwangerschaft war Frauensache, und ein Arzt hatte, ausgenommen ganz zu Anfang, bei einer werdenden Mutter nichts zu suchen.

Eines Tages sprach der Gemeindepriester vor, um Caterina Glück zu wünschen.

»Euer Hochwohlgeboren werden also einen kleinen *bimbo* in die Welt setzen«, sagte er in dem krampfhaft jovialen Ton, dessen sich arme Geistliche gegenüber reichen Gemeindemitgliedern befleißigten. »Nun, dafür hat Gott die Frau geschaffen.«

Im Gegensatz zu den faulen, geilen Bettelmönchen, die von Tür zu Tür gingen und Küchenmägde schwängerten, genossen die Gemeindepriester die Achtung und Sympathie der Florentiner Bürger. Sie spendeten den Kranken Trost, sprachen den Trauernden Hoffnung zu und erteilten den Sterbenden die Absolution. Schlecht, oft sogar überhaupt nicht bezahlt, schlugen sie sich mit dem bißchen Geld durch, das sie bei den unzähligen Messen, bei Taufen, Begräbnissen sowie den Besuchen bei werdenden Müttern herausschinden konnten.

»Die Mutterschaft«, erklärte er, wie schon tausendmal zuvor, »ist die Ruhmeskrone des Weibes.« Sie sei der Beweis dafür, daß der Herrgott den Frauen ganz besonders zugetan sei, aber sie sei auch mit Leiden verbunden, denn es stehe geschrieben, das Weib solle in Freuden empfangen und unter Schmerzen gebären. Und sie berge auch gewisse Gefahren in sich, da es Gott manchmal gefalle, ein Leben auszulöschen, während er ein neues erschaffe. Daher sei es ratsam, sich des Schutzes der Madonna mittels einer kleinen Spende für den Kirchensprengel zu versichern.

Caterina fand dieses Ansinnen durchaus berechtigt. Man hatte sie gelehrt, daß der Himmel diejenigen beschütze, die die Kirche unterstützten, und daß man um so mehr Schutz erwarten dürfe, je großzügiger man spendete. Wenig Geld, wenig Schutz. Kein Geld, kein Schutz.

Und so gab sie dem Priester ein Goldstück, einen geräucherten Schinken, ein Huhn und mehrere Eier. Strahlend und Dankesworte stammelnd, zog er mit seiner Beute ab, nachdem er Caterina, ihre Familie und den künftigen Stammhalter mit Segenswünschen überhäuft hatte.

Im Juni erklärte die Hebamme, es seien jetzt nur noch drei Monate bis zur Niederkunft, und von nun an müsse Caterina das Bett hüten. Kaum hatte sie den Rat befolgt, da zeigten sich ihre Mutter, Schwiegermutter, Schwestern, Freundinnen und Nachbarinnen unablässig besorgt um sie und verbrachten viel Zeit damit, an ihrem Bett zu sitzen und ihr mit Geplauder und Gesang die Angst vor ihrer schweren Stunde zu vertreiben.

Die große hölzerne Badewanne wurde aus dem Souterrain geholt und mitten ins Zimmer gestellt. Zweimal täglich wurde Caterina hineingehoben, um ein langes heißes Bad zu nehmen, gelegentlich in Gesellschaft dieser oder jener vergeblich auf Nachwuchs hoffenden Ehefrau, denn das Badewasser einer Schwangeren galt als besonders wirksames Mittel gegen Unfruchtbarkeit.

Währenddessen war Antonio so gut wie vergessen – ein Fremder im eigenen Haus. Die Dienerschaft kümmerte sich wenig um ihn. Er saß allein zu Tisch und schlief allein. Wenn er aus der Weberei kam, durfte er Caterina kurz besuchen und einige Worte mit ihr wechseln. Dann wurde er höflich, aber bestimmt hinausgeschickt.

Ende Juli, etwa drei Wochen vor der Niederkunft, richteten sich einige ihrer engsten Freundinnen häuslich bei Caterina ein. Sie brachten ihre Garderobe, ihre Toilettenartikel, Matratzen und Nachttöpfe mit. Einige Damen schliefen in Caterinas Zimmer, die anderen, wo sie gerade Platz fanden.

Der Gemeindepriester sprach zum zweiten Mal vor und versicherte Caterina des Schutzes der Heiligen Jungfrau. Als zusätzliche Vorsichtsmaßnahme riet er ihr dringend, sich auch unter den Schutz der heiligen Margareta zu stellen, die, obwohl selbst eine

Jungfrau, die Nothelferin aller in den Wehen liegenden Frauen sei. Caterina gab ihm einen halben Gulden, worauf er beglückt abzog.

Kaum war er gegangen, da erschien auch schon der Astrologe: ein alter Mann mit einem langen, dünnen Bart, einer viereckigen Kopfbedeckung und einem mit glitzernden Steinen besetzten Umhang, der einen mottenzerfressenen Pelzkragen hatte. Er preßte das Ohr an Caterinas Leib und lauschte gespannt. Dann ging er ans Fenster und blinzelte lange zum Himmel empor. Schließlich verkündete er Caterina, sie werde einen Knaben zur Welt bringen. Allerdings sei aufgrund einer sehr ungewöhnlichen Planetenkonjunktion nicht ganz auszuschließen, daß es auch ein Mädchen werden könnte. Aber jedenfalls würde das Kind der Familie Gherardini zur Ehre gereichen.

Mit diesen Worten präsentierte er ihr einen mit Mauleselurin gefüllten Pokal und gab ihr sofort, nachdem sie getrunken hatte, einen gebackenen Apfel zu essen. Dann strich er sein Honorar ein, verneigte sich vor den Damen und stelzte hinaus.

Von Mitte August an kam die Hebamme täglich zu Caterina, und schließlich etablierte sie sich, nörgelnd und selbstbewußt, im Haus. Sie legte ihre Instrumente, Phiolen, Salben, Amulette und Zauberpulver auf dem Nachttisch bereit und übernahm das Oberkommando.

Als die Wehen einsetzten, band sie Caterina einen Gürtel aus Schlangenhaut um, der die Teufel vertreiben sollte, die möglicherweise darauf lauerten, in den Leib der kreißenden Frau zu schlüpfen. Während der folgenden Stunden drückte sie nasse Tücher auf Caterinas Stirn, hielt ihr ein Essigfläschchen an die Nase und überließ ihr die andere Hand, damit sie sich daran klammern konnte.

Kurz vor der Entbindung trug sie Caterina zum »Gebärstuhl« und ging ans Werk, während die anwesenden Damen niederknieten und die Marienlitanei anstimmten.

Und so erblickte im Sommer 1479, von psalmodierenden Stimmen und Schmerzensschreien empfangen, Lisa de' Gherardini, die spätere Mona Lisa, das Licht der Welt.

Gleich einem Bahrtuch legte sich die Enttäuschung auf das Geburtszimmer, als sich herausstellte, daß der erwartete *bimbo* eine *bimba* war. Die Damen wechselten trübselige Blicke, hörten mit dem Psalmodieren auf und begannen, ihre Siebensachen zusammenzupakken. Die Geburt eines Mädchens war kein Grund, um in Jubel auszubrechen.

Nach allgemeiner Ansicht waren Mädchen minderwertige, lästige Geschöpfe, von Gott als harte Prüfung für die Eltern bestimmt, denen sie beträchtliche Kosten verursachten, und für die Herren der Schöpfung eine Quelle der Versuchung – wie bereits Adams Schicksal bezeugte –, der Kümmernisse und des finanziellen Ruins.

Die Theologen, die darüber ebenso gut Bescheid wußten wie über alles andere auch, lehrten, daß die Mädchen »ihre Seele neunzig Tage nach der Empfängnis erhielten«, während dies bei Knaben schon viel früher der Fall sei. Eine der Kindstötung bezichtigte römische Hebamme war von einem kirchlichen Gericht freigesprochen worden, weil der Fötus, den sie in den Tiber geworfen hatte, weiblichen Geschlechts, noch keine drei Monate alt und demnach ein »seelenloses Objekt« gewesen war. Hätte es sich um einen Fötus männlichen Geschlechts gehandelt, so wären der Hebamme beide Hände abgehackt worden.

Ob minderwertig oder nicht, die kleine Lisa war nun einmal angekommen und mußte versorgt werden. Jetzt trat die Amme in Aktion. Sie wusch die *bimba* mit Rosenwasser, das mit würzigen Kräutern versetzt war, steckte ihren Finger in den winzigen Mund und rieb das Zahnfleisch mit einer Paste aus Wein und Honig ein. Dann legte sie den Säugling auf eine vor den Kamin gebreitete Ziegenfelldecke.

Jetzt traf Antonio aus der Weberei ein. Er brauchte nur einen Blick auf das nackte Neugeborene zu werfen, um sich über sein Mißgeschick klarzuwerden. Trotzdem küßte er Caterina zärtlich auf die feuchte Stirn und versicherte ihr, er sei auch mit einer Tochter zufrieden. Noch etwas benommen bat sie ihn flüsternd um Verzeihung und versprach, daß sie ihn das nächste Mal nicht enttäuschen werde. Er tröstete sie, küßte sie noch einmal und machte sich auf den Weg, um seinem Vater die schlechte Nachricht zu überbringen.

Noldo empfing ihn in seinem *studiolo*, reichte ihm die Hand zum Kuß und nahm die Mitteilung, daß er eine Enkeltochter bekommen hatte, mit christlicher Resignation zur Kenntnis. Er zog die rote Kappe vom Kopf, bekreuzigte sich und erklärte, da es Gott gefallen habe, ihm diese neue Heimsuchung zu bescheren, werde er sich in Demut Seinem Willen beugen. Und er wolle die mitleidigen Blicke seiner Zunftgenossen ebenso gefaßt ertragen wie die betretenen Glückwünsche seiner Nachbarn.

»Nicht daß ich etwas gegen Mädchen hätte«, fügte er hinzu. Aber man müsse eben für ihre Ernährung, Kleidung und Erziehung ein Vermögen ausgeben, und wenn sie vierzehn oder fünfzehn waren, nochmals ein Vermögen, um sie an den Mann zu bringen.

In diesem Zusammenhang kamen sie auf Lisas Mitgift zu sprechen.

Noldo meinte, es sei keineswegs zu früh, daran zu denken, denn Mädchen wüchsen so rasch heran wie Unkraut, und plötzlich stände man vor dem Problem, sie zu verheiraten. In Florenz gab es zum Glück eine speziell für diesen Zweck errichtete Bank – *Monte delle doti* –, bei der Väter einen monatlichen Betrag einzahlen konnten, um ihre Töchter später mit einer angemessenen Mitgift ausstatten zu können. Dies galt als gute Geldanlage, da die Bank achtzehn Prozent Zinsen zahlte.

»In normalen Zeiten«, erklärte Noldo, »würde ich dir empfehlen, sofort ein Konto zu eröffnen, aber dies sind keine normalen Zeiten. Es ist ratsam, erst einmal abzuwarten, wie sich die Dinge entwickeln.«

Entgegen allen Erwartungen hatte Papst Sixtus nach Ablauf des Waffenstillstands die militärischen Operationen fortgesetzt, so daß Florenz sich gezwungen sah, Truppen zu rekrutieren. Wegen der damit verbundenen Kosten war zu befürchten, daß die Mitgift-Bank ihren Zinssatz senken würde.[4]

Antonio stimmte seinem Vater zu. Nachdem er sich von ihm verabschiedet hatte, ging er zum Baptisterium, der kleinen achteckigen Kirche mit den berühmten Bronzeportalen, und warf einen weißen Bohnenkern in den an der Außenmauer angebrachten »Geburtenkasten«. Auf diese Weise erfuhren die Florentiner Behörden, daß sich die Bevölkerung der Stadt um einen Bürger weiblichen Geschlechts vermehrt hatte. Eine weitere Meldung war nicht erforderlich.

Dann begab sich der junge Vater zur Piazza della Signoria, wo vor dem Palazzo Vecchio die *banditori* genannten Ausrufer auf Kundschaft warteten. Für eine Entlohnung von acht *soldi* erklärte sich einer von ihnen bereit, durch die Stadt zu laufen, die Trommel zu rühren (wozu man keine Stöcke, sondern die Hand benützte), an jeder Straßenecke stehenzubleiben und folgendes zu verkünden: »Eine Tochter namens Lisa wurde dem Antonio Maria de' Gherardini und seiner Gemahlin, Donna Caterina, geboren.«

Bei einem Goldschmied auf dem Ponte Vecchio erstand Antonio ein Armband aus Gold und Elfenbein – ein bescheidenes, aber bei der Geburt einer Tochter angemessenes Geschenk für die junge Mutter. Auf dem Weg zur Weberei kaufte er an einem Blumenstand einen Strauß roter Rosen, den er Caterina durch einen Boten überbringen ließ. (Da die Gherardini der Partei der Guelfen angehörten, kamen für sie nur rote Rosen in Frage, während die Ghibellinen in ihren Häusern nur weiße duldeten.)

Als er aus der Weberei heimkehrte, erfuhr er, daß Caterina eingeschlafen war und Tessa bei ihr wachte. Er ging ins obere Stockwerk, wo man das Kinderzimmer eingerichtet hatte.

Von Kopf bis Fuß in Tücher gewickelt, schlief die kleine Lisa in der Wiege. Eine Weile betrachtete er das von einem Häubchen eingerahmte verknitterte Gesichtchen. Kein besonders hübscher Anblick, dachte er gerührt. Und sie hatte sich einen schlechten Zeitpunkt ausgewählt, jetzt, da Florenz mit dem Kirchenbann belegt war und Krieg führte. Aber wenigstens mit der Wahl ihrer Eltern konnte sie zufrieden sein. Sie würde niemals hungern und frieren müssen, wie so viele Kinder, deren Eltern weiße Bohnenkerne in den Geburtenkasten warfen. Und sie würde immer geliebt werden.

Tags darauf begannen die Vorbereitungen für die anläßlich einer Geburt üblichen Festlichkeiten. Caterinas Zimmer verwandelte sich in einen eleganten Salon. Die Fenster wurden mit roter Seide drapiert, das Bett erhielt rote Vorhänge und Kissenbezüge, und auf einem Ecktisch prangte Antonios Rosenstrauß.

In diesem pompösen Rahmen hielt Caterina Hof. Ihre Haare waren kunstvoll frisiert, ihre Augenbrauen sorgfältig ausgezupft. Drei Wochen lang empfing sie täglich Verwandte und Bekannte, die Obst und Kuchen auf exquisit bemalten »Geburtstellern« mitbrachten. Und auch Nonnen und Mönche kamen mit Segenswünschen.

Als Lisa einen Monat alt war, hüllte man sie in eine Wolke von Spitzen und trug sie ins Baptisterium (wo alle Florentiner Kinder, ganz gleich, in welchem Stadtviertel sie geboren waren, getauft wurden). Ein Priester im Chorrock sprach ein Gebet und besprengte sie mit Weihwasser, während man ihr das Taufkleid auszog. Dann wurde sie, nackt wie am Tag ihrer Geburt, ins Taufbecken getaucht, um schreiend, tropfnaß und als Mitglied der Christenheit wieder herausgehoben zu werden. Worauf die freudig bewegten Eltern, Großeltern, Paten und Freunde, von vier Musikanten angeführt, den Täufling in die Via Maggio eskortierten und unterwegs den Straßenkindern Süßigkeiten zuwarfen.

Nach der Taufe wurden die roten Vorhänge abgenommen, die Dienstboten kehrten zu ihrer gewohnten Arbeit zurück, Caterina führte den Haushalt wieder selbst, und Antonio durfte endlich wieder in seine Rolle als Herr im Haus und ins Ehebett schlüpfen.

Und Lisa lag in der Wiege.

Im ersten Jahr steckte sie ständig von Kopf bis Fuß in Wickeltüchern, wodurch verhindert werden sollte, daß sich bei einer heftigen Bewegung ihre Knochen verkrümmten oder daß sie sich gar zum Vierfüßer entwickelte.

Sie schlief, trank, rülpste, machte in die Windeln, lachte ohne ersichtlichen Grund und meldete ihre Bedürfnisse durch lautes Geplärr an, was ihr wenig nützte, weil man damals dem Schreien von Säuglingen keine andere Bedeutung beimaß, als daß es die Lungen stärken würde.

Einmal täglich wurde Lisa zu ihrer Mutter gebracht, die sie kurz auf den Arm nahm und sich bei der Amme erkundigte, ob die *bimba* gesund und artig sei. Wenn Antonio nach Hause kam, ging er ins Kinderzimmer, begrüßte seine kleine Tochter, kraulte sie am Kinn, küßte sie auf die Nasenspitze und wurde manchmal mit einem Lächeln belohnt.

So verging der erste Winter.

Im Mai trug man die Kleine in den Garten, befreite sie aus den Wickeltüchern und legte sie auf eine ins Gras gebreitete Decke. Im warmen Sonnenschein verwandelte sich die kleine »Mumie« sogleich in ein quicklebendiges Menschenkind, das sich auf den Bauch rollte, strampelte, mit der silbernen Klapper spielte, an seinem großen Zeh saugte und erstaunt seinen winzigen Nabel betrachtete.

Währenddessen beschäftigte sich Lisas Amme mit Turnübungen

eigener Art: mit Seilhüpfen und Gewichtheben. Man war nämlich der Meinung, körperliche Ertüchtigung wirke sich günstig auf die Qualität der Muttermilch aus. Viele begüterte Familien ließen ihre *balia* sogar reiten. Was hätte die »Milchabsonderung« besser fördern können als ein strammer Galopp?

Als Lisa ihr erstes Lebensjahr vollendete, hatte sie schon manches über die Umgebung gelernt, in die sie hineingeboren war. Jetzt wurde ihre Amme, wie vereinbart, entlassen, und Caterinas Zofe Tessa übernahm die Rolle des Kindermädchens.

Tessa war Anfang Zwanzig – eine imposante Türkin mit blendendweißen Zähnen, breiten, kirschroten Lippen und Augen so schwarz wie Onyx, die in mütterlicher Liebe strahlen, aber auch ärgerlich aufblitzen konnten. Als Zwölfjährige war sie vom venezianischen Sklavenmarkt in die Casa Rucellai gebracht worden, wo sie zunächst als Caterinas Spielgefährtin, dann als ihre Zofe fungiert hatte. Nach der Heirat ihrer Herrin war sie ihr in das Haus in der Via Maggio gefolgt.

Es dauerte einige Tage, bis sich die kleine Lisa an dieses riesenhafte, furchterregende Wesen mit dem breiten, ockerfarbenen Gesicht, dem gelben Turban und dem klirrenden Messingschmuck gewöhnt hatte. Dann aber versuchte sie, sich lallend, glucksend oder aus voller Kehle schreiend mit ihm zu verständigen – eine Sprache, die Tessa zwar geläufig war, auf die sie aber oft überhaupt nicht reagierte. Dann probierten die beiden aus, wer den stärkeren Willen hatte und ob es diejenige, die schrie, oder diejenige, die sich taub stellte, länger aushielt. Lisa entdeckte, daß ihre *bambinaia* schrecklich lange taub bleiben konnte.

Nach Tessas Überzeugung waren Mädchen einzig und allein dazu bestimmt, sich zu verführerischen Geschöpfen zu entwickeln, die es verstanden, sich einen reichen Mann zu angeln. Deshalb schälte sie Lisa jeden Morgen aus den Wickeltüchern, badete sie in warmem Rosenwasser und ließ sie am Kaminfeuer trocknen, damit der Duft in die Haut eindränge. Auf diese Weise, so hoffte sie, würde Lisa eines Tages selbst wie eine Rose duften. Dann massierte sie sanft die Arme, Beine, das kleine Hinterteil und sogar die Finger ihres Schützlings. Und so war Lisa bereits mit zwei Jahren auf dem besten Weg dazu, in die traditionelle Rolle der verführerischen Frau hineinzuwachsen.

Im August 1483 feierte Lisa in der Sommerfrische von Montici ihren vierten Geburtstag. Sie durfte einige Kinder aus den benachbarten Villen zu Kuchen, Obst und Limonade einladen, im Garten mit ihnen spielen und nach Herzenslust herumtollen.

Ein paar Tage später, als sie gerade über die Weide stapfte, auf der die vier Kühe der Gherardini grasten, sah sie unter einem Walnußbaum einen Jungen sitzen, der einen zerbeulten Strohhut trug und auf einer Rohrflöte blies.

Lisa fiel auf, daß seine nackten Füße nicht besonders sauber waren. Sicher badet er nicht jeden Morgen in Rosenwasser, dachte sie.

Ohne Notiz von ihr zu nehmen, blies er weiter, während sie, die Fremden gegenüber noch etwas scheu war, ihn aus einiger Entfernung beobachtete. Nach einer Weile raffte sie ihren Rock und rannte ins Haus zurück, um sich bei Tessa nach dem Jungen zu erkundigen. Sie erfuhr, daß er Nino hieß und der jüngste Sohn des Pächters war. Tessa, wie alle Dienstboten vornehmer Familien ziemlich hochnäsig, versäumte nicht zu betonen, daß er ein einfacher Bauernjunge, ein *villano*, sei, mit dem sich eine wohlerzogene Dame nicht abgeben dürfe.

Am nächsten Morgen ging Lisa wieder auf die Viehweide, und wieder war der Junge mit dem alten Strohhut und den schmutzigen Füßen dort. Um sich bemerkbar zu machen, wagte sie sich diesmal etwas näher an ihn heran. Nach einer Weile lud er sie mit einer Handbewegung ein, sich neben ihn ins Gras zu setzen.

Sobald sie den langen Rock um ihre Füße gebreitet hatte, begann sie, Nino mit Fragen zu bestürmen. Er aber blies unentwegt auf seiner Flöte, und schließlich begriff Lisa, daß sie ruhig sein sollte. Als das Lied zu Ende war, sagte sie, es sei sehr hübsch gewesen. Er quittierte das Kompliment mit einem Lächeln. Jetzt freundeten sich die beiden an. Nino erzählte, er sei sechs Jahre alt, und zeigte ihr, wie man in die Flöte blasen und die Löcher zu- und aufdecken mußte. Dann brachte er ihr ein Lied im ländlichen Dialekt bei.

Von nun an trafen sie sich täglich, obgleich Tessa dagegen war. Was nützte es, jammerte sie, daß man sich bemühte, Lisa zur Dame zu erziehen, und daß man sie jeden Morgen in Rosenwasser badete, wenn sie nachmittags nach Mist roch und wie eine *villana* Lieder im Dialekt sang?

Aber Lisa war es egal, ob sie eine Dame sein würde oder nicht. Es machte ihr Spaß, mit Nino zusammenzusein und ihm von Florenz zu erzählen, wo er noch nie gewesen war. Bei Sonnenuntergang gingen sie Hand in Hand hinter den Kühen her zum Stall.

Als der Herbstregen begann und die Zeit zum Abschiednehmen gekommen war, weinte Lisa und küßte Nino impulsiv auf die Wange. Er starrte sie an, als ob sie von Sinnen sei. Dann fuhr er sich mit der Hand übers Gesicht, so als wollte er den Kuß wegwischen. Sie war ein bißchen beleidigt, aber als er ihr zulächelte, war es wieder gut, und sie versprach, jeden Tag an ihn zu denken.

Und das tat sie auch – fast eine Woche lang.

Den folgenden Sommer verbrachte die Familie wie üblich in Montici, und nach der Rückkehr in die Stadt glaubte Lisa, jetzt würde wieder ein fröhlicher Winter folgen; aber die unbeschwerten Tage waren für sie vorbei. Sie war jetzt fünf Jahre alt, und das hieß, daß sie mit dem Lernen beginnen mußte, und zwar mit dem Religionsunterricht.

Eines Morgens stieg eine ganz in Schwarz gekleidete alte Nonne die Treppe zum Kinderzimmer hinauf. Sie ging am Stock, hatte wäßrige, rotgeränderte Augen und keinen Zahn mehr im Mund. Ihr Kopf war von einem schwarzen Tuch bedeckt, das an beiden Seiten ihres runzligen Gesichts herabhing. Sie hieß Schwester Perpetua und gehörte dem Orden von Faenza an.

Schweigend nahm sie Lisa bei der Hand, führte sie zu einem Schemel und setzte sich ihr gegenüber. Dann bekreuzigte sie sich und begann mit dem Unterricht in biblischer Geschichte.

Schwester Perpetua kam jeden Morgen. Wenn es regnete, trug sie einen langen Umhang aus *pignatolo,* einem wasserdichten Stoff, und dicke Holzsohlen, damit sie trockenen Fußes durch die Pfützen waten konnte. Zum Schutz vor Blitzen hatte sie sich eine Adlerfeder an den Hinterkopf gesteckt, weil, wie sie Lisa erklärte, seit Erschaffung der Welt noch niemals ein Adler vom Blitz getroffen worden sei.

Sie war eine vortreffliche Geschichtenerzählerin, hatte Sinn für Dramatik und schauspielerisches Talent. Mit weit ausholenden Gesten und flatternden Ärmeln führte sie Lisa vor, wie Gott, als er die Welt erschuf, eine Handvoll Sterne nach der anderen kreuz und quer über das Firmament gestreut hatte. Dann stützte sie den Kopf in die Hände und schloß die Augen, um zu zeigen, wie Er sich nach der Erschaffung der Welt ausgeruht hatte.

Von Jugend an im Kloster, hatte sie sich einen von keinerlei Zweifeln getrübten Glauben und eine naive Denkweise bewahrt. In geistiger Hinsicht waren sie und Lisa fast gleichaltrig.

Im Februar fiel Lisa auf, daß der häusliche Alltag sich plötzlich veränderte. Ihre Mutter besuchte sie nicht mehr im Kinderzimmer und lief nicht mehr mit dem großen Schlüsselbund durchs Haus. Noch merkwürdiger war, daß sie die ganze Zeit im Bett lag, obwohl sie – da man den Arzt nicht geholt hatte – gesund war. Und man hatte die Badewanne in ihr Zimmer gestellt, wo Mama offenbar erstaunlich oft badete, denn das Gesinde schleppte ständig Eimer mit heißem Wasser hinein. Täglich erschienen Damen, um Mama zu besuchen, und zu alledem mußte *babbo* ganz allein essen, und niemand sprach mit ihm.

Alles war sehr geheimnisvoll. Von Tessa erfuhr sie nur, daß bald ein Engel herabschweben und Mama ein schönes Baby bringen würde. Und so versuchte Lisa immer wieder, am Himmel einen weißgekleideten Engel zu entdecken, der mit einem Bündel in den Armen zur Via Maggio herabgeflogen kam.

Sie hielt vergeblich Ausschau, aber eines Morgens stand Tessa aufgeregt an ihrem Bett und berichtete, der Engel sei in der Nacht gekommen und habe einen wunderschönen *bimbo* gebracht.

Am Nachmittag durfte Lisa ihren kleinen Bruder besuchen, der Francesco getauft werden sollte.[5] Alles, was sie zu sehen bekam, war ein Stoffbündel, das etwa so groß wie ein Holzscheit war und aus dessen oberem Ende ein runzliges rotes Gesichtchen hervorlugte. Sie war nicht sonderlich beeindruckt, behielt aber ihre Enttäuschung für sich. In den folgenden Tagen herrschte fröhliche Betriebsamkeit. Ständig kamen Besucher, die Geschenke brachten und Francesco sehen wollten. Sogar Großvater Gherardini erschien, nahm mit feuchten Augen seinen Enkelsohn kurz auf den Arm und erklärte, da jetzt sein letzter Wunsch in Erfüllung gegangen sei, könne er sich beruhigt auf die Reise ins Jenseits vorbereiten.

Zu ihrem sechsten Geburtstag bekam Lisa vom Vater ein Pony geschenkt, und kurz darauf durfte sie mit dem Reitunterricht beginnen. Mit anderen kleinen Mädchen aus der Nachbarschaft unternahm sie, im Damensattel, kleine Ausflüge im hügeligen Gelände.

An einem Septembermorgen sah sie zwischen den Weinstöcken die bunten Blusen und breitrandigen Strohhüte der Pflückerinnen leuchten. In Montici hatte die Weinlese begonnen.

Wein zu trinken war eines der wenigen Vergnügen, die von der Kirche sanktioniert wurden. Hatte doch der Erlöser selbst bei einem Hochzeitsmahl Wasser in Wein verwandelt! Und bei der Messe wurde Sein Blut zu Wein. Man zählte den Weinbau zu den »vornehmen« Gewerben, darüber hinaus aber hatte er eine fast kultische Bedeutung. Im Frühjahr segneten Priester die Weinblüte, schädliche Insekten wurden mit dem Bannspruch der Kirche belegt, und im Sommer trug man, mit der Bitte um rechtzeitigen Regen, Heiligenfiguren durch die Weinberge. Blieb der Regen aus, wurden diese Figuren nicht selten in den Arno geworfen.

Die Zeit der Weinlese – *vendemmia* – brachte der Gegend um Florenz eine kurze Periode christlicher Brüderschaft. Fehden wurden vorläufig begraben, und Weinbauern, die das ganze Jahr nicht miteinander sprachen, halfen sich gegenseitig. Für Lisa bedeutete der Beginn der Lese, daß sie ihren Vater einige Tage lang ganz für sich allein hatte. Sie durfte ihn begleiten, wenn er durch den Weinberg ging und mit den Pflückerinnen ein paar freundliche Worte im ländlichen Dialekt sprach.

Unterwegs erklärte er Lisa, wie aus den Trauben Wein gekeltert wurde; daß seine Tönung von der Farbe der Trauben abhing; daß deren Saft mit Eiweiß versetzt wurde und dann lange in kühlen, dunklen Kellern ruhen mußte.

Später ging er mit ihr in den Schuppen, wo die Küfer Eisenbänder um die Fässer hämmerten und die Mädchen mit nackten Füßen in großen, mit Trauben gefüllten Bottichen herumtrampelten. Das war für Lisa der Höhepunkt dieser glücklichen Tage. Verstohlen zupfte sie den Vater am Ärmel und sah so lange flehend zu ihm auf, bis er nickte. Und schon raffte sie ihren Rock, kletterte in einen Bottich und hüpfte zum Klang der Sackpfeifen mit den Mädchen auf den Trauben herum.

Diesen Herbst wurde es mit dem Lernen ernst.

Schwester Perpetua setzte den Religionsunterricht fort, und Lisa erfuhr, daß Gott die Erde an einem Mittwoch gegen neun Uhr früh erschaffen hatte; und daß Jesus das Haus seiner ehrwürdigen Eltern verließ, um durchs Land zu ziehen und den Bauern und Fischern zu predigen; und daß er die Kranken heilte, auf dem Wasser wandelte, Brotlaibe und kleine Fische vom Himmel fallen ließ und noch andere Wunder vollbrachte.

Sie lernte auch manches über die Heiligen, die meist in Höhlen, moosbedeckten Felsgrotten oder glühendheißen Wüsteneien gelebt und ständig Hunger gelitten hatten. Manchmal wanderte ein solcher Heiliger in die nächstgelegene Stadt, um die Ehre Gottes zu verkünden und den König oder den Statthalter oder die Ordnungshüter aufzufordern, die schlechten Frauen davonzujagen. Und die Heiligen geboten dem Volk, Buße zu tun und sich nicht mehr gegenseitig zu betrügen. Das nahm man ihnen übel. Man schlitzte ihnen den Bauch auf, ließ sie im Feuer braten oder in Öl schmoren, zog ihnen bei lebendigem Leib die Haut ab oder köpfte sie, wie es zum Beispiel dem heiligen Denis geschah, der danach mit dem Kopf unter dem Arm weiterging.

Lisa erhielt jetzt auch Unterricht im Lesen und Schreiben, und zwar von ihrer Mutter. Auf der Kaminbank in deren Zimmer lernte sie das Alphabet und mußte mit Kreide Großbuchstaben auf eine Schiefertafel malen. Nach drei Monaten konnte sie einfache Wörter lesen und schreiben. Zu Weihnachten schenkte ihr der Vater einen Krähenfederkiel und zeigte ihr, wie man Holzkohle staubfein zermahlen und mit Ruß, Gummi arabicum und etwas Wasser mischen mußte, um Tinte zu erhalten.

Mama war eine sehr strenge Lehrerin.

»Heilige Madonna!« rief sie, wenn Lisa nicht richtig aufpaßte. »Das ist kein florentinisches Mädchen, sondern ein römischer Strohkopf!« (In Florenz hielt man die Römer für die dümmsten Menschen der Welt.) Oder sie rang die Hände und jammerte: »Gütige Muttergottes, womit habe ich dieses Sonntagskind verdient?« (Man glaubte, daß Sonntagsgeborene kein Körnchen Salz im Hirn hätten, weil sonntags die Salzläden geschlossen waren.)

Mama brachte Lisa jetzt auch die Grundregeln guten Benehmens bei. Zuerst kam der Knicks an die Reihe, der für ein Mädchen das A und O der Wohlerzogenheit war. Lisa fand es sehr schwierig, einen richtigen Knicks zu lernen. Man mußte üben und immer wieder üben. Und sobald sie ihn beherrschte, gab es schon wieder etwas Neues zu lernen.

»Ein schöner Knicks nützt dir gar nichts, wenn du nicht gelernt hast, dir das Gesicht so zu waschen, wie es sich gehört.«

Für ein Bauernmädchen genüge es vielleicht, das Gesicht rasch mal in einen Brunnen oder Bach zu tauchen. Eine Dame aber müsse sich Gesicht, Ohren und Hals mindestens fünf Minuten lang waschen.

Dann kam das Zähneputzen an die Reihe, und auch hier wurde Lisa auf den Unterschied zwischen einem derben Landmädchen und einer manierlichen Signorina hingewiesen. Während jenes sich mit dem Finger eine Mischung aus Wasser und dem eigenen Urin auf die Zähne strich, benützte diese Marmorstaub oder zerstoßene Eierschale. Reiche Leute ließen sich vom Apotheker Zahnpasten aus Honig, Ingwer und zermahlenen Perlen herstellen.

Ein andermal sagte Mama: »Jetzt stellen wir uns einmal vor, du bist bei einer Freundin zu Besuch und hast plötzlich das Bedürfnis, dir die Nase zu putzen. Was tust du dann?«

Bisher hatte Lisa es so gemacht, wie sie es bei anderen gesehen hatte, nämlich die Nase zwischen zwei Finger genommen und sich kräftig in den Kamin geschneuzt. Jetzt erfuhr sie, daß dies höchst unschicklich sei. Eine wohlerzogene junge Dame mußte sich bei der Gastgeberin entschuldigen, in ein anderes Zimmer gehen, sich aus dem Fenster lehnen und dann ihre Nase säubern.

Anscheinend gab es unzählige Dinge, die man lernen mußte, um eine Dame zu werden. Manchmal fragte sich Lisa, ob es überhaupt der Mühe wert war. Sie war froh, als es Juli wurde, denn in Montici bekam sie keinen Unterricht.

Als sie, inzwischen sieben Jahre alt, im Oktober in die Stadt zurückkehren mußte, hatte sie sich mit der Notwendigkeit, eine echte Signorina zu werden, abgefunden.

Schwester Perpetua kam jetzt nur noch zweimal wöchentlich. An den anderen Tagen wurde Lisa von einem Hauslehrer, Maestro Bernardo, unterrichtet, einem jungen, aber schon recht ältlich wirkenden Mann, dessen sanfter, resignierter Blick den erfolglosen Intellektuellen verriet. Aus den Flicken auf seinem *lucco* und den ausgefransten Ärmeln schloß Lisa, daß er sehr arm sein mußte, und aus seinem Atem, daß er zuviel Wein trank. Aber da er sich als geduldiger, freundlicher Mensch erwies, kam sie gut mit ihm aus.

Er lehrte sie, daß die Sonne sich um die Erde drehe und daß die

Erde flach und rund wie ein Pfannkuchen sei. Wenn jemand immer in derselben Richtung weiterlief oder -segelte, stürzte er schließlich über den Rand der Erde, und dann war es mit ihm vorbei. Auch lateinische Vokabeln mußte Lisa lernen, und beim Addieren mit dem Rechenbrett machte sie rasche Fortschritte. Ihr Lieblingsfach war Geographie. Es machte ihr großen Spaß, als Maestro Bernardo ihr erzählte, daß es in Indien Menschen gebe, deren Nase so lang und geringelt wie der Schwanz einer Katze sei, und daß im wilden Äthiopien schwarzhäutige Menschen lebten, die auf dem Bauch ein Auge hätten, genau dort, wo bei anderen Leuten der Nabel war.

Schwester Perpetua, die inzwischen noch mehr Falten bekommen hatte und deren Gang noch schleppender geworden war, schilderte Lisa, wie Jesus nach Jerusalem ging, wo man ihn geißelte, mit Dornen krönte, ihn anspuckte und schließlich ans Kreuz nagelte. Und sie zuckte zusammen, als sie hörte, daß Jesus ihretwegen gestorben sei.

»O ja«, krächzte die Nonne, »er starb um deiner Sünden willen.«

Dann hielt sie ihrer erstaunten Schülerin einen langen Vortrag darüber, welch große Sünderin sie sei. Und das alles nur, weil ihr Ur-Ur-Ur- und tausendmal Urgroßvater, ein gewisser Adamo, einen Apfel gegessen hatte! Es klang so unsinnig, daß Lisa der Verdacht kam, ihrer Lehrerin sei der Verstand in die Pantoffeln gerutscht.

Sie war sich dessen ganz sicher, als sie von ihr zu hören bekam, sie hätte außer ihrem *babbo* noch zwei andere Väter.

Der eine war, wie Perpetua behauptete, der Papst. Er wohnte in einem großen Palast, saß auf einem Thron, und bevor man mit ihm sprechen durfte, mußte man seinen Fuß küssen. Der andere wohnte im Himmel und wußte über jedermann genau Bescheid, vor allem aber über Lisa de' Gherardini. Immer wenn sie eine Sünde beging (was sie anscheinend ständig tat), schrieb Er es in ein großes Buch, um es nur ja nicht zu vergessen. Wenn sie Tessa die Zunge herausstreckte, war es eine Sünde. Wenn sie so tat, als habe sie nicht gehört, daß nach ihr gerufen wurde, war es ebenfalls eine Sünde und kam ins große Buch. Bei der geringsten Kleinigkeit geriet Er in Zorn. Wegen einer einzigen Lüge, auch wenn es nur eine ganz kleine war, mußte man Tausende von Jahren im Fegefeuer, und wegen einer großen Lüge auf ewig in der Hölle schmoren. Da Lisa keiner dieser beiden Väter gefiel, beschäftigte sie sich nicht weiter mit ihnen. Sie hatte ohnehin über genug andere Dinge nachzudenken, zumal die Mama ihr gerade beizubringen versuchte, wie sich eine Dame bei Tisch zu benehmen hatte.

Wenn man sich mit der ganzen Hand anstatt zierlich mit drei Fingern die Speisen vom Präsentierteller holte, benahm man sich wie ein Ferkel und wurde nie mehr zum Essen eingeladen. Sich große Bissen in den Mund zu stopfen und geräuschvoll wie ein Pferd zu kauen, war ebenso verpönt, wie sich die Finger abzulecken oder sie am Ärmel abzuwischen. Die feine Art war es, die Fingerspitzen in die mit warmem Wasser gefüllten Silberschalen zu tauchen, die zwischen den verschiedenen Gängen von den Dienstboten herumgereicht wurden, und sie dann unauffällig am Tischtuch abzutrocknen. Geflügelknochen durfte man unter den Tisch, aber keinesfalls seinem Nachbarn auf den Schoß werfen.

Eine junge Dame durfte während der Mahlzeit weder rülpsen noch sich kratzen. Das war nur alten Damen erlaubt. Unschicklich war es auch, auf den Boden zu spucken oder sich mit dem Handrükken die Nase zu reiben. Lisa bemühte sich, alle diese Regeln zu beachten, und schließlich war an ihren Tischmanieren nichts mehr auszusetzen. Zur Belohnung durfte sie, als es Frühling geworden war, das Abendessen gemeinsam mit ihren Eltern einnehmen.

Außerdem begleitete sie von nun an die Eltern auch zur Sonntagsmesse. In den Kirchen traf man sich damals nicht nur zum Gottesdienst, sondern auch zu Veranstaltungen wie zum Beispiel Gedichtrezitationen, literarischen Vorträgen und Aufführungen religiöser Dramen. Die Messe betrachtete man gewissermaßen als wöchentlichen Pflichtbesuch bei einem einflußreichen Verwandten. Den Damen bot sie Gelegenheit, ihre neuen Kleider zur Schau zu stellen und, um die Holzkohlebecken geschart, den jüngsten Klatsch auszutauschen. Da es weder Kirchengestühl noch Bänke gab, gingen die Männer auf und ab, um sich warm zu halten, wobei sie sich leise übers Geschäft unterhielten. Währenddessen liefen ihre Sprößlinge unter Aufsicht der Kinderfrauen in den Seitengängen herum.

Eines Sonntags, als sie gerade die Kirche verließen, sagte Antonio zu seiner Tochter: »Heute ist so schönes Wetter. Wie wär's denn, mein Vögelchen, wenn wir einen Spaziergang machen würden? Nur wir beide.«

Und das wurde zur Tradition. Nach der Messe kehrten Mama und Tessa nach Hause zurück, während Lisa Hand in Hand mit ihrem Babbo durch die Stadt spazieren durfte.

So lernte sie die Sehenswürdigkeiten ihrer Heimatstadt kennen – und ihren Vater. Er, der für sie nur eine schattenhafte Gestalt im Hintergrund gewesen war, wurde jetzt zum Mittelpunkt ihres Lebens. Sie liebte es, an der Seite dieses hochgewachsenen, distinguierten Signore durch die Straßen zu gehen, dem die Damen zulächelten und vor dem die Herren das Barett zogen. Und er grüßte sie alle freundlich, obwohl er manchmal gar nicht wußte, wie sie hießen.

»Wahrscheinlich sind sie irgendwie mit uns verwandt«, sagte er dann schmunzelnd. »Weißt du, mein Vögelchen, unsere Familie lebt schon so lange in dieser Stadt, daß hier mehr Verwandte von uns herumlaufen, als ein Hund Flöhe hat.«

Er ist ein Babbo, dachte Lisa, auf den ich stolz sein kann.

Im Oktober dieses Jahres wurde Antonio in den Vorstand der Wollhändlergilde gewählt, eine Auszeichnung, die seinen Vater bewog, ihn zu sich zu rufen, eine gefühlvolle Rede zu halten und ihn aufzufordern, mit seiner Familie in die Casa Gherardini zu ziehen, da es sich für ein Vorstandsmitglied der Gilde nicht schicke, ein bescheidenes Haus in einem mittelmäßigen Stadtviertel zu bewohnen.

Und so wurde mit der Auflösung des Haushalts in der Via Maggia begonnen. Caterina kümmerte sich um jede Kleinigkeit und schien allgegenwärtig zu sein. Die Vorhänge wurden von den Fenstern, die Geburtsteller von den Eßzimmerwänden, das Bild der Madonna von seinem Platz über dem Bett genommen. Die Wäsche wurde in bemalte Truhen gepackt, die Küchenutensilien aus den Regalen geholt.

Lisa hatte noch nicht gelernt, sich ins Unvermeidliche zu fügen. Schluchzend und maulend legte sie ihre Puppen in einen Holzkasten, als müßten sie zur letzten Ruhe gebettet werden. Sie haßte ihren Großvater Gherardini und erklärte Tessa, er sei der schlechteste *nonno* auf der ganzen Welt. Wieso durfte er ihr Leben und das der ganzen Familie derart durcheinanderbringen? Niemals, niemals würde sie nett zu ihm sein! Niemals ihm auch nur ein bißchen zulächeln!

Mit dem festen Vorsatz, den Palazzo Gherardini zu hassen, zog sie dort ein – und sie haßte ihn tatsächlich.

Schon beim ersten flüchtigen Streifzug stellte sie fest, daß es überall feucht war und nach Moder roch. Es war ein Haus, in dessen Mauern keine Heizungsrohre eingebaut und dessen unverglaste Fenster mit beschichteter Leinwand abgedeckt waren, die die Kälte hereinließ und das Tageslicht aussperrte. Statt mit Teppichen waren die Fußböden mit Stroh ausgelegt, und es gab keinen Garten.

»Es ist abscheulich«, sagte sie zu Tessa.

Und noch abscheulicher fand sie die Hauptmahlzeiten im Kerzenlicht des Speisezimmers, bei denen ihr Großvater am Kopfende des Tisches thronte und Pandolfo in Livree und weißen Handschuhen hinter ihm stand. Lisa hatte entsetzliche Angst vor dem alten Herrn, und den anderen schien es ähnlich zu gehen. Wenn er eintrat, wurde er von ihrer Mama und ihrer Großmutter mit einem tiefen Knicks begrüßt, und sogar ihr Babbo mußte sich verneigen und ihm die Hand küssen. Alle aßen schweigend und warteten, bis er mit dem Kauen fertig war, was furchtbar lange dauerte, weil er nur noch wenige Zähne hatte.

Hie und da musterte er Lisa, und ein paarmal hatte sie den Eindruck, daß er ihr zulächelte. Aber da sie ihm nicht traute, tat sie so, als habe sie es nicht bemerkt.

Sie machte jetzt Fortschritte in den verschiedensten Unterrichtsfächern. Ihre Mutter gab ihr Musikstunden, lehrte sie, einfache Lieder zu singen und sich auf einer kleinen Laute zu begleiten. Ihr Hauslehrer unterwies sie, geduldig wie stets, in Latein, Französisch, Astronomie und Arithmetik.

Schwester Perpetua belehrte sie über den Himmel und die Hölle, und von ihr erfuhr Lisa auch, daß man, um ins Paradies zu kommen, möglichst Ablässe kaufen mußte. Sie wurden, wie Lotterielose, an den Straßenecken feilgeboten, und außerdem gingen Mönche damit von Haus zu Haus. Wenn man gestorben war und am Himmelstor eintraf, mußte man alle Ablässe, die man gekauft hatte, dem heiligen Petrus zeigen, der einen nur hineinließ, wenn man genug mitgebracht hatte.

Jetzt wurde Lisa auch in die Hauswirtschaft eingeführt. Jeden Morgen begleitete sie ihre Großmutter auf den Alten Markt, wo sie lernte, reife Wassermelonen auszuwählen und mit den Händlern zu feilschen. Und danach ging sie mit ihrer ehrwürdigen *nonna* über die Piazza zum Pranger, um den Taschendieb, der dort gerade in den Block gelegt war, ins Gesicht zu schlagen.

Zu Hause mußte sie Tessa beim Bettenmachen, Staubwischen, Wachsen und Fegen helfen und mit ihr zusammen die Nachttöpfe zum Fenster tragen und auf die Straße entleeren. Und die Köchin brachte ihr bei, wie Zwiebeln geschält und Knoblauchzehen in Steingutbehältern zerstampft wurden.

Sie war so beschäftigt, daß sie kaum mehr dazu kam, sich über das Haus und den Großvater zu ärgern. Die Zeit verflog, und schon war es wieder Weihnachten geworden. Beim ersten Morgengrauen rannte Lisa zum Kamin, wo ihre mit Geschenken gefüllten Schuhe standen. Sie fand eine schöne Puppe, die sie von den Eltern bekommen hatte, eine Menge anderes Spielzeug und einen prächtigen Kranz aus silbernen Blüten, wie ihn die jungen Mädchen bei festlichen Anlässen trugen. Als sie erfuhr, daß es das Weihnachtsgeschenk ihres Großvaters Gherardini war, empfand sie ihm gegenüber nicht mehr ganz so viel Abneigung. Wer so wunderschöne, teure Geschenke machte, konnte doch kein ganz böser Mensch sein!

Sie begann, bei Tisch sein Lächeln zu erwidern, und es tat ihr sogar leid, daß er sich beim Kauen so anstrengen mußte. Als sie eines Nachmittags die Treppe hinaufstürmte, stieß sie mit ihm zusammen.

»Wohin so eilig, mein Kind?« fragte er freundlich. »Ist etwa ein Feuer ausgebrochen, daß du wie ein Hase auf der Flucht vor dem Jäger herumrennen mußt? Hast du jemandem etwas Dringendes zu bestellen?«

Sie verneinte mit einem hastigen Knicks und sagte, sie wolle nur in ihr Zimmer. Worauf er bemerkte, sie solle doch, da sie im Augenblick wohl nichts besonders Wichtiges zu tun habe, mit in sein *studiolo* kommen.

Gemeinsam stiegen sie die Treppe hinauf, wobei er manchmal stehenblieb, um Atem zu schöpfen. Als sie das kleine Arbeitszimmer betrat, stellte Lisa überrascht fest, daß es Fenster mit Glasscheiben hatte und mit einem Teppich ausgestattet war. Auf ihre Frage, warum es so etwas nicht auch in den anderen Zimmern gebe, erwiderte er, das würde zuviel kosten, und er sei zu alt, um solche Neuerungen im ganzen Haus einzuführen.

»Wenn ich die letzte große Reise angetreten habe, wird dein ehrenwerter Vater alles nach seinem Geschmack ändern.«

Er zeigte ihr seine goldene Amtskette und hängte sie ihr um. Lisa kicherte, worauf der alte Herr zu schmunzeln begann. Dann durfte sie sich setzen, und er erzählte ihr von seiner Lehrzeit, als er, auf dem Boden kniend, Rohwolle waschen mußte.

Mit dieser Unterhaltung begann ein neuer Abschnitt in der Beziehung zwischen Großvater und Enkelin. Lisa gewöhnte es sich an, ihn zu besuchen, sobald sie etwas Zeit hatte. Dann setzte sie sich vor ihn auf den Teppich und wartete darauf, daß er ihr etwas erzählte. Und er lächelte, freute sich über ihre kindliche Anmut, räusperte sich und begann, von ihren edlen Vorfahren zu berichten.

Nach seinen Worten waren das samt und sonders Männer gewesen, die sich durch unbedingte Rechtschaffenheit, Bürgersinn und Güte auszeichneten. Wenn einer von ihnen ins Gefängnis geworfen, verbannt oder enthauptet wurde, dann stets aufgrund eines entsetzlichen Justizirrtums. Er hatte für jeden eine Entschuldigung, auch für die Gherardini von Montagliara, jene mächtigen Grundbesitzer, die versucht hatten, Florenz auszuhungern, indem sie den Maultieren, die mit Lebensmitteln für die Stadt beladen waren, die Beine abhackten. Und sogar für Andrea de' Gherardini, der verbannt war, weil er sich an öffentlichen Geldern vergriffen hatte.

Einem Ahnherrn zollte er allerdings ganz besonderes Lob, Otho de' Gherardini[6], dem Sohn von Gherardo und Jollita. Nach seiner Verbannung aus Florenz im Jahre 1057 fand er zunächst in der Normandie Zuflucht. Im Gefolge von Eduard dem Bekenner gelangte er nach England, wo er zu großem Reichtum und ausgedehntem Grundbesitz kam.

Als Lisa an einem Februarnachmittag wieder einmal an die Tür des *studiolo* klopfte und keine Antwort kam, spähte sie hinein. Ihr *nonno* saß vornübergebeugt und fröstelnd am Kamin. Sie erfuhr, daß er den Vormittag in der Börse verbracht hatte, um sich über Kursschwankungen zu informieren, und daß er sich dort in der zugigen Loggia eine Erkältung geholt hatte.

»Ich fürchte, daß ich an einem bösartigen Fieber erkrankt bin«, fügte er zähneklappernd hinzu.

Lisa sagte sofort ihrer Großmutter Bescheid, die sich diesmal nicht um Noldos mißmutigen Protest scherte. Im Nu hatte sie ihn ins Bett verfrachtet, einen heißen Ziegelstein ans Fußende gelegt und dem Patienten einen dampfenden Trank eingeflößt. Am Abend betete Lisa für ihren *nonno*.

Nach einigen Tagen hatte sich Noldo erholt, aber er wurde seines Lebens nicht mehr froh. Er nahm diese Krankheit als Omen dafür, daß es mit ihm zu Ende ging und er sich allen Ernstes auf die Reise ins Jenseits vorbereiten mußte.

Die Erinnerung an alte Sünden suchte ihn heim. Er dachte an die Nächte, in denen er sich mit Chirigora vergnügt hatte, während sein Vater friedlich schlief; an die venezianische Kurtisane und die Badehausdirnen, deren Hände sich so gut auf Zärtlichkeiten verstanden. Und hatte er nicht sarkastische Bemerkungen über die Oberin des Waisenhauses gemacht? Und sein Mißtrauen gegenüber Papst Sixtus? Und seine Prahlerei, sein Glücksspiel im Zunfthaus, sein Jähzorn? Genügte nach Dantes Worten nicht schon der Zorn, um einen in den fünften Kreis der Hölle zu bringen, wo es sumpfig und dunstig war und nackte, unaufhörlich zornige Verdammte einander bis in alle Ewigkeit schlagen und zerfleischen mußten? Und das war noch längst nicht alles.

Gelegentlich hatte er Geld zu Wucherzinsen verliehen, und dafür kam man in den siebten Kreis der Hölle, wo die Verdammten, mit kleinen Geldbeuteln um den Hals, bis ans Ende aller Zeiten durch die Flammen springen mußten. War ihm, Noldo de' Gherardini, dem einstigen Vorsteher der Wollhändlergilde, dieses entsetzliche Schicksal bestimmt?

Bei dem Gedanken daran standen ihm die schütteren grauen Haare zu Berge. Und nun wurde er plötzlich sehr fromm, gab reichlich Almosen, kaufte viele Ablässe und traf Vorkehrungen für Seelenmessen. Er nahm sich die Werke der Kirchenväter vor und schlief über der Lektüre ein. Dann versuchte er es mit der Bibel, aber als er feststellte, daß ausgerechnet der notorische Trinker Noah die Sintflut überleben durfte, begann er an der Weisheit Gottes zu zweifeln. Auch die Paulus-Briefe spendeten ihm keinen Trost. Wie konnte sich dieser Zeltmacher von niederer Geburt anmaßen, einem Gherardini Ratschläge zu erteilen?

Er fand keine Ruhe mehr.

»Wie schwer habe ich gesündigt!« sagte er zu Lisa, die oft zu ihm kam, weil sie spürte, daß ihre Gegenwart ihm wohltat.

Er fürchtete, so erklärte er ihr, nicht genug Ablässe gekauft zu haben und deshalb mehrere tausend Jahre im Fegefeuer verbringen zu müssen, wo es fast so schlimm sei wie in der Hölle.

Er hatte keinen Appetit mehr, sein rundliches Gesicht wurde schlaff und wachsbleich. Und zum ersten Mal im Leben schlief er schlecht.

»Edler Gemahl«, sagte seine Frau eines Abends, »Ihr wirkt so kummervoll wie ein Weidenbaum im Regen.«

»Das bin ich auch, und mit gutem Grund.«

»Habt Ihr Ablässe gekauft?«

»So viele, daß ich jetzt ein armer Mann bin. Es ist kostspieliger zu bereuen, als zu sündigen.«

»Habt Ihr schon einmal daran gedacht, eine Wallfahrt zu machen?« Auf diesen Gedanken war er noch nie gekommen, aber jetzt fand er sofort Gefallen daran.

Wallfahrten waren damals ein fester Bestandteil des religiösen Lebens, wobei es bezüglich der Zeit, der körperlichen Anstrengung und der Kosten, die der Pilger investierte, große Unterschiede gab. Pilgerfahrten ins Heilige Land, die so aufreibend waren, daß nur wenige Teilnehmer zurückkehrten, waren vor allem für Mörder und für Ehemänner, die ihre Frauen für immer loshaben wollten, geeignet!

Segensreiche Wirkung schrieb man auch den Wallfahrten zu berühmten Reliquien zu. In Rom gab es eine Kirche, zu deren Reliquienschrein die Sünder pilgerten, weil sich dann ihr Aufenthalt im Fegefeuer angeblich um 48000 Jahre verringerte. In Wittenberg wurden 17000 Reliquien aufbewahrt, darunter ein Strohhalm von der Krippe in Bethlehem, ein Tropfen von Marias Muttermilch und 204 Knochensplitter der auf Befehl von Herodes niedergemetzelten Säuglinge. Auch England rühmte sich solcher Reliquien: Die Kerze, die am Grab Christi gebrannt hatte, und ein Zweig des Dornbusches, aus dem Gott zu Moses sprach, wurden in der Kathedrale von Exeter zur Schau gestellt, und in einem Kloster in Durham zeigte man den Pilgern nach Erstattung einer kleinen Spende das Hemd der Heiligen Jungfrau.

»Für mich sind alle diese Orte viel zu weit weg«, seufzte Noldo. »Ich würde bereits auf der Hinreise sterben.«

Aber zum Glück gab es auch Wallfahrtsorte, die nicht weiter als dreißig oder vierzig Wegstunden von Florenz entfernt waren. Diese im ganzen nur neun Tage dauernden Pilgerreisen standen unter der Schirmherrschaft der Gilden und waren bei Bankiers und reichen

Kaufleuten sehr beliebt. Da es ihnen gestattet war, ihre Kammerdiener sowie große Vorräte an Leckerbissen mitzunehmen, glichen diese Wallfahrten eher geselligen Ausflügen.

Genau das schwebte Noldo vor. Er erkundigte sich bei Gevatter Mariotto, erfuhr, daß die Bankiersgilde das Patronat über eine für April geplante Wallfahrt nach Arezzo übernommen hatte, und ließ sich dafür anmelden.

Und so bot sich Lisa eines Morgens ein überraschender Anblick: Ihr Großvater war in eine weiße Kutte gehüllt, mit einem Strick gegürtet und trug ein großes, aufgenähtes Kreuz aus rotem Filz auf der Brust. Er war unrasiert, und seine Füße steckten in Sandalen. Nach altem Pilgerbrauch trug er im Beutel Nadel und Faden zum Ausbessern seiner Kutte bei sich. In der Hand hielt er einen Hirtenstab (als Stütze für den Pilger und als Hilfsmittel beim Durchwaten von Bächen und bei der Abwehr von bissigen Hofhunden gedacht), der seiner Erscheinung eine biblische Nuance verlieh. Und natürlich fehlte auch die traditionelle kegelförmige Kopfbedeckung nicht.

Lisa fand diese Aufmachung komisch, aber auch irgendwie rührend. Sie lächelte dem Großvater zu und machte einen schönen Knicks.

Auf dem Hof verabschiedete sich Noldo so feierlich von sämtlichen Hausbewohnern, als bräche er zu einem Kreuzzug ins Heilige Land auf. Über den knienden Dienstboten schlug er das Kreuzeszeichen, seiner Frau reichte er die Hand zum Kuß, Lisas Eltern erteilte er seinen Segen, und ihr selbst tätschelte er die Wange. Dann stapfte er mit seinem Hirtenstab davon, gefolgt von Tommaso, der einen Karren vor sich her schob, auf dem sich eine Menge Lebensmittel sowie die Ausrüstung für die bei Wallfahrten obligatorische Übernachtung im Freien befanden.

Auf der Piazza wurde Noldo von den ebenfalls in Büßerkutten gekleideten Bankiers erwartet. Nun stellten sich die Pilger in Zweierreihen auf, setzten sich in Bewegung und begannen zu psalmodieren: »Herr, erbarme Dich! Erbarme Dich unserer Sünden!«

Als Noldo neun Tage später heimkehrte, hatte er einen weißen Bart und rosige Wangen. Sein Gesicht war wieder rundlich und straff. Er erzählte Lisa von seiner Wallfahrt: von den Veilchen am Wegesrand, den Vögeln, die geschäftig ihre Nester gebaut hatten, den zypressenbewachsenen umbrischen Berghängen, den Frühmessen in ländlichen Kapellen, den Nachmittagsschläfchen im Gras, den ausgezeichneten Mahlzeiten und dem anschließenden Kartenspiel mit seinen neuen Bankiersfreunden.

Und er berichtete ihr von seiner Vision.

Eines Nachts, als er in seinem Zelt gerade an die Teufel, die ihn in der Hölle erwarteten, gedacht hatte, war ihm die Madonna erschienen. »Noldo«, hatte sie gesagt, »hör auf, dir Sorgen zu machen!« Sie habe nicht vergessen, daß er damals, als Antonio auf Geschäftsreise war, dem Waisenhaus fünfundzwanzig Gulden gespendet und im *tintillano*-Anbau eine Marienfigur aufgestellt hatte. Dies reiche, zusammen mit den Ablässen, die er gekauft habe, zur Vergebung seiner großen Sünden aus, so daß jetzt nur noch die wenigen läßlichen Sünden übriggeblieben seien. Und sie werde persönlich dafür sorgen, daß man ihn heimlich in einen abgelegenen Teil des Himmels einließe, und zwar durch ein hölzernes Tor, das niemand sonst kannte.

Huldvoll hatte sie ihm die Gegend dort oben beschrieben. Sie war dem Arnotal sehr ähnlich und von einem schönen Fluß durchzogen, an dem er jederzeit angeln durfte. Heilige und Engel ließen sich dort niemals blicken, geschweige denn der Allmächtige. Die Gegend war nur sehr dünn bevölkert, und die wenigen Häuser ließen sich natürlich nicht mit den prächtigen Wohnsitzen der Heiligen, Märtyrer, Eremiten und all der anderen, die im Himmel als die »fetten Leute« galten, vergleichen. Aber sie würde ihm eine hübsche kleine Villa in einem Olivenhain aussuchen – ohne Prunk, aber mit einem guten Ziegeldach und einem brauchbaren Kamin. Dort könnte er seine liebe Frau erwarten, und dann würden sie beide das ewige Leben in Frieden und bescheidenem Komfort verbringen. »Als ich aufwachte, war die Madonna verschwunden. Aber jetzt fürchte ich mich nicht mehr.«

Drei Tage später starb er im Schlaf.

Da Kinder nicht zu Begräbnissen mitgenommen wurden, beobachtete Lisa vom Fenster aus, wie er bei Einbruch der Dunkelheit, unverhüllt auf der Totenbahre liegend, von vier Männern in schwarzen Kapuzen aus dem Haus getragen wurde. Im Schein der Fackeln folgten die Leidtragenden, umgeben von Klageweibern, der Bahre. Die Leute auf der Straße bekreuzigten sich, und viele Frauen knieten schluchzend auf dem Kopfsteinpflaster.

Lisa waren diese Trauerbezeugungen unverständlich. Für sie gehörte es zum Altwerden, daß man eines Tages sterben mußte. »Warum weinen die Leute?« fragte sie Tessa. »Er ist doch glücklich in seinem kleinen Haus, und jetzt wartet er darauf, daß meine Großmutter zu ihm kommt.«

Er brauchte nicht lange zu warten. Drei Wochen später starb seine Frau völlig unerwartet. Der Arzt war verblüfft, Lisa nicht. Sie war überzeugt, daß ihre *nonna* sich um ihren edlen Gemahl Sorgen gemacht hatte. Wie sollte sie wissen, ob er dort oben zum Nachtisch spanischen Wein bekam und ob ihm jemand beim Anziehen half? Und bestimmt hatte sie gespürt, daß er einsam war und nicht gern ohne sie nach dem Abendessen am Kamin saß. Da hatte sie eben die Madonna angefleht, sie auch sterben zu lassen, und da die Madonna sie sehr liebte, hatte sie ihr diesen Wunsch erfüllt.

Die Stunde des Löwen

Völlig beruhigt über das Schicksal ihrer Großeltern, beobachtete Lisa neugierig die vielen Veränderungen, die in dem alten Familiensitz vorgenommen wurden.

Die Fenster bekamen Glasscheiben, Heizungsrohre wurden eingebaut, Teppiche in die Zimmer gelegt. Sonnenlicht durchflutete den feuchten Palazzo und vertrieb den Modergeruch. Neben dem Schlafzimmer der Eltern wurde ein elegantes Bad eingerichtet, in dem eine mit reichen Schnitzereien verzierte Wanne aus Eichenholz und ein Toilettentisch standen.

Beim Abendessen führte von nun an Lisas Vater das Präsidium, und die Dienstboten redeten jetzt ihn mit »Herr« an. Die allmorgendlichen Einkäufe auf dem Alten Markt erledigte die Mama in Begleitung Lisas und einer Magd, und danach gaben alle drei dem Dieb, der gerade im Block lag, einen Backenstreich.

Nachmittags, wenn die Mama ihre Besuchsrunde machte, durfte Lisa sie begleiten. In ihrem schönsten Gewand, mit einer Puppe auf dem Arm, wurde sie Damen jeden Alters vorgestellt und konnte beweisen, wie eifrig sie das Knicksen geübt hatte.

Einige tätschelten ihre Wange, andere unterhielten sich sogar kurz mit ihr. Dann klatschten sie in die Hände, worauf eine Zofe oder eine Sklavin erschien und Lisa ins obere Stockwerk zu den Kindern führte. Mit ihnen durfte sie spielen, bis sie wieder zu ihrer Mutter geholt wurde und sich mit einem Knicks von der Dame des Hauses verabschieden mußte.

Bei einem dieser Besuche lernte sie Contessina, die jüngste Tochter Lorenzo de' Medicis, kennen. Die beiden freundeten sich sofort an, und eine Stunde später gab es zwischen ihnen keine Geheimnisse mehr. Danach besuchten sie einander regelmäßig. Zu Hause bei Contessina, in der großen Casa Medici an der Ecke der Via Larga, kannte sich Lisa bald gut aus. Dort gab es einen Innenhof mit Säulengängen, einen von Mauern umgebenen Garten und prächtige Räume mit schönen Gemälden und Gobelins.

Eines Nachmittags erschien Contessinas Mutter, Donna Clarissa, unerwartet im Kinderzimmer und nahm schwer atmend Platz, während Lisa einen tiefen Knicks machte. Donna Clarissa war eine korpulente Frau mit blassem Gesicht und hervortretenden, traurig blikkenden Augen. Sie hatte einen starken römischen Akzent und trug statt des hauchdünnen florentinischen Kopfschleiers das traditionelle römische Kopftuch.

Sie lobte Lisa wegen des schönen Knickses und sagte ihr, daß sie an Donna Caterina schreiben und sie bitten würde, Lisa im Sommer auf Besuch zu Contessina kommen zu lassen. Sie blieb nicht lange, weil sie plötzlich einen Hustenanfall bekam.

»Mama hat Teufel in der Brust«, sagte Contessina, als sie wieder mit Lisa allein war.

Hie und da sah Lisa die älteren Geschwister ihrer Freundin und einmal sogar ihren Vater, Lorenzo de' Medici, der ihr lächelnd über die Wange strich. Und sie lernte Contessinas jüngsten Bruder Giuliano kennen, der für seine neun Jahre schon sehr groß war und nußbraune Augen und kastanienbraune Haare hatte.

Einem derart mutwilligen Jungen war Lisa noch nie begegnet. Er belegte sie sofort mit Beschlag, zog sie an den Zöpfen und balgte sich mit ihr. Sie war wütend und schwor, niemals mehr mit ihm zu sprechen. Aber als er ihr dann plötzlich eine Blume überreichte, haßte sie ihn nicht mehr.

Anfang Juli traf ein Reitknecht der Medici in der traditionellen Livree – weiß und purpurrot – in Montici ein und übergab Lisas Mutter ein Schreiben, in dem Donna Clarissa anfragte, ob Donna

Caterinas reizende Tochter zu Contessina nach Careggi kommen und zwei Wochen bei der Familie Medici verbringen dürfe.

Die beiden Sommersitze lagen zwar nur einige Wegstunden voneinander entfernt, aber Lisa war fast den ganzen Tag unterwegs. Erst kurz vor Sonnenuntergang ritt sie auf ihrem Pony in Careggi vor, begleitet vom Reitknecht der Gherardini und einem Gepäckkarren, auf dem neben einem Stallburschen Tessa saß – in vollem Staat, einschließlich des orangefarbenen Turbans.

Contessina empfing sie am Eingang der Villa, die zwar sehr geräumig, aber mit Verwandten und Hausgästen vollgestopft war. Lisa und ihre Freundin schliefen im selben Bett und nützten die Gelegenheit, um noch lange, nachdem die Kerze ausgeblasen war, miteinander zu flüstern. Die Tage reichten nicht aus für all die Dinge, die sie sich erzählen und die sie gemeinsam unternehmen wollten. Nach dem Morgenbad in der zweisitzigen Wanne und dem reichlichen Frühstück verschwanden die beiden im Garten, wateten in dem großen runden Teich herum und spielten mit ihren Puppen. An einigen Nachmittagen ritten sie zu benachbarten Sommervillen, um an Land- und Angelpartien teilzunehmen.

Hin und wieder sahen sie Lorenzo gedankenversunken im Garten auf und ab gehen oder im Schatten eines Baumes auf einer Bank sitzen. Wenn er die beiden bemerkte, winkte er sie zu sich. Dann rannten sie hin, setzten sich neben ihn und berichteten, was ihre »Kinder« wieder alles angestellt hatten. Worauf er, das Kinn in die Hand gestützt, so tat, als dächte er angestrengt über ihr Problem nach, ihnen dann versprach, eine Hexe zu ihren bösen Kindern zu schicken, und schließlich seufzend aufstand, um in sein Arbeitszimmer zurückzukehren. Dort befaßte er sich stundenlang mit Regierungsdokumenten, Steuerunterlagen, Geschäftsberichten der Medici-Bank sowie den verschiedensten Bittschriften, oder er diktierte, hin und her gehend, Erwiderungen auf die zahlreichen Sendschreiben, die aus allen Teilen der Welt in der Villa eintrafen.

So arbeitete der Siebenunddreißigjährige, der jetzt auf dem Höhepunkt des Ruhmes und der Macht stand, Tag für Tag bis zur Erschöpfung. Und wenn sich sein Sekretär und Jugendfreund Niccolò Michelozzo bei Einbruch der Dunkelheit zurückgezogen hatte, grübelte Lorenzo oft über die denkwürdigen Ereignisse nach, die dazu geführt hatten, daß das Schicksal der Medici seit drei Generationen untrennbar mit dem Schicksal der Republik Florenz verknüpft war.

In den frühen Tagen der Republik standen die Florentiner als gute Demokraten jedem, den sie in ein öffentliches Amt gewählt hatten, sofort mißtrauisch gegenüber. Sie befürchteten stets, er könnte seine Machtbefugnisse dazu ausnützen, die Staatsbürger um ihre Rechte zu bringen und sich zum Diktator aufzuwerfen. Um dieser Gefahr vorzubeugen, wählten sie alle zwei Monate eine neue Signoria.

Sie waren fleißige Leute und von jeher scharf auf Geld. Von morgens bis abends saßen sie an ihren primitiven Webstühlen und verarbeiteten die Wolle, die von den außerhalb der Stadtmauer weidenden Schafen stammte. Das Tuch, das sie webten, taugte nicht viel: es war rauh, verschliß rasch und hielt nicht warm. Aber es war die einzige Gewebeart, die sie herstellen konnten, und sie setzten ihre Ware in den Dörfern des Arnotals und sogar in Pisa ab.

Wären die Florentiner arm geblieben, so hätten sie sich wohl auch weiterhin damit begnügt, ihr schlechtes Tuch zu weben, ein friedliches, unauffälliges Leben zu führen und über Politik zu diskutieren. Aber es war ihnen bestimmt, reich zu werden. Sehr reich.

Im Jahre 1238 baten die Demütigen Brüder von St. Michael, die *Umiliati*, um die Erlaubnis, in der Stadt eine kleine Weberei errichten zu dürfen. Zu diesem Zweck wies man ihnen ein Stück Weideland jenseits des Flusses zu. Und bald saßen die Mönche an ihren Webstühlen, und das Tuch, das sie herstellten, war das wärmste, weichste und schönste, das man sich vorstellen konnte. Sie nannten es *panna di San Martino* oder kurz *San Martino*.

Die einheimischen Weber waren höchst erstaunt, fackelten nicht lange und eigneten sich die Herstellungsmethode der Mönche an. Und nun brach eine Art Goldfieber aus. Auf dem Weideland schossen behelfsmäßige Webereien aus dem Boden, und die Glücksritter begannen so rasch wie möglich mit der Manufaktur von San-Martino-Tuch.

Es dauerte nicht lange, bis dieser neue Zweig des Wollgewerbes mit Schimpfwörtern überhäuft wurde. Von allen Seiten wurde die Wollhändlergilde mit Klagen eingedeckt, so daß ihr Vorstand drakonische Maßnahmen ergreifen mußte. Er erließ strenge Produktionsvorschriften und legte Zuwiderhandelnden ungewöhnlich hohe Geldstrafen auf. Einige landeten im Gefängnis, zwei sogar am Galgen.

Die übrigen witterten Morgenluft.

Nachdem die schlimmsten Übeltäter unschädlich gemacht waren, nahm das Wollgewerbe einen ungeheuren Aufschwung und galt bald als das erste aller »vornehmen Gewerbe«, zu dem nur noch Familien von Rang und Namen zugelassen wurden.

Da in Italien bald nicht mehr genug Rohwolle für die Spinnereien und Webereien am Arno zu beschaffen war, begannen die Florentiner *lanaiuoli*, Vertreter – meist ihre eigenen Söhne – nach Spanien, Frankreich und England zu entsenden. Aus der eingekauften Wolle wurde in Florenz San-Martino-Tuch gewoben und mit einem Gewinn von vierhundert Prozent in eben jene Länder exportiert.

Auf diese Weise hatten die »Herren des Webstuhls« bald so viel verdient, daß sie ihr Geld jetzt auch in andere Unternehmen investieren wollten. So stiegen sie denn ins Bankgeschäft ein. Und hier waren sie ebenso erfolgreich wie in der Textilbranche. Angesichts ihrer Gerissenheit und ihres Wagemutes verschlug es den alteingesessenen europäischen Bankiers den Atem. Um Goldtransporte zu vermeiden, führten die Florentiner Bankherren den Kreditbrief wieder ein und schlugen damit den Straßenräubern ein Schnippchen.

Das Bankgeschäft wurde zum internationalen Papierkrieg, den sie perfekt beherrschten. Hinter den Doppeltüren ihrer anspruchslosen Kontore (zu renommieren galt als schlechter Stil) schrieben sie verschlüsselte Mitteilungen, die sie per Schiff oder Kurier an ihre auswärtigen Bevollmächtigten sandten, und schoben, geschickt und habgierig, riesige Geldbeträge auf dem europäischen Schachbrett hin und her.

Nun nährte sich Florenz aus zwei Quellen: dem Textil- und dem Bankgewerbe.

1252, nur vierzehn Jahre nach der Ankunft der *Umiliati*, wurden in Florenz zum ersten Mal Gulden (Florin) aus reinem Gold geprägt, die sofort zur europäischen Standardwährung wurden. Mitte des vierzehnten Jahrhunderts war die kleine Stadt in der Toskana bereits sehr reich, zu Beginn des fünfzehnten Jahrhunderts war sie die reichste Stadt der Welt.

Plötzlicher großer Reichtum ist für den einzelnen wie auch für ein Gemeinwesen nicht unbedingt ein Segen. Geld schafft Versuchungen, die dem Armen erspart bleiben, schafft immer neue Gelegenheiten, kostspielige Fehler zu begehen. Die Florentiner begingen sehr viele und bewiesen, wie schwer es ist, reich und zugleich klug zu sein.

Als sie ihre Truhen mit Gulden gefüllt hatten, gelüstete es sie nach einem »Imperium«. Die Republik wollte über jeden Fußbreit toskanischen Bodens herrschen – vom Apennin bis zum Meer.

Und so begann man mit einer hektischen Expansionspolitik. Einige Ortschaften wurden durch Kauf erworben (das heißt, man zahlte die Grundherren aus). Die Städte und Dörfer, die sie nicht kaufen konnten, eignete sich die Republik Florenz gewaltsam an. Die kriegerischen Auseinandersetzungen dauerten fast ein halbes Jahrhundert.

Allerdings war Krieg damals eine Art Planspiel vornehmer Herren, die klug genug waren, die Regeln sorgfältig einzuhalten. Da patriotische Gefühle und nationale Armeen nicht existierten, überließ man die militärischen Operationen erfahrenen Condottieri – Glücksrittern mit eigenen Söldnertruppen –, denen es vor allem darum ging, sich selbst und ihre Soldaten am Leben zu erhalten. Todesmut war nicht gefragt. Hals über Kopf zu fliehen galt als geschicktes taktisches Manöver, denn wer Fersengeld gab, konnte tags darauf wieder kämpfen (oder von neuem fliehen).

In der italienischen Frührenaissance wurden Bewegungs- und Zermürbungskriege geführt. Erstere begannen damit, daß die feindlichen Gruppen im Spätfrühling ins Feld zogen. Einige Wochen lang fanden Vor-, Rück- und Flankenmärsche, Ablenkungsangriffe, Täuschungsmanöver und strategische Rückzüge statt. Niemals aber kam es zur Feindberührung. Jeden Nachmittag sandten die Condottieri ihren Dienstherren einen Bericht über die an diesem Tag durchgeführten Operationen. Diese Berichte wurden der Bevölkerung vorgelesen, damit das Kriegsfieber nicht nachließ.

Mitte August erreichte der Feldzug mit einer Schlacht (manchmal waren es auch zwei) seinen Höhepunkt. Die beiden Heere wurden an einem Ort, über den sich die Gegner vorher geeinigt hatten – meist auf einer großen Wiese –, zusammengezogen, wo sie sich eifrig auf die Auseinandersetzung vorbereiteten.

Auf beiden Seiten wurden Spähtrupps ausgeschickt, die oft in einem Abstand von nur wenigen Fußbreit aneinander vorbeikrochen. Rüstungen wurden poliert und Schwerter geschliffen.

Und dann wurden eines Tages bei Sonnenaufgang (vorher war es zum Kämpfen zu dunkel, später am Tag zu heiß dafür) die bewaffneten Reiter auf ihre mit Schutzpolstern ausgestatteten Rösser gehievt und sprengten, während die Trompeten schmetterten und die Banner geschwenkt wurden, dem Feind entgegen. Schauderhafte Grimassen schneidend und wüste Beschimpfungen ausstoßend, ließen sie ihre Schwerter über den Köpfen der Gegner durch die Luft sausen, ohne diesen ein Haar zu krümmen. Gleichzeitig schossen die hinter der Reiterei vorrückenden Armbrustschützen in die Luft.

Auf diese Weise waren selbst bei den heftigsten Angriffen nur wenige Opfer zu beklagen. So kam beispielsweise in der Schlacht bei Anghiari, in der Florenz einen seiner größten Siege erfocht, nur ein einziger Soldat ums Leben. Er war vom Pferd gefallen und von der eigenen Reiterei zu Tode getrampelt worden.

Nach der Schlacht kehrten die Krieger in ihre Zelte zurück, um der wohlverdienten Ruhe zu pflegen. Falls man Gefangene gemacht hatte, geleitete man sie im Schutz der weißen Fahne ins gegnerische Lager zurück. Nun folgte eine Ruhepause von ein bis zwei Wochen, die von den feindlichen Heerführern dazu benützt wurde, sich gegenseitig Grüße, Obstkörbe und Lagerdirnen zu übersenden.

Herrschte weiterhin gutes Wetter, so wurde eine zweite Schlacht vereinbart. Meist hatte dann aber schon der Herbstregen begonnen, und die Truppen marschierten in ihre Winterquartiere. Der Regen war der wahre Feind des italienischen Soldaten, denn er bewirkte, daß die Rüstungen Rost ansetzten, den Bogenschützen die Sicht genommen war und die Pferde auf dem nassen Boden ausrutschten. Die Söldner hielten es für sinnlos, bei Regen zu kämpfen, und warteten lieber auf gutes Wetter.

Im Zermürbungskrieg wurden Städte belagert und die Befestigungsanlagen unter Beschuß genommen. Die Geschütze in Stellung zu bringen war ein zeitraubendes und mühsames Unternehmen, da in Italien die bewegliche Artillerie damals vorwiegend aus sehr schweren Bombarden (sie wogen um die zweihundert Zentner) bestand. Rund zweihundert Ochsen wurden benötigt, um die Geschütze an Ort und Stelle zu ziehen.

Diese schwerfälligen Kriegsmaschinen sahen furchterregend aus und erhielten entsprechende Namen, etwa »Die Rasende«, »Die Grausame«, »Halt's Maul!« und dergleichen. Als Geschosse wurden Steine verwandt, die an die fünfzig Pfund wogen und selten ihr Ziel erreichten. Da sie handbehauen waren und einen beträchtlichen Wert darstellten, wurden sie, wenn irgend möglich, wieder eingesammelt und immer von neuem abgefeuert, bis sie endlich gegen die feindlichen Schutzwälle krachten oder aber, was häufiger der Fall war, nach hinten losgingen. Aus diesem Grund erhielten die Kanoniere doppelten Sold.

Ob Bewegungs- oder Zermürbungskrieg, die Florentiner gewannen damals immer. Da sie am reichsten waren, konnten sie die besten Heerführer anheuern, die meisten Soldaten rekrutieren, die größten Bombarden kaufen und mehr Steine behauen lassen als der Gegner. Und so bekamen sie stets, was sie haben wollten.

1429 gehörten ihnen sämtliche toskanischen Städte und Dörfer, ausgenommen Siena und Lucca, die sie natürlich auch noch erobern wollten. Unverzüglich rüsteten sie zum Feldzug gegen Lucca, der ihrer Berechnung nach drei Wochen dauern und ihnen zu einem großen Sieg verhelfen würde.

Drei Jahre später wurde noch immer gekämpft, und die Aussichten waren trübe.

Zu diesem Zeitpunkt hatten die Florentiner bereits über fünfzehn Millionen Gulden für ihre Eroberungszüge ausgegeben, sich mit einer astronomisch hohen Staatsschuld belastet und das Kunststück fertiggebracht, die reichste Stadt der Welt an den Rand des Bankrotts zu bringen.

Ein hochgewachsener, schweigsamer Mann beobachtete diese Entwicklung mit zunehmender Sorge. Er war zweiundvierzig, ging etwas vornübergebeugt, hatte kurzgeschorene, graumelierte Haare, ein hageres Gesicht mit einer langen, schmalen Nase und mißtrauisch blickenden Augen. Sein Name war Cosimo de' Medici.

Da er ein Realist war und sich über seine Mitmenschen keine Illusionen machte, wurde er allgemein für zynisch gehalten. Ihm war es gleichgültig, was die Leute über ihn sagten und dachten. Er war nur daran interessiert, sich seinen Bankgeschäften zu widmen (die Medici-Bank hatte damals bereits Niederlassungen von London bis Konstantinopel, insgesamt sechzehn), Gemälde und alte Manuskripte zu sammeln und, da er sich nicht nur für gemalte Schönheit begeisterte, hie und da ein paar angenehme Stunden mit seiner tscherkessischen Sklavin zu verbringen.

Als sich der Krieg mit Lucca immer länger hinzog, zweifelte Cosimo nicht mehr daran, daß die Narren in der Signoria die Republik Florenz – und die Medici-Bank – ruinieren würden. Also beschloß er, etwas zu unternehmen. Das bedeutete, daß er die politische Bühne betreten mußte, obwohl er einen Abscheu davor hatte, sich in Szene zu setzen und Reden zu halten. Aber er tröstete sich mit dem Gedanken, daß es nicht allzu lange dauern würde, bis er sein geruhsames Leben wiederaufnehmen konnte.

Er ging auf die ihm eigene Art ans Werk: Heimlich finanzierte er gegen den Krieg gerichtete Aufstände in den Armenvierteln. Die Signoria rächte sich, indem sie ihn verhaftete und für zehn Jahre aus Florenz verbannte. Mit seinem Sohn Piero, seinem Kammerdiener Matteo, seinem Architekten Michelozzo, seinen Sklavinnen und seinen Gemälden (aber ohne seine Gemahlin) reiste er nach Venedig, wo er – wie alle sehr reichen Gäste – mit offenen Armen empfangen wurde.

Die Nebelschwaden des Oktobers verliehen der Stadt aus Marmor und Wasser einen eigentümlichen Zauber, als Cosimo einen Palazzo am Canale Grande bezog. Er spazierte durch die Gassen, leitete von der venezianischen Filiale aus weiterhin die Medici-Bank und war entschlossen, sein Leben im Exil zu genießen.

Inzwischen war die Lage in Florenz immer verzweifelter geworden. Die Bevölkerung hatte es satt, Kriegssteuern zahlen und Siegesnachrichten hören zu müssen.

Die neugewählte Signoria, die Cosimo wohlwollend gegenüberstand, bat ihn, zurückzukehren. Am 6. Oktober 1434, genau ein Jahr nach seiner erzwungenen Abreise, traf er wieder in Florenz ein – als der mächtigste Mann der Republik.

Er lehnte alle Titel ab, hielt keine Reden, machte keine Versprechungen. Von seinem Kontor aus leitete er alle notwendigen Schritte ein. Er machte dem Krieg mit Lucca unverzüglich ein Ende, versicherte die Nachbarstaaten seiner friedlichen Absichten, gab dem Florentiner Schatzamt hohe zinslose Darlehen und überwachte die öffentlichen Ausgaben, als ginge es um seinen eigenen Geldbeutel.

Da er weder Zeit noch Lust hatte, sich mit einer politischen Opposition herumzuschlagen, fertigte er eine Liste seiner hartnäckigsten Gegner an und ließ einen nach dem anderen von der Signoria auf Lebenszeit in die Verbannung schicken.

Obwohl er ein Autokrat war, ließ er klugerweise die demokratischen Gepflogenheiten weiterbestehen. Da die Florentiner schon immer gern und viel geredet hatten, erlaubte er ihnen, auch weiterhin dieser Leidenschaft zu frönen – nur daß er sich nicht darum scherte, *was* sie sagten. Nach wie vor wurde die Signoria von den Bürgern gewählt – nur daß diese anscheinend stets den Anhängern Cosimos den Vorzug gaben.

So undemokratisch und verfassungswidrig das alles war – es hatte Erfolg. Sonntags gingen die Arbeiter wieder zum Fischen an den Arno, sangen in den Schenken oder sahen beim Hahnenkampf zu, statt sich, wie bisher, Feldzugsberichte anzuhören. Die Armen lernten das Lachen wieder.

Einige Jahre später war der Wohlstand zurückgekehrt. Die Notlage, die Cosimo gezwungen hatte, die Macht zu ergreifen, war überstanden. Er fühlte sich allmählich zu alt, um beiden Aufgaben, der Leitung des Staates und der Medici-Bank, gerecht zu werden, und er sehnte sich danach, wieder seinen privaten Interessen nachgehen zu können.

Aber er mußte feststellen, daß es kein Zurück mehr gab.

Herrschen heißt, sich Feinde schaffen, und Cosimo hatte deren viele. Die Opponenten, die er ins Exil geschickt hatte, warteten ungeduldig auf seinen Rücktritt und ihre Chance, heimzukehren, das Volk zu beeinflussen und wieder an die Macht zu gelangen. Cosimo wußte, daß sie seinen Kopf fordern, die Bank und seinen prächtigen neuen Palazzo in der Via Larga konfiszieren, seine Anhänger verfolgen und durch die alte, engstirnige Politik seine jahrelange Arbeit zunichte machen würden.

Und so legte er die Bürde niemals nieder. Er regierte dreißig Jahre lang – streng und erfolgreich. Als der Vierundsiebzigjährige an einem strahlenden Sommertag starb, wurde er aufrichtig betrauert. Und nach seinem Tod erhielt er, der alle Titel abgelehnt hatte, den Ehrentitel »Pater Patriae«.

Die Zeit hatte für die Medici gearbeitet. Eine ganze Generation war unter Cosimos Herrschaft aufgewachsen und hatte sich keine andere gewünscht. So war es fast eine Selbstverständlichkeit, daß sein Sohn die Nachfolge antrat. Es fand keine Wahl, keine Volksabstimmung statt. Die Prioren der Signoria begaben sich in den Palazzo Medici und baten Piero, das Werk seines Vaters weiterzuführen.

Der von Kindheit an unter schwerer Gicht leidende und die meiste Zeit ans Bett gefesselte Piero de' Medici bemühte sich redlich, unterstützt von seiner vortrefflichen Gattin Lucrezia, die Staatsgeschäfte und das Bankhaus im Sinne seines Vaters zu verwalten. In einem Punkt aber wich er von dessen Politik ab, und das kostete ihn beinahe das Leben. Aus Gutmütigkeit hob er einige Verbannungsurteile Cosimos auf. Die Intriganten kehrten zurück und lauerten auf der Straße nach Careggi Pieros Sänfte auf. Daß der Mordanschlag im letzten Augenblick verhindert wurde, war dem Mut und der Geistesgegenwart von Pieros ältestem Sohn Lorenzo zu verdanken.

Piero starb Ende 1469. Am Tag nach dem Begräbnis begaben sich die Mitglieder der Signoria in ihren roten Roben und goldenen Amtsketten erneut zum Palazzo Medici. Donna Lucrezia, auch im Witwenschleier eine majestätische Erscheinung, empfing sie in Begleitung ihrer beiden Söhne, des neunzehnjährigen Lorenzo und des zwei Jahre jüngeren Giuliano. Nachdem der Gonfaloniere die großen Verdienste Cosimos und die Vorzüge Pieros gepriesen hatte, bat er Lorenzo, die Nachfolge anzutreten.

Mit gesenktem Kopf und zusammengepreßten Lippen hörte sich der junge Mann diese Bitte an. Er wußte, wie unermüdlich sein Großvater und sein Vater bis spät in die Nacht gearbeitet hatten, während die Florentiner unbekümmert in ihren Betten lagen. Nur zu gut kannte er die Gefahren, die mit dem klangvollen Titel »Oberhaupt der Republik« verbunden waren. Aber er wußte auch, daß ihm keine andere Wahl blieb, daß die Medici an der Macht bleiben mußten, wenn sie nicht untergehen wollten.

Und so dankte er den Ratsherren und schwor, sein Leben dem Wohl seiner Mitbürger zu weihen. Dann trat er ans Fenster und grüßte die jubelnde Menge, die sich vor dem Palazzo versammelt hatte. Am Abend aber vertraute er seinem Tagebuch seine wahren Gefühle an:

»Sie [die Ratsherren] bezeugten ihr Beileid anläßlich unseres großen Verlustes und boten mir an, der Regierung vorzustehen. Ich zögerte im Hinblick auf mein jugendliches Alter und auf die große Verantwortung, aber auch auf die Gefahren, denen ich mich aussetzen würde. Ich sagte nur zu, um unsere Freunde und unseren Besitz zu schützen.«

Anfangs regten sich hier und dort Zweifel, ob es ratsam gewesen sei, einen so jungen Mann mit der Führung des reichsten Staates in Italien zu betrauen. Betagte Bürger, die der Meinung waren, man werde erst im Alter klug, prophezeiten Unheil. Aber dazu kam es nicht. Lorenzo de' Medici erwies sich als ausgezeichneter Staatsmann und erwarb sich nicht nur die Achtung und das Vertrauen, sondern auch die Liebe des Volkes.

Bald winkten ihm die Hausfrauen vom Fenster aus zu, wenn er ohne Leibwache durch die Straßen ging. In fast mütterlicher Zuneigung nannten sie ihn »Lauro«, denn sie erinnerten sich noch deutlich daran, wie er als Kind mit seinem Großvater Cosimo spazierengegangen war oder sich auf der Piazza Santa Croce mit Gleichaltrigen im Ringkampf gemessen hatte.

Von Jugend an war er auf seine künftige Machtposition vorbereitet worden. Seine erste diplomatische Mission hatte er als Fünfzehnjähriger zu erfüllen, als er seine Familie bei der Vermählung Ippolita Sforzas, der Tochter des Herzogs von Mailand, mit dem Kronprinzen von Neapel vertreten mußte. Er hatte ein glänzendes Debut gegeben, die anderen Gesandten zu üppigen Banketten geladen und insgeheim die zärtliche Zuneigung der Braut gewonnen.

Nach Florenz zurückgekehrt, lernte er Lucrezia Donati kennen, die fünfzehnjährige Ehefrau des reichen Kaufherrn Piero Ardinghelli, der sich gerade auf Geschäftsreise im Orient befand. Während er den Sultanen Damast verkaufte, gaben sich Lorenzo und Lucrezia nach Herzenslust den Freuden der Liebe hin.

Als diese leidenschaftliche Affäre ihren Höhepunkt erreicht hatte, hielt Piero de' Medici für seinen Sohn um die Hand der unansehnlichen, schwindsüchtigen, sehr frommen und sehr langweiligen Clarissa aus dem römischen Fürstengeschlecht Orsini an. In väterliche Entscheidungen hatte man sich zu fügen, und so vermählte sich Lorenzo im Juni 1469 mit Clarissa. Nach dem Hochzeitsbankett schrieb er voller Bitterkeit in sein Tagebuch: »Heute nahm ich, Lorenzo, Donna Clarissa, Tochter des Jacopo Orsini, zur Frau. Oder richtiger: Sie wurde mir zur Frau gegeben.«

Er versuchte, sie lieben zu lernen, aber es gelang ihm nicht. Die Kluft zwischen den Ehegatten war unüberbrückbar. In den Augen der Fürstentochter waren die millionenschweren Florentiner Bankiers und »Herren des Webstuhls« nichts anderes als Händler niederer Herkunft. Unfähig, sich den Gebräuchen und der Kleidermode anzupassen, blieb sie in Florenz stets *la straniera*, die Fremde. Lorenzo erwies ihr den nötigen Respekt, aber das Glück, das er zu Hause nicht fand, suchte er sich anderswo. Um Ruhe vor Clarissa zu haben, bediente er sich des probaten Mittels, ihr zu einer Schwangerschaft nach der anderen zu verhelfen. Seine Liebesabenteuer waren allgemein bekannt, denn er scherte sich nicht um den Klatsch der Leute und lehnte Täuschungsmanöver ab.

Schließlich aber fand er die größte Befriedigung in der Arbeit. Unterstützt von seinem Bruder Giuliano, trug er die Bürde der Regierung und mehrte den Wohlstand der Republik. Mit Lorenzo am Steuer des Staatsschiffes wurde Florenz zur Handels- und Kulturmetropole und segelte mit voller Kraft auf den Wogen seines kurz bemessenen, aber um so strahlenderen goldenen Zeitalters.

Nach der Pazzi-Verschwörung hatten Papst Sixtus' Kriegserklärung und Bannfluch dieser Entwicklung ein jähes Ende gesetzt. Zwar war die Stadt selbst verschont geblieben, weil sich in zwei Feldzügen der Befehlshaber der päpstlichen Truppen hartnäckig geweigert hatte, in Florenz einzumarschieren. Aber was durch militärische Operationen nicht gelang, wurde durch die Ächtung der florentinischen Handelsgüter auf den europäischen Märkten erreicht: Die Bürger der Republik sahen sich zu Friedensverhandlungen gezwungen. Lorenzo segelte heimlich nach Neapel und bewog den König, Don Ferrante von Aragon, mit Florenz einen Separatfrieden zu schließen. Und da der Papst ohne seinen Verbündeten den Krieg nicht fortsetzen konnte, lenkte er ein.

Nun herrschte wieder Frieden, und allmählich kehrte auch der Wohlstand zurück.

Der Tod seines Bruders durch Mörderhand hatte Lorenzo tief getroffen. Seinem kurz nach dem Anschlag geborenen Sohn gab er zu

Ehren des Bruders den Namen Giuliano. Am Neujahrstag 1482 starb Lorenzos Mutter, und nun fühlte er sich noch einsamer.

Sein Ruhm jedoch wuchs ständig und verbreitete sich durch ganz Europa. Monarchen holten sich bei ihm Rat. Selbst der Sultan von Ägypten wandte sich an ihn und sandte ihm als Dankeszeichen kostbare Duftwässer und eine Giraffe. Nach außen hin erschien Lorenzos Leben unverändert. Er empfing ausländische Gesandte, pflegte nach wie vor die Unterhaltung mit geistreichen und gelehrten Freunden, sammelte alte Bücher und verfaßte gelegentlich ein Gedicht. Aber seine ungezwungene Fröhlichkeit war dahin. Er sang nicht mehr auf der Piazza della Signoria. Er mißtraute der Gegenwart und machte sich Sorgen um die Zukunft.

Und so stand er an jenem Sommernachmittag des Jahres 1487 am offenen Fenster seines Arbeitszimmers und blickte gedankenverloren in den Garten, wo Lisa und Contessina mit ihren Puppen spielten. Manchmal drang ihr fröhliches Lachen zu ihm herauf, und dann erschien auf seinem hageren Gesicht ein wehmütiges Lächeln.

Er wollte gerade zu seinem Schreibtisch zurückkehren, als er sah, wie sein Sohn Giuliano von hinten auf die beiden Mädchen zuschlich, denen er offenbar einen jener Streiche spielen wollte, die sich neunjährige Jungen so gern ausdenken.

Als er nahe genug war, schöpfte Giuliano eine Handvoll Wasser aus dem Teich, bespritzte die Mädchen und stieß einen Triumphschrei aus, als die beiden entsetzt aufkreischten. Er war drauf und dran, sie nochmals vollzuspritzen, als er vom Haus her jemanden seinen Namen rufen hörte. Kain konnte nicht verdutzter gewesen sein, als sich Gottes Zorn über ihn entlud. Giuliano fuhr herum und ging, als er das unheildrohende Gesicht seines Vaters erblickte, zögernden Schrittes ins Haus.

Mit gesenktem Kopf wartete er auf die Strafpredigt.

»Schämst du dich nicht?« fragte der Herrscher von Florenz.

Giuliano nickte, aber es war ihm anzusehen, daß es ihn ärgerte, ertappt worden zu sein.

»Benimmt man sich so gegenüber seiner Schwester und ihrem verehrten Gast?«

Der Sünder schüttelte zerknirscht den Kopf.

Ob Giuliano nicht wisse, daß Lisa de' Gherardini eine junge

Dame vornehmer Herkunft und, da einige ihrer Vorfahren in die Familie Medici eingeheiratet hatten, entfernt mit ihm verwandt sei?

Giuliano nickte mehrmals und wappnete sich für den Strafspruch.

Danach ging er zu den beiden Mädchen, entschuldigte sich und küßte sie auf die Wangen, wie es ihm der Vater befohlen hatte. Dann trat er schleunigst den Rückzug an, allerdings nicht, ohne sich noch einmal umzudrehen und den beiden eine lange Nase zu machen.

Lorenzo brachte es nicht übers Herz, ihn nochmals herbeizuzitieren. Er selbst hätte es als Junge auch nicht anders gemacht. Wie schön es sein mußte, neun Jahre alt zu sein und das ganze Leben vor sich zu haben wie ein einziges großes Fest!

Der Klang von Pferdehufen und das Hornsignal eines Kuriers rissen ihn aus seinen Gedanken. »Schon wieder eine Botschaft!« Seufzend setzte er sich an den Schreibtisch.

Wenige Minuten später übergab ihm ein mit der Entschlüsselung von Geheimschreiben betrauter Angestellter eine Pergamentrolle.

»Von unserem Gesandten in Rom.«

Als er wieder allein war, lehnte sich Lorenzo in dem reichgeschnitzten Schreibtischsessel zurück und begann zu lesen.

Seine Heiligkeit Innozenz VIII. hatte schon wieder einen Schwächeanfall erlitten, einen ernsteren als je zuvor. Über eine Stunde lang hatte er bewegungslos im Bett gelegen. Sein jüdischer Arzt, Maestro Salomon, war überzeugt, daß es nur noch wenige Monate dauern konnte.

Lorenzo war zutiefst besorgt. Wenn er nicht sofort etwas unternahm, würde er seinen Lieblingsplan begraben müssen. Dann hatte er die unzähligen Briefe, die er dem Heiligen Vater in den vergangenen drei Jahren übersandt hatte, umsonst geschrieben, und sein zweitältester Sohn Giovanni würde niemals Kardinal und also auch niemals Papst werden. Dies war Lorenzos glühendster Wunsch, ja sein eigentliches Lebensziel, seit Sixtus IV. vor neun Jahren zum Krieg gegen Florenz gerüstet hatte. Seit diesem Augenblick war Lorenzo überzeugt, daß es von dem Mann, der auf dem Stuhl Petri saß, abhing, ob in Italien Frieden herrschte oder nicht.

Die Florentiner brauchten Frieden, um Handel zu treiben, und sie würden die Medici nur so lange als Herrscher anerkennen, solange er und seine Nachfolger ihnen den Frieden bewahren konnten. Und aus diesem Grunde hatte Lorenzo seinen damals fünfjährigen Sohn Giovanni dazu ausersehen, eines Tages die Tiara zu tragen.

Es war kein unerfüllbarer Traum, denn in das höchste Amt der Welt gelangte man nicht nur durch Wahl, sondern auch durch Bestechung. Ein Papst war nichts anderes als ein Kardinal, der sich die Stimme der anderen zweiundzwanzig Kardinäle erkauft hatte.

Mit dem gelassenen Zynismus des Renaissancemenschen rechnete sich Lorenzo aus, daß es sich niemand besser leisten konnte, zweiundzwanzig Gewissen zu kaufen, als ein Medici, dem das größte Bankunternehmen der Welt zur Verfügung stand.

Kaum hatte Sixtus Frieden geschlossen und den »Sohn des Lasters« wieder in den Schoß der Kirche aufgenommen, da begannen die beiden, einander blumige Briefe zu schreiben. Der Papst nannte Lorenzo jetzt »Mein geliebter Sohn«, versicherte ihn seiner Wertschätzung – »auf Grund Deiner hohen Tugenden« –, ersuchte ihn gelegentlich um ein Darlehen und bat ihn, einige Florentiner Künstler nach Rom zu schicken, um die Sixtinische Kapelle mit Fresken auszuschmücken.

Lorenzo gewährte ihm die Darlehen, sandte Botticelli und andere Künstler nach Rom und begann, in seinen Schreiben an Sixtus auf Giovannis ungewöhnlich große Frömmigkeit, seine Freude am Religionsunterricht und seine bereits jetzt erkennbare ernste Veranlagung hinzuweisen. All dies deute auf eine geistliche Laufbahn hin. Wenn der Heilige Vater sich bereit fände, diesem lobenswerten Knaben ein noch so bescheidenes päpstliches Ehrenamt zu verleihen, wäre die Familie Medici hoch beglückt.

Aber Sixtus hatte natürlich nicht das geringste Interesse daran, die Pläne des Mannes zu fördern, der seine eigenen zum Scheitern gebracht hatte. Er beschränkte sich darauf, ihm und seiner Familie immer wieder seinen Segen zu erteilen und Ablässe zu übersenden. Allmählich wurde Lorenzo klar, daß er von Sixtus nichts zu erwarten hatte.

Er war nahe daran, seine Hoffnungen zu begraben, als er, völlig unerwartet, Beistand von seiten des französischen Königs Ludwig XI. erhielt, der von seinen Untertanen »Die alte Spinne« genannt wurde.

Diesem Monarchen war es gelungen, die verschiedenen Lehnsfürstentümer unter der französischen Krone zu vereinigen, wobei er unübertreffliches Geschick, unendliche Geduld und völlige Skrupellosigkeit bewiesen hatte. Sein Sündenregister war so umfangreich, daß man mit Fug und Recht behaupten konnte, er habe so ungefähr gegen jedes der Zehn Gebote verstoßen.

Er stand jetzt im zweiundsechzigsten Lebensjahr, litt an Gicht, Asthma und Fallsucht, war zeitweilig der Sprache beraubt und wurde von einer ekelhaften Hautkrankheit geplagt, die »Herpes« genannt wurde und auf sein ausschweifendes Leben zurückzuführen war. (Seine Vorliebe für sehr junge Mädchen war allgemein bekannt.) Jeden anderen hätte diese Vielzahl von Krankheiten aufs Totenbett geworfen, Ludwig aber klammerte sich an das Leben, weil er sich den naiven Glauben an die Qualen der Hölle bewahrt hatte.

Er zahlte seinem Arzt enorme Honorare, trank becherweise Schildkrötenblut, das er vom Kap Verde herbeischaffen ließ, und trug kleine Heiligenfiguren am Hut. Und es gelang ihm sogar, den heiligmäßigen italienischen Eremiten Francesco da Paolo zu bewegen, die Wälder Kalabriens zu verlassen, um an seinem Bett zu beten.

Vor allem aber umgab er sich mit wundertätigen Reliquien, die er massenweise vom türkischen Sultan kaufte, der sie zu Tausenden besaß, aber natürlich keine Verwendung dafür hatte. So wimmelte es in Ludwigs Schlafzimmer nicht nur von Uhren, Jagdhunden, Elstern und Kanarienvögeln (die er besonders liebte), sondern auch von Zähnen, Haaren und Fußnägeln der verschiedensten Märtyrer und heiliggesprochenen Jungfrauen.

Irgendwie war ihm zugetragen worden, daß der Ring des heiligen Zenobio, der im sechsten Jahrhundert Bischof von Florenz war, ein unfehlbares Heilmittel gegen Hautkrankheiten sei. Prompt diktierte er einen Brief an Lorenzo de' Medici, den er bat, ihm den Ring als Leihgabe zu besorgen. Hilfsbereit wie stets beschaffte Lorenzo die im Besitz der Familie Girolami befindliche Reliquie und ließ sie durch Sonderkurier dem kranken König überbringen, der sie kniend und mit tränenüberströmtem Gesicht entgegennahm.

Und sofort ging es ihm besser.

Wie unendlich dankbar er war, bewies er Lorenzo unverzüglich: Am 10. Mai 1483 sprengte ein königlicher Kurier in den Hof des Palazzo Medici und überbrachte eine mit gelbem Wachs gesiegelte

Urkunde. Sie enthielt die Ernennung des siebenjährigen Giovanni zum Abt des prächtigen Klosters Fonte Doulce, denn die französische Krone hatte damals das Recht, alle kirchlichen Ämter in ihrem Herrschaftsbereich unabhängig vom Papst zu besetzen.

Papst Sixtus mußte dem königlichen Dekret wohl oder übel zustimmen und ernannte den Knaben widerwillig zum päpstlichen Protonator, ein Ehrenamt, das ihn dazu berechtigte, eine Robe aus violetter Seide und einen großen Amethystring zu tragen.

Unterdessen wirkte der Ring des heiligen Zenobio Wunder um Wunder, und am 9. Juni überbrachte ein anderer Kurier eine neue Urkunde. Seine Majestät, der König von Frankreich, ernannte Giovanni zum Erzbischof von Aix-en-Provence.

Lorenzo war außer sich vor Freude. Die geistliche Karriere seines Sohnes war gesichert. Die Nachricht von dieser höchst ungewöhnlichen Ernennung verbreitete sich wie ein Lauffeuer in Florenz. Einen siebenjährigen Erzbischof hatte es noch nie gegeben. Eine Volksmenge versammelte sich vor dem Palast, um den Segen Giovannis zu empfangen.

Dann aber schlug das Schicksal zu. Es stellte sich heraus, daß der Titularerzbischof von Aix-en-Provence noch lebte. Er war zwar schon sehr altersschwach, aber er atmete noch. Als er kurz darauf starb, war Ludwig XI. nicht mehr in der Lage, seinen Fehler wiedergutzumachen. Der Ring des heiligen Zenobio hatte seine wundertätige Kraft verloren, und der König stand an der Schwelle des Todes. Seinen Rosenkranz umklammernd und die Worte »Meine gütige Herrin, Madame la Vierge« auf den Lippen, starb er an einem Augustabend. Fünf Tage lang erscholl von allen Kirchtürmen Frankreichs Trauergeläut.

Fast ein Jahr später segnete Sixtus das Zeitliche. Sein Hinscheiden wurde nicht betrauert, und als er im Grab lag, war alle Welt erleichtert. Sogar das heilige Kardinalskollegium hatte genug von ihm, seinen Intrigen, seinen Kriegen und seinem nichtsnutzigen Sohn Girolamo. Es wählte einen Nachfolger, der völlig anders geartet war.

Giambattista Cibò war ein freundlicher Mönch mit einem Spitzbauch, einem grauen Haarkranz und einem ständig lächelnden Gesicht. Seine Gutmütigkeit wurde nur von seiner Beschränktheit übertroffen. Ihm nahestehende Personen sagten von ihm, er sei »der beste Mensch, den Gott jemals erschuf, und zugleich einer der dümmsten«.

Der neue Papst nannte sich – passenderweise – Innozenz VIII. Obwohl er, wie üblich, seine Wahl erkauft hatte, war der dicke, umgängliche Mann allgemein beliebt. Dem Volk gefiel es, daß er seinem Sohn Franceschetto und seinen Töchtern Battistana und Teodorina ein liebevoller Vater war.

Er hielt nichts von der Methode anderer Päpste, ihre Sprößlinge als Neffen und Nichten auszugeben, sondern erkannte seinen Nachwuchs öffentlich an. Seine Kinder durften ihn im Vatikan besuchen und sogar gemeinsam mit ihm speisen – zum Entsetzen der hohen Geistlichkeit und zur Freude des Volkes.

Er, der Nachsicht gegenüber der eigenen Person übte, zeigte sich auch anderen gnädig. Als ein übereifriger Kardinal versuchte, die Zahl der gewerbsmäßigen Prostituierten zu verringern, forderte ihn Seine Heiligkeit auf, sich gefälligst um sein eigenes Seelenheil zu kümmern und die armen Dirnen in Ruhe zu lassen. Woraufhin er in einschlägigen Kreisen sehr populär und die Heilige Stadt zu einem riesigen, florierenden Bordell wurde. Gelassen erklärte der Pontifex, die Römer täten jetzt doch auch nichts anderes, als was sie bisher heimlich getan hätten.

Unfähig, die Vielschichtigkeit politischer Probleme zu erfassen, war er vernünftig genug, sich auf den Scharfsinn Lorenzos zu verlassen. Ständig waren reitende Boten unterwegs, um päpstliche Schreiben im Palazzo Medici oder auf dem Landsitz in Careggi abzuliefern.

In den Augen Lorenzos war der Einfaltspinsel auf dem Heiligen Stuhl ein wahres Gottesgeschenk. Genau der richtige Mann, um ihm seinen großen Traum zu erfüllen und Giovanni zum Kardinal zu machen! Es würde natürlich noch einige Zeit dauern, aber da der Knabe erst zwölf Jahre alt war, konnte man sich in Geduld fassen.

Unterdessen hatte Lorenzo den Papst in der Hand, lieh ihm Geld und beriet ihn in politischen, ja sogar in religiösen Fragen. Unermüdlich sandte er ihm ausführliche Schreiben, unterzeichnet mit »Euer demütiger und liebender Diener Laurentius, der sich vor Eure geheiligten Füße wirft«.

Je mehr Zeit verging, je näher die Möglichkeit rückte, daß Innozenz diese Welt verlassen würde, desto fester war Lorenzo entschlossen, Giovannis Ernennung zum Kardinal durchzusetzen.

Den besorgten Bericht des florentinischen Gesandten vor sich auf dem Schreibtisch, grübelte er darüber nach, wie er einen Köder auswerfen könnte, auf den Innozenz anbeißen würde. Es mußte etwas so Verlockendes sein, daß sich der Papst weder von eigenen Gewissensbissen noch von den Protesten des Klerus davon abhalten ließe.

Und dann kam Lorenzo die rettende Idee. Eine Heirat! Er würde den Vorschlag machen, seine Tochter Maddalena mit Innozenz' Sohn Franceschetto Cibò zu vermählen. Dafür würde ihm der Heilige Vater jeden Wunsch erfüllen!

Maddalena war zwar gerade erst vierzehn geworden, während Franceschetto bereits neununddreißig und zudem ein Strohkopf und Glücksspieler war. Aber es hieß, er sei ebenso gutmütig wie sein Vater und ein blendend aussehender Mann. Es war also zu hoffen, daß sich Maddalena Hals über Kopf in ihn verliebte und eine glückliche Ehefrau wurde.

Aber dann ging Lorenzo auf, daß er zu früh jubiliert hatte. Seine Gemahlin würde nie zulassen, daß ihre Tochter den Sohn eines Priesters ehelichte, auch wenn dieser der Heilige Vater höchstpersönlich war. Und als Sproß des Fürstengeschlechts Orsini wäre es Clarissa ein leichtes, mindestens die Hälfte des römischen Adels gegen diese Heirat aufzubringen. Es war ihr sogar zuzutrauen, daß sie die geplante Verbindung in aller Öffentlichkeit verdammte, und selbst der Papst würde den »Fluch einer Mutter« nicht mißachten.

Also mußte auch Clarissa geködert werden. Er würde jeden Preis bezahlen, den sie verlangte, jede ihrer Bedingungen erfüllen, wenn sie nur ihre Zustimmung gab.

Er griff nach der silbernen Glocke, klingelte einen Pagen herbei und ließ bei Clarissa anfragen, ob sie ihm gütigst ein Gespräch gewähren wolle. Der Page kam mit der Nachricht zurück, Donna Clarissa würde sich jederzeit geehrt fühlen, ihn empfangen zu dürfen.

Sie begrüßte ihn mit einem tiefen Knicks.

»Gottes Segen, erhabener Gemahl.«

Sie waren so lange nicht mehr miteinander allein gewesen, daß sie sich eine Weile wie Fremde gegenüberstanden. Während er der von Schwindsucht Gezeichneten in die fiebrigen Augen sah, hoffte er, daß sie ihm nach all diesen einsamen Jahren dennoch ein wenig Verständnis, vielleicht sogar die Bereitschaft zur Vergebung entgegenbringen würde.

Er mußte bald erkennen, wie sehr er sich getäuscht hatte.

Die Hände im Schoß gefaltet, hörte sie ihm schweigend zu. Überraschenderweise erhob sie keinen Einspruch gegen die Vermählung ihrer Tochter mit dem Sohn eines Priesters. Sie schlug ihm lediglich vor, als Gegenleistung seine Zustimmung zu einer weiteren Heirat zu geben: der seines ältesten Sohnes Piero mit ihrer neapolitanischen Verwandten Alfonsina Orsini.

Das also war ihr Preis, das war der Augenblick der Rache, auf den sie so lange gewartet hatte! Ihr Sohn sollte nicht die Tochter irgendeines millionenschweren »Händlers«, sondern die des Großkonnetabels von Neapel heiraten – eine Fürstin wie sie.

Lorenzo starrte sie in hilflosem Zorn an. Er wollte seinen Sohn unbedingt mit einer Florentinerin verheiraten, weil er nur zu gut wußte, wie mißtrauisch die Bevölkerung »Ausländern« gegenüberstand. Aber er wußte auch, daß es sinnlos war, Clarissa um Verständnis zu bitten.

Er erhob sich. »Wie Ihr wollt.« Ohne ihr die Hand zu küssen, ging er aus dem Zimmer.

In Rom und Neapel wurde unverzüglich mit den Verhandlungen begonnen, und am 20. November 1487 fand in Gegenwart des Heiligen Vaters, des gesamten Kardinalskollegiums und des römischen Adels die Vermählung des Papstsohnes mit Maddalena de' Medici statt. Wie Lorenzo gehofft hatte, liebte seine Tochter ihren sehr viel älteren Gatten und wurde in dieser Ehe glücklich.

Pieros Hochzeit, die im Juni 1488 im Palazzo Medici stattfand, bot weniger Anlaß zur Freude. Die Braut war ein kurzhalsiges, unscheinbares Wesen. Ihr Vater steckte bis über die Ohren in Schulden, aber Alfonsina kompensierte ihre Armut mit einer gehörigen Portion Orsinischen Familienstolzes. Lorenzo beobachtete sie beim Hochzeitsbankett und sah voraus, daß sie in Florenz noch unbeliebter sein würde als seine eigene Frau. Bekümmert fragte er sich, ob er für Clarissas Zustimmung nicht doch einen zu hohen Preis bezahlt hatte.

Sein Blick wanderte zu ihr hinüber. Offenbar war sie die einzige, die das Fest wirklich genoß. Kein Wunder, denn sie hatte erreicht, was sie wollte! Die freudige Erregung hatte ihre Wangen gerötet.

Ahnte sie, daß ihre Tage gezählt waren? Der Arzt hatte ihm gesagt, sie werde das Ende des Sommers nicht mehr erleben. Falls sie es wußte, hatte sie sich vermutlich jetzt, da ihr Traum erfüllt war, damit abgefunden.

Fünf Wochen später, am letzten Tag des Juli, starb Clarissa. In den Berichten der meisten in Florenz akkreditierten Gesandten wurde ihr Tod mit keinem Wort erwähnt.

Schon im Winter bestätigten sich Lorenzos Befürchtungen bezüglich Pieros Ehe. Alfonsina machte sich durch ihre Hochnäsigkeit rasch unbeliebt und wurde, wie einst Clarissa, von den Florentinern »die Fremde« genannt. Zwischen dem jungen Paar entwickelte sich keine echte Zuneigung, und sobald Alfonsina schwanger war, vergnügte sich Piero anderweitig.

Kurz nach Weihnachten stellten sich bei Lorenzo erstmals jene Gichtschmerzen in den Händen ein, von denen er bis zu seinem Tod geplagt werden sollte. Die komplizierten Heilmittel, die sein Arzt, Maestro Leone, für ihn zubereitete, halfen wenig. Aus Ferrara schrieb ihm der weltberühmte Petrus Avogardus, er solle sich einen goldenen Ring mit »einem echten Stein, der Saphir genannt wird«, anfertigen lassen und am Mittelfinger der linken Hand tragen. Dieser Stein besitze die besondere Kraft, die Wiederkehr solcher Gichtschmerzen und die Bildung bösartiger Säfte in den Gelenken zu verhindern.

Lorenzo folgte diesem Rat, aber auch der Saphirring brachte ihm keine Erleichterung. Sein Zustand wechselte nun ständig zwischen Perioden, in denen er starke Schmerzen hatte, und solchen relativen Wohlbefindens.

Dazu kamen die Sorgen darüber, daß der Papst noch immer zögerte, Giovanni zum Kardinal zu ernennen. In seinen Briefen verschanzte er sich hinter dem Argument, Lorenzos Sohn sei noch zu jung für dieses hohe Amt. Aber Lorenzo wollte sich nicht um die Früchte seines Handels bringen lassen. Und so drohte er, das Darlehen von 90000 Gulden, das er Seiner Heiligkeit gewährt hatte, zu kündigen.

Das wirkte. Im März 1489 erschien ein päpstlicher Kurier im Palazzo Medici und überbrachte eine mit dem Fischerring gesiegelte Urkunde: Dem dreizehnjährigen Giovanni wurde der Titel »Kardinal Santa-Maria-in-Domenica« verliehen.

Daß Innozenz auch jetzt noch schwere Gewissensbisse hatte, ging daraus hervor, daß er Lorenzo in feierlichen lateinischen (von seinem Sekretär verfaßten) Sätzen mitteilte, diese Ernennung sei drei Jahre lang geheimzuhalten. Bis März 1492 sei es Giovanni nicht gestattet, den roten Kardinalshut, die rote Robe und den Umhang aus roter Seide zu tragen. Bis zu diesem Zeitpunkt sei er, wie bisher, mit »Monsignore« und nicht mit »Eminenz« anzureden.

Giovanni war also Kardinal, aber niemand durfte es wissen. Vorsichtshalber schickte Lorenzo seinen Sohn nach Pisa auf die Universität, damit sich der frischgebackene Kirchenfürst einige Kenntnisse in Theologie und kanonischem Recht aneignen konnte.

Jetzt, da er endlich die Gewißheit hatte, daß sein Sohn eines Tages auf dem Stuhl Petri sitzen und Italien den Frieden bewahren würde, ließ Lorenzo seinem Glücksgefühl freien Lauf. Er tilgte die Schulden des Papstes, revidierte einige Todesurteile, nahm sich eine neue Mätresse und verfaßte ein Schauspiel.

Er nannte es *Das Spiel vom heiligen Johannes und vom heiligen Paulus*. Mit den beiden Aposteln hatte es allerdings wenig zu tun, um so mehr aber mit der Beziehung zwischen Kaiser Konstantins Tochter Constantia und ihrem Vetter Julian: Am Grab der beiden Apostel war Constantia von der Lepra geheilt worden und hatte sich daraufhin zum Christentum bekannt. Julian dagegen betete noch immer zu den alten Göttern. Die Streitgespräche zwischen den beiden standen im Mittelpunkt von Lorenzos Drama.

Es sollte ausschließlich von Laienschauspielern aufgeführt werden, und Lorenzo selbst übernahm die Rolle des Julian. Auch Contessina und Giuliano sollten mitwirken. Um die übrigen Rollen bewarben sich zahlreiche Mitglieder der Florentiner Oberschicht.

Auf Betreiben Contessinas bat Lorenzo die Eltern Lisas, ihre Tochter mitwirken zu lassen. Und sofort fühlte sich Lisa, die jetzt zehn Jahre alt war, als Schauspielerin. Ihr Unterricht fiel aus, und sie war tagsüber kaum mehr zu Hause anzutreffen. In Begleitung Tessas fand sie sich jeden Morgen im Haus der Brüderschaft des heiligen Johannes ein, wo die Proben stattfanden.

Wie Contessina wurden auch ihr mehrere kleine, aber spektakuläre Rollen zugeteilt. Im Prolog trat sie als Begleiterin des Erzengels Gabriel auf, der, barfuß und in einem durchsichtigen weißen Gewand mit goldenen Flügeln, an einem Drahtseil auf die Bühne hinabschwebte. Dann verneigte er sich vor dem Publikum und sprach das Einleitungsgedicht.

Lisa hätte den Engel Gabriel gern selbst gespielt, aber Engel hatten blonde Haare, und ihre waren dunkel. Die Rolle hatte Agnoletta de' Landi bekommen, die flachshaarig, blauäugig und hübsch wie ein Engel war. »Ist sie nicht schauderhaft?« flüsterte Lisa ihrer Freundin Contessina zu, als Agnoletta ihren Auftritt probte. »Sie wird die ganze Aufführung verpatzen.«

Als sie bemerkte, daß sich Giuliano sehr für den Engel interessierte, wurde sie zum ersten Mal von Eifersucht geplagt.

»Ich kann beim besten Willen nicht verstehen, was er an ihr findet!« sagte sie betont gleichgültig. »Von weitem sieht sie vielleicht ganz nett aus, aber je näher man sie betrachtet, desto häßlicher wirkt sie.«

Im ersten Akt traten Lisa und Contessina als Hofdamen Constantias auf. Lisa trug ihr den Schirm nach, Contessina den Fächer. Es waren stumme Rollen, aber die beiden erörterten ausführlich, wie sie möglichst viel daraus machen konnten.

Lisas großer Moment kam im zweiten Akt, in dem sie eine von Julians orientalischen Sklavinnen darstellte. Sie trug ein Leopardenfell, damit jeder gleich wußte, daß es sich um ein Geschöpf aus dem Dschungel handelte. Julian/Lorenzo, inzwischen Kaiser geworden, saß in seinem Zelt auf einem mit Fell bedeckten Sofa und hielt bekümmert Zwiesprache mit sich selbst. An einer Stelle sagte er seufzend:

»Wie oft geschieht es, daß jemand, der mich beneidet, nicht weiß, um wieviel glücklicher er ist, als ich es bin!«

Das war Lisas Stichwort. Sie mußte in das Zelt huschen, vor dem kaiserlichen Sofa niederknien und Julian ein Silbertablett darbieten, auf dem Früchte (vom Landgut in Careggi) aufgehäuft waren. Dann überlegte sich der Kaiser einen Moment, ob er sich für die Sklavin oder für eine Scheibe Wassermelone entscheiden sollte, verzichtete schließlich mit einer müden Handbewegung auf beides und schickte die Sklavin hinaus.

Die Aufführung fand am Johannistag 1489 statt und erntete stürmischen Beifall. Danach waren alle Mitwirkenden in den Palazzo Medici geladen, wo Lorenzo ihnen dankte und versprach, im nächsten Jahr wieder ein Theaterstück zu schreiben. Während sie sich an Mandelkuchen gütlich taten, tauschten Lisa und Contessina ihre Meinung über die Schauspieler aus, wobei sie nur an ihren eigenen Auftritten nichts auszusetzen hatten. Als Giuliano vom Nachbartisch herüberkam und Lisa zu ihrer Leistung beglückwünschte, nahm sie ihm sein Interesse für den Erzengel Gabriel nicht mehr übel.

»Er fand mich einfach wundervoll«, berichtete sie Tessa beim Schlafengehen.

Und offenbar waren alle dieser Meinung. Lisas Babbo tätschelte ihre Wange, und die Mama lächelte anerkennend. Bevor die Familie nach Montici reiste, sonnte sich Lisa eine Woche lang in ihrem Ruhm.

Die unruhige See der Jugend

In diesem Sommer wurde die elfjährige Contessina de' Medici dem Sohn einer prominenten Florentiner Bankiersfamilie, Piero Ridolfi, anverlobt, und Lisa nahm an dem Bankett teil, das Anfang Juli im Garten der Sommervilla in Careggi stattfand. Es war ein prächtiges Festmahl, bei dem Musikanten und Possenreißer die Gäste unterhielten. Aber selbst bei den Trinksprüchen und launigen Tischreden verriet Lorenzos schmerzverzerrtes Gesicht, wie sehr ihm die Gicht zusetzte.

Tags darauf reiste er nach Spedaletto zur Badekur, die ihm offenbar etwas Erleichterung brachte. Contessina konnte die Rückkehr ihres Vaters kaum erwarten, und sie und Lisa rannten mindestens zehnmal am Tag zum Gartentor, um Ausschau zu halten, ob ein Kurier Nachrichten brachte. »Hoffentlich werden die Teufel, die meinem Babbo in die Hände geschlüpft sind, in den Bädern von Spedaletto ertrinken!« Wenn Contessina einen Brief erhielt, las sie ihn Lisa immer wieder bitterlich schluchzend vor. So schrieb Lorenzo ihr »am letzten Tag des Juli 1489«:

»Meine liebe kleine Contessina!

Wie ich erfahren habe, fragst Du jede Stunde nach mir – wie es mir geht und wann ich zurückkehre. Ich schreibe Dir, um Dir zu sagen, daß es mir, Gott sei's gedankt, sehr gut geht und daß seit meiner Abreise eine große Besserung eingetreten ist. Diese regelmäßigen Bäder bekommen mir ausgezeichnet. Wenn Gott will, werde ich sehr bald von hier abreisen und bei Dir bleiben.«

Während ihres Aufenthalts in Careggi stritt sich Lisa häufig mit Giuliano. Sie nannte ihn *una bestia* und eine Schande für seine Familie und schwor immer wieder, nie mehr ein Wort mit ihm zu sprechen. Er behandelte sie nach wie vor, als ob sie ein Junge sei, bestand darauf, daß sie mit ihm um die Wette rannte oder Froschhüpfen spielte, und zog sie an den Zöpfen. Lud er sie jedoch ein, sich auf das an seinem Sattel befestigte Kissen zu setzen und mit ihm auszureiten, so war sie sofort dazu bereit. Ob sie ihn nun liebens- oder hassenswert fand, Giuliano spielte jedenfalls in ihren Gedanken eine wichtige Rolle.

Eines Tages sah sie Giovanni de' Medici, den jüngsten Kardinal der Kirchengeschichte, unter einem Baum sitzen und Laute spielen. Dem Wunsch des Heiligen Vaters entsprechend, trug er nach wie vor eine Robe aus violetter Seide und den großen Amethystring. Im Gegensatz zu seinen beiden Brüdern war er korpulent, hatte schon fast ein Doppelkinn und gab sich so salbungsvoll wie ein altgedienter Prälat.

Er kam Lisa so einsam vor, daß sie ihr Spiel mit dem Reifen unterbrach und ihn fragte, ob sie sich ein Weilchen zu ihm setzen dürfe. Offensichtlich erfreut, bejahte er, und bald unterhielten sie sich wie alte Freunde. Von nun an versäumte es Lisa nie, sich täglich für kurze Zeit bei ihm einzufinden. Er ließ sie auf seiner Laute spielen, und sie gab ihm ihren Reifen. Dann rannte der Kardinal Santa-Maria-in-Domenica plötzlich wie ein ganz normaler Junge fröhlich im Garten herum.

Erst als Lisa nach Montici zurückgekehrt war, begann sie darüber nachzudenken, welche Folgen Contessinas Verlobung für sie persönlich haben würde. Ihre beste Freundin würde aus ihrem Leben verschwinden, und mit ihr Giuliano.

»Aber du erzählst mir doch ständig, wie sehr du ihn haßt«, sagte Tessa verblüfft.

Worauf Lisa erklärte, natürlich hasse sie Giuliano. Er sei *una bestia* und außerdem *stupido*, aber sie wolle trotzdem nicht, daß er aus ihrem Leben verschwände. Sie wolle, daß er bei ihrem Herrn Vater vorspräche und um ihre Hand anhielte, bevor es zu spät sei. Immerhin sei sie fast zehn Jahre alt und müßte jederzeit damit rechnen, verheiratet zu werden.

»Ich möchte nicht, daß er mich verliert«, sagte sie und brach in Tränen aus.

Das sei doch alles Unsinn, erklärte Tessa und ging wieder an ihre Arbeit. Einige Tage lang fühlte sich Lisa unverstanden und unerwünscht. Abends im Bett grübelte sie darüber nach und weinte sich in den Schlaf. Nicht einmal ihre Geburtstagsfeier konnte diesen Kummer vertreiben. Aber jetzt fand sie plötzlich Trost bei ihrem kleinen Bruder. Die Mischung aus Respekt und Zuneigung, mit der der fünfjährige Francesco zu ihr aufsah, tat ihr wohl. Angesichts des rüden Benehmens Giulianos empfand sie es als angenehm, von jemandem bewundert zu werden, auch wenn es nur ein kleiner Junge war. Und so herzte und küßte sie Francesco und sagte ihm, daß sie niemanden auf der ganzen Welt so lieb habe wie ihn.

Als es September wurde, hatte ihr Kummer nachgelassen. Wieder leuchteten die bunten Blusen der Pflückerinnen zwischen den Rebstöcken, wieder durfte Lisa an der Seite ihres Vaters bei der Weinlese zusehen. Diesmal aber wollte er ihr nicht erlauben, in einem der großen Bottiche auf den Trauben herumzutrampeln, so flehentlich sie ihn auch ansah. »Ich weiß genau, was du jetzt tun möchtest«, sagte er und drohte ihr lächelnd mit dem Finger. »Aber siehst du denn nicht ein, daß du jetzt schon zu groß bist, um wie eine Heuschrecke herumzuhüpfen und deinen Rock hochzuziehen? Es wird Zeit, daß du dich wie eine junge Dame benimmst.«

Sie widersprach nicht, aber die Tränen stiegen ihr in die Augen. Ihr Babbo sah geflissentlich zur Seite. Doch plötzlich wandte er sich ihr wieder zu, lächelte und sagte kopfschüttelnd: »Also gut. Die Kinderjahre sind für dich früh genug vorbei. Hinein mit dir, mein Vögelchen, und spring noch einmal nach Herzenslust herum!«

Während des ganzen Winters spürte Caterina, daß sich Antonio über etwas Sorgen machte. Sie hatte sich daran gewöhnt, daß er oft sehr schweigsam war, doch niemals hatte sie das Gefühl gehabt, daß dadurch eine unsichtbare Mauer zwischen ihnen entstanden wäre. Jetzt aber machte ihr sein brütendes Schweigen angst. Nachts lag er wach neben ihr und starrte ins Dunkel.

Sie stellte keine Fragen, weil sie aus Erfahrung wußte, daß er sich ihr eines Tages anvertrauen würde.

Als sie an einem Sonntagnachmittag im April in der Loggia saßen, brach er sein Schweigen. »Liebe Frau, mit unserem Wollgewerbe geht es bergab. In ein paar Jahren werden die meisten Webereien geschlossen sein.«

Sie starrte ihn ungläubig an. Das Wollgewerbe? Der Grundstein des florentinischen Wohlstands?

»Ist es nicht vielleicht nur ein zeitweiliger Rückgang?«

Er verneinte. Es sei der Anfang vom Ende. Die Stunde des Löwen sei für Florenz schon fast vorbei. Nachdem sie zweieinhalb Jahrhunderte lang im Textilgewerbe führend gewesen seien, hätten die Florentiner jetzt das Wollmonopol verloren.

»Wie konnte das nur geschehen?«

Er lächelte wehmütig. »Die Ausländer sind es leid, Waren von uns zu kaufen, die sie selbst herstellen können. Sie haben sich unsere Fabrikationsmethoden angeeignet, genau so, wie wir einst die der *Umiliati* gestohlen haben. Und jetzt webt man im Ausland San-Martino-Tuch, das ebenso gut, wenn nicht sogar besser ist.«

Das Florentiner Seidengewerbe, so fügte er hinzu, stehe dagegen in voller Blüte. Die Seidenwebereien hätten mehr als genug Aufträge, während die Hersteller von Wollstoffen sich kaum mehr über Wasser halten könnten.

Er schwieg eine Weile, dann sagte er: »Möglicherweise muß ich unsere *stabilimenti* auf Seidenproduktion umstellen.«

Sie stieß einen leisen Schrei aus. Was er da gesagt hatte, war fast ein Sakrileg! »Das meint Ihr doch nicht im Ernst, edler Gemahl!«

»Mir bleibt vielleicht keine andere Wahl.«

Er wisse sehr gut, daß das Wollgewerbe in höherem Ansehen stehe als der Seidenhandel. Und daß seit über zweihundert Jahren der Name Gherardini gleichbedeutend mit diesem Gewerbe sei. Und daß sich sein Vater im Grab umdrehen würde. »Aber ich bin für zweitausend Menschen verantwortlich, und nur vom Prestige kann ich sie nicht ernähren.«

Schweigend starrte er zur Kuppel des Domes hinüber, die wie eine gigantische Rosenknospe in den Himmel ragte.

»Ich werde die Entscheidung nach meiner Rückkehr aus Venedig treffen.«

»Aus Venedig?«

Er nickte. »Ich wollte, ich könnte mir diese Reise ersparen, aber es bleibt mir wohl nichts anderes übrig.«

Ein türkischer Kaufmann, ein alter, treuer Kunde der Firma Gherardini, hatte – was durchaus üblich war – die letzte Lieferung teils in bar, teils mit einer Gegenlieferung von Papier und Galläpfeln, teils mit Sklaven bezahlt, die häufig als Zahlungsmittel verwendet wurden. Papier und Galläpfel hatte Antonios venezianischer Vertreter bereits mit Gewinn weiterverkauft. Jetzt mußten noch die Sklaven abgesetzt werden.

»Wie viele sind es?« fragte Caterina.

»Acht. Ein Sklave und sieben Sklavinnen.«

Bei dem Mann handle es sich um einen Russen namens Dimitri, einen blonden Riesen, stark wie ein Ochse und von guter Veranlagung. Für ihn könnte man einen ansehnlichen Preis erzielen, denn er sei intelligent und eigne sich ausgezeichnet zum Aufseher über die Dienerschaft.

Die Sklavinnen seien von unterschiedlicher Qualität. Fünf stammten aus Anatolien und könnten für Land- und Hausarbeit verwendet werden. Die beiden anderen, eine Dreizehn- und eine Zwölfjährige, seien Tscherkessinnen von sehr angenehmer Gestalt, die sich als Mätressen eigneten. Bei der Einschiffung als »garantiert jungfräulich« deklariert, waren sie unterwegs von venezianischen Seeleuten mißbraucht worden, weshalb sie auf dem Sklavenmarkt nicht besonders viel einbringen würden.

»Ich könnte natürlich die Reederei verklagen, aber Jungfräulichkeit läßt sich schwer nachweisen.« Bestätigungen müßten beschafft werden, es würde zur Gerichtsverhandlung kommen, und das Anwaltshonorar würde vermutlich höher sein als der beim Verkauf der Sklavinnen erzielte Preis. »Es ist also bestimmt besser, wenn wir die Angelegenheit auf sich beruhen lassen.«

Erschwert wurde die Sache noch dadurch, daß es gegenwärtig in Venedig von Sklaven aller Art nur so wimmelte. Um die sieben Mädchen nicht mit Verlust verkaufen zu müssen, hatte Antonios Vertreter vorgeschlagen, sie nach Spanien zu verschiffen, wo sie bedeutend mehr Geld einbringen würden. Aber auf eigene Verantwortung wollte er das nicht in die Wege leiten, weil unglücklicherweise zwei von ihnen erkrankt waren.

»Er besteht darauf, daß ich nach Venedig reise und die Entscheidung selbst treffe.« Und um Caterina zu trösten, fügte er hinzu: »Es wird nicht allzu lange dauern. Ich habe vor, im Mai abzureisen, damit ich rechtzeitig zur Weinlese zurück bin.«

Als Tochter eines Kaufherrn daran gewöhnt, daß Männer hie und da auf Geschäftsreise gehen mußten, fügte sich Caterina ins Unvermeidliche. Sie bat Antonio um Erlaubnis, früher als sonst nach Montici reisen zu dürfen, wo sie auf seine Heimkehr warten wollte. Antonio war einverstanden, und so verbrachten sie bereits den Frühling in der Sommervilla. Der Gedanke an die lange Trennung bedrückte sie beide. Doch eines Tages war es soweit. In der malvenfarbenen Morgendämmerung, als die ringsum nistenden Vögel zu zwitschern begannen, stand Caterina blaß und krampfhaft lächelnd auf der vorderen Terrasse, neben sich die beiden Kinder. Sie sahen zu, wie Antonio in den Sattel stieg und, begleitet von seinem Pferdeknecht Battista und einem mit Gepäck beladenen Maultier, den Sandweg hinunterritt. Vom Tor aus winkte er noch einmal. Francesco winkte zurück. Lisa warf dem Vater schluchzend eine Kußhand zu, Caterina versuchte zu lächeln.

Dann begann die lange Wartezeit. Aus Bologna erhielt Caterina einen ausführlichen, liebevollen Brief. Antonio schrieb, sie hätten den anstrengendsten Teil der Reise, die Überquerung des Apennins, ohne Schwierigkeiten bewältigt. Trotz der zunehmenden Hitze seien er und Battista gesund und munter. Er zähle bereits die Tage bis zur Rückkehr nach Montici.

Einen Monat später brachte ein Sonderkurier einen Brief aus Venedig: Es herrsche eine drückende Hitze, und die Kanäle stänken abscheulich. Mehr denn je sehne er sich nach den kühlen Hügeln Monticis zurück, nach den gemütlichen Mahlzeiten auf der Terrasse, nach Caterinas Liedern zur Laute. Er habe sich die Sklavinnen angesehen und beschlossen, dem Rat seines Vertreters zu folgen. Wegen der Gebühren für die Reiseversicherung habe er bereits nachgefragt, aber in Venedig dauere alles schrecklich lange. Trotzdem hoffe er, Anfang September zu Hause zu sein.

Danach blieb Caterina einen Monat lang ohne Nachricht. Zwei Tage vor Lisas elftem Geburtstag traf ein Brief des venezianischen Vertreters ein: Messer Antonio sei gesund, habe aber keine Zeit, selbst zu schreiben. Caterina war sofort klar, daß etwas nicht stimmte. Sie wollte unverzüglich nach Venedig reisen, aber ihr Vater erhob Einspruch. Es sei täglich mit dem Beginn des Herbstregens zu rechnen, und dann wäre es praktisch unmöglich, den Apennin zu überqueren. »Und was ist, wenn Antonio während deiner Abwesenheit plötzlich heimkommt?«

Da er, wie stets, recht hatte, blieb Caterina in Montici. Aber die Angst und Ungewißheit machten jeden Tag zu einer Ewigkeit. Abend für Abend kniete Lisa nieder und bat Gott, ihren Babbo glücklich heimkehren zu lassen. Als der Herbstregen einsetzte, beschloß Caterina, in die Stadt zurückzukehren.

In dem alten Familiensitz herrschte eine Atmosphäre hilfloser Verzweiflung. Caterina gab Lisa keinen Musikunterricht mehr und verbrachte die meiste Zeit in der Kirche. Pandolfo, einst Noldos Kammerdiener, ging von Gasthaus zu Gasthaus und erkundigte sich bei den Reisenden, ob jemand etwas über Antonio wisse. Von einem venezianischen Glashändler erfuhr er, daß Venedig von einer Malariaepidemie heimgesucht worden war.

An einem Oktobertag, als gerade ein heftiger Regenguß niederging, kehrte Antonio völlig überraschend zurück. Er saß vornübergebeugt im Sattel und wurde vom Fieber geschüttelt. Man mußte ihn ins Haus tragen, und dann lag er drei Tage lang bewußtlos in seinem Zimmer. Caterina wich nicht von seinem Bett. Als er am vierten Morgen erwachte, war er noch immer sehr geschwächt, hatte aber einen klaren Kopf. Er war entsetzt über Caterinas aschfahles, hohlwangiges Gesicht.

»Was habe ich Euch angetan!« flüsterte er mit erstickter Stimme.

Sie griff nach seiner Hand, und eine Weile blieben beide stumm, als fürchteten sie, der Klang ihrer Stimmen könnte ihr Glück zerspringen lassen.

»Ihr seid daheim«, sagte sie schließlich und versuchte zu lächeln.

Später, als er rasiert und mit Fleischbrühe gefüttert worden war, fühlte er sich kräftig genug, um von seiner Reise zu berichten.

Die feuchte Hitze in Venedig war unerträglich gewesen, das Wasser der Kanäle war in der glühenden Sonne faulig geworden. Antonio hatte gerade die Angelegenheit mit der Reiseversicherung erledigt, als er einen Malariaanfall erlitt. An die Ereignisse danach konnte er sich nur noch verschwommen erinnern. Man hatte ihn aus dem Gasthaus in die Wohnung seines Vertreters gebracht, dessen

Gattin ihn aufopfernd pflegte. Anfang September war er außer Lebensgefahr, mußte sich aber auf eine lange Rekonvaleszenz gefaßt machen. Entgegen dem Rat des Arztes, bis zum Frühjahr zu warten, hatt er die Heimreise angetreten.

Sie war ein einziger Alptraum. Der Herbstregen hatte die Wege ausgeschwemmt und die Bäche in reißende Flüsse verwandelt. Um den Apennin zu überqueren, hatte Antonio volle zwei Wochen gebraucht.

»Ich werde nie mehr auf Reisen gehen, das schwöre ich!«

Dann wollte er die Kinder sehen.

Francesco, der zuerst hereingeführt wurde, nahm seine Kappe ab und küßte dem Vater die Hand. Voller Stolz berichtete Caterina, er könne bereits so gut lesen und schreiben wie ein Studiosus. Schon im nächsten Jahr müßte er von einem Hauslehrer unterrichtet werden.

»Das ist ja sehr schön«, sagte Antonio, »aber ein echter Gherardini muß auch ein guter Reiter sein.« Er überreichte seinem Sohn die silbernen Sporen, die er in Padua für ihn gekauft hatte. »Du wirst sie nächsten Sommer tragen, wenn wir beide gemeinsam ausreiten.«

Als die Kinderfrau Francesco hinausgeführt hatte, durfte Lisa eintreten. Beim Anblick ihres Babbo, der blaß und erschöpft in den Kissen lehnte, vergaß sie ihren Knicks. Aufschluchzend warf sie sich in seine Arme. Caterina entschuldigte sich für Lisas schlechte Manieren, aber Antonio lächelte nur und strich seiner Tochter zärtlich übers Haar.

»Nicht weinen, mein Vögelchen! Alles wird wieder gut.«

Sie durfte sich zu ihm aufs Bett setzen. Er erzählte ihr von der Schönheit Venedigs und davon, wie wundersam die Stadt auf dem Wasser schwimme. Die Leute dort benützten keine Pferde, sondern lange, schmale Barken, die man »Gondeln« nenne.

Dann wurde ihr Babbo sehr müde, aber trotzdem ließ er sich nicht davon abhalten, ihr das Geschenk zu überreichen, das er ihr zum Geburtstag gekauft hatte.

Es war eine Schreibschatulle aus geschliffenem Glas, die verschiedene Fächer hatte: für Holzkohlepulver, Gummi arabicum, Streusand und Siegellack. Außerdem enthielt sie zwei wunderschöne Schwanenfederkiele. Der Deckel der Schatulle war aus purem Gold und mit tanzenden Putten in Reliefarbeit verziert.

Lisa strich vorsichtig mit dem Finger darüber. Sie hat bestimmt eine Menge Geld gekostet, dachte sie, das beweist, wie lieb mich mein Babbo hat.

»Ich werde sie immer bei mir behalten!«

Sie war so glücklich, daß er, obwohl ihm bereits die Augen zufielen, lächeln mußte. Auf einen Wink ihrer Mutter ging Lisa hinaus.

Caterina setzte sich wieder an Antonios Bett. Er spürte ihre Hand in seiner Hand und schlief ein.

Am Abend starb er im Zustand der Bewußtlosigkeit.

Lisa wollte es nicht glauben. Auch nachdem sie gesehen hatte, wie er im trüben Schein der Totenkerzen aus dem Haus getragen worden war, behauptete sie, ihr Babbo schlafe nur. Als sie sich schließlich eingestehen mußte, daß er für immer von ihr gegangen war, begann sie trotzig zu schluchzen. Mit dem Tod ihrer Großeltern hatte sie sich abgefunden, weil sie alt gewesen waren. Jetzt aber lehnte sie sich dagegen auf, daß Gott ihren Babbo zu früh abberufen hatte.

»Er war doch nicht alt«, sagte sie immer wieder. Niemals mehr, so schwor sie, würde sie beten, niemals wieder Gott um etwas bitten. Tessa hielt sie in den Armen und ließ sie trotzen und weinen, als wäre sie noch eine kleine *bimba*.

Caterinas Schmerz äußerte sich weder in Tränen noch in verzweifeltem Aufbegehren. Wie versteinert saß sie Stunde um Stunde, Tag um Tag am Kamin ihres Zimmers und starrte in die Flammen.

Sie schloß sich völlig von der Außenwelt ab, empfing keine Kondolenzbesuche und kümmerte sich, entgegen ihrer so oft bewiesenen umsichtigen Veranlagung, nicht im geringsten um die durch Antonios Tod entstandenen Probleme.

»Es ist, als ob sie mit ihm gestorben wäre«, sagte ihr Vater drei Wochen nach dem Hinscheiden seines Schwiegersohnes zu seiner Frau.

»Sie hat ihn sehr geliebt«, erwiderte Donna Filippa. »Ihr müßt ihr Zeit lassen, damit sie wieder zu sich selbst findet.«

Worauf Mariotto erklärte, dazu sei er durchaus bereit, aber es seien wichtige Entscheidungen zu treffen, zum Beispiel darüber, wer die Leitung der Weberei übernehmen und was mit dem Hauspersonal geschehen sollte. Den Palazzo Gherardini würde man wohl verkaufen müssen. Es schicke sich nicht für eine achtundzwanzigjährige Witwe, allein in einem so großen Haus zu leben. Bis zu ihrer Wiederverheiratung müsse Caterina in ihrem Elternhaus wohnen.

»Es wird für sie kein Problem sein, einen neuen Gatten zu finden. Junge, hübsche Witwen mit großem Vermögen stehen auf dem Heiratsmarkt hoch im Kurs.«

Filippa teilte seinen Optimismus nicht. »Bestellt den Heiratsvermittler lieber noch nicht. Ich habe das Gefühl, daß Caterina lange nicht über Antonios Tod hinwegkommen wird.«

Mariotto versprach, sich zu gedulden und Caterina sechs Monate, wenn nötig auch ein ganzes Jahr Zeit zu lassen.

Dann nahm er alles weitere energisch in die Hand. Die Weberei Gherardini erhielt einen kommissarischen Geschäftsführer, die älteren Dienstboten der Familie wurden auf Rente gesetzt, die übrigen entlassen. Den Palazzo konnte Mariotto glücklicherweise an einen Nachkommen des alten Geschlechts verkaufen: an Girolamo de' Gherardini della Rosa, der früher florentinischer Gesandter in Ungarn gewesen war.

Kurz vor Weihnachten zog Caterina mit ihren Kindern und Tessa in ihrem Elternhaus ein.

Die Casa Rucellai in der Via del Giglio – Lilienstraße – war ein großes Gebäude mit einem kunstvoll geschnitzten Portal und schmiedeeisernen Laternen. Die Innenausstattung war vornehm, ohne steif zu wirken. Die Möbel hatten noch so manchen Kratzer aus der Zeit, als Caterina und ihre Geschwister Kinder gewesen waren. Inzwischen hatten sie alle eigene Familien, bis auf die vierzehnjährige Camilla, das Nesthäkchen.

Camilla, die blonde Haare und schöne hellblaue Augen hatte, führte Lisa in einen anderen Flügel des Hauses und öffnete eine Tür.

»Das ist dein Zimmer.«

Es lag im Erdgeschoß und hatte eine kleine, von einer Balustrade umgebene Terrasse, auf der verschiedene Topfpflanzen standen. Steinstufen führten in einen Garten, der von einer Mauer begrenzt war. Früher hatte Camillas Schwester Maria dieses Zimmer bewohnt, in dem noch ihr altes Himmelbett mit den geblümten Vorhängen und ihr Toilettentisch standen.

Lisa fand alles wunderschön, nur daß Tessa im Zimmer nebenan wohnen und sie ständig beaufsichtigen würde, behagte ihr nicht. Aber man konnte wenigstens die Verbindungstür abschließen. Alles in allem war es hier viel gemütlicher als in dem riesigen Kinderzimmer der alten Casa Gherardini.

Camilla war genau die Freundin, die Lisa jetzt nötig hatte. (Contessina verbrachte viel Zeit bei der Familie ihres Verlobten und am Bett ihres Vaters, dessen Zustand sich ständig verschlechterte.) Sie suchte Trost bei Camilla, zeigte ihr die Schreibschatulle, berichtete von den Spaziergängen, auf die ihr Vater sie nach der Sonntagsmesse mitgenommen hatte, erzählte ihr, daß er sie »mein Vögelchen« genannt und ihr erlaubt hatte, in den Traubenbottichen herumzuhüpfen.

Der Zufall wollte es, daß auch Camilla Kummer hatte und jemanden brauchte, dem sie ihr Herz ausschütten konnte. Sie vertraute Lisa an, daß sie sich im Juni mit Messer Francesco del Giocondo verheiraten müsse, einem Seidenhändler, der schon einunddreißig sei, einen Bauch habe und ganz und gar nicht wie ein romantischer Liebhaber aussehe. Nicht daß etwas gegen ihn einzuwenden wäre, o nein, er sei reich und sehr aufmerksam, aber eben kein Mann, in den sich ein junges Mädchen verlieben könnte.

Ihr Vater zwinge sie zu dieser schrecklichen Heirat, obwohl er wisse, daß sie Cipriano del Pace liebe. Ach, Cipriano! Sechzehneinhalb Jahre alt, schmachtende Augen mit langen Wimpern und ein unwiderstehliches Lächeln! Letzten Sommer habe sie mit ihm zusammen an Land- und Angelpartien teilnehmen, hinter ihm auf seinem Pferd reiten und sich an ihm festhalten dürfen.

»Liebt er dich auch?« fragte Lisa.

Aber natürlich, war die Antwort. Jedenfalls meistens. Er habe ihr geschworen, daß für ihn keine andere existiere, und dreimal habe er unter ihrem Fenster die Laute geschlagen. Aber manchmal habe sie ihn dabei ertappt, wie er anderen Mädchen schöne Augen machte.

Jetzt konnte Lisa nicht mehr an sich halten. Atemlos erzählte sie Camilla von Giuliano, der sie so sehr liebe, obwohl er sich dessen nicht bewußt sei. Manchmal habe er ihr eine Blume aus dem Garten gebracht. Und trotzdem habe er bei den Theaterproben Agnoletta angehimmelt.

»Schon zwanzigmal habe ich ihm gesagt, er soll seinen gnädigen Herrn Vater bitten, ihn mit mir zu verloben, bevor es zu spät ist. Aber er sagt, sein Vater hat den Kopf mit anderen Dingen voll und dazu noch diese schlimmen Schmerzen in den Händen. Und Giuliano hat überhaupt nicht bemerkt, wie sehr ich mich inzwischen verändert habe! Er behandelt mich wie einen Jungen.«

Ihr gemeinsamer Liebeskummer brachte die beiden Mädchen einander noch näher. Bei dem bloßen Gedanken an ihre bevorstehende Vermählung mit Francesco del Giocondo brach Camilla in Tränen aus. Ihre einzige Hoffnung war, daß ihre Mutter dieses Unheil noch abwenden würde. Sie hatte ihr versprochen, beim Vater Fürsprache für sie einzulegen.

»Wenn es ihr nicht gelingt, werde ich mich umbringen oder ins Kloster gehen.«

Und so trösteten Lisa und ihre vierzehnjährige Tante sich gegenseitig.

Eines Abends saß Mariotto Rucellai in seinem Arbeitszimmer und stocherte im Kaminfeuer herum, während er auf seine Frau wartete. Vor einer Stunde hatte sie durch ihre Zofe anfragen lassen, wann er sie zu einem Gespräch empfangen könne.

Er ahnte, was sie auf dem Herzen hatte, und legte sich in Gedanken bereits seine Gegenargumente zurecht.

Als sie eintrat, führte er sie höflich zu einem mit Samt gepolsterten Stuhl. Die Förmlichkeit, die beide wahrten, war ein Zeichen dafür, daß sie eine ernste Angelegenheit zu besprechen hatten.

Nach florentinischem Brauch ließ sich Mariotto zunächst über ein Thema aus, das mit dem eigentlichen Problem nichts zu tun hatte. Caterinas Kummer über Antonios Tod, so erklärte er, sei übertrieben.

»Versteht mich recht, ich werfe es keiner Frau vor, wenn sie um ihren Gatten trauert, aber einmal muß damit Schluß sein. Caterina wohnt jetzt schon fast drei Monate bei uns, aber wir bekommen sie so selten zu sehen, daß man fast meinen könnte, sie läge bereits selbst auf dem Friedhof. Sie hat sogar aufgehört, Lisa Musikunterricht zu geben. Das arme Kind hat keine Mutter mehr. Es ist praktisch verwaist.«

Donna Filippa erwiderte begütigend, man könne Lisa, auch wenn sie gegenwärtig von ihrer Mutter vernachlässigt werde, wohl kaum als Waise bezeichnen. Sie sei in eine liebevolle Familie aufgenommen worden und habe in Camilla eine Schwester gefunden.

»Die beiden sind unzertrennlich.« Außerdem habe sie dafür gesorgt, daß Lisa Unterricht im Spinettino-Spiel erhalten werde.

»Dann wird sie genug zu tun haben. Aber ich wollte mit Euch nicht über Lisa, sondern über Camilla sprechen.«

»Camilla benimmt sich nicht besser als Caterina. Am liebsten würde ich beiden eine Tracht Prügel verpassen.«

»Ihr könnt es Camilla nicht verdenken, daß sie traurig ist, wenn Ihr sie zwingt, einen Mann zu heiraten, den sie nicht liebt und niemals lieben wird.«

Er zuckte ungeduldig die Achseln. »Ein Mädchen ihres Alters hat nicht mehr Verstand als eine Grille und weiß noch gar nicht, was Liebe ist. Eine Frau lernt den Mann, den sie geheiratet hat, erst wirklich kennen, wenn sie ein paar Monate mit ihm geschlafen hat.«

Die romantische Schwärmerei, von der die Dichter schwätzen, sei ein viel zu unbeständiges und oberflächliches Gefühl, als daß sich eine dauerhafte Bindung darauf gründen ließe. »Ihr werdet schon sehen, daß Camilla mit der Zeit lernen wird, Giocondo zu lieben.«

»Das mag sein, aber jetzt liebt sie ihn jedenfalls nicht. Er ist ja auch viel zu alt für sie.«

Das gab Mariotto ohne weiteres zu. Aber, so erklärte er, Männer mittleren Alters seien die besten Ehegatten. Zum einen hätten sie mehr Geld als junge Männer, und Geld bedeute den Frauen sehr viel. Man brauchte doch nur zu beobachten, wie ihre Augen beim Anblick von so kostspieligen Dingen wie schönen Kleidern, Pelzen und Juwelen funkelten. Zum anderen seien Männer in mittleren Jahren, so merkwürdig das vielleicht klinge, auch die besten Liebhaber. Auf Grund früherer Erfahrungen beherrschten sie die verschiedenen Spielarten, eine Frau zu befriedigen, was ihnen in den intimen Momenten des Ehelebens eher zustatten komme. Sie nähmen sich genug Zeit, um durch Zärtlichkeiten die Wollust der Frau anzufachen. Die jungen Draufgänger hingegen könnten ihre Ungeduld nicht zügeln und trachteten nur nach ihrer eigenen Befriedigung. Danach drehten sie sich zur Seite und begännen zu schnarchen, während ihre enttäuschten Ehefrauen beim Schein der Votivkerzen bittere Tränen vergössen.

Aus der Geschichte seien zahlreiche junge Frauen bekannt, die ihr Herz an viel ältere Männer verloren hätten. Cleopatra zum Beispiel habe Cäsar – jedenfalls eine Zeitlang – leidenschaftlich geliebt, obwohl er kahlköpfig und fünfundzwanzig Jahre älter als sie selbst gewesen sei. Allerdings könnte die Tatsache, daß er ein Heerführer war, dabei eine Rolle gespielt haben, da Frauen stets eine Vorliebe für Uniformen gehabt hätten. Und man brauchte doch nur an die tausend verheirateten Frauen zu denken, die König Salomos Bett geteilt hatten, ganz zu schweigen von den gelegentlich bei ihm zu Besuch weilenden Damen wie etwa die Königin von Saba. Und war nicht, um ein Beispiel aus jüngster Zeit zu nennen, Maddalena de' Medici geradezu hingerissen von ihrem Gemahl, diesem Einfaltspinsel, der fünfundzwanzig Jahre älter als sie selbst war?

»Ihr seht also, daß Ihr Euch deswegen keine Sorgen um das Glück unserer Tochter zu machen braucht.«

Er hatte das Gefühl, die Einwände seiner Frau sehr geschickt entkräftet zu haben. »Vom vielen Reden habe ich eine trockene Kehle bekommen. Jetzt wäre mir ein Pokal Malaga recht.«

Liebevoll betrachtete er sie, als sie aufstand und den Klingelzug betätigte. Ihr feingeschnittenes Profil und ihr schlanker Hals zeugten noch immer davon, daß sie in jungen Jahren eine Schönheit gewesen war.

Während er sich am Wein labte, saß sie nachdenklich vor ihm. Er ahnte, daß sie die Pause dazu benützte, sich für eine Fortsetzung der Debatte zu wappnen.

»Also, was für Einwände habt Ihr sonst noch gegen Giocondo?«

Sie rückte sofort damit heraus. »Er ist zweifellos ein Mann von Verstand und Charakter, aber alles andere als ein Adonis. Ihr könnt wirklich nicht erwarten, daß sich Camilla zu einem grobschlächtigen, unansehnlichen Mann hingezogen fühlt.«

Mariotto schmunzelte und gab in versöhnlichem Ton zu, daß Giocondo tatsächlich kein romantischer Typ, geschweige denn ein geschniegelter Draufgänger sei. Aber dergleichen Äußerlichkeiten spielten in der Ehe doch wohl kaum eine Rolle. Nach einer gewissen Zeit sähen die Ehegatten einander ja doch nicht mehr so genau an.

»Wenn ich plötzlich zwei Nasen hätte, würdet Ihr es vermutlich überhaupt nicht bemerken. Habt Ihr noch etwas an ihm auszusetzen?«

»Ja, edler Gemahl.« Plötzlich klang ihre Stimme gereizt. »Und zwar, daß er Seidenhändler ist.«

Mariotto wußte, daß sie schon lange darauf gewartet hatte, ihn mit diesem Einwand zu konfrontieren.

»Ja«, sagte er bedächtig, »er handelt mit Seide. Und das ist einer der Gründe, warum ich Camilla mit ihm verheiraten will.«

Ohne Umschweife erklärte er Filippa, daß es mit dem Wollgewerbe bergab gehe. In der Öffentlichkeit werde darüber zwar noch nicht gesprochen, aber in Bankierskreisen mache man daraus kein Geheimnis mehr. Viele der großen Wollwebereien am Arno hätten Schwierigkeiten, ihren finanziellen Verpflichtungen nachzukommen. Die Zeit, in denen man San-Martino-Tuch mit vierhundert Prozent Gewinn verkaufen konnte, seien vorbei. Lorenzo de' Medici mache sich bereits Sorgen darüber, daß der Staatskasse immer weniger Steuern zuflössen. Dem Seidengewerbe dagegen gehe es besser denn je.

»Antonio, der genug Weitblick besaß, sagte mir vor seiner Abreise nach Venedig, daß er sich mit dem Gedanken trage, Seidenstoffe herzustellen.«

Filippa sah ihn verblüfft an.

»Ja, liebe Frau, Antonio war entschlossen, ins Seidengeschäft überzuwechseln. Versteht Ihr jetzt, warum ich Camilla mit Giocondo vermählen möchte?«

»Wenn das so ist, edler Gemahl, werdet Ihr in dieser Sache von mir keinen Einwand mehr hören. Ich weiß jetzt, daß Ihr für unsere Tochter nur das Beste wollt. Es wird vielleicht eine Weile dauern, bis sie das einsieht, aber eines Tages wird sie Euch dankbar sein.«

Er sah sie lächelnd an. »Erlaubt Ihr, daß ich einen Schluck aus Eurem Becher trinke?«

Sie waren wieder versöhnt . . . Das schätzte er an ihr. Sie war vernünftig und bestand nicht, wie so viele andere Frauen, darauf, weiterzugackern und neue Argumente vorzubringen, wenn es gar nichts mehr zu argumentieren gab.

Er hob den Becher. »Liebe Frau, ich habe es schon früher gesagt und muß es jetzt wieder sagen: Ihr hättet ein Mann werden sollen!«

Als Camilla vom »Verrat« ihrer Mutter erfuhr, war sie völlig verzweifelt und von dem Gedanken besessen, sich dafür zu rächen.

»Mir bleibt nichts anderes übrig, als mich umzubringen«, erklärte sie.

Lisa stimmte ihr zu, empfahl ihr aber, noch einige Tage damit zu warten. »Vielleicht bis nächste oder übernächste Woche. Du mußt dir doch erst überlegen, *wie* du dich umbringen willst.«

Gemeinsam erörterten sie die verschiedenen Möglichkeiten: Selbstmord durch Erhängen, Erdolchen, Aufschlitzen der Pulsadern, Ertränken in einer Wanne oder im Arno.

Camilla sagte das alles nicht zu. Da es ihr in erster Linie darum ging, ihre Eltern wegen ihrer Grausamkeit zu bestrafen, fand sie es ungerecht, daß sie etwas so Schreckliches erleiden sollte, nur um ihnen Kummer zu machen.

»Ich gehe ins Kloster«, erklärte sie schließlich. Auf diese Weise würde sie am Leben bleiben, aber für die Außenwelt tot sein – eine lebende Leiche, die die Eltern unablässig an ihre eigene Herzlosigkeit gemahnen würde. Allmählich aber fand sie die Vorstellung, zeitlebens ohne männliche Gesellschaft auskommen zu müssen, immer unerträglicher. Als ihr dann auch noch einfiel, daß sie für den Eintritt ins Kloster die Genehmigung ihres Vaters brauchte, wurde auch dieser Plan ad acta gelegt.

»Ich glaube, es gibt für dich einfach keine Möglichkeit, die Heirat mit Messer del Giocondo zu vermeiden«, folgerte eines Tages ihre Beraterin Lisa. »Vielleicht gewöhnst du dich später an ihn, auch wenn er alt und dick ist.« Und mit der Weisheit ihrer elf Jahre fügte sie hinzu, man brauchte die Hoffnung nicht ganz aufzugeben. Ein Mann dieses Alters würde bestimmt nicht mehr lange leben, oder vielleicht müßte er irgendwann ins Ausland reisen, und da könnte man immer damit rechnen, daß sein Schiff unterging oder von Piraten gekapert wurde.

»Dann bist du Witwe und kannst Cipriano heiraten.«

Jetzt fanden sie die Situation nicht mehr ganz so trostlos. Camilla gewöhnte sich nach und nach an den Gedanken, einen ungeliebten Mann heiraten zu müssen. Als der Frühling kam, begann sie, ihre Ausstattung zu besorgen, und bald war sie zu beschäftigt, um sich Grübeleien hinzugeben.

Wenn Lisa ihre Tante gerade einmal nicht beraten oder bei ihren Einkäufen begleiten mußte, beklagte sie sich bei ihr darüber, daß Giuliano mit Blindheit geschlagen sei.

Fast zwölf Jahre sei sie jetzt schon, eine junge Dame, die unzählige Male in Rosenwasser gebadet und massiert worden sei und der bereits von Leuten, die ihr auf der Straße begegneten, Komplimente gemacht würden. Aber dieser alberne Giuliano behandle sie noch immer so, als ob sie seine kleine Schwester wäre.

»Er ist blind wie ein Maulwurf!«

Dann war es an Camilla, zu beraten und zu trösten. Bei jungen Männern, so erklärte sie Lisa, dauere es manchmal unglaublich lange, bis sie erwachsen würden. Sie habe es erlebt, daß fünfzehn-, ja sogar sechzehnjährige *giovanotti* selbst von den hübschesten Mädchen keine Notiz genommen und lieber auf der Piazza Santa Croce Ringkämpfe veranstaltet oder *calcio*[7] gespielt hätten.

An einem sonnigen Vormittag im April, als Lisa und Camilla gerade Hochzeitseinladungen schrieben, hörten sie plötzlich draußen im Garten Lautenspiel. Dann begann eine schrille Stimme zu singen:

»Wie schön ist die Jugend, doch wie schnell sie verfliegt!
Wer glücklich sein will, sei es heute, nicht morgen.«

Mit gezücktem Federkiel sagte Lisa: »Das ist Giuliano! Wir werden ihn keines Blickes würdigen.«

Im nächsten Moment klirrte ein Steinchen gegen das Fenster.

»Dieser Strohkopf wird uns noch die Scheiben zerbrechen!« Lisa rannte zum Fenster. Das Barett schräg auf dem Kopf, sah Giuliano zu ihr herauf.

»Scher dich weg! Ich habe keine Zeit, mir deine albernen Lieder anzuhören! Außerdem quakst du wie ein Frosch!«

»Ich habe eine Nachricht für dich. Eine sehr wichtige!«

»Was für eine Nachricht?«

Das könne er ihr nicht laut zurufen. Die Nachricht sei nicht nur *importantissimo*, sondern auch *privatissimo*. Es wäre schrecklich, wenn die Nachbarn sie hörten. Deshalb müsse Lisa zu ihm herauskommen.

Sie vermutete, daß er ihr einen Streich spielen wollte. »Ich glaube dir nicht, daß du mir etwas auszurichten hast.«

»Wie es Euch beliebt, schöne Cousine.«

Er schulterte seine Laute und ging auf das Gartentor zu. Jetzt siegte Lisas Neugier.

»Warte! Ich komme hinunter, aber wenn das wieder einer von deinen dummen Streichen ist, rede ich nie mehr ein Wort mit dir!«

Der Garten mit seiner Backsteinmauer und den schmalen, von Unkraut überwucherten Wegen war in blendendes Sonnenlicht getaucht, als sie aus dem Haus trat. Giuliano war nirgends zu entdekken, aber plötzlich hörte sie aus einem Lorbeergebüsch seine

Stimme und Lautenklänge. Sie spähte hinüber. Er saß auf dem Rand eines Brunnens und ließ ein seidenbestrumpftes Bein im Takt hin und her schwingen. Lisa stellte fest, daß er in dieser lässigen Pose sehr attraktiv wirkte.

Sie ging auf ihn zu, blieb aber vorsichtshalber ein paar Schritte vor ihm stehen. »So, da bin ich. Was hast du mir auszurichten?«

»Pssst!« Er legte den Finger auf die Lippen. »Ich komponiere gerade ein Lied.«

Diese Unverschämtheit! »Ich habe gewußt, daß du keine Nachricht für mich hast! Du bist wirklich eine Schande für deine Familie!«

»Wenn du soviel redest, wirst du eine Fliege verschlucken.«

Er hörte zu spielen auf und sagte, sie werde die Nachricht nur erfahren, wenn sie vorher mit einem Kuß dafür bezahle.

Er hatte Lisa schon einige Male geküßt, sie aber noch nie um einen Kuß gebeten.

»Ich soll dich küssen? Lieber würde ich Gras essen!«

Ohne ein weiteres Wort sprang er über die Mauer und schlenderte weiter. Lisa setzte ihm nach und küßte ihn hastig auf die Wange. »So, und jetzt die Nachricht!«

Er griff an die Stirn. »Die Nachricht! Was war das bloß?« Mit ihrem Geplapper habe sie ihm so zugesetzt, daß er vergessen habe, was er ihr bestellen sollte.

Worauf Lisa ihn einen Galgenstrick, eine falsche Schlange, *una bestia* nannte. Plötzlich lächelte er. Ach ja, jetzt sei es ihm wieder eingefallen.

»Wir gehen morgen zum Angeln, und Contessina würde sich freuen, wenn du mitkämst. Wenn du mir noch einen Kuß gibst, darfst du mit auf meinem Pferd reiten.«

Lisa war wütend. Das also war seine äußerst wichtige und streng geheime Nachricht! Deswegen hatte er sie in den Garten gelockt und sich einen Kuß erschlichen! »Ich habe wichtigere Dinge zu tun, als mit der Angelrute in der Hand an einem Bach zu stehen und zu warten, ob irgendein dummer Fisch anbeißt.«

Noch während sie sprach, drückte ihr dieser Halunke einen Kuß auf den Mund!

»Wir holen dich nach dem Morgenläuten ab.« Und schon rannte er davon.

Sie klaubte noch rasch ein paar Steinchen auf und warf sie ihm nach, aber er war bereits über die Außenmauer gesprungen.

Am nächsten Morgen wartete sie lächelnd, aber zur Rache entschlossen in ihrem flaschengrünen Reitkleid auf die Teilnehmer des Ausflugs. Hufe klapperten, die jungen Reiter sprengten heran, die Mädchen hinter sich auf den Sattelkissen.

Sie gehörten alle zur florentinischen Jeunesse dorée, ihre Väter waren Kaufherren, Bankiers und staatliche Würdenträger. Giuliano hob Lisa zu sich aufs Pferd, und sie schlang die Arme um seine Brust. Auf sein Kommando trabte die Kavalkade aus dem Hof hinaus und ritt lachend und singend ihrem Ausflugsziel am Ufer des Mugello, eines Nebenflusses des Arno, entgegen. Während des ganzen Rittes benahm sich Giuliano untadelig, und Lisa sprühte vor Heiterkeit und war die Anmut in Person.

Nach dem Imbiß im Gras steckten die Reitknechte in der weißroten Medici-Livree die Köder an die Angelhaken und verteilten die Ruten. Giuliano deutete auf eine flußabwärts gelegene Holzbrücke.

»Wir beide gehen dorthin, schöne Cousine. Dort ist das Wasser tiefer. Ich werde dir zeigen, wie man die Angel richtig auswirft.«

Lisa bedankte sich noch für seine Freundlichkeit, als er schon am Rand der Brücke stand und, auf den Zehenspitzen balancierend, weit ausholte. »Siehst du, so muß man –«

Ein leichter Stoß von hinten, und schon landete er kopfüber im Wasser. Doch im Fallen hatte er nach Lisas Rock gegriffen, so daß sie mit ihm hinunterplumpste.

Es war beschämend! Sie mußte im Fluß herumzappeln und Wasser schlucken, die Haare klebten ihr am Kopf, und Giuliano, dieser Rohling, sah ihr lachend beim Ertrinken zu . . .

»Er ist der abscheulichste Mensch, der mir je begegnet ist«, sagte sie am Abend zu Tessa. »Ich werde nie, nie mehr mit ihm sprechen.«

Zwei Tage später wurde sie in das Arbeitszimmer ihres Großvaters gerufen. Eine Weile musterte er sie schweigend, während sie auf den Teppich hinunterblickte. Dann sagte er mit gerunzelter Stirn:

»Was ist mir da zu Ohren gekommen? Du hast Giuliano von der Brücke gestoßen?«

Sie ließ eine wortreiche Erklärung vom Stapel, die darauf hinauslief, daß nicht sie, sondern ein plötzlicher Windstoß daran schuld gewesen sei, daß Giuliano plötzlich das Gleichgewicht verloren habe. Und bei dem Versuch, sich irgendwo festzuhalten, habe er ihren Rock erwischt und sie mit ins Wasser gezogen.

»In anderen Worten, ihr seid beide Opfer eines Zufalls geworden. Sozusagen höhere Gewalt.«

Sie nickte eifrig.

»Nun gut«, fuhr er verschmitzt zwinkernd fort, »wollen wir es so nennen, und wenn wir es oft genug sagen, werden wir's vielleicht selbst glauben. Du kannst jetzt gehen, mein Kind, und die Madonna um Vergebung deiner Sünden bitten.«

Lisa knickste und machte sich eiligst aus dem Staub.

Am Nachmittag sprach Mariotto bei Lorenzo de' Medici in der Via Larga vor.

»Gevatter Lauro«, sagte er und nahm auf einem Stuhl vor Lorenzos Schreibtisch Platz, »ich bin gekommen, um Euch zur Hochzeit meiner Tochter Camilla einzuladen. Zuvor aber möchte ich Euch mitteilen, daß meine Enkelin Lisa versucht hat, Euren Sohn Giuliano zu ertränken.«

Über Lorenzos hageres Gesicht huschte ein Lächeln. O ja, er habe bereits von dem Vorfall gehört und vergeblich versucht, der Sache auf den Grund zu kommen. Contessina und Giuliano hätten sie ihm so verworren geschildert, daß er nicht herausgefunden habe, was tatsächlich passiert sei.

»Aber ich kenne meinen Giuliano, und ihr dürft überzeugt sein, daß Lisa, was immer sie getan hat, von ihm dazu provoziert wurde. Übrigens, habt Ihr sie schon jemandem versprochen?«

»Nein«, sagte Mariotto überrascht. »Dazu ist es noch zu früh. Sie ist noch keine zwölf Jahre alt und, offen gestanden, meiner Frau und mir so ans Herz gewachsen, daß wir sie gern noch ein paar Jahre bei uns haben möchten. Das Haus wird uns ohnehin leer vorkommen, wenn Camilla uns verläßt . . . Warum fragt Ihr?«

»Ihr wißt ja, daß ich mich gezwungen sah, meinen Sohn Piero mit einer Ausländerin zu vermählen. Das habe ich bitter bereut. Alfonsina ist hier nicht beliebt, und ich fürchte, sie wird eine große Belastung für ihn sein, wenn er eines Tages meine Nachfolge antritt. Ich habe mir geschworen, Giuliano mit einer Florentinerin zu verheiraten, und mir ist der Gedanke gekommen, daß keine besser geeignet wäre als Lisa. Gewiß ...« – er zuckte lächelnd die Achseln – »ich weiß, daß die beiden wie Hund und Katze sind, aber ich nehme an, daß sie einander trotzdem sehr gern haben. Wenn Euch mein Vorschlag zusagt, könnten wir vielleicht in zwei, drei Jahren ernsthaft darüber sprechen.«

Mariotto erklärte, er fühle sich sehr geehrt. Die Vermählung der beiden jungen Leute würde die ohnehin freundschaftlichen Bande zwischen den Familien Medici, Gherardini und Rucellai weiter festigen. »Und wir dürfen mit Eurer Anwesenheit bei Camillas Hochzeit rechnen?«

Eine Weile drehte Lorenzo schweigend seinen Saphirring hin und her.

»Ehrlich gesagt, das hängt ganz von meinem Gesundheitszustand ab. An manchen Tagen, heute zum Beispiel, fühle ich mich relativ wohl. Manchmal aber wird mir jeder Tag zur Qual. Ich verspreche Euch jedoch, daß meine Familie bei der Hochzeit würdig vertreten sein wird.«

Als Mariotto sich verabschiedet hatte, ließ Lorenzo seinen Sohn zu sich rufen.

»Es ist ein so schöner Tag, Giuliano. Wie wär's, wenn wir beide in die San-Marco-Gärten gingen und ein wenig plauderten?«

Die Gärten waren nicht weit vom Palazzo Medici entfernt, und bald saßen Vater und Sohn im Schatten einer Linde auf einer Bank. In der Nähe plätscherte ein Springbrunnen. Am Ende einer Allee schimmerte vor dem dunklen Grün eines Zypressenhaines die Marmorstatue der Diana. Hier war nichts von der lärmenden Betriebsamkeit der Stadt zu hören.

»Dein ehrwürdiger Urgroßvater Cosimo hat diesen Park anlegen lassen und dem Volk von Florenz geschenkt, damit es hier die Ruhe genießen, nachdenken und, von schönen Dingen umgeben, eine Weile seine Sorgen vergessen kann. Sollte sich dir jemals die Möglichkeit bieten, einen großen Künstler zu fördern, dann ergreife sie! Es wird dir tausendfach vergolten werden.«

Mit einem letzten Blick auf die Statue stand er nach einer Weile schwerfällig auf. Während des Heimwegs sagte er plötzlich: »Was diesen Vorfall auf der Brücke betrifft – hast du irgend etwas getan, wofür sich Lisa rächen wollte?«

»Sie hat mich nicht gestoßen. Ich bin von selbst hinuntergefallen.«

Lorenzo lächelte. »Ganz gleich, wie es passiert ist, du mußt dich jedenfalls bei ihr entschuldigen.«

»Entschuldigen?«

Das sei, so erklärte sein Vater, die vernünftigste, anständigste und klügste Reaktion. Falls Lisa ihm keinen Stoß versetzt habe, würde sein Schuldbekenntnis tiefen Eindruck auf sie machen. Und falls sie es doch getan habe, würde sie von seinem Edelmut überwältigt sein. Auf jeden Fall würde er in ihrer Achtung steigen.

»Das, mein Sohn, ist Diplomatie.« Er zog eine Münze aus seinem Geldbeutel. »Blumen sind ein vortreffliches, preiswertes Geschenk und bei der Weiblichkeit sehr beliebt. Überreiche ihr einen Strauß!«

Giuliano entdeckte Lisa im »Musikzimmer«, wo sie gerade auf dem Spinettino übte.

Trotz der anspruchsvollen Bezeichnung handelte es sich bei diesem »Musikzimmer« um einen Abstellraum für Gartengeräte, beschädigte Möbel und allerlei Krimskrams. Früher war er eine Zeitlang als Dienstbotenkammer benützt worden, und daher stammte das abgetakelte Himmelbett, das mitten in dem Durcheinander stand. Der Raum lag im Erdgeschoß und hatte eine Tür zum Garten. Durch das einzige Fenster, vor dem eine Sykomore stand, drang grünlich getöntes Sonnenlicht. Da kein Laut aus diesem Raum in die oberen Stockwerke drang, war er für Lisas nervenaufreibende musikalische Versuche bestens geeignet.

Sie übte gerade eifrig ein Arpeggio, als sie plötzlich durch die offene Tür einen großen Strauß Blumen sah, hinter dem Giuliano hervorlugte.

»Kannst du mir jemals verzeihen, daß ich dich von der Brücke gestoßen habe?« fragte er. »Das war wirklich gemein von mir.«

»Ich hatte es schon völlig vergessen.« Sie lief ihm entgegen. »Bitte komm doch herein!« Zum Willkommen gab sie ihm einen herzhaften Kuß auf die Wange. Und da ihr Gesicht ganz nahe an seinem blieb, konnte er nicht anders, als ihren Kuß zu erwidern, wobei seine Lippen ihren Mundwinkel streiften. Diesmal protestierte sie nicht, warf ihm keine Schimpfwörter an den Kopf und zielte nicht mit Steinen nach ihm. Und am Abend legte sie eine Blume aus seinem Strauß unter ihr Kopfkissen.

Mit Giulianos Bitte um Vergebung begann ein neuer Abschnitt in der Beziehung zwischen den beiden. Balgereien und Streit gab es jetzt nicht mehr. Wie durch eine Zauberformel war Giuliano plötzlich von seiner Blindheit geheilt und behandelte Lisa nicht mehr wie einen Jungen. Seine Besuche bei ihr wurden immer häufiger und vertraulicher. Die Abgelegenheit des »Musikzimmers« trug das ihre dazu bei.

Sie versicherten einander immer wieder, daß sie gute Freunde seien. Den Kopf an seine Brust gelehnt, fragte Lisa ihn um Rat in den verschiedensten erfundenen Problemen und lauschte dabei seinem Herzschlag. Und wie von ungefähr streiften seine Lippen ihr Haar, ihre Wangen, ihren Mund. Sich dagegen zu wehren, kam Lisa nicht in den Sinn. All dies gehörte für sie zu einer guten Freundschaft.

Im Juni 1491 heiratete Camilla Rucellai, in ihr Schicksal ergeben, Francesco del Giocondo.

Lisa vermißte sie sehr. Gerade jetzt hätte sie das vertraute Gespräch mit ihr nötig, gerade jetzt ihr so viel zu erzählen gehabt. Giuliano erwies sich als aufmerksamer und liebevoller Freund. Wenn Lisa sich an ihn schmiegte und ihm zärtliche Worte zuflüsterte, streichelte er ihr Haar. Aber niemals sprach er von Heirat. Eines Tages, so fürchtete sie, würde er den Arm um sie schlingen, sie auf den Mund küssen und eröffnen, daß er eine andere zur Frau nehmen werde. Vermutlich Agnoletta de' Landi . . .

Schon der Gedanke daran brach ihr fast das Herz.

Sie weinte beinahe vor Freude, als ihr Großvater eines Abends ankündigte, daß die Neuvermählten den Sommer mit ihnen zusammen auf dem »Bauernhof«, dem Landgut der Familie Rucellai, verbringen würden.

»Francesco meinte, daß sich Camilla dort allmählich an die Ehe mit ihm gewöhnen wird«, sagte Mariotto nach dem Essen zu Filippa.

»Das beweist, daß Ihr ihn zu Recht als klug und rücksichtsvoll eingeschätzt habt. Es freut mich sehr, daß die beiden zu uns aufs Land kommen.«

Zwei Tage nach ihrer Ankunft auf dem »Bauernhof« konnten sie Giocondo und Camilla willkommen heißen. Lisa brannte darauf, ausgiebig mit ihrer jungen Tante zu plaudern.

Am nächsten Morgen bat Mariotto seine Frau, ihn zum *boschetto* zu begleiten, einem Eichenwäldchen, das er ganz besonders liebte. Von Zeit zu Zeit äußerte er die Absicht, sich persönlich um die

Pflege des *boschetto* zu kümmern, weil körperliche Arbeit gesund sei. Dann stapfte er ein paar Tage lang in einem Baumwollkittel, einen breitrandigen Strohhut auf dem Kopf und eine Hacke in der Hand, zwischen Bäumen herum, als hätte er tatsächlich vor, den Waldweg zu jäten. Aber jedesmal hörte er bald wieder auf und machte es sich lieber in seinem Sessel bequem, um über die Geschäfte und die Politik nachzudenken oder über einem Buch einzunicken.

An diesem Morgen jedoch war ihm anzumerken, daß er mit seiner Frau ein sehr ernstes Gespräch führen wollte.

Er begann mit der Bemerkung, er sei jetzt schon siebenundfünfzig und nähere sich zweifellos dem Ende seiner Erdentage. Er danke Gott dafür, daß es ihm vergönnt gewesen sei, für seine jüngste Tochter einen gütigen, ehrbaren Gatten zu finden. Nun könne er sich in Ruhe auf die Reise ins Jenseits vorbereiten.

»Diesen Sommer wird es hier von Gästen wimmeln. Camilla, Giocondo, Lisa, Caterina und später auch unsere anderen Kinder werden Euch den ganzen Tag in Atem halten. Hättet Ihr etwas dagegen einzuwenden, wenn ich eine Wallfahrt unternähme?«

Erstaunt und amüsiert sah sie ihn an. Mit seiner frischen Gesichtsfarbe und den klaren Augen wirkte er so gesund wie eh und je. Seit sie mit ihm verheiratet war, hatte er noch nie den Wunsch geäußert, an einer Wallfahrt der Bankiersgilde teilzunehmen. Er mußte also einen besonderen Grund haben.

»Ich habe absolut nichts dagegen, edler Gemahl. Es wird Euch guttun, tüchtig zu laufen und im Freien zu übernachten. Wie lange werdet Ihr fortbleiben?«

»Zwei, allerhöchstens drei Wochen.«

Aber er blieb den ganzen Sommer über fort.

Von Zeit zu Zeit trafen aus verschiedenen toskanischen Ortschaften reitende Boten ein und überbrachten kurze, liebevolle Briefe, denen Filippa entnehmen konnte, daß Mariotto viel herumkam und es sehr genoß. Eines Tages trafen mehrere Karren vor dem »Bauernhof« ein, die mit allerlei ramponierten Gegenständen beladen waren: mit Bronzeschilden, zerbeulten Helmen, beschädigten Küchengeräten und Amphoren für Orangenöl. Was ihr Gatte mit diesem Krimskrams anfangen wollte, war Filippa rätselhaft.

Ende September kam Mariotto zurück, gesund und munter, sonnengebräunt und um Ablässe für Tausende von Jahren sowie um mehrere hundert Gulden, die er anderen Pilgern beim Kartenspiel abgenommen hatte, reicher geworden. Nachdem er gebadet und seinen Bart abrasiert hatte (Wallfahrer durften sich nicht rasieren), ließ er sich im *boschetto* von seiner Frau berichten, wie der Sommer auf dem »Bauernhof« verlaufen war.

Er erfuhr, daß einige ihrer Söhne und Töchter mitsamt Nachwuchs, Hauslehrern und Kinderfrauen zu Besuch gekommen waren. Lisa hatte sich häufg mit Giuliano getroffen, der sie zu Landpartien eingeladen und ihr Schwimmunterricht gegeben hatte, für den Fall, daß sie wieder einmal von einer Brücke fiel. Sie hatten also einen glücklichen Sommer verbracht. Giocondo hatte Lisa zum Geburtstag einen Rosenkranz aus Korallen geschenkt, und seitdem fand sie ihn etwas sympathischer.

»Und wie geht es Caterina?«

Zögernd berichtete Filippa, dies sei der einzige Schatten, der auf diesen Sommer gefallen sei. Gewiß, Caterina habe sich bemüht, ebenfalls fröhlich zu sein und mit ihren Nichten und Neffen zu spielen, aber mit dem Herzen sei sie nicht dabeigewesen. Ständig habe sie an den vergangenen Sommer gedacht, an die letzten Tage, die sie vor Antonios Abreise nach Venedig mit ihm verbracht hatte.

»Wir dürfen uns keiner Täuschung hingeben. Manche Frauen können nur einmal lieben, und Caterina ist eine solche Frau.«

Mariotto zuckte seufzend die Achseln. »Und Camilla?«

Sie habe sich auf die erstaunlichste Weise verändert. Nicht nur, daß sie sich mit ihrer Rolle als Ehefrau abgefunden habe; offensichtlich empfinde sie jetzt auch Zuneigung für Giocondo. »Ich würde sogar sagen, daß ihre Blicke mehr als Zuneigung verraten. Ich glaube, sie erwartet ein Kind.«

»Habe ich Euch nicht gesagt, daß Männer in mittleren Jahren sich auf den Umgang mit Frauen verstehen?«

Sie bestätigte, daß er wieder einmal recht behalten habe. »Und jetzt, edler Gemahl, würde ich gern hören, was Ihr diesen Sommer erlebt habt.«

Die Wallfahrt war ein voller Erfolg gewesen. In San Gimignano hatten sie den Schrein der Santa Fina besucht, der mit fünfzehn Jahren verstorbenen Ortsheiligen. Nach diesem Besuch hatten sich die Pilger in das örtliche Bordell begeben, das dort anscheinend der beliebteste Treffpunkt war und von der Stadtverwaltung finanziert wurde.

Als Filippa nach dem Krimskrams fragte, den er vorausgeschickt hatte, erfuhr sie, daß es sich um antike Gerätschaften handelte. Er habe sie gesammelt, weil er ein Buch über die Etrusker schreiben wolle, jenes uralte, geheimnisumwitterte Volk, das vor langer Zeit die Toskana bewohnt habe.

Er sei allen Ernstes von dem Wunsch beseelt, etwas zu hinterlassen, das ihn überdauern würde. Nicht als Bankier und Staatsdiener wolle er der Nachwelt in Erinnerung bleiben, sondern als der Mann, der das etruskische Geheimnis enthüllt hatte. Er werde sich jetzt aus dem Geschäftsleben zurückziehen und den Rest seiner Erdentage der Meditation und der Arbeit an diesem Buch widmen.

Aber leider erlebte er mit den Etruskern eine herbe Enttäuschung. Je intensiver er sich mit ihnen befaßte, desto rätselhafter wurden sie. Und je größer das Geheimnis, desto geringer seine Begeisterung. Zudem mußte er nach genauer Begutachtung feststellen, daß es sich beim größten Teil seiner »antiken Gerätschaften« um Fälschungen handelte.

Deprimiert erklärte er seiner Frau, er habe jetzt genug von den Etruskern. »Ich fürchte, ich werde nie etwas anderes als ein Bankier sein.«

Worauf sie ihm versicherte, es gebe viel schlimmere Dinge. Tags darauf stellte er fest, daß der etruskische Krimskrams aus seinem Arbeits- in das Musikzimmer verbannt worden war. Filippa war wirklich eine Perle!

Als er seine literarischen Ambitionen und das Studium der Kirchenväter aufgegeben hatte, kehrte er zum unerschütterlichen Glauben seiner Vorfahren zurück und fand in der nüchternen Beschäftigung mit Geld seinen Seelenfrieden wieder. Jeden Vormittag saß er in der Loggia der Börse und informierte sich über Kursschwankungen. Er verdiente sehr viel Geld, spendete etwas davon für die Armen und behielt den größten Teil für sich.

Während sich ihr Großvater von seiner literarischen und religiösen Krise erholte, segelte Lisa auf der unruhigen See der Jugend dahin. Seit mehreren Monaten erlebte sie nun schon die Wonnen und Ängste dieses stürmischen Lebensabschnittes. Zum ersten Mal schlief sie unruhig. Und ihre geliebten Puppenkinder lagen jetzt wie verlassene Waisen im Zimmer herum.

An einem einzigen Tag durchlief sie eine ganze Skala von Stimmungen. Hatte sie eben noch in den höchsten Tönen gejauchzt und gesungen, so versank sie im nächsten Moment in dumpfes Brüten. Die körperliche Veränderung, die sie seit einiger Zeit an sich feststellte, erfüllte sie abwechselnd mit Entzücken und Verzweiflung. Daß ihre Brüste und Hüften sich rundeten, erweckte in ihr das Gefühl der Fraulichkeit, doch schon bald beobachtete sie diese Entwicklung mit Schrecken. Sie glaubte, in ihrem Körper seien Teufel am Werk.

Und wenn sie nun niemals mehr Ruhe geben und ihre Brüste in riesige Ballons verwandeln würden? Oder wenn ihre Hüften breiter und immer breiter wurden?

Sie redete sich ein, daß Giuliano über diese Teufel Bescheid wußte und aus diesem Grund niemals von Heirat sprach. Daß er sie nur aus Mitleid küßte, sie nur aus Gutmütigkeit liebkoste, während er insgeheim wußte, daß sie verdammt war.

Der Aufruhr ihrer Gefühle äußerte sich auch darin, daß sie immer wieder von Mißtrauen gegenüber allem und jedem befallen wurde. Dann hatte sie sogar Tessa im Verdacht, ihr feindselig gesinnt zu sein – eine Verräterin, die jedes Wort, das sie von ihr zu hören bekam, sofort der Mama berichtete.

Eines Tages erklärte Lisa, die Tür zwischen ihrem und Tessas Zimmer bliebe von jetzt an geschlossen und dürfte nur auf ein Klopfzeichen geöffnet werden.

»Aha, die Signorina will allein sein.«

»Ich habe über vieles nachzudenken.«

»Worüber denn?«

»Das sage ich dir nicht. Du würdest ja doch sofort zu Mama laufen und ihr alles erzählen.«

Tessa ließ es dabei bewenden und versprach, künftig anzuklopfen. Nun konnte Lisa ungestört grübeln. Aber bald hatte sie es satt und stellte zu ihrer Überraschung fest, daß sie sich ohne ihre *bambinaia* nicht wohl fühlte. Jetzt war sie diejenige, die an die Tür klopfte und kläglich bat, eintreten und am Kamin sitzen zu dürfen.

Im Oktober und November wuchs Lisas Nervosität. Giuliano besuchte sie nicht mehr so häufig, weil er jetzt im Kontor seines Vaters mit dem Dechiffrieren von Geschäftsbriefen betraut war. Lisa bildete sich ein, daß er sie jetzt endgültig ihrem Schicksal überlassen wollte, und schluchzte vor sich hin, während sie Tessas geröstete Maronen verspeiste.

Als sie eines Morgens Blutflecke auf dem Bettuch entdeckte, war sie überzeugt, daß jetzt alles zu Ende sei. Sie schrie vor Entsetzen, und sofort kam Tessa hereingestürmt.

»Was ist los, *bimba mia?*« Sie schloß ihren Schützling begütigend in die Arme.

Schluchzend erklärte Lisa, es sei jetzt soweit, daß sie tropfenweise verbluten müsse. Reumütig bat sie Tessa um Verzeihung für alles, was sie ihr angetan habe. »Im innersten Herzen habe ich dich wirklich sehr lieb.«

Ohne Tessa zu Wort kommen zu lassen, begann sie, ihre Habseligkeiten aufzuteilen. Ihre »Kinder« sollte ein armes Waisenmädchen erhalten. Den silbernen Kranz, den ihr der Großvater Gherardini geschenkt hatte, vermachte sie Contessina, die Schreibschatulle sollte Camilla bekommen. Und ihre Kleider ...

»Aber du stirbst doch nicht, mein dummes Gänschen!« Alle Mädchen verlören von einem bestimmten Alter an einmal im Monat Blut. Das gehöre zum Erwachsenwerden und sei kein Grund zur Aufregung.

Sobald Lisa gehört hatte, daß sie nicht zum Tod verurteilt war, verwandelten sich ihre geheimen Ängste in Selbstgefälligkeit. Sie betrachtete sich ausgiebig im Spiegel ihres Toilettentisches und fand sich sehr hübsch und gut gewachsen. Und sie schwor sich, daß Giuliano sie unwiderstehlich finden sollte.

Jetzt wurde sie ungemein modebewußt und beklagte sich über ihre Garderobe. Sie quälte Tessa so lange, bis sie ihr Spitzen an die Ärmel ihrer Kleider, Rüschen an den Ausschnitt und Schleifen an das Mieder nähte. Sie versuchte, ihre Augenbrauen auszuzupfen, und als Tessa sie dabei ertappte, kam es zu einer heftigen Auseinandersetzung. Noch erboster war Tessa, als sie Lisa dabei erwischte, wie sie Rouge auf ihre Brustwarzen strich, eine Modetorheit, die infolge der ungewöhnlich tiefen Dekolletés aufgekommen war. Diesmal drohte Tessa, eine Hexe herbeizurufen, aber Lisa erwiderte, sie könne viel schneller rennen als jede Hexe. Worauf Tessa erklärte, sie würde Lisa lieber tot vor sich liegen als sie wie eines dieser verruchten Weiber mit rotgefärbten Brustwarzen herumlaufen sehen.

Aber obwohl ihre Bemühungen derart erschwert wurden,

konnte Lisa mit Genugtuung feststellen, daß junge Männer, sogar solche, die bereits zwanzig waren, ihr auf der Straße bewundernde Blicke zuwarfen.

Im Herbst 1491 fand Lisa das Leben plötzlich wieder herrlich. Es war schön, zwölf Jahre alt, eine junge Dame von Stand und eine aufblühende Schönheit zu sein. Und sie war überglücklich, als ihr der Großvater im Dezember mitteilte, daß sie ihn auf einer Reise nach Pisa begleiten dürfe und daß auch Giuliano mitkäme.

»Die Lage in Pisa wird von Tag zu Tag bedenklicher«, sagte Mariotto am Abend desselben Tages zu seiner Frau. »Die Pisaner hassen uns, und das mit gutem Grund. Sie können nicht vergessen, daß wir sie ausgehungert haben, bis sie sich schließlich ergeben mußten, und daß wir die Gesichter ihrer Frauen gebrandmarkt und den Männern die Nasen aufgeschlitzt haben. Gewiß, das alles liegt schon weit zurück. Damals träumten wir noch von einem florentinischen Imperium, und die Medici waren noch nicht an der Macht. Später hat Lorenzo alles versucht, um die Pisaner zu versöhnen. Er hat mehrmals für längere Zeit in Pisa residiert und seinen Sohn Giovanni dort auf die Universität geschickt. Aber die Pisaner warten noch immer auf eine Gelegenheit, sich gegen uns zu erheben. Und inzwischen erdolchen sie unsere Steuereinnehmer und werfen die Leichen in den Arno. Sie lauern unseren Wachtposten auf und schikanieren unsere Truppen.«

Lorenzo habe ihn als ehemaligen Gouverneur gebeten, nach Pisa zu reisen, um einen letzten Versöhnungsversuch zu unternehmen. »Als ich noch in Pisa war, habe ich mich mit einflußreichen Leuten angefreundet, und Lorenzo meint, daß sie mir nach wie vor vertrauen. Da er meine Reise nicht als offiziellen Auftrag verstanden wissen will, hat er mir vorgeschlagen, Lisa und Giuliano mitzunehmen. Ihr könnt Euch vorstellen, wie ungern ich ausgerechnet im Dezember nach Pisa reite, aber die Sache ist dringend, und ich konnte Lorenzos Bitte einfach nicht abschlagen. Er ist dem Tod nahe. Die Krankheit hat bereits seinen ganzen Körper befallen, und ich fürchte, daß er den nächsten Sommer nicht mehr erleben wird.«

Der Auftrag, so glaubte Mariotto, würde ihn höchstens zwei Monate von Florenz fernhalten. Jedenfalls wollte er unbedingt im März, wenn Camilla im Kindbett lag, zurück sein.

Vor der Abreise durfte sich Lisa einige Modeneuheiten kaufen. Als sie ihre junge Tante besuchte, stellte sie überrascht fest, wie sehr sich Camilla verändert hatte. Sie sprach in den höchsten Tönen von Giocondos Güte und Geduld. Offensichtlich hatte sie sich in ihren dicken, alten Gatten verliebt. Cipriano erwähnte sie überhaupt nicht mehr. Der Ehestand, dachte Lisa, vollbringt wahre Wunder.

Aufgeregt erzählte sie Camilla von der bevorstehenden Reise und von ihrem Plan, Giuliano endlich die Augen dafür zu öffnen, daß er mit ihr die richtige Wahl treffen würde.

Camilla billigte solche Schachzüge nicht. »Benimm dich bitte nicht wie ein Ladenbesitzer, der auf den Stufen seiner *bottega* steht und den Passanten seine Ware anpreist! Du mußt Giuliano ganz von selbst entdecken lassen, wie hübsch du bist.«

Lisa versprach ihr, mit Finesse an die Sache heranzugehen. »Wenn wir zurück sind, werde ich dir alles genau berichten«, sagte sie und streifte sich die pelzgefütterten Handschuhe über.

Camilla lächelte. »Dann werde ich im Bett liegen und auf mein Kind warten. Ich bin sicher, daß es ein Knabe wird. Wir wollen ihn Bartolommeo nennen, nach dem Vater meines Gemahls.«

Am Vorabend der Reise wurde Lisa zu ihrer Mutter gerufen. Sie war schon lange nicht mehr mit ihr allein gewesen und sah der Begegnung mit gemischten Gefühlen entgegen.

»Du wirst jetzt eine schöne Reise machen«, begann Caterina. »Vergiß nicht, daß in Pisa andere Sitten herrschen als bei uns, und bemühe dich, niemals dagegen zu verstoßen. Dein seliger Herr Vater wird vom Himmel auf dich herabblicken.« Die Tränen stiegen ihr in die Augen. »Er erwartet, daß du dich wie eine Dame, wie eine echte Gherardini benimmst. Er hat dich sehr lieb gehabt.«

Dann sprach sie von der Vergangenheit: vom Haus in der Via Maggio, von den Unterrichtsstunden, von der Zeit, als sie gemeinsam gesungen und Laute gespielt hatten. »Damals waren wir glücklich. Nach deiner Rückkehr werde ich dir wieder Musikstunden geben.«

Sie küßte ihre Tochter zärtlich, und Lisa hatte das Gefühl, daß die Kluft zwischen ihnen beiden endlich überbrückt war.

Die Reise nach Pisa verlief ohne Zwischenfall. Bei kaltem, klarem Wetter legten sie den Fünzig-Meilen-Ritt in zwei Tagen zurück. Tessa folgte ihnen auf dem Gepäckkarren.

Auf Lorenzos Wunsch wohnten sie in dem am Arno gelegenen Palazzo Medici, wo sie von dem sechzehnjährigen Giovanni, dessen Amtseinsetzung als Kardinal kurz bevorstand, freudig begrüßt wurden. Er reichte Lisa die Hand zum Kuß und sagte, er erinnere sich gern an die Zeit, als sie ihm im Garten von Careggi Gesellschaft geleistet habe.

Immer wenn Mariotto auf die Mitarbeit Giulianos verzichten konnte, begleitete dieser Lisa auf ihren Spaziergängen durch Pisa. Sie besuchten den herrlichen Dom, der ihnen wie aus Elfenbein geschnitzt erschien. Sie bestiegen den Schiefen Turm und gingen Hand in Hand durch den Friedhof, wo die Toten in geweihter Erde aus Jerusalem ruhten.

Auch an Gesellschaften, die zu Ehren Mariottos gegeben wurden, nahmen die beiden teil. Giuliano erwies sich als tadelloser Kavalier, und es machte Lisa Spaß, daß die jungen, blumenbekränzten Pisanerinnen ihr neidische Blicke zuwarfen. Sie benahm sich stets wie eine echte Dame und machte ihrer Familie Ehre.

Sobald sie mit Giuliano allein war, versuchte sie, das Thema, das ihr so sehr am Herzen lag, anzuschneiden.

»Ich mache mir Sorgen um dich«, sagte sie, als sie an einem regnerischen Januartag mit ihm am Kaminfeuer saß. »Große Sorgen.«

»Warum denn, *cocolina?*« fragte er lächelnd und zog ihren Kopf an seine Schulter.

»Hast du schon einmal daran gedacht, dich zu vermählen?«

Er verneinte und gab ihr einen herzlichen, sehr freundschaftlichen Kuß. Dieser Gedanke sei ihm noch gar nicht gekommen. Außerdem halte er sich noch für zu jung, um zu heiraten.

»Das stimmt aber nicht«, widersprach Lisa. Die Jugend sei im Nu vorbei, und bald würde er zu alt und klapprig sein, um ein geeignetes junges Mädchen zu finden. »Ich möchte dich nur warnen.«

Er dankte ihr mit einem zweiten freundschaftlichen Kuß für ihre Besorgtheit und wechselte das Thema.

Aber sie ließ sich nicht so leicht entmutigen. Des öfteren versuchte sie ihm klarzumachen, wie einsam und ungeliebt er sich als alternder Junggeselle fühlen würde. »Eines Tages wirst du dich an meine Warnung erinnern.«

Ein anderes Mal zählte sie die Eigenschaften auf, die er von seiner künftigen Frau verlangen müsse. Aus guter Familie sollte sie sein, von sicherem Auftreten und tadellosen Manieren, elegant und brünett. Blondinen bekämen schon Anfang Zwanzig mausgraue Haare, und Rothaarige hätten ein ungezügeltes Temperament. »Außerdem sollte sie ziemlich groß sein, schöne braune Augen und wohlgeformte Hände haben.« Bei diesen Worten hob und senkte sie die langbewimperten Lider und legte ihre schlanken Finger auf Giulianos Arm.

Er küßte sie und versprach, ihre Ratschläge zu beherzigen.

Im Januar regnete es drei Wochen lang unaufhörlich, und in der vierten Woche hingen schwere, bleigraue Wolken über den Dächern der Stadt. Es war bereits Februar, als Lisa und Giuliano endlich den geplanten Ritt zum Meer unternehmen konnten, das sie beide noch nie gesehen hatten.

Als sie das Donnern der Brandung hörten, stiegen sie ab und legten den Weg bis zum Strand zu Fuß zurück. Der Wind blies ihnen die Haare ins Gesicht, als sie, ängstlich aneinandergeklammert, beobachteten, wie die Wogen gleich fürchterlichen Ungeheuern mit weitaufgerissenen, schäumenden Rachen auf sie zurollten.

Sie hatten geplant, den ganzen Tag am Meer zu verbringen, aber da es plötzlich zu regnen begann, ritten sie nach Pisa zurück. Als sie völlig durchnäßt im Palazzo Medici eintrafen, wurden sie sofort in Mariottos Arbeitszimmer gerufen.

»Wir müssen unverzüglich abreisen«, sagte er zu Lisa. »Deine liebe Mutter ist sehr krank.«

Obwohl sie sich keine Rast gönnten, brauchten sie in dem strömenden Regen zweieinhalb Tage für den Ritt nach Florenz. Als sie sich der Casa Rucellai näherten, sahen sie, daß das Portal schwarz verhängt war. Lisas Mutter lebte nicht mehr.

Wie Filippa schluchzend berichtete, war Caterina in der vergangenen Woche bei heftigem Regen zur Kirche gegangen und am ganzen Körper zittend zurückgekehrt. Eine Stunde später lag sie bereits im Delirium, und in der Nacht tat sie den letzten Atemzug.

Mariotto legte seiner Frau die Hand auf die Schulter. »Bitte weint nicht! Man vergießt keine Tränen um einen Menschen, dem das Leben zuwider war. Caterina ist bereits zusammen mit Antonio von uns gegangen.«

Als er wenige Tage danach bei Lorenzo vorsprach, um über seine unvollendete Mission zu berichten, wurde er nicht in das Arbeits-, sondern in das im ersten Stock gelegene Schlafzimmer geführt. Der Herrscher von Florenz saß vornübergebeugt am Kamin und wärmte sich die abgemagerten Hände am Feuer.

Mariotto war entsetzt über das Aussehen seines Freundes. Mit einundvierzig Jahren wirkte Lorenzo der Prächtige wie ein alter Mann. Sein Haar war von grauen Strähnen durchzogen, sein Gesicht, das einst so gern gelächelt hatte, war nur noch eine knochige, hohlwangige Leidensmaske, die sich manchmal vor Schmerz verzerrte.

Er bedeutete Mariotto, sich zu ihm an den Kamin zu setzen. »Entschuldigt, daß ich Euch diesen traurigen Anblick nicht ersparen kann«, begann er mit dem Anflug eines Lächelns. »Ihr seht einen Menschen vor Euch, der sich im Stadium der Auflösung befindet. Sämtliche Organe meines Körpers können jeden Moment endgültig versagen. Die Gicht hat jetzt auch auf meine Beine übergegriffen. Ich kann nicht mehr gehen. Meine Leber, meine Nieren, meine Blase sind kaum mehr funktionsfähig. Ich warte nur noch darauf, daß diese große Erdbeere, die hier in meiner Brust klopft, müde wird und zum Stillstand kommt.«

Es kostete ihn Anstrengung weiterzusprechen. »Berichtet mir von Pisa.«

Mariotto begann, seine Verhandlungen mit verschiedenen einflußreichen Persönlichkeiten zu schildern, aber bald bemerkte er, daß Lorenzo gar nicht zuhörte.

»Ich weiß, daß Ihr große Schmerzen habt. Ich werde morgen oder wann immer es Euch beliebt wiederkommen.«

»Nein, bitte bleibt! Mir wird es weder morgen noch an einem anderen Tag bessergehen.« Er sagte es ohne jedes Selbstmitleid. Es war das Eingeständnis einer endgültigen Niederlage.

»Früher war ich der Meinung, diese Welt sei eingeteilt in Reiche und Arme, Junge und Alte, Starke und Schwache. Ich habe mich getäuscht. Sie ist eingeteilt in Gesunde und Kranke. Wenn man in die Bruderschaft der Schmerzen aufgenommen wird, nimmt man Abschied von seinen Mitmenschen. Man kümmert sich nicht mehr darum, was in der Welt geschieht, nicht mehr darum, ob die Pisaner den Florentinern jemals vergeben werden. Man denkt nur noch an den nächsten Anfall, an den bohrenden Schmerz in Fingern und

Knien. Und daran, wie lange es diesmal anhalten wird. Und man ertappt sich dabei, daß man Gott um die Gnade des Todes bittet.«

Plötzlich verkrampfte sich sein Gesicht. Stumm und bewegungslos saß er da. Seine Augen waren geschlossen, seine Hände umklammerten die Armstützen des Sessels, auf seiner Stirn stand Schweiß. Nach einer Weile entspannten sich seine Züge, und er holte tief Atem.

»Gevatter Mariotto, ich habe gehört, daß Ihr Eure Tochter verloren habt, und nun fällt es mir um so schwerer, Euch noch einmal um einen Gefallen zu bitten.« Wieder spielte ein Lächeln um seine Lippen. »Ich schwöre Euch, daß es das letzte Mal sein wird.«

Plötzlich sprudelten die Worte aus ihm heraus, als fürchtete er, der Tod könnte ihn mitten im Satz überraschen. Er habe vermutlich nur noch wenige Wochen zu leben. Alles, was er sich jetzt noch wünsche, sei die offizielle Amtseinsetzung seines Sohnes Giovanni und die Gewißheit, daß sein ältester Sohn Piero von der Signoria zu seinem Nachfolger ernannt werde.

Der noch nicht ganz zwanzigjährige Piero sei intelligent, aber unbeherrscht. Seine Gemahlin Alfonsina genieße in Florenz wenig Sympathie. Und zu alledem lebe man in einer Zeit voller Probleme, die auch den erfahrensten Staatsmann vor eine äußerst schwierige Aufgabe stellten.

»Unser wirtschaftlicher Niedergang bringt uns Tag für Tag in größere Schwierigkeiten. Und zwischen Neapel und Mailand braut sich eine Fehde zusammen, die ganz Italien in Brand zu stecken droht.« Seine Stimme schwankte. »Und jetzt, da ich von größtem Nutzen sein könnte – jetzt muß ich sterben.«

Feuchten Auges zwang er sich zum Weitersprechen. »Es wäre mir eine große Beruhigung, wenn Ihr in der Amtsperiode März/April den Vorsitz in der Signoria übernähmt.« Er sah Mariotto forschend an. »Ich bitte Euch darum.«

»Macht Euch keine Sorgen, Gevatter Lauro. Ich werde Eurem Wunsch nachkommen. Und jetzt legt Euch zu Bett und laßt Euch vom Arzt einen Schlaftrunk geben.«

Zu Mariottos Erleichterung billigte Filippa das Versprechen, das er Lorenzo gegeben hatte. Sie hoffte, daß die Regierungsgeschäfte ihn von seinem Kummer über Caterinas Tod und seiner Besorgnis wegen Camillas bevorstehender Niederkunft ablenken würden.

Und so trug Mariotto noch einmal die rote Robe, den sternenbesetzten Umhang mit der langen Schleppe, die enganliegende, hermelingesäumte Kappe und die prächtige goldene Amtskette.

Am 1. März bezog er dann im Palazzo Vecchio das Zimmer des *gonfaloniere*. Es hatte einen riesigen gedeckten Kamin und war mit einem großen Schreibtisch, einigen Stühlen und einem mit Samt drapierten Himmelbett ausgestattet, an dem die alte Florentiner Standarte mit den roten Lilien befestigt war.

Nach der Morgenmesse erörterte Mariotto mit den anderen Mitgliedern der Signoria Regierungsprobleme, wobei über jeden Punkt mit weißen beziehungsweise schwarzen Bohnenkernen abgestimmt wurde, die man auf den mit grünem Filz bespannten Tisch legte.

Am Nachmittag übernahm Mariotto Verpflichtungen, denen Lorenzo nicht mehr nachkommen konnte, und empfing Piero de' Medici, der ihn angesichts des kritischen Zustandes seines Vaters um Rat ersuchte. Danach erschien Donna Filippa, um ihn über die Familie und vor allem über Camillas Befinden auf dem laufenden zu halten.

Nach dem Abendessen trafen sich die Ratsherren in Mariottos Zimmer, um sich bei einem Pokal Wein am Kaminfeuer zu unterhalten. Es waren ausschließlich Kaufleute und Bankiers, die einander von Jugend an kannten. Und sie alle waren sich der drohenden wirtschaftlichen und politischen Schwierigkeiten bewußt.

»Ausgerechnet jetzt, wo wir ihn am nötigsten hätten, muß uns Lorenzo verlassen.«

Doch zur Überraschung aller war ihm noch eine Frist beschieden, und am 9. März wurde ihm die letzte große Freude seines Lebens zuteil.

Nach Ablauf der von Seiner Heiligkeit angeordneten dreijährigen Wartezeit wurde Giovanni de' Medici an diesem Tag offiziell in sein Amt als Kardinal Santa-Maria-in-Domenica eingesetzt. Aufgrund einer Sondergenehmigung fand die Zeremonie im Kloster der Florentiner Vorstadt Fiesole statt. Lorenzo war nicht imstande, daran teilzunehmen, ließ sich aber durch reitende Boten über alle Einzelheiten der Investitur informieren.

Nach der Zeremonie ritt der neue Kirchenfürst in seiner scharlachroten Robe auf einem Schimmel, begleitet von zahlreichen geistlichen Würdenträgern und einem großen Gefolge, zum Palazzo Medici. Am Bett seines Vaters kniend, empfing er dessen Segen. Dann trat er ans Fenster und zeigte sich, das Kreuz schlagend, der jubelnden Menge, der er spontan seinen roten Kardinalshut zuwarf.

In der Nacht standen in allen Fenstern der Stadt brennende Kerzen, und die religiöse Inbrunst schlug in eine Art Karnevalsstimmung um. Über die Piazza della Signoria rollten Karren, die mit grünen Zweigen und allegorischen Gipsfiguren geschmückt waren, und leichtgeschürzte, Engel und Tugenden verkörpernde Mädchen mischten sich unter das Publikum. Ein Feuerwerk zauberte kurzlebige Blütendolden an den Nachthimmel.

Am nächsten Tag, einem Sonntag, fand im Dom eine feierliche Messe statt. Acht betagte Bischöfe knieten vor dem siebzehnjährigen Kardinal zum Handkuß nieder. Bei dem anschließenden Bankett war auch Lorenzo kurze Zeit zugegen. Auf einer Tragbahre liegend, begrüßte er die Anwesenden und brachte mit einem goldenen Becher einen Trinkspruch auf Seine Heiligkeit aus.

Es war sein letzter öffentlicher Auftritt.

Am Nachmittag wurden im Audienzsaal die Geschenke der Signoria, der Gilden, des diplomatischen Korps und anderer Würdenträger sowie der jüdischen Gemeinde von Florenz (sie präsentierte ein prachtvolles silbernes Tafelservice) übergeben. Alles Geschenke, die tags darauf mit Dank zurückgegeben wurden.

Am Dienstag, dem 12. März, nahm der Kardinal Abschied von seinem sterbenden Vater, seinen Geschwistern und der Dienerschaft und brach nach Rom auf. Gestiefelt und gespornt, im federgeschmückten Barett, schwarzen Samtwams und Reisemantel, ritt der neue Kirchenfürst mit einem großen Gefolge von Geistlichen, Bediensteten, Soldaten und Gepäckkarren vom Palast zum südlichen Stadttor.

Am Nachmittag diktierte Lorenzo seinen letzten Brief, in dem er Giovanni vor den Gefahren Roms, »dieses Sündenpfuhls«, warnte. Er ermahnte ihn, »lieber die Augen als den Mund zu öffnen«, riet ihm, mit den anderen Kardinälen »wegen ihres Mangels an Tugend« möglichst wenig Umgang zu pflegen, einen aufwendigen Lebensstil zu vermeiden, sich »mit einigen guten antiken Kunstwerken und schönen Büchern« zu begnügen und mit Seiner Heiligkeit »nur vergnügliche Dinge« zu reden, »da dies seiner Veranlagung entspricht«.

Er drückte seinen Siegelring auf das heiße Wachs, schloß die Augen und lehnte sich im Bett zurück. Sein Traum war in Erfüllung gegangen. Eines Tages würde sein Sohn auf dem Stuhl Petri sitzen und Italien den Frieden bewahren. Dafür hatten sich all die Jahre harte Arbeit, die vielen Kompromisse und taktischen Manöver gelohnt. Jetzt brauchte er nur noch auf den Tod zu warten.

Eine Woche später weilte er noch immer unter den Lebenden.

In Mariottos Zimmer fragten sich die Mitglieder der Signoria bekümmert, wie lange dieser Todeskampf noch dauern werde.

»Wir wissen, daß es für Lorenzo keine Hoffnung mehr gibt«, sagte einer der Prioren. »Aber was wird dann aus uns, aus Florenz, aus der Familie Medici?«

Der Gonfaloniere beantwortete die Frage nicht. Gedankenverloren starrte Mariotto ins Kaminfeuer. Vor einer Stunde hatte Filippa ihm mitteilen lassen, daß Camilla in den Wehen lag, und ihm versprochen, ihn sofort von der Ankunft des *bimbo* zu unterrichten. Jetzt wartete Mariotto besorgt auf Nachricht.

Die Ratsherren, die ihm nachfühlen konnten, daß er lieber allein sein wollte, leerten ihre Pokale. Er hielt sie nicht zurück. Von der Tür aus sah er ihnen nach, als sie durch den von Laternen beleuchteten Korridor zu ihren Zimmern gingen.

Zum Kaminsessel zurückgekehrt, blickte Mariotto immer wieder zu der Sanduhr auf dem Schreibtisch hinüber. Jetzt müßte der *bimbo* angekommen sein! Wenn er sich schon eine so stürmische Nacht ausgesucht hatte, könnte er doch wenigstens pünktlich zur Welt kommen, damit sein müder, besorgter Großvater endlich ins Bett kriechen konnte. Warum hielt ihn Filippa nicht auf dem laufenden? Was war eigentlich in der Casa Giocondo los?

Die Hände auf dem Rücken verschränkt, begann er im Zimmer herumzulaufen. Im Geist sah er Camilla als kleines, plapperndes Mädchen vor sich, aber im nächsten Moment malte er sich angstvoll aus, wie sie schreiend und mit schmerzverzerrtem Gesicht im Kindbett lag.

Er blieb am Fenster stehen und spähte hinaus in die Dunkelheit. Der Wind heulte, Schneeflocken wehten an die Scheiben. Es war eine entsetzliche Nacht, und für Mariotto wurde sie zum Omen für die Zeit, der er entgegenging.

Kurz vor dem Morgengrauen traf Filippas Nachricht ein. Gott hatte ihm nochmals einen Enkelsohn geschenkt, aber Camilla war gestorben.

ZWEITER TEIL

Die Invasion

Der kleine König

Als sich Camillas Tod zum ersten Mal jährte, wurde eine Seelenmesse zelebriert. Es war ein kühler Morgen, und nach der Heimkehr setzten sich Mariotto und Filippa ans Kaminfeuer. Schweigend hingen sie ihren Gedanken nach.

»Das ist alles so ungerecht!« begehrte Mariotto plötzlich auf. »Sie war so jung und hing so sehr am Leben! Was ist das für ein Gott, der so etwas zuläßt? Wenn er unbedingt ein Leben auslöschen wollte, warum nicht meines?«

Sie wußte, daß sein verzweifelter Kummer ihn zu diesem Ausbruch getrieben hatte. »Dann wäre es für mich nur noch trauriger gewesen«, sagte sie, ohne ihn anzusehen.

Wenig später brachte eine Hausmagd ein Schreiben von Giocondo, in dem er bat, am Abend bei ihnen vorsprechen zu dürfen.

»Der Dienstknecht soll seinem Herrn bestellen, daß er uns willkommen ist.« Als sie wieder allein waren, sagte Mariotto: »Was er wohl mit uns besprechen möchte?«

Der Seidenhändler erschien kurz nach dem Abendessen. Er war noch immer stattlich, aber sein Gesicht hatte die frische Farbe verloren. Das war nicht mehr der joviale Mann, der vor fast zwei Jahren den Sommer bei ihnen auf dem »Bauernhof« verbracht hatte. Er verneigte sich vor Filippa und küßte ihr die Hand. Mariotto gegenüber zeigte er eine ungekünstelte Ehrerbietung, fast so, als wären sie Vater und Sohn.

»Ich bitte Euch, versteht das, was ich mit Euch besprechen möchte, nicht falsch, und denkt deswegen nicht schlecht von mir. Ich habe Camilla nicht vergessen und werde sie stets im Gedächtnis bewahren. Ginge es nur um mich, so würde ich für den Rest meines Lebens Witwer bleiben. Aber ich weiß, daß es im Sinne Camillas ist, wenn unser kleiner Bartolommeo von einer liebevollen Mutter aufgezogen wird. Daher habe ich beschlossen, wieder zu heiraten.«

Filippa zuckte unwillkürlich zusammen. Ihr kamen die Tränen, aber dann sagte sie tapfer: »Ihr habt recht. Meo braucht eine Mutter.«

»Meo« war ihr Kosename für den Kleinen, der ihr, obwohl er Camilla das Leben gekostet hatte, ans Herz gewachsen war. Wenn er sie bei ihren Besuchen in der Casa Giocondo aus der Wiege anlachte, zerfloß sie vor Zärtlichkeit. Der Gedanke, daß er mutterlos aufwachsen würde, hatte sie stets mit Sorge erfüllt, aber dennoch hatte sie die Möglichkeit, daß ihr Schwiegersohn wieder heiraten würde, bisher nie ins Auge gefaßt.

Sie versuchte, ihre Erregung zu verbergen. »Wer wird Eure neue Gemahlin?«

Giocondo erwiderte, sie heiße Tommasa de' Villani und entstamme einer alten, ehrbaren Florentiner Familie.

»Sagt ihr, daß sie in unserem Hause stets willkommen sein wird. Ich hoffe, daß sie mir erlaubt, Meo manchmal zu besuchen.«

Unfähig weiterzusprechen, erhob sie sich, nickte ihm zu und ging hinaus.

»Vielleicht hätte ich nicht kommen sollen«, sagte Giocondo betroffen.

»Irgendwann hätte sie es ja doch erfahren müssen. Und es ist durchaus angebracht, daß Ihr selbst es uns mitgeteilt habt. Im Grund gibt sie Euch recht. Der Kleine braucht eine Mutter.«

Bei einem Pokal Glühwein hingen die beiden Männer ihren Erinnerungen an Camilla nach. Giocondo sprach mit rührender Zärtlichkeit von ihr, und Mariotto war überzeugt, daß er ihr noch lange nachtrauern würde. Dann wandte sich ihr Gespräch den Ereignissen des vergangenen Jahres zu.

Drei Wochen nach Camillas Tod, in einer regnerischen Aprilnacht, war Lorenzo de' Medici in Careggi gestorben. Die Florentiner hatten diesen Verlust noch nicht überwunden. Sie hatten das vage Gefühl, daß ihnen unheilvolle Zeiten bevorstanden.

Es war fast eine Ironie des Schicksals, daß Papst Innozenz, mit dessen Tod man seit langem gerechnet hatte, Lorenzo um knapp vier Monate überlebte. Im August 1492 war wieder einmal aus Rom zu hören, daß er im Sterben liege. Diesmal traf die Nachricht zu. Er war nicht mehr fähig, die Muttermilch, mit der man ihn ernährte, hinunterzuschlucken. Schließlich wurden drei zehnjährige Knaben getötet, deren Blut man dem todkranken Pontifex einflößte, aber auch damit konnte man sein Leben nicht verlängern.

Die Bestattungsfeierlichkeiten dauerten, wie es das Zeremoniell vorschrieb, neun Tage. Dann begaben sich die siebenundzwanzig Kardinäle – unter ihnen der junge Giovanni de' Medici – in das Konklave.

Als man sie dort eingeschlossen hatte, knieten sie nieder und baten den Heiligen Geist, sie bei der Erfüllung ihrer wichtigen Aufgabe zu erleuchten. Dann machten sie sich ans Werk. Sie gingen energisch und skrupellos vor und brauchten fünf Tage. Einige Kandidaten mußten sofort ausscheiden, und bald waren nur noch zwei Todfeinde im Rennen: Giuliano della Rovere, Papst Sixtus' Neffe, dem Frankreich für die Wahl 200 000 Gulden zur Verfügung gestellt hatte, und Rodrigo Borgia, spanischer Kardinal und Vizekanzler der römischen Kurie, der ein riesiges Privatvermögen besaß.

Schließlich fehlte Borgia nur noch eine Stimme zur erforderlichen Zweidrittelmehrheit. Die Entscheidung lag bei Kardinal Gherardo, dem fünfundneunzigjährigen Patriarchen von Venedig, der sie sich mit weiteren 5000 Gulden bezahlen lassen wollte. Roveres Mittel waren bereits erschöpft. Borgia zahlte, wurde gewählt und bestieg als Papst Alexander VI. den Stuhl Petri.

In seiner Eigenschaft als Vizekanzler der römischen Kurie hatte sich Borgia als äußerst geschäftstüchtig erwiesen. Jedes geistliche Amt, jeder päpstliche Dispens konnte gekauft werden. Für den Preis von 24 000 Gulden hatte er ein päpstliches Breve gefälscht, das dem französischen Grafen Jehan d'Armagnac gestattete, seine eigene Schwester zu heiraten. Ein Drittel des Betrages hatte Borgia als Provision behalten.

Dieser gerissene Geschäftsmann war ein geborener Wüstling. Jedes attraktive weibliche Wesen, das er zu Gesicht bekam, versetzte ihn in »wunderbare Erregung«, während andererseits der Blick seiner dunklen Augen »die Frauen entflammte« und die vollkommenste Tugend dahinschmelzen ließ. Als er den Heiligen Stuhl bestieg, war er zweiundsechzig, korpulent, von majestätischem Gehabe und von einer Virilität, die das Kardinalskollegium mit Neid erfüllte.

Seiner früheren Liaison mit Vanozza Catanei waren drei Söhne und eine Tochter, Lucrezia, entsprungen, die er zärtlich (manche behaupteten, allzu zärtlich) liebte. Seit kurzem hatte er eine neue Mätresse, die sechzehnjährige Giulia Farnese, die als das schönste Mädchen Roms galt. Vanozza war mit seiner Wahl einverstanden, und so bewohnten die beiden Frauen, zusammen mit dem päpstlichen Nachwuchs, den Palazzo Santa-Maria-in-Portico, der von der Sixtinischen Kapelle aus durch einen Geheimgang zu erreichen war.

Bei den Krönungsfeierlichkeiten mußte die prunkvolle Prozession auf Alexanders Befehl an den Fenstern von Giulias Gemächern vorbeiziehen, damit sie ihren betagten Liebhaber in vollem Ornat bewundern konnte. Seine hervorragende Kenntnis italienischer Politik und Diplomatie bewies der neue Papst bald in den Sendschreiben, die er an die weltlichen Herrscher richtete. Sechs Monate nach seiner Krönung war sich alle Welt darüber einig, daß der Heilige Vater ein sündiger Mensch, aber ein ausgezeichneter Politiker war.

»Hoffen wir, daß es Alexander gelingen wird, Italien den Frieden zu bewahren«, sagte Mariotto seufzend zu seinem Schwiegersohn. »Ein Krieg wie der, den Papst Sixtus gegen uns geführt hat, würde uns endgültig ruinieren.«

Vor wenigen Wochen hatte ein Reisender aus Spanien Nachrichten mitgebracht, die in Florentiner Bankierskreisen die schlimmsten Befürchtungen geweckt hatten.

Ein im Dienste des spanischen Herrscherpaares stehender Seefahrer namens Cristoforo Colombo war gerade von einer langen Reise zurückgekehrt, in deren Verlauf er fremde, wunderbare Länder entdeckt hatte, deren Einwohner in schamloser Nacktheit herumliefen und sich Blumen oder Federn ins Haar steckten. Obwohl sie noch nie von Christus, dem Papst und der Heiligen Kirche gehört hatten, schienen sie ein glückliches Leben zu führen. Sie schwammen, tanzten und hurten, als habe Gott sie nur zu ihrem eigenen Vergnügen erschaffen und nicht, um ihre Sünden zu bereuen.

Diese fernen Länder waren nicht nur reich gesegnet mit köstlichen Früchten, unbekannten Gemüsearten und »Rauchblättern«, sondern auch mit Gold, das von den Eingeborenen verabscheut und als »Auswurf der Götter« bezeichnet wurde. Colombo hatte neun dieser Eingeborenen nach Spanien mitgebracht, wo sie getauft und geziemend gekleidet worden waren. Außerdem hatte er Kisten voller Gold geladen. Die katholischen Majestäten waren entzückt darüber, und jetzt sprach man bereits von einer zweiten Expedition, an der sich auch Soldaten und Missionare beteiligen sollten.

»Falls große Mengen Goldes nach Spanien gebracht werden, hat Florenz seine Rolle als Finanzkapitale der Welt ausgespielt. Das Wollmonopol haben wir bereits verloren, und jetzt ist auch die führende Stellung unserer Banken in Gefahr.«

Mariotto starrte nachdenklich ins Kaminfeuer. »Noch vor wenigen Jahren waren wir auf dem Höhepunkt unserer wirtschaftlichen Macht, und jetzt droht uns eine Katastrophe. Piero de' Medici ist wirklich zu bedauern. Einen ungünstigeren Zeitpunkt hätte er sich für seinen Regierungsantritt gar nicht aussuchen können. Sein Vater hat das alles vorausgesehen, und deshalb war er ein gebrochener Mann, als er von uns ging.«

Trotz allem hatte sich Piero bisher wider Erwarten gut geschlagen. Obwohl man vorausgesagt hatte, daß er keine drei Monate regieren würde, hatte er die Staatsgeschäfte schon ein Jahr lang erfolgreich geführt. Und auch sein Bruder Giuliano, der seine rechte Hand geworden war, kam seinen Pflichten ernsthaft und unermüdlich nach.

»Er hat jetzt natürlich weniger Zeit, sich mit Lisa zu treffen, und sie ist empört darüber«, sagte Mariotto schmunzelnd. »Sie möchte, daß er ständig um sie herumschwänzelt, sie zum Geschichtenerzähler begleitet und ihr Ständchen bringt. Aber jedenfalls kommt er immer, wenn er eine freie Minute hat, und ich bin überzeugt, daß sich die beiden lieben. Falls man bei so jungen Leuten überhaupt von Liebe sprechen kann. Vorausgesetzt, daß sich zwischen ihnen nichts ändert, werde ich wohl in ein, zwei Jahren meine Erlaubnis zu ihrer Heirat erteilen. Das war auch Lorenzos Wunsch.«

»Sie werden sicher sehr glücklich miteinander.« Giocondo leerte seinen Pokal und erhob sich. Mariotto begleitete ihn hinaus und fragte, ob er einen Pferdeknecht mit einer Laterne mitschicken solle. Giocondo, der seinen eigenen dabeihatte, dankte ihm und verabschiedete sich.

Keiner der beiden Männer konnte ahnen, daß zu diesem Zeitpunkt, viele Tagesreisen von Florenz entfernt, ein mißgestalteter, geistig beschränkter junger Mann sich anschickte, in den Lauf der Geschichte einzugreifen, Italien ins Unglück zu stürzen und Lisas Jugendträume zu zerstören.

Karl VIII., König von Frankreich, war ein menschliches Zerrbild: ein sabbernder, kleinwüchsiger, kurzsichtiger Zweiundzwanzigjähriger, der an Polypen und spastischen Lähmungen litt, sechs anstatt fünf Fußzehen, einen viel zu großen Kopf auf einem viel zu dünnen Hals, einen blaßroten, schütteren Backenbart und eine riesige, spitze Nase mit langgezogenen Nüstern hatte.

Seiner körperlichen entsprach seine geistige Verfassung.

Von Geburt an kränklich, hatte er niemals eine richtige Erziehung genossen. Den größten Teil seiner Kindheit hatte er damit verbracht, in seinem Himmelbett zu liegen, sich für die Heldentaten Karls des Großen zu begeistern und über die Ritterromane, die ihm seine Hauslehrer vorlasen, Tränen zu vergießen. Schreiben und Lesen hatte er nicht gelernt, und nur mit Mühe konnte er seinen Namenszug malen.

Am meisten faszinierten ihn die Kreuzzugs-Chroniken. Er lauschte hingerissen, wenn man ihm die Ansprache vorlas, mit der Papst Urban II., ein gebürtiger Franzose, im Jahre 1095 zur ersten dieser wahnwitzigen Expeditionen aufgerufen hatte:

»O ihr Franken, von Gott geliebter und auserwählter Stamm – das Heilige Grab ist in den Händen einer unreinen und verfluchten, Gott völlig entfremdeten Rasse . . . Euch ist es bestimmt, dieses Unrecht zu rächen und die königliche Stadt Jerusalem zu befreien, dieses Paradies voller Herrlichkeit, das der Mittelpunkt der Welt ist und euch um Hilfe anfleht. Laßt euch nicht zurückhalten, weder von weltlichem Besitz noch von der Sorge um eure Familien. Macht euch eifrigen Herzens auf die Reise und seid des unvergeßlichen Ruhmes im himmlischen Königreich versichert.«

Wie vor fast vierhundert Jahren seine Landsleute, so ließ sich jetzt auch der junge Karl von diesen Worten berauschen. In seinen kindischen Träumen sah er sich in schimmernder Rüstung und mit wippendem Helmbusch an der Spitze einer Armee in Jerusalem einziehen, die bösen Moslems niedermetzeln und das herrliche, leere Grab des Erlösers befreien. Manchmal stellte er sich aber auch vor, Tristan, Lanzelot oder ein anderer tapferer Ritter zu sein, der im Turnier kämpfte oder schöne Jungfrauen aus schrecklichen Gefahren rettete.

Diese Träume halfen ihm, die Kinderjahre zu überstehen, in denen sein Leben ständig an einem seidenen Faden hing. Er war dreizehn, als sein genialer Vater, Ludwig XI., umgeben von seinen Reliquien, Elstern und Kanarienvögeln, starb. Im folgenden Frühling wurde Karl in der Kathedrale zu Reims gekrönt.

Mit einem roten Hemd bekleidet, wurde er gesalbt: Seine Augenlider, Lippen, Schultern, Achselhöhlen, Hände und Füße, sein Nabel und seine Lenden wurden mit geweihtem Öl benetzt, das angeblich von einer Taube aus dem Himmel gebracht worden war. Dann zog man ihm das Königsornat an. Im Hermelinumhang, die Krone auf dem ständig zuckenden Kopf, das Zepter in der zittrigen Hand, nahm er den Treueeid des Adels entgegen. Darauf zeigte er sich vor der Kathedrale dem jubelnden Volk.

Sobald der Dreizehnjährige in das riesige Schloß Amboise an der Loire zurückgekehrt war, legte er eine schrankenlose, krankhafte Geilheit an den Tag. Der sabbernde, spastische Zwerg erwies sich auf sexuellem Gebiet als ein Gigant. Zuerst attackierte er das Heer der Küchenmägde, dann ging er zu den ebenfalls im Überfluß vorhandenen Kammerzofen über, und mit fünfzehn war er hinter den Hofdamen her. Die Gänge des Schlosses hallten wider von dem Getrippel mannbarer Gräfinnen, die vor den Nachstellungen des Monarchen flohen.

So plätscherte das Leben im Schloß munter dahin, bis sich plötzlich der Herzog der Bretagne, der letzte mächtige, unabhängige Fürst auf französischem Boden, gegen die Krone erhob. Bald sprangen Bretonen und Franzosen einander an die Gurgel, und Karl amüsierte sich königlich.

Zwar durfte sich der Monarch nicht selbst ins Schlachtgetümmel stürzen, aber endlich konnte er sich, wie in seinen Kindheitsträumen, mit einer schimmernden Rüstung schmücken. Er schlief in einem Zelt und nahm an den Generalstabsbesprechungen teil. Er verbrüderte sich mit seinen stattlichen Rittern und konnte es beim Saufen, Fressen, Fluchen und Urinieren im Freien mit den besten von ihnen aufnehmen. Gelegentlich ließ er sich aufs Pferd heben und inspizierte die Truppen. Und wenn er gerade keine militärischen Verpflichtungen hatte, bestieg er die Bauernmädchen, die ihm seine Diener besorgten.

Auf diese Weise vergingen fünf Jahre, fünf herrliche Jahre, die damit endeten, daß er sich mit Anna, der Tochter des rebellischen Herzogs und Erbin der Bretagne, vermählte. Die Sechzehnjährige fand ihn abstoßend und ging diese Ehe nur sehr widerwillig ein. Sie konnte sich der Tränen nicht erwehren, als sie von ihren Hofdamen für die Hochzeitsnacht entkleidet und ins königliche Bett gelegt wurde. Und sie schluchzte noch herzzerreißender, als der Bräutigam – nackt, bis auf Haupthaar und Bartflaum am ganzen Körper glattrasiert – mit einer Kerze in der Hand ins Gemach trat.

Doch sein spezielles Wundermittel verfehlte auch bei Anna seine Wirkung nicht. Während er sie von seiner unerschöpflichen Manneskraft überzeugte, verwandelte sich ihr Widerwillen in Wonne. Sie verliebte sich in ihren Gemahl, und am Morgen »war sie von ihm so hingerissen, daß sie darauf drang, er möge jede Nacht mit ihr schlafen«. Die beiden ahnten nicht, daß hinter den Bettvorhängen sechs Bürger versteckt waren, die – »um den Nachweis zu erbringen, daß sie sich aus freiem Willen mit ihm vermählt hatte« – die Ereignisse der Hochzeitsnacht beobachteten. In einem mit saftigen Ausdrücken gespickten Bericht bezeugten sie, daß die Königin zu voller Befriedigung gelangt sei.

Karl hätte allen Grund gehabt, glücklich zu sein.

Die Königin schenkte ihm pünktlich einen Sohn, Orland, durch den die Erbfolge gesichert war. Und mit schöner Regelmäßigkeit ließen sich jetzt sogar Herzoginnen in das mit Rosen übersäte Bett des Monarchen fallen. Eingedenk der schwelgerischen Hochzeitsnacht liebte ihn seine Gemahlin noch immer. Und ungeachtet seiner Häßlichkeit und Beschränktheit war er bei seinen Untertanen beliebt. Sie nannten ihn *L'aimable*, den »Liebenswürdigen«, weil er als gutherzig galt.

Aber er war trotz allem nicht glücklich.

Annas bescheidene Reize (sie hinkte und hatte schlechte Zähne) konnten seine Begierde nicht mehr entfachen. Melancholisch dachte er an die schönen Kriegsjahre zurück, und schließlich machte sich seine Niedergeschlagenheit in hektischer Betriebsamkeit Luft. Wie ein aufziehbares Spielzeug watschelte er – oft mit erstaunlicher Geschwindigkeit – in alle möglichen Richtungen, wobei er unaufhörlich redete und, da er nicht genau sah, wohin er ging, ständig mit irgend etwas oder irgend jemandem zusammenstieß. Trotzdem war Badminton sein Lieblingsspiel. Er genoß es, mit dem Schläger in der Hand hinter einem Federball, den er gar nicht erkennen konnte, herzurennen.

Um die Zeit totzuschlagen, versuchte er es ein wenig mit dem Regieren, leitete Kabinettssitzungen und kümmerte sich außerdem um die Verschönerung der Gartenanlagen. Dennoch hatte er das beklemmende Gefühl, ein leeres, sinnloses Leben zu führen. Niemals würde er ein zweiter Karl der Große oder Lanzelot werden, niemals mit seinen Rittern in Jerusalem einziehen, niemals das Grab des Erlösers befreien. Er versank in Schwermut.

»Eure Majestät sollte Ihre hohe Begabung einem großen, ruhmreichen Unternehmen zukommen lassen«, riet ihm eines Tages sein Beichtvater. »Zum Beispiel einem Kreuzzug.«

Karl spitzte die Ohren. Ein Kreuzzug? Aber wohin denn?

»Nach Jerusalem, mein Sohn. Dort wartet das Grab des Erlösers auf Eure Ankunft.« So unglaublich es klingen mochte – das Heilige Grab sei vierhundert Jahre nach Papst Urbans Aufruf trotz der acht militärisch ausgerüsteten Expeditionen, die seither stattgefunden hatten, noch immer in den Händen der Ungläubigen. Karl wollte wissen, warum. Die Kreuzfahrer, so erfuhr er, seien bisher noch nie imstande gewesen, von Neapel – dem dafür am besten geeigneten Hafen – aus zur See gegen Jerusalem vorzurücken.

»Der Zufall will es, daß Neapel Eurer Majestät gehört«, fuhr Francesco de Paola fort, und sein langer weißer Bart zitterte. »O ja, mein Sohn, Ihr seid auch König von Neapel.«

Für Karl war das eine Neuigkeit. Er wollte mehr darüber erfahren. Neapel – wo lag das? Im Süden von Italien. Eine wunderschöne Hafenstadt in einem Königreich voller Sonnenschein, Blumen und leuchtender Orangen.

Karl lief bereits das Wasser im Mund zusammen. Und als er hörte, daß Neapel nicht nur von Blumen und Orangen überfloß, sondern auch von üppigen Frauen mit strotzenden roten Lippen und Feuer in den Lenden, wollte er seine neuentdeckten Untertanen unbedingt kennenlernen.

Aber leider war der Thron von Neapel gegenwärtig durch einen betagten König, Don Ferrante von Aragon, besetzt, der eine starke Armee und nicht die geringste Neigung zum Rücktritt hatte. Karl begann, Bemerkungen darüber fallenzulassen, daß er einen Feldzug gegen Neapel führen und Don Ferrante ins Meer werfen wolle. Aber zu seinem Ärger war niemand von diesem Plan begeistert. Wer interessierte sich schon für eine schmutzige, von der Sonne ausgedörrte Stadt am Rand der italienischen Halbinsel, eine Stadt, deren Einwohner die faulsten Leute der Welt waren?

Niemand außer Karl. Er sprach zwar nicht mehr von der Rückereroberung eines verlorenen Königreiches, aber insgeheim war er überzeugt, daß Gott ihm irgendwie zu Hilfe kommen werde.

Was dann wunderbarerweise im Frühling 1493 geschah.

Vier adlige Herren aus Mailand trafen am französischen Hof ein und brachten einen Schwall von Komplimenten und Kisten voller Gold mit. Ihr Anführer, Graf Belgioioso, wurde dem Monarchen vorgestellt, spielte Federball mit ihm und erfreute sich bald seiner Freundschaft. In einem Gespräch unter vier Augen erwähnte er, daß Lodovico Sforza, regierender Herzog von Mailand, zu Karls glühendsten Bewunderern zähle und es geradezu als Privileg betrachten würde, 200000 Gulden beisteuern zu dürfen, falls Seine Majestät sich entschließen könnte, gegen Neapel zu Felde zu ziehen.

Das war ungeheuer viel Geld, aber dem kleinen König kam dieses Angebot keineswegs merkwürdig vor. Für ihn bewies es nur, daß dieser Lodovico Sforza – wer immer das sein mochte – ein vortrefflicher, großzügiger Mann war.

Die Begleiter des Grafen waren inzwischen eifrig damit beschäftigt, am französischen Hof Freunde zu gewinnen und einflußreiche Leute zu beeinflussen. Mit Gold gefüllte Beutel wechselten diskret den Besitzer, Damen aus dem Hofstaat trugen bei festlichen Anlässen prächtige neue Juwelen und Roben aus kostbarstem italienischem Brokat. Hohe Staatsbeamte, die bisher den Gedanken an einen Feldzug gegen Neapel verächtlich abgetan hatten, erklärten plötzlich, dies sei ein staatspolitisch notwendiges Unternehmen. Und sogar die Vorstellung, nach Jerusalem zu ziehen, wurde nicht mehr für absurd erklärt. Französische Würdenträger sorgten sich plötzlich um das Schicksal des Heiligen Grabes.

Im Sommer und Herbst 1493 griff das Kriegsfieber immer weiter um sich. Nach Meinung der Generäle war ein neapolitanischer Feldzug nichts anderes als ein vergnüglicher Spaziergang, der ihnen zu finanziellem Gewinn und zur Beförderung verhelfen konnte. Die Höflinge wiederum träumten von sonnigen Landsitzen, die ihnen der König aus Dankbarkeit schenken würde. Und Karl selbst malte sich bereits leidenschaftliche Liebesaffären mit feurigen Südländerinnen aus.

Trotzdem zögerte er. Insgeheim wartete er auf ein untrügliches Zeichen dafür, daß Gott selbst es war, der ihm gebot, nach Neapel und anschließend nach Jerusalem zu ziehen. Im Februar 1494 erhielt er dieses »Zeichen«: Der einundsiebzigjährige König von Neapel war, als er vom Pferd steigen wollte, tot zusammengebrochen.

Jetzt zweifelte Karl nicht mehr daran, daß Gott auf seiner Seite war. Unverzüglich diktierte er einen Brief an »seinen Vetter Lodovico«, in dem er dem Herzog von Mailand mitteilte, er habe sich entschlossen, den Thron von Neapel zurückzugewinnen, und werde im April in Italien eintreffen. In einer Botschaft an Papst Alexander erklärte er, daß er einen Kreuzzug plane, »um die gegenwärtig von den Türken besetzten Länder zum christlichen Glauben zurückzuführen«. Da er von Neapel aus (das ihm ohnehin gehöre) in See stechen wolle, wäre er dem Heiligen Vater dankbar, wenn er dem Kurier, der dieses Schreiben überbringe, ein Breve mitgeben würde, in dem er ihn, Karl, wieder als Herrscher über das Königreich Neapel einsetze.

Obwohl der lässige Ton des Sendschreibens dem Papst nicht so recht behagte, versicherte er Karl umgehend seines Einverständnisses mit dem Kreuzzug, überhäufte ihn mit Segenswünschen und Ablässen und verlieh ihm sogar die Goldene Rose. Was den neapolitanischen Thron betreffe, so habe ihn bereits der Sohn des verewigten Königs Ferrante, Don Alfonso von Aragon, eingenommen. Falls Karl jedoch Beweise für die Rechtmäßigkeit seines Anspruchs vorlegen wolle, würde ein päpstliches Gericht dieselben unvoreingenommen und unverzüglich prüfen.

Der kleine König tobte. Nein, er dächte gar nicht daran, Beweise vorzulegen![8] Gott und sein Beichtvater hätten ihm kundgetan, daß er König von Neapel sei, und das genüge ihm völlig.

Sofort ließ er sich zum »König von Neapel und beider Sizilien, König von Jerusalem, König von Konstantinopel« und obendrein zum »Kaiser des Orients« krönen. Dann legte er seine schimmernde Rüstung an, ließ sich aufs Pferd heben und hielt prunkvoll Einzug in seiner Stadt Lyon.

Jetzt hatte er plötzlich so viel zu tun, daß die Zeit nur so verflog. Er besprach mit seinen Generälen strategische und logistische Probleme, sah den Truppen beim Exerzieren zu und schröpfte die kleinen Leute, indem er die *Assemblée des Bourgeois* (Bürgerversammlung) veranlaßte, enorm hohe Kriegsanleihen zu zeichnen. Und wenn er überhaupt noch Zeit zum Kopulieren fand, so war er nicht so recht bei der Sache und tat es eigentlich nur aus Gewohnheit. Er konnte es kaum erwarten, mit seinen 40 000 Soldaten und seiner unbesiegbaren Artillerie die Alpen zu überschreiten. Im Mai würde er endlich auf dem neapolitanischen Thron sitzen!

Aber plötzlich verlor er jedes Interesse an dem Feldzug. Er setzte seinen Helm mit den schönen purpurroten und weißen Federn nicht mehr auf. Neapel mit all seinen Blumen und Orangen, ja selbst die feurigen Südländerinnen konnten ihn nicht mehr reizen.

Er hatte sich verliebt.

Seine Leidenschaft galt einer jungen Italienerin, die sich durch große Schönheit und völligen Mangel an Tugend auszeichnete. Sie lebte von ihren bescheidenen Einkünften als Prostituierte; ihre Kunden waren die in Lyon ansässigen Italiener.

Zwei Beamte des königlichen Hofes, die sich nebenbei vom aragonesischen Herrscher bezahlen ließen, probierten sie aus, waren über ihre Fähigkeiten höchst erstaunt und gelangten zu dem Schluß, daß dies ihre letzte Chance sei, das Interesse Seiner Majestät von dem geplanten Feldzug abzulenken. Wenigstens eine Zeitlang. Sie erklärten der Hure, was sie von ihr erwarteten, und wiesen sie vorsorglich darauf hin, daß der König ein sehr unbeständiger Liebhaber sei, den selbst die schönsten Hofdamen nur eine kurze Weile fesseln könnten. Die Italienerin nickte verständnisvoll und versprach in reizvoll gebrochenem Französisch, ihr Bestes zu geben. Nachdem sie die Hälfte ihres Honorars im voraus erhalten hatte, kehrte sie in das armselige Quartier, in dem sie mit ihrer Tante hauste, zurück und entwarf ihren Feldzugsplan.

Als Karl sie erblickte, überkam ihn sofort eine heftige Begierde. Er sabberte ausgiebig, während er sie mit seinen kurzsichtigen Froschaugen musterte. Gewohnheitsmäßig versuchte er, ihr ins Mieder zu greifen, aber sie wich zurück. Er stellte sich auf die Fußspitzen, um ihren Mund zu erreichen, aber er küßte ins Leere. Allmählich wurde er ungehalten – und neugierig. Keine Frau hatte es jemals gewagt, seinen Zärtlichkeiten auszuweichen.

»Was ist los? Magst du mich nicht?« fragte er, Spucke versprühend.

O doch, sie mochte ihn. Sogar sehr! Aber weil sie arm sei, wolle er seinen Spaß mit ihr haben und ihr das Wertvollste rauben, das sie besitze: ihre Ehre. Schon als *bimba* habe sie sich geschworen, ihre Jungfräulichkeit dem Manne, der sie heiraten würde, als Mitgift zu bringen. Aber plötzlich stehe *er* vor ihr, ansehnlich, klug und obendrein der König, und mache es ihr schwer, ihren Schwur zu halten.

»Ich schon spüren Liebe zu Euch.« Ihre schönen, goldgesprenkelten braunen Augen schmachteten ihn an. »Aber Liebe ist wie Blume, nicht? Muß haben Zeit zum Wachsen, ja?«

Der Erfolg dieses Auftritts übertraf alle Erwartungen. Gegen Ende der ersten Begegnung zitterte Karl vor Enttäuschung, aber er hatte angebissen. Zum Abschied erhielt er von ihr ein hinreißendes Lächeln, einen Kuß auf die Wange und ihre Adresse. »Ich wohne bei meiner Tante«, fügte sie züchtig hinzu. Daß diese sich als Kupplerin betätigte und nebenbei mit Wahrsagerei, Liebestränken und Hexenkünsten Geld verdiente, verschwieg sie natürlich.

»Ich werde dich morgen besuchen«, sagte Seine Majestät.

Und tatsächlich begab er sich am Vormittag, hochelegant gekleidet und in eine Parfümwolke gehüllt, zu ihr. Da er einen guten Eindruck machen wollte, fuhr er in einer Staatskarosse vor, die von acht Schimmeln gezogen und von seiner mit Helmen und Brustpanzern ausstaffierten Schottischen Garde eskortiert wurde. Herolde in der rotgoldenen königlichen Livree kündigten mit Fanfaren das Nahen des hohen Besuchers an.

Vor der Wohnung der Tante kletterte Karl aus der Karosse und watschelte zwischen Abfallhaufen hindurch über den Hinterhof. Als er sich am Spätnachmittag in den Palast zurückfahren ließ, war er noch frustrierter und noch hingerissener als tags zuvor.

Von nun an verbrachte er die meiste Zeit bei seiner Angebeteten und hielt in der Wohnung der Tante sogar Kabinettssitzungen ab. Seine höchsten Würdenträger versammelten sich in der Küche der alten Schlampe und warteten geduldig, bis der König aus dem Nebenzimmer auftauchte. (Belgioioso berichtete darüber ausführlich an Lodovico Sforza.)

Vergessen waren Neapel und Jerusalem, vergessen das Heilige Grab und die Soldaten, die sich die Zeit damit vertrieben, Häuser auszuplündern und Frauen zu schänden. Die Kriegstreiber am königlichen Hof waren konsterniert.

Und Karl war glücklich. Man hatte ihm zwar enthüllt, daß sein tugendhaftes Mädchen eine Dirne und ihre Tante eine Kupplerin war, aber entweder glaubte er das nicht oder machte sich nichts daraus. Die Italienerin hatte ihm eine unbekannte Welt eröffnet, eine Welt ohne Formalität und voller Heiterkeit und Zärtlichkeit. Er hatte die Herzoginnen satt, die ihn sogar in den delikatesten Momenten mit »Sire« anredeten. Seine neue Angebetete nannte ihn Charles oder Carlo, ließ ihn auf ihrem Schoß sitzen und mit ihren Brüsten spielen und schlug ihn auf die Finger, wenn er zu weit ging.

Sie ahnte, daß er ein Leben lang ein Kind bleiben würde, und aus einem vagen mütterlichen Gefühl heraus brachte sie ihm fast so etwas wie Liebe entgegen. Sie herzte und küßte ihn und gab sich ihm manchmal hin, nur damit er seinen abnormen Geschlechtstrieb befriedigen konnte. Wenn er aß, hielt sie seine zitternde Hand und half ihm, die Bissen in den Mund zu führen.

Wie normale Liebende stritten sie oft auch heftig miteinander. Dann warf sie ihm Schimpfwörter an den Kopf und drohte, sich nie mehr mit ihm zu treffen. Worauf er drohte, sie abführen und hängen zu lassen. Dann folgten die Freuden der Versöhnung, die Versprechen ewiger Liebe und, zur Belohnung, ganz spezielle Zärtlichkeiten.

So verging der Frühling. Ende April 1494 wartete das französische Heer immer noch auf den Marschbefehl.

Als es Mai wurde und die »Barbaren« jenseits der Alpen blieben, fanden die Italiener ihren natürlichen Optimismus wieder und glaubten fest daran, daß die gefürchteten französischen *écorcheurs* (Schinder) niemals bei ihnen einfallen würden. Die Florentiner, deren Hoheitsgebiet König Karls Truppen auf dem Marsch nach Neapel zweifellos durchquert hätten, atmeten auf.

Vergeblich versuchte Piero de' Medici den Mitgliedern der Signoria klarzumachen, daß der Monarch den Feldzug vielleicht verschieben, seinen Plan, den Thron Neapels »zurückzugewinnen«, aber niemals aufgeben würde. Pieros dringende Bitte, öffentliche Mittel für die Befestigung der florentinischen Grenze zur Verfügung zu stellen, stieß auf taube Ohren. Die Ratsherren waren einhellig der Meinung, daß die Gefahr vorüber und die Verstärkung der an der Grenze stationierten Truppen eine sinnlose finanzielle Belastung sei.

Von der monatelangen Angst befreit, trafen sich die Bürger nach dem Abendessen auf der Piazza della Signoria, um sich über den »kleinen König« lustig zu machen. Insgeheim waren sie stolz darauf, daß es einer Italienerin gelungen war, einzig und allein mit den Reizen ihres Unterkörpers die französische Invasion aufzuhalten. Wieder einmal beschützte die Madonna ihre Lieblingsstadt, und diesmal hatte sie eben eine hübsche junge Nutte als Werkzeug benützt.

Die im Frühling üblichen gesellschaftlichen Ereignisse, die wegen der drohenden Invasion nicht stattgefunden hatten, wurden nachgeholt. Die Festlichkeiten häuften sich, und aus den Fenstern der Paläste drang bis zum Morgengrauen helles Kerzenlicht.

Die Damenmode erreichte den Gipfel der Frivolität. Niemals zuvor hatte man derart gewagte Kleider getragen, niemals waren die Dekolletés so tief und die Rockschlitze so lang gewesen. Die Brüste blieben nahezu unbedeckt und quollen über den Rand des Mieders. In Mailand war es in Mode gekommen, einen Edelstein auf der Stirn zu tragen, und nun folgten die Florentinerinnen diesem Beispiel und hängten sich einen Rubin oder Smaragd zwischen die Augenbrauen.

Auf kosmetische Künste verwandten die Damen viel Zeit und Geld. Eine Gesichtsmaske aus Bohnenmehl und Stutenmilch galt als unfehlbares Mittel zur Verschönerung des Teints. Schminksalben in verschiedenen Farbtönen wurden aufgetragen: Himmelblau auf die Lider, Schwarz auf die Wimpern, Granatapfelrot auf die Lippen, Nasenlöcher und Brustwarzen. Die Dame wurde zur Künstlerin, die allmorgendlich ihr eigenes Porträt malte.

Nicht weniger kapriziös war die Herrenmode. Die Stutzer saßen stundenlang beim Barbier, um sich die Haare waschen, färben und in unzählige Löckchen drehen zu lassen. Anstelle des vornehmen *lucco*, der zum Attribut des Alters wurde, trug man Wämser aus Seide oder Samt und hautenge Strumpfhosen aus hauchdünnem Stoff. Die Zurschaustellung des männlichen Gesäßes war bald ebenso in Mode wie die der weiblichen Brust.

Ihre Männlichkeit betonten die junge Burschen dadurch, daß sie eine ausgestopfte »Schamkapsel« über ihre Genitalien zogen, wodurch der Eindruck ständiger Erektion erweckt wurde. Diese »Behälter« waren oft kunstvoll verziert, sei es mit buntem Glas oder kleinen Edelsteinen, sei es mit Gold- oder Silberstickerei. Es gab sogar solche mit Glöckchen, die bei jedem Schritt bimmelten und zur Übermittlung von Liebesbotschaften verwandt wurden. Näherte sich ein hübsches Mädchen, so deutete leises Geklingel höfliche Bewunderung und erwachendes Verlangen an; lautes Gebimmel verriet heftige Leidenschaft, anhaltendes Gebimmel unbezähmbare Begierde.

In dieser Atmosphäre übersteigerter Fröhlichkeit begleitete Lisa ihre Freundin Contessina beim Einkaufen der Brautausstattung. Die immer wieder aufgeschobene Vermählung Contessinas mit Piero Ridolfi sollte Ende Mai stattfinden. In der Mohren-Apotheke suchten die beiden jungen Damen Toilettenartikel und Wäsche aus, dazu ein Dutzend *fazzoletti* – Taschentücher –, eine Modeneuheit, die sich gerade in der feinen Gesellschaft durchgesetzt hatte.

Jahrhundertelang hatten die Florentiner Damen den Straßengestank ignoriert. Jetzt nahmen sie plötzlich Anstoß daran, daß auf dem Pflaster faulende Abfälle und Exkremente herumlagen, und schon beim Anblick eines Mannes, der in einem Hauseingang seine Notdurft verrichtete, setzten sie sich errötend in Trab und preßten das Taschentuch an die Nase. Und da Lisa und Contessina modebewußte junge Damen waren, hielten sie, während sie von Laden zu Laden eilten, flatternde Tüchlein in der Hand.

Als die Tage wärmer wurden, erfrischten sich die beiden zwischendurch mit einem Bad im Becken des wohlanständigen, exklusiven Badehauses für Damen, das in der Melonenstraße lag. In knöchellange weiße Hemden gehüllt, die sich im Wasser aufblähten und das Schwimmen praktisch unmöglich machten, planschten sie beim Klang eines unsichtbaren Lautenorchesters kichernd zwischen den anderen Damen herum. Hinter einem schmiedeeisernen Geländer saßen Matronen der Gesellschaft, die sich, während sie dem fröhlichen Treiben zusahen, mit Zitronen- und Orangensaft erfrischten.

Lisa half Contessina auch bei der traditionellen Ausstellung der Brautausstattung, die in einem Raum des Palazzo Medici aufgebaut wurde. Lebensgroßen Kleiderpuppen aus Wachs zog sie Contessinas neue Garderobe an: das höchst ungewöhnliche Jagdkostüm »aus Löwenfell mit karminroter Einfassung«, das der Sultan von Ägypten gesandt hatte; die »ländlichen« Kleider für Landpartien, Angelausflüge und Gartenfeste; die schlichten Hauskleider aus schwarzem Serge, die für die Gänge zum Markt bestimmt waren; die »Besuchskleider« und schließlich die juwelenbesetzte Festrobe.

Von Lisa und den anderen Brautjungfern betreut, wandelten vornehme Besucher an zwei aufeinanderfolgenden Tagen zwischen diesen Kleiderpuppen herum. In einem anderen Zimmer häuften sich die Hochzeitsgeschenke, deren Herkunft genau verzeichnet war. Donna Filippa stellte befriedigt fest, daß ihre silberne Terrine vor dem roten Samthintergrund, den Lisa dafür ausgewählt hatte, sehr eindrucksvoll wirkte.

Am Vorabend der Hochzeit gaben Contessina und ihr Bräutigam ein zwangloses Essen für die vierundzwanzig Brautjungfern und Brautführer. Bei dieser Gelegenheit lernte Lisa ihren Vetter Jacopo de' Gherardini della Rosa kennen, der jetzt mit seiner Familie in der alten Casa Gherardini wohnte. Er hatte feuerrote Haare, ein sommersprossiges Gesicht und sanfte hellblaue Augen. Sie schätzte ihn auf siebzehn, wenngleich die Grübchen in seinen Wangen ihn etwas jünger wirken ließen. Er war ihr Tischnachbar, und es dauerte nicht lange, bis sie ihm alles entlockt hatte, was sie wissen wollte.

Er hatte soeben sein Studium an der Pisaner Universität beendet.

»Oh, Pisa!« rief sie. »Eine reizende kleine Stadt!« Um ihm zu beweisen, daß sie eine weitgereiste Dame war, ließ sie einige Bemerkungen über den Schiefen Turm und die Kirche Santa Maria della Spina fallen.

Und was hatte *er* in Pisa gemacht? . . . Er hatte Rechtswissenschaft studiert, weil das für seine künftige diplomatische Laufbahn erforderlich war. Er wollte in die Fußstapfen seines Vaters, des früheren florentinischen Gesandten in Ungarn, treten.

»Man hat mir einen bescheidenen Verwaltungsposten in unserer Londoner Gesandtschaft zugesagt, den ich kurz nach Weihnachten antreten werde.« Aus diesem Grund nehme er jetzt täglich eine Stunde Englischunterricht bei einem Privatlehrer.

Lisa erklärte, das alles finde sie sehr interessant. Sicher würde man ihn bald zum Gesandten ernennen. Worauf er achselzuckend erwiderte, die nächsten zwei, drei Jahre müßte er vermutlich Briefe dechiffrieren und andere Routinearbeiten erledigen.

Lisa hörte ihm nur mit halbem Ohr zu, weil sie Giuliano beobachtete, der auf der anderen Seite des Tisches mit der sehr hübschen – und sehr dummen – Esmeralda Malaspina plauderte. Trotzdem entging ihr nicht, daß ihr rothaariger Verwandter sie bewundernd ansah und offenbar Feuer gefangen hatte. Sie empfand es als sehr angenehm, von diesem guterzogenen, vielversprechenden jungen Diplomaten angehimmelt zu werden. Möglicherweise konnte sich Jacopo als recht nützlich erweisen. Da Giuliano meist zu beschäftigt war, um sie zum Geschichtenerzähler oder auf einen Ball zu begleiten, wäre dieser Vetter vielleicht ein guter Lückenbüßer.

Beim Nachtisch sagten sie bereits »Vetter« und »Cousine« zueinander, und Jacopo mußte ihr versprechen, sie bald zu besuchen.

Nach dem Essen begab sich die Gesellschaft in den kleinen Ballsaal und tanzte den *branlo*. Die große Beliebtheit dieses »Kußtanzes« erklärte sich daraus, daß man dafür keine schwierigen Schrittkombinationen erlernen mußte. Man tanzte und hopste herum, wie es einem gerade einfiel, und erfand dabei immer neue Figuren. Nach einer Weile trennten sich die Paare mit einem Kuß und tanzten mit neuen Partnern weiter. Am Schluß hatte jeder jeden geküßt.

Es war schon sehr spät, als Lisa in Begleitung eines Reitknechts nach Hause kam. Sie schlief wie ein Murmeltier, bis sie geweckt wurde, um Toilette zu machen. Wenig später nahm sie ihren Platz unter den Brautjungfern ein und begleitete ihre Jugendfreundin Contessina zum Traualtar. Es war der 24. Mai 1494.

Das Hochzeitsbankett dauerte fast den ganzen Nachmittag. Als das Dessert serviert war, wurde eine silberne Terrine vor die Neuvermählten gestellt, und als die Braut den Deckel hob, flog eine Taube heraus – ein Symbol künftigen Glückes. Lisa nahm sich vor, bei ihrer Hochzeit mit Giuliano ebenfalls eine Taube durch den Raum fliegen zu lassen.

Im Juni kamen aus Frankreich noch immer beruhigende Nachrichten. Der König war nach wie vor im Bann seiner Mätresse, und sein gefürchtetes Heer machte keine Anstalten, die Alpen zu überschreiten. Die Florentiner erklärten befriedigt, für einen Feldzug sei es jetzt bereits zu spät, und wandten ihr Interesse wieder den lokalen Ereignissen zu.

Lisa hatte die Bekanntschaft mit ihrem Vetter inzwischen weidlich ausgenützt und ließ sich häufig von ihm zum Geschichtenerzähler auf die Piazza della Signoria begleiten. An Jacopo probierte sie ihre weibliche List aus, und daß er sich stets nach ihren Wünschen richtete, gab ihr ein köstliches Gefühl der Macht, wie sie es gegenüber Giuliano kaum je empfunden hatte. Es war aufregend, daß ein künftiger Gesandter nach ihrer Pfeife tanzte, sie überallhin begleitete und, was das Beste daran war, niemals dafür belohnt werden wollte. Es war wirklich sehr angenehm!

Nach Tessas Meinung allerdings war es sehr schlecht von Lisa. »Es ist eine Schande, daß du ihm schöne Augen machst, obwohl du die ganze Zeit nur an Giuliano denkst.«

Was wirklich hinter Tessas Rügen steckte, war die Tatsache, daß sie ihr Herz an Jacopo verloren hatte. Alles an ihm fand sie entzükkend – seine feuerroten Haare, seine blauen Augen und sogar seine Sommersprossen. Sie wurde nie müde, ihn über den grünen Klee zu loben. Was für ein vortrefflicher *signorino!* Was für tadellose Manieren! Und stets hatte er ein Lächeln oder ein paar freundliche Worte für sie! »Aber du redest mit gespaltener Zunge und nützt seine Gutmütigkeit aus!«

»Kann ich vielleicht etwas dafür, daß er mich faszinierend findet?«

War es ihre Schuld, daß er sie für klug hielt, daß er überzeugt war, ihr Lächeln sei das schönste der Welt, und daß er gern mit ihr zusammen gesehen wurde?

Nach solchen Gesprächen ging Tessa kopfschüttelnd und ärgerlich vor sich hin murmelnd aus dem Zimmer.

So reihte sich ein sonniger Junitag an den anderen. In Florenz legte man bereits Wandteppiche über die Balkongeländer und streute Sand auf das Pflaster, um für das Pferderennen gerüstet zu sein, das alljährlich am 24. Juni, dem Johannistag, stattfand.

Als Lisa eines Morgens die Topfpflanzen auf ihrer kleinen Terrasse goß, hörte sie im Garten Schritte. Und als sie Giuliano erblickte, der gerade über die Mauer geklettert war, stieß sie einen Freudenschrei aus und sprang die Stufen hinunter. Er nahm sie in die Arme und küßte sie, lehnte es aber ab, mit ihr ins Musikzimmer zu gehen.

»Ich wollte dir nur sagen, daß mein Bruder, der Kardinal, morgen eine Jagdpartie veranstaltet. Piero hat mir einen Tag Urlaub gegeben, und ich möchte dich dazu einladen.«

Er sah ihr an, wie entzückt sie war, und flüsterte ihr zu: »Ich hole dich nach dem Morgenläuten ab. Bitte verspäte dich nicht!« Ein Kuß, und er war verschwunden.

Der Tag schien nicht enden zu wollen. Vorsichtshalber probierte Lisa ihr flaschengrünes Reitkleid an, um etwa notwendige Änderungen nicht in letzter Minute vornehmen zu müssen. Am Morgen stand sie schon bereit, als Giuliano in den Hof geritten kam. Er half ihr in den Sattel, und dann trabten sie nebeneinander durch die erwachende Stadt.

Jenseits des Stadttores gaben sie ihren Pferden die Sporen, und eine Stunde später hatten sie den Wald von Settignano erreicht, aus dem ihnen das Gebell der Jagdhunde entgegenschallte. Die meisten Gäste waren schon eingetroffen und warteten in respektvoller Entfernung, während Seine Eminenz an einem Tisch saß, über den eine Spitzendecke gebreitet war, und ein Brathuhn verspeiste.

Der inzwischen neunzehnjährige Kardinal hatte eine massige Figur, ein schwammiges Gesicht und sanfte, kurzsichtige Augen. Seine rote Robe hatte er an diesem Tag mit einem schwarzen Samtanzug vertauscht, zu dem er hohe Lederstiefel und ein schwarzes Barett mit roten Federn trug. Nur das goldene Kreuz auf seiner Brust wies ihn als Kirchenfürsten aus.

Als er Lisa kommen sah, klemmte er sich ein goldgerändertes Einglas ins linke Auge und begrüßte sie mit huldvollem Lächeln. Es fiel ihr schwer, in diesem Mann den einsamen Knaben in der violetten Soutane wiederzuerkennen, mit dem sie im Garten von Careggi gespielt hatte. Vorschriftsmäßig beugte sie sich über seine Hand und küßte den Ring.

Der Kardinal aß mit Genuß. Hie und da warf er seinen Jagdhunden Fleischbrocken zu. Nachdem er seine Fingerspitzen in eine Silberschüssel mit warmem Wasser getaucht hatte, winkte er einem Pagen, der einem mit Samt ausgeschlagenen Kasten eine Laute entnahm und sie dem Kardinal kniend überreichte. Mit einer fast zärtlichen Geste griff Seine Eminenz nach dem Instrument und stimmte die Saiten.

»Diese Laute hat er immer neben seinem Bett liegen«, flüsterte Giuliano Lisa zu. »Er spielt darauf, wenn er nicht einschlafen kann.«

Mit klarer Tenorstimme sang der Kardinal Santa-Maria-in-Domenica eine wehmütige Ballade. Dabei hielt er die Augen geschlossen, und die Hingabe an die Musik zauberte ein Leuchten auf sein fast grobschlächtiges Gesicht. Dieser Mann, der von Kindheit an dazu erzogen worden war, eines Tages Papst zu werden, war der geborene Troubadour.

Huldvoll nahm er den Beifall entgegen. Dann erhob er sich und ging zu seinem Pferd. Sobald er im Sattel saß, hatte er nichts mehr von einem Künstler an sich. Jetzt war er eine gebieterische Erscheinung. Hoch aufgerichtet gab er mit seinem Speer das Zeichen zum Aufbruch. Hufe klapperten, Hunde bellten, die Wildschweinjagd begann.

Lisa, die noch nie an einer Hetzjagd teilgenommen hatte, blieb bald hinter den anderen zurück. Zu ihrer Erleichterung fiel Giuliano in gezügelten Trab und ritt kurz darauf an ihrer Seite. Er schlug vor, abzusteigen und lieber im Gras auszuruhen, als hinter einem Eber herzujagen und sich dabei vielleicht den Hals zu brechen. »Zum Mittagsmahl schließen wir uns wieder der Jagdgesellschaft an.«

Eine Weile lagen sie nebeneinander in der sonnenflirrenden Waldesstille und lauschten dem Klang der Hörner und dem Bellen der Hunde nach. Dann stützte sich Giuliano auf den Ellenbogen, beugte sich über ihr Gesicht und küßte sie sanft auf den Mund. Sie erwiderte seine Zärtlichkeiten, und bald wurden die Küsse immer leidenschaftlicher.

Eine köstliche Hilflosigkeit ergriff von Lisa Besitz, als er ihr Mieder aufschnürte und ihre Brust liebkoste.

Es war alles so neu und verrucht und wundervoll.

Am 17. Juli 1494 ereignete sich am französischen Hof ein höchst ungewöhnlicher Vorfall.

Graf Belgioioso, der mailändische Gesandte, hatte die Stirn, dem König wegen seines skandalösen Benehmens Vorwürfe zu machen. Mit beispielloser Unverfrorenheit erinnerte er Seine Majestät an das gebrochene Versprechen, im Frühling gegen Neapel zu Feld zu ziehen. Er verwies darauf, daß Herzog Lodovico Sforza durch sein großzügiges Angebot, dem König von Frankreich bei der Rückeroberung des neapolitanischen Thrones zu helfen, den Zorn des dortigen Monarchen auf sich gezogen habe, der Mailand jetzt mit Krieg bedrohe. Den großen Karl VIII. jedoch, diesen Ausbund ritterlicher Tugenden, lasse das Dilemma seines Freundes gleichgültig.

Der Grund für dieses unehrenhafte Verhalten sei leider nur zu offensichtlich. In einem Schreiben, das er noch am selben Tag an Lodovico Sforza richtete, zitierte der Gesandte wörtlich, was er dem König gesagt hatte:

»Eine Frau hat Eure Majestät daran gehindert, in Italien einzumarschieren. Die Augen der Christenheit sind auf Eure Majestät gerichtet, und ich überlasse es Euch selbst, Sire, Euch auszumalen, in welch schlechten Ruf Ihr geraten werdet, wenn bekannt wird, daß Ihr wegen einer Frau versäumt habt, Herzog Lodovico zu Hilfe zu kommen, der sich, um Eurer Majestät zu dienen, in große Gefahr begeben hat. Dafür, daß Ihr Euch einen Monat lang dem Genuß hingabt, zu dem Euch diese Liebesaffäre verhalf, setzt Ihr die Freuden eines ganzen Lebens, Eure Ehre und Euer Ansehen aufs Spiel.«

Die Höflinge waren über diese Vorwürfe zutiefst bestürzt. Der König sabberte eine Weile kopfwackelnd vor sich hin. Es hatte den Anschein, als würde er den Diplomaten unverzüglich des Landes verweisen. Aber plötzlich begann er, mit hochrotem Kopf Entschuldigungen zu stammeln, und schließlich schwor er, sofort nach Italien aufzubrechen.

»Teilt Unserem Vetter Lodovico mit, daß Wir kommen und mit ihm sprechen werden. Und daß Uns niemand von diesem Entschluß abbringen wird.«

Es dauerte zwölf Tage, bis er sich endlich in Helm und Rüstung auf sein Pferd heben ließ und mit seinem Heer die Stadt Lyon verließ. Zwei Stunden später traf er in Vienne, einem nahe gelegenen Dorf, ein. Die Hitze hatte ihn müde gemacht, und er befahl, eine Ruhepause einzulegen.

Aus der Rast wurde eine Besichtigung, aus der Besichtigung ein dreiwöchiger Aufenthalt. Der König requirierte das Schloß von Vienne, ließ seine Mätresse nachkommen und richtete sich häuslich ein. Vom 29. Juli bis zum 22. August ignorierte er die flehentlichen Bitten seines Beichtvaters, die Tiraden des mailändischen Gesandten, die Ratschläge seiner Generäle und die Gardinenpredigten des Kardinals della Rovere, der aus Rom angereist kam, um ihn zu bewegen, in Italien einzufallen, Neapel zu erobern und auf dem Rückmarsch in Rom Station zu machen, um Papst Alexander, den Todfeind des Kardinals, abzusetzen.

Karl spielte Federball, besuchte Turniere und vergnügte sich mit seiner Mätresse.

Plötzlich brach in Vienne die Pest aus – für den König ein »Zeichen« dafür, daß Gott tatsächlich von ihm erwartete, mit diesem Kreuzzug zu beginnen. Seine Mätresse bat ihn, den Allmächtigen nicht zu enttäuschen. Die arme Italienerin war am Ende ihrer Geduld und am Rand eines Nervenzusammenbruchs. Sie hatte stark abgenommen, und ihre Augen glänzten fiebrig.

Nach einer letzten, leidenschaftlichen Liebesnacht sah sie ihm, Tränen der Erleichterung in den Augen, vom Schlafzimmerfenster aus nach. Dann kroch sie wieder ins Bett und schlief zum ersten Mal seit Wochen ruhig und ungestört.

Am 27. August verabschiedete sich Karl von seiner Gemahlin, die ihn nach Grenoble begleitet und für die persönliche Betreuung des Monarchen während des Feldzugs die häßlichsten Frauen ausgesucht hatte, die sie auftreiben konnte.

Das Glück war auf seiner Seite: Von zwei italienischen Maultiertreibern geführt, überschritt das französische Heer mit erstaunlicher Leichtigkeit die Alpen.

In nur vier Tagen wurden reißende Flüsse durchquert, Bombarden bergauf gezerrt, Gepäckwagen vorsichtig bergab gerollt. Am 3. September setzte der Große Kreuzfahrer, wie sich Karl jetzt nannte, den Fuß auf italienischen Boden. Vor ihm wurde ein silberner Kasten hergetragen, der einen Knochen des Schutzheiligen von Paris, Saint Denis, und einen Dorn aus der Krone des Gekreuzigten enthielt.

Die erste französische Invasion Italiens, eines der verhängnisvollsten und absurdesten Ereignisse der europäischen Geschichte, hatte begonnen.

Dem König, dem Generalstab und der Schottischen Garde folgte – auf Pferden mit gestutzten Ohren – die Phalanx der gepanzerten Ritter. Das Heer bestand aus riesigen Söldnerhorden: Schweizern, Deutschen, Spaniern, Gaskognern, Bretonen und anderen. Zum Troß gehörten achthundert Dirnen mit offenen Blusen und Blumen im Haar.

Die Weinbauern unterbrachen die Lese, um ihre Strohhüte zu schwenken, und die Frauen warfen den vorbeimarschierenden Soldaten Kußhände zu. Sie wußten nicht, was diese bösartige Horde hier bei ihnen zu suchen hatte, aber sie hatten gehört, daß die Fremden unterwegs waren, um das Heilige Grab zu befreien, und wünschten ihnen dafür Glück.

Kurz vor Turin wurde Karl von der Herzogin von Savoyen und ihrem Gefolge begrüßt, die sich alle prächtig herausgeputzt hatten und auf Pferden mit silbernem Zaumzeug angeritten kamen. Am Abend gab Ihre Hoheit zu Ehren des Monarchen und seiner Begleitung einen Ball, bei dem sie eine Robe aus Goldbrokat und ihr berühmtes Smaragdhalsband trug. Das war ein Fehler.

Der Große Kreuzfahrer, der bereits jetzt knapp bei Kasse war, konnte die kurzsichtigen Augen nicht von diesem Halsband losreißen. Beim Tanzen mit der Herzogin erklärte er, sie würde ihn zu großem Dank verpflichten, wenn sie ihm das Glitzerzeug vorübergehend als Leihgabe überließe. In spätestens zwei Wochen würde sie es, mit Zinsen, zurückerhalten. Er gebe ihr sein Wort darauf, das Ehrenwort eines Königs.

Solchermaßen überrumpelt, blieb der Herzogin nichts anderes übrig, als das Halsband ihrem hohen Gast auszuhändigen, der es prompt als Pfand für ein Darlehen von 12000 Gulden zu einem Zinssatz von 42 Prozent nach Genua schickte. Ob die Herzogin das Halsband jemals zurückbekam, ist nicht bekannt.

Von Turin zog er weiter nach Asti in der Provinz Piemont. Dort empfing er seinen »Vetter« Lodovico Sforza, der aus Mailand gekommen war, um sich den Mann, den er nach Italien gelockt hatte, anzusehen und einen Blick auf das französische Heer zu werfen.

Von der Streitmacht, die größer war als alle italienischen Heere zusammengenommen, war er begeistert, vom König dagegen sehr enttäuscht. Trotz aller Warnungen übertrafen Karls Rüssel, seine glasigen Froschaugen, sein Gesabber, seine spatelförmigen Füße und seine Beschränktheit Lodovicos schlimmste Befürchtungen.

Da er sich gleichwohl verpflichtet fühlte, dem Franzosen etwas von der überragenden italienischen Kultur zu zeigen, lud er ihn höflichst zu einigen *divertimenti* ein, die sein Meister der Lustbarkeiten, Leonardo da Vinci, im nahen Castello d' Annona arrangiert hatte.

Zwei Tage später traf Karl mit einigen Mitgliedern seines Gefolges in Annona ein. Im Vorhof des Kastells erwartete ihn Beatrice, die neunzehnjährige Gemahlin des Herzogs, im Kreise von dreiundachtzig hinreißend schönen Hofdamen. Sie begrüßten den Großen Kreuzfahrer mit einem tiefen Knicks, woraufhin er sich vom Pferd heben ließ, galant sein mit weißen Federn geschmücktes Barett zog und jeder Dame einen langen, feuchten Kuß auf die Lippen drückte.

Mit Federballspiel, Gartenbanketten, nächtlichen Bällen und hastigen Scharmützeln mit den Hofdamen, die nicht nur schön, sondern auch bereitwillig waren, verging die Zeit wie im Flug. Eine Woche später hielt sich Karl noch immer in Annona auf, und wieder waren Neapel, Jerusalem und das Heilige Grab vergessen.

Taktvoll erinnerte ihn Lodovico daran. »Majestät haben noch einen langen Weg vor sich, und Eure neapolitanischen Untertanen warten sehnlichst auf Eure Ankunft.«

Karl versprach, sofort aufzubrechen. Nachdem er seine Gastgeber ganz beiläufig um ein Darlehen von 50000 Gulden gebeten und Beatrice samt Hofdamen zum Abschied geküßt hatte, verließ er Annona.

Kaum hatte er sich in Marsch gesetzt, da bekam er Schüttelfrost. In Asti wurde er in ein Zimmer getragen und von seinem Arzt untersucht. Die Diagnose lautete: Sonnenstich.

In Wirklichkeit hatte er die Pocken.

Davor fürchtete man sich damals fast so sehr wie vor der Pest, weil man glaubte, es handle sich um zwei eng miteinander verwandte Seuchen. Als bekannt wurde, daß Seine Majestät von dieser entsetzlichen Krankheit befallen war, wurden Messen zelebriert und Bittprozessionen veranstaltet. Aber in die Nähe des Königs wagte sich niemand mehr. Der Arzt blieb bei seinen Visiten an der Tür stehen, wobei er sein Gesicht mit einer Maske verhüllte, Handschuhe trug und glimmende Thymianstengel in der Hand hielt. Selbst Karls getreuer *compagnon de lit*[9], der Graf von Ligny, wurde seiner Pflicht entbunden.

Wunderbarerweise überstand Karl die Krankheit.

Er hatte jetzt zwar ein pockennarbiges Gesicht, aber das war immer noch besser, als unter der Erde zu liegen. Bald konnte er am Fenster sitzen und dem Klang der Königsfanfare lauschen. Endlich ließen sich seine Würdenträger wieder bei ihm blicken, aber sie brachten nur schlimme Kunde: Aus Frankreich waren deprimierende Nachrichten eingetroffen. Der Italienfeldzug stieß beim Volk auf wachsende Ablehnung. Die Steuereinnehmer wurden von den Bauern mit gezückten Mistgabeln empfangen. Und obendrein schrieb die von Eifersucht geplagte Königin verzweifelte Briefe, in denen sie Karl um baldige Heimkehr anflehte.

Es waren erst zwei Monate vergangen, seit sein Heer italienischen Boden betreten hatte, aber schon jetzt wurde es von der Bevölkerung verabscheut. Das reizende, nicht weit von Genua gelegene Küstendorf Rapallo hatte die französische Art, Krieg zu führen, kennengelernt: In wenigen Stunden war es in einen verkohlten Trümmerhaufen verwandelt worden. Frauen und Kinder waren in der Kirche verbrannt. Geschändete Mädchen hatte man auf der Straße liegen und jämmerlich sterben lassen. Und im Spital waren die Kranken in ihren Betten umgebracht worden. Der Befehlshaber dieses Gemetzels, Herzog Ludwig von Orléans, hatte sich hier den makabren Beinamen »Schlächter von Rapallo« erworben.

Aus den »Kreuzfahrern« waren in wenigen Wochen »die Barbaren« geworden. In Genua weigerten sich die Schankmädchen, die »ausländischen Teufel« zu bedienen. Nachts wurden französische Wachtposten niedergestochen. Von jedermann gehaßt und wegen des überfälligen Soldes erbost, desertierten die Soldaten des Invasionsheeres scharenweise. Und auch die Offiziere hofften, vor Einbruch des Winters heimkehren zu können.

Aber es gab noch mehr schlechte Nachrichten.

Karl erfuhr einige zutiefst beunruhigende Dinge über seinen »Freund und Vetter« Lodovico. Offensichtlich hatte der Herzog die 200000 Gulden nicht deshalb beigesteuert, weil er, wie Karl naiverweise geglaubt hatte, die Sache Frankreichs unterstützen wollte. In Wirklichkeit war es nur ein Schachzug gewesen, mit dem er ihn und sein Heer dazu verlocken wollte, weiterzumarschieren und den zum Krieg gegen Mailand rüstenden König von Neapel zu verjagen.

In Karls benebeltem Gehirn glomm ein Fünkchen Verständnis auf: Er war nach Italien geholt worden, um Lodovicos Krieg auszufechten. Ein kleiner, unrechtmäßig an die Macht gekommener italienischer Fürst (der Enkel eines Bauern aus der Romagna!) hatte den König von Frankreich als Werkzeug benützt.

Wutentbrannt diktierte Karl einen Brief an »Messer Lodovico« (von »Freund« und »Vetter« war jetzt keine Rede mehr), in dem er seinen Besuch in Vigevano ankündigte, wo der Herzog und sein Hof die letzten Sommerwochen verbrachten. Am 9. Oktober verließ er Asti und machte sich auf die lange Reise durch die Lombardei. Diesmal allerdings nahm er 7000 Soldaten und 40 Kanonen mit.

Lodovico erbleichte, als er das Schreiben des Königs erhielt. Er sah dessen unerwartetem zweitem Besuch mit bösen Vorahnungen entgegen, die sich, als er erfuhr, daß Karl mit Truppen und Artillerie angerückt kam, in blankes Entsetzen verwandelten. Zum ersten Mal bereute er, auf seine Gemahlin Beatrice gehört zu haben, die den Plan geschmiedet hatte, französische Hofbeamte zu bestechen und Karl nach Italien zu locken. Wer, außer dem Allmächtigen, konnte schon wissen, was dieser sabbernde Halbidiot anstellen würde? Es war ihm zuzutrauen, daß er Neapel völlig vergaß und sich statt dessen Mailands bemächtigte. Vielleicht sogar ganz Italiens. Mit vierzigtausend Mann und einer unbesiegbaren Artillerie war er zu allem fähig.

Und so stand Lodovico krampfhaft lächelnd auf den Stufen seiner Villa, als Karl in Vigevano eintraf. Als erstes ließ sich der Monarch sämtliche Schlüssel des Landsitzes aushändigen. Vor jeder Tür pflanzte sich ein französischer Wachtposten auf. Dies war kein Besuch, sondern eine Besetzung.

Auf eine Wiederbelebung der freundschaftlichen Atmosphäre, die in Annona geherrscht hatte, zielten diese Maßnahmen gewiß nicht ab. Und Karls Ersuchen um ein weiteres »Darlehen« von 57000 Gulden trug ebenfalls nicht zur Entspannung bei. Nachdem Lodovico die Zelte der Soldaten und die Kanonen betrachtet hatte, rückte er widerwillig mit dem Geld heraus.

Unter diesen Umständen nützte es auch nichts, daß Beatrices Hofdamen verführerisch mit den Wimpern klimperten und dem König einladend zulächelten. Und Leonardo da Vinci arrangierte vergeblich die fabelhaftesten *spettacoli*. Schon drei Tage nach seiner Ankunft blies Karl zum Aufbruch.

Am 16. Oktober traf er, erschöpft und entmutigt, in Piacenza ein, wo er eine Ruhepause einlegte und nachdachte. Die Lage war verzweifelt und wurde täglich hoffnungsloser. Lodovicos »Darlehen« war bereits zusammengeschmolzen, weil man den Truppen ihren längst fälligen Sold nicht länger vorenthalten konnte. Aus Frankreich war keine finanzielle Hilfe zu erwarten. Karl war nicht mehr kreditwürdig. Er, dessen Jahreseinkommen elf Millionen *livres* betrug, konnte sich mit seinem königlichen, unleserlichen Namenszug keinen Gulden mehr beschaffen.

Und zu alledem hatte der Papst den Thronanspruch des Hauses Aragon für legitim erklärt und einen seiner Söhne mit der Tochter des Königs von Neapel verheiratet. Und Piero de' Medici, der junge florentinische Herrscher, hatte sich höflich, aber bestimmt geweigert, dem französischen Heer freien Durchzug durch sein Hoheitsgebiet zu gewähren. Seine Weigerung hatte er damit begründet, daß Neapel und Florenz seit vielen Jahren miteinander verbündet seien und daß sein Ehrgefühl es ihm verbiete, gegen die Freundschaftsverträge zu verstoßen. Also würde sich das Invasionsheer entlang der toskanischen Küste durchschlagen müssen, in einem sumpfigen Landstrich, in dem die Artillerie und die Reiterei wohl kaum eingesetzt werden konnten.

Es blieb vermutlich nichts anderes übrig, als den Rückmarsch anzutreten, bevor es zu spät war und die Bevölkerung sich gegen die Invasoren zusammenrotten und Troß und Kanonen zerstören würde.

Karl war bereits entschlossen, zum Rückzug blasen zu lassen, als am 19. Oktober bei Sonnenuntergang ein Reiter über die Zugbrücke, die gerade hochgezogen werden sollte, in die Stadt sprengte.

Sein Name war Giovanni de' Medici. Dieser Namensvetter des Kardinals gehörte einem Nebenzweig der Familie an. Als Knabe war er ein Spielgefährte Pieros gewesen, aber als sich später beide in dasselbe Mädchen verliebt hatten, waren sie bittere Rivalen geworden. Das Mädchen hatte Piero den Vorzug gegeben, woraufhin Giovanni ihm Rache geschworen hatte. Und darum hatte er den Viertageritt nach Piacenza unternommen.

Er bat unverzüglich um eine Audienz beim König, die ihm aufgrund seines berühmten Namens sofort gewährt wurde. Nachdem er, dem Hofzeremoniell entsprechend, dreimal das Knie vor Karl gebeugt hatte, erklärte er, die Florentiner liebten Seine Majestät über alles, wünschten sich sehnlichst, seine geheiligte Person mit eigenen Augen sehen zu dürfen, und beklagten die antifranzösische Politik von Piero de' Medici zutiefst. Es schmerze sie, daß ihr unwürdiger Herrscher dem glorreichen König von Frankreich und Kaiser des Orients Demütigungen zugefügt und seinen Vormarsch verzögert habe. Nur zu gern würden sie einen hohen Betrag zahlen, um das von Piero begangene Unrecht wiedergutzumachen.

Bei dem Wort »zahlen« spitzte Karl die Ohren. »Fahrt fort!« sagte er, vor Erregung zitternd. Das ließ sich der Verräter nicht zweimal sagen.

Er erklärte, Seine Majestät brauchte nur nach Florenz zu kommen, um sich von der innigen Zuneigung der Bevölkerung zu überzeugen und die große Entschädigungssumme zu kassieren, die Seiner Majestät von Rechts wegen zustehe.

Jetzt war Karl vollends überzeugt. Warum hatte er diesen Einfall nicht selbst gehabt? Natürlich – einzig und allein Pieros Weigerung, freien Durchzug zu gewähren, war am Fehlschlag des Feldzuges schuld! Es war nur gerecht, von den Florentinern, die als die reichsten Leute in ganz Italien galten, eine Entschädigung zu verlangen. Mehr noch: Sie mußten dazu gebracht werden, die Fortsetzung des Feldzuges zu finanzieren.

Seine Verzweiflung war wie weggeblasen. Er würde nicht nach Frankreich heimkehren, sondern den neapolitanischen Thron zurückerobern. Und später, viel später, würde er sich um das Heilige Grab kümmern.

Am nächsten Morgen wurden Kuriere ausgeschickt, um sämtlichen französischen Befehlshabern die Order zu überbringen, sich mit ihren Truppen in Pontremoli, einer kleinen Stadt an der Grenze der Republik Florenz, einzufinden. Dort werde der König mit seinen 7000 Mann und 40 Kanonen zu ihnen stoßen.

Zwei Tage später saß Karl, wie üblich in schimmernder Rüstung, wieder zu Pferde. Am Stadttor überreichten ihm die Ratsherren von Piacenza »einige Laib ausgezeichneten Käse, so groß wie Mühlsteine«. Er war von diesem Zeichen der Zuneigung tief gerührt und ließ den Käse, zusammen mit der Versicherung seiner ewigen Liebe, der Königin überbringen. Und nun – auf nach Florenz!

Die schwache Stunde

»Und nur wegen der törichten Rivalität um die Liebe eines Mädchens«, sagte Mariotto nach einer langen Pause, »werden die Franzosen bald hier einmarschieren und unser Geld einstecken, um damit diesen absurden Feldzug zu finanzieren.«

Seine Stimme verriet keine Erregung. Jetzt, da alle Hoffnungen begraben werden mußten, jetzt, da sich seine Voraussagen bewahrheitet hatten, war er sehr ruhig geworden. Er, der seit Monaten gegen »die blinden Toren in der Signoria« gewettert hatte, die sich weigerten, die Grenze zu befestigen, schien sich mit dem Gedanken an die drohende Katastrophe abgefunden zu haben.

»Die Sonne tut gut, nicht wahr?« sagte er unvermittelt.

Der Sommer wollte dieses Jahr nicht Abschied nehmen. Der Oktober war schon fast vorüber, aber statt der üblichen Regengüsse hatte er sonniges Wetter gebracht. Blau wie die See wölbte sich der Himmel über Florenz. Nach dem mittäglichen Imbiß hatte Mariotto gesagt: »Liebe Frau, wir wollen auf die Dachterrasse gehen und uns die letzte Freude gönnen, die uns geblieben ist.«

Und so saßen sie in der Loggia und ließen den Blick so langsam und zärtlich über die vertrauten Wahrzeichen der Stadt schweifen, als sähen sie all dies zum letzten Mal.

»Viele Leute verlassen bereits die Stadt«, sagte Filippa. »Man erzählt sich, die Franzosen würden Florenz genauso ausplündern wie Rapallo. Was meint Ihr dazu, edler Gemahl?«

»Das gleiche hat mich Giocondo heute morgen gefragt. Er hat Verwandte in Bologna und bat mich um Rat, ob er Meo dort in Sicherheit bringen soll.«

»Was für einen Eindruck hat er auf Euch gemacht?«

Der Bankier zuckte resigniert die Achseln. »Er wirkt wie ein Mensch, der nicht mehr weiterleben will.«

Giocondo hatte im September seine zweite Frau, Tommasa, verloren. Eine komplizierte Frühgeburt hatte sie das Leben gekostet. Man hatte sie zusammen mit ihrem totgeborenen Kind bestattet.

»Manchmal will mir scheinen, daß es respektvoller wäre, das Leben mit einem hin und her treibenden, steuerlosen Schiff zu vergleichen, als zu behaupten, es werde von einem allwissenden, allgütigen Gott gelenkt, der dann solche Dinge zuläßt.« Es klang wie ein Selbstgespräch.

Eine Weile starrte er gedankenverloren zu der kleinen Kuppel der Kirche San Lorenzo hinüber, wo sich die Grabstätte Lorenzo de' Medicis befand. »Unser Enkel wird nun doch ohne Mutter aufwachsen müssen. Ich glaube nicht, daß Giocondo ein drittes Mal heiraten wird.«

»Was habt Ihr ihm geraten?«

»Daß er Meo nach Bologna schicken soll, falls er das für sicherer hält. Und daß ich selbst hierzubleiben gedenke. Dies ist unsere Heimatstadt, und wenn wir sie bereits beim ersten Anzeichen von Gefahr im Stich lassen, verdienen wir es nicht, daß sie uns erhalten bleibt.«

»Und Ihr glaubt nicht, daß die Franzosen Florenz plündern werden?« Mariotto erwiderte, das sei zwar nicht ganz auszuschließen, aber er glaube nicht, daß es dazu kommen werde. Gewöhnlich erlitten nur wehrlose Dörfer dieses Schicksal. Die Franzosen würden es sich sehr genau überlegen, ob sie es wagen sollten, eine Stadt von fast hunderttausend Einwohnern zu plündern, in der sie auf jeder Straße in einen Hinterhalt geraten könnten und wo jedes Haus eine Festung sei.

»Zudem wird die Anwesenheit des Königs die Soldaten davon abhalten, nach Belieben zu schänden und zu plündern. Er soll zwar kein Körnchen Salz im Gehirn haben, aber er ist kein grausamer Mensch. Außerdem ist er nur hinter unserem Geld her. Sobald er es hat, wird er mit seinem Heer abziehen. Wegen der Franzosen mache ich mir, offen gestanden, weniger Sorgen als wegen unserer eigenen Leute.«

»Wegen unserer eigenen Leute?«

»Ja. Man wird ihnen einzureden versuchen, daß Piero imstande gewesen wäre, die Franzosen jenseits unserer Grenze aufzuhalten, und sie werden es glauben.«

»Aber Ihr habt mir doch erzählt, daß er alles versucht hat, um uns nicht in diesen Krieg zu verwickeln.«

»Das stimmt, aber die Signoria wird ihm trotzdem die Schuld geben, weil Beamte feige sind und ihre eigenen Fehler niemals zugeben. Piero hat das Verbrechen begangen, recht zu behalten, während sie sich getäuscht haben. Das werden sie ihm nie verzeihen.«

Piero de' Medici hatte tatsächlich eine staatsmännische Klugheit und Voraussicht bewiesen, wie man sie von einem so jungen Menschen kaum erwartet hätte. Er handelte ganz im Sinne seines verstorbenen Vaters, als er darauf drängte, die Garnison in Sarzanella zu verstärken, um die Franzosen am Einmarsch in die Toskana zu hindern. Aber die Signoria schlug seine Warnung in den Wind.

Schließlich hatte Piero an das Loyalitätsgefühl der Ratsherren appelliert. Er erinnerte sie daran, daß der König von Neapel durch den Abschluß eines Separatfriedens die Republik Florenz seinerzeit vor dem Zugriff Papst Sixtus' IV. bewahrt und sich seither als treuer Verbündeter erwiesen habe. Aber auch davon ließen sich die Herrlichkeiten nicht beeindrucken. Falls man dem französischen Heer freien Durchzug gewähre – so hatte Piero gewarnt –, würde Neapel die dort ansässigen Florentiner, deren Zahl in die Tausende ging, bestimmt dafür büßen lassen. Und außerdem würde sich Florenz den Zorn Papst Alexanders zuziehen.

»Seine Argumente«, sagte Mariotto, »stießen auf taube Ohren. An der Tür drehte er sich noch einmal um, zeigte mit dem Finger auf die Ratsherren und prophezeite ihnen, daß die Republik Florenz, falls es den Franzosen gestattet werde, toskanischen Boden zu betreten, ihre wichtigste tributpflichtige Stadt und ihren bedeutendsten Hafen, Pisa, verlieren würde.«

Voller Bitterkeit fügte er hinzu, man werde Piero trotz allem die Schuld geben und das Volk gegen ihn aufwiegeln. »Weiß Gott, was die aufgebrachte Menge ihm, seiner Familie und seinen Freunden antun wird . . . Damit meine ich auch uns beide, unsere Kinder, Lisa und die Dienstboten. Selbst unser Haus wird dann in Gefahr sein.«

»Wollt Ihr damit sagen, daß es zu einem Aufstand kommen könnte?«

»Ja.«

Filippa starrte ihn ungläubig an. Sie war innerlich darauf vorbereitet, bärtige Ausländer durch ihr Haus stürmen zu sehen und zuschauen zu müssen, wie sie Schränke zertrümmerten, Gobelins von den Wänden rissen, mit ihren Dolchen verschlossene Türen aufbrachen und Schmuck und Silberzeug stahlen. Aber daß Florentiner sich solche Übergriffe erlauben würden, daran hatte sie nie gedacht. Für sie war ihre Heimatstadt ein Gemeinwesen, das sich zusammensetzte aus freundlichen Nachbarn, ehrbaren Kaufleuten und gutmütigen Händlern, mit denen man auf dem Markt feilschte. Es war ihr unmöglich, sich diese Leute als wütende Volksmenge vorzustellen, die in die Casa Rucellai eindrang.

»Aber wir haben doch niemandem etwas getan.«

»Das spielt keine Rolle. Wir sind mit den Medici verwandt. Wir haben ihnen lange Zeit gedient. Mein Vater war Schatzmeister der Republik. Ich war Gouverneur von Pisa und habe zweimal das Amt des Gonfaloniere bekleidet. Das genügt, um uns zu einer der ersten Zielscheiben der Volkswut zu machen.«

Ein Lächeln spielte um seine Lippen, als er nach ihrer Hand griff. »Aber ängstigt Euch nicht. Wir werden gut darauf vorbereitet sein.«

Wie es seiner umsichtigen Art entsprach, hatte er bereits Pläne gemacht, um die Sicherheit seiner Familie zu gewährleisten. Er hatte

Auftrag gegeben, vom »Bauernhof« fünf Wagenladungen Steine herbeizuschaffen, mit denen die Fenster verbarrikadiert werden sollten. Das Portal wollte er so verstärken lassen, daß es notfalls einem Rammbock standhalten würde. Die Kästen mit dem Silberzeug sollten im Garten vergraben werden. Sobald sich der Mob dem Haus näherte, sollten sich sämtliche Dienstboten, auch die weiblichen, auf die ihnen zugewiesenen Posten begeben. Kessel mit heißem Wasser würden auf jedem Ofen und in jedem Kamin bereitstehen, um möglichen Angreifern auf die Köpfe gegossen zu werden. Und jeder männliche Dienstbote sollte eine Waffe erhalten.

»In etwa zehn Tagen werden wir für jeden Notfall gerüstet sein.«

»Und was soll mit Lisa und Francesco geschehen?«

Er zog erstaunt die Brauen hoch. »Sie werden selbstverständlich hierbleiben. Es ist schließlich ihr Zuhause, und sie sollen mithelfen, falls es verteidigt werden muß. Sie können vom Dach aus Steine auf die Straße werfen. Wo ist Lisa eigentlich? Ich habe sie den ganzen Tag noch nicht gesehen.«

»Giuliano ist heute morgen gekommen, und ich habe ihr erlaubt, mit ihm nach Fiesole zu reiten. Es ist so ein schöner Tag.«

Er nickte, aber die Sorgenfalten auf seiner Stirn verschwanden nicht. »Es wird vielleicht viel Zeit vergehen, bis sie wieder einmal gemeinsam ausreiten können.«

»Wie meint Ihr das?«

»Seit die beiden Kinder waren, haben wir es für selbstverständlich gehalten, daß sie eines Tages heiraten werden. Es war Lorenzos und auch unser Wunsch. Aber die französische Invasion könnte uns einen Strich durch die Rechnung machen.«

»Sie lieben einander.«

»Ja, es scheint so«, sagte er seufzend. »Soweit man in diesem Alter schon von Liebe sprechen kann. Lisa ist gerade erst fünfzehn geworden und steckt voller romantischer Ideen. Und auch Giuliano ist noch nicht über das Alter hinaus, in dem man sich leicht den Kopf verdrehen läßt. Dagegen ist nichts zu sagen, und wenn wir normale Zeiten hätten, würde ich die beiden miteinander verloben und in ein, zwei Jahren die Hochzeit ausrichten. Aber wir gehen schweren Zeiten entgegen. Wer weiß schon, ob die Medici – und auch wir selbst – die Krise überstehen werden, deren Ausbruch offenbar unvermeidlich ist. Sollte es zu einem Aufstand kommen, dann ist ein

Regierungswechsel durchaus möglich. Als Pieros Bruder wird auch Giuliano von etwaigen Zwangsmaßnahmen gegen die Medici betroffen sein. Und vielleicht wird man auch uns aus Florenz verbannen.«

Filippa erbleichte.

»Das liegt alles in der Zukunft«, sagte Mariotto beschwichtigend. »Jetzt sollten wir uns erst einmal überlegen, wo wir Lisa in Sicherheit bringen können, solange die Franzosen die Stadt besetzt halten. Habt Ihr einen Vorschlag?«

»Bei den Karmeliterinnen in der Via Ghibellina.«

Die Äbtissin, so fügte sie hinzu, sei ihre Jugendfreundin und würde Lisa sicher als Novizin auf Zeit bei sich aufnehmen. Mariotto sagte dieser Vorschlag zu, weil er gehört hatte, daß die Signoria plane, die Nonnenklöster durch Posten abzusichern.

»Übrigens wäre mir leichter ums Herz, wenn auch Ihr die Besatzungszeit im Kloster verbringen würdet.«

Filippa sah ihn verblüfft an, dann lachte sie hell auf und erklärte, sie sei ihm dankbar für seine Besorgtheit, aber er könne ganz beruhigt sein, denn an sie würde bestimmt kein Franzose einen Blick verschwenden.

»Außerdem braucht Ihr mich hier. Man wird vermutlich französische Würdenträger bei uns einquartieren, und dann muß sich doch jemand um ihr Wohlbefinden kümmern.«

Sie griff nach seiner Hand. »Wir sind schon sehr lange verheiratet und haben glückliche Zeiten miteinander erlebt. Sollten uns wirklich düstere Tage bevorstehen, dann will ich sie an Eurer Seite ertragen.«

Und so fanden Filippa und Mariotto Rucellai bei ihrem ernsten Gespräch am Nachmittag des 26. Oktober 1494 Trost in der Gewißheit, einander nahe zu sein.

Während ihre Großeltern über den französischen Vormarsch sprachen, ritt Lisa mit Giuliano hügelaufwärts nach Fiesole. Die Landschaft war sonnenüberflutet. Jedem Baum, jedem Strauch, jedem Grashalm wurde der unerwartete Segen dieses strahlenden Herbstes zuteil.

Aber zwischen den beiden jungen Menschen wollte an diesem Tag kein fröhliches Gespräch aufkommen. Giuliano grübelte vor sich hin, und Lisa ahnte, daß auch er über diese »ausländischen Teufel« nachdachte.

Es war noch früher Nachmittag, als sie das Dorf erreichten, das zu dieser Stunde menschenleer war: Die Männer arbeiteten auf dem Feld, die Frauen saßen zu Hause am Spinnrad.

Als Giuliano die Pferde am Brunnen auf der Piazza angebunden hatte, nahm er Lisa bei der Hand und führte sie in die Klosterkirche. Im kühlen, weihrauchgeschwängerten Halbdunkel brannten vor einer Marienfigur Kerzen, um die Rosenknospen gehäuft waren.

Sie bekreuzigten sich und knieten nieder. Lisa kam plötzlich der Gedanke, daß sie an ihrem Hochzeitstag genau wie jetzt an Giulianos Seite knien und beten würde. Nach einer Weile schlenderten sie durch die Kirche und betrachteten die reichgeschnitzte Kanzel und die farbenfrohen Heiligenfiguren.

»Hier wurde mein Bruder Giovanni zum Kardinal geweiht«, sagte Giuliano, dann erzählte er, daß sein Urgroßvater Cosimo oft hierhergekommen sei, um sich ein paar Tage im Kloster auszuruhen, in einem seiner geliebten Bücher zu lesen und die Staatsgeschäfte zu vergessen.

Später ritten sie in der Nachmittagssonne weiter, und wieder hing jeder seinen Gedanken nach.

»Laß uns hier Rast machen!« sagte Giuliano, als sie an einem Olivenhain angekommen waren. »Ich habe dir etwas zu sagen.«

Er half ihr vom Pferd, und als ihr Gesicht das seine streifte, küßte er sie auf den Mund. Dann legten sie sich unter einem alten, knorrigen Baum ins Gras und blickten durch das silbrige Blättergewirr zum blauen Himmel empor.

Giuliano schwieg noch immer. Schließlich drehte sich Lisa zur Seite und flüsterte: »Du denkst über die ausländischen Teufel nach, nicht wahr, *cocolino?*«

Er wandte ihr das Gesicht zu. Ja, seit zwei Tagen hätten er und sein Bruder an nichts anderes gedacht. Jetzt sei das eingetreten, was sein Vater am meisten gefürchtet habe, und nun müßten sie ohne seinen Rat auskommen. Mit dem ihm eigenen Weitblick hatte Lorenzo geschrieben: »Gebe Gott, daß kein König von Frankreich jemals auf den Gedanken kommen möge, seine Kraft an diesem Land zu erproben. Wenn das geschähe, wäre alles verloren.«

»Er ist von uns gegangen«, sagte Giuliano, »als wir ihn am nötigsten hatten.«

Lisa sah, daß er mit den Tränen kämpfte. Plötzlich wirkte er so jung und hilflos wie sie selbst. Sie waren Kinder, die in einen Strudel hineingerissen wurden, in eine Gefahr, die sie kaum begreifen, geschweige denn meistern konnten.

Er erzählte ihr von der Weigerung der Ratsherren, auf Pieros Vorschläge einzugehen.

»Bei unserem Vater hätten sie das nicht gewagt. Sie behaupten, Piero sei zu jung, um das nötige Urteilsvermögen zu besitzen. In Wirklichkeit fehlt es *ihnen* daran. Die Franzosen werden in zwei, drei Wochen hier sein, und niemand weiß, wie es dann weitergehen soll. Jetzt ist es schon zu spät, um gegen sie zu kämpfen. Und auch zu spät für Verhandlungen. Einige Grenzorte haben sich bereits ergeben, und bald werden andere diesem Beispiel folgen. Das Gemetzel von Rapallo hat jeden Widerstand im Keim erstickt. Und deshalb hat Piero beschlossen, den König im Hauptquartier aufzusuchen, sich mit ihm zu verständigen und ihn zu bewegen, Florenz zu umgehen und sein Heer direkt nach Süden weitermarschieren zu lassen.«

»Und du?«

»Ich begleite ihn natürlich.«

Entsetzt warf sich Lisa über ihn und schluchzte in seinen Armen. Die ausländischen Teufel würden ihn töten! Das sei völlig klar. Vergeblich versuchte Giuliano, ihr zu erklären, daß der König kein grausamer Mensch sei. Und sie müsse doch einsehen, daß ihn die Pflicht an die Seite seines Bruders rufe. Aber das sah sie nicht ein. Warum konnte Piero denn nicht allein zum König gehen?

»Dann können wir beide, wenn die ausländischen Teufel nach Florenz kommen, gemeinsam sterben.«

An ihn gepreßt, erklärte sie bitterlich schluchzend, was sie sich ausgedacht hatte: Wenn die Franzosen einmarschierten, würden sie beide aufs Land reiten, irgendwohin, wo es besonders schön sei, vielleicht zu diesem Olivenhain. Sie würden sich ins Gras legen und einander küssen und küssen und küssen. Bei Sonnenuntergang würde er ihr seinen Dolch ins Herz stoßen und dann sich selbst erstechen. Tags darauf würde man sie finden, Mund an Mund, noch im Tode eng umschlungen, genau so, wie man den jungen Mönch und die Karmeliterin gefunden hatte, deren Liebestragödie vor einigen Monaten ganz Florenz bewegte.

»Dann werden wir in unserem kleinen Haus im Himmel wohnen und auf ewig glücklich sein.«

Er brachte es nicht übers Herz, ihren Traum zu zerstören, und stimmte ihr zu. Sanft drückte er sie ins Gras, beugte sich über sie und küßte ihre feuchten Wangen. Ihr Flüstern klang schlaftrunken. Sie wehrte sich nicht, als er seine Hand unter ihr Kleid schob. In ihrem Kopf begann sich alles zu drehen. Mit geschlossenen Augen und halb geöffneten Lippen lag sie da. Ihr Flüstern erstarb, als sie spürte, wie ihre Körper eins wurden. Aufseufzend ließ sie sich in den Strom der Glückseligkeit gleiten.

Der Himmel war malvenfarben, als sie erwachte und Giuliano neben sich liegen sah. Den Kopf auf den Arm gestützt, lächelte er ihr zu.

»Wir müssen zurückreiten«, sagte er leise. »Aber vorher möchte ich dir etwas geben.«

Er nahm ein Kettchen mit einem kleinen goldenen Medaillon vom Hals und hängte es ihr um.

Dieses Medaillon, so erklärte er ihr, stamme aus dem Heiligen Land. Sein Urgroßvater habe es in Venedig erstanden, als er dort im Exil lebte.

»Ich möchte, daß du es trägst, bis ich zurückkomme.«

Lisa begriff jetzt, daß sie nun doch nicht gemeinsam sterben würden, aber sie hatte nicht mehr die Kraft, Einspruch zu erheben. Schweigend ritten sie in die Stadt zurück. Am Portal der Casa Rucellai mußte er ihr schwören, sofort nach seiner und Pieros Heimkehr zu ihr zu kommen. »Auch wenn es mitten in der Nacht ist!«

Er versprach es ihr, küßte sie noch einmal und sprengte davon.

Am selben Abend ritt Piero de' Medici mit vier Begleitern heimlich aus der Stadt. Kurz vor Morgengrauen trafen sie in Empoli ein, wo sie in einem Gasthaus Rast machten. Während seine Freunde schliefen, teilte Piero der Signoria in einem Schreiben mit, warum er diese Reise unternommen habe und was er »mit diesem Akt der Verzweiflung« zu erreichen hoffe.

Sein Brief spaltete Florenz in zwei Lager. Die eine Seite betrachtete Pieros Entschluß, beim König von Frankreich vorzusprechen, als edle, selbstlose Tat und wies darauf hin, daß sein Vater vor fünfzehn Jahren ähnlich gehandelt habe, als er den König von Neapel aufgesucht und sein Leben aufs Spiel gesetzt hatte, um Florenz zu retten. Die andere Seite bezeichnete Pieros Entschluß als üblen Trick, mit dem er sich das Wohlwollen des Monarchen erschleichen wolle.

Durch die Bemerkungen, die ihr Großvater in den folgenden Tagen bei den Mahlzeiten machte, erfuhr Lisa, welchen Verlauf Pieros Mission nahm.

Am 30. Oktober traf er im französischen Feldlager ein, wo er von Seiner Exzellenz, dem Finanzminister Guillaume Briçonnet (der auch Bischof war), höflichst begrüßt und zum Zelt des Königs geleitet wurde. Wider alle Erwartungen empfing Karl den jungen florentinischen Herrscher mit ausgesuchter Liebenswürdigkeit. Ihre beiden Väter seien Freunde gewesen, und er erinnere sich noch gut an den Ring des heiligen Zenobio, der seinem Vater die Schmerzen seiner letzten Erdentage erleichtert habe.

In wenigen Tagen gelangten Piero und der Große Kreuzfahrer zu einer Übereinkunft.

In der Erkenntnis, daß jedes Feilschen sinnlos war, erklärte sich Piero mit der zeitweiligen Übergabe mehrerer Ortschaften einverstanden, von denen die meisten schon in der Hand der Franzosen und die anderen zur Kapitulation bereit waren. (Das Bergdorf Fivizzano hatte versucht, Widerstand zu leisten, und für seine Tapferkeit teuer bezahlen müssen: Seine zweihundert Verteidiger waren von vierzehntausend Invasoren niedergemetzelt worden, die Häuser in Flammen aufgegangen, die Straßen mit Leichen bedeckt.)

Außerdem versprach Piero, eine Entschädigungssumme von 200 000 Gulden in drei Raten zu zahlen.

Als Gegenleistung wurde vereinbart, daß alle besetzten Ortschaften freigegeben werden sollten, sobald Karl in Neapel einmarschiert sei. Des weiteren wurde die Sicherheit »sämtlicher Häuser, Denkmäler und Kunstwerke« sowie der 650 000 im florentinischen Hoheitsgebiet lebenden Menschen garantiert.

»Unter diesen Umständen ist das durchaus kein schlechter Vertrag«, sagte Mariotto beim Nachtmahl. »Natürlich sind 200 000 Gulden eine Menge Geld, aber unser Dom, die Türen des Baptisteriums und der Schiefe Turm sind schließlich sehr viel mehr wert, von den vielen Menschenleben ganz zu schweigen.«

Aus Mariottos Worten schloß Lisa, daß Giuliano wohlbehalten zurückkehren würde. In der Nacht des 8. November hörte sie Schritte im Garten. Ihr Herz begann wild zu klopfen. Giuliano hatte Wort gehalten!

Im Nu war sie aus dem Bett gesprungen, in einen Morgenrock

geschlüpft und auf die Terrasse geschlichen. Im Mondlicht konnte sie die Umrisse seiner schlanken Gestalt erkennen. Mit einem leisen Freudenschrei rannte sie die Stufen hinunter und in Giulianos Arme.

Am nächsten Tag, einem Sonntag, brach in Florenz ein wohlvorbereiteter Aufstand aus. Die Gegner der Mediciherrschaft hatten sich Pieros dreizehntägige Abwesenheit zunutze gemacht.

Von der Reise erschöpft, schlief Piero an diesem Sonntag morgen länger als gewöhnlich. Es war bereits Nachmittag, als er mit Giuliano und einem kleinen Gefolge zum Palazzo Vecchio ritt, um der Signoria von seinem Besuch beim König zu berichten.

Der Wachtposten teilte ihm mit, die Herrlichkeiten nähmen soeben einen Imbiß ein und dürften nicht gestört werden. Sie wären jedoch bereit, ihn am Spätnachmittag zu empfangen, vorausgesetzt, er käme allein und durch den Dienstboteneingang.

Diese unverschämte Behandlung des Regierungschefs war, ebenso wie die folgenden Ereignisse, sorgfältig vorausgeplant. Als er den Palast verließ, sah Piero aus allen Richtungen Menschenhorden auf den Platz stürmen, die wie auf Kommando Schürhaken schwenkten und Steine schleuerten. Nach dem Plan der Drahtzieher sollte diese Attacke wie ein »spontaner« Ausbruch der Volkswut wirken und dazu führen, daß Piero und seine Begleiter auf der Stelle getötet würden.

Er warf sich aufs Pferd und rief Giuliano zu, sofort das San-Gallo-Tor zu besetzen und um jeden Preis offenzuhalten. Dieser schnelle Entschluß rettete ihm das Leben.

Giuliano gab seinem Pferd die Sporen und sprengte, zusammen mit einigen Gefolgsleuten, mitten durch die Volksmenge. An der Porta San Gallo gelang es ihnen nach einem Scharmützel mit den Wachtposten, die Zugbrücke offenzuhalten, bis Piero und seine Begleiter darübergaloppiert waren.

Ein paar Augenblicke später verschwanden die fliehenden Reiter im Novembernebel.

Die Herrschaft der Medici, die sechzig Jahre und einen Monat gedauert hatte, war in einer einzigen Stunde zusammengebrochen.

In wütender Enttäuschung über das Scheitern des Anschlags auf Pieros und Giulianos Leben rottete sich die Menge vor dem Palazzo

Medici zusammen. Im Schein der Fackeln drangen sie in den Palast ein, zerschlitzten die Gobelins, schleuderten Onyx- und Alabastergefäße aus den Fenstern und schlugen Glasvitrinen, in denen wertvolle alte Münzen lagen, und Tanagrafiguren kurz und klein. Kostbare Manuskripte wurden entwendet. Eine eiserne Kassette wurde aufgebrochen und der Inhalt – 22 000 Gulden – verteilt. Die Signoria war mit der Plünderung einverstanden. Mitglieder der Stadtwache halfen, Donatellos Judith-Statue aus dem Innenhof des Palastes zu schleppen und vor dem Portal des Palazzo Vecchio aufzustellen – »als Warnung vor den Feinden der Freiheit«.

Lisa, der man verboten hatte, das Haus zu verlassen, beobachtete den ganzen Nachmittag von Tessas Fenster aus die vielen Männer, die, Messer und Knüppel schwenkend, auf der Straße herumliefen. Als sie beim Abendessen erfuhr, daß es Giuliano gelungen war zu entkommen, atmete sie auf. Er lebte, und irgendwann würden sie wieder beieinander sein und sich küssen und lieben.

Wie ihr Großvater berichtete, hatte Kardinal Giovanni de' Medici Zuflucht bei seinen geistlichen Brüdern gesucht und an das Tor des Klosters San Marco geklopft. Sein Urgroßvater Cosimo hatte es auf eigene Kosten errichten lassen und dem Dominikanerorden übergeben. Seit drei Generationen hatte die Familie Medici dieses Kloster finanziert, jetzt aber verweigerten die Mönche von San Marco dem Kardinal die Zuflucht und warfen ihm die Tür vor der Nase zu.

»So wird bei den Dominikanern christliche Nächstenliebe geübt«, sagte Mariotto bitter. Niemand wisse, wo sich der Kirchenfürst aufhalte. Manche fürchteten, er sei bereits umgebracht worden. (Zwei Tage später konnte er, als Franziskanermönch verkleidet, entkommen.)

Dann berichtete Lisas Großvater von der Plünderung des Palazzo Medici und der Undankbarkeit des Volkes.

Er sprach von Cosimos unermüdlichem Einsatz, der Florenz vor dem Bankrott bewahrt habe, und von seiner Wohltätigkeit, die er sich acht Millionen Gulden habe kosten lassen. Er sprach von Lorenzos verzweifelten Anstrengungen, Florenz den Frieden zu bewahren, und schließlich von Piero, den man zum Dank für seinen Weitblick verjagt und dessen Haus man Plünderern überlassen habe.

Mariotto leerte seinen Pokal und erhob sich. »Ich glaube, es ist an der Zeit, daß wir unsere Posten beziehen und unser Haus verteidigen.«

Wieder einmal sollte er mit seinen Voraussagen recht behalten. Nach der Plünderung des Palazzo Medici zog die aufgebrachte Menge zu den Wohnsitzen derer, die unter den Medici hohe Ämter bekleidet hatten.

Als der Lärm des nahenden Volkshaufens zu hören war, läutete Mariotto die Hofglocke. Augenblicklich wurde das verstärkte Portal geschlossen, und im Nu standen die Pferdeknechte, Diener, Haus- und Küchenmägde an den Fenstern bereit. Lisa und ihr Bruder kauerten hinter der Dachbalustrade und hielten Steine in der Hand.

Der Angriff auf die Casa Rucellai war heftig, dauerte aber zum Glück nicht lange. Die Leitern, die an die Fassade gelehnt wurden, stießen die Hausbewohner mit Greifhaken um. Das Portal bebte unter den Stößen eines Rammbocks, splitterte aber nicht. Einige Fakkeln, die durch die Fenster ins Haus geschleudert wurden, konnten mit Sand gelöscht werden, bevor sie größeren Schaden anrichteten.

Die Angreifer, die nicht damit gerechnet hatten, mit Steinen beworfen, von den Leitern gestoßen und mit kochendem Wasser übergossen zu werden, gaben auf und traten schleunigst den Rückzug an. Bald herrschte vor dem Haus wieder Ruhe.

»Ich glaube, das hat ihnen gereicht«, sagte Mariotto zufrieden lächelnd zu den um ihn versammelten Hausbewohnern. »Wir wollen der Madonna danken und uns schlafen legen.«

Als sie zu Bett gegangen waren, versuchte Lisa wach zu bleiben, weil es ihr gefühllos erschien zu schlafen, während Giuliano im Dunkel der Nacht fliehen mußte. Aber ihre Erschöpfung siegte über ihren Kummer. Mit tränenfeuchtem Gesicht schlief sie ein.

Am nächsten Morgen kam sie kaum dazu, über Giuliano nachzudenken. Tags zuvor war König Karl in Pisa eingetroffen, und man rechnete damit, daß er unverzüglich nach Florenz weiterziehen würde.

Lisa wurde von ihrer Großmutter zu den Karmeliterinnen in der Via Ghibellina gebracht und von der Äbtissin freundlich willkommen geheißen. Dann führte man sie in die Zelle, die sie mit zwei anderen zeitweilig aufgenommenen Novizinnen teilen mußte. Kichernd zogen die Mädchen ihre modischen Kleider aus und legten die vorschriftsmäßige schwarze Tracht an. Für sie wurde die Ankunft der »Barbaren« zu einer Art Maskerade.

Tessa, die den Laienschwestern in der Küche zugeteilt wurde, mußte sich von ihrem Turban und dem Messingschmuck trennen und ebenfalls das Habit der Karmeliterinnen tragen.

In dem sonst so stillen Kloster herrschte rege Betriebsamkeit, denn ständig trafen weitere »junge Damen von Stand« in Begleitung ihrer Zofen oder orientalischen Kinderfrauen ein. Bald führte Lisa mit ihren ebenfalls hier untergebrachten Freundinnen erregte Gespräche darüber, was die Franzosen wohl mit ihnen machen würden. Ob sie die Nonnentracht respektierten? Oder ob sie ihnen die Kleider vom Leib reißen und die geschändeten Opfer in Blutlachen liegen und sterben lassen würden, genau wie die unglücklichen Mädchen in Rapallo und Fivizzano?

Der Tagesablauf im Kloster ließ Lisa wenig Zeit, um über solche Dinge nachzudenken. Sie stellte fest, daß die Nonnen erstaunlich oft und lange beten mußten, und noch dazu meist kniend. Wenn sie sich nicht in der Kapelle aufzuhalten hatte, wurde von ihr erwartet, daß sie in der Küche half oder in ihrer Zelle weiterbetete oder Gartenarbeit verrichtete. So kam sie nur selten dazu, an den Olivenhain in Fiesole und ihren letzten Nachmittag mit Giuliano zu denken.

In der Casa Rucellai bereitete man sich unterdessen auf den Empfang der französischen Notabeln vor, die hier logieren sollten.

Einer der königlichen Quartiermeister hatte Mariotto aufgesucht und ihm höflich mitgeteilt, daß Seine Exzellenz, der Finanzminister und Bischof Guillaume Briçonnet, gebeten haben, im Hause Rucellai wohnen zu dürfen, da er Bankier gewesen sei, bevor er die geistliche Laufbahn eingeschlagen habe. Als weitere »Gäste« würden einige hohe Offiziere und der einundzwanzigjährige Edelmann Pierre de Bayard hier einziehen, der perfekt Italienisch spreche, da er Page am Hof des Herzogs von Savoyen gewesen sei.

Unter Donna Filippas Aufsicht eilten die Hausmägde geschäftig hin und her. Die Köchin wurde angewiesen, sich mit der französischen Küche vertraut zu machen. Das Bett des Bischofs erhielt französische Seidenvorhänge, und auf den Nachttisch wurde eine mit Trebbianowein gefüllte Karaffe gestellt. Ein attraktives Stubenmädchen sollte das Kaminfeuer im Zimmer des Bischofs in Gang bringen, damit er es bei dem inzwischen kalten und regnerischen Wetter gemütlich hatte. Ein Bild der Madonna (dargestellt mit einem Florentiner Kopfschleier) mit dem Jesuskind an der Brust wurde an die Wand gehängt.

Auch für die Bequemlichkeit der anderen Gäste wurde gesorgt, was Mariotto zu der gutmütigen Bemerkung veranlaßte, sie würden dann vermutlich überhaupt nicht mehr ausziehen wollen. Auf Filippas Bitte ließ er sogar die im Garten vergrabenen Kästen mit Silberzeug wieder ins Haus schaffen.

Die ganze Stadt bereitete sich ebenso geschäftig auf den Empfang der »Barbaren« vor, allerdings mehr aus Furcht vor Repressalien. Der Palazzo Medici wurde eiligst für den »König von Frankreich und Kaiser des Orients« instand gesetzt, das San-Frediano-Tor, durch das er in die Stadt einziehen wollte, mit grünen Zweigen, blauen Wappenschildern mit goldenen Lilien sowie mit französischen Inschriften geschmückt, die den Monarchen der ewigen Liebe der Florentiner versicherten.

Die Straßen wurden mit Sand bestreut, über die Fenstersimse und Balkongeländer legte man Teppiche und Gobelins. Entlang der Route des Königs wurden Triumphbogen errichtet und an den vier Brücken Tableaus mit biblischen Motiven aufgestellt. Die Bevölkerung erhielt Anweisung, in ihren besten Kleidern zu erscheinen und so begeistert wie möglich *»Francia! Francia!«* zu rufen. Die Läden schmückte man mit bunten Papiergirlanden. Und bei Androhung schwerer Strafen wurde dekretiert, daß während der ganzen Nacht brennende Kerzen in den Fenstern stehen sollten, als Zeichen dafür, daß ganz Florenz über die Anwesenheit des Großen Kreuzfahrers hoch beglückt sei.

»Aber das genügt noch nicht«, erklärte der Gonfaloniere Luca Corso in einer Nachtsitzung der Signoria. Seine Majestät habe sich als glühender Bewunderer der italienischen Frauen erwiesen. Daß er Beatrice Sforzas Hofdamen geküßt habe, sei inzwischen im letzten Winkel der Halbinsel bekannt. Bisher sei er in jeder Stadt von den schönsten – durchweg leichtbekleideten – Mädchen willkommen geheißen worden. Gäbe es für Florenz eine bessere Möglichkeit, das Wohlwollen des Monarchen zu gewinnen, als ihn vor dem Stadttor von einer Abordnung der vornehmsten und hübschesten Mädchen begrüßen zu lassen?

Die Ratsherren stimmten ihm zu.

Mit verbissenem Ernst ging man daran, eine Art Karnevalsfest zu arrangieren. Man besorgte Musikanten, Spaßmacher, Akrobaten auf Stelzen und komische Pappdeckelriesen. Und natürlich gehörten auch Festwagen – *trionfi* – dazu.

So kam es, daß am trüben Nachmittag des 17. November 1494 Lisa de' Gherardini und zwei andere »Novizinnen«, nur in dünne Schleier gehüllt und vor Kälte zitternd, auf dem *trionfo del giglio*, dem Lilienwagen, standen. Sie verkörperten den Glauben, die Hoffnung und die Nächstenliebe und mußten mit Olivenzweigen wedeln, als sie durch die überfüllten Straßen dem König von Frankreich entgegenfuhren.

Die Franzosen blieben bis zum 28. November in Florenz. Während dieser elf Tage besuchte der Große Kreuzfahrer den Tiergarten, spielte Federball und zeigte sich hoch zu Roß, wobei er in dem kurzen grünen Rock, den er über dem Beinharnisch trug, und in dem ausladenden weißen Filzhut, auf dem eine schwarze und eine weiße Straußenfeder wippten, grotesker denn je wirkte. Als erstes verlangte Karl die Wiedereinsetzung Piero de' Medicis. Daraufhin wurde ein Emissär nach Bologna entsandt, aber Piero war bereits nach Venedig weitergereist.

Widerstrebend erklärte sich Karl zu einer Revision der in seinem Hauptquartier unterzeichneten Verträge bereit. Nach mehreren stürmischen Verhandlungen stimmte er einer Verringerung der Entschädigungssumme auf 120000 Gulden zu, bestand jedoch auf der Einhaltung aller anderen Vereinbarungen.

Was die Florentiner betraf, so hatten sie bald genug von den »Barbaren«. Schändungen und Plünderungen größeren Ausmaßes blieben der Bevölkerung zwar erspart, aber diese grobschlächtigen, arroganten Gäste mitsamt ihren 14000 Pferden gingen ihr bald auf die Nerven. Es dauerte nicht lange, bis den durch die Straßen marschierenden Soldaten Steine auf die Köpfe fielen und Wachtposten niedergestochen und in den Arno geworfen wurden.

In der Casa Rucellai dagegen verlief alles sehr harmonisch. Der Bischof und Finanzminister schloß sofort Freundschaft mit Mariotto. Vernünftig, wie sie beide waren, beklagten sie in vertraulichen Gesprächen diesen sinnlosen Feldzug. Die anderen französischen Hausgäste erwiesen sich ebenfalls als äußerst angenehm. Sie sehnten sich danach, endlich wieder zu ihren Mätressen und Familien heimkehren zu dürfen.

Drei Tage nach ihrem Eintreffen war Mariotto überzeugt, daß ihre Anwesenheit in seinem Hause die beste Garantie für Lisas Sicherheit sei. Als man sie im Kloster abholte, schlüpfte sie schleunigst aus ihrer Novizinnentracht, warf einen letzten Blick auf ihren Strohsack, verabschiedete sich von ihren Zellengenossinnen und machte einen tiefen Knicks vor der Äbtissin. Dann kehrte sie mit Tessa, die wieder ihren Turban und die farbige Kattunbluse trug, nach Hause zurück.

Dort sah sie sich von bärtigen, sehr höflichen »ausländischen Teufeln« umgeben. Von ihrer Großmutter wurde sie sofort aufgefordert, bei der Hausarbeit zu helfen. Sie machte Betten, kippte Abfalleimer aus dem Fenster, polierte Möbel und füllte die Weinkaraffen im Zimmer des Bischofs nach. Als sie erfuhr, daß er sich für Pieros und Giulianos Rückkehr eingesetzt hatte, wurde er ihr sehr sympathisch. Sie schenkte ihm ihr schönstes Lächeln, und er tätschelte ihre Wange und erlaubte ihr, seinen Ring zu küssen. Bei den Adjutanten und jüngeren Gästen war sie sehr beliebt. Sie himmelten sie an und bemühten sich um Gespräche unter vier Augen. Abgesehen davon, daß sie »Barbaren« waren, benahmen sie sich nicht anders als die jungen Florentiner.

Lisa freundete sich sogar ein wenig mit dem hübschen Pierre de Bayard an, der Italienisch sprach und stolz darauf war, daß alle seine männlichen Vorfahren im Dienste des Königs gefallen waren. Er träumte davon, ihrem Beispiel zu folgen, was Lisa als Beweis dafür nahm, daß ihm der Verstand in die Stiefel gerutscht sein mußte.

Am 25. November erhielt der König endlich die erste Rate (50000 Gulden) der Entschädigungssumme, woraufhin er einen Friedensvertrag mit Florenz unterzeichnete. Vor dem Hauptaltar des Doms schwor er feierlich, sofort nach seinem Einmarsch in Neapel alle besetzten toskanischen Städte und Dörfer freizugeben. Außerdem bekräftigte er öffentlich seinen »unumstößlichen Entschluß«, Papst Alexander, der ihm die Krone Neapels verweigert hatte, abzusetzen und ins Gefängnis zu werfen. Und zum Schluß versprach er, am folgenden Morgen mit seinen Soldaten, Kanonen und Pferden abzuziehen.

Anläßlich der Unterzeichnung des Friedensvertrages fand in der

Casa Rucellai ein Abschiedsdiner statt. Bischof Briçonnet trug seine schönste Robe und seinen größten Amethystring. Die Generäle hatten ihre sämtlichen Orden und Schwerter mit goldnem Heft angelegt. Mariotto erschien in seinem rotem *lucco* und der goldenen Amtskette der Bankiersgilde, Filippa stellte ihre kostbare Perlenkette, Lisa ihr silbernes Stirnband und das blaue Brokatkleid zur Schau.

Die Tischgespräche waren angeregt, aber ein wenig melancholisch. Die »ausländischen Teufel« bedauerten es zutiefst, dieses gastfreundliche Haus verlassen zu müssen. Staunend und fasziniert hatten sie hier so raffinierte Neuheiten wie zweizinkige Gabeln und Taschentücher kennengelernt, und nun konnten sie es kaum erwarten, ihren Frauen die Musterexemplare zu zeigen, die sie mit nach Hause nehmen wollten. Am meisten Kummer bereitete ihnen der Gedanke, auf diesem törichten Feldzug weiter nach Süden vorrükken und auf schlammigen Wegen durch feindselige italienische Provinzen marschieren zu müssen.

Nach dem Diner wurden die Gäste in den Salon gebeten. Im Schein unzähliger Kerzen spielte Lisa auf dem Spinettino einige Pastoralen und Bergeretten, die ihr der Musiklehrer beigebracht hatte. Die Gäste waren entzückt, ihre heimatlichen Lieder zu hören, und sangen mit. Lisa entging nicht, daß einige von ihnen feuchte Augen hatten. Ganz so fürchterliche Barbaren waren sie also doch nicht!

Am nächsten Morgen zog Karl *nicht* ab. Er hatte sein feierliches Versprechen bereits vergessen und fühlte sich plötzlich sehr wohl in Florenz. Er äußerte den Wunsch, noch einmal in den Tiergarten zu gehen, und war sehr überrascht, als ihn die Ratsherren an sein Versprechen erinnerten. Es kränkte ihn, daß die Florentiner ihn loshaben wollten. Bei seinem Einzug hatten sie sich doch so gefreut und so begeistert *»Francia! Francia!«* gerufen! Er hatte wirklich geglaubt, daß sie ihn liebten, und als ihm aufging, daß er sich getäuscht hatte, brach er in Tränen aus.

Zwei Tage später zog er ab. Es war früh am Morgen, und die regennassen Straßen waren menschenleer.

Jetzt, da es im Haus plötzlich so still geworden war, kam Lisa zum ersten Mal seit fast zwei Monaten dazu, ernsthaft an Giuliano zu denken. Wo er sich jetzt wohl aufhielt? Und nun gelang es ihr nicht mehr, die Angst zu unterdrücken, die sich schon seit geraumer Zeit in ihr geregt hate. Seit die Blutflecken, die sie alle vier Wochen auf ihrem Bettuch entdeckte, ausgeblieben waren. Ihre Unruhe wuchs von Tag zu Tag.

Auch Tessa ahnte, daß etwas nicht in Ordnung war. Eines Abends, als sie Lisa beim Auskleiden half, erwähnte sie den Ritt nach Fiesole, und es dauerte nicht lange, bis sie die Wahrheit erfuhr. Schluchzend berichtete ihr Lisa alles, was ihr von jenem verhängnisvollen Nachmittag in Erinnerung geblieben war. Diesmal überschüttete die Sklavin ihren Schützling nicht mit Vorwürfen, diesmal jammerte sie nicht über Lisas unschickliches Benehmen. Sie nahm ihre *bimba* in die Arme, ließ sie reden und sich in den Schlaf weinen.

Erst jetzt verlor Tessa die Beherrschung. Eine Weile schluchzte sie bitterlich, dann nahm sie den Leuchter vom Nachttisch und ging durch das stille, dunkle Haus zu Donna Filippas Wohnzimmer.

Kurz darauf verließ sie es wieder, schloß leise die Tür und zog sich in ihr Zimmer zurück.

Am folgenden Abend macht sich Mariotto Rucellai mit einer Laterne in der Hand auf den Weg zu Francesco del Giocondo. Es war eine stürmische Dezembernacht, und bald waren seine Schultern und sein Barett von Schneeflocken übersät.

Da er seinen Besuch angekündigt hatte, wurde er, als er an die Tür klopfte, sofort eingelassen.

»Darf ich Euch einen Pokal Glühwein anbieten?« fragte sein ehemaliger Schwiegersohn. »Abscheuliches Wetter heute abend!«

Mariotto schüttelte den Kopf und nahm schweigend am Kamin Platz.

»Francesco«, sagte er nach einer Weile, »um der Liebe willen, die Ihr für meine Tochter Camilla empfunden habt, möchte ich Euch bitten, meine Enkelin Lisa zu heiraten.«

Sie wurden an einem Spätnachmittag im Januar in der Sakristei der Kirche Santa Maria Novella vermählt. Die Trauung fand in aller Stille statt, wie es sich angesichts der trüben Zeiten und der Tatsache, daß der Bräutigam ein älterer, schon zweimal verwitweter Mann war, ziemte.

Während der Priester die Trauung vollzog (eine Messe wurde nicht zelebriert), kniete Lisa mit geschlossenen Augen und vor dem

Gesicht gefalteten Händen neben Giocondo, aber was in ihr vorging, strafte ihre zur Schau gestellte Andacht Lügen.

Es war also so weit gekommen, daß sie, die Fünfzehnjährige, diesen korpulenten, unansehnlichen Mann heiraten mußte, der ihr Vater hätte sein können. Gewiß, Camilla hatte ihr damals versichert, daß er ein guter Mensch sei. Und natürlich war sie ihm dankbar dafür, daß er sie vor öffentlicher Schande bewahrte. Sehr dankbar sogar ...

Aber konnte sie denn ihr Leben lang nur aus Dankbarkeit mit einem Mann zusammenleben, den sie nie lieben würde? Und er? Heiratete er sie aus Gutherzigkeit oder aus fleischlicher Begierde? Wieviel Dank wäre sie einem Mann schuldig, der sich für seine gute Tat dadurch belohnte, daß er seine Wollust an ihrem jungen Körper stillte?

Würde er wenigstens Rücksicht auf ihre Schwangerschaft nehmen? Nicht einmal darauf konnte sie sich verlassen! Es gab Männer, denen nichts heilig war. Sie hatte noch immer eine schlanke Taille, und vermutlich würde er sich, sobald sie sein Haus in der Via della Stufa betreten hatte, auf sie stürzen.

Er war jetzt ihr Herr und Meister. Er konnte mit ihr machen, was er wollte, und sie würde sich fügen, weil sie keine andere Wahl hatte. Mit zusammengebissenen Zähnen und eiskaltem Herzen würde sie die Tränen unterdrücken, ihm als Spielzeug dienen, ihm ihren Körper überlassen.

Ihr Herz aber würde ihm niemals, niemals gehören. Es sollte unberührt bleiben, ein Giuliano geweihtes Heiligtum, in das sie sich in all den einsamen Jahren zurückziehen würde, um sich immer von neuem jeden Augenblick ihrer wunderbaren, tragischen Liebesgeschichte ins Gedächtnis zu rufen. Von diesen Erinnerungen würde sie bis ans Ende ihrer Tage zehren.

Lisa öffnete die Augen, als der Priester sie und Giocondo zu Mann und Frau erklärte und das Kreuzeszeichen schlug. Dann schritt sie, nur von ihren Großeltern und der in Tränen aufgelösten Tessa begleitet, an der Seite ihres Gemahls aus der Sakristei.

Um kein Aufsehen zu erregen, verabschiedeten sich Mariotto und Filippa an der Kirchentür, während Tessa den Neuvermählten in einigem Abstand zur Casa Giocondo folgte. Es war kein Patrizierhaus, aber Lisa, die es bereits von ihren Besuchen bei Camilla kannte, fiel jetzt erst auf, wie geräumig es war und welch ausgezeichneten Geschmack die Einrichtung verriet.

Als Giocondo sie ins Speisezimmer führte, kam ihr der Gedanke, daß sie wenigstens in einer angenehmen Umgebung unglücklich sein würde. Ein kleiner Trost.

Daß eine leichte Mahlzeit bereitstand, sprach, wie Lisa anerkennen mußte, für Giocondo: Er gönnte ihr wenigstens eine kleine Stärkung, bevor er seiner Begierde freien Lauf ließ. Trotz ihrer Angst vor dem, was danach geschehen würde, aß sie geradezu heißhungrig. Und sie stellte fest, daß alles köstlich schmeckte und sie tadellos bedient wurde.

Um ein Gespräch in Gang zu bringen, machte Giocondo eine Bemerkung über das Wetter.

»Seit zwei Monaten haben wir kaum einen Sonnenstrahl gesehen. Das ist die Quittung für die herrlichen Oktobertage.«

Dann äußerte er sich bewundernd über ihr elegantes Kleid. Es käme sehr selten vor, daß eine so junge Frau einen derart sicheren Geschmack in Fragen der Mode bewiese. Lisa schloß aus diesen Worten, daß er intelligenter sein mußte, als er aussah. Jedenfalls schien sie nicht an einen jener ungeschliffenen Männer geraten zu sein, denen es gleichgültig war, was ihre Frauen anhatten.

Nach dem Dessert stellt der Diener eine mit Malaga gefüllte Karaffe auf den Tisch und ging hinter den beiden Serviermädchen hinaus. Giocondo füllte seinen Pokal, trank einen Schluck und tupfte sich den Mund mit dem Tischtuch ab. Dann sah er Lisa nachdenklich an.

»Ihr wißt sehr wohl, liebe Frau, daß wir durch Ereignisse zusammengeführt wurden, die keiner von uns voraussehen oder ändern konnte. Camilla hat mir von Eurer Liebe zu Giuliano erzählt, und ich erwarte nicht, daß Ihr mir gegenüber eine Zuneigung an den Tag legt, die Ihr in Wirklichkeit gar nicht empfindet. Was mich betrifft, so werde ich Eure Erinnerung an Giuliano respektieren und mich damit begnügen, daß wir wie gute Freunde zusammenleben. Finden wir uns mit dem Unabänderlichen ab, und hoffen wir, daß uns das Schicksal ein bescheidenes Glück vergönnt!«

Er stand auf und führte sie zu ihrem Zimmer. An der Tür küßte er ihr die Hand und ließ sie allein.

Von ihrer Vermählung nahm kaum jemand Notiz, denn in Florenz herrschte noch immer ein ziemliches Durcheinander. Die Bevölkerung hatte sich vom Besuch der »Barbaren« noch nicht erholt, und die Stadt war in einem jämmerlichen Zustand. Die Plätze waren mit Pferdemist bedeckt, die Straßenaltäre von betrunkenen Soldaten verwüstet. Mehrere große Wohnhäuser standen leer: die Fensterscheiben waren eingeschlagen, die Mauern rußgeschwärzt, die schmiedeeisernen Laternen zertrümmert oder gestohlen. Der ausgeplünderte Palazzo Medici wirkte wie das gespenstische Mahnmal einer glänzenden, für immer versunkenen Epoche.

Vor allem aber hatte Florenz seine heitere Atmosphäre verloren. Niemand schlenderte mehr fröhlich pfeifend durch die Straßen, niemand vertrieb sich wie früher die Wartezeit beim Barbier mit Lautenspiel. Die Stadt der Blumen hatte sich in eine Stadt der Asche und Dornen verwandelt. Ihr neuer Herrscher, der seine Macht zwar nicht von Amts wegen, aber unumstritten ausübte, war ein Dominikanermönch namens Savonarola. Mit seiner Beredsamkeit und seiner Prophezeiung eines Strafgerichts schlug er die Massen in Bann.

Die von allen Medici-Anhängern »gesäuberte« Signoria war sein williges Werkzeug. Der Prediger schwang sich zum Politiker und Gesetzgeber auf. In seiner Klosterzelle zu San Marco schrieb er, dem »Diktat Gottes« gehorchend, eine neue Verfassung nieder: Unter der Alleinherrschaft Christi sollte sich das einstige Sündenbabel Florenz in eine heilige Stadt, ein Vorbild für die ganze Welt, verwandeln.

Wo einst Geldgier und fleischliche Begierde geherrscht hatte, triumphierte jetzt die Tugend. Das Singen wurde mißbilligt, das Tanzen verboten. Wer beim Würfel- oder Kartenspiel ertappt wurde, erhielt zehn, im Wiederholungsfall fünfzig Rutenhiebe. Das Fluchen wurde damit bestraft, daß man die Zunge des Gotteslästerers mit einem glühenden Eisen durchbohrte.

Geselligkeit gab es nicht mehr. Da die Stadt von Spitzeln wimmelte, verzichteten selbst langjährige Freunde darauf, in der Öffentlichkeit miteinander zu sprechen. Wer unter den Medici ein Amt bekleidet hatte, wurde ständig polizeilich überwacht. Um Lisa nicht zu gefährden, ließen sich sowohl ihr Vetter Jacopo als auch Contessina nicht mehr bei ihr sehen. Unter diesen Umständen blieb es ihr erspart, die nach einer Hochzeit üblichen Besuche zu machen und zu empfangen. Wen interessierte es jetzt schon, daß eine unbedeutende junge Dame einen schon ziemlich bejahrten Seidenhändler geheiratet hatte? Nur einige Matronen, die Töchter im heiratsfähigen Alter hatten, ließen sich darüber aus, daß Mariotto schlau genug gewesen sei, den reichen Gatten seiner verstorbenen Tochter jetzt auch für seine Enkelin zu angeln. Wo doch heutzutage gute Partien so selten waren wie Stechmücken im Winter!

»Bei einem Bankier muß man eben damit rechnen, daß er ein gutes Geschäft zweimal macht«, erklärten sie seufzend.

Unterdessen begann Lisa, sich an ihr neues Leben zu gewöhnen. Von der Angst befreit, mit dem »dicken, alten Mann«, wie sie Giocondo insgeheim noch immer nannte, ehelichen Verkehr pflegen zu müssen, war sie entschlossen, ihm ihre Dankbarkeit dadurch zu beweisen, daß sie alles tun wollte, um eine perfekte Hausfrau, eine liebenswürdige Gefährtin und eine gute Stiefmutter für den kleinen Bartolommeo zu werden. Ihr Herz würde immer Giuliano gehören, aber Giocondo sollte mit ihr zufrieden sein.

Im schwarzen Hauskleid, den Schlüsselbund am Gürtel, inspizierte sie die Casa Giocondo vom Keller bis zum Dachboden. Sie kontrollierte die Truhen und Schränke, besprach täglich mit der Köchin den Speisezettel, gewöhnte sich daran, den Dienstboten Anweisungen zu erteilen und von ihnen mit »Donna Lisa« angeredet zu werden.

Und natürlich mußte sie ihre Frisur ändern. Eine *giovinetta* konnte es sich leisten, mit offen herabwallenden Haaren herumzulaufen, nicht aber die frischgebackene Donna Lisa de' Gherardini del Giocondo.

Nach vielen vor dem Spiegel verbrachten Stunden und hitzigen Debatten mit Tessa entschied sie sich dafür, ihre Haare in der Mitte zu scheiteln, sie wie breite Bänder um ihre Schläfen zu drapieren und im Nacken in einem geflochtenen Knoten zu raffen. Über ihren Ohren befestigte sie lang herabfallende falsche Locken (wofür die Florentinerinnen eine Schwäche hatten). Ein schwarzer, hauchdünner Kopfschleier hielt die Frisur nicht nur in Ordnung, sondern machte sie noch dekorativer.

Mehrmals am Tag ging Lisa in das im oberen Stockwerk gelegene Kinderzimmer, um mit Bartolommeo, der jetzt zweieinhalb Jahre alt war, zu spielen. Der Kleine eroberte ihr Herz im Sturm.

Daß sie Tessa zu seiner *bambinaia* bestimmt hatte, tat ihr wenig später beinahe leid, denn Meo liebte Tessa von Anfang an geradezu abgöttisch. Er war von ihrem Turban fasziniert und spielte begeistert mit ihrem Messingschmuck. Und sie war von ihrem neuen Schützling hingerissen und wachte mit leuchtenden Augen über den kleinen Lockenkopf. Lisa war auf beide eifersüchtig.

»Mit mir warst du immer so streng. Ständig hast du mir mit dem Finger gedroht und gesagt, du würdest die Hexe holen. Aber mit Meo – deinem geliebten Meo! – ist das alles ganz anders. Er braucht dich nur anzulachen, und schon schmilzt dein Herz wie Wachs. Ich glaube, du möchtest, daß er nur dich lieb hat.«

»Du wirst bald einen eigenen *bimbo* bekommen, und den werde ich auch liebhaben.«

Wenn Meo in seiner Wiege schlief, sprachen die beiden manchmal auch über Giuliano. Für Lisa war er fast ein wenig unwirklich geworden. Er gehörte zu jener Welt, in der sie so herrlich jung gewesen war, in der sie gelacht, gestritten und geküßt hatte – jener Welt, die plötzlich versunken war.

»Manchmal träume ich, daß ich seine Schritte im Garten höre und er ein Steinchen ans Fenster wirft.« In solchen Momenten stiegen ihr die Tränen in die Augen. »Wenn ich wüßte, daß er tot ist, könnte ich ihn vielleicht mit der Zeit vergessen. Aber ich kann mich nicht damit abfinden, daß er irgendwo weiterlebt und ich ihn verloren habe.«

»Du hast noch das ganze Leben vor dir. Eines Tages wirst du ihn vergessen.«

Es ärgerte Lisa, daß Tessa davon so überzeugt schien. Andere Frauen, so entgegnete sie, könnten so etwas vielleicht sehr schnell vergessen, aber sie selbst würde nie einen anderen lieben. Diese Wunde könnte die Zeit nicht heilen. »Ich verschenke mein Herz nur einmal.«

Während sie sich in ihrem neuen Heim einlebte, lernte sie auch den Mann, mit dem sie es teilte, besser kennen. Ein Glück, daß er sich noch immer darauf beschränkte, ihr mit einem Handkuß gute Nacht zu sagen! Und sie mußte zugeben, daß Camilla seine Geduld und Sanftmut zu Recht gelobt hatte. Es überraschte sie, denn bisher hatte sie geglaubt, daß korpulente Männer leicht aufbrausen.

Mit der Zeit wurde sie ihm gegenüber unbefangener. Wenn er aus der Weberei kam, erwartete sie ihn im Hof und wünschte ihm

Gottes Segen. Beim Nachtmahl berichtete er, was er über König Karls Vormarsch im Süden gehört hatte. Lisa fand das ziemlich langweilig, aber über irgend etwas mußte man schließlich sprechen.

Nach dem Abzug aus Florenz hatte es etwas über einen Monat gedauert, bis der Große Kreuzfahrer vor Rom stand. Normalerweise brauchte man für diese Reise fünf Tage. Aus seinem Feldlager vor der Stadtmauer sandte der König einen Emissär zum Papst, dem er mitteilen ließ, daß er am 1. Januar Einzug in Rom halten werde. Auf den Rat seines Astrologen entschloß er sich jedoch, schon am Abend des 31. Dezember den Befehl zum Einmarsch zu geben. Seine Soldaten drangen in die Häuser ein, trieben die Männer hinaus und hielten sich an den Frauen schadlos.

Karl und sein Gefolge belegten den Palazzo San Marco mit Beschlag. Um Platz für die sechsunddreißig Kanonen zu schaffen, jagten die Franzosen einige benachbarte Gebäude in die Luft.

Der Heilige Vater suchte in der Engelsburg Zuflucht, auf deren Brustwehr er vorher das Heilige Sakrament und die Köpfe von Paulus und Petrus aufstellen ließ, um die Franzosen daran zu erinnern, daß das Kastell nicht beschossen werden durfte. Diese Reliquien konnten allerdings nicht verhindern, daß ein Stück Mauer ganz von selbst herausfiel und vier Wachtposten erschlug.

So abergläubisch veranlagt, wie es nur ein Spanier sein kann, sah der Borgia-Papst in diesem Vorfall ein Zeichen dafür, daß er die Engelsburg verlassen sollte, bevor sie womöglich ganz in sich zusammenbrach. Er kehrte in den Vatikan zurück und ging gerade im Garten spazieren, als Karl (den man darüber informiert hatte) auftauchte und sich dem Heiligen Vater gegenübersah, den zu verjagen er geschworen hatte.

Beim Anblick der Majestätischen Gestalt zog der kleine König höflich seinen Federhut und beugte zweimal das Knie, ohne daß Seine Heiligkeit Notiz davon nahm. Als Karl zur dritten Reverenz ansetzte, stieß Alexander VI. einen überraschten Freudenschrei aus und schloß ihn in die Arme. An den Bauch des Papstes gedrückt, verschwand der Kaiser des Orients eine Weile in den Falten des juwelenbesetzten Umhangs.

Von einer Amtsenthebung Papst Alexanders war jetzt natürlich keine Rede mehr. Die beiden Herrscher wurden gut Freund, und ihre Gespräche fanden in einer sehr herzlichen Atmosphäre statt. Als

Karl seinen neuen Freund bat, Bischof Briçonnet zum Kardinal zu ernennen, wurde sein Wunsch sofort erfüllt.

Der Papst zog einem seiner Kurienkardinäle den roten Hut vom Kopf, stülpte ihn dem französischen Bischof und Minister auf, und damit war die Sache erledigt. Eine schnellere und zwanglosere Investitur dürfte die Kirchengeschichte kaum zu verzeichnen haben.

Zwölf Tage nach seinem Einzug in Rom machte sich der Große Kreuzfahrer auf den Weg nach Neapel. Von einem Fenster seines Palastes aus beobachtete der Borgia-Papst, wie er mit wippendem Helmbusch abzog, und sandte ihm seinen Segen nach.

Ende Februar sagte Giocondo zu Lisa: »Jetzt dürfte der König die letzte Station seines Feldzuges erreicht haben.«

Nach der Vertreibung der Medici fanden auch die traditionellen Neujahrsfestlichkeiten nicht mehr statt. Auf der Piazza della Signoria gab es keinen Sängerwettstreit, keine Tanzbären, keine Akrobaten. Und natürlich war auch der nächtliche Tanz um die Freudenfeuer verboten.

Am 25. März, einem strahlenden Frühlingstag, wurde das neue Jahr mit trübseligen Litaneien begrüßt, und nach der Prozession hielt Savonarola eine düstere Predigt. Zwei Stunden lang stand der kleinwüchsige Visionär mit dem Kruzifix in der Hand auf der Kanzel, und der riesige Dom hallte von den Vorwürfen wider, mit denen der Mönch die versammelte Menge überschüttete.

Fast sechs Monate seien vergangen, seit sich die Florentiner von der teuflischen Tyrannei der Medici befreit und sich einem gottgefälligen Leben verschrieben hätten. Vor fast sechs Monaten habe der Allmächtige ihn, so unwürdig er auch sei, dazu auserkoren, sie auf den Pfad der Tugend zu führen. Und dennoch gebe es, so unglaublich es klingen mochte, noch viele unter ihnen, die sich nach den alten, sündigen Zeiten zurücksehnten.

O ja, noch immer gebe es unter ihnen solche, die verderbt genug seien, um heimliche Pläne für die Rückkehr der Medici zu schmieden! Es sei die gottgewollte Pflicht der Behörden, diese Verräter und Handlanger Satans aufzuspüren und vor Gericht zu stellen. Für sie gebe es keine Gnade, sie müßten zum Tod verurteilt werden.

»Ich sage Euch: Führt sie der verdienten Strafe zu . . . Herunter mit ihren Köpfen! Und sollten es die prominentesten Bürger sein – herunter, sage ich, mit ihren Köpfen!«[10]

Obwohl die Florentiner zur Sünde und zur Mißachtung der Tugend neigten, sei Gottes Liebe zu ihnen so groß, daß Er ihm – so unwürdig er auch sei – Seinen Wunsch offenbart habe, Seinen eingeborenen Sohn als ihren König einzusetzen. Noch nie sei einem Volk eine solche Ehre widerfahren.

»So höre denn, Florenz, Gott ist bereit, dir gerecht zu werden und dir ein Oberhaupt, einen König, zu geben. Dieser König ist Christus. Der Herr selbst wird dich regieren, wenn du, o Florenz, es so willst. Jesus, der König ist über die ganze Welt, ist bereit, dein eigener König zu werden. Willst du ihn zum König haben?«

Gehorsam rief die Menge: *»Evviva il Cristo, il nostro Re!«*

Der Prediger drehte das Stundenglas um, das vor ihm auf dem Geländer stand, und ließ den Blick über die zu ihm erhobenen Gesichter schweifen. Dies war das Ziel seines Lebens: der Anblick dieser unzähligen Menschen, die gebannt zu ihm aufsahen und ihm ihr Schicksal anvertrauten. Ja, noch hatte er sie in der Hand. Noch taten sie, was er sie zu tun hieß.

Befriedigt schlug er das Kreuz und schickte sie nach Hause.

Lisa, die sich in den Garten gesetzt hatte, um die Frühlingssonne zu genießen, hörte die Glocken läuten. Der Gottesdienst war zu Ende. Sie ließ die Näharbeit sinken und wartete auf Giocondos Rückkehr aus dem Dom.

Der Garten war für sie das Schönste an der ganzen Casa Giocondo. Um die gepflegten Blumenbeete und Rasenflächen führte ein Säulengang, der ein reizvolles Schattenmuster auf die Mauern des Hauses warf. Einige Bäume schlugen bereits aus. Zwei Zypressen spiegelten sich in dem blaugekachelten Becken, in dem als Brunnenfigur eine Putte aus Terracotta stand.

Als Giocondo auf sie zukam, wollte Lisa aufstehen, um ihn mit einem Knicks zu begrüßen, aber er bedeutete ihr, sitzen zu bleiben.

»Was hat denn unser heiliger Mönch heute verkündet?« fragte sie, als Giocondo neben ihr auf einem Rohrstuhl Platz genommen hatte.

»Es scheint, daß wir noch immer im Sumpf der Sünde waten«, sagte er mit gespielt bekümmerter Miene, »und unserem heiligmäßigen Anführer große Enttäuschung bereiten. Sechs Monate, nachdem er unser Schicksal in die Hand genommen hat, frönen wir immer noch der Ausschweifung und der Geldgier. Und einige von uns trauern sogar der Tyrannei der Medici nach! Aber das wird sich jetzt alles ändern, denn er hat wieder eine Vision gehabt. Gott hat ihm offenbart, daß von nun an Sein eingeborener Sohn König von Florenz sein wird.«

Plötzlich schlug seine Ironie in Ernst um.

»Es ist unfaßbar, daß ihm die Leute diesen Unsinn abnehmen. Wann werden sie endlich begreifen, daß dieser ›heilige Mann‹ ein engstirniger, machthungriger Fanatiker am Rande des Wahnsinns ist? Aber genug davon!« Auf seinem unscheinbaren Gesicht erschien ein gütiges Lächeln. »Sprechen wir lieber von Euch. Ich glaube, wir sollten bald in das Landhaus übersiedeln.«

Lisa war die Schwangerschaft jetzt deutlich anzusehen. Bald würde sie das Bett hüten müssen, und es war nicht ratsam für sie, jetzt noch im Haus und auf dem Markt herumzulaufen.

»Ihr braucht jetzt Ruhe.«

Er ist wirklich ein gütiger, rücksichtsvoller Mensch, dachte Lisa. »Wie Ihr befehlt, edler Gemahl.«

»Das ist kein Befehl, sondern ein Vorschlag. Überlegt Euch, ob Ihr ihn annehmen wollt.«

»Ich bin ganz damit einverstanden. Meine einzige Sorge ist, ob ich auf dem Land eine gute Hebamme finden kann.«

Er hatte bereits darüber nachgedacht und dafür gesorgt, daß ihre *levatrice* einmal wöchentlich im Landhaus nach ihr sehen würde. Settignano war zum Glück nicht weit von der Stadt entfernt. Außerdem hatte sich die Hebamme bereit erklärt, kurz vor der Niederkunft Tag und Nacht bei Lisa zu bleiben.

Eine Woche später reisten sie aufs Land.

Die Villa Giocondo war ein niedriges, schlichtes, von alten Eichen und Platanen umgebenes Haus, das Francescos Vater hatte errichten lassen. Es war ein anspruchsloses Haus, aber es hatte seinen eigenen Reiz, und Lisa gefiel es auf den ersten Blick. Die rustikalen Möbel waren aus poliertem Walnußholz, und an den Wänden hingen einige gute Gemälde mit biblischen Motiven. Zu ihrer Überraschung entdeckte Lisa ein Spinettino.

»Meine Schwester Agnola hat darauf gespielt«, sagte Giocondo. »Sie war sehr musikliebend.«

Lisa, die auch hier ihr eigenes Zimmer hatte, hielt sich meist auf der angrenzenden Terrasse auf. In einem bequemen Sessel zurückgelehnt, lauschte sie dem Zirpen der Grillen und dem Lachen des kleinen Meo, der mit Tessa im Garten spielte.

Von hier aus konnte sie am Horizont den Wald sehen, in dem sie und Giuliano vor weniger als einem Jahr hinter der Jagdgesellschaft des Kardinals hergeritten waren, dann stundenlang im Gras gelegen, einander geküßt und dem fernen Klang der Jagdhörner gelauscht hatte. Aber die Erinnerung daran war jetzt nicht mehr ganz so bitter und schon etwas undeutlich. Manchmal hatte Lisa das Gefühl, daß sich all dies nicht wirklich zugetragen hatte.

So verbrachte sie den Frühling des Jahres 1495 mit ihren langsam verschwimmenden Erinnerungen, mit Anwandlungen von Reue und mit Grübeleien über die Zukunft. Sie war noch nicht sechzehn, und doch schien ihr, als sei ihr Leben schon zu Ende. Vor sich hin träumend, versuchte sie, sich auf das Kind zu freuen, das ihr Leben zerstört hatte.

Die Tage vergingen so langsam, daß sie fast ungeduldig auf den Sonnenuntergang und Giocondos Rückkehr aus der Stadt wartete. Dann setzte er sich zu ihr, berichtete Neuigkeiten aus der Weberei, aus Florenz und auch aus Neapel, wo der Große Kreuzfahrer, wie üblich in schimmernder Rüstung, unter einem blauen Samtbaldachin Einzug gehalten hatte.

Er war am 22. Februar um vier Uhr nachmittags in die Stadt eingezogen und von der Bevölkerung mit dem Ruf »*Francia!*« begrüßt worden. Der König aus dem Hause Aragon war zwei Tage zuvor aus seinem Schloß geflohen, aber seine Artillerie hielt die Hügel ringsum noch besetzt und nahm während des festlichen Einzugs die Stadt unter Beschuß.

Am nächsten Morgen wurde das Dach einer Kirche, in der gerade Dankgottesdienst stattfand, mitten im Te Deum von einem Steingeschoß durchschlagen, dem der Organist, mehrere Chorknaben und der amtierende Bischof zum Opfer fielen. Eine Zeitlang ging das so weiter. Fußgänger wurden getötet, während sie auf der Straße miteinander plauderten, Hausfrauen, während sie in der Küche Lasagne zubereiteten, Liebespaare, während sie beieinanderlagen. Es dauerte drei Wochen, bis König Karl die Kanonen seines aragonesischen Rivalen endgültig zum Schweigen gebracht hatte.

Als er gerade seinen neuen großen Sieg feiern wollte, bekam er die Masern.

Wie damals in Asti wurden in seinem Zimmer Lorbeerblätter verbrannt, bis der ganze Raum voller Rauch war. Der Knochen des heiligen Denis wurde neben das Bett gestellt. Und wieder begutachtete der Arzt seinen Patienten von der Tür aus. Währenddessen juckte und kratzte König Karl unentwegt an sich herum, und aus seinen blauen Froschaugen, deren Bindehaut entzündet war, flossen bittere Tränen.

Er schwor, von jetzt an ein heiligmäßiges Leben zu führen, und genas. Vier Tage später stand er wieder auf seinen dürren Beinen und war von Tatendrang geschwellt.

Der Frühling hielt Einzug in Neapel. Der Himmel war türkisblau, die Bucht glitzerte im Sonnenschein. In den Gärten des königlichen Schlosses hingen die Orangen wie kleine gelbe Ballons im dunkelgrünen Laub. Die Nächte waren von Blütenduft geschwängert.

Die Erde schien in Wallung geraten, desgleichen die Novizinnen des Klosters Santa Chiara. Sie empfingen Karl wie ausgetrockneter Erdboden den langersehnten Regen.

Während des ganzen Aprils hallte Italien von den Berichten über Karls neapolitanische Lustbarkeiten wider: Man spielte Federball, veranstaltete Turniere, Jagdausflüge sowie Diners in den von zahllosen Laternen erleuchteten königlichen Gärten, wobei die Gäste von attraktiven Mädchen bedient wurden, die nur Ohrringe und ein strahlendes Lächeln angelegt hatten. Zwischen den verschiedenen Gängen verschwanden sie mit den Gästen im Gebüsch.

Karl fühlte sich wie im siebten Himmel. Er war vierundzwanzig und auf dem Höhepunkt seiner sexuellen Leistungsfähigkeit. Unersättlich flatterte er von einer zur anderen. Nach den Novizinnen von Santa Chiara holte er die Hofdamen des vertriebenen Aragoniers in sein mit Rosen bestreutes Bett.

Er hatte das vage Gefühl, daß ihm nicht mehr viel Zeit blieb. Wie üblich war die Kriegskasse leer. Seine unbezahlten Söldner hielten sich schadlos, indem sie Häuser und Kirchen plünderten, was ihnen von der empörten Bevölkerung heimgezahlt wurde: Immer wieder wurden französische Soldaten erstochen oder erschlagen.

Eines Tages stellte die Herzoginwitwe von Malfi dem Monarchen ihre Tochter Leonora vor, und Karl begann heftiger denn je zu sabbern.

Leonora war eine hinreißende siebzehnjährige Schönheit und eine so hervorragende Reiterin, daß der König aus dem Staunen nicht mehr herauskam. Er war überzeugt, daß sie im Bett noch erstaunlichere Leistungen vollbringen konnte. Bald dachte er nur noch an sie. Und Leonora dachte nur an ihr Landgut Celano, das er beschlagnahmt und einem seiner Höflinge geschenkt hatte. Es bedurfte nur einiger amouröser Gefechte, und schon hatte sie es zurückerobert.

Aber plötzlich schlug das Schicksal zu.

In Karls Heer trat eine mysteriöse, widerliche Krankheit auf, die wie eine Seuche um sich griff. Ihre Symptome waren eitrige Pusteln in den Achselhöhlen und der Leistengegend, und ihre Auswirkungen waren verheerend. Bei manchen Soldaten verfaulte die Nase, bei anderen wurden die Lippen oder die Zehen zersetzt. Und es gab Fälle, in denen das Hauptattribut der Männlichkeit wie eine verrottete Frucht abfiel. Die Militärärzte standen vor einem Rätsel.[11]

Zur gleichen Zeit erfuhr Karl, daß Lodovico Sforza und einige andere italienische Fürsten eine starke Armee aufgestellt hatten, die ihn in seinem Paradies einzuschließen drohte. Und eine spanische Flotte war bereits in Kalabrien gelandet, um ihm sein schönes Königreich wegzunehmen. Seine Generäle sowie Kardinal Briçonnet rieten ihm dringend, nach Frankreich heimzukehren, bevor es zu spät sei.

Widerstrebend willigte er ein. Und ausgerechnet jetzt kam ihm der Einfall, daß es sehr eindrucksvoll wäre, wenn er sich an Ort und Stelle zum König von Neapel krönen ließe. Er übermittelte seinem Freund, dem Papst, die dringende Bitte, seiner Investitur zuzustimmen. Der Heilige Vater hielt es nicht einmal für nötig, den Erhalt des Schreibens zu bestätigen. Aber unverzagt krönte sich Karl ein zweites Mal zum König von Neapel, diesmal beim Klang der neapolitanischen Kirchenglocken.

Tags darauf hielt er eine Generalstabsbesprechung ab, ordnete an, daß ein Kontingent von 10000 Mann zur Verteidigung der Stadt zurückbleiben müsse, und nahm Abschied von den Novizinnen von Santa Chiara, deren in seinem Auftrag gemalte Porträts er mit nach

Frankreich nehmen wollte. Er verbrachte die letzte Liebesnacht mit Leonora, die sich anläßlich seines Abschieds selbst übertraf. Bei Sonnenaufgang half sie ihm in die Rüstung und sah ihm nach, als er zum königlichen Palast zurückritt. Dann bereitete sie sich auf die Reise zu ihrem Landgut vor, wo ihr Gemahl auf sie wartete.

Am 20. Mai 1495, drei Monate nach seinem Einzug in Neapel, machte sich Karl auf den langen Marsch nach Norden; ihm folgten die kläglichen Überreste seines einst so mächtigen Heeres, siebzig Kanonen und fünftausend mit Beutegut beladene Maultiere. Zum Reisegepäck gehörten außerdem zahlreiche mit Orangen gefüllte Säcke, die Porträts von Karls Mätressen, seine Krone und der Knochen des heiligen Denis.

Es war ein trübseliger Heerhaufen, der sich unter der sengenden italienischen Sonne nach Norden wälzte. Diesmal schwenkten die Bauern ihre Strohhüte nicht, und die Frauen warfen den zurückmarschierenden Eindringlingen keine Kußhände zu. Entkräftete Soldaten starben unbeachtet auf den staubigen Landstraßen.

Am 4. Juli um drei Uhr nachmittags sahen sich Karl und seine erschöpften neuntausend Mann zum ersten und einzigen Mal italienischen Truppen gegenüber: Am anderen Ufer des Taro, der nach einem in der Nacht niedergegangenen sintflutartigen Regen Hochwasser führte, stand ein Heer von dreißigtausend ausgeruhten Soldaten.

Bevor der kleine König den Befehl zur Durchquerung des Flusses gab, richtete er sich im Sattel auf, zog sein Schwert und rief seinen Generälen zu:

»Meine Herren, ihre Zahl übertrifft die unsere bei weitem, aber Gott liebt die Franzosen. Mit Seiner Hilfe werde ich Euch in die Heimat führen.«

Er kämpfte wie ein Löwe. Zu kurzsichtig, um den Feind zu erkennen, zu töricht, um sich zu fürchten, sprengte er mitten ins Getümmel, tötete einige Soldaten, erhielt einen Schwerthieb, der sein Visier zertrümmerte, und wurde nicht einmal leicht verwundet. An diesem Tag verhielt sich der sabbernde Hohlkopf genau wie die Helden der Ritterromane, die ihn als Kind so begeistert hatten.

Die Schlacht bei Fornovo dauerte fünfzehn Minuten und forderte viertausend Menschenleben. Zunächst war nicht abzusehen, wie sie enden würde. Auf beiden Seiten wurden enorme taktische Fehler gemacht. Dann stürzten sich die im italienischen Heer dienenden albanischen Söldner auf den Troß des Königs. Dahin waren die Krone und der Krönungsornat, die Orangen, die Reliquien und die Novizinnenporträts – aber die Franzosen hatten den Fluß überquert.

In den folgenden drei Wochen lungerte Karl in Piemont herum, weil er einer Schönen namens Anna Soleri begegnet war, die er zur Mutter eines Sohnes machte. Im Spätherbst überschritt er die Alpen – eine erstaunliche militärische Leistung –, und schließlich hielt er bei Trompetenschall und Glockengeläut Einzug in Lyon. Er brachte die Syphilis und fünftausend ausgemergelte Soldaten mit. Über dreißigtausend Mann lagen in italienischer Erde verscharrt. Und was sein neapolitanisches Königreich betraf, so war es schon zusammengebrochen, bevor er die französische Grenze erreicht hatte.

»Willkommen in der Heimat, Sire«, sagte Königin Anna, als sie mit ihm allein war. Dann bedankte sie sich für den Käse aus Piacenza und fragte, ob er sie ein wenig vermißt habe.

»Madame«, log er wacker, »auch im Schlachtgetümmel habe ich stets nur an Euch gedacht.«

Sie küßte ihn auf die pockennarbigen Wangen, hörte geduldig zu, als er von seinen großen Siegen berichtete, und sagte sich, daß er im Krieg nichts dazugelernt hatte. Er war ein Kind ohne jedes Verantwortungsgefühl geblieben. Aber vielleicht liebte sie ihn gerade deshalb.

»Meine neapolitanischen Untertanen bitten Gott um meine Rückkehr. Im nächsten Frühling ziehe ich wieder nach Napoli.«

Und das hatte er wirklich vor. Er sprach bereits wieder davon, neue Truppen zu rekrutieren und neue Schiffe zu bauen, als plötzlich sein dreijähriger Sohn Orland starb. Jetzt wollte Karl schleunigst einen neuen Erben in die Welt setzen, denn bevor er den Fortbestand seiner Dynastie nicht gesichert hatte, konnte er Frankreich nicht verlassen. Er zählte die Stunden. Im September 1496 war es endlich soweit. Der neue Dauphin wurde François getauft.

Er lebte ganze fünf Tage.

Karl versuchte es immer wieder, aber Königin Anna wurde nicht schwanger. Von einer Art Zeugungswut gepackt, erschöpfte er seine und ihre Kräfte.

Wieder brach ein grauer, regenverhangener Winter an. In ganz Frankreich saßen die Bauern um den warmen Herd und sprachen davon, daß Gott den König jetzt dafür bestrafe, daß er die entsetzliche neapolitanische Krankheit ins Land gebracht habe.

Schließlich gab sich Karl geschlagen. Er verschob seine Kriegspläne in eine immer ungewissere Zukunft. Der knapp Siebenundzwanzigjährige fühlte sich alt und müde. Sein rötliches Haar wurde schütter. Bald würde er kahl sein. Für ihn hatte jetzt sogar die Liebe viel von ihrem alten Zauber verloren. Er lebte nur noch von seinen Erinnerungen.

Als das Jahr 1497 vor der Tür stand und die Königin noch immer nicht schwanger war, versank der kleine König in Schwermut. Er verbrachte viel Zeit damit, am Fenster zu sitzen und zuzusehen, wie der Regen an den Scheiben herablief.

»In Napoli scheint jetzt sicher die Sonne«, seufzte er immer wieder. »Ach, Napoli!« Doch insgeheim wußte er, daß er Neapel niemals wiedersehen würde.

Im Juli 1495, dem Monat, in dem die Schlacht bei Fornovo stattgefunden hatte, war Lisa von einer Tochter entbunden worden, die Andoca heißen sollte und nur wenige Stunden am Leben blieb. Sie hatte am Vormittag, als Giocondo unterwegs zur Weberei war, das Licht der Welt erblickt und war bereits tot, als er bei Sonnenuntergang zurückkehrte. Sie war noch rechtzeitig vom Dorfgeistlichen getauft worden und würde deshalb in den Himmel kommen. Noch am selben Abend war sie in aller Stille auf dem Friedhof von Settignano bestattet worden.

Ihr Erdendasein war so kurz gewesen, daß Lisa keine echte Trauer empfinden konnte. Arme kleine Andoca, dachte sie, sicher hat sie gewußt, daß sie die Frucht einer schwachen Stunde war und eigentlich nicht zur Familie Giocondo gehörte. Bei den kleinen Kindern im Himmel, unter der liebevollen Obhut der Madonna, würde sie bestimmt glücklicher sein.

Zwei Wochen später, als sie auf der Terrasse wieder einmal ihren Gedanken nachhing, ging ihr plötzlich auf, daß ihre Ehe sinnlos geworden war. Sie hatte nur dem Zweck gedient, dem Kind einen Namen und ein Heim zu geben. Die *bimba* ist tot, dachte sie bitter, aber ich bin und bleibe verheiratet. Es war ungerecht! War sie mit sechzehn Jahren dazu verurteilt, an einen alternden Mann gebunden zu sein, für den sie lediglich Dankbarkeit empfand? An einen freundlichen Fremden, der sich vor ihrem Schlafzimmer mit einem Handkuß von ihr verabschiedete?

»Natürlich bin ich froh«, vertraute sie Tessa an, »daß wir getrennt schlafen, aber eigentlich ist es ziemlich demütigend. Es ist, als wäre ich nicht begehrenswert. Was haben alle deine Massagen genützt, wenn ich in ihm nicht das geringste Verlangen wachrufen kann?«

»Voriges Jahr hast du Angst gehabt, er könnte dir zu nahe kommen.«

»Voriges Jahr war alles anders.«

Während ihrer Schwangerschaft hatte sie ihm seine Zurückhaltung hoch angerechnet. Jetzt war sie wieder schlank und – jedenfalls ihrer eigenen Meinung nach – attraktiv, und das hätte sie gern bestätigt bekommen, und sei es von ihrem Ehemann. Aber er sah sie immer an, als wäre sie seine Tochter.

»Ich glaube, du weißt selbst nicht, was du eigentlich willst«, sagte Tessa.

Dem Wortschwall, der sich daraufhin über sie ergoß, konnte sie entnehmen, daß Lisa sich wünschte, Giocondo würde Annäherungsversuche machen und ihr damit die Gelegenheit geben, ihn abzuweisen.

»Vielleicht ahnt er, was in deinem Kopf vorgeht«, sagte Tessa schmunzelnd.

Es war sinnlos, Tessa so etwas erklären zu wollen. Sie war zu alt, zu einfältig, zu unerfahren in Liebesdingen, um die Seelenqualen eines jungen Menschen verstehen zu können. Aber Lisa schleppte das Problem mit sich herum. Sie badete in Selbstmitleid und rechnete sich aus, daß sie mit zwanzig Jahren eine vertrocknete alte Jungfer sein würde.

Eines Tages verfiel sie auf die Idee, daß die Zurückhaltung ihres Gatten eigentlich nur einen Grund haben konnte: Er mußte impotent sein. Immerhin war er bereits über fünfunddreißig, und vermutlich hatte er sich in seinen beiden früheren Ehen verausgabt. Jetzt empfand sie ihm gegenüber eine Mischung aus Mitleid und Zorn.

Das machte die Situation zwar etwas erträglicher, aber schon bald begann Lisa darüber nachzugrübeln, ob sie wirklich dazu verdammt sei, zeit ihres Lebens neben einem seiner Männlichkeit beraubten Gatten, einer wandelnden Leiche gewissermaßen, dahinzuvegetieren. Sie suchte Trost in hektischer häuslicher Tätigkeit. Unentwegt trieb sie die Dienstboten an, alles auf Hochglanz zu bringen. Kein Staubkörnchen entging ihrer Aufmerksamkeit, und die Haus- und Küchenmägde zitterten vor ihr.

Der Frühling des Jahres 1496 stürzte sie in einen Aufruhr der Gefühle. In ihren Träumen sah sie hübsche, kräftige junge Männer in hautengen Strumpfhosen vor sich. Sie geriet in eine ernsthafte Krise. Die frühlingshafte Unruhe ließ ihr Herz schneller klopfen, brachte ihr Blut in Wallung. Sie stand an der Schwelle der Versuchung.

Eines Morgens, nachdem ihr Gatte, pünktlich und pflichtbewußt wie stets, in die Seidenweberei gegangen war, saß sie mit ihrem Spinnrad im Garten der Casa Giocondo. Wieder waren ihre Nerven zum Zerreißen gespannt, wieder verlangte es sie nach körperlicher Erfüllung, wieder sah sie einem bedrückend leeren Tag entgegen.

Und plötzlich flüsterte ihr der Teufel den Gedanken ein, sich einen Liebhaber zuzulegen. Anfangs war sie entsetzt, doch bald konnte sie der Böse davon überzeugen, daß es um ihrer Gesundheit und ihres Seelenfriedens willen notwendig sei und daß sie die natürlichen Bedürfnisse, die jede junge Frau habe, nicht auf ewig verleugnen dürfe.

Es mußte etwas geschehen, und sie war dazu bereit. Da Giocondo sie nur aus Mitleid geheiratet hatte, würde er sicher nichts dagegen haben, wenn sie das, was er ihr nicht geben konnte, bei einem Jüngeren suchte.

Und natürlich würde sie sich äußerster Diskretion befleißigen. Sie wollte die Sache ebenso vorsichtig wie schlau einfädeln. Niemand, keine Menschenseele, durfte sie der Untreue verdächtigen. Sie würde Giocondo den Haushalt weiterhin vorbildlich führen, ihm eine angenehme Gefährtin und seinem Sohn eine gute Mutter sein. In anderen Worten: Ihre Untreue würde ihre Ehe retten.

Das einzige Problem war, einen hübschen, virilen, diskreten, kultivierten jungen Mann zu finden, der den Liebhabern aus ihren Träumen glich. Da Bälle und andere gesellschaftliche Veranstaltungen nicht mehr stattfanden, trafen sich Männer und Frauen nur noch in der Kirche. Das gemeinsame Warten vor dem Beichtstuhl war einer der wenigen Bräuche, die sich seit den guten, alten, sündigen Tagen der Medici erhalten hatten.

Die Damen erschienen in Begleitung ihrer Zofen oder Sklavinnen, die ihnen elegante Hocker nachtrugen, und ließen sich rings um die Kohlebecken nieder, um sich aufzuwärmen und, bevor sie mit der Beichte an die Reihe kamen, ein wenig zu klatschen. Manche warteten in abgelegenen Winkeln der Kirche und plauderten, während sie Konfekt knabberten, mit ihren Verehrern. Hinter den Heiligenstatuen war oft unterdrücktes Gelächter zu hören.

Und so ging Lisa an einem Juninachmittag in den Dom, mietete einen Stuhl und vertiefte sich angeblich in ihr Gebetbuch. Verstohlen betrachtete sie mehrere in der Nähe kniende junge Männer, die darauf warteten, ihre Sünden zu beichten. Bald bemerkten einige ihre Blicke und lächelten ihr heimlich zu.

Lisa gefiel keiner von ihnen. Der einzige, den sie attraktiv fand, ein junger Bursche mit schönem, lockigem Haar und schwellenden roten Lippen, steckte törichterweise seine Nase ständig ins Gebetbuch.

Deprimiert machte sie sich auf den Heimweg. Es war offenbar gar nicht so leicht zu sündigen. Vielleicht blieben aus diesem Grund so viele Frauen tugendhaft.

Besessen – von Gott

Lisa verbrachte einen trübseligen Sommer in Settignano. Ihre einzige Freude bestand darin, mit Bartolommeo zu spielen. Er war jetzt viereinhalb, nannte sie »Mamma« und war ihr nach dem Tod der kleinen Andoca immer enger ans Herz gewachsen.

Zu ihrem achtzehnten Geburtstag schenkte ihr Giocondo eine kunstvoll geschmiedete goldene Kette, die sie um die Flechten ihres Haarknotens schlang. Daß er ihr immer wieder solche Aufmerksamkeiten erwies, freute sie, trug aber gleichzeitig zu ihrer Verwirrung bei. Sie hatte es schon fast aufgegeben, ihn verstehen zu lernen. Er war sehr gütig, hielt aber stets Distanz. Manchmal hätte sie sich gern an ihn geschmiegt, und oft störte es sie überhaupt nicht mehr, daß er alt und unansehnlich war. Dann wünschte sie sich nur noch, er würde den Arm um sie legen, so, wie er es damals auf dem »Bauernhof« mit Camilla getan hatte.

Da war noch etwas anderes, das sie zutiefst verwirrte. Als sie an einem Sonntagmorgen durch den Garten geschlendert war, fällte

Giocondo gerade einen Baum. Sein Oberkörper war entblößt, und Lisa hatte der Anblick seiner breiten, kräftigen Brust und seiner von Schweiß glänzenden, muskulösen Arme überrascht. Und er hatte überhaupt keine Fettpolster! Ein wahrhaft bärenstarker Mann!

Lisa mußte sich eingestehen, daß sie es sich mit der Erklärung, er sei impotent und verknöchert, zu leicht gemacht hatte. In Wirklichkeit gehörte er zu jenen Männern, die noch mit siebenunddreißig eine Axt schwingen können. Und war nicht die Tatsache, daß Camilla und Tommasa im Kindbett gestorben waren, ein Beweis dafür, daß er imstande war, seinen ehelichen Pflichten nachzukommen? Also gab es für seine Zurückhaltung ihr gegenüber nur eine Erklärung: Er fand sie nicht begehrenswert.

»Ich gefalle ihm nicht«, erklärte sie Tessa.

Aber anstatt ihren Charme spielen zu lassen, bedachte sie ihren Gatten mit eisigen Blicken und kühlem Lächeln. Wieder dachte sie daran, sich einen Liebhaber zu suchen, nur um Giocondo zu beweisen, daß andere Männer sie nicht abstoßend fanden.

Ihre Eitelkeit zeigte ihr einen Ausweg: Anstatt sich geschlagen zu geben, erfand Lisa eine Mätresse. Warum war sie nicht schon früher auf diesen Gedanken gekommen? Natürlich, er hatte eine Mätresse, eine eifersüchtige, von Leidenschaft verzehrte Frau, die ihn für sich allein beanspruchte und ihn nach jedem Zusammensein so entkräftet nach Hause schickte, daß er nur noch ein Schatten seiner selbst war.

Lisa begann ihm nachzuspionieren. Sie versuchte, an seinen Kleidern einen Hauch Parfüm oder vielleicht ein blondes Haar zu entdekken, aber sie fand keinerlei Anzeichen für eine Liebesaffäre. Und allmählich brach auch diese Theorie in sich zusammen.

Sofort entwickelte sie eine neue: Seine Gleichgültigkeit entsprang seiner im Grunde grausamen Veranlagung. Hinter seinem gütigen Gebaren verbarg sich Herzlosigkeit. Er würde ihr nie verzeihen, daß sie sich Giuliano hingegeben hatte. Für eine einzige schwache Stunde wollte er sie bis an ihr Lebensende mit Keuschheit bezahlen lassen. Sie hatte einen unbarmherzigen und unversöhnlichen Mann geheiratet.

Kompliziert wurde die Sache allerdings dadurch, daß es Lisa schwerfiel, an seine Herzlosigkeit zu glauben. Manchmal spürte sie seinen Blick – gütig und geduldig, so, als könnte er ihre Gedanken lesen und als wartete er auf ihre Entscheidung.

Als sie in die Stadt zurückgekehrt waren, wußte Lisa nicht mehr ein und aus. Im Winter spielte sie noch einmal kurz mit dem Gedanken an einen Liebhaber. Aber da unter Savonarolas Regiment nahezu jedermann bespitzelt wurde, war eine heimliche Liebesaffäre undenkbar. So blieb ihr nichts anderes übrig, als zu hoffen, daß die Florentiner möglichst bald von dem Mönch genug haben und ihn aus der Stadt jagen würden. Dann könnte sie wieder auf Gesellschaften, Bälle und Gartenfeste gehen und vielleicht einen hübschen jungen Mann kennenlernen.

An einem Nachmittag im Februar saß sie im Kinderzimmer am Kamin und sah Meo zu, der sich mit den Spielsachen, die er zu Weihnachten bekommen hatte, vergnügte.

»Ist dir klar, daß er schon fast fünf Jahre alt ist? Wie die Zeit verfliegt!«

Tessa, die gerade eine Hose ihres Schützlings ausbesserte, sah nicht von der Arbeit auf. »Er wächst so schnell, daß er im Frühjahr eine neue Garderobe braucht.«

Lisa starrte in den grauen Nachmittag hinaus. So trüb war es auch an jenem Nachmittag gewesen, an dem König Karl Einzug in Florenz gehalten hatte. Kaum jemand sprach mehr davon, aber sie würde nie vergessen, wie sie halb erfroren auf dem *trionfo del giglio* gestanden und zu lächeln versucht hatte.

»Woran denkst du, *bimba mia?*«

»An den Tag, als der König in Florenz einzog. Manchmal glaube ich, es wäre besser gewesen, wenn du mich damals, anstatt sofort mit warmen Decken bereitzustehen, an Erkältung hättest sterben lassen. Das wäre für alle besser gewesen.«

»Aber wieso denn?« fragte Tessa verständnislos. Und dabei war es so leicht zu begreifen!

»Es hätte meinen ehrwürdigen Großeltern viel Kummer erspart. Und Giocondo hätte mich nicht zu heiraten brauchen. Und ich wäre nicht gezwungen, ohne den Mann, den ich liebe, und ohne die Liebe des Mannes, dem ich angetraut bin, mein Leben zu fristen.«

»Woher willst du wissen, daß dein Gemahl dich nicht liebt?«

»Weil er es mir niemals sagt!« sprudelte Lisa heraus. »Weil er nie zärtlich zu mir ist und mich nie in den Arm nimmt, wie er es bei Camilla getan hat! Er haßt mich, das sehe ich ihm an!«

»Er ist der gütigste Mensch auf der ganzen Welt, und ich glaube, er hat dich sehr lieb. Aber du gibst ihm einfach keine Chance, dir das zu beweisen.«

»Wie kannst du nur so etwas sagen!«

»Du hast immer nur schlecht von ihm gedacht. Zuerst hast du behauptet, er hätte dich aus Mitleid geheiratet, oder aus Begierde, oder um deinem ehrwürdigen Großvater einen Gefallen zu tun. Jetzt sagst du, er haßt dich, weil er dich nicht in die Arme nimmt. Du spielst die Beleidigte und wirfst ihm frostige Blicke zu. Erwartest du etwa, daß er dir sein Herz zu Füßen legt, nur damit du darauf herumtrampeln kannst?«

»Du hast dich also auf seine Seite geschlagen!« Lisa brach in Tränen aus. Immer schon habe sie gewußt, daß Tessa eines Tages gegen sie Partei ergreifen werde. Wahrscheinlich habe Giocondo sie bestochen, wie er alle in diesem Haus besteche, damit sie ihn über den grünen Klee lobten. Die Diener, die Pferdeknechte, die Küchenmägde – sie alle flössen über von Lobreden auf ihren »guten Herrn«. Wie er in Wirklichkeit sei, wisse keiner von ihnen.

Und jetzt habe sich sogar ihre eigene *bambinaia* gegen sie verschworen, der Mensch, dem sie alle ihre Geheimnisse anvertraut und der ihren Lebensweg vom Säugling bis zur vollerblühten Frau begleitet habe.

»Du bist erst achtzehn«, warf Tessa ein.

Worauf Lisa erklärte, den Jahren nach sei sie zwar noch jung, aber das Leben habe sie so grausam behandelt, daß sie ein vorzeitig reifer Mensch geworden sei. Jetzt, da sie ihre letzte Freundin verloren habe, bleibe ihr nur noch die zärtliche Erinnerung an Giuliano.

»Kürzlich hast du gesagt, du könntest dich nicht mehr genau an ihn erinnern.«

»Aber ich werde ihn trotzdem nie vergessen!«

»Das dürfte dann aber ziemlich schwierig sein.«

Lisa kam es so vor, als hätte Tessa amüsiert gezwinkert. Das brachte sie in Rage.

»Das verstehst du eben nicht! Du hast mich noch nie verstanden! Am liebsten würde ich dich auf dem Sklavenmarkt verkaufen oder dich in die Türkei zurückschicken.«

Tessa nahm diese Drohung seelenruhig zur Kenntnis und nähte eifrig weiter. Schon vor Jahren hatte ihr Mariotto Rucellai die Freiheit gegeben und dafür gesorgt, daß sie genug Geld hatte, um in ihrer Heimat ein neues Leben zu beginnen. Aber sie hing zu sehr an seiner Familie, um Florenz zu verlassen.

»Das kannst du dir sparen«, sagte sie und biß den Nähfaden durch. »Ich packe morgen meine Sachen.«

»Nein, das wirst du nicht tun! Du gehörst hierher.«

Jetzt warf sie ihr mangelndes Pflichtgefühl vor. Wie konnte sie bloß von der Rückkehr in die Türkei sprechen! Sie wußte doch, daß Meo sie brauchte!

»Und ich brauche dich auch.«

Sie gab zu, in den letzten beiden Jahren nervös und völlig durcheinander gewesen zu sein. Manchmal sage sie sogar Dinge, die sie gar nicht so meine, aber dann sei es eben Tessa überlassen, das Richtige herauszuhören. »Und kein Wort mehr von der Türkei!« Sie verlangte ein feierliches Versprechen, und Tessa tat ihr den Gefallen.

»Und jetzt solltest du dir das Gesicht waschen. Der ›schreckliche‹ Hausherr wird bald heimkommen, und du willst ihm sicher nicht mit verquollenen Augen gegenübertreten.«

Lisa sprang auf, küßte Tessa auf die Wange und eilte in ihr Zimmer.

Sie erwartete Giocondo im Hof und begrüßte ihn mit einem Knicks. Während des Abendessens begann es zu regnen.

»Müßt Ihr denn unbedingt zur Abendpredigt gehen?«

Er nickte resigniert. »Ich habe nicht die geringste Lust dazu, aber es bleibt mir wohl nichts anderes übrig. Die Miliz des Mönchs kontrolliert, wer teilnimmt und wer nicht, und wir müssen vorsichtiger sein als die meisten anderen Familien.«

Savonarolas eigene Polizeitruppe, »heilige Miliz« genannt, war eines seiner wirksamsten Werkzeuge. Sie rekrutierte sich aus schlagkräftigen jungen Burschen, die lange weiße Hemden trugen und dafür sorgten, daß die Anordnungen des Mönchs genau befolgt wurden. Auf seinen Befehl hatten sie sämtliche Freudenmädchen aufgespürt und aus der Stadt gejagt. Zwangsmaßnahmen hatten sie auch gegen die »Gott hassende hebräische Sekte« ergriffen: Sie hatten jüdische Läden geplündert, Synagogen geschändet und seit Generationen friedlich in Florenz lebende jüdische Familien vertrieben.

»Ich danke Euch für Eure Besorgtheit«, fuhr Giocondo fort. »Ich bin sicher, daß die Herrschaft des ›heiligen Mönchs‹ nicht mehr lange dauern wird. Sie gerät täglich mehr ins Wanken. Die Leute haben allmählich genug von ihm, seinen Gesichten und den Prophezeiungen, die sich nicht erfüllen.«

Zwei Ereignisse hatten der Popularität Savonarolas einen schweren Schlag versetzt.

Unzählige Male hatte er verkündet, der Allmächtige selbst habe »den großen Retter, den neuen Kyros, am Zügel seines Pferdes über die Alpen geführt«, auf daß er den ruchlosen Alexander vom Stuhl Petri verjage. Statt dessen waren der »große Retter« und der korrupte Papst Freunde geworden. Daß Savonarolas Prophezeiung nicht eintraf, hatte viele seiner Anhänger an ihm zweifeln lassen.

Der Ausbruch des Krieges mit Pisa hatte ihn ebenfalls Lügen gestraft. Von allen absurden Ereignissen, die durch die französische Invasion heraufbeschworen wurden, war der Pisaner Krieg gegen Florenz das absurdeste, aber auch das tragischste. Den Anlaß dazu gaben König Karls Unkenntnis der italienischen Sprache und sein ständiges Kopfzucken.

Er hatte den Vormarsch auf Florenz unterbrochen, um den Schiefen Turm von Pisa zu besichtigen, der schon damals als besondere Sehenswürdigkeit galt.

Nachdem er ihn betrachtet und sich laut darüber gewundert hatte, daß er noch nicht umgefallen war, ließ er sich häuslich im Pisaner Palazzo Medici nieder und gab, da der Morgenritt seinen Appetit angeregt hatte, Order, eine Mahlzeit zu servieren.

Er machte sich gerade über eine Fasanenbrust her, als sein Kämmerer ihm mitteilte, daß eine aus den hübschesten Damen Pisas bestehende Abordnung um die Ehre gebeten habe, von Seiner Majestät empfangen zu werden. Überzeugt, daß sie sich nur an seinem Anblick erfreuen wollten, willigte Karl huldvoll ein, worauf die schönen Bittstellerinnen, die sich in wenig mehr als ihre staatsbürgerliche Gesinnung gehüllt hatten, eintraten und auf die Knie fielen.

Mit gefalteten Händen streckten sie ihm die nackten Arme entgegen und flehten, der ruhmreiche Monarch möge sie vom florentinischen Joch befreien und aus Pisa eine französische Stadt machen.

Karl, der keine Ahnung hatte, wovon sie sprachen, aß, ständig mit dem Kopf nickend, weiter. Die Damen nahmen das konvulsivische Zucken als Zustimmung, erhoben sich, warfen dem König Kußhände zu und marschierten hinaus.

Und so endete am 10. November 1494, zur gleichen Zeit, als die Medici aus Florenz vertrieben wurden, die florentinische Herrschaft über Pisa. Der Marmorlöwe, Symbol der Oberhoheit der Signoria, wurde von seinem Sockel gestürzt und in den Arno geworfen. Die Florentiner Truppen verließen die Festung und machten sich, gefolgt vom Gouverneur und anderen Würdenträgern, aus dem Staub.

Als Karl mit den Überresten seines verseuchten Heeres nach Frankreich zurückgekehrt war, weigerten sich die Pisaner, in das alte Joch zurückzukehren, und erklärten Florenz den Krieg.

Und nun machte Savonarola seinen zweiten großen Fehler. Wie schon so oft erschien ihm auch jetzt der liebe Gott höchstpersönlich und offenbarte ihm in ausgezeichnetem Italienisch, daß dieser Krieg bald enden würde. Woraufhin der fanatische Prophet auf die Kanzel eilte und seine verhängnisvolle Voraussage machte:

»Ich sage euch, diese Wolke wird bald verschwinden, und der Regen wird woanders niedergehen. Dafür setze ich meinen Umhang zum Pfand.«

Seitdem waren gut fünf Jahre vergangen, und an jenem Februarabend, an dem Giocondo in den Dom ging, war noch immer Krieg.

Als der Kaufherr die Kirche betrat, stand der Prediger bereits hoch über der Menge auf der Kanzel: eine kleine, schmalbrüstige Gestalt, die über der weißen Dominikanerkutte einen schwarzen Umhang trug, die Kapuze tief ins Gesicht gezogen und die Hände zum Gebet gefaltet hatte.

Dann schob der Mönch mit theatralischer Geste die Kapuze zurück und enthüllte ein Gesicht, dessen Zügen, so grotesk sie auch anmuteten, etwas Tragisches anhaftete. Mit seiner niedrigen Stirn, der langen Hakennase und den wulstigen, feuchten Lippen war Savonarola ausgesprochen häßlich, aber es war eine Häßlichkeit, die faszinierte und einen nachhaltigen Eindruck hinterließ, der durch die tiefliegenden, düster glühenden Augen noch verstärkt wurde. Es waren die Augen eines Heiligen oder eines Wahnsinnigen.

Im April 1490 hatte der aus Ferrara stammende Dominikanermönch und Wanderprediger, der ein asketisches Leben führte und im Ruf eines Heiligen stand, von seinem Orden den Befehl erhalten, sich nach Florenz zu begeben. Die Ironie des Schicksals wollte es, daß ausgerechnet Lorenzo de' Medici darum gebeten hatte.

Savonarola lehnte das Angebot eines Bauern, ihm einen Pferdewagen zur Verfügung zu stellen, ab und machte sich barfuß auf den Weg. Einen Monat später sah er von einem Hügel aus Florenz vor sich liegen. Es war ein schöner Maimorgen, Schwalben segelten durchs Blau, und in der Stadt läuteten die Glocken.

Dort unten lag sie, die grausame Stadt der Blumen, deren Bürger vor acht Jahren, als er in San Lorenzo die Fastenpredigten hielt, eingeschlafen waren! Jetzt gab ihm Gott zum zweiten Mal die Möglichkeit, Seinen Auftrag zu erfüllen und die Florentiner den Klauen Satans zu entreißen. Er würde die Stadt der Sünde in ein Leuchtfeuer der Tugend, ein Vorbild für die ganze Welt verwandeln. Diesmal würde er nicht versagen.

Der Erfolg ließ nicht auf sich warten. Bald war die Klosterkirche dem Andrang nicht mehr gewachsen. Noch kein volles Jahr war seit seiner Ankunft vergangen, als man Savonarola bereits von der Kanzel des Doms predigen ließ. Vier Monate später, im Juli 1491, ernannte man ihn zum Prior von San Marco. Aus dem schlichten Klosterbruder war ein geistlicher Würdenträger von beträchtlichem Einfluß geworden.

Daß ihm Lorenzo de' Medici die Rückkehr nach Florenz ermöglicht hatte, dankte er ihm mit keinem Wort. Dankbarkeit gehörte ohnehin nicht zu den hervorstechenden Eigenschaften dieses Mannes, der sogar seine Eltern erbarmungslos zurückgestoßen hatte. Von der Kanzel des Domes aus begann er, Lorenzo als despotischen Herrscher, Lüstling und Sammler unzüchtiger Gemälde und heidnischer Statuen zu verunglimpfen. Solange das Volk diesem verderbten Menschen ergeben sei, werde Gott den Florentinern ein Leben im Wohlstand versagen.

So vergiftete er Lorenzos letzte Erdentage und untergrub seine wie auch seines Sohnes Herrschaft. Er hieß den »Großen Kreuzfahrer« Karl von Frankreich begeistert in Italien willkommen und tat alles, um Pieros auf strikte Neutralität zielende Politik zu durchkreuzen. Und nach der Vertreibung der Brüder Medici wurde der »heilige Mönch« zum unumstrittenen Herrscher über Florenz.

Drei Jahre lang lag das Schicksal der Republik der roten Lilie in seiner Hand. Er gab ihr eine neue Verfassung, die er als von Gott höchstselbst diktiert bezeichnete und die sich als schwerfällig und unpraktikabel erwies. Der Vertreibung der Prostituierten folgte die Ausweisung der Juden, aber der allgemeine Wohlstand blieb nach wie vor illusorisch. Savonarolas »heilige Miliz« trieb die Bürger dazu an, ihre Nachbarn zu bespitzeln. Christus, der König, herrschte über eine Stadt, die ebenso korrupt, aber längst nicht so glücklich war wie zur Zeit der Medici.

Während König Karls Aufenthalt in Florenz stand Savonarola im Rampenlicht. Mit dem Kruzifix in der Hand setzte er dem kleinen König derart zu, daß dieser ihm schließlich den Rücken kehrte und hinauswatschelte.

Weder die Visionen noch die Prophezeiungen des Mönchs konnten die wirtschaftliche Lage bessern. Die Florentiner begriffen allmählich, daß ihr frommer Führer sie in den Augen der Welt lächerlich machte. Er wiederum spürte, daß sie sich nicht länger an die Kandare nehmen lassen wollten. Manchmal fragte er sich, ob Gott nicht vielleicht seinen Spott mit ihm trieb und die grandiosen Visionen etwa gar ein Werk Satans waren.

Giocondo fiel auf, wie abgespannt der Prediger wirkte. Dem Vernehmen nach schlief er jede Nacht nur drei Stunden und versenkte sich dann ins Gebet. Auf seinem häßlichen, hageren Gesicht lag ein verzweifelter Ausdruck. Er machte den Eindruck eines Menschen, dessen Durchhaltevermögen erschöpft ist.

Dennoch begann er auch diesmal seine Predigt mit bitteren Vorwürfen. Von neuem beschuldigte er die Florentiner der Undankbarkeit, und wieder erinnerte er sie daran, was er während der französischen Besetzung für sie getan habe. Er sei es gewesen, der den offenen Konflikt zwischen der Bevölkerung und den »Barbaren« verhindert habe, und nur seinem Einschreiten sei es zu verdanken, daß der König davon abgesehen habe, auf die Einwohnerschaft schießen zu lassen.

Nach alledem habe er erwartet, mit ein wenig Liebe, ein wenig Dankbarkeit belohnt zu werden. Die Florentiner hätten ihm ihre Zuneigung oder wenigstens ihr Vertrauen schenken können. Doch was hatten sie statt dessen getan? In der Stunde der Gefahr waren sie ihm nachgelaufen, aber kaum war die Gefahr vorüber, da hatten sie ihn und ihre Angst vergessen!

Er geißelte alles und jeden: die Frauen, »diese Fleischklumpen mit Augen«, die nach wie vor ihre zweifelhaften Reize zur Schau stellten und ein Vermögen ausgaben, um ihre Haut mit Mixturen aus Eselsmilch zu pflegen; die Männer, die noch immer Karten spielten, Geld zu Wucherzinsen verliehen und ihres Nächsten Weib begehrten; die Künstler, auf deren Gemälden die Heilige Jungfrau so prächtig wie eine Kurtisane gekleidet war.

Dann sprach er über den bevorstehenden Karneval, der in ganz Italien hektische Betriebsamkeit ausgelöst hatte. Die Vorstellung, daß es Menschen gab, die unzählige Stunden darauf verwandten, diese kurzen, sündhaften Lustbarkeiten vorzubereiten, bewog ihn zu frenetischen Klagen, denen manchmal der logische Zusammenhang fehlte.

Er sprach nicht mehr mit der geballten Kraft, die seine Predigten in den vergangenen Jahren ausgezeichnet hatte, sondern gab nur noch weinerliche Jeremiaden von sich. Der robust volkstümliche Stil, in dem er den Bauern in der Romagna und der Lombardei gepredigt hatte, war einem langweiligen, blutleeren Wortschwall gewichen.

Mit solchen Floskeln und Tiraden wetterte er auch gegen »die Hure, die sich Kirche nennt«, die Kardinäle mit ihren Rennställen und ihren »Konkubinen oder Knaben«, die geilen vatikanischen Prälaten und – freilich ohne ihn beim Namen zu nennen – auch gegen den Papst. Alle diese korrupten geistlichen Würdenträger, so erklärte er, sähen in freudiger Erregung dem römischen Karneval entgegen, dem ausschweifendsten in Italien.

Die Florentiner jedoch, fuhr er mit erhobener Stimme fort, würden dem Karneval und seinen lärmenden Vergnügungen absagen. Anstelle luziferischer Lustbarkeiten würden sie fromme Feste veranstalten, und statt des Aufzugs von Festwagen, Possenreißern und unsittlich maskierten Menschen der ganzen Welt ein Schauspiel wahrer christlicher Fröhlichkeit bieten.

Die unermüdlichen jungen Mitglieder seiner heiligen Miliz würden von Haus zu Haus gehen und goldverzierte Toilettenartikel, Schachspiele aus Elfenbein, unsittliche Gemälde, frivole Kleidungsstücke, obszöne Bücher, Schönheitsmittel und falsche Locken einsammeln. Alle diese abscheulichen »Eitelkeiten« würde man zu einer riesigen Pyramide aufhäufen, mit Pech übergießen und anzünden.

Dann könnte alle Welt sehen, wie die Florentiner Karneval feierten.

»Er ist wahnsinnig geworden«, sagte Giocondo, als er Lisa von der neuesten Inspiration des Mönches berichtete. »Oder richtiger gesagt, er weiß einfach nicht mehr, was er sich noch alles ausdenken soll, um seine Popularität zurückzugewinnen und zu beweisen, daß sein Gottesstaat funktioniert.«

Der Mann, der die Herrschaft der Medici so erbarmungslos attakkierte, hatte erfahren müssen, wie schwer das Regieren ist. Seit er an die Macht gekommen war, hatte er alle möglichen neuen Ideen präsentiert, die Florenz wieder zu Wohlstand verhelfen sollten.

Zunächst hatte er den Bürgern versichert, alles werde sich sofort zum Besseren wenden, wenn sie kein Fleisch mehr äßen. Er selbst war Vegetarier und redete ihnen ein, Fleischverzehr sei ein untrügliches Zeichen moralischen Verfalls. Das Ergebnis war, daß er die Florentiner Fleischer geschäftlich ruinierte.

Dann richtete er das Geschützfeuer seiner Beredsamkeit auf die Laster des Fluchens und des Würfelspiels. Wenn die Florentiner aufhören würden, den Namen Gottes zu mißbrauchen und in den Schenken zum Wein zu würfeln, gelänge der Wohlstand wieder zu voller Blüte. Man folgte seinem Geheiß, aber der Wirtschaftsaufschwung stellte sich nicht ein.

Und auch durch die Schließung der Bordelle in der Via dei Preti, die Vertreibung der Dirnen und die Verbannung der »hebräischen Sekte« ließ er sich nicht herbeilocken.

»Jetzt sollen wir also unsere ›Eitelkeiten‹ dem Feuer übergeben«, sagte Giocondo ironisch. »Dann wird Gott endlich mit uns zufrieden sein, und der Handel wird aufblühen.«

»Heißt das, daß die Miliz unser Haus durchsuchen wird?« fragte Lisa entsetzt.

»Ich fürchte, es wird sich nicht vermeiden lassen. Jedenfalls sollten wir Vorkehrungen treffen.« Alle wirklich wertvollen Gegenstände müßten sorgfältig versteckt oder im Garten vergraben werden. Um einer peinlich genauen Durchsuchung des Hauses vorzubeugen, sollte Lisa einige Kinkerlitzchen aus Silber, ein paar Toilettenartikel und vielleicht eines oder zwei ihrer älteren Kleider in einen Korb packen, ihn den Burschen von der Miliz aushändigen und einige Gulden als Almosen für die Armen dazulegen. Und da man nicht genau wisse, wann die Schnüffler hier auftauchen würden, sei es ratsam, eine oder auch zwei der Hausmägde am Fenster Ausschau halten zu lassen.

»Und vor allem müßt Ihr mich sofort, wenn sie in unserer Straße mit der Durchsuchung begonnen haben, durch einen Pferdeknecht benachrichtigen lassen.«

Lisa hatte alle Vorbereitungen getroffen, als ein paar Tage später eine Magd herbeistürzte und berichtete, daß sich die weißgekleideten Halbwüchsigen in den Nachbarhäusern zu schaffen machten und Säcke und Körbe in bereitstehende Karren entleerten.

Unverzüglich schickte Lisa einen Pferdeknecht in die Weberei. »Richte dem Herrn aus, daß er so schnell wie möglich kommen soll!«

Kurz darauf war die Miliz da.

»Es lebe Christus, unser König!« rief der Anführer der Rotte. »Wir wollen Eure Eitelkeiten abholen.«

Sie übergab ihm den Korb und die Geldspende. Aber statt damit abzuziehen, drängten die jungen Rüpel Lisa zur Seite und stürmten ins Haus. Einen Augenblick später durchwühlten sie sämtliche Räume, stießen die Dienstboten zurück und rissen alles, was ihnen in die Augen stach, an sich. Plötzlich fiel Lisa ein, daß die Schatulle, die ihr der Vater aus Venedig mitgebracht hatte, noch auf ihrem Schreibtisch stand. Entsetzt rannte sie in ihr Zimmer und sah sich vier Eindringlingen gegenüber, die die Schatulle gerade in einen Sack stekken wollten.

»Die bekommt ihr nicht!« Sie riß sie dem Anführer aus der Hand.

»Das Ding hier ist vergoldet, und Gold ist das Werkzeug des Teufels.«

»Ihr könnt mitnehmen, was ihr wollt, aber das hier nicht!«

Mit drohenden Mienen gingen alle vier auf sie zu, während sie zurückwich. Mit dem Rücken zur Wand, die Schatulle an die Brust gepreßt, stand sie verzweifelt vor ihnen, als plötzlich die Tür aufflog und Giocondo wutentbrannt hereinstürmte.

Er schien zehn Hände und zehn Füße zu haben und mit allen gleichzeitig auf die Burschen loszugehen. Von hinten packte er den Anführer bei den Haaren, riß ihn herum, hob ihn hoch und warf ihn zur Tür hinaus. Nachdem sie mehrere Schläge und Fußtritte abbekommen hatten, suchten die drei anderen das Weite. Giocondo hatte keine Minute gebraucht, um Ordnung zu schaffen.

Als er Lisa tröstend den Arm um die Schultern legte, vergrub sie schluchzend das Gesicht an seiner Brust.

Er hatte aus der Weberei einige kräftige Arbeiter mitgebracht, und auch sie waren nicht müßig geblieben. Von der Treppe her konnte man hören, daß die Eindringlinge schleunigst den Rückzug antraten. Und kurz darauf war es wieder still und friedlich im Haus.

Lisa und Giocondo verbrachten einen sorgenvollen Abend, denn nun mußten sie mit Strafmaßnahmen der regulären Stadtwache rechnen. Ein Angriff auf die »heilige Miliz« konnte ernste Folgen haben.

»Wahrscheinlich werden sie morgen früh kommen«, sagte Giocondo, während er Asche auf die Glut im Kamin schaufelte.

Wie stets begleitete er Lisa bis zur Tür ihres Zimmers und sagte ihr mit einem Handkuß gute Nacht. Sie ging zu Bett, konnte aber nicht einschlafen.

Sie dachte über Giocondos energisches Eingreifen nach. Ja, er war mutig und stark, und morgen würde man ihn ins Gefängnis werfen, weil er sie und die Schatulle ihres Babbo gerettet hatte. Und jetzt lag er zum letzten Mal in seinem eigenen Bett, ganz allein, und zählte die Stunden bis zu seiner Verhaftung. Was würden sie ihm antun? Ihn auf die Folter spannen? Ihn mit glühenden Eisen martern? Konnte sie ihn jetzt allein lassen, ohne ein Wort des Trostes, ohne ein Zeichen der Dankbarkeit?

Nein, so herzlos konnte sie nicht sein! Sie stand auf, zog einen Morgenrock über, nahm eine Kerze und ging in sein Zimmer.

Die Hausdurchsuchungen hatten allgemeine Entrüstung hervorgerufen. Die Beschwerden darüber, daß sich die Miliz gewaltsam Ohrringe, Halsketten und dergleichen angeeignet hatte, häuften sich derart, daß die Stadtwache angewiesen wurde, nicht gegen Bürger vorzugehen, die sich den Übergriffen der Ordnungstruppe Savonarolas widersetzt hatten. Auch die Mitglieder der Signoria wurden des Propheten Gottes und seiner ausgefallenen Ideen allmählich überdrüssig.

Und so blieb Giocondo die Verhaftung erspart. Am letzten Abend des Karnevals konnten er und Lisa es wagen, sich auf der Piazza della Signoria unter die Volksmenge zu mischen, die sich um den »Scheiterhaufen der Eitelkeiten« versammelt hatte.

In der Mitte des Platzes war eine achteckige Bretterpyramide errichtet worden, auf deren Stufen man die eingesammelten »Werkzeuge Satans« geschichtet hatte. Die Schnüffler hatten ganze Arbeit geleistet. Masken, Perücken, frivole Kleidungsstücke, Spiegel, Schönheitsmittel, »unzüchtige« Gemälde, wertvolle Goldschmiedearbeiten sowie Bücher, die amouröse Gedichte und deftige Erzählungen enthielten, waren aufeinandergehäuft.

In seinem schwarzweißen Habit saß Savonarola, umgeben von den Mitgliedern der Signoria und anderen Staatsdienern, in der Loggia dei Lanzi. Wieder einmal ließ er sich vom eigenen Triumph berauschen, wieder einmal hatte er Florenz seinen Willen aufgezwungen.

Er klatschte in die Hände.

Auf dieses Zeichen marschierten seine weißgekleideten Handlanger, mit Blumen bekränzt und eine geistliche Hymne singend, in Reih und Glied auf die Pyramide zu. Ein brennender Stoffetzen wurde auf den Scheiterhaufen geschleudert, das Pech knisterte, Glocken läuteten, Trompeten schmetterten. Als die Flammen aufzüngelten, faßten die Klosterbrüder von San Marco und die Burschen von der Miliz einander bei den Händen und tanzten um die lodernde Pyramide.

Entgegen Savonarolas Erwartungen erlitt sein Ansehen durch das Anzünden des »Scheiterhaufens der Eitelkeiten« einen weiteren schweren Schlag. Ganz Italien machte sich über ihn lustig, und die Florentiner wurden mit Spott übergossen. Der Papst war über den Vorfall erzürnt, und jedermann, ob arm oder reich, lehnte diese Maßnahme ab. Immer mehr Stimmen erhoben sich gegen den »heiligen Mönch«, und schließlich begann man, an seinem Verstand zu zweifeln.

Wie sehr die Florentiner sein Vorgehen mißbilligten, erwies sich einen Monat später, als eine gegen Savonarola eingestellte Signoria gewählt wurde.

Der politische Einfluß des Mönches schwand dahin. Einige seiner Dekrete wurden vorläufig außer Kraft gesetzt, einige andere schlichtweg ignoriert. Man durchbohrte den Gotteslästerern nicht mehr die Zunge und peitschte die Würfelspieler nicht mehr aus. Am Neujahrstag 1497 fand zum ersten Mal wieder ein Sängerwettstreit statt. Die Verwandtschaft der Medici wurde weniger streng überwacht. An den Straßenaltären legten unglücklich verliebte Mädchen wieder Berge von Blumen zu Füßen der Madonna nieder. Daß »König Christus« höchstpersönlich in Florenz regierte, war nahezu vergessen.

Auch Lisa war freudig gestimmt. Als der Frühling die Hügel ringsum mit Grün überzog, saß sie oft im Garten. Einen breitrandigen Strohhut auf dem Kopf, hantierte sie eifrig mit Nadel und Faden und dachte immer wieder an die Nacht zurück, in der sie zum ersten Mal in das Schlafzimmer ihres Gatten gegangen war.

Niemals war eine gute Tat reicher belohnt worden. Sie hatte sich ihm (jedenfalls redete sie sich das auch jetzt noch ein) aus Dankbarkeit hingegeben, dann aber die Freuden der körperlichen Liebe entdeckt. Ihr Staunen über Giocondos Manneskraft war nur von ihrem Entzücken darüber, daß er ein versierter Liebhaber war, übertroffen worden. In Anbetracht seiner siebenunddreißig Jahre hatte sich Francesco (wie sie ihn jetzt in Gedanken nannte) wirklich vortrefflich geschlagen.

In stillschweigendem Einverständnis hatten sie seither jede Nacht miteinander verbracht. Lisa fand es jetzt ganz natürlich, daß sie gemeinsam in sein Zimmer gingen, sich entkleideten und das Bett teilten. Beglückt hatte sie entdeckt, daß ähnlich dem Hunger auch das sexuelle Verlangen sich täglich erneuert und nicht durch die Erinnerung an gestrige Genüsse gestillt werden kann.

Ihre Nervosität legte sich. Sie fühlte sich wohltuend entspannt. Jetzt lächelten ihr die Dienstboten zu, und selbst Tessa ließ sich zu einer Bemerkung über ihre gute Stimmung herbei.

Eines Vormittags, als sie gerade ein Taschentuch mit Stickerei verzierte, meldete ihr der Diener, daß Messer Jacopo de' Gherardini della Rosa um die Ehre bitte, ihr seine Aufwartung machen zu dürfen.

»Schöne Cousine«, sagte er, als er sich über ihre Hand beugte, »ich bin entzückt, dich endlich wiederzusehen.«

»Du kannst dir gar nicht vorstellen, wie sehr ich dich vermißt habe! Aber bist du sicher, daß es nicht gefährlich für dich ist, hierherzukommen? Der Mönch . . .«

»Auf den hört jetzt niemand mehr.«

Sie war so beglückt über das Wiedersehen, daß sie Jacopo nur stumm und mit fast ungläubigem Lächeln ansehen konnte. Ihr war, als ob plötzlich die Vergangenheit zurückgekehrt und Giuliano selbst zu ihr gekommen sei.

»Erinnerst du dich an den Tag, als wir dem Geschichtenerzähler zuhörten und du meinetwegen fast deinen Englischunterricht versäumt hättest? Du hast dich überhaupt nicht verändert.«

»Hast du etwa erwartet, mich als zahnlosen, am Stock humpelnden Kahlkopf wiederzusehen? Schließlich sind noch keine drei Jahre vergangen, seit wir uns bei Contessina kennengelernt haben.«

Jetzt brach eine wahre Flut von Erinnerungen über Lisa herein. Das Diner am Vorabend von Contessinas Hochzeit ... Das Gespräch, in dem ihr Jacopo von seiner diplomatischen Laufbahn erzählt hatte ... Ihr Plan, ihn als Lückenbüßer für Giuliano zu benützen ... Tessas heftige Vorwürfe ... Aber das alles gehörte zu einem Leben, das endgültig vorbei war.

Sie berichtete Jacopo von der Hausdurchsuchung. »Ich weiß nicht, was geschehen wäre, wenn mein Gemahl nicht rechtzeitig eingegriffen hätte. Werden wir diesen vermaledeiten Mönch denn niemals los?«

»Früher, als du glaubst«, sagte Jacopo leise.

»Woher willst du das wissen?«

Er machte ein Gesicht, als hätte er eine göttliche Eingebung. Dann imitierte er Savonarolas Akzent: »Ich hatte eine Vision. Der Herr offenbarte sich mir, so unwürdig ich auch bin, und flüsterte mir ins Ohr: ›Ich habe allmählich genug von diesem geschwätzigen Mönch!‹«

Er hatte sich wirklich nicht verändert! »Anstatt Unsinn zu reden, solltest du mir lieber von deinen Zukunftsplänen erzählen.«

Jacopo hatte seine Hoffnung auf eine diplomatische Laufbahn vorerst begraben müssen. Den Posten in London hatte man ihm verweigert, weil sein Vater unter den Medici Gesandter gewesen war.

»Aber es wird sich bestimmt manches ändern. Die Torheit, die der Mönch mit seinem ›Scheiterhaufen der Eitelkeiten‹ beging, hat vielen seiner Anhänger die Augen geöffnet. Ich habe meine Pläne jedenfalls noch nicht ganz aufgegeben und lerne noch immer Englisch.« Ansonsten versuche er eben, sich irgendwie nützlich zu machen.

»Hier ist ein kleines Mitbringsel für dich. Aus Siena.« Er überreichte ihr ein zierlich bemaltes Holzkästchen.

»Was hast du denn in Siena gemacht?«

»Ich hatte geschäftliche Dinge für meinen Vater zu erledigen.«

Sie öffnete das Kästchen und hielt den Atem an. Auf einem violetten Samtpolster lag, sorgfältig zusammengerollt, ein Gürtel, dessen goldene Glieder mit Amethysten besetzt waren. Lisa konnte den Blick nicht davon losreißen.

»Gefällt er dir?«

»Ich werde ihn bei dem ersten Fest tragen, das wir hier geben werden, und wir beide werden miteinander tanzen.«

Am Abend erzählte sie ihrem Gatten von Jacopos Besuch und zeigte ihm den Gürtel.

»Er ist wirklich wunderschön«, sagte Giocondo, »und Ihr habt sicher bald Gelegenheit, Euch damit zu schmücken. Übrigens könnt Ihr jetzt Eure Freundin Contessina wieder besuchen. Sie wird nicht mehr überwacht.«

Tags darauf eilte Lisa zur Casa Ridolfi und schloß ihre Freundin in die Arme. Die alte Vertrautheit stellte sich rasch wieder ein, und beide frischten Erinnerungen auf, von den glücklichen Sommertagen in Careggi bis zu Contessinas Hochzeit.

Dann sprachen sie von den dunklen Tagen, die der »heilige Mönch« über die Stadt gebracht hatte.

»Gott wird ihn bald für alles strafen, was er meinem Babbo angetan hat«, erklärte Contessina mit feuchten Augen.

Der Ton, in dem sie es sagte, ließ Lisa aufhorchen. »Wie meinst du das?«

Flüsternd vertraute ihr Contessina an, es sei eine Verschwörung im Gange, die darauf abziele, ihren Bruder Piero wieder an die Macht zu bringen. Einige der einflußreichsten Florentiner Bürger seien beteiligt, und selbst der Papst stehe dem Plan wohlwollend gegenüber. Piero halte sich gegenwärtig in Siena auf, wo Giuliano bald mit einem Truppenkontingent aus Rom eintreffen werde.

Als Lisa zwei Tage später mit einer Näharbeit im Garten saß und über ihr Gespräch mit Contessina nachdachte, zuckte sie plötzlich zusammen. Dann schickte sie einen Pferdeknecht zu Jacopo. »Richte ihm aus, daß ich ihn dringend sprechen muß!«

Wenig später kam Jacopo in den Garten gestürmt.

»Warum hast du mich belogen?« herrschte Lisa ihn an, bevor er Atem geschöpft hatte.

Er riß seine porzellanblauen Augen auf und starrte sie verdutzt an.

»Tu doch nicht so unschuldig! Darauf falle *ich* nicht herein!«

»Wovon redest du eigentlich?«

Mit drohend ausgestrecktem Zeigefinger sagte sie: »Du bist *nicht* in geschäftlichen Angelegenheiten deines Vaters nach Siena gereist!«

»Wie kommst du denn darauf?«

»Weil er in Siena keine Geschäfte hat.«

»Weshalb soll ich sonst dort gewesen sein?«

Sie sah ihn scharf an und sagte, jedes Wort betonend: »Weil du in diese törichte Verschwörung verwickelt bist.«

»Was für eine Verschwörung?« Er war die reine Unschuld. »Ich habe kein Wort von einer Verschwörung gehört.«

»Du bist ein großer Lügner!«

»Hätte ich dir bloß den Gürtel nicht geschenkt!«

»Versuch nicht, das Thema zu wechseln! Ich weiß alles! Alles!«

Dann erzählte sie ihm, daß sie durch Contessina von Pieros Aufenthalt in Siena erfahren hatte. »Zuerst habe ich mir nicht viel Gedanken darüber gemacht, aber vorhin ist mir plötzlich klargeworden, daß du ihn dort besucht hast. Das stimmt doch, nicht wahr?«

Die Antwort ließ eine Weile auf sich warten, dann nickte Jacopo. »Ich wollte es dir nicht sagen, weil ich nicht möchte, daß du irgendwie in die Sache hineingezogen wirst. Ich hatte befürchtet, daß –«

Sie ließ ihn nicht ausreden. Ob er den Verstand verloren habe? Was wußte *er* schon von Verschwörungen und dergleichen. Wie kam er dazu, sein Leben aufs Spiel zu setzen?

»Aber, liebe Cousine, ich setze mein Leben nicht aufs Spiel. Ich überbringe nur Botschaften.«

»Was verstehst *du* denn davon?«

Ein spitzbübisches Lächeln huschte über sein sommersprossiges Gesicht. Man brauchte doch nicht besonders intelligent zu sein, um einen Brief zu überbringen, und irgend jemand müsse es eben tun.

»Warum ausgerechnet du?«

»Die meisten anderen haben Frauen und Kinder. Außerdem möchte ich irgendwie mithelfen.«

Die natürliche Würde, mit der er das sagte, nötigte Lisa trotz ihres Zorns Bewunderung ab. Er war ein echter Gherardini, einer jener mutigen und törichten Männer, die nach den Worten ihres Großvaters ihr Leben für eine Sache, an die sie glaubten, riskiert hatten. Und manche hatten es dabei verloren.

»Hast du keine Angst davor, verhaftet und gefoltert zu werden?«

O doch, manchmal habe er Angst davor, aber das dauere nie lange. Meistens sei die Sache völlig ungefährlich.

Damit gab sich Lisa nicht zufrieden. Wußten seine ehrenwerten Eltern, in welche Gefahr er sich begab?

»Meine Mutter nicht, aber mein Vater weiß es und ist einverstanden. Er schärft mir nur immer wieder ein, vorsichtig zu sein, und das bin ich auch.«

Um keinen Verdacht zu erregen, verlasse er Florenz bei jedem seiner Kurierritte durch ein anderes Stadttor. Manchmal überquere er die Zugbrücke wie ein harmloser Spaziergänger und wechsle ein paar freundliche Worte mit den Wachtposten. In einiger Entfernung von der Stadt stehe dann an einer vereinbarten Stelle ein Pferd für ihn bereit.

»Das letzte Mal bin ich als Mönch verkleidet auf einem Esel über die Zugbrücke geritten. Ich hielt ein aufgeschlagenes Gebetbuch in der Hand und hatte mir die Kapuze ins Gesicht gezogen. Und als ich den Wachtposten passierte, habe ich ihm meinen Segen erteilt!«

Lisa war jetzt klar, daß ihn nichts von seinem Entschluß abbringen konnte. »Sei bitte vorsichtig!« sagte sie leise.

Darauf erklärte er, daß er nur noch zwei- oder dreimal nach Siena reiten müsse, weil Piero plane, sich gegen Ende April mit den Truppen in Marsch zu setzen.

Mit dem Versprechen, größte Vorsicht walten zu lassen, verabschiedete er sich von Lisa.

Sie sah ihn erst nach einer Woche wieder, als er am Morgen gestiefelt und gespornt und in einen langen Reisemantel gehüllt bei ihr erschien. Daß er sie so früh am Tag besuchte, entschuldigte er damit, daß er eine äußerst dringende Botschaft nach Siena bringen müsse.

»Es ist mein letzter Kurierritt, und ich rechne fest damit, auch Giuliano zu treffen. Soll ich ihm etwas ausrichten?«

Lisa zögerte einen Moment, dann rannte sie aus dem Zimmer. Kurz darauf kam sie mit dem Medaillon zurück, das ihr Giuliano an jenem denkwürdigen Oktobernachmittag im Olivenhain von Fiesole gegeben hatte.

»Es soll vor Dolch und Gift schützen«, sagte sie, als sie es Jacopo übergab. »Er braucht es jetzt dringender als ich.«

»Hast du ihm noch etwas zu bestellen?«

Sie schüttelte den Kopf und küßte Jacopo auf die Wange. »Gott schütze dich. Und sei vorsichtig – um meinetwillen!«

Die nächsten vier Tage erschienen ihr wie eine Ewigkeit. Sie entzündete zahlreiche Kerzen vor der Madonna. Nachts träumte sie von Jacopos Verhaftung und Folterung und wachte schreiend auf. Schluchzend vertraute sie sich Giocondo an, der sie in den Arm nahm und tröstete, bis sie wieder einschlief.

An einem sonnigen Morgen tauchte Jacopo wohlbehalten und fröhlich bei ihr im Garten auf. Wie er berichtete, hatte er das Medaillon übergeben und war von Giuliano mit Fragen nach ihr bestürmt worden. »Ich habe gesagt, daß es dir gutgeht und daß du glücklich verheiratet bist.«

Was die Verschwörung betreffe, so werde alles planmäßig verlaufen. Piero und seine Truppen würden in Kürze vor der Stadt eintreffen und von der Bevölkerung begeistert begrüßt werden. Savonarola werde man auffordern, Florenz zu verlassen, und dann übernähme endlich wieder ein Medici die Regierung.

Piero de' Medici verließ Siena in der Nacht des 26. April 1497 mit 1300 Bogenschützen und 800 Mann Reiterei. Er glaubte, das Unternehmen geheimhalten zu können, wenn er die Truppen immer nur im Schutz der Dunkelheit vorrücken ließe. Doch in der zweiten Nacht wurden sie von einem Bauern beobachtet, der sofort nach Florenz ritt und die Signoria verständigte. Daraufhin wurden die Zugbrücken hochgezogen und zahlreiche Bogenschützen auf der Stadtmauer postiert. Der Überraschungseffekt, auf den Piero seinen Plan gegründet hatte, war dahin.

Dazu kam, daß in dem Moment, als er die Stadt vor sich liegen sah, ein wolkenbruchartiger Regen einsetzte, der den ganzen Tag anhielt. Die Bevölkerung, die Lorenzos Sohn willkommen heißen sollte, wagte sich nicht auf die Straße. Bei Einbruch der Dunkelheit goß es immer noch in Strömen. In abgrundtiefer Verzweiflung ließ Piero zum Rückzug blasen.

Trotz dieses Fehlschlags bewirkte der Versuch, die Medici wieder an die Macht zu bringen, etwas, das Savonarola mit seinen unzähligen Angriffen auf das Privatleben des Papstes und auf die »Hure, die sich Kirche nennt« nicht erreicht hatte. Papst Alexander, ein keineswegs rachsüchtiger Mensch, entschloß sich zum Handeln.

Am 13. Mai diktierte er ein Breve, in dem er die Exkommunikation des »geschwätzigen Mönches«, wie er Savonarola nannte, verfügte. Fünf Abschriften wurden nach Florenz geschickt, wo der Text in den Kirchen der fünf bedeutendsten Klöster den versammelten Mönchen bekanntgegeben wurde.

Bei dumpfem Glockengeläut verlasen die fünf Prioren das Edikt:

»Darum befehlen Wir euch, bei allen Kirchenfesten und in Gegenwart des Volkes kundzutun, daß besagter Mönch, Girolamo Savonarola, aus der Gemeinschaft der Gläubigen ausgestoßen und von jedermann als ausgestoßen zu erachten ist, weil er Unseren Ermahnungen und Befehlen nicht gehorcht hat.

Des weiteren soll jedermann davor gewarnt werden, mit ihm als aus der Kirche Ausgestoßenem und der Ketzerei Verdächtigem Umgang zu pflegen, falls er nicht die gleiche Strafe erleiden will.«

An dieser Stelle nahmen die Äbte und die Kongregation der Mönche ihre brennenden Kerzen verkehrt herum in die Hand, zum Zeichen dafür, daß Savonarola aus der Heiligen Kirche ausgestoßen war.

Tags darauf wurde der päpstliche Erlaß an sämtlichen Kirchenportalen angeschlagen. In allen Stadtvierteln drängten sich die Einwohner um die Scholaren, die den lateinischen Text in die Volkssprache übersetzen konnten. Es fiel den entsetzten Zuhörern schwer, sich vorzustellen, daß der Mann, den sie als »heiligen Mönch« und »Propheten Gottes« bezeichnet hatten und dessen Stimme seit fast sechs Jahren in jeden Winkel des Doms gedrungen war, plötzlich ein Aussätziger, ein mit dem Kirchenbann belegter Jünger Satans sein sollte.

Als die Familie Giocondo zu Beginn des Sommers wieder nach Settignano reiste, war die Exkommunikation des Mönches noch immer das Hauptgesprächsthema der Florentiner.

Lisa war das schlichte Landhaus mit den rustikalen Möbeln und den gefliesten Böden ans Herz gewachsen. Mit diesem Haus, dachte sie, ist es genau wie mit Francesco: Sobald man hinter die anspruchslose Fassade blickt, fühlt man sich wohl. Auch die Dienstboten hielten sich gern hier auf, wo es mit der Zeiteinteilung nicht so genau genommen wurde und sie zwischendurch eine Partie *bocce* spielen und sich am Spätnachmittag ein wenig ausruhen konnten.

Wenn Giocondo abends aus der Stadt kam, brachte er die neuesten Nachrichten mit. Entgegen vielen Voraussagen hatte sich Savonarola widerspruchslos dem päpstlichen Dekret gebeugt und mit dem Predigen aufgehört. Von der Außenwelt völlig isoliert, hielt er sich nach wie vor in seiner Zelle im Kloster San Marco auf.

»Für einen Menschen, der so gern redet, muß es furchtbar sein, nicht mehr predigen zu dürfen«, sagte Lisa.

»Wenn er auch nur ein Fünkchen Verstand hat, wird er weiterhin schweigen.«

»Und wenn er dem Papst nicht gehorchen und wieder predigen würde?«

»Dann wäre es besser, er wäre nie geboren.«

Von der Weberei hatte Giocondo nur Gutes zu berichten. Während das Wollgewerbe noch immer im argen lag, florierte der Seidenhandel. Giocondo hatte beschlossen, sein *stabilimento* zu vergrößern, doch war ihm im Gegensatz zu seinen Konkurrenten nicht an der Herstellung von Seidensamt oder Plüsch gelegen, sondern an der Erweiterung der Produktion von *ciambellotto*, da der Verkauf von Wollsatin größeren Gewinn versprach.

Neben diesem Problem beschäftigte ihn bereits jetzt der Gedanke an Bartolommeos Lehrzeit.

»Zuerst soll er bei den *conduttori* das Sortieren der Kokons lernen, dann wird er bei den *calderai* arbeiten, dann . . .«

»Edler Gemahl«, unterbrach ihn Lisa lächelnd, »meint Ihr nicht, daß es für solche Pläne noch etwas zu früh ist? Meo ist schließlich erst fünf, und zunächst werde ich ihn Lesen und Schreiben lehren.«

Giocondo stimmte ihr zu. Aber in einigen Jahren, wenn Meo zu einem strammen jungen Burschen herangewachsen war, sollte er das Seidengewerbe von der Pike auf erlernen. »Ich möchte, daß er der beste *setaiuolo* in der ganzen Stadt wird!«

So rasch, wie glückliche Tage immer verfliegen, ging der Juli vorbei. Lisa war mit ihrem Leben zufrieden und dankte der Madonna dafür, daß die Mediciverschwörung keine Opfer gefordert hatte. Sie lag jetzt schon drei Monate zurück, und viele Leute dachten kaum mehr daran. Der Stadtwache war es nicht gelungen, die Verschwörer aufzuspüren.

An einem Augusttag kam Giocondo früher als sonst aus der Stadt zurück. Sein Gesicht war aschfahl.

»Sie haben Jacopo verhaftet.«

Ein gewisser Lamberto dell' Antrella hatte die sechs Verschwörer verraten. Der Prozeß war geheim, kurz und erbarmungslos. Die sechs Männer wurden zum Tod verurteilt.

In der sternklaren Nacht des 17. August 1497 standen Lisa und ihr Gatte inmitten der stummen Menge, die sich in dem von Fackeln beleuchteten Hof des Bargello-Gefängnisses eingefunden hatte. Wie alle anwesenden Damen hielt sich auch Lisa eine Maske vor das Gesicht, um nicht erkannt zu werden.

Die Montanara-Glocke, die allnächtlich die Sperrstunde ankündigte, begann zu läuten. Der erste Verurteilte, der im Gefängnishof erschien, war der fünfundsiebzigjährige Kaufherr Bernardo del Nero. Die Ketten an seinen Füßen klirrten, als er, in ein langes weißes Hemd gehüllt, über das Kopfsteinpflaster ging. Festen Schrittes bestieg er das Schafott, lächelte dem Henker zu, der ihn kniend um Vergebung bat, bekreuzigte sich und legte seinen Kopf auf den Block. Dann sauste das zweischneidige Beil auf seinen Nacken nieder.

Lorenzo de' Tornabuoni war der nächste. Auf dem ungewöhnlich schönen, aristokratischen Gesicht des Neunundzwanzigjährigen lag ein stolzes Lächeln, als er hocherhobenen Hauptes zum Blutgerüst schritt. Nach ihm wurden Niccolò Ridolfi, Giovanni Cambi und Gianozzo Pucci hingerichtet.

Jacopo war der letzte.

Er hatte, wie es nur der Jugend vergönnt ist, geschlafen, als man ihn abholte, und es schien, als fiele es ihm schwer, die blauen Augen offenzuhalten. Im Schein der Fackeln schimmerte sein Haar kupferrot.

Als er in dem langen weißen Hemd an Lisa vorbeiging, nahm sie die Maske zur Seite und warf ihm eine Kußhand zu. Er blieb stehen und sah sie an. Ein knabenhaftes Lächeln erschien auf seinem sommersprossigen Gesicht. Er war froh, daß sie gekommen war und sich immer daran erinnern würde, wie furchtlos er dem Tod entgegenging.

Savonarola hielt sich bis Weihnachten an das Predigtverbot. Es war eine Qual für ihn, zum Schweigen verdammt zu sein. Er konnte nicht ohne die bewundernd zu ihm aufblickende Menge leben. Wie ein Löwe im Käfig lief er in seiner Zelle hin und her.

Aber er versuchte noch immer, den Mann, den er von der Kanzel aus beschimpft hatte, zu beschwichtigen. Heuchlerisch versicherte er den Papst seiner unwandelbaren Ergebenheit.

»Heiliger Vater, ich küsse Eurer Heiligkeit Füße, gleich einem Kinde, das bekümmert ist, weil es den Unwillen seines Vaters erregt hat. Willfährig werfe ich mich Euch zu Füßen und bitte Euch, erhöret mein Flehen, verwehret mir nicht länger Eure Umarmung. Ich flehe zu Eurer Heiligkeit, trennet mich nicht ab vom Quell Eurer Güte.«

Auf diese Bittschrift erhielt er keine Antwort. Woche um Woche verging, ohne daß seine Exkommunikation widerrufen worden wäre. Seine Verzweiflung verwandelte sich in Wut. Die Adventszeit, in der er früher Triumphe gefeiert hatte, brach an und verstrich. Noch immer kein Wort aus dem Vatikan! Seit dem Tag, an dem man den päpstlichen Erlaß an den Kirchentüren angeschlagen hatte, waren bereits sechs Monate vergangen. Der Gedanke, in Vergessenheit zu geraten, war ihm unerträglich.

An Weihnachten entlud sich seine Wut. Die Maske der Demut und des Gehorsams von sich werfend, forderte er den Papst öffentlich heraus: Er zelebrierte drei Messen, führte eine Prozession seiner Ordensbrüder an und hielt in der Klosterkirche eine lange Predigt.

Wie früher schlug er seine Zuhörer in Bann. Wider alle Vernunft ergriff die Signoria Partei gegen den Heiligen Stuhl und gestattete Savonarola, im Dom zu predigen. Im Februar stand er wieder auf der Kanzel und hielt glühenden Blickes der Menge das Kruzifix entgegen.

Jetzt warf er alle Bedenken über Bord. In flammenden Worten rechtfertigte er seinen Ungehorsam, erklärte seine Exkommunikation für ungültig und forderte die Geistlichkeit in aller Welt auf, sich gegen die »Hure Babylons« – die Heilige Kirche – zu erheben.

Eine Art Besessenheit hatte ihn ergriffen. Er ahnte, daß er sein eigenes Verdammungsurteil sprach, aber es kümmerte ihn nicht mehr. Lieber wollte er den Tod erleiden, als schweigen zu müssen. In ekstatischen Ausbrüchen schrie er, halb wahnsinnig, nach dem Martyrium. Nun, da man ihm bald wieder den Mund verbieten würde, wollte er ein letztes Verdammungsurteil sprechen.

»Ich bezeuge im Namen Gottes, daß Alexander weder Papst ist, noch als solcher erachtet werden kann. Ich erkläre, daß er kein Christ ist und nicht an Gott glaubt und daß dies die Grenzen jedweder Ungläubigkeit überschreitet.«

Und nach einer Atempause sprach er mit Donnerstimme die unheilvollen Worte:

»Darum gelte für ihn, dessen Befehle gegen die Nächstenliebe verstoßen, welche die Erfüllung des Gesetzes darstellt: *anathema sit!*«[12]

Die Menge hielt den Atem an. Der Mönch hatte den Papst exkommuniziert!

Savonarola wußte im selben Augenblick, daß er die Grenze endgültig überschritten hatte. Er versuchte, seine Anschuldigung zu begründen, zitierte die Heilige Schrift, die Kirchenväter und natürlich auch Gott selbst, der durch ihn, so unwürdig er auch sei, zu den Menschen spreche.

Aber es war zu spät. Er hatte sich, wie Lorenzo de' Medici vorausgesagt hatte, aus seinen eigenen Worten den Strick gedreht. Noch bevor seine Predigt zu Ende war, verließen viele Zuhörer den Dom.

Diesmal reagierte der Papst sofort. Ein Sonderkurier überbrachte der Signoria den Befehl, den rebellischen Mönch zum Schweigen zu bringen; andernfalls würde die ganze Stadt exkommuniziert. Die Erinnerung an die katastrophalen Auswirkungen des vor knapp zwanzig Jahren von Papst Sixtus über Florenz verhängten Kirchenbannes brachte die Ratsherren zur Vernunft. Am 17. März teilten sie Savonarola mit, daß er »nirgendwo in dieser Stadt« mehr predigen dürfe.

Aber den »unverbesserlichen Schwätzer« konnte auch das Verbot der weltlichen Obrigkeit nicht davon abhalten, noch einmal auf die Kanzel des Doms zu steigen.

Er begann seine Predigt mit der üblichen Selbstbeweihräucherung. Er sei ein gottesfürchtiger Mensch. Er halte sich »keine Hure, keine Konkubine«. Er nähre sich von Wasser und Brot, faste regelmäßig und geißle sich mit erbarmungsloser Strenge. Er predige zum Lob der Kirche und nicht, um sie zu zerstören. Dann erklärte er noch einmal seine Exkommunikation für ungültig, zitierte aus der Bibel und betonte von neuem, daß seine Visionen vom Höchsten selbst kämen.

Es war das letzte Mal, daß er von der Kanzel herab sprach. Er stieß auf taube Ohren. Der Mönch hatte sein Publikum verloren. Die Leute wollten von ihm, seinen Geschichten, Klagen und Problemen nichts mehr wissen. Er war ihnen lästig geworden.

Am selben Sonntag machte ein Franziskanermönch namens Francesco da Puglia während seiner Predigt einen denkwürdigen Vorschlag: »Wenn die Ausstoßung Savonarolas aus der Gemeinschaft der Gläubigen ungültig ist, wie er selbst behauptet, warum unterzieht er sich dann nicht der Feuerprobe, um seine Unschuld durch Gott – der doch sein Freund ist und durch ihn fortwährend zu den Menschen redet – offenbaren zu lassen? Ich selbst bin jederzeit bereit, neben ihm durchs Feuer zu laufen.«

Die ganze Stadt war von diesem Vorschlag begeistert.

»Edler Gemahl, was ist das, eine Feuerprobe?« fragte Lisa.

Giocondo erklärte ihr, es sei eine alte Form des Gottesurteils. Die gegnerischen Parteien, deren Schuld oder Unschuld bewiesen werden sollte, mußten dabei, nur mit weißen Hemden bekleidet, Seite an Seite auf einem schmalen, langen Steg zwischen zwei Feuern durchlaufen. Derjenige, der unversehrt blieb, wurde für rechtschaffen und unschuldig erklärt, der andere als »Sohn des Teufels« verdammt.

Im Mittelalter hatte sich diese Prozedur großer Beliebtheit erfreut, aber da sie meist beide Gegner das Leben kostete, war sie außer Gebrauch gekommen.

Die Florentiner aber wollten unbedingt wissen, ob ihr Mönch wirklich der Prophet Gottes oder nur ein Scharlatan war. Sie waren auf diese Feuerprobe erpicht, und ihre Enttäuschung war groß, als Savonarola kundtat, er habe »eine viel zu wichtige Aufgabe zu erfüllen, um an ein derart erbärmliches Unternehmen Zeit zu verschwenden«.

Daß er, der noch vor kurzem um ein Martyrium gefleht hatte, so reagierte, stieß bei der Bevölkerung auf wenig Verständnis. Und unter seinen Anhängern war mancher, der es allmählich für denkbar hielt, daß der heilige Mönch nicht nur ein Schwätzer, sondern auch ein Feigling war. Als man die Sache mit dem Gottesurteil fast schon ad acta legen wollte, erklärte sich plötzlich ein frommer und heldenmütiger Dominikanermönch namens Domenico da Pescia bereit, anstelle seines Priors durchs Feuer zu laufen. Aber der franziskanische Herausforderer wollte davon nichts wissen. Entweder Savonarola oder überhaupt niemand! Wieder schien alles im Sand zu verlaufen, als sich plötzlich ein anderer Franziskaner, ein gewisser Rondinelli, erbot, gegen Savonarolas Ersatzmann anzutreten.

Jetzt mußte man sich also mit zwei Stellvertretern begnügen, aber das war besser als gar nichts. Die Feuerprobe wurde auf den 8. April 1498, den Tag vor Palmsonntag, zwei Uhr nachmittags festgesetzt.

Auf der Piazza della Signoria hatte man zwei große Reisighaufen aufgeschichtet, die knapp zwei Fußbreit voneinander entfernt waren. Städtische Bedienstete waren damit beschäftigt, sie mit Pech zu begießen und – damit das Feuer sich rascher ausbreiten konnte – Schießpulver auf das Reisig zu streuen.

Obwohl der Himmel bedeckt und aus der Ferne Donnergrollen zu hören war, hatte sich eine festlich gestimmte Volksmenge eingefunden. Man hatte Imbißkörbe mitgebracht und sich auf dem Pflaster niedergelassen. Die Aussicht auf ein kostenloses *spettacolo* versetzte jedermann in gute Laune und förderte den Appetit.

Ungeachtet seiner Exkommunikation hatte sich Savonarola, umgeben von zweihundert Ordensbrüdern, in der Loggia dei Lanzi eingefunden. Domenico da Pescia, der durchs Feuer laufen wollte, betete vor einem Standbild des heiligen Dominikus. Die andere Seite der Loggia hatten die Franziskaner mit Beschlag belegt, deren Matador Rondinelli in seinem weißen Hemd eher vor Angst als vor Kälte zitterte. Je länger er mit klappernden Zähnen die beiden Reisighaufen betrachtete, desto weniger war ihm danach zumute, sein kühnes Versprechen wahrzumachen.

Schließlich kamen ihm seine Ordensbrüder zu Hilfe. Sie teilten den Mitgliedern der Signoria mit, daß Rondinelli es ablehne, nur mit einem Hemd bekleidet durchs Feuer zu laufen, während sein Gegner ein Meßgewand trage, in dem sich vielleicht ein Teufel versteckt hielt, um ihn vor den Flammen zu schützen.

Es folgte eine lange Debatte, die damit endete, daß auch der Dominikaner ein weißes Hemd anziehen mußte.

Als die Stadtwache gerade ihre Fackeln auf den Reisighaufen werfen wollte, verlangte Savonarola, man solle seinem Stellvertreter gestatten, das heilige Sakrament vor sich her zu tragen. Daraufhin erklärten die Franziskaner, es wäre ungerecht, dem Dominikaner diesen Vorteil einzuräumen. Als waschechte Italiener begannen die beiden gegnerischen Mönche sofort, einander wüste Beschimpfungen an den Kopf zu werfen, doch ihr Gezeter ging plötzlich in einem ohrenbetäubenden Donnerschlag unter.

Ein sintflutartiger Wolkenbruch vertrieb die um ihre Imbißkörbe gelagerten Ausflügler von der Piazza, und im Nu waren die Reisighaufen tropfnaß.

Der Wolkenbruch dauerte zwar nur fünf Minuten, aber das genügte, um die Florentiner ihres kostenlosen Vergnügens zu berauben. Auf dem Heimweg schimpften sie lauthals über den »vermaledeiten Mönch«, der ihnen das *spettacolo* verdorben hatte, weil er im letzten Moment die Sache mit dem heiligen Sakrament aufs Tapet brachte. Allmählich steigerten sie sich in eine so hemmungslose Wut auf Savonarola hinein, daß sie – zumal der Regen inzwischen aufgehört hatte – plötzlich nicht mehr nach Hause gehen wollten.

Sie zogen wieder zur Piazza, lungerten dort herum und wurden von Minute zu Minute aufgebrachter. Es bedurfte nur eines Funkens, um die Volkswut explodieren zu lassen. Um drei Uhr war es soweit: Einige Dominikanermönche aus dem Kloster San Marco gingen auf dem Weg zum Vespergottesdienst über die Piazza.

»Schert euch weg!« rief jemand. »Fort mit euch, ihr Feiglinge!«

Das genügte. Jemand schleuderte einen Stein, und die Mönche liefen, von einem Volkshaufen verfolgt, in Richtung ihres Klosters davon. Zwei von ihnen wurden niedergeschlagen und blutüberströmt liegengelassen. Die anderen konnten sich ins Kloster retten und schlugen ihren Verfolgern das Tor vor der Nase zu. Aber nachdem sie eine Kostprobe davon bekommen hatte, wie süß Rache schmeckt, dachte die Menge gar nicht daran, sich zu zerstreuen.

»Wir holen ihn heraus!« schrie jemand. »Wir holen den Mönch heraus!«

Tausende stimmten in den Ruf ein. Aus einem nahen Stall wurden Strohbündel geholt und am Portal aufgeschichtet. Leitern wurden an die Gartenmauer gelehnt. Vom Dach aus schleuderten Mönche Ziegel auf die Angreifer.

Bei Anbruch der Dunkelheit begann der Kampf um das Kloster. Er dauerte bis drei Uhr morgens und forderte hundert Menschenleben. Die Angreifer kletterten über die Gartenmauer und drangen in die Klosterzellen ein. Die Mönche verteidigten sich mit Kruzifixen und brennenden Fackeln. Männer, deren Haare und Kleider Feuer gefangen hatten, liefen schreiend durch die Gänge. Einige wurden direkt vor den herrlichen Fresken Fra Angelicos niedergemetzelt.

Allmählich wurde der Widerstand schwächer. Mehrere Ordensbrüder hangelten sich von den Fenstern aus an Seilen hinunter und brachten sich in Sicherheit. Andere entkamen durch einen Geheimgang. Schließlich zertrümmerten die Angreifer die Tür der Klosterkirche und stürmten auf Savonarola zu, der im Meßgewand vor dem Altar betete.

Sie kamen nicht weit.

Ein junger deutscher Novize, ein blonder Hüne, der sich Bruder Heinrich nannte, hatte seine Hakenbüchse auf dem Geländer der Kanzel in Anschlag gebracht und feuerte sie zielsicher ab, wobei er die Marienlitanei psalmodierte. Aber auch er wurde schließlich getötet: Ein Stein zerschmetterte sein Gesicht.

Savonarola wurde ergriffen und hochgezerrt. Es fehlte nicht viel, und die Angreifer hätten ihn mit ihren Fackeln geblendet. Von unzähligen Händen gepackt, wurde er durch die Säulengänge des Klosters und geradewegs zur Piazza geschleift, wo ihn eine wütende Volksmenge erwartete. Man riß ihm das Meßgewand vom Leib, bespuckte ihn und schlug auf sein Gesicht ein. Das Blut rann ihm aus dem Mund, als er in die Knie sank. Vermutlich wäre er auf der Stelle niedergemetzelt worden, wenn nicht plötzlich ein Trupp der berittenen Stadtwache aufgetaucht wäre. Der Hauptmann zerrte den Mönch hoch und ließ ihn bis zum Portal des Palazzo Vecchio vor sich her humpeln, wobei er ihn ab und zu mit seinem Degen vorwärtstrieb.

Es waren erst zwei Wochen vergangen, seit Savonarola ein Martyrium ähnlich dem Leidensweg Christi für sich erfleht hatte. Im Morgengrauen des Palmsonntags 1498, inmitten einer Volksmenge, die ihn einst vergötterte und jetzt johlend auf ihn einschlug, begann dieses Martyrium.

Er wurde im Turm eingekerkert. Nach kurzem Schlaf auf dem Boden seiner Zelle wurde er durch einen Fußtritt aufgescheucht und seinen Richtern vorgeführt.

Als er sich weigerte zu gestehen, daß seine Visionen ein Werk des Teufels seien, band man ihm die Hände auf dem Rücken zusammen. Mit Hilfe eines Flaschenzuges wurde er an die Decke der sechs Meter hohen Folterkammer gehoben, dann ließ man ihn jäh bis etwa eine Handbreit über dem Fußboden herabstürzen. Diese Foltermethode wurde *strappado* genannt.

Beim dritten Mal renkte er sich die Schulter aus und verlor das Bewußtsein. Man schleifte ihn in die Zelle zurück. Sein Zustand war so erbarmungswürdig, daß der Kerkermeister, der zu den schlimmsten Feinden des Mönches gezählt hatte, ihm etwas Brühe einflößte und ihn, an seine Knie gelehnt, ausruhen ließ.

Am nächsten Morgen wurde der Gefangene wieder gefoltert. Diesmal mußte er über einem *brasero* baumeln, dessen glühende Holzkohlen nur einen Fingerbreit von seinen Fußsohlen entfernt waren. Aber er widerrief nicht.

Fünf Tage lang ging es so weiter. Auf der Piazza della Signoria versammelten sich nach dem Abendessen viele Bürger, um über den Prozeß zu diskutieren. Obwohl das Verfahren geheim war, fand sich meist ein bestechlicher Schreiber oder Folterknecht, den man aushorchen konnte. Als der Mönch weiterhin auf dem göttlichen Ursprung seiner Gesichte und Prophezeiungen beharrte, machte sich im Volk ein Meinungsumschwung bemerkbar. Der Mann, den alle einen Feigling genannt hatten, verhielt sich wie ein echter Märtyrer!

»Warum hören sie nicht endlich auf, ihn zu foltern?« fragte Lisa ihren Gatten. Auch sie war vom Heldenmut des Mönches beeindruckt, und die Abneigung, die sie ihm gegenüber empfunden hatte, schwand angesichts seiner Standhaftigkeit. »Warum entschließen sie sich nicht, ihn entweder sofort zu töten oder ihn in Ruhe zu lassen?«

»Weil sie wissen, daß die menschliche Leidensfähigkeit ihre Grenzen hat und daß er, wenn sie ihn lange genug martern, zusammenbrechen und alles, was sie wollen, gestehen wird.«

Und so geschah es.

Vor Schmerzen halb von Sinnen, gab Savonarola mißverständliche Erklärungen ab, widersprach sich selbst und verlor, wenn er seine Visionen schildern wollte, den gedanklichen Zusammenhang. Seine Aussagen wurden vom Notar des Tribunals, einem gewissen Ceccone, aufgezeichnet und in einen Widerruf umgefälscht. Dann zwang man den halb bewußtlosen Angeklagten zur Unterschrift.

Das Protokoll wurde sofort bekanntgegeben, aber es war so offensichtlich zurechtgestutzt, daß es von niemandem für bare Münze genommen wurde. Ein zweiter Prozeß wurde anberaumt.

Diesmal unterwarf man Savonarola einer neuartigen Folter.

Ein Astrologe hatte vorausgesagt, daß ein »hermaphroditischer Prophet« erscheinen würde, und nun wollten die Richter feststellen, ob nicht vielleicht der heilige Mönch dieses zweigeschlechtige Geschöpf Satans sei. Man zog ihn splitternackt aus und band ihn mit Lederriemen auf einem Tisch fest. Dann wurde er eine Stunde lang von einem Barbier auf das grausamste »untersucht«, bis dieser erklärte, der Prior von San Marco sei ein Mann wie jeder andere, sich verabschiedete und den bewußtlosen, blutenden Gefangenen auf dem Tisch liegenließ.

Man trug ihn in seine Zelle, aber auch hier war ihm keine Ruhe vergönnt. Er wurde in Eisen gelegt, die bei der geringsten Bewegung gegen seine abgeschürften Knöchel drückten. Und zu alledem wurde er jetzt von Zweifeln gequält. Hatte wirklich Gott selbst zu ihm gesprochen, oder waren ihm seine Prophezeiungen vom Teufel eingeflüstert worden? Als er erfuhr, daß auch die Ordensbrüder von San Marco ihn verworfen und zum Scharlatan erklärt hatten, stürzte er in einen Abgrund der Verzweiflung.

Jetzt war er völlig verlassen. Es gab keinen Heiland mehr, der ihm nach den Schrecken der Folterkammer Trost zusprach, keine Stimme des Himmels, die seine einsame Zelle mit der Verheißung ewiger Seligkeit erfüllte, keine Getreuen, die jetzt noch für ihn beteten. Er war verstoßen von Gott und von den Menschen.

Am fünften Tag des zweiten Prozesses brach er zusammen. Als man ihn festbinden wollte, um ihn zum siebten Mal zur Decke hinaufzuziehen, sank er in die Knie.

»Ihr Herren, ich bitte Euch«, stammelte er, »zieht nicht noch einmal.«

Der Notar Ceccone griff nach seiner Hand, um ihn das vorbereitete Geständnis unterschreiben zu lassen. Als Savonarola die Feder ansetzte, wich die Benommenheit von ihm. Mit zitternder Hand deutete er auf Ceccone und prophezeite ihm, daß er innerhalb von sechs Monaten sterben würde. Er sollte recht behalten.

Dann unterschrieb er, und nun war alles vorbei.

Man ließ ihn fast einen Monat lang in Ruhe, während man auf das Eintreffen zweier Bevollmächtigter des Papstes wartete. Der eine war der hochbetagte General des Dominikanerordens, Giovanni Turriano, der andere Monsignore Remoline, ein geiler Spanier, der als Begrüßungsgeschenk ein schönes »als Knabe verkleidetes« Mädchen zu seiner persönlichen Bedienung erhielt.

Durch soviel Entgegenkommen in gute Stimmung versetzt, ließ Monsignore Remoline den letzten Akt der Tragödie zügig über die Bühne gehen. Savonarola wurde den päpstlichen Abgeordneten und den Richtern vorgeführt, die ihn unverzüglich zum »Häretiker, Schismatiker und Volksverführer« erklärten. Das Urteil lautete: Tod durch Erhängen, sodann Verbrennung der Leiche auf dem Scheiterhaufen. Mit ihm zusammen wurden zwei Mönche des Klosters San Marco zum Tod verurteilt: jener Domenico de Pescia, der sich an Savonarolas Stelle der Feuerprobe unterziehen wollte, und Sylvestro Marucci, ein psychopathischer Schlafwandler, der ihn angeklagt hatte, um sein eigenes Leben zu retten.

Die drei Todesurteile wurden am frühen Morgen des 28. Mai 1498 auf der Piazza della Signoria vollstreckt.

Dort war ein langer Holzsteg errichtet worden, der sechs Fußbreit über dem Pflaster zur Mitte des Platzes führte, wo er in ein rundes Podest mündete, unter dem man Stroh und ölgetränkte Holzscheite aufgeschichtet hatte. Auf dem Podest stand ein großes Kreuz, an das eine Leiter gelehnt war. Während der Henker auf dieser Leiter stand und die Schlingen knüpfte, riß er allerlei Possen.

Als der Morgen graute, hatte sich auf der Piazza bereits eine große Menschenmenge versammelt. Diesmal herrschte eine völlig andere Stimmung als an dem sechs Wochen zurückliegenden Tag der Feuerprobe. Die Frauen trugen keine Imbißkörbe am Arm, die Männer keine Weinschläuche über der Schulter. Sie waren schwarz gekleidet und warteten schweigend. Manche hatten sich hingekniet und beteten, manche hielten schluchzend ihren Rosenkranz umklammert.

Savonarola und seine beiden Leidensgenossen traten aus dem Palazzo Vecchio und gingen zu dem Tisch, an dem die Richter saßen. Kurz zuvor hatte man die Verurteilten »degradiert«, das heißt, ihnen das Ordensgewand abgenommen. Jetzt waren sie in weiße Hemden gehüllt, die bis zu den Fußketten hinabreichten.

Der Notar verlas das Todesurteil, aber Savonarola hörte es kaum. Seine ausgerenkte Schulter schmerzte so entsetzlich, daß er das Ende herbeisehnte. Bald würde alles vorüber sein. Bald würde ihn der Strick von allen Qualen erlösen.

Er sah zum zartblauen Morgenhimmel empor. Ein neuer Tag war angebrochen, ein Maimorgen so schön wie jener vor acht Jahren, als er nach Florenz zurückgekehrt war. Und wie oft hatte sich der Himmel wie dieser über der Lombardei und der Romagna gewölbt, wenn er in aller Frühe von Dorf zu Dorf gewandert war . . . In seiner unendlichen Gnade hatte Gott ihm gewährt, an einem schönen Frühlingsmorgen zu sterben.

Der Notar setzte sich, und nun erhob sich Monsignore Remoline. Er verkündete, daß Seine Heiligkeit in Seiner großen Güte den drei sündigen Mönchen vollkommenen Ablaß gewährt und ihnen damit »ihre ursprüngliche Unschuld wiedergegeben und sie vor dem Fegefeuer bewahrt« habe.

Mit diesem letzten Gnadenbeweis schickte der Borgia-Papst die drei Mönche in den Tod. Mit klirrenden Ketten gingen sie über den Steg zum Podest. Domenico de Pescia bestieg die Leiter als erster, ihm folgte Marucci. Als Savonarola die oberste Sprosse erreicht hatte, wurde das Feuer angezündet.

Der Henker legte ihm die Schlinge um den Hals.

»Mönch, jetzt ist es an der Zeit, ein Wunder zu vollbringen!« rief er grinsend und stieß ihn von der Leiter.

Der zuckende Körper des Mannes, der über Florenz geherrscht hatte, schwang hin und her. Dann züngelten die Flammen um seine gefesselten Füße, fraßen sich zischend an seinem Hemd empor und hüllten ihn in ein glutrotes Leichentuch.

Und nun geschah etwas Unerhörtes. Die Volksmenge erblickte den hoch erhobenen rechten Arm Savonarolas. Es war, als wollte er ihnen allen einen gespenstischen Segen erteilen.

Sie bekreuzigten sich und verließen eiligst die Piazza.

»O Gott, wir haben einen Heiligen getötet!«

Zwei Wochen später besuchte Lisa ihren Großvater. »Heute morgen«, berichtete sie, »kam ein Hausierer an die Küchentür und bot mir ein Säckchen mit der Asche des heiligen Mönches an.«

»Und du hast es natürlich gekauft«, sagte Mariotto lächelnd.

»Es soll alle im Haus vor Unglück und Krankheit bewahren.«

»Und das hast du ihm natürlich geglaubt.«

»Aber ehrwürdiger Großvater, viele Leute sagen, der Mönch sei wirklich ein Heiliger gewesen.«

»Viele Leute sagen viele törichte Dinge.«

Sie warf dem alten Bankier einen mißbilligenden Blick zu. »Wollt Ihr damit sagen, daß Ihr ihn nicht für einen Heiligen haltet?«

»Stimmt. Wenn er tatsächlich einer ist, kann ich nur hoffen, daß ich nie in den Himmel kommen werde.«

»Aber er hat uns vom Kreuz aus gesegnet. Das habe ich mit eigenen Augen gesehen. Und das ist doch ein großes Wunder.«

»Ich kann diesen Unsinn einfach nicht mehr hören! Glaub mir, mein Kind, wenn einer am Strick baumelt, können die seltsamsten Dinge passieren. Es ist sogar möglich, daß ein Gehenkter den Arm hebt. Aber bestimmt nicht, um die Zuschauer zu segnen.«

»Und daß er die Folter so tapfer ertragen hat?«

Aber auch das konnte ihren Großvater nicht überzeugen. Er gab zu, daß dieses Verhalten Bewunderung verdiene, aber so mancher Schurke habe ebensoviel, wenn nicht sogar noch mehr Standhaftigkeit bewiesen. Gewiß, der Mönch sei sehr bestraft worden, aber auch er selbst habe für jene, die nicht mit ihm übereinstimmten, die härteste Strafe gefordert.

»Hast du vergessen, daß er verlangt hat, man sollte jeden Bürger enthaupten, der die Herrschaft der Medici seiner eigenen vorziehe? Hast du vergessen, daß auf seine Anordnung jedem, der einen Fluch in den Mund nahm, die Zunge mit einem glühenden Eisen durchstochen wurde? Das ist auch eine harte Strafe, nicht wahr?«

Lisa mußte es zugeben.

»Nein, mein Kind, er war kein Heiliger, sondern ein rebellischer Mönch, ein selbstgerechter, machthungriger Narr, der, wie alle Fanatiker, von dem, was er verkündigte, fest überzeugt war. Möge Gott ihm gnädig sein. Ihm und uns allen.«

Dritter Teil
Das Porträt

Der höchst merkwürdige »Messer Lunardo Vinci«

Nach Savonarolas Hinrichtung entwickelte sich in der Stadt der Blumen wieder ein wenn auch bescheidenes geselliges Leben. Nachdem drei Jahre lang Christus als König über die Florentiner geherrscht hatte, sehnten sie sich nach Musik und Fröhlichkeit. Und niemand wartete ungeduldiger darauf als die noch nicht zwanzigjährige Donna Lisa de' Gherardini del Giocondo.

Sie war nach jenem Gespräch mit ihrem Großvater nicht mehr so sicher, daß der Mönch ein heiliger Mann gewesen war; im Grunde kümmerte sie diese Frage auch wenig. Etwas aber wußte sie ganz genau: Er war keine Minute zu früh gestorben. Ein paar Jahre länger, und er hätte sie um ihre ganze Jugend gebracht! Jetzt war ihr wenigstens ein Rest davon geblieben, und sie nahm sich vor, ihn zu nützen, bevor das Einerlei der mittleren Lebensjahre auf sie zukam.

Das wieder einsetzende gesellschaftliche Leben war natürlich nicht mit den glanzvollen Zeiten der Medici zu vergleichen. Geschwächt durch den Niedergang des Wollgewerbes und den unheilvollen, endlosen Krieg gegen Pisa, mit einer Staatskasse, in der seit der »Entschädigungszahlung« an den französischen König ständig Ebbe herrschte, war Florenz nicht mehr die strahlende Handels- und Finanzmetropole, sondern eine müde gewordene Stadt, die von ihren Erinnerungen zehrte.

Von den Erinnerungen an ihr goldenes Zeitalter, als sie »auf einem See aus Gold dahinglitt«, als die großen *stabilimenti* am Ufer des Arno mit Aufträgen eingedeckt waren, weil alle Welt San-Martino-Tuch kaufte. Die Ereignisse der letzten Jahre hatten zu viele Wunden hinterlassen. Doch jetzt wollten die Florentiner den Alptraum abschütteln, der seit der Plünderung des Palazzo Medici, seit Savonarolas Aufstieg und der französischen Invasion auf ihnen lastete.

Ihre Hoffnung auf Frieden und gemäßigten Wohlstand erhielt Auftrieb, als aus Frankreich die Nachricht eintraf, daß König Karl im April gestorben sei – am selben Tag, an dem die Feuerprobe in Florenz ins Wasser gefallen war.

Sein Tod war nicht weniger absurd als sein Leben. Auf dem Weg zu einem Turnier war er mit seinem großen, leeren Kopf so heftig gegen eine Tür gerannt, daß er zusammenbrach und, von seinem Hofstaat verlassen, auf einer Strohmatte sein Leben aushauchte.

»Hoffentlich bleiben die ausländischen Teufel jetzt für immer hinter ihren Bergen«, sagte Lisa. »Und hoffentlich dürfen wir jetzt zur Abwechslung wieder ein bißchen fröhlich sein!«

Giocondo hatte Verständnis dafür, daß sie endlich wieder tanzen und schöne Kleider tragen wollte. Sie war jung und hatte ein Recht auf Vergnügen.

»Im Augenblick ist es wohl noch zu früh, das Ende der Herrschaft Savonarolas zu feiern, aber wie wäre es, wenn Ihr nach unserer Rückkehr vom Land einen Ball geben würdet?«

Das Fest im Hause Giocondo fand zwei Wochen vor Weihnachten statt und war ein voller Erfolg für Lisa, die von nun an zu den beliebtesten Gastgeberinnen der Stadt zählte.

Eigentlich wollte sie an diesem Tag den Gürtel anlegen, den ihr Vetter Jacopo ihr aus Siena mitgebracht hatte, aber sie brachte es dann doch nicht übers Herz. Der Gedanke an Jacopo trieb ihr die Tränen in die Augen. Wie glücklich es ihn gemacht hätte, heute mit ihr tanzen zu dürfen! Jetzt, da er tot war, durfte sie sich eingestehen, daß er sie geliebt hatte. Und sie hatte seine Liebe nicht erwidern können, weil damals nur Giuliano für sie existierte. Seinen Gefühlen konnte man eben keine Befehle erteilen. Nach dem gelungenen Ball fand in der Casa Giocondo eine ganze Reihe zwangloser Gesellschaften statt, und im Juni gab Lisa zum Abschluß der Saison ein Gartenfest.

Alle Veranstaltungen waren freilich nur ein blasser Abklatsch der aufwendigen Festlichkeiten von einst. Die juwelenbesetzten Roben waren inzwischen in die Pfandhäuser gewandert, und nur wenige Damen konnten sich jetzt noch Brokat leisten. Aber die Fröhlichkeit der Gäste machte den erzwungenen Verzicht auf Luxus wett. Da fast jedermann verarmt war, schämte man sich seiner Armut nicht mehr. Man tanzte so ausgelassen wie früher, und die jungen

Leute lächelten einander genauso verliebt zu, wie es die Generation ihrer Eltern getan hatte.

Lisas Alltag beschränkte sich jetzt nicht mehr auf ihren häuslichen Wirkungskreis. In Begleitung Tessas machte sie nachmittags ihre Besuchsrunde bei Freunden und Verwandten. Ihre Taftkleider und Spitzenhandschuhe erregten viel Bewunderung. Als Gattin Giocondos blieben ihr die finanziellen Sorgen erspart, in die ein großer Teil der Kaufmannsaristokratie durch die Notlage des Wollgewerbes geraten war. Aber da sie sich nicht damit brüstete, verziehen ihr die anderen, daß sie im Wohlstand lebte.

Einmal wöchentlich hatte sie selbst Empfangstag, und dann unterhielt sie sich mit immer denselben Bekannten und Verwandten über immer die gleichen Dinge. Es war alles recht provinziell und langweilig, aber man hatte wenigstens das Gefühl, daß es wieder so etwas wie gesellschaftliches Leben gab.

Zu Lisas neuen Aufgaben gehörte es jetzt auch, anderen Beistand zu leisten und Wohltätigkeit zu üben. Sie besuchte befreundete Damen, die ein Kind erwarteten, half, sie in die Badewanne zu heben, und stimmte in die Gebete zur heiligen Margareta ein. Wie einst ihre Großmutter Gherardini übernahm sie das Patronat über das Waisenhaus der Unschuldigen Kindlein und luchste ihrem Gatten Geld für die Mitgift tugendhafter elternloser Mädchen ab. Und zusammen mit Tessa sprach sie regelmäßig im *stinche*, dem Stadtgefängnis, vor, um Häftlingen, die ihr Essen nicht selbst bezahlen konnten, kleine Würste zu bringen.

Sie liebte ihren Gatten, der jetzt im reifen Mannesalter stand. Manchmal hatte sie das Gefühl, daß dieser massige, so prosaisch wirkende Mann schon immer Teil ihres Lebens gewesen war. Sie fühlte sich wohl, wenn sie nachts die Wärme seines Körpers spürte, und sie wußte, daß ihr nichts Schlimmes geschehen konnte, solange er bei ihr war. Daß sie ihn früher beinahe gehaßt hatte, wollte sie nicht mehr wahrhaben. Und wenn sie gelegentlich mit jungen, attraktiven Männern kokettierte, so nur, um sich zu vergewissern, daß sie noch immer attraktiv war. Die Erfahrung lehrte sie, daß es keinen ehrlicheren Spiegel gab als die Augen eines Mannes.

Bartolommeo war inzwischen zu einem lebhaften Jungen herangewachsen, der lieber mit Gleichaltrigen Ringkämpfe und Wettrennen veranstaltete, als beim Bibel- und Lateinunterricht stillzusitzen.

Mit sieben Jahren war er in die Schule des Kirchensprengels aufgenommen worden (Giocondo hatte sich gegen einen Hauslehrer ausgesprochen), und oft kam er mit blauen Flecken und zerrissenem Hemd nach Hause, was ihm die Freude auf die nächste Balgerei aber keineswegs verdarb.

»Ich fürchte, aus ihm wird nie ein richtiger Studiosus werden«, klagte Lisa.

Worauf Giocondo erklärte, in Florenz liefen bereits mehr als genug studierte Hungerleider herum. Wenn Meo in Astronomie und Religion ein schwacher Schüler sei, so lerne er doch wenigstens, sich mit den Fäusten zu verteidigen. »Und glaubt mir, liebe Frau, das ist wichtiger, als unregelmäßige lateinische Verben zu wissen.«

So vergingen die Jahre. Das Leben im Hause Giocondo blieb bei aller Betriebsamkeit harmonisch und war nicht von Krankheit und Sorge überschattet.

Obwohl sich Florenz noch immer im Krieg mit Pisa befand, war der Bevölkerung unter der Regierung des auf Lebenszeit gewählten Gonfaloniere Piero Soderini eine Periode relativer Ruhe beschieden. Soderini, ein gerechter, gütiger Mann, wohnte im Palazzo Vecchio, auf dessen einzigem Balkon man seine Gattin Argentina beim Gießen ihrer Blumentöpfe beobachten konnte. Daß der Zeiger der Turmuhr meistens stillstand, nahmen die Bürger ebenfalls als Zeichen dafür, daß die Zeiten beschaulicher geworden waren.

Am 25. März 1500 wurde die Jahrhundertwende gefeiert. In Rom proklamierte der Borgia-Papst Alexander VI. den Beginn des Jubeljahres. Seine Kuriere trugen die Nachricht von den mannigfaltigen Segnungen und Ablässen, die allen Pilgern in der Heiligen Stadt zuteil werden sollten, bis an die äußersten Grenzen der Christenheit. Buße zu tun war gut für die Seele, aber auch für den Handel und Wandel in Rom.

An den Neujahrsfestlichkeiten auf der Piazza della Signoria nahm Lisa nicht teil, denn sie verbrachte jetzt den ganzen Tag und oft auch die Nacht am Bett ihrer Großmutter.

Hilflos mußte sie mit ansehen, wie sich das Gesicht der alten Dame vor Schmerz verzerrte, wie sie mit zusammengepreßten Lippen dalag, um nicht aufzuschreien. Der Arzt betrachtete sie über den Rand seiner Brille hinweg, murmelte etwas Lateinisches, verschrieb ihr eine Mixtur und stelzte majestätisch hinaus. Der Gemeindepriester besprengte sie mit Weihwasser und sprach von den wunderbaren, aber geheimnisvollen Ratschlüssen Gottes.

Filippas Söhne und Töchter kamen so oft wie möglich, aber da sie große Familien und geschäftliche Verpflichtungen hatten, konnten sie nie lange bei ihr bleiben. Und so war es vor allem Lisa und ihrem Großvater überlassen, bei der Sterbenden zu wachen.

Manchmal hielt Mariotto schweigend ihre Hand und lächelte ihr, mit den Tränen kämpfend, zu. Sie dachten beide daran, wie sehr sie sich nach den vielen glücklichen Ehejahren gewünscht hatten, diese Welt gemeinsam verlassen zu dürfen. Aber als Filippa eines Abends den letzten Atemzug tat, war Mariotto dankbar dafür, daß sie nicht länger leiden mußte.

Lisa hielt es für ihre Pflicht, von nun an über das Wohl des Großvaters zu wachen.

»Er ist sechsundsiebzig, ist Euch das klar? Jetzt, wo er allein ist, muß jemand auf ihn aufpassen«, sagte sie zu ihrem Mann.

Worauf Giocondo erwiderte, der alte Bankier sei unverwüstlich und werde vermutlich sie alle überleben. Zudem habe er mehrere Söhne und Töchter, von seinen vielen Dienstboten ganz zu schweigen, die sich alle gern um ihn kümmern würden.

»Ihr habt sicher recht, aber ich bin die einzige, die genug Zeit dafür hat und der er sich fügen wird.«

»Und warum sollte er das tun?«

»Weil ich ihm sagen werde, daß ich, falls er sich nicht fügt, sonntags nicht mehr mit Meo zu ihm kommen werde.«

Giocondo machte sie freundlich darauf aufmerksam, daß man dergleichen als Erpressung bezeichne, aber das war ihr gleichgültig. Ob es ihm passe oder nicht, sie werde den Großvater von jetzt an beaufsichtigen.

»Dann seid Ihr also Savonarola ähnlich, der, ob es uns paßte oder nicht, unsere Seelen retten wollte.«

Die regelmäßigen Besuche in der Casa Rucellai gehörten künftig zu Lisas Alltag. Sie schickte ihren Großvater zu Bett, sobald kaltes oder regnerisches Wetter herrschte, und wenn er sich gegen ihre Bitten sträubte, versuchte sie es – meist erfolgreich – mit einer kleinen Erpressung.

Im folgenden Jahr feierte sie ihren einundzwanzigsten Geburtstag, und noch immer hatte sie sich ihr jugendliches Aussehen und ihre schlanke Figur bewahrt.

Mit dreiundzwanzig setzte sie ein paar Pfund an. »Daran bist du schuld«, sagte sie während einer Massage zu Tessa. »Du knetest mich nicht mehr so gut wie früher.«

»Früher hast du nicht so viel Berlingozzokuchen gegessen.«

»Kann ich vielleicht etwas dafür, daß es das Lieblingsdessert meines Gatten ist?«

»Ach, deshalb ißt du also jedesmal ein größeres Stück als er?«

Ein halbes Jahr vor ihrem vierundzwanzigsten Geburtstag war sie fast schon etwas mollig geworden, und nun schwor sie sich, auf den Berlingozzokuchen zu verzichten. Aber da sie ihrem Gatten offenbar noch genausogut gefiel wie früher, dauerte es nicht lange, bis sie ihre guten Vorsätze vergaß.

An einem kühlen Nachmittag – es war der 4. März 1503 – saß sie mit einer Stickarbeit bei ihrem Großvater. Eine Schlafmütze auf dem Kopf, lag Mariotto Rucellai in seinem Himmelbett und knurrte vor sich hin.

»Habt Ihr etwas gesagt, ehrwürdiger Großvater?«

»Ja! Daß mir nicht das geringste fehlt und daß ich wichtigere Dinge zu tun habe, als in diesem vermaledeiten Bett zu liegen!«

»Würdet Ihr lieber in der Loggia der Börse stehen und Euch ein bösartiges Fieber holen?«

»Ich habe mich dort schon fünfzig Jahre lang über die Notierungen informiert und mir dabei niemals eine Krankheit geholt.«

»Das hat mein Großvater Gherardini auch immer gesagt, aber eines Tages hat er sich angesteckt, und kurz darauf mußte er die letzte große Reise antreten.« Sie legte die Stickerei weg. »Aber da ich Euch anscheinend zur Last falle, werde ich mich sofort verabschieden. Und natürlich kann ich am Sonntag nicht mit Meo herkommen.«

»Warum nicht?«

»Weil ich nicht riskieren will, daß er hier verseuchte Luft einatmet und krank wird. Das wollt Ihr doch auch nicht, oder?«

Er sah sie mit gespielter Hilflosigkeit an. Nachdem er sich wortreich dafür bedankt hatte, daß sie so besorgt um ihn sei und sich die Zeit nehme, einen alten Mann zu besuchen, erkundigte er sich nach Meo, der schon fast elf Jahre alt war.

Nach Lisas Worten gab es in ganz Florenz keinen liebevolleren, gehorsameren und dankbareren Jungen. Aber leider habe Meo nur seine Ringkämpfe im Kopf und sei nicht daran interessiert, später an einer Universität zu studieren. »Er will unbedingt im Oktober, wenn wir vom Land zurückkehren, mit der Lehre in der Weberei beginnen.«

»Dem Herrn sei Dank dafür!«

Mariotto ließ eine Schimpfkanonade los, der Lisa entnehmen konnte, daß Florenz gute Kaufleute nötiger habe als nutzlose Studiosi, die stundenlang über das Geschlecht der Engel oder die Bedeutung eines Dante-Verses debattierten. Er selbst habe in seiner langen Laufbahn als Geschäftsmann keinerlei Verwendung für Latein oder Petrarca oder Theologie gehabt. Nicht zufällig falle der wirtschaftliche Niedergang mit der in den letzten dreißig Jahren in Mode gekommenen Bildungsbesessenheit zusammen. Je mehr verstiegene Ideen einem jungen Mann eingetrichtert würden, desto weniger interessiere er sich für geschäftliche Dinge.

Dann erklärte er, das viele Reden habe ihn durstig gemacht. »Ich lechze nach einem Becher Wein!«

Als Lisa ihm heiße Brühe empfahl, erwiderte er finsteren Blickes, falls man ihm nicht sofort einen Becher Trebbiano brächte, würde er aus dem Bett springen und die Karaffe aus seinem Arbeitszimmer holen. Die Vorstellung, ihr Großvater könnte splitternackt im Haus herumlaufen, brachte Lisa zum Schweigen. Sie ging zum Klingelzug und befahl dem Diener, einen Becher Trebbiano zu bringen, woraufhin Mariotto sich beruhigte. Dann zündete sie die Kerze auf seinem Nachttisch an und rüstete zum Aufbruch, um rechtzeitig zu Hause zu sein, wenn Giocondo aus der Weberei kam.

»Morgen werde ich mich wieder nach Eurem Befinden erkundigen«, sagte sie, als sie die Hand des Großvaters küßte. Inzwischen sollte er brav im Bett bleiben, heiße Getränke zu sich nehmen, ein gutes Buch lesen oder den Rosenkranz beten. Er versprach ihr, alles zu befolgen.

Als er sicher war, daß sie das Haus verlassen hatte, griff er nach der Nachttischglocke, klingelte, so laut er konnte, teilte seinem Kammerdiener mit, er werde jetzt zum Kartenspielen ins Gildenhaus gehen, sprang aus dem Bett und begann sich anzukleiden.

Unterdessen eilte Lisa in der rasch hereinbrechenden Abenddämmerung durch die von Menschen wimmelnden Straßen – eine sympathische, konventionelle, gutherzige und völlig unbedeutende Dame der Florentiner Gesellschaft. Das Taschentuch an die Nase gepreßt, hastete sie durch die Stadt, in der an eben diesem Tag ein kahlköpfiger, graubärtiger Mann eingetroffen war, der in Lisas Leben eine denkwürdige Rolle spielen sollte.

Und der sie unsterblich machte.

Sein Name war Leonardo da Vinci.

Vor zweiundfünfzig Jahren war er in einer sternklaren Augustnacht gezeugt worden, als das Bauernmädchen Caterina und der junge Notar Piero da Vinci sich zu einem Schäferstündchen irgendwo in den Feldern oder Weinbergen der Ortschaft Vinci trafen.

Sie war sechzehn, blond, schön und des Lesens und Schreibens unkundig. Er war vierundzwanzig, egoistisch, ehrgeizig und der Sohn eines der »Reichen« im Dorf. Als sie ihm eines Abends schluchzend gestand, daß sie schwanger sei, verabredete er sich nicht mehr mit ihr. Kurz darauf heiratete er Albiera Amadori, die zwölfjährige Tochter eines Florentiner Notars.

Caterina war inzwischen auf den Hof ihrer Mutter nach Anchiano, einem nahe gelegenen Weiler, zurückgekehrt, wo sie am 15. April 1452 um elf Uhr nachts einen Knaben zur Welt brachte, den sie Leonardo nannte.

Fünf Jahre lang sorgte sie für ihn, während Piero da Vinci, ohne sich im geringsten um das Kind zu kümmern, mit seiner jungen Frau, seinem Vater Antonio und seinem Bruder Francesco in dem großen Haus in Vinci lebte.

Eines Morgens erschien ein klobiger junger Bauer namens Accatabriga bei dem Notar und teilte ihm mit, daß er Caterina heiraten werde, mit ihrem *bastardo* aber nichts zu tun haben wolle.

»Leonardo ist Euer Sohn, also nehmt ihn gefälligst bei Euch auf!«

Piero sah ihm an, daß er nicht mit sich spaßen ließ. Und so erklärte er sich widerwillig, höchst widerwillig, bereit, seinen unehelichen Sohn bei sich aufzunehmen.

Er gab ihm genug zu essen und einen Strohsack, Liebe aber fand das Kind bei ihm nicht. Albiera dagegen, die noch keinen Nachwuchs hatte und sich ungeliebt fühlte, verlor ihr Herz an den hübschen blonden Bauernjungen, der so einsam war wie sie selbst. Bald lebten die beiden in einer Welt, die nur ihnen gehörte. Sie spielten im Hof, und bevor der Kleine abends einschlief, deckte ihn Albiera sorgfältig zu, küßte ihn und blies die Kerze aus. Mit der Zeit vergaß Leonardo seine richtige Mutter. Die liebevolle junge Frau mit den braunen Augen und den glatten, dunklen, in der Mitte gescheitelten Haaren war seine *mamma*, die einzige, die er hatte.

Wenn der Notar in Florenz zu tun hatte, kam manchmal Albieras Bruder, Allesandro Amadori, der sich auf das Priesteramt vorbereitete, zu Besuch nach Vinci geritten. Stets brachte er irgendein Spielzeug für Leonardo mit, der ihn bald sehr lieb gewann. Zu dritt unternahmen sie Ausflüge, setzten sich ins Gras und machten sich vergnügt über den mitgebrachten Imbiß her.

So vergingen sieben Jahre.

Albiera brachte ihrem Stiefsohn das Lesen bei und gab das wenige, das sie gelernt hatte, an ihn weiter. Staunend beobachtete sie, wie sein Interesse an der Natur erwachte. Er stellte Fragen über Fragen. Woher kam es, daß die Blumen wuchsen, die Vögel flogen, das Wasser floß? Er wollte alles wissen, aber Albiera stellte fest, daß sein Interesse niemals lange anhielt.

Trotz seiner unersättlichen Wißbegier und raschen Auffassungsgabe machte er in der Dorfschule keine guten Fortschritte. Die geistige Unbeweglichkeit seiner Mitschüler reizte seine Ungeduld, und wenn der Priester die Anfangsgründe der Religionslehre, der lateinischen Grammatik und des Rechnens herunterleierte, döste Leonardo vor sich hin. Bald begann er, die Schule zu schwänzen und in den Bergen herumzuwandern.

Albiera starb mit vierundzwanzig Jahren im Kindbett. Für Leonardo brach eine Welt zusammen. Etwas in ihm starb, als man Albiera zum Kirchhof trug. Wenig später heiratete sein Vater wieder ein sehr junges Mädchen: Francesca Lanfredini, auch sie die Tochter eines Florentiner Notars. Sie kümmerte sich nicht um den schweigsamen, störrischen Zwölfjährigen, für den sie eine Fremde blieb, bis man sie zwei Jahre später zu Grabe trug. Auch sie war im Kindbett gestorben.

Im Dorf flüsterte man sich zu, daß über dem Notar ein Fluch hinge: Er würde nie mehr Vater werden, weil er die große Sünde begangen habe, Caterina, die Mutter seines Sohnes, im Stich zu lassen. Wenn er an ihnen vorbeiging, spuckten die Dörfler über die linke Schulter. Ihre feindselige Haltung bewog ihn zu dem Entschluß, sich in Florenz niederzulassen.

Da er ein Mensch war, der sich alles sehr genau überlegte, verstrichen zwei Jahre, bis er seinen Entschluß verwirklichte. Im Oktober 1468 mietete er auf der Piazza Firenze *»una bottega con fondachetto«* – einen Laden mit einem kleinen Kellergeschoß – zum Preis von jährlich vierundzwanzig Gulden.

Der fast vierzigjährige Mann war verbittert über das unglückliche Ende seiner beiden Ehen, die Abneigung seiner Nachbarn und die Mittelmäßigkeit seiner beruflichen Laufbahn. Er wollte ein neues Leben beginnen und wieder eine Familie gründen.

Vor allem aber wollte er den grüblerischen, ungebildeten Jungen loswerden, der ihn ständig an seinen Fehltritt erinnerte. Der Sechzehnjährige ließ, abgesehen davon, daß er gern zeichnete, keinerlei besondere Begabung erkennen. Seine Kohlezeichnungen von Pflanzen und Felsen, die er auf seinen Wanderungen in den Bergen gesehen hatte, brachten seinen Vater auf den Gedanken, daß Leonardo – nach entsprechender Lehrzeit – vielleicht ein *dipintore*, ein Bildermaler, werden könnte. Das war zwar nichts Besonderes, aber immer noch besser, als auf dem Feld zu arbeiten.

Und so ging er eines Tages in die Via dell'Acqua, wo der berühmte Maler und Bildhauer Andrea Verrocchio eine *bottega d'arte* hatte, in der er seine Bilder und Skulpturen verkaufte und einem Dutzend Lehrlingen gegen Entgelt die handwerklichen Grundbegriffe beibrachte.

Mit seinem vollen Gesicht und der rundlichen Figur wirkte der große Künstler Verrocchio eher wie ein Pastetenbäcker. Er erkannte Leonardos zeichnerische Begabung auf den ersten Blick und erklärte sich bereit, ihn als Lehrling anzunehmen. Der Notar sagte ihm, er sei zu arm, um das Lehrgeld zu bezahlen, aber vielleicht könnte Leonardo durch Mithilfe bei der Hausarbeit »seinen Unterhalt verdienen«.

Verrocchio, der nicht verheiratet war, besprach sich daraufhin mit seiner Schwester Tita, die ihm den Haushalt führte, und da sie Hilfe brauchen konnte, ging ihr Bruder auf Pieros Vorschlag ein.

Leonardo wurde in einer Bodenkammer untergebracht. Er mußte früher als die anderen Lehrlinge aufstehen, um am öffentlichen Brunnen Wasser zu holen, in Küche und Werkstatt Feuer zu machen, den Fußboden zu kehren und gemeinsam mit Tita die Holzschüsseln und Töpfe der im Haus logierenden Lehrlinge mit Sand zu scheuern.

Seine Aufnahme in die *bottega* erregte dort einiges Aufsehen. Zum einen war er mit seinen sechzehn Jahren älter als die meisten jungen Burschen, die eine Lehre bei einem bildenden Künstler antraten. Zum anderen war er groß, blond und blauäugig, stach also unter seinen kleinwüchsigen, dunkelhaarigen Mitschülern hervor. Hinter seinem Rücken machten sie sich über seine bäurische Unbeholfenheit und seinen Dialekt lustig.

Aber sobald sie ihn zeichnen sahen, lachten sie nicht mehr. Daß er als Linkshänder derart geschickt war, kam ihnen fast wie Hexerei vor. Verrocchio rühmte das außergewöhnliche Talent seines neuen Schülers in der St.-Lukas-Bruderschaft, einer Art Gilde der Florentiner Künstler. Daraufhin fanden sich Maler von Rang und Namen in seiner *bottega* ein, um Leonardo beim Zeichnen zuzusehen. Und wenn sie sich in der Schenke trafen, wurde oft über diesen hochbegabten Dorfjungen gesprochen.

Vier Jahre nach seiner Ankunft in Florenz war Leonardo so weit, daß er als *dipintore* auf eigenen Füßen stehen konnte.

»Zuerst mußt du natürlich die Prüfung in der St.-Lukas-Bruderschaft bestehen«, sagte Verrocchio, »aber das wird dir nicht schwerfallen. Dann eröffnest du eine *bottega* und arbeitest für deine eigene Kundschaft.«

Leonardo bestand die Prüfung mit geradezu verblüffender Leichtigkeit, wurde in die Bruderschaft aufgenommen, eröffnete aber keine eigene *bottega*. Er wollte keine Bilder malen, sondern als Naturwissenschaftler und Erfinder zu Ruhm und Reichtum gelangen. Er, der als Knabe die Schule geschwänzt hatte, brannte jetzt darauf, sich weiterzubilden.

Wenn er Tita beim Geschirrspülen geholfen hatte, ging er sofort in seine Bodenkammer und vertiefte sich in sein lateinisches Lehrbuch, denn wissenschaftliche Werke wurden in lateinischer Sprache verfaßt, und er wollte sie alle lesen. Außerdem beschäftigte er sich mit Arithmetik, Chemie, Mechanik, Geometrie, Physik, Botanik und Astronomie. Kriegsmaschinen jeder Art faszinierten ihn, und er träumte davon, Geschütze von unerhörter Vernichtungskraft zu konstruieren. Wie berauscht stürzte er sich von einem Fachgebiet ins andere, angespornt von einer leidenschaftlichen Wißbegier, die pathologische Züge hatte und der er zeit seines Lebens verfallen blieb. Trotz seiner großen Bemühungen lernte er die lateinische Sprache aber nie wirklich beherrschen, und auch in seiner Muttersprache kam er über die Orthographie einer Dienstmagd nicht hinaus. Aber das hinderte ihn nicht, sich in der Rolle des Erfinders neuer Kriegstechniken zu sehen.

Von Verrocchio bekam er freundliche Ermahnungen zu hören. »Leonardo, dir ist ein Teufel in den Kopf gefahren. Was nützt es dir, wenn du alle diese Bücher liest?«

Um Leonardo zur Kunst zurückzuführen, machte er ihn – für einen Monatslohn von einem Gulden – zum *fattore* seiner Werkstatt. In dieser Eigenschaft beaufsichtigte er die Lehrlinge und brachte ihnen bei, wie Farben in irdenen Gefäßen gerieben, Malbretter geschmirgelt und Temperafarben mit Feigenmilch angerührt wurden.

Wenn ihm tagsüber Zeit dafür blieb, saß er vor der Staffelei, um Bilder seines Lehrers zu vollenden. Es war damals üblich, daß Lehrlinge damit beauftragt wurden, auf den Bildern ihrer Meister den Hintergrund, die Gewänder sowie dekoratives Beiwerk auszuführen. Dies trug zur Entstehung der Legende bei, Leonardo habe während seiner Ausbildung mehrere grandiose Werke völlig allein geschaffen, die in Wirklichkeit Verrocchio und anderen Malern zuzuschreiben sind.

Am Abend widmete Leonardo sich stets seinen wissenschaftlichen Studien. So vergingen weitere vier Jahre, und noch immer arbeitete er in Verrocchios *bottega*.

Am Morgen des 8. April 1476 erschienen dort zwei Bedienstete der für die nächtliche Bewachung der Straßen und Klöster zuständigen Behörde (einer Art Sittenpolizei) und stellten Leonardo unter Arrest.

In der Werkstatt war der Teufel los. Die Lehrlinge drängten sich um die beiden Ordnungshüter, und aus dem angrenzenden Arbeitsraum stürzte Verrocchio, einen Tonklumpen in der Hand, herein und wollte wissen, was dieser Lärm bedeutete.

Man teilte ihm mit, daß in dem »Anzeigenkasten« am Palazzo Vecchio ein anonymer Brief gefunden worden sei, in dem Leonardo beschuldigt werde, mit dem siebzehnjährigen Jacopo Saltarelli, einem Malermodell, und drei anderen jungen Florentinern »sodomitische Handlungen und andere Erbärmlichkeiten« begangen zu haben.

Verrocchio rang nach Luft.

Was für eine unerhörte Lüge! Leonardo wohne seit acht Jahren bei ihm und stehe ihm so nahe wie ein Sohn. In ganz Florenz gebe es keinen besseren *fattore*, auch wenn er seine Nächte mit Berechnungen verbringe, die nicht einmal der Teufel verstehen würde.

Darauf erklärten die Ordnungshüter, sie hätten Anweisungen, den Beschuldigten zum Verhör abzuholen. Und so wurde Leonardo eine Woche vor seinem vierundzwanzigsten Geburtstag ins Bargello-Gefängnis gebracht, wo man ihn verhörte und in eine Zelle sperrte.

Seine Verhaftung erregte Aufsehen in der Öffentlichkeit, zum einen, weil sich sein Vater inzwischen einen ausgezeichneten Ruf als Notar erworben hatte, zum anderen, weil die Homosexualität in Florenz ständig zunahm. An der Universität hielten Kenner des griechischen Altertums Vorlesungen über Sokratische Philosophie und rühmten die Vorzüge Sokratischer Freundschaft. In den Gärten von San Marco trieben sich bei Einbruch der Dunkelheit junge Männer mit geschminkten Gesichtern und gefärbten Haaren zwischen den Statuen nackter griechischer Götter herum.

In ihren Sonntagspredigten beklagten die Priester das Überhandnehmen der »Sodomie«. Alarmierte Eltern forderten strenge Maßnahmen.

Die Behörden beschlossen, ein Exempel zu statuieren, und gaben bekannt, daß die gegen Leonardo und seine Mitangeklagten erhobene Beschuldigung genau überprüft und das Ergebnis der Untersuchung nach dem für Juni vorgesehenen Urteilsspruch der Öffentlichkeit mitgeteilt werden sollte.

Zwei Monate nach seiner Verhaftung wurde Leonardo den in rote Roben gekleideten Richtern vorgeführt, die ihn in allen Punkte der Anklage freisprachen. Man hatte keinerlei Beweis für die ihm zur Last gelegten Vergehen gefunden.

Nach der Freilassung nahm er seine Arbeit in der *bottega* wieder auf, aber er war nicht mehr derselbe. Die Zeit im Gefängnis hatte ihm unheilbare Wunden geschlagen. Er hatte den Glauben an Gott und die Menschen verloren. Keiner hatte ihm in der Stunde der Not beigestanden, auch sein Vater nicht, der ihm auf seine Bitte um Hilfe nicht einmal geantwortet hatte. Wie ein undurchdringlicher Nebel senkte sich das Mißtrauen gegenüber allem und jedem auf seine Seele.

Er setzte seine nächtlichen Studien fort, stürzte sich von neuem in tätige Einsamkeit. Er wußte, oder glaubte zu wissen, wer jenen anonymen Brief geschrieben hatte, und er lechzte nach Rache. Er dachte nicht an eine *vendetta*, wie sie gang und gäbe war, nicht an einen Dolchstoß aus dem Hinterhalt oder dergleichen. Nein, er wollte sich seines Feindes auf eine einzigartig raffinierte, unaufdeckbare Weise entledigen.

Er begann, Obstbäumen Gift zu injizieren, in der Erwartung, daß sie tödliche Früchte hervorbringen würden. Die Vorstellung, seinem Feind einen saftigen Pfirsich anzubieten und dann zuzusehen, wie er sich im Todeskampf wand, erfüllte ihn mit Triumph.

Zur Abwechslung übte er sich im Jonglieren, erlernte allerlei Zauberkunststücke und entwickelte dabei großes Geschick. Er stellte fest, daß er eine angenehme Singstimme hatte, und brachte sich das Lautenspiel bei. Die Musik wurde die Gefährtin seiner Einsamkeit.

Achtzehn Monate nach seiner Entlassung aus dem Gefängnis arbeitete er immer noch in der *bottega*. Insgeheim träumte er von Reichtum, Ruhm, schöner Kleidung, glänzenden gesellschaftlichen Beziehungen – alles Dinge, die ihm die Malkunst nicht einbringen würde. An der unsicheren Existenz eines selbständig arbeitenden *dipintore* konnte er keinen Geschmack finden. Selbst die berühmtesten und fleißigsten Maler – Botticelli, Verrocchio, Ghirlandajo – lebten von der Hand in den Mund.

Das war nichts für Leonardo.

Aber zum Glück – und das war seine feste Überzeugung – war er ein wissenschaftliches Genie. Und durch die Wissenschaft würde er reich und berühmt werden. Er wollte epochemachende Apparaturen für industrielle Zwecke oder auch eine gewaltige Kriegsmaschine erfinden und damit ein Vermögen verdienen. Irgendein berühmter und großzügiger Fürst würde einen so überragenden Experten wie ihn zweifellos mit Freuden als Kriegsingenieur in Dienst nehmen.

Besorgt darüber, daß sein Schüler offenbar vor einer Laufbahn als

Maler zurückschreckte, erkundigte sich Verrocchio schließlich bei Lorenzo de' Medici, für den er viele Werke geschaffen hatte, ob er Leonardo nicht vielleicht mit einigen kleinen Aufträgen betrauen wollte. Daraufhin gab Lorenzo bei ihm ein Altarbild für die Privatkapelle der Signoria in Auftrag – eine erstaunlich großzügige Geste gegenüber einem unbekannten Maler von sechsundzwanzig Jahren.

Ein Vertrag wurde unterzeichnet und gesiegelt. Leonardo erhielt eine Vorauszahlung von fünfundzwanzig Gulden – genug, um ein Jahr lang davon leben zu können.

Jetzt hatte er keinen Grund mehr, in der *bottega* zu bleiben. Er packte sein Astrolabium, seine Kompasse und Maschinenmodelle ein und bezog – sparsam wie die meisten auf dem Land Aufgewachsenen – ein bescheidenes Zimmer in einem anspruchslosen Stadtviertel.

Dann nahm er das San-Bernardo-Altarbild in Angriff.

In Angriff? Nein, noch nicht ... Der Geburt eines Kunstwerkes geht eine »Schwangerschaftsperiode« voraus, und bei Leonardo dauerte sie sehr lange. Verständlicherweise, denn sein Altarbild sollte alle anderen übertreffen. Ein Meisterwerk wollte er schaffen, vor dem die Signoria und die ganze Welt den Atem anhalten würden!

Vier Monate später, im April 1478, als Lorenzos Bruder im Dom ermordet und die Pazzi-Verschwörung aufgedeckt wurde, war Leonardo noch immer mit Nachdenken beschäftigt. Dann aber riß ihn Papst Sixtus' Kriegserklärung aus seinen Grübeleien. Das war die Gelegenheit, auf die der große Konstrukteur gewartet hatte. Das Altarbild war vergessen. Er eilte in den Palazzo Vecchio, um der Signoria seine Kriegsmaschinenentwürfe vorzulegen.

Zu seiner Überraschung waren die Ratsherren nicht sonderlich beeindruckt. Sie bezeichneten einige dieser Maschinen als Hirngespinste, die anderen als bereits bekannt und in Gebrauch. Der Gonfaloniere erklärte, solche mit Sicheln ausgestatteten Kampfwagen hätten im zweiten Jahrhundert vor Christus bereits die Perser benützt, und zwar mit katastrophalen Folgen für ihre eigenen Krieger. Dann gaben die Herrlichkeiten dem jungen Erfinder den freundlichen Rat, sich lieber dem Altarbild zu widmen.

Es war ein sehr zorniger junger Mann, der nach dieser Audienz den Palazzo Vecchio verließ. Was verstanden diese Kaufleute schon von Waffentechnik? Wie sollten sie seine geniale Begabung erkennen? Nein, Florenz war nicht die richtige Stadt für ihn! Hier würde man ihm niemals gerecht werden. Zum ersten Mal dachte er ernsthaft an einen Ortswechsel. Aber er fürchtete das Unbekannte nicht weniger als die Armut. Und so blieb er in Florenz und lebte von dem Vorschuß, den er für das Altargemälde bekommen hatte. Das Bild jedoch begann er nicht.

Er nahm merkwürdige Gewohnheiten an, wurde ein Sonderling, der tausend Träumen nachhing und nichts zur Vollendung brachte. Mit einem Notizheft und einem kleinen Tintenhorn am Gürtel durchstreifte er die Umgebung, legte sich wie in seinen Jugendjahren ins Gras und beobachtete die dahinziehenden Wolken. Er machte Notizen über »die blauen Dünste der Atmosphäre« und die Transparenz sonnenbeschienener Blätter. Er beschäftigte sich mit der Frage, ob es auch auf dem Mond Wasser gab. Von der Santa-Trinità-Brücke aus beobachtete er die Strömung des Arno und stellte fest, »daß sich, wenn man einen Stein ins Wasser wirft, verschiedene Kreise bilden, so, wie ein Ton von der Luft weitergetragen wird«.

Er freundete sich mit einem *beccamorte* – Totengräber – an, der aus dem Spital Santa Maria Novella amputierte Gliedmaßen abholen mußte. Für einen geringen Betrag fand er sich bereit, Leonardo abgetrennte Arme, Beine, Hände und Füße – manchmal sogar einen ganzen Körper – zu überlassen, der sie in einem abgelegenen Kellerraum des Spitals sezierte.

Eines Tages brachte der *beccamorte*, über das ganze stoppelbärtige Gesicht grinsend, etwas herbeigeschleppt, das in ein blutgetränktes Bettuch gehüllt war. Es entpuppte sich als der Rumpf einer Schwangeren.

Der Gedanke, an diesen Überresten einer jungen Frau dem Geheimnis des werdenden Lebens auf die Spur zu kommen, versetzte Leonardo in freudige Erregung.

Ungeachtet des Leichengeruchs verbrachte er viele Stunden damit, den Körper zu sezieren. Seine Beobachtungen hielt er auf Zeichnungen von unübertrefflicher Schönheit fest.

Gleichzeitig machte er sich Notizen über alles, was ihm besonderer Aufmerksamkeit wert schien. Seine Erregung wuchs, je länger er sich dem Studium der Organe widmete.

Alle diese Studien waren faszinierend, aber Geld brachten sie ihm nicht ein. Drei Jahre, nachdem er Verrocchios *bottega* verlassen hatte, war das San-Bernardo-Altarbild noch immer nicht gemalt, der Vorschuß aber längst verbraucht. Er mußte einen Ausweg finden.

Im März 1481 unterschrieb er einen Vertrag für ein anderes Altargemälde, eine *Anbetung der Könige*, die für die Klosterkirche San Donato bestimmt war. Auch für diesen Auftrag erhielt er einen Vorschuß.

Wieder begann eine Zeit des Nachdenkens, denn mit diesem Gemälde wollte er eine vor kurzem von Botticelli vollendete *Anbetung der Könige* übertreffen, die große Bewunderung erregt hatte. So fertigte er denn unzählige Entwürfe an, die von Mal zu Mal komplizierter wurden.

Mit der Zeit ging aus diesen Vorstudien eine Fülle von Figuren und Motiven hervor: bärtige alte Männer, erstarrt in der Geste des Kniefalls, Engel, die im Nichts schwebten, eine Treppe über einem Säulengang, die im Nichts endete, nackte junge Männer, sich aufbäumende Pferde, ein liegendes Kamel, ein nachdenklicher Josef und ein resigniert blickendes Jesuskind, dessen segnende Gebärde entfernte Ähnlichkeit mit einer militärischen Ehrenbezeigung hatte. Über der Vielfalt, der Esoterik, der kosmischen Ausweitung und der Bedeutungsschwere dieser Entwürfe ging schließlich die eigentliche Aussage verloren.

Sieben Monate nach Abschluß des Vertrages hatte Leonardo mit dem Malen noch nicht begonnen und war des Auftrags bereits überdrüssig.

Die Mönche wurden ungeduldig und drohten, ihn zu verklagen. Um sie zu beschwichtigen, bemalte er die alte Uhr des Klosters, wozu er blaue und gelbe Farben verwandte, die ihm der Konvent zur Verfügung stellen mußte. Unter Druck gesetzt, erklärte er sich bereit, einen in Öl ausgeführten und nur in braunen Farbtönen gehaltenen Entwurf seiner *Anbetung* vorzulegen. Weitere Zusagen wollte er nicht machen. Alle Bitten und Drohungen fruchteten nichts, und schließlich interessierte ihn auch dieses Altarbild nicht mehr.

Er gab das Malen ganz auf und verlegte sich aufs Musizieren.

Bald hatte er einen Musikschüler, einen hübschen Knaben namens Atalante Miglioretti, mit dem er bei gesellschaftlichen Veranstaltungen auftrat. Sie jonglierten, führten Zauberkunststücke vor und sangen Lieder zur Laute. Da er einen ausgeprägten Sinn für Publikumswirksamkeit hatte, war Leonardo bald klar, daß er eine besondere Attraktion bieten mußte, wenn er andere Unterhaltungskünstler übertreffen wollte.

Er machte sich daran, eine Laute zu konstruieren, die keiner anderen glich. Das Gehäuse war nicht aus Holz, sondern aus Silber und hatte die Form eines Pferdeschädels. Als Verzierung verwandte er Bockshörner, Adlerkrallen und ein undefinierbares Stück Fell. Und obendrein wurde das Instrument verkehrt herum gespielt.

Mit diesem Monstrum erregte er tatsächlich Aufsehen. Zufällig wurde auch Nannina Rucellai, die Schwester Lorenzo de' Medicis, darauf aufmerksam und drängte ihren Bruder, sich das Instrument vorführen zu lassen.

Lorenzo war nicht auf eine Begegnung mit dem Mann erpicht, der das San-Bernardo-Altarbild nicht gemalt, den Vorschuß jedoch behalten hatte. Als er ihn schließlich doch empfing, sah er sich das Instrument genau an, zupfte ein wenig darauf herum und erbot sich, es zu kaufen – nicht für sich selbst, sondern als kleines Angebinde für Lodovico Sforza, der, wie er Leonardo erklärte, ein begeisterter Musikfreund sei. Und natürlich müsse jemand nach Mailand reisen, um dem Herzog die Handhabung dieses seltsamen Instruments zu erklären.

Für Leonardo war das ein Wink des Schicksals, eine willkommene Gelegenheit, Florenz und den Klosterbrüdern von San Donato, die ihn vor Gericht stellen wollten, den Rücken zu kehren. Er hatte es so eilig, daß er die Zehntagesreise mitten im Winter auf sich nahm. An einem Januarmorgen ritten er und Atalante im Schneetreiben durch das Nordtor. Sie führten ein Maultier mit sich, das mit ihren Habseligkeiten beladen war.

Während des mühsamen Rittes über die verschneite lombardische Ebene malten sie sich aus, welch glänzende Karriere sie in Mailand machen würden.

Atalante hoffte, in das herzogliche Orchester aufgenommen zu werden, und auch Leonardo schwebte ein Posten bei Hofe vor, aber er wollte sehr viel höher hinaus. Er trug eine schriftliche Bewerbung bei sich, die er Seiner Durchlaucht vorlesen wollte und in der er seine verschiedenen militärtechnischen Erfindungen aufgezählt und seine vielseitige Begabung auf dem Gebiet des Maschinenbaus geschildert hatte.

»Herzog Sforza wird bald einsehen, daß ich ihm wertvolle Dienste leisten kann. Schließlich waren sein Vater und sein Großvater berühmte Heerführer.«

Die Geschichte des Aufstiegs der Familie Sforza ist die Geschichte einer der erfolgreichsten Karrieren im Zeitalter der Renaissance.

Sie begann 1382, als Muzzo Attendolo, ein Bauer aus der Romagna, es satt hatte, sein steiniges Feld zu bestellen, und sich einem herumziehenden Söldnerhaufen anschloß. Dem ungewöhnlich gut aussehenden, mutigen und – obzwar er weder lesen noch schreiben konnte – intelligenten Mann sagte das militärische Leben auf Anhieb zu. Seine gewaltige Körperkraft brachte ihm den Spitznamen »Sforza«, der Starke, ein, den er sich als Familienname zulegte.

Schon nach kurzer Zeit wurde er zum Hauptmann befördert, aber da er sich in den Kopf gesetzt hatte, ein Condottiere mit eigenen Söldnern zu werden, desertierte er eines Nachts und nahm den größten Teil seiner Leute mit. Nachdem er sie zu einer vortrefflichen Kampftruppe ausgebildet hatte, bot er sie – unter seinem Kommando – der Königin von Neapel an. Johanna II., eine mannstolle Dame, fand sofort Gefallen an ihrem neuen Heerführer.

Einige Jahre lang leistete er ihr auf dem Schlachtfeld und im Bett gute Dienste, wofür sie sich mit viel Zärtlichkeit, hohen Auszeichnungen und einer Menge Geld erkenntlich zeigte. Aber leider war sie eifersüchtig. Als sie dahinterkam, daß er mit dem, was sie für sich allein haben wollte, auch andere beglückte, ließ sie ihn ins Gefängnis werfen. Es sprach für ihn, daß er die unfreiwilligen Mußestunden dazu benützte, lesen zu lernen.

Er wäre vielleicht ein gelehrter Mann geworden, wenn Johanna ihn nicht in den aktiven Dienst zurückbeordert hätte.

Von neuem verteidigte er ihr Königreich, von neuem stillte er ihren Hunger nach Liebe. Und bei aller Beanspruchung schaffte er es auch noch, dreimal zu heiraten und dreizehn Kinder, darunter sechs uneheliche, zu zeugen.

Seine Verwegenheit wurde ihm zum Verhängnis. Als er eines Tages an der Spitze seiner Truppe den nach heftigen Regenfällen Hochwasser führenden Pescarafluß durchquerte, strauchelte sein

Pferd. Aus den brodelnden Fluten streckte Muzzo noch zweimal verzweifelt den Arm empor, dann war es mit ihm, der zwar das Lesen, aber leider nicht das Schwimmen gelernt hatte, vorbei.

Seine Nachfolge trat sein unehelicher Sohn Francesco an, der den Vater an Tollkühnheit und Stattlichkeit womöglich noch übertraf. Königin Johanna flehte ihn an, dem Staat und ihr ganz persönlich auch weiterhin zu dienen, aber da sie inzwischen etwas klapprig geworden war, lehnte er höflich ab.

Er zog mit seinen Söldnern in die Lombardei, wo sie von Filippo Visconti, dem Herzog von Mailand, angeheuert wurden.

Die Visconti behaupteten, aus dem von Jupiter höchstpersönlich gestifteten Ehebund zwischen der Göttin Venus und einem trojanischen Prinzen hervorgegangen zu sein. Ihr Wappen zeigte eine riesige Schlange, die gerade im Begriff war, einen Menschen zu verschlingen. Sie waren ein Geschlecht, dem neben Intelligenz, vorzüglichen Manieren und leidenschaftlichen Gefühlen ein notorischer Hang zur Hinterhältigkeit und ein sadistischer Zug eigneten.

Trotz dieser Charakterschwächen war es den Visconti gelungen, in den europäischen Hochadel einzuheiraten. 1387 hatte sich Bernabos Tochter Valentina mit dem Herzog von Orléans, dem Bruder des französischen Königs, vermählt, eine Heirat, die ein Jahrhundert später katastrophale Folgen hatte.

Filippo Visconti war der letzte dieser ebenso ruhmreichen wie dekadenten Dynastie. Der ungeheuer dicke, grüblerische, menschenscheue Mann wagte sich aus Angst vor einem Mordanschlag nur selten aus seinem Kastell heraus. Vor Gewittern fürchtete er sich entsetzlich. Beim ersten fernen Donnergrollen floh er in ein Zimmer, das er mit einer doppelten Mauer hatte absichern lassen, und betete, auf den Knien liegend, den Rosenkranz, bis sich das Gewitter verzogen hatte.

Er war nicht nur feige, sondern auch so heimtückisch, daß er Freund und Feind gleich gern betrog. In einer Zeit, in der man Doppelzüngigkeit für das A und O der Diplomatie hielt, galt er als meisterhafter Diplomat. Hinter verschlossenen Türen spann er so raffinierte Intrigen, daß er sich manchmal im eigenen Netz verfing.

Filippo hatte sich selbst zum Witwer gemacht: Auf den Verdacht hin, daß seine Gemahlin ihn mit einem Pagen betrog, hatte er sie köpfen lassen. Ihren Platz nahmen mehrere Konkubinen ein, und eine von ihnen hatte ihm eine Tochter, Bianca, geboren, die er zärtlich liebte.

Das also war der Mann, in dessen Dienste der geradewegs aus Neapel eingetroffene Francesco Sforza trat. Und er diente seinem neuen Herrn so trefflich, daß dieser ihm die Hand der damals achtjährigen Bianca versprach. Zwar sagte er sie danach einem anderen zu, aber bald änderte er seine Meinung wieder und versprach sie von neuem Francesco. Als es sich der Herzog zum dritten Mal anders überlegte, kündigte ihm Sforza den Dienst auf.

Es fiel ihm nicht schwer, für sich und seine Söldner einen neuen Dienstherrn zu finden, denn inzwischen war er ein berühmter Condottiere geworden. Eine Zeitlang fungierte er als *generalissimo* der päpstlichen Truppen, aber dann faßte der Heilige Vater eine heftige Abneigung gegen ihn. Als er versuchte, ihn umbringen zu lassen, hatte Francesco natürlich keine Lust mehr, im päpstlichen Dienst zu bleiben.

So wurde er einer jener Glücksritter, die für jeden kämpften, der ihnen und ihren Söldnern genug bezahlte. Da seine Vorsicht seinem strategischen Geschick nicht nachstand, überlebte er viele Feldzüge, ohne auch nur einen Kratzer abzubekommen. Und seine Soldaten liebten ihn.

Sieben Jahre waren vergangen, seit Francesco nicht mehr im Dienst des Herzogs Filippo stand, der sich inzwischen in ein wahres Labyrinth von Intrigen hineinmanövriert hatte und nicht mehr wußte, wie er wieder herausfinden sollte. In seiner Verzweiflung bat er seinen einstigen Heerführer um Hilfe und versprach ihm, neben besserer Bezahlung, wieder einmal die Hand seiner Tochter Bianca, die jetzt fünfzehn und voller Saft und Kraft war.

Francesco folgte dem Ruf sofort, aber er war durch Erfahrung klug geworden. Jetzt hatte er nichts Eiligeres zu tun, als Bianca zu vergewaltigen, die von dieser Untat so entzückt war, daß sie ihrem Vater erklärte, keinen anderen Mann als den, der sie geschändet hatte, heiraten zu wollen. Filippo stimmte mißmutig zu und segnete kurz darauf das Zeitliche.

Da er keinen männlichen Erben hinterließ, stand der Thron Mailands leer. Und Francesco war scharf darauf. Er hatte die besten Jahre hinter sich, bekam bereits eine Glatze und einen Schmerbauch und war des Lagerlebens müde. Die Aussicht, seine militärische Laufbahn zu beenden und Herrscher eines der reichsten Staaten Italiens zu werden, erschien ihm sehr verlockend. Und wie sich erst sein Vater in seinem feuchten Grab darüber freuen würde!

Francesco war sich natürlich klar darüber, daß seine Gemahlin als uneheliche Tochter des verstorbenen Herzogs keinen Anspruch auf den Thron hatte und daß Valentina Viscontis Sohn, Herzog Karl von Orléans, der rechtmäßige Erbe war.

Aber Karl saß weit entfernt von Mailand im Château de Blois und verfaßte Gedichte. Er hatte nicht genug Geld und keine Truppen. Francesco dagegen hatte Geld wie Heu und verfügte über ein schlagkräftiges, loyales Heer. Und das Wichtigste: Er war in Mailand.

So griff er eifrig zu, als eine Abordnung der Gilden und der Bürgerschaft ihm die lombardische Krone anbot.

Die Sympathie seiner neuen Untertanen erwarb er sich dadurch, daß er ein gutes Regiment führte und ihnen das Schaugepränge bot, das sie so sehr liebten. Zwischendurch fand er noch genug Zeit, um mit Bianca neun Kinder und mit einigen anderen Damen elf Bankerte zu zeugen. Als er nach sechzehnjähriger Regierungszeit im Jahre 1466 starb, wurde er aufrichtig betrauert. Seine Witwe warf sich über seine Leiche, bedeckte das leblose Gesicht mit Küssen und verkündete, sie werde ihrem Gemahl ins Grab folgen. Als man sie an seine zahlreichen Ehebrüche erinnerte, erklärte sie stolz: »Das Huren liegt in der männlichen Natur«, und brach von neuem in Tränen aus.

Francescos Nachfolger war sein ältester Sohn Galeazzo, der gut aussah, sich liebenswürdig zu geben wußte, aber ein geborener Sadist war. In ihm hatte sich die bäuerliche Derbheit der Sforza mit der Dekadenz der Visconti vermischt, und das Produkt war ein Charakter von wahrhaft monströser Grausamkeit und sittlicher Verwahrlosung.

Sein gutes Aussehen und höfisches Gebaren hatten ihm dazu verholfen, die Hand der jungen Herzogin Bona von Savoyen, der Schwester der Königin von Frankreich, zu gewinnen. Trotz seiner charakterlichen Mängel blieb ihm Bona zeitlebens in Liebe verbunden.

Die Mailänder ertrugen seine Herrschaft zehn Jahre lang.

1476 wurde er am Tag nach Weihnachten auf den Stufen der Kirche San Stefano erstochen. Das Volk atmete auf, die Herzoginwitwe jedoch betrauerte ihn auf eine sogar nach italienischen Maßstäben höchst spektakuläre Weise: Tagelang schloß sie sich in einem mit schwarzem Stoff ausgeschlagenen Raum ein, stieß laute Klagerufe aus, verweigerte jede Nahrung und trommelte mit dem Kopf gegen die Wand. Niemals wurden so viele Tränen um etwas vergossen, das ihrer so wenig wert war.

Da die Witwe aus gutem Grund um die Rettung der Seele des Verstorbenen bangte, ersuchte sie Papst Sixtus IV. um eine »postume Absolution«. Dieser außergewöhnliche Gnadenakt wurde nur den außergewöhnlich Reichen erwiesen. Zum Glück zählte Bona dazu. In ihrem Schreiben flehte sie den Heiligen Vater an, ihren Gemahl ins Himmelreich eingehen zu lassen. Zum Dank dafür werde sie ein heiligmäßiges Leben führen, sich in ein härenes Hemd kleiden, dreimal wöchentlich fasten und außerdem große Spenden an die Mailänder Kirchen verteilen. In seinem Antwortschreiben stimmte »Papa Sisto« dem heiligmäßigen Leben, dem härenen Hemd und den Fastentagen zu. Die Spenden, so verfügte er, sollte die Herzoginwitwe direkt nach Rom senden.

Der teuflische Galeazzo hatte einen Erben hinterlassen, einen blonden, engelhaften Siebenjährigen namens Gian Galeazzo, kurz Gian genannt. Unter brausenden Orgelklängen und dröhnendem Glockengeläut wurde er im Dom zum Herzog von Mailand gekrönt. Als er, in Hermelin gehüllt und die lombardische Krone auf den seidenweichen Locken, vor dem Altar stand, hätten ihn sämtliche weibliche Anwesende am liebsten zärtlich ans Herz gedrückt. Sie nannten ihn den »kleinen Herzog« – *il duchetto* – und sehnten den Tag herbei, an dem er ihr Herrscher sein würde.

Da er noch zu jung war, übernahm seine Mutter die Regentschaft. Ihrer Natur entsprechend, stürzte sie sich mit leidenschaftlichem Eifer in ihre neue Aufgabe und widmete sich den ganzen Tag und die halbe Nacht den Staatsgeschäften. Sie fand kaum Zeit, zwischen zwei Audienzen rasch einen Bissen Brot zu essen oder einen Rosenkranz zu beten. Ihre Hingabe wirkte auf jedermann anfeuernd.

Nur, daß sie jetzt ein keusches Leben führen mußte, bekümmerte sie sehr. Was immer man gegen Galeazzos Charakter einwenden konnte – ein großartiger Liebhaber war er jedenfalls gewesen. Die Erinnerung an seine Umarmungen ließ Bona nicht mehr ruhig schlafen. Sie magerte ab, ihr Gesicht wurde perlweiß, und ihre Augen lagen tief in den Höhlen. Ihr Stöhnen war durch die Schlafzimmertür zu hören. Jedermann hatte Mitleid mit der trauernden Regentin.

Eines Tages, als sie gerade nicht fastete, fiel ihr auf, daß ihr Fleischtranchierer, der junge Antonio Tassino, ein ausnehmend hübscher Bursche war. In seiner hautengen Strumpfhose sah er zum Anbeißen aus. Bald aß Bona jeden Tag Fleisch, nur um ihm beim Tranchieren zuzusehen. Und es dauerte nicht lange, bis sie ihn ständig um sich hatte. Ihr Gesicht bekam wieder Farbe, ihre Augen strahlten wieder. Das Stöhnen, das nachts durch die Schlafzimmertür drang, war nicht mehr das einer verzweifelten Witwe. Währenddessen wurden die Staatsgeschäfte völlig vernachlässigt. Gesandte, die auf eine Audienz warteten, holten sich in den Vorzimmern kalte Füße. Wichtige Dokumente setzten auf Bonas Schreibtisch Staub an, Eilbotschaften blieben unbeantwortet.

So konnte es nicht weitergehen.

Heimlich, still und leise nahm Bonas Schwager Lodovico die Zügel in die Hand. Während sie sich mit dem Fleischtranchierer amüsierte, empfing ihr Verwandter die Gesandten, beantwortete dringende Schreiben und regierte das Herzogtum mit dem Organisationstalent, das er von seinem Vater geerbt hatte. Als er fest im Sattel saß, schickte er Antonio Tassino in seine französische Heimat zurück und die lebenslustige Witwe in ein abgelegenes, von dichtem Wald umgebenes Schloß.

Bonas Trauer um den Verlust ihres Liebhabers war, so schwer man sich das vorstellen kann, noch größer als ihr Schmerz über den Tod ihres Gatten. Nachts lief sie die Schloßmauern entlang, heulte den Mond an, rief nach Antonio und hielt die Wachtposten wach.

Schließlich fand sie im Gebet und dank der heilenden Wirkung der Zeit etwas Abstand von ihrem Kummer. Sie begann wieder zu fasten und ihr härenes Hemd zu tragen. Allmählich söhnte sie sich mit ihrer Einsamkeit aus, und Friede senkte sich in ihr allzu liebebedürftiges Herz.

Inzwischen dachte Lodovico, der die Zügel der Regierung fest in der Hand hielt, darüber nach, wie er seinem Neffen den Thron entreißen könnte. Einen so ehrgeizigen Plan zu verwirklichen, war damals nicht besonders schwierig. Ein Quentchen Gift, eine kräftige Hand, die sich im Dunkel der Nacht um den Hals des Knaben schloß, ein Kissen, das auf das Gesicht des Schlafenden gepreßt wurde – und schon wäre Lodovico am Ziel seiner Wünsche gewesen.

Aber für ihn, der von seinem Großvater Filippo Visconti die Vorliebe für raffinierte Intrigen geerbt hatte, war das alles zu primitiv, zu direkt. Anstatt den jungen Gian kurzerhand aus dem Weg zu räumen, zog er es vor, ihn moralisch so zu verderben und geistig so abzustumpfen, daß er außerstande sein würde, eine Familie zu gründen und den Staat zu regieren.

Und so wurde der schöne kleine Herzog von seiner Mutter getrennt und ins Schloß von Pavia gebracht, wo er der Obhut von Dienstboten und der Gesellschaft lasterhafter junger Burschen überlassen blieb – mit dem Ergebnis, daß er ein ungebildeter Schwächling wurde und sich obendrein zum Homosexuellen und Trinker entwickelte.

Erschöpft, aber mit hochgespannten Erwartungen trafen Leonardo und sein Reisegefährte in Mailand ein, wo sie in einem Gasthaus übernachteten.

Am nächsten Morgen sahen sie sich die Stadt an, deren großzügige Anlage sie tief beeindruckte. Sie staunten über die zahlreichen eleganten Karossen, bewunderten den noch immer im Bau befindlichen Dom und blieben vor den Schaufenstern der Waffenschmiede stehen, wo lebensgroße Wachsfiguren mit schimmernden Helmen und Brustpanzern ausgestellt waren.

Auch an diesem eiskalten Januarmorgen herrschte in Mailand rege Betriebsamkeit. Und alles kündete vom Wohlstand dieses Gemeinwesens. Mit seinen 300000 Einwohnern, 14000 Läden und 18000 Häusern (Paris hatte damals nur 13000) zählte Mailand zu den eindrucksvollsten Städten Europas. Im Vergleich damit wirkte Florenz geradezu kleinstädtisch. Leonardo hatte das Gefühl, daß dies der richtigte Platz für ihn sei.

Die beiden gingen zum herzoglichen Palast, dem gewaltigen Castello Sforzesco mit seinen zahlreichen Gebäuden, den hohen roten Mauern und Rundtürmen, den beiden tiefen Burggräben und den sechzehn Toren, zu denen Zugbrücken führten und die von Hellebardieren bewacht wurden. Als Leonardo das Empfehlungsschreiben Lorenzo de' Medicis vorzeigte, erklärte man ihm, er werde Nachricht erhalten, wann Seine Durchlaucht geruhe, ihm eine Audienz zu gewähren.

Zwei Tage später wurde er in das Kastell eskortiert und in einen prächtigen Raum geführt, dessen Wände mit Fresken ausgeschmückt waren. Hinter einer Marmorbalustrade stand ein Baldachin aus maulbeerrotem Samt, unter dem der Regent saß. Ihm zu Füßen lag sein Windhund Baretta.

Lodovico hatte ein unbewegtes, fahles Gesicht mit einer schmalen Adlernase, die ein wenig an eine Haifischflosse erinnerte. Sein glattes, dunkles Haar war schulterlang und über der Stirn in kurzen Fransen nach unten gekämmt. Seine schwarzen, glanzlosen Augen unter den schweren, halbgeschlossenen Lidern hatten einen gelassen beobachtenden Ausdruck. Obwohl erst einunddreißig Jahre alt, war Lodovico bereits so korpulent wie sein Großvater Filippo Visconti. Sein fülliger Körper wirkte kraftlos, fast so, als hätte er weder Knochen noch Muskeln.

Der Regent befleißigte sich einer distanzierten Höflichkeit. Er sprach langsam, mit sparsamen Gesten, und machte zwischen den einzelnen Sätzen längere Pausen. Etwas Salbungsvolles, beinahe Priesterliches schien von ihm auszugehen. In seiner Robe aus purpurrotem und goldenem Brokat glich er den fetten Kardinälen, die sich majestätisch durch die Galerien des Vatikans bewegten.

Nachdem er Lorenzos Schreiben gelesen hatte, forderte er Leonardo mit einer Handbewegung auf, ihm die neuartige Laute vorzuführen. Während er dem Klang des sonderbaren Instruments lauschte, spielte ein amüsiertes Lächeln um seine Lippen. Dann äußerte er einige huldvolle Worte und bedeutete einem Pagen, die Laute entgegenzunehmen.

Als er sich anschickte, den Besucher zu entlassen, zog Leonardo sein Bewerbungsschreiben aus dem Ärmel und bat um Erlaubnis, es vorlesen zu dürfen. Der Regent nickte.

»Nachdem ich, Signore Illustrissimo, die Entwürfe all derer, die als meisterliche Erfinder von Kriegsmaschinen gelten, zur Genüge geprüft habe und zu der Einsicht gelangt bin, daß besagte Maschinen sich weder ihrer Art noch ihrer Wirkungsweise nach von den bereits im allgemeinen Gebrauch befindlichen unterscheiden, ist es mein

Bestreben, Eurer Durchlaucht die Geheimnisse meiner Kunst zu offenbaren und zu erläutern.« Bei diesen »Geheimnissen« handelte es sich um »leichte, transportierbare Brücken«, unterirdische Gänge, deren Anlage »völlig geräuschlos« vor sich gehen könne, Bombarden, »die von hinten geladen werden«, Schleudermaschinen »von ungewöhnlich schöner Form«, Donnerbüchsen »von erstaunlicher Wirkung« und »Schiffe, die Feuer, Pulver und Rauch trotzen«.

Aber seine Fähigkeiten beschränkten sich nicht nur auf das Gebiet der Kriegstechnik.

»In Friedenszeiten glaube ich mich als Baumeister bestens bewähren und jeden Vergleich mit anderen aushalten zu können, sei es bei der Errichtung privater oder öffentlicher Gebäude, sei es bei der Anlage von Wasserleitungen von einem Ort zum anderen.«

Für jemanden, der noch nie etwas gebaut hatte, waren das wahrlich verwegene Worte. Aber er hatte noch mehr zu bieten:

»Desgleichen werde ich Skulpturen in Marmor, Bronze oder Ton ausführen, ebenso Gemälde jeglicher Art, die denen jedes anderen, wer er auch sein mag, nicht nachstehen werden.«

Der Regent hörte ihm mit steinerner Miene zu. Und nun spielte Leonardo seinen letzten Trumpf aus:

»Des weiteren könnte ich den Guß des Bronzepferdes übernehmen, das dem seligen Angedenken Eures erlauchten Herrn Vaters und dem glorreichen Hause Sforza zu unsterblichem Ruhm und ewiger Ehre gereichen wird.«

Er war sicher, daß der Regent darauf anbeißen würde . . .

In ganz Italien hatte sich herumgesprochen, daß Lodovico zur Erinnerung an seinen Vater, den berühmten Condottiere und Usurpator des mailändischen Thrones, ein monumentales Reiterstandbild in Auftrag geben wollte. Er hatte sich bereits an viele bekannte Bildhauer gewandt, aber alle hatten mit der Begründung abgelehnt, es sei unmöglich, ein Standbild von so enormen Ausmaßen in Bronze zu gießen.

Solche Bedenken hatte Leonardo nicht. Trotz mangelnder bildhauerischer Erfahrung war er überzeugt, dieser Aufgabe gewachsen zu sein, wenn er sich nur eingehend damit beschäftigte. Um die Einzelheiten würde er sich zu gegebener Zeit kümmern. Im Augenblick war ihm eine Anstellung bei Hofe so wichtig, daß er dem Regenten sogar versprochen hätte, auf den Mond zu fliegen.

Lodovico sah ihn noch immer unbewegt an. Selbst bei dem Schwall von Schmeicheleien, den Leonardo über das Haus Sforza ausgegossen hatte, war diesem starren Gesicht keine Spur von Interesse anzumerken. Den Bittsteller beschlich ein Gefühl der Hoffnungslosigkeit. Hastig las er den Schlußsatz seiner Bewerbung vor:

»Und sollte jemand die oben genannten Dinge für undurchführbar halten, so bin ich jederzeit bereit zu einer Probevorführung in Eurem Park oder wo immer es Eurer Durchlaucht belieben möge, der ich mich hiermit untertänigst empfehle.«

Er verneigte sich und wartete.

Nach einer Weile brach Lodovico sein Schweigen. Er dankte dem Besucher für den Hinweis auf seine mannigfaltigen Fähigkeiten. Aber, so fügte er hinzu, er beschäftige bereits einen Kriegsingenieur, einen Baumeister, einen Bildhauer und einen Maler, die alle zu seiner vollen Zufriedenheit arbeiteten. Daher sei er nicht in der Lage, ihm einen geeigneten Posten anzubieten.

Mit einer knappen Handbewegung beendete er die Audienz.

Atalante, der vor dem Tor gewartet hatte, sah Leonardo sofort an, daß seine schönen Pläne gescheitert waren. Auf dem Rückweg zum Gasthaus versuchten die beiden, sich über ihre Lage klarzuwerden. Sie war ernst, um nicht zu sagen verzweifelt. Leonardo hatte fast seine gesamten Ersparnisse für die Reise nach Mailand ausgegeben. Der Rest würde gerade noch ausreichen, um Atalante zu seiner Familie zurückzuschicken. Er selbst aber hatte keine Familie und zudem nicht die geringste Lust, den erzürnten Mönchen von San Donato wiederzubegegnen.

Mit feuchten Augen sah er seinem davonreitenden Schüler nach. Jetzt war er allein und mittellos in dieser fremden Stadt.

Die letzten Monate des Winters 1481/82 wurden für ihn zum Alptraum. Ziellos wanderte er durch die Straßen, wärmte sich an den Kohlebecken der Kirchen auf und stellte sich vor den Nonnenklöstern nach einem Löffel Suppe an.

Im März lernte er durch Zufall die Brüder de' Predis kennen, drei Kunsthandwerker, die nicht sonderlich begabt, aber um so geschäftstüchtiger waren. Sie erkannten rasch, welchen Nutzen sie aus der Zusammenarbeit mit diesem talentierten, sich verkannt fühlenden Mann ziehen konnten, und nahmen ihn als eine Art Geschäftspartner in ihr nahe der Porta Ticinese gelegenes Haus auf.

Wenig später gelang es Ambrogio, dem ältesten Bruder, Leonardo einen bedeutenden Auftrag zu verschaffen: eine Altartafel für die Kirche der Bruderschaft von der Unbefleckten Empfängnis.

Die Mönche hatten ganz bestimmte Vorstellungen von diesem Altarbild, die sie in einem Vertrag genau formulierten. Gottvater sollte zusammen mit der Heiligen Jungfrau, mehreren Engeln und mindestens einem, vorzugsweise zwei Propheten dargestellt werden, außerdem das Jesuskind in einer Wiege »inmitten einer bergigen Hintergrundlandschaft«. Alle Figuren sollten einen Heiligenschein haben. Als Honorar wurde der ungewöhnlich hohe Betrag von zweihundert Gulden festgesetzt. Ablieferungstermin war der Dezember 1484, also genau zwanzig Monate nach Vertragsabschluß.

Leonardo erhielt einen Vorschuß und machte sich an die Arbeit. Oder richtiger gesagt: Er unternahm lange, einsame Wanderungen in die Umgebung, denn in der Lombardei hatte der Frühling Einzug gehalten. Unter schattigen Bäumen ausgestreckt und Grashalme kauend, dachte Leonardo nach.

Und eines Tages kam ihm die Idee zur *Felsengrottenmadonna*: Die Heilige Jungfrau, ihr kleiner Sohn und sein Vetter Gianbattista ruhen sich im kühlen Halbdunkel einer Grotte aus, in der die verschiedensten Pflanzen sprießen. Bei ihnen weilt – gewissermaßen in der Rolle der *bambinaia* – ein Engel, eines der bezauberndsten weiblichen Wesen, die jemals von einem Maler erdacht wurden. Es war eine Familienszene von überwältigender Innigkeit. Leonardo prägte sich jede Einzelheit ein. Zu Hause rieb er ein großes Malbrett mit Sand ab, dann arbeitete er drei Wochen lang wie besessen. In Windeseile nahm das Meisterwerk Gestalt an.

Zu Beginn des Sommers brach in Mailand die Pest aus. Auf den Plätzen wurden Feuer entzündet, die die Luft reinigen sollten. Bittprozessionen bewegten sich durch die Straßen. Flagellanten beiderlei Geschlechts liefen in der Stadt herum und geißelten ihre nackten Körper. Die Menschen starben wie die Fliegen. Männer, die sich Kapuzen übergezogen hatten, schichteten die Leichen mit langen Eisenzangen auf rote Karren und warfen sie in Gemeinschaftsgräber. Herzog Lodovico ließ den Spitälern reichliche Spenden zufließen und zog sich vorsichtshalber auf seinen Landsitz Vigevano zurück.

Leonardo beschloß, sich näher mit der Seuche zu befassen und die leidende Menschheit von dieser furchtbaren Geißel zu befreien. Dann würde man ihm als dem genialen Bezwinger der Pest auf ewig Dank und Bewunderung zollen. Albiera würde im Himmel stolz auf ihn sein, während sein Vater sich zeitlebens Vorwürfe machen müßte.

Diese Aufgabe war natürlich viel wichtiger als die Vollendung der Altartafel. Er legte die Pinsel beiseite und konzentrierte sich auf das Problem der tödlichen Seuche. Und bald hatte er die Lösung gefunden. Sie war erstaunlich einfach. Man brauchte nur ganz Mailand niederzureißen und statt dessen zehn Städte für je dreißigtausend Einwohner zu errichten, und zwar genau nach seinen Entwürfen.

Obzwar er bisher nicht einmal ein Hühnerhaus gebaut hatte, konnte ihn die Vorstellung, zehn Städte zu errichten, nicht schrekken. Eiligst verfaßte er ein Schreiben an den Regenten.

»Auf diese Weise kann man die Menschenmassen verteilen, die gleich Ziegenherden dicht beieinander hausen, die Luft mit ihrem Gestank erfüllen und die Saat von Pest und Tod ausstreuen.«

Nachdem er sich bei Seiner Durchlaucht in Erinnerung gebracht hatte, begann der selbsternannte Architekt mit dem Entwurf seiner zehn Idealstädte. Sie sollten an den Ufern des Ticino gebaut werden, der dann als Abwasserkanal fungieren würde. Fäkalien, Straßenschmutz und Abfälle sollten durch ein unterirdisches Kanalsystem in den Fluß geleitet werden. Die Frage, was im Sommer, wenn das Flußbett ausgetrocknet war, geschehen sollte, hielt er nicht für erwägenswert.

Ein weiteres Merkmal seiner Phantasiestädte war, daß sie teilweise unter der Erde liegen sollten. Die reichen Einwohner würden in den oberen Stockwerken der Häuser leben und frische, saubere Luft atmen. Die armen Leute – nun ja, die würden in unterirdischen Wohnungen hausen, ihrer niederen Arbeit außer Sichtweite der privilegierten Schichten nachgehen, in den ungelüfteten, schlecht beleuchteten Gängen ihren eigenen Gestank einatmen und vermutlich mit der Zeit erblinden.

Er war von seinem neuesten Geistesblitz so angetan, daß er dem Regenten unermüdlich die Vorzüge schilderte.

»Jede dieser Städte wird ein Symbol der Schönheit sein, großen Nutzen bringen und Euch zu ewigem Ruhm verhelfen. Erteilt mir die Befugnis, dies alles durchzuführen . . .«

Obwohl keiner seiner Briefe beantwortet wurde, gab er das Pläneschmieden nicht auf. Als nächstes nahm er das Latrinenproblem in Angriff. Er erbot sich, dem beklagenswerten Zustand der Mailänder Latrinen abzuhelfen.

»Aborte müssen nicht notwendigerweise von dem üblichen Gestank verpestet sein. Um zu erreichen, was ich Euch zugesagt habe, müssen diese Orte, im Gegensatz zu den bisherigen Gepflogenheiten, sauber und wohlriechend gehalten werden.«

Er schlug vor, sie »mit Löchern für den Abzug der Dünste« zu versehen. Um zu demonstrieren, was auf diesem Gebiet verbessert werden könnte, erfand er ein Klosett mit einem Sitz, der sich verschieben ließ »wie die kleinen Fenster in den Klöstern«. Und um den Mailändern die schlechte Angewohnheit auszutreiben, ihre Notdurft auf den Treppenabsätzen zu verrichten, empfahl er, Wendeltreppen zu bauen.

Unterdessen verstaubte die herrliche *Felsengrottenmadonna* auf der Staffelei.

Er wartete weiterhin vergeblich auf Antwort aus Vigevano und kam allmählich zu der Erkenntnis, daß Lodovico vorerst nicht bereit war, seine Hauptstadt abreißen zu lassen. Nun schrieb er ihm keine Briefe mehr, aber an dem Altarbild malte er trotzdem nicht weiter. Statt dessen befaßte er sich mit technischen Problemen wie der Rißfestigkeit von Mauern, der Zugregulierung von Schornsteinen, der Dehnfähigkeit von Draht und der Belastbarkeit von Mauerbogen und Balken. Und zur Abwechslung erfand er eine sinnreiche Schraube zum Laden von Kanonen.

Wie vereinbart, forderten ihn die Mönche im Dezember 1484 auf, die Altartafel abzuliefern. Als sie erfuhren, daß sie noch längst nicht fertig war, bestand der Prior darauf, das Werk in Augenschein zu nehmen. Lautstark äußerte er sein Mißfallen darüber, daß der Maler die im Vertrag enthaltenen Anweisungen völlig ignoriert hatte. Wo war Gottvater? Wo waren die Propheten? Warum saß das Jesuskind auf dem Boden, statt in einer Wiege zu liegen? Und die Heiligenscheine? Wo waren die Heiligenscheine?

Zornbebend bot er ganze fünfundzwanzig Gulden für das Bild. Leonardo verlangte hundert. Die erregte Diskussion führte zu einem heftigen Streit, der Streit zu einem Prozeß, der sich dreiundzwanzig Jahre hinziehen sollte.

Die Brüder de' Predis brachten für Leonardos Situation wenig Verständnis auf. Ohne Umschweife erklärten sie ihm, er müsse »seinen Unterhalt verdienen«, falls er weiterhin bei ihnen wohnen und essen wolle. Widerwillig fertigte er mehrere Skizzen zu dem Sujet »Madonna mit Kind« an, nach denen Ambrogio eiligst Bilder von zweifelhaftem künstlerischem Wert malte und zum Verkauf anbot. Nachts widmete sich Leonardo nach wie vor seinen Lateinstudien und Maschinenmodellen.

So vergingen wieder drei Jahre. Der inzwischen Fünfunddreißigjährige mußte sich deprimiert eingestehen, daß er in Mailand so erfolglos geblieben war wie in Florenz. Seine Hoffnung auf eine Anstellung bei Hofe schien aussichtsloser denn je.

Wieder einmal sehnte er sich danach, fortzuziehen, weit weg, in irgendeine exotische Stadt, wo ein Sultan seine Genialität erkennen und entsprechend honorieren würde. Aber er wußte, daß diese Träume unerfüllbar waren. Er war ein ängstlicher Mensch, der nur in der Phantasie Abenteuer erlebte. Und so rechnete er damit, den Rest seines Lebens in Mailand verbringen zu müssen, ohne Geld und ohne Freunde.

Im Frühling 1487 verschaffte ihm der unermüdliche Ambrogio de' Predis nochmals einen großen Auftrag: das Porträt der Cecilia Gallerani, der Mätresse des Regenten.

Sie war siebzehn, aus gutem Hause und gertenschlank. Lodovico liebte dieses schmächtige Geschöpf, und Cecilia war dem Herrscher herzlich zugetan. Es war eine harmonische, fast eheliche Beziehung.

Da Cecilia im herzoglichen Palast wohnte, lernte Leonardo während der Arbeit an dem Porträt ihre luxuriöse Umgebung kennen. Er war entzückt von den Perserteppichen, den Gobelins, den karminroten Brokatvorhängen. Zum ersten Mal sah er Mitglieder des Hofes aus nächster Nähe. Beim Anblick der in prächtige Samtwämser gekleideten Herren mit ihren geschliffenen Manieren und der Damen in ihren knisternden Seidenroben stockte ihm der Atem. Eines Tages, so schwor er sich, würde er auch seinen Platz in dieser glänzenden Gesellschaft haben.

Er konzentrierte sich auf das Porträt, fing das Leuchten in Cecilias Augen und das verhaltene Lächeln in ihren Mundwinkeln ein.

Das Porträt wurde später unter dem Titel *Die Dame mit dem Hermelin* berühmt.

Cecilia war von dem Bildnis entzückt, und auch Lodovico, der sie des öfteren während der Sitzungen besuchte, zeigte sich beeindruckt. Sein Mißtrauen gegenüber dem bombastischen Lautenspieler, dem er vor fünf Jahren eine Audienz gewährt hatte, schwand allmählich. Dieser Mann war tatsächlich ein vortrefflicher *dipintore!* Ob er vielleicht auch die bildhauerischen Fähigkeiten besaß, deren er sich gerühmt hatte?

»Bist du wirklich überzeugt, daß du das Sforza-Denkmal schaffen kannst?« fragte Lodovico eines Tages ganz spontan.

»Wenn Durchlaucht mir zwei Jahre Zeit geben, wird es im Ehrenhof des Kastells stehen.«

Der Regent glaubte ihm. Und auf der Stelle erteilte er ihm den Auftrag, das Kolossalstandbild in Angriff zu nehmen.

Leonardos Leben änderte sich schlagartig. Es war wie im Märchen. Er zog ins Kastell, wo ihm im »Alten Hof« – dem Dienstbotenquartier – drei Zimmer sowie eine Werkstatt im Erdgeschoß angewiesen wurden. Gleichzeitig teilte ihm der herzogliche Schatzmeister Gualtieri mit, daß er ein Monatssalär von fünf Gulden erhalten würde, genausoviel wie der Hofbaumeister Donato Bramante.

Das war natürlich viel weniger, als er seiner Vorstellung nach in der so sehnlich erhofften Position des leitenden Kriegsingenieurs verdient hätte, aber er war zu glücklich, um Einspruch zu erheben. Jetzt hatte er ein Quartier für sich allein und ein festes Einkommen. Und was noch wichtiger war: Er hatte Zugang zu der berauschenden Welt des Sforza-Hofes gefunden!

Jetzt brauchte er nur noch das größte Bronzestandbild der Welt zu schaffen.

Gewiß, er hatte noch keine Ahnung, wie er das bewerkstelligen sollte, und außerdem hatte er nicht viel für die Bildhauerei übrig, die er als schmutziges, alles andere als vornehmes Handwerk betrachtete, und es reizte ihn auch nicht, einen bejahrten, dickwanstigen Glücksritter zu Pferde darzustellen.

Gleichwohl fühlte er sich der Aufgabe gewachsen, vor der die erfahrensten Bildhauer zurückgeschreckt waren. Immerhin hatte er zwei Jahre Zeit für dieses vermaledeite Projekt, und in diesen zwei Jahren würde er alle etwa auftauchenden Probleme bewältigen.

Eines war schon jetzt sicher: Das Standbild würde die ganze Welt in Staunen setzen! Nachdem er einige Berechnungen angestellt hatte, teilte er der verblüfften Öffentlichkeit die Maße des geplanten Meisterwerkes mit. Die damals entstandenen Reiterstatuen waren durchschnittlich drei bis vier Meter hoch und wogen um die zweitausend Pfund, doch bei dem Sforza-Denkmal sollte Leonardos Ankündigung zufolge allein das Pferd zwölf Armlängen hoch sein und fast hunderttausend Pfund wiegen. Zudem würde er ein sich aufbäumendes Pferd gießen, dessen vorderer Teil ohne jede Anstützung in der Luft schweben sollte – ein statisches Wunderwerk!

Ganz Italien nahm diese Nachricht staunend zur Kenntnis. In den Florentiner Schenken sprachen die bildenden Künstler von nichts anderem mehr. Der Maler, Jongleur, Zauberkünstler, Sänger und Lautenspieler hatte sich der Öffentlichkeit als der verwegenste Bildhauer aller Zeiten vorgestellt.

»Dieser Leonardo«, sagten sie, »nimmt den Mund sehr voll! Wie, zum Teufel, will er einen solchen Koloß in Bronze gießen? Er muß entweder das größte Genie sein, das Gott je geschaffen hat, oder ein großer Narr. Warten wir's ab!«

Nachdem er solchermaßen die Kunstwelt in ihren Grundfesten erschüttert hatte, zog Leonardo sich in schöpferische Einsamkeit zurück.

Zwei Jahre später hatte noch keine Menschenseele etwas von dem Sforza-Denkmal gesehen. Jedermann im Kastell brannte vor Neugier, vor allem natürlich Lodovico.

Eines Tages kam er überraschend in die Werkstatt und traf seinen Bildhauer in einem wahren Meer von zerbrochenen, fingerhohen Wachsmodellen sich aufbäumender Pferde an. Die unseligen Geschöpfe, die auf dem Zeichenpapier so prächtig auf den Hinterbeinen standen, brachen, sobald sie dreidimensional wurden, unweigerlich auseinander.

Ohne ein Wort zu sagen, verließ der Regent die Werkstatt.

Am Abend nahm er den florentinischen Gesandten Pietro Alamanni beiseite und bat ihn dringend, an Seine Herrlichkeit Lorenzo de' Medici zu schreiben, er möge ihm »einen oder zwei Künstler schicken, die dieser Aufgabe gewachsen seien, denn er habe das Vertrauen in Leonardos Fähigkeit, das Werk auszuführen, verloren«.

Für Leonardo war der Sommer 1489 eine qualvolle Zeit. Er

wußte, daß er jetzt bei seinen Künstlerkollegen als *fanfarone* – Prahlhans – galt, und ihn schauderte bei dem Gedanken, daß der Regent ihn entlassen würde. Er hatte sich mit einigen Hofbediensteten angefreundet, und er hing an seinem gemütlichen Quartier, seinem vollgestopften Arbeitszimmer mit dem gedeckten Kamin und dem Tisch, an dem er bei Kerzenlicht über seinen Notizheften saß. Die Vorstellung, das alles aufgeben, wieder herumwandern und von der Hand in den Mund leben zu müssen, stürzte ihn in Verzweiflung.

Er versuchte, den Regenten mit einem Brief zu beschwichtigen. Es war keine demütige Bitte um Vergebung, sondern eine hochtrabende Rechtfertigung, die er, um ihre Wirkung zu steigern, ins Lateinische übersetzt hatte.

»Ich bin kein Lysippus oder Apelles oder Polykletus oder Zeuxis oder Myron, edel und in Bronze gegossen. Ich bin der Florentiner Leonardo, in Vinci geboren, ein Bewunderer und dankbarer Schüler der Künstler des Altertums. Das einzige, woran es mir mangelt, ist das Ebenmaß der Antike. Ich habe getan, was ich konnte. Möge die Nachwelt mir Vergebung gewähren.«

Die Entlassung blieb ihm dank einem Ereignis erspart, dem Lodovicos ganze Aufmerksamkeit galt: der Heirat seines Neffen Gian.

Er rechnete damit, die Früchte seiner machiavellistischen Politik in Kürze ernten zu können. Gian war jetzt neunzehn Jahre alt – ein auffallend hübscher, aber geistig zurückgebliebener Mensch, ein Päderast und Säufer. Die Bevölkerung nahm davon keine Notiz. Sie wollte, daß ihr *duchetto* eine schöne Prinzessin heiratete, viele Söhne zeugte und die Regierung übernahm. Lodovico heuchelte Zustimmung und versprach seinen Untertanen, eine geeignete Braut für Gian zu finden.

Es war so raffiniert wie grausam, daß er seine eigene Nichte auswählte: Isabella von Aragon, die Tochter seiner Schwester Ippolita und Enkelin Don Ferrantes, des Königs von Neapel.

Die Hochzeit wurde im Februar 1489 mit großem Schaugepränge gefeiert. Dazu zählten unter anderem sechsunddreißig Priester, Reiterschwadronen in Goldhelmen und ein weißer Teppich, der vom Kastell bis zum Dom reichte. Die Braut hatte die goldgelbe Haut, die blauschwarzen Haare und das feurige Temperament der typischen Neapolitanerin. Sie war siebzehn und sehnte sich danach, zu lieben und geliebt zu werden. Als sie Gian zum ersten Mal erblickte, verlor sie ihr Herz für immer an ihn. Die Neuvermählten wurden, als sie Seite an Seite vom Dom zum Kastell ritten, von den Zuschauern das schönste Paar in Europa genannt. Die Festlichkeiten mußten allerdings um ein Jahr verschoben werden, weil plötzlich die Nachricht vom Tode der Mutter Isabellas eintraf. Als sie dann nachgeholt werden sollten, wurde der herzogliche *festaiuolo*, Bergonzo Botta, krank, und nun erhielt Leonardo den Auftrag, die kommenden Lustbarkeiten zu arrangieren.

Im Januar 1490 präsentierte er sein erstes *spettacolo*, ein Ballett mit dem Titel *Das paradiesische Fest*. Es war ein überwältigender Erfolg, durch den er sich endlich wieder die Gunst Lodovicos erwarb. Sein Talent für spektakuläre Darbietungen war ihm wieder einmal zu Hilfe gekommen. Den saumseligen Maler der *Anbetung der Könige* hatte die Erfindung einer monströsen Laute vor dem Zorn der Klosterbrüder gerettet; den unerfahrenen Bildhauer bewahrte ein Ballett-Arrangement vor der Entlassung.

Jetzt hatte er das richtige Metier gefunden. Er fühlte sich wohl in der Flitterwelt der Maskeraden und *divertimenti*. Mit seinen unerschöpflichen Einfällen für Kostüme, Ballettaufführungen und komische Darbietungen auf ausgefallenen Instrumenten war er der geborene *festaiuolo*. Und nachdem er bei weiteren Lustbarkeiten der Wintersaison Lorbeeren geerntet hatte, war seine Stellung bei Lodovico gefestigt. Jetzt zogen die Dienstboten den Hut vor ihm, wenn sie ihm in einem der Schloßhöfe begegneten.

Erfolg zeugt Erfolg. Leonardo war der Mann der Stunde. Damen der Gesellschaft baten ihn, Festlichkeiten in ihren Häusern zu arrangieren und ihre Roben zu begutachten.

Und plötzlich galt er auch als begabter Architekt. General Sanseverino, der Oberbefehlshaber des praktisch nicht vorhandenen mailändischen Heeres, beauftragte ihn, einen Stall für seine Araberhengste zu entwerfen. Dieser Pferdestall und ein zweiter, den er viele Jahre später für Giuliano de' Medici entwarf, sind die einzigen architektonischen Projekte Leonardos, die jemals realisiert wurden.

Inzwischen kam aus Pavia, wohin sich die Neuvermählten zurückgezogen hatten, beunruhigende Kunde. Der junge Herzog, so war zu vernehmen, weigere sich, Isabella zu berühren, und zwinge sie, das Bett mit einer ihrer Hofdamen zu teilen. Ihre schüchternen Annäherungsversuche wehre ihr Gemahl brutal ab. Gerüchte über

Saufgelage und päderastische Orgien erschreckten die Bürger Mailands. An den öffentlichen Brunnen tuschelten die Frauen darüber, ob ihr geliebter *duchetto*, der Enkel des unvergeßlichen Francesco Sforza (der zwanzig Kinder gezeugt hatte!), vielleicht gar ein *sodomista* sei.

Das war natürlich Musik in Lodovicos Ohren. Während er so tat, als ignoriere er diese Gerüchte, sorgte er heimlich dafür, daß sie ständig neue Nahrung erhielten. Und befriedigt sah er den Tag näherrükken, an dem das Volk ihn bitten würde, die Krone zu tragen, deren sein Neffe nicht würdig war.

Aber in seiner Ungeduld beging er einen entscheidenden Fehler.

Vor einer Versammlung angesehener Bürger, die unter dem Vorsitz des Erzbischofs von Mailand zusammengetreten waren, machte er seinem Neffen heftige Vorwürfe, wobei er Überraschung und Ärger über die ihm zu Ohren gekommenen Gerüchte heuchelte. Ob es zutreffe, daß seine durchlauchtige Gemahlin Isabella noch immer Jungfrau sei? Ob er nicht wisse, daß Seine Majestät, der König von Neapel, gedroht hatte, seine Enkelin wieder nach Hause zu holen, ihre Mitgift zurückzuverlangen und Mailand den Krieg zu erklären?

Mit großer Beredsamkeit steigerte er sich in die Rolle des bitter Enttäuschten hinein und schwang sich zum Schluß zu der Erklärung auf, Gian sei der lombardischen Krone nicht würdig.

Der junge Fürst hörte sich diese Rede mit gesenktem Kopf und wutverzerrtem Gesicht an. Dann ritt er im Galopp nach Pavia, zog Isabella ins Schlafzimmer, warf sie aufs Bett und tat, was er schon längst hätte tun sollen. Neun Monate später gebar sie einen Sohn, der Francesco getauft wurde.

Lodovico war wie vom Donner gerührt. Jetzt standen zwei Hindernisse zwischen ihm und dem Thron. Und zu allem Unglück begannen plötzlich Gerüchte über ihn selbst zu kursieren: Dieser Lodovico – schon fast vierzig und immer noch nicht verheiratet! Ob vielleicht auch mit ihm etwas nicht ganz stimmte?

Angesichts der Notwendigkeit, sich möglichst rasch zu vermählen, erinnerte er sich daran, daß er mit Beatrice d'Este, der Tochter des Herzogs von Ferrara, so gut wie verlobt war. Bereits als Fünfjährige war sie ihm versprochen worden. Jetzt war sie fünfzehn. Er schickte einen Gesandten mit dem Auftrag nach Ferrara, die Heirat unverzüglich auszuhandeln.

Am 29. Dezember 1490 verließ Beatrice, gehüllt in einen Zobelmantel (ein Geschenk Lodovicos), neben sich ihren Hofnarren Fritella, in einem farbenprächtig geschmückten Schlitten den Palast ihres Vaters. Ihr Gefolge saß ebenfalls in festlich dekorierten Schlitten, und den Abschluß bildeten die mit dem Trousseau beladenen Wagen.

Als die Reisegesellschaft den zugefrorenen Po überquerte, malte sich die junge Braut das glanzvolle Leben aus, das sie an der Seite Herzog Lodovicos erwartete. Sie wußte nicht viel mehr über ihn, als daß er sehr, sehr reich und seine Hofhaltung die aufwendigste in ganz Europa war. Ihrer Vorstellung nach wartete ein einziger Vergnügungstaumel auf sie – Bälle, Maskeraden, Theateraufführungen, Jagdausflüge. Und natürlich zahllose Roben und Pelze und Kästen voller Schmuck.

Ihre Desillusionierung begann in der Hochzeitsnacht. Nachdem er seiner ehelichen Pflicht nachgekommen war, verabschiedete sich Lodovico höflich von ihr und begab sich zu seiner Mätresse, die ein Stockwerk tiefer wohnte.

Weitere Enttäuschungen folgten.

Lodovico war keineswegs der Märchenprinz, von dem Beatrice auf ihrer Schlittenreise geträumt hatte, sondern ein alternder, schmerbäuchiger Fremder mit höflichen Manieren, der ihr wenig Beachtung schenkte. Und er war gar nicht der Herzog von Mailand, wie sie naiverweise geglaubt hatte, sondern nur der Regent. Am meisten aber ärgerte sie sich darüber, daß ihre eigene Cousine Isabella, die Gemahlin des versoffenen, abartigen Gian, die echte Herzogin von Mailand war.

Beatrice schwor sich, Lodovico seiner Mätresse abspenstig zu machen. Sie wollte seine Begierde erregen, sein Herz erobern und ihm ihren Willen aufzwingen.

Es war ein fast aussichtsloser Plan, aber sie nahm ihn mit eiserner Energie in Angriff. Das kleine, mollige, rotbackige Mädchen aus der Provinz verwandelte sich in eine verführerische Kurtisane. Nach wenigen Monaten hatte sie Cecilia aus dem Palast vertrieben.

Jetzt, da sie die erste Schlacht gewonnen hatte, zog sie gegen Isabella zu Felde. Im Einverständnis mit ihrem verliebten Gemahl übertrumpfte sie die rechtmäßige Herzogin an Eleganz und schmückte sich mit den Juwelen aus dem Kronschatz, die eigentlich nur Isabella tragen durfte. Und sie versäumte keine Gelegenheit, Ihre Durchlaucht zu demütigen.

Die beiden jungen Frauen befanden sich im Kriegszustand.

Leonardo sah bald voraus, daß Beatrice siegen würde, und schlug sich auf ihre Seite. Und sie nahm ihn unter ihre Fittiche.

Sie beauftragte ihn zwar nicht, ihr Porträt zu malen, aber sie führte stundenlange Gespräche mit ihm über die Ausgestaltung von Aufführungen und Kostümfesten. Sie verließ sich auf seinen guten Geschmack, fragte ihn wegen neuer Toiletten und Frisuren um Rat und ließ auf seinen Vorschlag ihre Fenster mit andersfarbigen Vorhängen dekorieren. Als sie erfuhr, daß er eine angenehme Singstimme hatte und sich aufs Lautenspiel verstand, zog sie ihn zur Unterhaltung ihrer vertrautesten Hofdamen und -herren heran.

Sie begann, einen Höfling aus ihm zu machen, und einen eifrigeren Schüler hätte sie sich wahrlich nicht wünschen können.

Bald kleidete er sich in purpur- und scharlachrote Seide – seine Lieblingsfarben.

Seinen schon ziemlich kahl gewordenen Kopf bedeckte ein elegantes schwarzes Samtbarett. Er parfümierte seinen Bart und strich sich Pomade auf die Schnurrbartspitzen. (In Mailand hatte man eine besondere Vorliebe für stark duftende Essenzen, die sogar zum Reinigen der Garderobe benützt wurden.)

Mit seinem langen, graumelierten Bart und der gepflegten Kleidung machte er eine gute Figur. Von Beatrice in Hofkreise eingeführt, ahmte er die Manieren der Aristokratie nach und konnte es, was die eleganten Verbeugungen und gezierten Handbewegungen betraf, bald mit den versiertesten Höflingen aufnehmen.

Hartnäckig bemühte er sich, alle Spuren seiner bescheidenen Herkunft und mangelnden Bildung zu tilgen. Bei Kerzenlicht studierte er Pulcis *Vocabolista* und schrieb daraus siebentausend italienische Wörter ab, vornehmlich lange, eindrucksvolle. Er sammelte Syllogismen, rhetorische Floskeln und Sophismen, die er dann in der Unterhaltung benützte. Sein Stolz darauf war fast rührend.

»Ich verfüge jetzt über so viele Wörter meiner Muttersprache, daß es mir vermutlich schwerer fallen wird, bestimmte Dinge wirklich zu begreifen, als die Wörter zu finden, mit denen ich meiner eigenen Vorstellung von diesen Dingen Ausdruck verleihen kann.«

Beatrice zuliebe versuchte er sich auch als Geschichtenerzähler. Sorgfältig schrieb er Fabeln, Sentenzen und witzige Pointen ab, die er an langen Winterabenden, wenn gerade einmal keine Aufführung oder Maskerade stattfand, als eigene Erfindung zum besten gab.

Seine Bemühungen wurden gut belohnt. Der Sohn des Landmädchens Caterina tauschte jetzt mit Edelleuten schlagfertige Bemerkungen aus, wurde von Gräfinnen ins Vertrauen gezogen, war über den Hofklatsch informiert und überbrachte heimliche Liebesbriefe. Außerdem erteilte er medizinische Ratschläge und empfahl ein selbstverfertigtes Mittel zur Zersetzung von Nierensteinen. Seine musikalischen Talente trugen zu seiner Beliebtheit bei.

Als er die Kunst des gesellschaftlichen Aufstiegs nach allen Regeln beherrschte, hielt er es für seine Pflicht, den vom gleichen Ehrgeiz beseelten Angehörigen künftiger Generationen das Geheimnis seines Erfolges zu überliefern.

»Vermeide stets, Dinge zu sagen, die dem Ohr des Zuhörers nicht genehm sind oder ihn langweilen oder sein Mißfallen erregen. Ein Zeichen dafür ist das ausgiebige Gähnen solcher Zuhörer. Daher mußt du, wenn du an einem Zuhörer, dessen Wohlwollen du gewinnen willst, Zeichen solchen Mißfallens bemerkst, deinen Vortrag abbrechen und das Thema wechseln . . . Wenn du feststellst, daß er nicht mehr gähnt, kannst du gewiß sein, über etwas zu sprechen, das ihm angenehm ist.«

So viel Weisheit in so wenigen Worten . . .

Bei alledem fand Leonardo auch noch Zeit, wieder einmal einige Leichen zu sezieren und anatomische Zeichnungen von unübertrefflicher Schönheit anzufertigen. Und er brachte sogar den Mut auf, die Vorarbeiten für das Sforza-Denkmal wiederaufzunehmen. Von einem sich aufbäumenden Kolossalpferd war jetzt allerdings keine Rede mehr. Während eines Besuches in Pavia hatte er das Reiterstandbild des Gotenkönigs Gisulf besichtigt und bewundernd festgestellt, wie martialisch das Roß wirkte, obwohl es drei Beine auf dem Boden hatte. Daran dachte er, als er sich wieder mit dem Sforza-Pferd beschäftigte, und diesmal kam er mit der Arbeit gut voran. Das Pferd war um ein gutes Drittel geschrumpft und ein braver, dickbäuchiger Gaul geworden.

Mit Feuereifer drückte er feuchte Tonklumpen um die Eisenstreben und formte Schenkel, Beine, Schultern. In wenigen Monaten hatte er den vorderen Teil des Pferdes modelliert.

Im Januar 1493, als er gerade mit der Arbeit am Mittelteil begonnen hatte, brachte Beatrice einen Knaben zur Welt, der nach ihrem Vater Ercole genannt wurde.

Von Stund an war sie wie besessen. Jetzt genügte es ihr nicht mehr, Isabella zu demütigen: Sie wollte sie vernichten, um ihrem eigenen Sohn den Thron zu sichern. Daß auch Isabella einen Sohn hatte, kümmerte sie nicht.

Bedenklicher war, daß der König von Neapel über das stärkste Heer in ganz Italien verfügte und Mailand anzugreifen drohte. Doch wie Beatrice den Berichten des mailändischen Gesandten am französischen Hof entnahm, wollte König Karl unbedingt das Königreich Neapel »zurückerobern«.

Das war die Lösung des Problems!

Wenn es gelänge, den kleinen König mit seinem gefürchteten Heer nach Italien zu locken, würde er Don Ferrante und seine Truppen zur Flucht übers Meer zwingen und Isabella ihres einzigen Verbündeten berauben. Den Strohkopf Gian könnte man dann sicher dazu überreden, zugunsten Lodovicos abzudanken. Und fortan würden ihre, Beatrices, Nachkommen auf dem Thron Mailands sitzen.

Sie gewann ihren Gemahl für diesen Plan, leitete die Bestechung der französischen Hofbeamten in die Wege und frohlockte, als der sabbernde Halbidiot in Italien einmarschierte. Die von Leonardo arrangierten Festlichkeiten im Schloß von Annona krönten Beatrices Triumph.

Aber die Freude währte nicht lange, denn Karl erwies sich als autokratischer, kostspieliger und launischer Verbündeter.

Lodovico begann an der Zweckmäßigkeit von Beatrices Plan zu zweifeln, um so mehr, als Herzog Gian wenige Wochen nach dem Einmarsch der Franzosen eines natürlichen Todes starb. Lodovico und Beatrice bestiegen den Herzogsthron. Während der Krönungszeremonie dachte Lodovico voller Bitterkeit an die hohen Beträge, die er gezahlt hatte, um sich die Krone anzueignen, die ihm jetzt ganz von selbst in den Schoß fiel. Und das alles, weil es Beatrice nicht schnell genug gehen konnte!

Er wollte es ihr heimzahlen, und er verletzte sie dort, wo es ihr besonders weh tat: in ihrem Stolz. Er nahm sich eine ihrer Hofdamen, Lucrezia Crivelli, zur Mätresse und brüstete sich vor dem ganzen Hof mit seiner neuen Geliebten.

Beatrice, die Isabella so viele Demütigungen zugefügt hatte, erfuhr jetzt, was es heißt, gedemütigt zu werden. Sie hatte es erreicht, die Herzogskrone zu tragen, aber sie hatte ihren Gatten an eine andere verloren.

Wie nahe Leonardo das Schicksal seiner Wohltäterin auch gegangen sein mag, in seinen Notizheften findet sich jedenfalls kein Wort des Mitgefühls. Er malte das Porträt der neuen Favoritin und versicherte sich ihrer Gunst wie vorher der Beatrices.

Er hatte seine eigenen Sorgen: Seine anscheinend so gefestigte Stellung als herzoglicher *festaiuolo* hing an einem seidenen Faden. Um wenigstens einen Teil des Betrages, den er so voreilig ausgegeben hatte, anderweitig einzusparen, verfügte Lodovico eine drastische Einschränkung der Lustbarkeiten. Für Leonardo fand er einen anderen Auftrag: Er sollte das Refektorium des Klosters Santa Maria delle Grazie mit einem Wandgemälde, einer Darstellung des heiligen Abendmahls, ausschmücken.

Leonardo hatte noch nie gern gemalt, aber diesem Auftrag stand er besonders ablehnend gegenüber. Die Religion bedeutete ihm nichts mehr, und das Thema Abendmahl ließ ihn kalt. Aber der Gedanke, aus dem Dienst des Herzogs entlassen zu werden, machte ihm angst. Er war jetzt dreiundvierzig und hatte so gut wie keine Ersparnisse. Zudem hatte er einen bildschönen Straßenjungen bei sich aufgenommen, den er »Salai« – kleiner Teufel – nannte und für dessen Unterhalt er fast jeden *soldo* seines Einkommens ausgab.

Er liebte Salai über alles, gleichzeitig aber brachte dieser Junge ihn zur Verzweiflung. Deprimiert schrieb er in sein Notizbuch: »Er ist diebisch, verlogen, halsstarrig, gefräßig. Er stiehlt Geld, aber es ist unmöglich, ihm ein Geständnis abzuringen.«

Was sollte aus ihnen beiden werden, wenn Herzog Lodovico ihn entließ?

So nahm er den Auftrag an und unterzeichnete einen Vertrag, in dem genau festgelegt wurde, wann das Fresko vollendet sein sollte. Dann sah er sich im Kloster die (fast zehn Meter lange) nackte Vorderwand des Refektoriums an, die er bemalen sollte.

Er hatte noch nie ein Wandgemälde geschaffen, aber er nahm sich schon jetzt vor, mit einem Werk hervorzutreten, das man zu den Weltwundern zählen würde. Auf die übliche Freskomalerei, bei der die Farben auf eine dünne Gipsschicht aufgetragen wurden, wollte er verzichten und sich statt dessen einer eigenen Technik – Öltempera auf trockenem Putz – bedienen. Dann würden die Farben des *Abendmahls* so intensiv leuchten, als stände man vor einer riesigen Emaillefläché.

Er arbeitete, mit Unterbrechungen, drei Jahre lang an dem Wandgemälde, hielt aber auch diesmal den Termin nicht ein.

In dieser Zeitspanne ereignete sich viel.

Beatrice starb. In den letzten Monaten ihres Lebens war sie nur noch ein Schatten ihrer selbst. Ihre hervorquellenden Augen waren blutunterlaufen, ihre Wangen wachsbleich. Obwohl hochschwanger, ließ sie sich nicht davon abhalten, bis zum Morgengrauen zu tanzen und auf Wildschweinjagd zu reiten, wobei ihr zahmer Leopard hinter ihrem Sattel kauerte.

Am Abend des 2. Januar 1497 speiste sie mit einigen Freunden in ihren Gemächern, lachte auffallend laut und trank viel. Dann spielte das Orchester eine Tarantella. Inmitten des heiteren Trubels brach Beatrice zusammen, und eine Weile bemerkte niemand, daß sie bewegungslos am Boden lag. Sie starb um Mitternacht, nachdem sie ein totes Kind, ein Mädchen, zur Welt gebracht hatte. Sie war nur zweiundzwanzig Jahre alt geworden.

Unterdessen arbeitete Leonardo wie besessen an tausenderlei Erfindungen. Er hatte die Ballette und Maskenfeste satt und war des Malens überdrüssig, dieses erbärmlichen Berufes, der ihm weder Ruhm noch Reichtum eingebracht hatte. »*La mia arte la quale voglio mutare* . . .« schrieb er in sein Notizbuch. »Dieses mein Handwerk, das ich wechseln will.«

Er hatte vor, sich selbständig zu machen und mit der Fabrikation seiner Erfindungen ein Vermögen zu verdienen.

In der Nacht des 1. Januar 1496 erfand er eine Nadelschärfmaschine, die seiner Meinung nach das Textilgewerbe revolutionieren würde.

Diesmal wollte er gewitzt vorgehen, die Herstellung selbst übernehmen und seine geniale Begabung von niemandem ausbeuten lassen. Er rechnete sich bereits aus, welch enormen Gewinn er einstreichen würde:

»Hundertmal eine Stunde mit jeweils vierhundert Nadeln ergibt 40000 in der Stunde und in zwölf Stunden 480000. Aber gehen wir von 400000 aus, was, bei einem Preis von fünf Soldi pro Tausend, 20000 Soldi ergibt, also im ganzen 1000 Lire für jeden Arbeitstag. Bei monatlich zwanzig Arbeitstagen ergibt das 240000 Lire oder 60000 Gulden im Jahr.

Morgen, den 2. Januar 1496, wird das Modell des Treibriemens fertig sein . . .«

Sechzigtausend Gulden im Jahr! Mehr als die meisten Leute im ganzen Leben verdienten! Endlich war der ungeheure Reichtum greifbar nahe.

Aber das Treibriemenmodell war am nächsten Tag nicht fertig. Es schneite, und bei diesem Wetter hatte er keine Lust, hinauszugehen und sich einen Riemen zu besorgen. »Schließlich baue ich meine Fabrik nicht schon morgen.«

Zudem war ihm gerade die Idee für eine Erfindung gekommen, die sogar noch mehr Gewinn versprach: eine Anschermaschine für Webereien. Ja, er würde beide, die Nadelschärf- und die Anschermaschine auf den Markt bringen! Und schon war der nächste Einfall da: Ein Rollenlager würde er erfinden! Warum in Tausenderbeträgen denken, wenn es ebensogut Millionen sein konnten?

Zwischendurch kritzelte er in der spiegelverkehrten Schrift, die seiner Meinung nach niemand entziffern konnte, einen wahren Wust von Notizen: chemische Formeln, geometrische Lehrsätze, Aphorismen, Haushaltsausgaben. Er wetterte gegen die Priester, »die nichts als Worte und Wasser haben«, und spottete über »die unglücklichen Frauen, die den Männern aus freiem Willen ihre schamlosesten heimlichen Missetaten gestehen«. Er bezeichnete Jesus als »einen Mann, der im Osten starb«, und über die Marienverehrung machte er, der Madonnenmaler, sich lustig. Er mokierte sich über die Astrologie und Wahrsagerei, wenngleich er später zugab, daß er sechs Soldi dafür ausgegeben hatte, sich die Zukunft voraussagen zu lassen.

Vor allem aber ergoß sich sein Zorn über jene, die ihn wegen seiner mangelhaften Schulbildung als »ungebildeten Menschen« bezeichneten, und über alle, die seinen Erfindungen keine Bedeutung beimaßen.

»Ich weiß sehr wohl, daß es Leute gibt, die sich, weil ich keine Schulbildung habe, in ihrer Arroganz für berechtigt halten, mich als unkultiviert abzutun. Diese Narren! Sie laufen herum, aufgeblasen und pompös, in vornehmen Gewändern und juwelenbehängt – nicht vom Ertrag ihrer eigenen Arbeit, aber sie weigern sich, meine Arbeit anzuerkennen. Sie verachten mich, den Erfinder, aber um wieviel mehr ist ihnen vorzuwerfen, daß sie keine Erfinder sind, sondern lediglich in tönenden Worten über die Werke anderer reden.«

Nebenbei ließ er sich über die Höflinge aus, die er so eifrig nachgeahmt und mit Gesang und Lautenspiel unterhalten hatte. Desgleichen über den Klerus, »diese habgierigen römischen Wölfe mit ihren tausend unechten Reliquien«. Und auch seine Künstlerkollegen bedachte er mit hämischen Bemerkungen. Antonio Pollaiuolo, der versucht hatte, ihn bei der Arbeit am Sforza-Denkmal zu unterstützen, tadelte er wegen seiner Darstellung nackter Körper, die »hölzern und ohne Anmut« seien und ihn »an mit Nüssen gefüllte Säcke, ja sogar an einen Bund Rettiche« erinnerten. Über Botticellis *Verkündigung* schrieb er: »Die Muttergottes sieht aus, als wollte sie sich aus dem Fenster stürzen.« Des weiteren tadelte er den Maler des berühmten *Frühling* wegen seiner »jämmerlichen Landschaften«.

Vor Leonardos Augen fand niemand Gnade. Er steigerte sich derart in seine Verbitterung hinein, daß er den Untergang der Menschheit herbeiwünschte: »O Erde, warum öffnest du dich nicht, um in den Spalten deiner Klüfte und Höhlen dieses grausame Ungeheuer zu verschlingen!«

In diesem unablässigen Gedankenaufruhr schloß er die Arbeit am *Abendmahl* ab, das große Bewunderung erregte. In Florenz ging unterdessen das Regime Savonarolas zu Ende, und in Frankreich segnete Karl VIII. das Zeitliche.

Die Nachricht von seinem Tod versetzte Herzog Lodovico in Angst und Schrecken, denn Karls Nachfolger war kein anderer als Ludwig von Orléans, Enkel der Valentina Visconti und letzter rechtmäßiger Erbe des Thrones von Mailand. Er war kaum zum König gekrönt worden, als er auch schon verkündete: »Ich werde bald nach Italien ziehen, um mein Herzogtum Mailand zurückzugewinnen.«

Leonardo schlief morgens gern lange, und um es sich abzugewöhnen, erfand er einen Mechanismus, der ihm gewissermaßen als Wecker diente: Aus einem Rohr am Fußende seines Bettes tröpfelte Wasser in ein Becken, das auf einem röhrenförmigen Hebelarm befestigt war, dessen anderes Ende von einem zweiten, teilweise mit Wasser gefüllten Becken niedergedrückt wurde. Sobald das erste Becken eine bestimmte Menge Wasser aufgenommen hatte, hob sich das andere Hebelende, das zweite Becken wurde entleert, und der Hebel schlug kräftig gegen die Füße des Schlafenden.

Unter den Entwurf dieser Vorrichtung schrieb er: »Dies ist eine Uhr für all jene, die eifrig darauf bedacht sind, ihre Zeit zu nützen.«

Aber da bei ihm, wie bei den meisten Menschen, schlechte Gewohnheiten über gute Vorsätze siegten, benützte er diese »Uhr« nur in Zeiten großer Arbeitsbelastung, etwa wenn er eine wichtige Festlichkeit arrangieren mußte.

An einem Apriltag des Jahres 1499 stand er, obwohl kein Fest vorzubereiten war und er seinen »Wecker« nicht eingestellt hatte, bereits kurz nach Tagesanbruch am Fenster seines Schlafzimmers. Während die ersten Sonnenstrahlen in den Alten Hof fielen, starrte er gedankenverloren zum wolkenlosen Himmel empor.

Wie jeder im Kastell war er sich klar darüber, daß es bald zu Ende sein würde. In wenigen Wochen würden die französischen Truppen durch die Lombardei marschieren, um die wehrlose Hauptstadt zu besetzen. Schaudernd malte sich Leonardo aus, wie die gefürchteten *écorcheurs* die herzoglichen Bediensteten niedermetzeln würden.

»Was wird dann aus mir und Salai werden?«

Jetzt bereute er zutiefst, daß er seinen Plan, sich selbständig zu machen, nicht verwirklicht hatte. Anstatt mit der Herstellung von Nadelschärf- und Anschermaschinen Millionen zu verdienen, war er im herzoglichen Dienst geblieben – ein inzwischen siebenundvierzigjähriger Mann, der zehn Jahre älter wirkte, wenig Aussicht auf eine neue Anstellung hatte und fast genauso arm war wie bei seiner Ankunft in Mailand vor sieben Jahren.

Wieviel Geld besaß er eigentlich noch? Er ging in sein Arbeitszimmer, entfernte einen Ziegelstein aus der Kaminmauer und zog eine kleine Schatulle heraus. Zweihundertachtzehn Lire.

Nicht viel für jemanden, der zahllose Ballette und Maskenbälle arrangiert, das *Abendmahl* und das grandiose Tonmodell des Sforza-

Pferdes geschaffen hatte, das nach wie vor im Ehrenhof stand, von weitem wie aus Marmor gemeißelt wirkte, in Wirklichkeit aber mit Staub bedeckt war und allmählich zerbröckelte. Nein, es war wirklich nicht viel!

Er stellte die Schatulle in das Versteck zurück, setzte sich an den Schreibtisch, spitzte den Federkiel und schrieb in sein Notizheft: »Heute, am 1. April 1499, besitze ich ganze 218 Lire.«

Sein Schrecken verwandelte sich allmählich in Zorn. Seit zwei Jahren hatte man ihm kein Gehalt ausbezahlt, aber – *per Bacco!* – er würde sich nicht um das Geld, das ihm zustand, betrügen lassen! Der Herzog verwandte offenbar jeden Saldo darauf, die Stadt für den französischen Angriff zu rüsten. Sehr bedauerlich, aber *er* hatte mit diesen Dingen nichts zu tun. Mochten sich die anderen Bediensteten übers Ohr hauen lassen – mit *ihm* konnte man das nicht machen!

Nach drei mißglückten Versuchen hatte er ein Schreiben aufgesetzt, dessen Ton seiner Meinung nach energisch und zugleich höflich genug war. »Signore, da ich weiß, daß Eure Durchlaucht mit wichtigeren Dingen beschäftigt sind, muß ich um Vergebung bitten, daß ich Euch an meine bescheidenen Angelegenheiten erinnere, aber ich bin gezwungen, meinen Unterhalt zu verdienen. Mein Leben steht zu Eurer Durchlaucht Diensten, und ich bin stets bereit, Euren Befehlen zu gehorchen ... Aber man schuldet mir, wie Eure Durchlaucht wissen, das Salär für zwei Jahre ... Von dem Pferd will ich nichts sagen, denn ich weiß, wie die Zeiten sind.«

Sorgfältig schrieb er den Brief ins reine. Dann spähte er ins Schlafzimmer. Salai schlummerte noch. Sein schönes Profil hob sich vom Kopfkissen ab. Leise schloß Leonardo die Tür, hüllte sich in seinen langen, purpurroten Umhang und ging in das Verwaltungsgebäude zum Schatzmeister Gualtieri.

»Oh, schon wieder ein Brief!« rief der Beamte in gespielt scherzhaftemTon. »Wenn Ihr so fleißig malen würdet, wie Ihr schreibt, dann müßte ich Euch nicht ständig mit scharfen Mahnungen an Eure Verpflichtungen erinnern!«

Nachsichtig lächelnd setzte er seine Brille auf und las den Brief.

»Ihr habt völlig recht. Wir sind mit Eurem Salär schon lange in Verzug, und niemand bedauert das tiefer als ich. Aber Ihr wißt ja, daß Seine Durchlaucht Vorkehrungen für die französische Invasion treffen muß. Kanonen kosten sehr viel Geld, und wir, die wir seit vielen Jahren im Kastell leben, müssen eben Opfer bringen.«

Jetzt klang seine Stimme nicht mehr jovial. »Solltet Ihr jedoch dieses Schicksal unerträglich finden, so steht es Euch jederzeit frei, aus dem herzoglichen Dienst auszuscheiden.«

Mit dieser Reaktion hatte Leonardo nicht gerechnet. Hastig erklärte er, es sei sein größter Wunsch, für Seine Durchlaucht unsterbliche Werke zu schaffen.

Jetzt lächelte der Schatzmeister wieder. »Nun, wenn das der Fall ist, habe ich einen kleinen Auftrag für Euch.«

Herzogin Isabella, die Witwe des tief betrauerten Herzogs Gian, sei im Castello Sforzesco eingezogen. Da sie, wie die meisten Damen aus dem Süden, ihre Vorliebe für heiße Bäder beibehalten habe, wäre sie sehr dankbar, wenn Leonardo in ihrem Badezimmer eine Warmwasserleitung installieren würde.

Leonardo schwieg, aber der Zorn über dieses demütigende Ansinnen trieb ihm das Blut ins Gesicht. War dies das »unsterbliche Werk«, das zu schaffen er sich erboten hatte?

»Einem Wissenschaftler Eures Ranges dürfte dieses Problem keine Schwierigkeiten bereiten. Jedenfalls seid Ihr dann einige Wochen beschäftigt.«

Wutentbrannt verließ Leonardo das Schatzamt. Man degradierte ihn also zum Klempner! War das sein künftiger Status? Sollte er als eine Art Faktotum Wasserleitungen in Badezimmern installieren, Vorhänge anbringen und wenn nötig auch Maurer- und Schreinerarbeit verrichten?

Aber wohin sollte er gehen? Was konnte er mit 218 Lire in der Tasche unternehmen? O Armut, entsetzliche Armut!

Er lief ziellos durch die Straßen und sah plötzlich das Kloster Santa Maria delle Grazie vor sich. Und nun drängte es ihn, vor sein *Abendmahl* zu treten. Beim Anblick seines Meisterwerkes würde sein Selbstvertrauen zurückkehren.

Seit über einem Jahr hatte er das Wandgemälde nicht mehr gesehen. Die Farben leuchteten noch genauso intensiv. Aber als sich seine Augen an das trübe Licht im Refektorium gewöhnt hatten, entdeckte er, daß an einigen Stellen die Farbschicht von der Mauer abzublättern begann. Kein Zweifel: Dort hatten seine Gehilfen die harzhaltige Grundierung, deren Zusammensetzung seine eigene Erfindung war, falsch aufgetragen. Die schadhaften Stellen waren so klein, daß sie kaum auffallen würden. Und vielleicht hörte dieses Abblättern ganz von selbst wieder auf. Jedenfalls war das Gemälde so eindrucksvoll wie eh und je, und er konnte stolz darauf sein.

Er kehrte ins Kastell zurück und begann an den Entwürfen für die Warmwasserleitung zu arbeiten. Das Installationsproblem erforderte nicht weniger Nachdenken als ein Kunstwerk. Er grübelte noch darüber nach, als er Ende April zu Herzog Lodovico gerufen wurde.

Die Anspannung der letzten Monate hatte in dem früher so glatten Gesicht des Herrschers tiefe Spuren hinterlassen. Es war schlaff geworden und von Falten durchzogen, die sich, wenn er sprach, zuckend hin und her bewegten. Sein Haar war ergraut, die Schatten unter seinen Augen zeugten von schlaflosen Nächten. In der Stunde der Bedrängnis war Lodovico sehr fromm geworden und gab reichlich Almosen, um seine Sünden wiedergutzumachen.

Er hielt Leonardos Brief in der Hand und trommelte eine Weile mit den Fingerspitzen darauf herum.

»Deine Beschwerde wegen des ausstehenden Gehaltes ist berechtigt, aber deine Bemerkungen über den Bronzeguß des Pferdes sind unangebracht und geschmacklos. Es wird dich vielleicht überraschen, zu hören, daß das Sforza-Denkmal zu Ehren Unseres hochverehrten Großvaters errichtet werden soll. Mit *seiner* Statue hast du noch nicht einmal begonnen, und trotzdem erlaubst du dir die Dreistigkeit, von mir zu erwarten, daß ich 60000 Pfund Bronze an ein Pferd ohne Reiter verschwende. Und das, obwohl sich alle Experten darüber einig sind, daß der Bronzeguß niemals gelingen wird.« Und etwas milder fügte er hinzu: »Wir lassen uns alle von Eitelkeit verleiten und können nur auf Gottes Gnade hoffen.«

Dann sprach er über den bevorstehenden Einmarsch der Franzosen in die Lombardei. Sie planten vermutlich, Mailand zu besetzen, aber auch wenn es ihnen gelänge, die Stadt zu erobern, würden sie doch vor dem Kastell mit seinen Gräben und Zugbrücken, den kanonenstrotzenden Bollwerken und den riesigen Munitions- und Verpflegungsvorräten kapitulieren müssen.

»Wir wünschen, daß du das Kastell noch unangreifbarer machst.« Und kurzerhand ernannte er Leonardo zum *ingenere camerale*, als der er für sämtliche Befestigungsanlagen verantwortlich war.

Leonardo versprach, sein militärtechnisches Können für die Sache Mailands einzusetzen. Lodovico dankte ihm lächelnd und erklärte, daß er, während die Franzosen bei der vergeblichen Belagerung des Kastells ihre Kräfte verschleißen würden, ein starkes, aus deutschen Söldnern bestehendes Heer rekrutieren wolle, um die Eindringlinge über die Alpen zurückzudrängen. Dann sollte Leonardos Gehalt in voller Höhe nachbezahlt werden, und das Leben in Mailand würde wieder in normalen Bahnen verlaufen. Alles, was er jetzt verlange, sei ein wenig Geduld und Loyalität.

»Inzwischen nimm dies hier als Zeichen meiner Wertschätzung.«

Er überreichte Leonardo eine Urkunde, in der ihm ein Weinberg an der Porta Vercellina überschrieben wurde. Es handelte sich um sechzehn Acker Land.

Pflichteifrig inspizierte der frischgebackene Ingenieur die Befestigungsanlagen und notierte seine Erkenntnisse: »Da die Schlagkraft der Artillerie um ein Drittel zugenommen hat, müssen die Bollwerke um ein Drittel verstärkt werden.«

Er verfolgte die Angelegenheit nicht weiter, sondern widmete sich wieder dem Badezimmer der Herzogin Isabella. Im August schrieb er in sein Notizheft, daß eine Mischung aus »drei Teilen heißen und vier Teilen kalten Wassers« ein angenehm warmes Bad ergeben werde.

Er steckte noch bis über die Ohren in Klempnerproblemen, als das französische Heer gen Mailand vorrückte. Es stieß nirgends auf Widerstand. Der Oberbefehlshaber der mailändischen Truppen, General Sanseverino, machte sich, noch bevor seine Soldaten dem Feind ins Auge geblickt hatten, im Schutze der Nacht aus dem Staub.

Lodovico weinte, als er diese Nachricht erhielt. Am 31. August 1499 machte er sein Testament, in dem er unter anderem verfügte, das Geld, das er den Juden abgenommen habe, solle »für gute Taten« verwandt werden. Sodann übergab er in Anwesenheit des gesamten im Ehrenhof versammelten Hofstaates und Personals die Schlüssel des Kastells dem Garnisonskommandeur Bernardino da Corte, der sie kniend entgegennahm. Die Tränen liefen ihm übers Gesicht, als er schwor, das Kastell bis zum letzten Atemzug zu verteidigen. Mit seinen 1800 Kanonen und 2800 Soldaten, so erklärte er feierlich, würde es dem Angriff der »Barbaren« bis in alle Ewigkeit trotzen.

Nach diesem beruhigenden Versprechen teilte Lodovico seinen

Würdenträgern und Bediensteten mit, daß er nach Innsbruck reisen und bald mit einem starken deutschen Heer zurückkommen werde.

Drei Tage später marschierten die Franzosen in Mailand ein, machten aber nicht einmal den Versuch, das Kastell zu belagern. In der folgenden Woche ließ Bernardino, ohne einen einzigen Schuß abgefeuert zu haben, den französischen Oberbefehlshaber wissen, daß er für einen Betrag von 30000 Gulden das Kastell in Besitz nehmen könne.

Er bekam das Geld, und mit Trompetengeschmetter besetzten die Franzosen die uneinnehmbare Festung. Einen Monat später hielt König Ludwig XII., von *Francia!-Francia!*-Rufen und Glockengeläut begrüßt, Einzug in Mailand.

Es war der glücklichste Tag im Leben des Siebenunddreißigjährigen. Der Traum, den er seit vielen Jahren geträumt hatte, war endlich Wirklichkeit geworden. Auf dem hageren, gelblichen Gesicht des Monarchen lag ein triumphierendes Lächeln. Von Kindheit an hatte er Wunderdinge über diese italienische Stadt vernommen, die seiner Familie gehörte und ihr von einem rüpelhaften Condottiere namens Francesco Sforza gestohlen worden war. Als König Karl während des ersten italienischen Feldzugs seinen neapolitanischen Liebesabenteuern nachgegangen war, hatte Ludwig von Orléans den vergeblichen Versuch unternommen, Mailand mit einem eigenen kleinen Truppenaufgebot zurückzuerobern. Damals wäre es für Lodovico Sforza ein leichtes gewesen, sich seines Rivalen ein für allemal zu entledigen, aber unklugerweise hatte er in einer Anwandlung von Großmut seinen Gefangenen freigegeben und nach Frankreich zurückkehren lassen.

Jetzt erntete Ludwig die Früchte der mangelnden Voraussicht Lodovicos, jetzt erfuhr er, wie süß die Rache ist. Während die Männer ihre Hüte schwenkten und die Frauen ihm Kußhände zuwarfen, bewunderte er die breite, von Bäumen gesäumte Prachtstraße, die pompösen Paläste des Mailänder Adels, den gewaltigen Dom, an dem noch gebaut wurde. Später sah er sich Leonardos *Abendmahl* an, das ihn tief beeindruckte. Es war sein innigster Wunsch, die ganze Vorderwand des Refektoriums nach Frankreich transportieren zu lassen, und er war sehr enttäuscht, als man dies für undurchführbar erklärte.

Als er erfuhr, daß das Gemälde von demselben Mann stammte,

der das riesige tönerne Pferd im Ehrenhof modelliert hatte, befahl er, diesen außergewöhnlichen Künstler zu einer Audienz zu bitten. Leonardo war in Hochform. Vorschriftsmäßig beugte er dreimal das Knie, fegte den Fußboden mit seinem Samtbarett und nahm mit ansprechender Bescheidenheit die Komplimente entgegen, mit denen Ludwig ihn überschüttete. Er versicherte dem Monarchen, daß er stets bereit sei, »unsterbliche Werke« zu schaffen und ihm damit zu »ewigem Ruhm« zu verhelfen.

Fortan erfreute er sich der besonderen Gunst der »Barbaren«. Der junge Seigneur de Chaumont, der als Vizekönig in Mailand bleiben sollte, bat ihn zu einer Privataudienz. Er sprach ebenfalls von Aufträgen für Bilder, erwähnte Bauvorhaben für seine Sommerresidenz und natürlich auch die Ausgestaltung glänzender Feste während der Wintersaison. Auch ihm versicherte Leonardo, daß Frankreich auf seine Ergebenheit zählen könne.

Und dann wurde er in die Gemächer Cesare Borgias geführt. Der Vierundzwanzigjährige hatte seine Kardinalsrobe abgelegt und erschien in einem weißen Seidenwams, das seinen kurzen, rotblonden Bart vortrefflich zur Geltung brachte. Er war inzwischen zum französischen Herzog – Duc de Valentinois – avanciert und trug die Schärpe des Michaelordens, der höchsten französischen Auszeichnung. Diese Verwandlung hatte er dem schlauen Taktieren seines hochwohlgeborenen Erzeugers, Papst Alexanders VI., zu verdanken.[13]

»Ich habe die Befestigungsanlagen des Kastells sehr bewundert«, begann der einstige Kirchenfürst. »Wie ich höre, hast du viel dazu beigesteuert.«

Bescheiden erwiderte Leonardo, er sei Lodovicos Kriegsingenieur gewesen. Auf Einzelheiten ging er nicht ein.

»Auch ich habe militärische Pläne«, fuhr Cesare Borgia fort, »und ich hoffe sehr, mich zu gegebener Zeit deiner Dienste versichern zu können.«

Worauf Leonardo seiner Ergebenheit gegenüber der Familie Borgia Ausdruck gab. Auf dem Heimweg dankte er dem Schicksal dafür, daß es diese trefflichen, verständnisvollen Eroberer nach Mailand geführt hatte. Er bekam jetzt endlich wieder Gehalt ausbezahlt, hatte weder seine Wohnung noch seinen geliebten Salai aufgeben müssen, und seine noch vor wenigen Wochen so düstere Zukunft sah plötzlich rosig aus.

König Ludwig blieb genau einen Monat in Mailand. Als er die Nachricht erhielt, daß seine Gemahlin Anna einer Tochter das Leben geschenkt hatte, kehrte er nach Frankreich zurück. Er war enttäuscht, daß sein sehnlicher Wunsch nach einem Sohn sich nicht erfüllt hatte, und beeilte sich, nach Hause zu kommen, um doch noch einen Thronerben in die Welt zu setzen.

Der Monarch hatte die Stadt kaum verlassen, als Leonardo in ein abenteuerliches Intrigenspiel verwickelt wurde.

Während König Karls Italienfeldzug hatte sein *compagnon de lit*, der Graf von Ligny, die neapolitanische Fürstin Altamura geheiratet, die ausgedehnte Ländereien besaß. Inzwischen hatte sie das Zeitliche gesegnet, der Graf jedoch war entschlossen, die der neapolitanischen Krone zugefallenen Besitzungen zurückzugewinnen, wenn nötig mit Gewalt.

Da er vorhatte, mit einem kleinen eigenen Heer durch die Toskana zu ziehen, wollte er sich über die florentinischen Befestigungsanlagen genau informieren. Und wer konnte ihm sachkundigere Auskunft erteilen als der große Kriegsingenieur, der noch dazu aus Florenz stammte?

Von Stund an schwelgte Leonardo in heimlichen Verabredungen, Tuscheleien, Geheimparolen und verschlüsselten Botschaften. Er konnte sich jedoch nicht enthalten, Notizen über seine geheime Mission zu machen, wobei er seine üblichen Vorsichtsmaßnahmen verdoppelte. Jetzt bediente er sich nicht bloß der Spiegelschrift, sondern benützte für Eigennamen nur noch Anagramme. Aus Ligny wurde »Ingil«, aus Roma »Morra«, aus Napoli »Ilopanna«.

Das Kind im Manne hatte seinen Spaß.

Doch im Dezember brach alles in sich zusammen: In Mailand traf die Nachricht ein, daß Lodovico an der Spitze eines mächtigen, aus Deutschen und Schweizern bestehenden Heeres im Anzug war. Die französischen Besatzungstruppen, die es in drei Monaten geschafft hatten, die Bevölkerung gegen sich aufzubringen, packten ihre Beute ein und rüsteten zum Abmarsch. Der Graf von Ligny gab sein hirnverbranntes Abenteuer auf und übernahm wieder das Kommando über die französische Reiterei.

Und Leonardo war plötzlich wieder in einer verzweifelten Lage. Herzog Lodovico, der ihm einen Weinberg geschenkt und auf seine Loyalität gezählt hatte, würde wohl kaum Verständnis für seine begeisterte »Zusammenarbeit« mit dem Feind aufbringen. Nun blieb Leonardo keine andere Wahl, als Mailand schleunigst den Rücken zu kehren.

Er beriet sich mit einem Freund, dem Franziskanermönch Luca Pacioli, der an der Universität von Pavia Mathematik lehrte und ihm oft bei seinen Berechnungen geholfen hatte. Da Luca ohnehin nach Venedig reisen wollte, beschlossen sie, gemeinsam aufzubrechen und sich frühestens in Mantua zu trennen.

In der Morgendämmerung des 31. Dezember 1499 ritten sie im Schneegestöber durch das südliche Stadttor, begleitet von Salai, der schlaftrunken im Sattel saß.

Die Zeit der Geborgenheit war vorbei. Die Zeit des ruhelosen Wanderns hatte begonnen.

Wie ein Blatt im Wind

An der Stadtmauer von Mantua zügelte Luca sein Pferd.

»Du wirst bald von mir hören, Leonardo. Die Venezianer führen Krieg gegen die Türken und sind in arger Bedrängnis. Zweifellos werden sie einen Kriegsingenieur deines Ranges mit offenen Armen aufnehmen. Ich werde dir Nachricht geben.«

Leonardo verbrachte den ganzen Januar in Mantua, wartete auf Lucas Brief und versuchte, den Gunstbezeigungen von Isabella d'Este, der Schwester Beatrices, auszuweichen, die sich unbedingt von ihm porträtieren lassen wollte. Schließlich hatte sie ihn so weit in die Enge getrieben, daß er eine nicht sonderlich eindrucksvolle Rötelskizze anfertigte. Er wollte gerade mit dem Malen des Porträts beginnen, als der sehnlich erwartete Brief eintraf.

Die Venezianer baten ihn dringend, sofort aufzubrechen und die Königin der Meere vor den heidnischen Türken zu retten, deren Flotte in der Lagune vor Anker lag.

Leonardo verließ Mantua unverzüglich – ohne Salai, der in seine Heimatstadt Pavia zurückgekehrt war. Trotz des regnerischen Februarwetters und des schlechten Zustands der Straßen traf der frischgebackene Marineingenieur schon drei Wochen später in Venedig ein.

»Es ist die grandioseste Stadt, die ich jemals erblickt habe«, schrieb er in sein Notizheft.

Aber man ließ ihm keine Zeit, sie genauer zu besichtigen. Er wurde wie ein siegreicher Held empfangen, durfte sogar das Wort an den venezianischen Senat richten und versicherte jedermann, er werde mittels einer umwälzenden Erfindung die Flotte von Reis Kemal Pascha versenken.

Worum es sich bei dieser Erfindung handelte, sagte er nicht, aber in seinen Aufzeichnungen beschrieb er sie ausführlich. Es war ein »Taucheranzug«, der mit einer gläsernen Schutzmaske ausgerüstet war, des weiteren mit einer Art Elefantenrüssel, an dem die mit Luft gefüllte Harnblase eines Lammes befestigt wurde, sowie mit einem »Behälter zum Urinieren«. In diesem Taucheranzug konnte man angeblich vier Stunden lang unter Wasser schwimmen, eine Zeitspanne, die genügen würde, um einige Löcher in den Rumpf der türkischen Schiffe zu bohren.

Offenbar erfüllte diese Ausrüstung die Erwartungen des Erfinders dann doch nicht. Die türkische Flotte wurde jedenfalls nicht versenkt. Einen Monat nach dem triumphalen Empfang in Venedig machte sich Leonardo bei anbrechender Dunkelheit aus dem Staub, wobei er besorgt Ausschau hielt, ob nicht vielleicht die Schergen in ihren Barken hinter ihm her waren.

Er erreichte das Festland ohne Zwischenfall und machte sich in Ermangelung eines anderen Reiseziels auf den Weg nach Florenz.

In der Stadt, die er vor achtzehn Jahren verlassen hatte, war er jetzt ein Fremder. Verglichen mit der Pracht Mailands und Venedigs erschien ihm Florenz zwar klein und provinziell, aber er freute sich trotzdem, wieder einmal hier zu sein. Das Leben in der Stadt der Blumen war allerdings teuer geworden. Selbst wenn drei oder vier Reisende dasselbe Bett benützten, war die Übernachtung im Gasthof kostspielig. Da das venezianische Abenteuer für Leonardo ein finanzieller Reinfall gewesen war, mußte er jetzt irgendwie Geld verdienen.

Das Problem wurde zwei Tage später gelöst, als ihn ein freundlicher, korpulenter Mann auf der Straße erkannte und mit ausgestreckten Händen auf ihn zukam. Es war Filippino Lippi, ein Kollege aus den Arbeitsjahren in der *bottega* und vormaliger Schüler Botticellis.

Bei einem Krug Wein erbot sich Filippino, den Auftrag für eine Altartafel, den er soeben von den Servitenmönchen von Santissima Annunziata erhalten hatte, Leonardo zu überlassen.

»Sie werden bestimmt stolz darauf sein, wenn du ihn übernimmst, denn von deinem herrlichen *Abendmahl* hat inzwischen alle Welt gehört.«

Leonardo war hoch erfreut zu erfahren, daß er jetzt in Florenz als großer Maler galt. Er erklärte Filippino, daß er den Auftrag gern übernehmen wolle, zumal wenn das Kloster bereit sei, ihm bis zum Abschluß der Arbeit Kost und Logis zu gewähren.

»Ich werde mich darum kümmern«, versprach sein guter Samariter. »In ein paar Tagen gebe ich dir Bescheid.«

Wie er vorausgesagt hatte, waren die Mönche von seinem Vorschlag begeistert. Sie stellten Leonardo eine Klosterzelle als Arbeitsraum und eine zweite als Quartier zur Verfügung und zahlten ihm einen beträchtlichen Vorschuß.

Ein Jahr später wohnte er noch immer im Kloster, und zwar zusammen mit Salai, der aus Pavia zu ihm zurückgekehrt war und als sein Gehilfe galt. Als der Prior eines Tages schüchtern anfragte, ob er sich einmal ansehen dürfe, wie weit das Werk gediehen sei, zeigte ihm Leonardo, der noch gar nicht damit begonnen hatte, eine Kohlezeichnung aus der Mailänder Zeit und erklärte, dies sei eine Vorstudie zu dem Altarbild.

Die Zeichnung war so großartig, daß der Prior sie im Besuchsraum des Klosters ausstellte.

Ein weiteres Jahr verging. Der Prior wurde allmählich ungeduldig. Was Leonardo betraf, so war er der Klosterkost und der lästigen Angewohnheit der Mönche, mitten in der Nacht bei der Frühmette zu singen, überdrüssig geworden. Und zudem fand Salai das Leben hier langweilig und wollte nach Mailand zurückkehren. Wieder einmal war Leonardo in Bedrängnis. Es war höchste Zeit für einen Ortswechsel.

Aber wohin sollte er gehen?

Auch diesmal hatte er einen Schutzengel. Er erhielt ein Schreiben von Cesare Borgia, der ihm anbot, als Kriegsingenieur in seine Dienste zu treten.

Seit jener ersten Begegnung in Mailand waren gut zwei Jahre vergangen, und inzwischen hatte der einstige Kardinal erstaunliche

Heldentaten vollbracht. Mit Hilfe französischer Truppen und Geldzuwendungen hatte er sich vier Kleinstaaten auf der adriatischen Seite der Halbinsel sowie die Ortschaft Piombino an der Mittelmeerküste angeeignet. Er plante, die eroberten Gebiete durch Annexion der Toskana, einschließlich des florentinischen Hoheitsgebietes, zu einem mittelitalienischen Königreich zu vereinigen.

In Cesares Angebot sah Leonardo eine Chance, die interessante und gutbezahlte Tätigkeit zu finden, die er sich nach zweijähriger Zurückgezogenheit und nach unermüdlichen geometrischen Studien sehnlichst wünschte.

Eines Morgens entdeckte der Laienbruder, der dem berühmten Maler und seinem jungen Gehilfen das Frühstück brachte, daß die beiden Zellentüren offenstanden. Er spähte hinein und teilte dann dem Prior mit, daß sich die beiden Hausgäste davongemacht hatten.

Das Altarbild war natürlich nirgends zu finden.

Bei der Ankunft in dem verschlafenen Küstendorf Piombino wurde Leonardo ein Auftrag Cesare Borgias übergeben: Er sollte das Marschland entwässern. Zwar hatte er auf diesem Gebiet keinerlei praktische Erfahrung, doch entwarf er zwei ausgeklügelte Drainagesysteme, die in Kanäle mündeten, durch die das Wasser ins Meer geleitet wurde.

»Auf diese Weise werden die Marschen von Piombino entwässert«, schrieb er unter den Entwurf.

Ob die Sache funktionierte, konnte er nicht mehr feststellen, denn gerade als die Gräben ausgehoben werden sollten, wurde er nach Arezzo beordert. Für jemanden, der das fünfzigste Lebensjahr überschritten hatte, war eine Reise von mehreren hundert Wegstunden ein mühsames Unternehmen, aber Leonardo war jetzt im Heeresdienst, und Befehl ist Befehl.

Als er in Arezzo eintraf, befand sich die Florenz tributpflichtige Stadt im Aufstand gegen die Signoria. Dann wurde sie von Truppen Cesare Borgias besetzt, deren Feldhauptmann für den geplanten Vormarsch auf Florenz detaillierte Landkarten benötigte. Leonardo, der Florentiner, machte sich an die Arbeit und lieferte vorzügliche Karten.

Kaum war er damit fertig, da erhielt er auch schon den Befehl, die Festung von Arezzo, deren Besatzung Loyalität gegenüber der Signoria bewahrt hatte, in die Luft zu jagen. Vom Kartographen zum

Sprengstoffexperten avanciert, stellte er ein Pulver her, das zum Glück nicht zündete.

Nach zwei Wochen und hundert erfolglosen Sprengversuchen ergab sich die Besatzung freiwillig, und nun konnte Borgias Hauptmann endlich zum Marsch auf Florenz blasen lassen. Zu seinem Stab gehörte auch Leonardo. Doch schon in Borgo San Sepolcro, kurz hinter Arezzo, erhielt er neue Anweisungen von Cesare: Er sollte unverzüglich nach Urbino reisen, einer kleinen, befestigten, auf einem uneinnehmbaren Gipfel des Apennin gelegenen Ortschaft.

In der erbarmungslosen Glut der Julisonne mußten sich Pferd und Reiter die steilen Hänge hinaufquälen. Leonardo wurde des ständigen Herumreisens allmählich müde. Sein Leben lang hatte er von einer militärischen Laufbahn geträumt, jetzt aber, da er die Wirklichkeit des Krieges kennengelernt hatte, erschien ihm das alles als »bestialischer Wahnsinn« – *una bestialissima pazzia*. Er sehnte sich bereits nach dem friedlichen Leben zurück, das er im Kloster Santissima Annunziata und in seiner Wohnung im Sforza-Kastell geführt hatte. Der arme Herzog Lodovico! Er hatte sein Herzogtum inzwischen zum zweiten Mal verloren und schmachtete jetzt in einem französischen Gefängnis.

Als Leonardo in Urbino eingetroffen war, befahl ihn Cesare Borgia – wie es seine Gewohnheit war, zu nächtlicher Stunde – zur Audienz.

Der hochgewachsene, schlanke Papstsohn war ganz in Schwarz gekleidet, und im Kerzenlicht schimmerten sein schulterlanges Haar und sein kurzgeschnittener Bart wie Gold. Er war jetzt sechsundzwanzig und stand auf dem Höhepunkt seiner Macht. Mittels einer Intrige hatte er soeben das Herzogtum Urbino an sich gerissen, und nun schmiedete er grandiose Pläne.

»Ich habe dich hierhergerufen, weil ich möchte, daß du dir den herrlichen Palast von Urbino genau betrachtest. Ich will ihn in meiner künftigen Hauptstadt nachbauen lassen. Mache dich mit seinen architektonischen Merkmalen vertraut und fertige Zeichnungen an!«

Er beugte sich über eine Landkarte, deutete auf mehrere Städte der Romagna und erklärte Leonardo, welche Aufgaben ihn dort erwarteten.

»Im Winter werden wir uns über deine Entwürfe unterhalten, und im Frühling beginnst du mit der Ausführung.«

Sodann übergab er ihm eine Pergamentrolle. Sie enthielt die Anweisung an »alle Unsere Statthalter, Kastellane, Hauptleute, Condottieri, Soldaten und Untertanen, dem in Unseren Diensten stehenden vortrefflichen Baumeister und Ingenieur Leonardo da Vinci freien Durchzug und jedwede Hilfe zu gewähren.«

Am nächsten Morgen hatte er Urbino bereits verlassen.

Leonardo blieb ein paar Tage, um sich den Palast mit seinen dreihundertfünfundsechzig Räumen anzusehen. Er führte einige Vermessungen durch und wandelte durch die Säulengänge, in denen noch der gute Geist des Herzogs Federigo von Urbino zu walten schien, jenes Feldherrn, der sich geweigert hate, das wehrlose Florenz einzunehmen. Und dort begegnete Leonardo auch dem verbannten Giuliano de' Medici, der einen Flügel des Palastes bewohnte.

Er führte ein langes Gespräch mit ihm, das sich als bedeutungsvoll erweisen sollte. Während des Aufenthalts in Urbino zeichnete Leonardo unter anderem ein Taubenhaus und machte sich erstaunlicherweise die Mühe, das sehr reizvolle Blatt genau zu datieren: »30. Juli 1502. Der Taubenschlag in Urbino.«

Den Rest des Sommers verbrachte er damit, durch die Romagna zu reisen. Sein Interesse an militärischen Dingen war geschwunden. Anstatt Zeughäuser und Befestigungsanlagen zu besichtigen, besuchte er Bibliotheken und zeichnete Balkone, schmiedeeiserne Laternen und anmutige Marmorspringbrunnen.

Im Herbst hielt er sich bei Cesare in Imola auf, wo er Kanalsysteme, Entwässerungsanlagen und verschiedene Gebäude entwarf. Cesare Borgia faßte bald eine Art Zuneigung zu dem sehr viel älteren Mann. Eines Tages warf er ihm spontan seine kurze, goldgestickte Tunika zu, die Leonardo überschwenglich bewundert hatte.

Im November weilten die beiden in Rom, wo Leonardo den Vatikan kennenlernte, der durch das Borgia-Pontifikat seine tiefste Entwürdigung erfahren hatte. Diese Eindrücke konnten Leonardo in seiner Meinung über die Kirche, vor der er längst jeden Respekt verloren hatte, nur bestätigen.

Im Verlauf des Winters rang er sich dazu durch, seinen Posten als Generalingenieur Cesare Borgias aufzugeben. Selbst der Gedanke, wieder malen zu müssen, erschien ihm jetzt erträglicher als die unaufhörlichen Reisen zu Pferde bei jeder Witterung.

Er hatte einen guten Grund, nach Florenz zurückzukehren: Vielleicht war es noch nicht zu spät für ihn, sich als Porträtmaler Lorbeeren zu verdienen. In Florenz, wo noch niemand wußte, daß sein *Abendmahl* bereits vom Verfall bedroht war, stand er als Maler in hohem Ruf. Dort hatte er vielleicht noch eine Chance, zu Ruhm und Reichtum zu gelangen.

Am 3. März 1503, als Lisa de' Gherardini del Giocondo am Bett ihres Großvaters saß und über sein Wohlbefinden wachte, wanderte Leonardo durch die Straßen von Florenz und fragte hie und da einen Passanten nach dem Weg zur Weberei Giocondo.

»Heute nachmittag hatte ich sehr interessanten Besuch«, sagte der Kaufherr, als er sich abends an den Eßtisch setzte.

Der Besucher, ein hochgewachsener, graubärtiger, elegant gekleideter Mann, habe einen sehr guten Eindruck auf ihn gemacht. Er sei lange Zeit am Hofe Lodovico Sforzas als Maler tätig gewesen und habe dort mehrere Porträts und ein großes Wandgemälde für das Refektorium eines Mailänder Klosters geschaffen. In den letzten drei Jahren, in denen die Franzosen Mailand besetzt, verloren und von neuem erobert hatten, sei der Maler viel herumgereist und den verschiedensten Beschäftigungen nachgegangen.

»Zuletzt stand er in Cesare Borgias Diensten, und als er im vergangenen Sommer in Urbino zu tun hatte, lernte er Giuliano de' Medici kennen, der ihn beauftragte, Euer Porträt zu malen.«

»Mein Porträt?«

Giocondo nickte. »Vorausgesetzt natürlich, daß Ihr damit einverstanden seid.«

»Giuliano hat ihn gebeten, mich zu malen?« fragte Lisa ungläubig. »Warum?«

»Weil er Euch nicht vergessen hat und zur Erinnerung an seine Jugendfreundin gern ein Bild von ihr hätte.«

»Und was habt Ihr dem Maler gesagt?«

»Daß ich Euch fragen und ihm in einigen Tagen Bescheid geben werde.«

Als Lisa schwieg, fügte er hinzu: »Ich persönlich habe nichts dagegen, aber die Entscheidung bleibt Euch überlassen.«

Lisa nagte unentschlossen an ihrer Unterlippe. Dann erklärte sie, daß sie Giulianos Ansinnen am liebsten ablehnen würde. »Aus verschiedenen Gründen.«

Zum einen sei es fast zehn Jahre her, seit sie sich zum letzten Mal gesehen hatten. Damals seien sie beide sehr jung und unerfahren gewesen. Er habe sie als eine gertenschlanke *giovinetta* in Erinnerung, inzwischen aber sei sie eine gesetzte Ehefrau von vierundzwanzig Jahren geworden. »Er würde mich bestimmt nicht wiedererkennen.«

Zum anderen sei sie viel zu beschäftigt, um sich porträtieren zu lassen. Sie müsse schließlich einen Haushalt leiten, die täglichen Einkäufe machen, Ausgabenlisten führen, Meo von der Schule abholen und das Waisenhaus besuchen. Für sich selbst habe sie keine Minute Zeit, geschweige denn für Porträtsitzungen. »Und zudem muß ich mit den Vorbereitungen für unser Gartenfest im Juni beginnen.«

»Wollt Ihr die Sache nicht erst einmal überschlafen?«

Lisa erklärte, das sei nicht nötig. Wenn sie sich einmal entschieden habe, ändere sie ihre Meinung bestimmt nicht mehr.

»Wie Ihr wollt. Morgen werde ich dem Maler eine höfliche Absage schicken, und damit ist die Angelegenheit erledigt.«

Um das Thema zu wechseln, erkundigte er sich nach Mariottos Befinden.

»Wenn ich nicht auf ihn aufpassen würde, hätte er die letzte große Reise schon längst angetreten.«

»Hoffentlich weiß er Eure Fürsorglichkeit zu schätzen.«

»Keineswegs!« Er sei alles andere als dankbar dafür und empfinde ihre Sorge um ihn als lästig. »Männer wissen eben nie zu würdigen, was die Frauen für sie tun. Übrigens . . . ich finde es eigentlich rührend, daß Giuliano nach so langer Zeit ein Bild von mir haben will. Findet Ihr das nicht auch?«

»Es beweist, daß er ein sehr gefühlvoller junger Mann ist.« Giocondo trank seinen Wein aus. Als sie in Lisas Wohnzimmer gegangen waren, stocherte er eine Weile im Kamin herum.

»Außerdem seid Ihr seine Cousine, und es wäre doch ziemlich unfreundlich, die Bitte eines Verwandten abzuschlagen.«

»Daran habe ich noch gar nicht gedacht. Eigentlich habe ich mich nicht allzusehr verändert, oder doch?«

»Aber keineswegs«, log Giocondo liebevoll.

Und damit hatte er genau das richtige gesagt. In Lisas Augen schien ein Lächeln auf. Um den Faden weiterzuspinnen, sprach Giocondo von den Frauen, die nach ihrer Heirat nicht mehr auf ihr Äußeres achteten. »Zu ihnen gehört Ihr glücklicherweise nicht. Ich finde sogar, daß Ihr jetzt hübscher seid als in den Jahren Eurer Freundschaft mit Giuliano.«

Lisa, die durchaus dieser Meinung war, fand, daß ihr Gatte eine erstaunlich gute Beobachtungsgabe hatte. Es war schön, mit einem Mann verheiratet zu sein, der das gute Aussehen seiner Frau zu würdigen wußte und klug genug war, es ihr gelegentlich zu sagen.

Eine Weile betrachtete sie die bläulichen Flämmchen, die über die glühenden Scheite huschten.

»Mein Porträt zu malen würde doch sicher nicht allzu lange dauern, oder?«

»Vermutlich werden vier bis fünf Sitzungen genügen.«

Er erklärte ihr, daß Porträtmaler in der Regel nur das Gesicht und die Hände ihres Modells ausführten und es ihren Gehilfen überließen, den Hintergrund, die Kleidung und das übrige schmückende Beiwerk zu malen. »Alles in allem dürfte es meiner Meinung nach höchstens einen Monat in Anspruch nehmen.«

Giuliano, so fuhr er fort, würde man damit eine Freude machen, und gleichzeitig gäbe man Messer da Vinci die Möglichkeit, sich sein Geld zu verdienen, denn er habe den Betrag, den er für das Porträt verlange, bereits erhalten. »Ihr seht also, daß Ihr nicht nur einem Verwandten einen Gefallen tut, sondern auch einem armen Maler helfen könnt.«

Lisa überdachte die Sache noch einmal. Sie war überzeugt, eine voll erblühte Schönheit zu sein, und der Gedanke, Giuliano zu zeigen, was aus dem mageren kleinen Mädchen geworden war, sagte ihr sehr zu.

»Ihr habt recht, edler Gemahl. Und die Zeit für einige Sitzungen werde ich schon irgendwie finden.«

Zwei Tage später sprach Leonardo in der Casa Giocondo vor.

Lisa hatte eigentlich erwartet, einem typischen Florentiner *dipintore* im farbenbekleckseten Malerkittel, mit einem Weinschlauch über der Schulter und einem Stoß Zeichenpapier in der Hand, zu begegnen. Sie war überrascht, als ein ältlicher Stutzer, der ein kastanienbraunes Samtwams und seidene Strümpfe trug, in ihr Wohnzimmer geführt wurde. Als er ein paar Schritte auf sie zugegangen war, zog er sein schwarzes Samtbarett und verneigte sich mit der Eleganz eines langgedienten Höflings. In blumigen Worten erklärte er, wie entzückt er sei, der edlen Donna Lisa de' Gherardini del Giocondo gegenüberzustehen, die nicht nur wegen ihrer vornehmen Herkunft, sondern zu Recht auch für ihre Schönheit bekannt sei.[14]

Für derlei übertriebene Komplimente hatte man in Florenz nicht viel übrig. Wenn sie von einem Fremden und noch dazu von einem schlichten Bildermaler kamen, konnte man sie nur als geschmacklos empfinden. Lisa bedauerte in diesem Moment, daß sie eingewilligt hatte, sich porträtieren zu lassen.

Ohne ihm einen Stuhl anzubieten, teilte sie ihm mit, daß sie nur wenig Zeit haben würde, ihm Modell zu sitzen.

»Ich dachte eigentlich, Ihr würdet schon heute mit dem Malen beginnen.«

Er erwiderte, das wäre ein großer Fehler. Gewiß, die meisten Maler würden sich damit begnügen, sie möglichst naturgetreu zu porträtieren. Ihm aber gehe es um mehr, um sehr viel mehr. Er wolle nicht nur ihr schönes Gesicht wiedergeben, sondern auch ihre Seele aus dem Bildnis sprechen lassen.

»Ein Porträt im üblichen Stil genügt«, sagte Lisa ziemlich scharf. »Ich habe nicht die Absicht, meinem Verwandten eine Darstellung meiner Seele zu schicken.«

Worauf er versicherte, daß er, wenn erforderlich, sehr rasch arbeite und mit dem Porträt Ende Juli fertig sein könne.

Dann fragte sie, ob er sie lieber im Haus oder im Garten malen wolle.

»Im Garten, wenn es Euch genehm ist.«

Als Lisa ihn hinausführte, konnte er sich nicht genugtun, den Garten mit dem kleinen, blaugekachelten Wasserbecken, den gepflegten Blumenbeeten und den blühenden Bäumen zu bewundern. Er wollte sie zwischen zwei Säulen des Bogenganges sitzend, mit im Schoß gekreuzten Händen malen.

Dann erklärte er ihr, daß er unverzüglich ein Malbrett schmirgeln und grundieren, Farben nach eigenem Rezept mischen und Pinsel aus feinsten Fellhaaren binden werde.

»Anfang April können wir mit den Sitzungen beginnen.«

An einem Aprilmorgen erschienen in der Casa Giocondo zwei junge Burschen, die eine dreibeinige Staffelei – *cavaletto* genannt –, eine kleine Tafel aus Pappelholz, eine Handvoll Pinsel und mehrere Tongefäße brachten, die mit Leinöl vermischte Farben enthielten.

Sie stellten die Utensilien im Säulengang ab und warteten auf ihren Meister, der kurz darauf eintraf. Er hatte Cesare Borgias goldgestickte Tunika angelegt. Während er die Handschuhe abstreifte, vergewisserte er sich, ob alles bereitstand, dann schickte er seine Gehilfen weg.

Als Lisa in ihrem dunklen Hauskleid mit der langärmligen, gedämpft weinroten Bluse im Garten erschien, verneigte sich Leonardo und begann, während er weltmännisch Konversation machte, sein Modell in Positur zu setzen. Stirnrunzelnd, die Augen zusammenkneifend und seinen Schnurrbart zwirbelnd, ging er immer wieder einige Schritte zurück, um den Gesamteindruck zu überprüfen.

Endlich war er zufrieden. Er ging zur Staffelei, zog seine Stahlbrille aus ihrem Lederetui, setzte sie auf und sah über den Rand zu Lisa hinüber. Den Kohlestift in der Hand, blieb er eine Weile bewegungslos stehen.

Als er mit dem Zeichnen beginnen wollte, rief Lisa plötzlich: »Wartet einen Augenblick!«

Hastig zog sie sich die Ringe von den Fingern, nahm die Elfenbeinkämme aus ihrem kunstvoll frisierten Haar und entfernte die über den Ohren befestigten falschen Locken. Dann warf sie den Kopf zurück, so daß ihre Haarflechten sich lösten und auf ihre Schultern herabfielen.

»Mein Verwandter hat mich nie mit aufgesteckten Haaren und Ringen an den Fingern gesehen. Ich will versuchen, so auszusehen wie früher, sonst erkennt er mich vielleicht nicht mehr.«

Sie setzte sich wieder in Positur, und die Arbeit am Porträt konnte beginnen.

Leonardo hatte versprochen, das Bild Ende Juni, vor Lisas Abreise nach Settignano, zu vollenden, und da er Wort halten wollte, arbeitete er während des ganzen Frühlings 1503 mit Feuereifer daran.

Lisas Mißmut über seine Stutzerhaftigkeit, sein schmeichlerisches Gehabe und seine blumige, aber von grammatischen Fehlern strotzende Sprache legte sich angesichts seiner überwältigenden künstlerischen Begabung. Sie mußte zugeben, daß er tatsächlich ein hervorragender Maler war.

Als es wärmer wurde, ließ sie Erfrischungen servieren. Dann unterbrachen sie die Sitzung, tranken Zitronenwasser und lauschten dem Springbrunnen und dem Vogelgezwitscher.

Wie alle im Grunde einsamen Menschen sehnte er sich danach, sich jemandem anzuvertrauen. Beim Anblick der jungen Dame, deren sanfte braune Augen lächelnd auf ihn gerichtet waren, stieg die Erinnerung an Albiera in ihm auf. Von Sitzung zu Sitzung schien Lisa ihr ähnlicher zu werden. Manchmal war ihm fast, als sei Albiera von den Toten auferstanden und wieder Teil seines Lebens geworden.

Eines Tages konnte er die auf ihn einstürmenden Erinnerungen nicht mehr für sich behalten. Er erzählte Lisa von Albiera, von den glücklichen Jahren in Vinci, den Spielen im Hof, den Spaziergängen mit Albieras Bruder Alessandro, der Priester werden wollte. »Sie trug das Haar in der Mitte gescheitelt, genau wie Ihr, und auch sie hatte große braune Augen.«

Seine Stimme klang wehmütig, als er von ihrem Tod im Alter von vierundzwanzig Jahren erzählte.

»Ich bin auch vierundzwanzig«, sagte Lisa. »Vielleicht erinnere ich Euch deswegen an sie.«

Von diesem Tag an wandelte sich ihre Beziehung zueinander. Wie durch ein alchimistisches Wunder schien ihm Albiera in Lisa wiedergeboren. Lisa wiederum erweckte in ihm den zwölfjährigen Jungen, der er beim Tod seiner Stiefmutter gewesen war, zu neuem Leben. Der alternde Abenteurer, der verbitterte, verschlossene Mann ließ sie in die geheimen Winkel seines Geistes und seines Herzens blicken.

Er erzählte ihr von der Vernachlässigung und unversöhnlichen Feindseligkeit, die er von seinem Vater erfahren hatte, von der Lehrzeit in Verocchios *bottega*, von der Hausarbeit und den Nächten in der Bodenkammer, als er Latein lernte und in die geheimnisvolle Welt der Mathematik einzudringen versuchte, um sie eines Tages ganz zu beherrschen.

Bald wußte Lisa um seine unselige Selbstgefälligkeit und Selbsttäuschung, seinen zwanghaften Drang, sich auf immer neuen Wissensgebieten zu versuchen, seine pathologische Unfähigkeit, etwas zu Ende zu führen, seine Angewohnheit, Verträge zu unterzeichnen, aber nicht zu erfüllen.

Und immer deutlicher erkannte sie, daß Albieras früher Tod den Halbwüchsigen jener Liebe, jener führenden Hand beraubt hatte, die nötig gewesen wäre, um ihn in einer Laufbahn Wurzeln schlagen zu lassen, in der ihm seine außergewöhnliche künstlerische Begabung wenn nicht Reichtum, so doch hohes Ansehen eingebracht hätte. Ohne Albiera hatte er die Richtung verloren, war er wie ein Schiff ohne Steuer, hin und her getrieben von den Sturmböen seiner Phantasie.

Der unvergleichliche Künstler hatte versucht, auf zahllosen anderen Gebieten seinen Ehrgeiz zu befriedigen, und erst jetzt, mit einundfünfzig Jahren, war er wieder dort angelangt, wohin er gehörte. Vor der Staffelei zu stehen, ein herrliches Bildnis zu malen – dafür war er geboren. Es dürfte nicht schwer sein, dachte Lisa, ihm Porträtaufträge zu verschaffen, von denen er sorgenfrei leben konnte.

Ende Mai hatte er das Gesicht vollendet – ein wahres Wunder an Einfühlungsvermögen und technischer Meisterschaft. Auch mit der Arbeit an den Händen kam er gut voran. Alles sprach dafür, daß das Bild rechtzeitig vor Lisas Abreise fertig sein würde.

»Ihr habt eine bewundernswerte Leistung vollbracht«, sagte Lisa. »Nicht mehr lange, und Ihr könnt das Porträt nach Urbino schicken. Es wird meinem Verwandten bestimmt gefallen.«

Aber mit einem Schlag änderte sich alles.

Eines Morgens kam Leonardo in höchster Erregung in die Casa Giocondo.

»Donna Lisa«, rief er von der Tür her, »ich werde es schaffen!«

»Was denn?«

»Ich werde den Lauf des Arno verändern!«

»Den Lauf des Arno?«

Im Herbst 1502, als er in Cesare Borgias Diensten stand, hatte er einen gewissen Niccolò Machiavelli kennengelernt, der den Herzog in diplomatischer Mission besucht hatte. Die beiden Florentiner hatten sich rasch angefreundet.

Vor ein paar Tagen waren sie einander zufällig wiederbegegnet. Machiavelli bekleidete jetzt den einflußreichen Posten des Sekretärs der Signoria und fungierte als Berater des auf Lebenszeit gewählten Gonfaloniere Piero Soderini. In einer Schenke hatten sich die beiden Freunde über den endlosen Krieg mit Pisa unterhalten, der nach Ansicht Machiavellis beide Seiten völlig auslaugte.

»Bei diesem Gespräch habe ich beiläufig erwähnt, daß die Pisaner den Krieg nur fortsetzen können, weil ihre Stadt am Arno liegt und auf dem Wasserweg mit Proviant und Munition versorgt wird. Man brauchte nur den Lauf des Arno zu verändern, und schon würden sie um Friedensverhandlungen bitten.«

Dieser geniale Plan hatte Machiavelli tief beeindruckt, und als Leonardo ihm versicherte, daß er den Fluß ohne große Schwierigkeiten umleiten könnte, war er begeistert. Er hatte den Plan der Signoria unterbreitet, und sie hatte zugestimmt.

»Ihr wollt also den Lauf des Arno verändern!« rief Lisa ärgerlich. »Wie soll dann mein Porträt bis Ende Juni fertig werden?«

Er erklärte, das sei unter diesen Umständen leider nicht möglich. Aber im Oktober, wenn er nach Florenz zurückgekehrt sei, werde er das Bild unverzüglich vollenden.

»Bis dahin ist der Kanal gebaut und der Krieg zu Ende. Spätestens Weihnachten wird Seine Herrlichkeit Giuliano de' Medici Euer Porträt erhalten. Dafür verbürge ich mich.«

Zwei Tage später fuhr er zusammen mit dem Stadtpfeifer Giovanni Cellini (der einen vierjährigen Sohn namens Benvenuto hatte) in einer sechsspännigen Kutsche ins Hauptquartier des florentinischen Heeres. Er war in Hochstimmung. Er zweifelte nicht im mindesten daran, daß es ihm gelingen würde, praktisch auf eigene Faust den Arno umzuleiten und den Krieg zu beenden. Wieder hatte der alte Traum von ihm Besitz ergriffen: Seine geniale technische Begabung würde ihm zu Ruhm und Reichtum verhelfen.

Der Generalstab mokierte sich zunächst über die Idee, den Arno aus seinem Bett zu verdrängen, aber ein Machtwort der Signoria brachte die Spötter zum Schweigen. Die Kriegsingenieure unterstellten sich Leonardos Kommando. Die Landvermesser zeichneten den Verlauf des geplanten Kanals auf. Für den ungewöhnlich hohen Tageslohn von zehn Soldi wurden Arbeiter angeheuert, die sofort mit den Erdarbeiten begannen. Wachtposten sorgten dafür, daß unermüdlich gegraben wurde.

Der Urheber dieser ganzen Betriebsamkeit zog es vor, die Überwachung der Kanalarbeiten anderen zu überlassen und, mit Tintenhorn und Notizheft ausgerüstet, einsame Spaziergänge zu unternehmen. Hie und da setzte er sich ins Gras und sog die Schönheit der Landschaft in sich ein. Dann meldete sich der Künstler in ihm wieder zu Wort.

»Die Blätter werden, sobald die Sonne auf sie fällt, durchsichtig wie grünes Glas . . . Der Schatten der Zypresse ist fast schwarz, der des Birnbaums dagegen grüngelb . . . Zur Mittagszeit ist die Landschaft von herrlichstem Blau . . .«

Manchmal dachte er an Lisa und ihre fast unheimliche Ähnlichkeit mit Albiera. Es waren nicht nur die Gesichtszüge; auch in Ausdruck und Charakter glichen sich die beiden Frauen. In ihrem letzten Lebensjahr hatte seine Stiefmutter so ausgesehen, so gesprochen und so gelächelt wie Donna Lisa.

Er freute sich darauf, im Herbst wieder zur Casa Giocondo zu gehen und in aller Ruhe das Bildnis der liebenswürdigen Dame zu vollenden, die so unerwartet in sein Leben getreten war. Er wollte sie an dem Triumph teilhaben lassen, den ihm die Fertigstellung des Kanals bringen würde.

So vergingen der Juli und der August. Es kam der September und mit ihm die große Erleuchtung.

Als Leonardo eines Tages die langsam ziehenden Wolken beobachtete, hatte er wieder einmal einen Gedankenblitz: Der Plan, die Pisaner auszuhungern und zur Kapitulation zu zwingen, taugte nichts! Es war falsch, einen Kanal zu bauen. Was Florenz brauchte, waren *zwei* Kanäle. Einen, der die Stadt mit dem Meer verband, so daß die Waren direkt von den Webereien aus verschifft werden konnten, und einen zweiten, der sich quer durch die Toskana schlängelte und Orten wie Prato, Serravalle und Pistoia direkten Zugang zum Meer verschaffte. Welch ein Aufschwung für den Florentiner Handel!

Er war so felsenfest von dieser neuen Idee überzeugt, daß er sie nach Rückkehr in die Stadt Ende September der Signoria vortrug. Und trotz ihrer Enttäuschung darüber, daß der Bau des Arnokanals noch nicht abgeschlossen war, gerieten die Ratsherren von neuem in den Bann des großen Ideenverkäufers. Auch sie waren fasziniert von der Vorstellung, Florenz und seine tributpflichtigen Städte mit dem Meer zu verbinden. Leonardo schürte ihre Begeisterung, indem er ihnen einen jährlichen Gewinn von 200000 Gulden in Aussicht stellte. Daraufhin stimmten sie seinem Plan zu.

»Ich werde nächsten Sommer damit beginnen«, teilte er Lisa mit. Ein so gewaltiges Projekt brächte natürlich zahlreiche technische Probleme mit sich. In Serravalle zum Beispiel müsse der Kanal einen

Höhenunterschied von 245 Florentiner Ellen* überwinden. Aber keine Sorge – er würde eine riesige Pumpe konstruieren. Daß auch Stollen angelegt werden müßten, könnte ihn ebenfalls nicht schrekken, denn er habe bereits einen gigantischen Bagger entworfen, mit dem Erdmassen von 2000 Pfund Gewicht bewegt werden konnten. An vielen Baustellen werde er anstelle von Arbeitern Ochsen einsetzen. Tiere, so bemerkte er schmunzelnd, leisteten mehr als Menschen und hätten keine Siesta nötig. Vor allem aber brauchte man ihnen keinen Lohn zu zahlen.

Lisa hörte ihm schweigend zu. Schon wieder so ein verrückter Einfall – ein *ghiribizzo* nach dem anderen! Sie würde ihn wohl nie dazu bewegen können, sich nur noch der Malerei zu widmen.

»Wenn Ihr so viel vorhabt, wird mein Porträt auch zu Weihnachten nicht fertig sein.«

»Ich sehe, daß Ihr mich noch nicht gut genug kennt.« Er lächelte verschmitzt. »Keine Sorge, Donna Lisa, ich werde das alles bewältigen.« Das Bild sei schon so weit fortgeschritten, daß er es leicht bis Weihnachten vollenden könne.

»Ich gebe Euch mein Wort darauf, Donna Lisa. Beim Malen werde ich mich von meiner anstrengenden mathematischen Arbeit erholen.«

Einige Tage später erschien er eines Morgens völlig unerwartet und teilte ihr aufgeregt mit, daß die Signoria ihn beauftragt habe, den Großen Ratssaal mit Wandgemälden auszuschmücken, und zwar mit Darstellungen der großen Siege, die das florentinische Heer erfochten hatte.

»Ich soll mit der Schlacht bei Anghiari beginnen.«

Man habe ihm ein Monatshonorar von fünf Gulden gewährt, außerdem Quartier im Kloster Santa Maria Novella, wo er die berühmte *Sala del Papa* als Arbeitsraum benützen dürfe.

»Jetzt weiß ich genau, daß mein Porträt nicht bis Weihnachten fertig sein wird«, seufzte Lisa.

Diesmal widersprach er nicht. Er gab zu, daß die Berechnungen für das Kanalprojekt und die Vorstudien für die *Anghiarischlacht* ihm keine Zeit für die Vollendung des Porträts lassen würden. Aber im nächsten Frühjahr werde er damit beginnen, den Karton für das

* Das entspricht rund 140 Metern.

Schlachtengemälde auf die Wand zu übertragen, und bis die neuartige Grundierung, die er dafür verwenden wollte, getrocknet sei, hätte er Zeit genug, um letzte Hand an das Porträt zu legen.

»Zu Ostern wird es fertig sein. Dafür verbürge ich mich.«

Es vergingen drei Monate, bis er an einem kalten Januarvormittag wieder in der Casa Giocondo erschien. Er trug die goldgestickte Tunika, hatte seinen Bart parfümiert, seinen Schnurrbart sorgfältig gewachst und strahlte Selbstvertrauen aus. Lang und breit entschuldigte er sich für seine lange Abwesenheit. Seine Arbeitsbelastung durch die Vorstudien zu dem Wandgemälde, die Entwürfe für arbeitssparende Maschinen für das Kanalprojekt sowie durch zahlreiche Besprechungen sei enorm gewesen. Er ließ durchblicken, daß die Signoria sich in allen möglichen Fragen an ihn wende.

»Ratet mal, wo ich heute früh gewesen bin!«

Es machte ihm Spaß, daß Lisa es nicht erraten konnte, und schließlich rückte er damit heraus. Er hatte zusammen mit Botticelli und einigen anderen Malern die Werkstatt Michel Agnolo Buonarrotis besucht, wo der junge Bildhauer gerade seine David-Statue vollendete.

»Eine gute Arbeit«, sagte er mit dem Wohlwollen, das ein erfahrener Meister einem jungen, begabten Kollegen entgegenbringt, »eine wirklich gute Arbeit, wenngleich die linke Hand etwas zu groß geraten ist.«

Er erklärte Lisa, daß Michel Agnolo aus einem weißen Marmorblock einen gigantischen nackten Jüngling mit klassischen Gesichtszügen und einem herrlichen Körper gemeißelt habe. Mit seiner über die Schulter gelegten Wurfschleuder könne man ihn für einen jungen griechischen Gott halten, der auf die Jagd gegangen sei. »Man sollte die Statue ›Apollo‹ oder ›der junge Herkules‹ nennen, aber keinesfalls ›David‹.«

»Und warum nicht?«

»David ist die Verkörperung der menschlichen Schwäche, die durch Gottes Hilfe unbesiegbar wird. Michel Agnolo aber hat einen jungen Athleten geschaffen, der imstande wäre, Goliath niederzuwerfen, ohne daß ihm Gott oder sonstwer dabei helfen müßte.«

»Hoffentlich habt Ihr ihm das alles nicht ins Gesicht gesagt, denn soviel ich gehört habe, neigt dieser hochbegabte junge Bildhauer zu heftigen Wutausbrüchen.«

Leonardo erklärte lächelnd, er habe in all den Jahren am Mailänder Hof gelernt, unangenehme Wahrheiten für sich zu behalten. »Außerdem waren wir nicht in seiner Werkstatt, um seine Arbeiten zu beurteilen, sondern um über den künftigen Standort der Statue zu beraten.«

Wie er berichtete, hatten Botticelli und die anderen Künstler verschiedene Vorschläge gemacht. Er selbst habe sich dafür ausgesprochen, den *David* in der Loggia dei Lanzi auf der Piazza della Signoria aufzustellen, wo er nicht nur vor Witterungseinflüssen, sondern auch vor Beschädigungen bei etwaigen Volksaufständen besser geschützt sei. Dieser gutgemeinte Ratschlag hatte ihm den Groll Michel Agnolos eingetragen, der sein Werk unbedingt am Eingang des Palazzo Vecchio aufstellen wollte und sich mit diesem Vorschlag auch durchsetzte.

»Ich wollte ihn wirklich nicht vergrämen. Mir ging es nur darum, einen sicheren Standort für sein Werk zu finden.«

»Macht Euch deswegen keinen Kummer. Ihr habt es gut gemeint, und er sollte für Euren Vorschlag dankbar sein. Aber jetzt müßt Ihr mir von Eurer *Anghiarischlacht* berichten.«

Nach seinen Worten machte die Arbeit gute Fortschritte. Als Termin für die Fertigstellung des Kartons hatte man sich auf den Mai geeinigt, und schon jetzt hatte er mehrere Vorstudien angefertigt und das Kompositionsproblem gelöst. Da die betreffende Wand zwei Fenster hatte, mußte er das Gemälde unterteilen. Auf dem linken Feld sollte dargestellt werden, wie der heilige Petrus vor der Schlacht den Florentiner Truppen erscheint und ihnen den Sieg verkündet. Diesen frommen Unsinn, so erklärte Leonardo, habe sich die Signoria nun einmal in den Kopf gesetzt. Das rechte Feld sollte zeigen, wie die Mailänder Reiterei in einer Wolke von Staub die Flucht ergreift.

»Der Mittelteil wird den ›Kampf um die Standarte‹ zeigen.«

Ein ungeheures Schlachtgetümmel wollte er darstellen – wild blickende Pferde und Reiter, die mit verzerrtem Gesicht ihre Schwerter durch die Luft sausen ließen.

»Diesen Teil werde ich zuerst in Angriff nehmen. Mit dem Karton bin ich schon gut vorangekommen.«

»Ich werde ihn mir morgen ansehen«, sagte Lisa, aber als sie seinen entsetzten Blick bemerkte, ahnte sie die Wahrheit. »Es gibt also noch gar keine *Anghiarischlacht*, nicht wahr? Und noch keinen Petrus und keinen ›Kampf um die Standarte‹.«

Er schluckte ein paarmal und zupfte verlegen an seinem Bart. »Wißt Ihr, Donna Lisa . . .«

»Keinen Karton? Überhaupt noch nichts? Seit drei Monaten gibt man Euch Geld, Quartier und einen herrlichen Arbeitsraum, und Ihr habt noch nicht das geringste dafür getan! Habt Ihr denn überhaupt kein Pflichtgefühl?«

Ihr forschender Blick machte ihn noch verlegener. In wirren Sätzen versuchte er ihr zu erklären, daß tatsächlich jede Minute mit Vorbesprechungen, Berechnungen für das Kanalprojekt und Nachdenken über das Wandgemälde für die Signoria ausgefüllt gewesen sei.

Doch damit kam er bei ihr nicht weit.

»Da lachen ja die Hühner! Ihr habt einfach keinen Funken Verantwortungsgefühl! Mit meinem Porträt ist es das gleiche – Ihr werdet es nie vollenden!«

Er hob den Arm, als wollte er einen Schwur leisten, und versprach, morgen an ihrem Bild weiterzuarbeiten und nicht mehr aufzuhören, bis es vollendet sei.

Lisa hatte das Gefühl, daß es ihm diesmal ernst damit war. Ihr Ärger legte sich.

»Sagt mir die Wahrheit – was, um Himmels willen, habt Ihr in diesen drei Monaten getan?«

Er zögerte, suchte vergeblich nach einer letzten Ausflucht und rückte schließlich mit der Wahrheit heraus:

»Ich habe mich mit Anatomie befaßt.« Sein Leben lang sei er davon fasziniert gewesen. Schon als Knabe habe er sich brennend dafür interessiert, wie die Maschine Mensch funktioniere. Vor vielen Jahren habe er hier in Florenz einen Totengräber kennengelernt, der aus dem Spital Santa Maria Novella amputierte Gliedmaßen zur Bestattung abholen mußte. Zufällig sei ihm dieser Mann wieder begegnet und versorge ihn jetzt für wenig Geld von neuem mit solchen Studienobjekten.

Lisa verzog das Gesicht. »Und was macht Ihr damit?«

»Ich seziere sie und fertige Zeichnungen an. Ihr könnt Euch nicht vorstellen, was für ein Wunderwerk der menschliche Körper ist!« Seine Augen unter den buschigen Brauen blitzten vor Begeisterung.

Lisa musterte ihn bekümmert. Er war ein hoffnungsloser Fall. Das

Wandgemälde, den Arnokanal, die Untertunnelung der Hügel von Serravalle – das alles hatte er vergessen. Nur noch an diese verwesenden Fleischklumpen hatte er gedacht!

»Was versprecht Ihr Euch davon, Tote aufzuschneiden? Wißt Ihr nicht, daß die Kirche es verbietet und Euch hart dafür bestrafen kann?«

»Die Kirche! Was wissen denn diese beschränkten Priester von den Wundern des menschlichen Körpers? Eben weil die Kirche das Sezieren verbietet, hat die Medizin seit fünfzehn Jahrhunderten kaum mehr Fortschritte gemacht.«

»Mag sein. Aber jedenfalls wird die Signoria über kurz oder lang Euren Entwurf für die *Anghiarischlacht* sehen wollen. Was dann?«

Ihre Worte holten ihn auf den Boden der Tatsachen zurück. Ja, was dann? Kein Honorar mehr, kein Quartier, kein Kanalprojekt. Wieder herumwandern, wieder Arbeit suchen . . .

»Ihr habt recht«, sagte er reumütig.

Und sofort floß er von guten Vorsätzen über. Keine Geschäfte mehr mit dem Totengräber! Schluß mit den anatomischen Studien! Tag und Nacht wollte er sich von jetzt an dem Wandgemälde widmen.

Er legte die Hand aufs Herz. »Ich gebe Euch mein Wort darauf, Donna Lisa.«

Dann eilte er zum Spital, stieg die wacklige Kellertreppe hinunter und tastete sich den Gang entlang bis zu seinem Sezierraum.

Und hier wartete bereits der *beccamorte* auf ihn.

»Heute habe ich etwas ganz Besonderes für Euch«, flüsterte er aufgeregt. »Eine Leiche, eine vollständige Leiche!« Er sei mit dem Henker befreundet und habe ihm einen soeben hingerichteten *bandito* abgeluchst. Schon waren seine guten Vorsätze beim Teufel. Dieser Versuchung konnte er einfach nicht widerstehen!

Er kaufte die Leiche, zog seinen blutbespritzten Lederschurz über, begann zu sezieren und zwischendurch seine Beobachtungen zu notieren.

Er hatte Glück: Eine Woche später brachte der Totengräber auch noch eine Frauenleiche. Jetzt konnte er vergleichende Studien der männlichen und weiblichen Geschlechtsorgane und Harnwege anstellen, ein anatomisches Arbeitsfeld, für das er eine besondere Vorliebe hatte.

Den Federkiel in der Hand, bewegte er sich auf den geheimnisvollen Pfaden der Urologie und notierte in fast poetischen Beschreibungen, zu welch erstaunlichen Einsichten er dabei gelangte.

So gab sich Leonardo in dem stinkenden Kellerloch begeistert und glücklich seinen Studien hin, während der Himmel über Florenz strahlend blau wurde und der Frühling Einzug hielt.

Im Mai trat ein, was Lisa vorausgesagt hatte: Die Ratsherren wollten den Karton für die *Anghiarischlacht* sehen. Daß Leonardo nichts vorzuweisen hatte, mißfiel den Herrlichkeiten. Es mißfiel ihnen sogar sehr. Er wurde in die Signoria zitiert, wo man ihm energisch die Meinung sagte. Wofür hatte man ihm seit acht Monaten Honorar gezahlt und Quartier gegeben? Für nichts und wieder nichts!

Zerknirscht gab er sein Wort, sich von jetzt an unermüdlich dem Wandgemälde zu widmen. Die Ratsherren nahmen sein Versprechen gnädig zur Kenntnis, wollten aber vorsorglich einen Vertrag mit ihm schließen.

Man holte einen Notar. In dem Vertrag wurde festgelegt, daß der Karton für die *Anghiarischlacht* im Februar 1505 – acht Monate nach Vertragsunterzeichnung – fertiggestellt sein müsse. Falls Leonardo diesen Termin nicht einhielte, müßte er das bis dahin erhaltene Honorar zurückzahlen. Als weitere Vorsichtsmaßnahme wurde ein Passus hinzugefügt, in dem er sich verpflichtete, die Vertragsbedingungen »ohne jede Einwände oder Ausflüchte« zu erfüllen.

Die Herrlichkeiten hatten ihn allmählich durchschaut. Leonardo eilte in die Casa Giocondo, um Lisa von dem Vorfall zu berichten. Er hoffte auf ihr Mitgefühl und Verständnis, aber er hatte sich verrechnet.

»Ich habe Euch gewarnt«, sagte sie barsch. »Ins Gefängnis hätten sie Euch werfen sollen!«

Vergeblich versuchte er, ihr die Bedeutung der Homologie der Organe und der Krümmung der Wirbelsäule für die wissenschaftliche Forschung zu erklären.

»Ihr habt Eure Verpflichtung gegenüber der Signoria ebensowenig eingehalten wie Euer Versprechen, mein Porträt bis Weihnachten, beziehungsweise bis Ostern zu vollenden.« Sie, die in der Welt der Kaufmannsaristokratie aufgewachsen war, in der ein ge-

gebenes Versprechen als sichere Bürgschaft galt, war empört über seine Leichtfertigkeit in finanziellen Fragen. »Der wahre Grund für Euer Verhalten ist, daß Ihr nicht gerne malt.«

Das stritt er ab. Er male sogar leidenschaftlich gern, und für ihn sei die Malerei die vornehmste aller Künste, »die höchste geistige Auseinandersetzung«.

»Wenn Ihr wirklich so gern malt, wo ist dann die San-Bernardo-Altartafel, die Lorenzo de' Medici bei Euch in Auftrag gab, weil er Euch gütigerweise fördern wollte? Und wo ist die *Anbetung der Könige?*«

Er wollte sich verteidigen, aber sie war so aufgebracht, daß sie ihn nicht zu Wort kommen ließ.

»Und das Altarbild für Santissima Annunziata, für das Ihr Euch zwei Jahre Kost und Logis erschlichen habt?«

»Versteht doch, Donna Lisa, damals nahmen mich meine geometrischen Studien voll und ganz in Anspruch.«

»Geometrie, Anatomie, Arithmetik – alles muß zur Entschuldigung dafür herhalten, daß Ihr Euch ums Malen drückt!«

Jetzt war sie so wütend, daß ihr plötzlich alles an ihm mißfiel. »Und diese Tunika, wo habt Ihr die bloß gekauft?«

»Herzog Borgia hat sie mir geschenkt. Ist sie nicht wunderschön?«

»Viel zu schön für einen Mann in Euren Jahren und Lebensumständen. Außerdem solltet Ihr nicht die abgelegten Kleider anderer Leute tragen. Kauft Euch einen schlichten *lucco* aus braunem Wollstoff, wie es bescheidene, ehrbare Kaufleute tun!«

Sie musterte ihn kritisch. »Und hört endlich auf, Euch zu parfümieren!«

»Aber Donna Lisa, in Mailand –«

»Ich weiß. In Mailand wäscht man die Kleider in Parfüm, aber uns hier sind reinliche Männer, die nach Seife riechen, lieber. Und jetzt geht und macht Euch an den Entwurf für die *Anghiarischlacht* und haltet wenigstens diesmal Wort!«

Als sie ihm zum Abschied nicht die Hand reichte, sah er sie so verblüfft und zerknirscht an, daß er ihr fast schon wieder leid tat.

Am Abend sagte sie zu Giocondo: »Ich glaube nicht, daß er sich hier noch einmal blicken läßt. Er ist der unzuverlässigste, unerträglichste Mensch, der mir je begegnet ist.«

Aber schon wenige Tage später kam er wieder, diesmal in einem schlichten, weinroten *lucco*. Sein Gesicht war aschfahl, und vor Erregung brachte er kein Wort heraus.

»Nehmt Platz und erzählt mir, was Euch bedrückt«, sagte Lisa freundlich.

Wie er berichtete, war er vor wenigen Minuten über die Piazza della Trinità gegangen. Vor dem Palazzo Spini hatten einige Scholaren über die richtige Auslegung einer Dantestrophe diskutiert und ihn um seine Meinung gebeten.

»Ich wollte gerade antworten, als ich plötzlich Michel Agnolo auf die Piazza kommen sah – ungepflegt und in Gedanken versunken wie stets. ›Warum fragt ihr nicht ihn?‹ sagte ich zu den Scholaren. ›Es heißt doch, er sei in Fragen der Poesie sehr bewandert.‹«

Der Bildhauer hatte aufgesehen und ihm zugerufen: »Erkläre es doch selbst! Du, der du das Tonmodell eines Pferdes angefertigt hast, das nicht in Bronze gegossen werden kann! Und diese Narren in Mailand haben eine solche Aufgabe ausgerechnet dir anvertraut!«

»Das war sehr rüpelhaft«, sagte Lisa.

»Warum haßt er mich so? Er ist gewiß ein großer Bildhauer, aber ich könnte sein Vater sein. Warum hat er nicht wenigstens vor meinem Alter Respekt?«

Lisa versuchte, ihm sein Selbstvertrauen wiederzugeben. Sie riet ihm, die ungezogene Bemerkung Michel Agnolos zu ignorieren. »Die beste Antwort darauf werden Euer Arnokanal und das Wandgemälde sein.«

Allmählich faßte er wieder Mut, und als er sich verabschiedete, war sein Kummer verflogen.

»Ich werde ihm beweisen, was ich kann!«

Im Juni wurde Michelangelos *David* vor dem Palazzo Vecchio aufgestellt. Als die Holzverschalung entfernt und die Statue in ihrer ganzen männlichen Schönheit sichtbar wurde, verschlug es der versammelten Menge den Atem. Und auf einmal legten viele junge Mädchen ein großes Kunstinteresse an den Tag und verschlangen die wohlgeformten, muskulösen Marmorschenkel mit ihren Blikken.

Unterdessen schloß Leonardo die Arbeit an den Entwürfen für arbeitssparende Maschinen ab und fand zwischendurch auch noch Zeit, sich Lisas Porträt so intensiv zu widmen, daß es bald so gut wie vollendet war.

Wieder einmal war er hoffnungsvoll gestimmt. Seinen Berechnungen nach mußte das Kanalprojekt ein voller Erfolg werden.

»Bei meiner Rückkehr nach Florenz wird der Kanal bereits in Funktion sein«, erklärte er Lisa vor ihrer Abreise nach Settignano.

Einen Tag bevor er zur Baustelle aufbrach, erhielt er die Nachricht vom Tod seines Vaters.

»Heute, Mittwoch, den 9. Juli 1504, um 7 Uhr«, schrieb er in sein Notizbuch, »starb Ser Piero da Vinci, mein Vater, Notar der Signoria, um sieben Uhr morgens. Er wurde achtzig Jahre alt und hinterläßt zehn Söhne und zwei Töchter.«

Er nahm am Begräbnis teil, aber nicht gemeinsam mit der Familie, sondern im Kreis der gedungenen »Leidtragenden« und der Vertreter der Notarzunft. Am nächsten Morgen verließ er, wieder in Begleitung von Giovanni Cellini, die Stadt.

Der Anblick des ameisenhaften Gewimmels von Arbeitern, die den Kanal aushoben, erfüllte ihn mit Optimismus. Man hatte das Projekt Mitte April in Angriff genommen, und es kam gut voran. Im August wurde der Versuch, den Arno in ein fertiggestelltes Teilstück des Kanals umzuleiten, ein voller Erfolg. Nun war Leonardo seiner Sache so sicher, daß er den weiteren Bauarbeiten keine Beachtung mehr schenkte und sich statt dessen astronomischen Studien widmete.

Er wurde ein Nachtmensch. Tagsüber schlief er, und nach Einbruch der Dunkelheit beobachtete er den Himmel. Überwältigt von der Pracht der Gestirne, beschloß er, später einmal ein Traktat über die Natur des Mondes zu verfassen. Und wieder machte er Notizen.

»Der Mond ist kalt und feucht, das Wasser ist kalt und feucht ... Also müssen vom Mond aus unsere Gewässer so aussehen, wie der Mond für uns aussieht. In meinem Buch werde ich zeigen, daß der Ozean und andere Gewässer auf Grund der Sonnenbestrahlung unsere Erde ebenso leuchten lassen, wie der Mond leuchtet. Und ich werde das beweisen ...«

Im Spätsommer wurde er jäh aus seiner euphorischen Stimmung gerissen. In der Toskana setzte eine Hitzewelle ein. Der Arno verwandelte sich in ein Rinnsal, das Leonardos Kanal verschmähte und widersinnigerweise in das alte Flußbett zurückkehrte.

Die Arbeiter nahmen dies als Omen dafür, daß Gott den Kanalbau mißbilligte. Sie bekreuzigten sich, warfen ihre Gerätschaften weg und machten sich in der Nacht aus dem Staub. Diejenigen, die nicht wegliefen, verlangten, von der Arbeit am Kanal entbunden zu werden. Sogar die Wachtposten verdrückten sich scharenweise. Und in Florenz machte sich das Mißtrauen gegenüber dem Projekt lautstark Luft.

Trotzdem bestand die Signoria auf der Fortsetzung der Bauarbeiten. Die Antwort Gottes kam diesmal in Form sintflutartiger Regenfälle. Die mühsam ausgehobenen Gräben verschwanden im Morast. Angesichts der feindseligen Haltung des Allmächtigen und des Mißmuts der Öffentlichkeit kapitulierte die Signoria. Die Arbeit an dem unseligen Kanal wurde eingestellt.

»Ist es etwa meine Schuld, daß es so heftig geregnet hat?« fragte Leonardo verzweifelt, als er an einem kalten Oktobertag in die Casa Gioconda gekommen war.

»Natürlich nicht.«

War es seine Schuld, daß sich diese törichten Arbeiter eingebildet hatten, der liebe Gott habe etwas gegen den Arnokanal? O nein, das Projekt wäre ein überwältigender Erfolg geworden, wenn ihm seine Untergebenen den Triumph nicht mißgönnt und sich nicht gegen ihn verschworen hätten!

War es seine Schuld, daß die anderen Militäringenieure ihn um seine geniale Begabung beneideten?

Lisa starrte ins lodernde Kaminfeuer und hörte seinen Klagen geduldig zu. »Natürlich könnt Ihr nichts dafür, daß alles eine so unglückliche Wendung genommen hat.«

Vergeblich versuchte sie, ein wenig Wärme in ihre Worte zu legen. Sie glaubte einfach nicht mehr daran, daß er ein großer Ingenieur war. An den langen Sommernachmittagen in Settignano hatte Giocondo oft von seinen Zweifeln am Erfolg des Kanalprojektes gesprochen. Da von den wichtigsten Florentiner Gilden eine Beteiligung an der Finanzierung des Kanals erwartet wurde, hatten die Vorstandsgremien in aller Stille Erkundigungen über Leonardos praktische Erfahrung als Ingenieur eingezogen. Das Ergebnis war mehr als entmutigend.

»Es ist mir ein Rätsel, warum dieser Mann ständig darauf besteht, Aufgaben zu übernehmen, denen er nicht gewachsen ist«, hatte Giocondo gesagt. »Und dabei könnte er der größte Maler der Welt sein!«

Lisa dachte an diese Worte, als sie den verzweifelten Leonardo zu trösten versuchte.

»Die einzige Möglichkeit, das alles wettzumachen, ist der Auftrag für das Wandgemälde. Ihr müßt jetzt jede Minute darauf verwenden, den Entwurf vertragsmäßig im Februar vorzulegen.«

Er nickte nachdenklich und versprach, sich jetzt ganz auf diese Arbeit zu konzentrieren. Lisa hatte das Gefühl, daß ihm der Gedanke, andernfalls das Honorar zurückzahlen zu müssen, Angst einjagte, daß ihn aber die Aufgabe, die Schlacht bei Anghiari darzustellen, überhaupt nicht mehr reizte. Offensichtlich bedrückte ihn die Vorstellung, sich monatelang damit abplacken zu müssen.

Zu alledem fühlte er sich verletzt durch die Unfreundlichkeit, mit der man ihm überall begegnete. Da er sich keine Schuld an dem Fehlschlag des Kanalprojekts zuschrieb, war ihm unverständlich, warum im Verhalten der Behörden und der Öffentlichkeit ihm gegenüber ein Umschwung eingetreten war. Jetzt verbeugten sich Amtspersonen nicht mehr respektvoll vor ihm, jetzt zogen fremde Leute nicht mehr den Hut, wenn sie ihm auf der Straße begegneten.

Der »Wundertäter«, der ihnen versprochen hatte, den Krieg mit Pisa zu beenden und Florenz zu neuem Wohlstand zu verhelfen, war für sie nur noch ein bombastischer alter Narr. Die Bürger empörten sich darüber, daß sein absurdes Projekt riesige Beträge aus öffentlichen Mitteln verschlungen hatte. Und die Straßenjungen machten sich lauthals über seinen Astrologenbart lustig.

Wenig später erhielt er einen vernichtenden Beweis dafür, wie sehr sein Ansehen gelitten hate. Man beauftragte Michelangelo, die Wand des Großen Ratssaales, die der für die *Anghiarischlacht* vorgesehenen gegenüberlag, mit einem Gemälde auszuschmücken.

Dieser bewußte Affront verletzte Leonardo zutiefst. Über die hohen künstlerischen Qualitäten seines Rivalen konnte er sich nicht hinwegtäuschen. Es war ihm klar, daß sich Michelangelo als ein ihm ebenbürtiger Maler erweisen würde. Nachdem er mit seinem *David* zu Ruhm gelangt war, galt der noch nicht Dreißigjährige als der bedeutendste Florentiner Künstler. Mochte er noch so häßlich und jähzornig und ungepflegt sein – ihm war es tatsächlich gegeben, Wunder zu vollbringen. Angesichts des bevorstehenden »Duells« der beiden Künstler schlug sich die Öffentlichkeit schon jetzt auf die Seite Michelangelos.

»Man wird mich als Maler ebenso verhöhnen wie als Ingenieur«, sagte Leonardo deprimiert zu Lisa.

Wieder versuchte sie, ihm Mut zuzusprechen, ihn zu unermüdlicher Arbeit an dem Karton für das Wandgemälde anzuspornen. Danach bekam sie ihn lange Zeit nicht mehr zu sehen, und allmählich machte sie sich ernstlich Sorgen.

»Ich glaube, ich sollte ihn besuchen«, sagte sie zu Tessa. »Weiß Gott, was er die ganze Zeit gemacht hat.«

Zu ihrer Erleichterung fand sie ihn völlig in die Arbeit am *Kampf um die Standarte* vertieft. Fast eine Stunde lang sah sie zu, wie er mit sicherer Hand den Kohlestift führte. Als Maler, dachte sie, ist ihm nichts unmöglich, wenn er sich wirklich auf die Arbeit konzentriert.

»Michel Agnolo kann Euch nicht gefährlich werden, und ein anderer auch nicht«, sagte sie, bevor sie mit Tessa wieder nach Hause ging. »Ich bin stolz auf Euch.«

Wider alle Erwartungen war der Entwurf im Februar vollendet. Die Ratsherren waren so beeindruckt, daß ihre Verärgerung nachließ. Sie zollten Leonardo großes Lob, gaben ihm für die Ausführung des Wandgemäldes bis März 1506 Zeit und genehmigten ihm zwei Gehilfen sowie »einen Knaben zum Reiben der Farben«. Ein von ihm selbst entworfenes fahrbares Gerüst wurde im Ratssaal errichtet, und im März wurde die nach seinem Rezept hergestellte Grundierung auf die Wand aufgetragen.

Da er jetzt wieder mehr Zeit hatte, fand er sich den ganzen Frühling über regelmäßig in der Casa Giocondo ein, um an dem Porträt zu arbeiten. Lisa, die es bereits für vollendet hielt, bat ihn, es unverzüglich nach Urbino bringen zu lassen.

»Ist Euch klar, daß schon über zwei Jahre vergangen sind, seit Ihr damit begonnen habt? Mein Verwandter wartet sicher schon ungeduldig darauf.«

Aber er flehte sie an, ihm noch etwas Zeit zu lassen. Das Lächeln sei noch immer nicht so, wie er es haben wollte.

»Die meisten Menschen lächeln mit dem Mund, aber Ihr lächelt mit den Augen.«

Sie gab nach. Und während er warten mußte, bis die Grundierung des Wandgemäldes die richtige Konsistenz erreicht hatte, kam er immer wieder in die Casa Giocondo, betrachtete über den Brillenrand hinweg Lisas Gesicht und machte dann nachdenklich ein paar Pinselstriche. Daß die Arbeit an dem Porträt jetzt nur noch ein Vorwand war, wußte Lisa so gut wie er selbst.

Es machte beiden Freude, in dem sonnigen Garten miteinander zu plaudern. Bei erfrischenden Getränken erzählte er ihr von den Tagen am Mailänder Hof, als er Festlichkeiten zu Ehren König Karls arrangiert und der Große Kreuzfahrer vor Begeisterung gezittert und gesabbert hatte.

Und er berichtete von seinen Plänen für den *Kampf um die Standarte*. Statt der üblichen *al-fresco*-Technik wollte er ein Malverfahren des Altertums, »Enkaustik« genannt, anwenden, bei dem die Farben mit Wachs geschmolzen wurden und mit dem man Werke von intensiver und unvergänglicher Leuchtkraft schaffen konnte. Zufällig hatte er die Anleitung dafür in einem Werk des großen römischen Gelehrten Plinius des Älteren entdeckt.

»Ich werde es natürlich noch verbessern«, erklärte er selbstgefällig. »Ich experimentiere bereits damit und glaube, daß es mir großen Erfolg bringen wird.«

Lisa konnte sich eines unguten Gefühls nicht erwehren. Auf was für eine Idee war er jetzt wieder verfallen?

Auf ihre dringende Bitte versprach er ihr, sofort, nachdem die Grundierung trocken genug war, mit dem Auftragen der Farben zu beginnen. Einige Tage später gab Michelangelo bekannt, daß sein Karton für die *Schlacht von Cascina* bereits fertig sei.

Sein Fresko sollte zeigen, wie florentinische Soldaten beim Baden im Arno von einem Angriff der Pisaner überrascht werden, an Land springen und sich splitternackt in den Kampf stürzen, den sie siegreich bestehen. Auf Michelangelos riesigem Karton (einer Fläche von achteinhalb Quadratmetern) waren sechzehn nackte Jünglinge zu sehen, auf Leonardos Entwurf nur sechs gepanzerte Krieger.

Die Nachricht war eine Sensation.

Die Florentiner fieberten dem Tag entgegen, an dem die beiden rivalisierenden Maler Rücken an Rücken in ein und demselben Raum arbeiten würden. Aber dann mußten sie zu ihrer Enttäuschung erfahren, daß Michelangelo nach Rom zu Papst Julius II. gerufen worden war, der sein Grabmal von ihm gestalten lassen wollte.

Leonardo hatte also das Schlachtfeld für sich allein. Als Lisa ihm zuredete, diesen Vorteil zu nützen und seinen Entwurf sofort auf die Wand zu übertragen, stimmte er mit gespielter Begeisterung zu. Allerdings sei die Grundierung noch nicht trocken genug. Und nach der anstrengenden Arbeit in den Wintermonaten fühle er sich sehr erschöpft. Schließlich habe er noch ein volles Jahr Zeit. Im Augenblick sehne er sich danach, wieder einmal durch die Umgebung zu streifen.

»Der Frühling ist die schönste Jahreszeit, und beim Herumwandern kann ich besser nachdenken.«

»Und worüber wollt Ihr nachdenken?«

Er versuchte, ihrer Frage auszuweichen, aber Lisas Beharrlichkeit war er nicht gewachsen. So gab er schließlich zu, daß er ein Traktat über den Vogelflug schreiben wolle.

»Über den Vogelflug? Warum? Ihr wollt doch nicht etwa selbst versuchen, durch die Luft zu fliegen?«

»Warum nicht?«

Jetzt schlug er einen professoralen Ton an. Seit Urbeginn hätten die Menschen immer wieder versucht zu fliegen. Aber es sei keinem gelungen. Er selbst jedoch habe sich eingehend mit diesem Thema beschäftigt und alle Probleme gelöst, an denen seine Vorgänger gescheitert seien.

»Ich werde als Eroberer des Himmels zu unsterblichem Ruhm gelangen.«

Noch vor wenigen Monaten hätte Lisa versucht, ihm dieses Hirngespinst auszureden. Jetzt wußte sie, daß es keinen Zweck hatte. Ihm konnte niemand mehr helfen. Der Teufel war in ihn gefahren.

Der Arme war verrückt geworden.

Für Leonardo war der Frühling 1505 eine Zeit der Verzauberung: Sein lebenslanger Traum vom Fliegen war der Erfüllung nahe.

Zum ersten Mal standen ihm genug Geld, genug Zeit und ein geeigneter Raum für die Konstruktion seiner Flugmaschine zur Verfügung. Und obendrein hatte er den richtigen Helfer für sein Unternehmen gefunden. Es war kein anderer als Alessandro Amadori, der Bruder Albieras, der als angehender Priester des öfteren nach Vinci gekommen war.

Er hatte die Sechzig bereits überschritten und war Gemeindepriester in Fiesole. In seiner bescheidenen Laufbahn hatte er nur danach gestrebt, Gott und den Menschen zu dienen, und dabei seinen Seelenfrieden gefunden. Jetzt verbrachte er seinen Lebensabend in dem ziegelgedeckten Pfarrhaus am Rande des Dorfes, kam seinen geistlichen Pflichten nach, pflegte seinen kleinen Garten und war seinem Hund mehr zugetan als seiner betagten, mürrischen Haushälterin.

Leonardo war ihm auf einem seiner Streifzüge durch das Hügelland begegnet, und die beiden hatten einander sofort wiedererkannt. Bei einem Becher Wein hatten sie in der sonnendurchflimmerten Pergola von den alten Zeiten gesprochen. Als sie durch den Garten gegangen waren, um frische Feigen zu pflücken, war Leonardo ein großer Schuppen aufgefallen, der am Rand eines Weinberges stand. Genau der richtige Platz für die Konstruktion seines »großen Vogels«!

Und dann entdeckte er auch noch die ideale Stelle, von der aus er sich mit seiner Flugmaschine in die Lüfte schwingen konnte: ein Plateau auf dem Monte Ceneri – Schwanenberg –, das von steil abfallenden Felsklippen gesäumt war. Siegessicher schrieb er in sein Notizheft:

»Auf dem Rücken des großen Schwanes wird der große Vogel zu seinem ersten Flug aufsteigen, die Welt mit Staunen und alle Bücher mit seinem unsterblichen Namen erfüllen und seinem Geburtsort zu ewigem Ruhm verhelfen.«

Immer öfter wanderte er zum Pfarrhaus. In Juni lud Alessandro seinen »Neffen«, wie er Leonardo nannte, ein, den Sommer bei ihm in Fiesole zu verbringen. Und der große Ideenverkäufer brauchte nicht lange, um ihn für die Flugmaschine zu begeistern. Den ganzen Sommer über arbeiteten die beiden alten Männer an dem »großen Vogel«. Eifrig fügten sie ein leichtes, aber stabiles Rohrgerippe zusammen und bespannten den fledermausähnlichen Apparat mit Leinwand.

Im September war das merkwürdige Gebilde fertig, aber da inzwischen die herbstlichen Regenfälle eingesetzt hatten, mußte Leonardo die Verwirklichung seines großen Traums verschieben und wieder an dem Schlachtenfresko arbeiten.

Und es gelang ihm tatsächlich, den Termin einzuhalten. Im Mai 1506 war das Mittelfeld, der *Kampf um die Standarte*, vollendet. Er hatte ein Meisterwerk geschaffen, und die Nachricht davon verbreitete sich rasch in ganz Florenz. Mochten die Mailänder mit Leonardos *Abendmahl* prahlen – die Florentiner würden sich bald seines grandiosen Schlachtengemäldes rühmen können! Der begnadete Künstler hatte die Fehlschläge des unerfahrenen Kanalkonstrukteurs wettgemacht.

Aber irgend etwas schien mit der Grundierung nicht zu stimmen.

Die in Wachs geschmolzenen Farben leuchteten zwar so intensiv, wie Leonardo es erwartet hatte, aber sie wollten einfach nicht trocknen. Auf seine Anweisung wurden unter dem Fresko zwei große Kohlebecken entzündet, und nun geschah das Unvermeidliche: Als die Hitze an der Wand emporkroch, begannen die Farben ineinanderzufließen. Wie vom Donner gerührt stand Leonardo da, während seine Gehilfen das Feuer in den Becken löschten.

Er hörte erregte Stimmen: Die Nachricht von der Katastrophe hatte sich im Nu im Palazzo Vecchio verbreitet. Beamte stürzten herein und ließen sich wütend und hämisch über den Narren aus, der offenbar nicht gewußt hatte, daß erhitztes Wachs schmilzt.

Aber sie konnten den Maler nirgends entdecken. In dem allgemeinen Durcheinander hatte er sich unbemerkt davongestohlen.

Es war ein schöner Frühlingstag, und Leonardo brauchte für den Ritt zum Pfarrhaus von Fiesole nicht lange.

Der alte Geistliche und einige Bauern halfen ihm, den »großen Vogel« auf den Monte Ceneri zu tragen. Er umklammerte den Holzstab, rannte zur Klippe und stieß sich ab.

Einen unvergeßlichen Augenblick lang wurde er von einer Bö emporgetragen, war sein lebenslanger Traum Wirklichkeit. Dann stürzte er, das Pfeifen des Windes in den Ohren, dem Tal entgegen.

Und dann wurde es schwarz um ihn.

Als er drei Tage später im Pfarrhaus erwachte, saß Alessandro an seinem Bett. »Albiera hat vom Himmel aus über dich gewacht«, sagte er und flößte ihm einen Löffel Brühe ein. »Morgen wirst du schon wieder ein paar Schritte gehen können.«

Leonardo schloß die Augen. Hätte er doch nur diesen Absturz nicht überlebt! Wieder einmal hatte ihm das Schicksal die Bestätigung seiner Genialität verwehrt. Wieder einmal hatte er einen Fehlschlag erlitten – aber nicht durch eigene Schuld! Er würde die Welt niemals in Staunen versetzen, denn er war zum Unglück geboren ...

Was stand ihm jetzt bevor? Würde die Signoria sein Honorar zurückfordern? Würde man ihn ins Gefängnis werfen? Ganz gleich, was sie mit ihm vorhatten, er war jedenfalls ruiniert. Warum war er überhaupt in diese grausame, undankbare Stadt zurückgekehrt? Wenn er doch nur wieder bei diesen liebenswürdigen, großzügigen Franzosen wäre! Barbaren oder nicht, jedenfalls hatten sie ihm sein

Gehalt pünktlich gezahlt, ihn mit Aufträgen überhäuft, ihm Achtung erwiesen ... Wenn es ihm doch nur gelänge, den französischen Vizekönig zu bewegen, ihn nach Mailand zu rufen. Die Signoria würde es nicht wagen, dem Seigneur de Chaumont diese Bitte abzuschlagen.

Bis Ende Mai ließen die Ratsherren nichts von sich hören, dann erhielt er die offizielle Aufforderung, im Palazzo Vecchio vorzusprechen.

Umgeben von den Herrlichkeiten, musterte der Gonfaloniere Soderini den Eintretenden kühl, aber nicht rachsüchtig. Dann teilte er ihm mit, es sei aus Mailand ein Ersuchen des französischen Vizekönigs eingegangen, ihn, Leonardo, unverzüglich in die lombardische Hauptstadt reisen zu lassen.

»Wir können dem Statthalter des Königs von Frankreich diesen Wunsch nicht abschlagen und gewähren Euch daher einen dreimonatigen Urlaub.« Da er jedoch seine vertraglichen Verpflichtungen nicht erfüllt habe, erwarte die Signoria, daß er nach seiner Rückkehr das Fresko entweder ausbessern oder ganz neu malen werde. Und als Sicherheit dafür, daß er sich zum vereinbarten Termin wieder in Florenz einfinden werde, müsse er in der Kanzlei 150 Gulden hinterlegen. »Falls Ihr in drei Monaten nicht zurückgekehrt seid, verfällt der gesamte Betrag.«

Damit entließ er Leonardo, der sich vor den mit versteinerten Gesichtern dasitzenden Ratsherren verneigte. Am selben Vormittag hob er von seinem ohnehin zusammengeschmolzenen Bankkonto den geforderten Betrag ab und hinterlegte ihn. Am frühen Nachmittag unterzeichnete er eine Vereinbarung, in der er sich ehrenwörtlich verpflichtete, am ersten September wieder in Florenz zu sein.

Als er danach in der Casa Giocondo vorsprach, war Lisa über sein Aussehen tief betroffen, aber sie stellte keine Fragen.

»Nehmt Platz und trinkt einen Schluck Wein«, sagte sie, von Mitleid überwältigt.

Er lehnte höflich ab und erklärte, er müsse morgen früh abreisen und habe vorher noch viel zu erledigen. Dann bat er sie um Erlaubnis, ihr Porträt mitnehmen zu dürfen.

»Ich mache unterwegs in Urbino Station, um es Seiner Herrlichkeit Giuliano de' Medici persönlich zu übergeben.«

»Kann ich mich wirklich darauf verlassen?«

Er sah sie traurig und vorwurfsvoll an. Auch sie hatte also den Glauben an ihn verloren.

»Ich gebe Euch mein Wort darauf.«

Danach schwiegen sie beide. Sie wußten, daß es sinnlos war, sich um die alte Vertrautheit zu bemühen. Das Schicksal hatte sie für kurze Zeit zusammengeführt und trennte sie jetzt wieder. Sie waren Fremde wie zuvor.

Am Abend sagte Lisa zu Giocondo: »Jetzt wird Giuliano endlich das Bild erhalten.«

»Hoffentlich. So fest würde ich mich darauf allerdings nicht verlassen.«

Die Vorbereitungen für das Gartenfest nahmen Lisa bald so sehr in Anspruch, daß sie nicht mehr an Leonardo dachte. Und dann stand das alljährlich von der Weberei Giocondo veranstaltete Preisringen vor der Tür. Meo nahm daran teil, und wochenlang bekam Lisa nichts anderes von ihm zu hören.

In den Florentiner *stabilimenti* gehörten solche sportlichen Veranstaltungen zur Tradition. Sie waren eine willkommene Gelegenheit, das gute Verhältnis zwischen den Arbeitern und den Fabrikbesitzern zu demonstrieren. Das ganze Jahr über fanden Ausscheidungskämpfe statt, und Ende Juni wurde der Endkampf zum festlichen Ereignis.

Seit Beginn des Winters hatte Bartolommeo sämtliche Einladungen ausgeschlagen und statt dessen nach allen Regeln der Kunst Armschlüssel, Stoßen, Beinschere und was sonst noch zum Ringen gehörte geübt. Der inzwischen Vierzehnjährige, der stolz darauf war, ein *calderaio* – ein Kokonsortierer – im zweiten Lehrjahr zu sein, wünschte sich glühend, das Preisringen der Lehrlinge zu gewinnen. Sein Idol war Milon von Kroton, ein griechischer Athlet des sechsten vorchristlichen Jahrhunderts, der einen Ochsen auf den Schultern tragen konnte und im olympischen Ringkampf sechsmal zum Sieger gekrönt worden war.

Im vergangenen Jahr war Meo in der Vorschlußrunde ausgeschieden. »Ihr werdet schon sehen, Mama, diesmal gewinne ich!«

Heimlich weihte Lisa der Heiligen Jungfrau einige Kerzen, denn die Madonna hatte natürlich auch auf sportliche Wettkämpfe großen Einfluß. Und ebenso heimlich empfahl Tessa den jungen Ringer der Gnade Allahs.

An dem großen Tag war der Fabrikhof mit grünen Zweigen geschmückt, zwischen denen die roten Lilien der Florentiner Staatsflagge leuchteten. Eine aus Pfeifern und Posaunisten bestehende Kapelle spielte beliebte Märsche. Der Junihimmel war strahlend blau und wolkenlos. Auf einer eigens für dieses Ereignis errichteten Tribüne saßen die Verwaltungsangestellten mit ihren Familien, während sich die Arbeiter an den drei anderen Seiten des Hofes aufgestellt hatten.

Zu Beginn hielt der Priester des Kirchensprengels eine kurze Ansprache, in der er dem Publikum versicherte, daß Gott von Seinem himmlischen Thron aus den Wettkampf beobachte. Dann folgte eine musikalische Einlage.

Nachdem die Entscheidung im Ringkampf der Lehrlinge des ersten Ausbildungsjahres gefallen war, kletterte Meo mit nacktem Oberkörper und siegessicherem Lächeln auf das mit Seilen abgesicherte und mit Sand bestreute Podium. Der Kampf begann mit einigen Scheinangriffen, dann umklammerten sich die Ringer, gingen zu Boden und zwangen einander abwechselnd auf den Rükken. Eine Zeitlang war der Ausgang ungewiß, aber allmählich zeigte sich Meo mit seiner besseren Technik dem körperlich kräftigeren Gegner überlegen. Mit einem geschickten Würgegriff drückte er ihm beinahe die Luft ab, dann preßte er seine Schultern gegen die Planken. Mit einem schmetternden Tusch und unter brausendem Beifall wurde er zum Sieger erklärt.

Der Schweiß lief ihm über Gesicht und Oberkörper, die schwarzen Locken klebten ihm am Kopf, als er zur Tribüne hinüberging, wo ihn sein Vater beglückwünschte und ihm einen seidenen Beutel mit zwei Gulden überreichte. Lisa schluchzte vor Freude, als Meo ihr die Hand küßte, und Tessa, die bei den anderen Sklavinnen und Dienstboten auf der hinteren Bank der Tribüne saß, beobachtete die Szene mit feuchten Augen.

Eine Woche später reiste die Familie in das Sommerhaus nach Settignano, das Lisa im Lauf der Jahre immer lieber gewonnen hatte. Wie stets genoß sie die ruhigen Stunden auf der Terrasse, in denen sie ihrer Neigung, vor sich hin zu träumen und Episoden aus ihrer Jugend heraufzubeschwören, freien Lauf ließ. Und sie dachte viel über Bartolommeo nach, der ihr ans Herz gewachsen war.

Die Nachricht von seinem Sieg im Ringkampf war bis nach Settignano gedrungen, und die jungen Mädchen fanden den athletischen Burschen plötzlich sehr anziehend. Eifrig betasteten sie seine Oberarmmuskeln und konnten sich nicht genugtun, ihre Härte und Stärke zu loben. Sie klimperten mit den Wimpern und warfen ihm bewundernde Blicke zu, die er sich gern gefallen ließ.

Seiner jungen Stiefmutter vertraute der Heranwachsende seine geheimsten Gefühle an. Er erzählte ihr, daß er, eher aus Neugier, Tina und Faustina auf den Mund geküßt habe, aber welche von beiden ihm besser gefiel, konnte er nicht sagen. Tina sei die Hübschere, aber Faustina habe mehr Verstand. Im August lernte er Esmeralda, die Tochter eines reichen Börsenmaklers, kennen, und nun existierte für ihn kein anderes Mädchen mehr. Esmeralda hatte sanfte braune Augen und Grübchen in den Wangen. Im Gegensatz zu Tina und Faustina war sie von seinen Muskeln nicht im geringsten beeindruckt, weigerte sich, ihn zu küssen, und schien sich an seinem Kummer zu weiden.

Aber als er ihr auf Lisas Rat einen Blumenstrauß überreichte, schmolz ihr Widerstand dahin. Jetzt durfte er sie küssen, und sie nannte ihn ihren besten Freund. Allerdings, so erklärte sie, wäre es ratsam, wenn er ihren Vater um ihre Hand bäte, denn sie sei immerhin dreizehneinhalb, also heiratsfähig.

In Lisas Ohren klang das alles sehr vertraut. Es war noch gar nicht so lange her, seit sie Giuliano das gleiche geraten hatte. Das Leben wiederholte sich ständig. Jede Generation durchlebte die gleichen Ängste, Freuden und Schmerzen, spielte die gleichen Spiele, sagte die gleichen Worte.

Meo erlitt die Qualen der ersten Liebe. Der Gedanke, Esmeralda könnte einen anderen heiraten, versetzte ihn in rasende Wut. Erregt vertraute er seiner »Mamma« an, daß er sämtliche Rivalen umbringen und dann sich selbst erdolchen würde. Lisa versuchte, ihn zu beruhigen. Es sei doch noch etwas zu früh für ihn, sich zu verloben, aber sie würde jedenfalls gut aufpassen, damit Esmeralda nur ja keinen anderen nahm.

Im Herbst begann Meos drittes Lehrjahr, und er wurde jetzt in die Geheimnisse der Behandlung der Rohseide eingeweiht. In seiner

Freizeit bereitete er sich auf das nächste Preisringen vor und las auf Anraten seines Vaters einiges über die geschichtliche Entwicklung des Seidengewerbes.

Begeistert erzählte er Lisa, daß im Jahre 550 zwei Mönche aus China in Konstantinopel eintrafen und dem Kaiser ein Bambusrohr überreichten, in dem einige Seidenraupen versteckt waren. Aus diesen bescheidenen Anfängen hatte sich das Seidengewerbe entwikkelt, das im Laufe der Zeit auch in Griechenland, dann – dank der Mauren – in Spanien und schließlich in Sizilien Fuß gefaßt hatte.

Vielbeschäftigt wie er war, konnte sich Meo wenig um Esmeralda kümmern, und allmählich trat sie in den Hintergrund. Gewiß, er liebte sie noch immer, aber sie beanspruchte zuviel von seiner Freizeit. Wie sollte er ihr Ständchen bringen, wenn er doch intensiv für den Ringkampf trainieren mußte? Die Frauen verstanden einfach nicht, daß Männer mehr zu tun hatten, als immer nur an die Liebe zu denken! Jetzt ließ er Lisa gegenüber sogar durchblicken, daß er es überleben würde, wenn Esmeralda sich für einen anderen entschiede.

Hie und da brachte Giocondo Nachrichten über Leonardo mit, der sich bei den Barbaren großer Beliebtheit erfreute. Wie zu erwarten, war er Anfang September nicht nach Florenz zurückgekehrt. Der Vizekönig hatte die Verlängerung des Urlaubs um einen weiteren Monat beantragt, und die Signoria hatte widerstrebend zugestimmt. Als sich Leonardo auch im Oktober nicht blicken ließ, schrieb der Gonfaloniere aufgebracht an den Vizekönig: »Leonardo da Vinci hat sich gegenüber unserer Republik nicht so verhalten, wie es ihm anstände. Er hat einen beträchtlichen Geldbetrag entgegengenommen, aber mit dem wichtigen Auftragswerk noch kaum begonnen.«

Daraufhin kam es zu einem scharfen Briefwechsel. Schließlich konfiszierte die Signoria die hinterlegten 150 Gulden und ließ die Sache im Sand verlaufen. Man wollte mit Leonardo nichts mehr zu tun haben.

Was Lisa ihm am meisten verübelte, war die Tatsache, daß er sein Versprechen, Giuliano das Porträt zu überbringen, gebrochen hatte. Contessina hatte ihr berichtet, daß ihr Bruder noch immer auf das Bild warte.

»Aber er hat mir doch sein Wort gegeben«, sagte Lisa immer wieder fassungslos zu Giocondo, »und ich dachte, wir seien gute Freunde.«

Worauf er ihr – vergeblich – zu erklären versuchte, daß man Künstler eben nicht mit den üblichen Maßstäben messen dürfe.

»Er ist ein Dieb, ein ganz gewöhnlicher Dieb!«

Daß Leonardo bei den französischen Besatzern lieb Kind war, machte Lisa nur noch zorniger. Offenbar trug er es ihnen nicht einmal nach, daß gaskognische Bogenschützen sich einen Spaß daraus gemacht hatten, sein gigantisches Pferd als Zielscheibe zu benützen und das Tonmodell, das er für eine unsterbliche bildhauerische Leistung gehalten hatte, zu zerstören. Und es schien ihn auch nicht zu bekümmern, daß diese Barbaren Lodovico Sforzas Palast in einen Schweinestall verwandelten und seiner kostbarsten Kunstwerke beraubten. Die schönsten Gobelins und Gemälde hatte sich der Vizekönig angeeignet und nach Meillant, seinem französischen Landsitz, bringen lassen.

Der verschlagene, trunksüchtige und geile Statthalter hatte Leonardo unter seine Fittiche genommen und ihm nicht nur den Posten des *festaiuolo* zurückgegeben, sondern ihn auch mit der Planung seiner Sommerresidenz betraut.

Und natürlich würde diese Villa auf der ganzen Welt nicht ihresgleichen haben. An verschiedenen Stellen sollten unauffällige Wasserspeier eingebaut werden, die ahnungslose Gäste von allen Seiten besprühen würden. Beim Anblick eleganter, plötzlich von einem Wasserguß überraschter Damen würde man sich totlachen!

Eine andere fabelhafte Neuheit waren die Windmühlen, die Leonardo im Garten des Sommersitzes aufstellen wollte. Der von ihnen erzeugte »stetige Wind« sollte – ebenfalls von Leonardo erfundene – Instrumente in Gang setzen, also Musik ohne Musiker produzieren.

Beglückt über diesen neuesten Einfall schrieb er an seinen Gönner: »Und so werdet Ihr allzeit Musik haben, vermischt mit dem Duft von Blumen, Zedern und Citrus.«

Neben der Beschäftigung mit solchen technischen Spielereien fand er auch noch Zeit, die zweite Fassung der *Felsengrottenmadonna* zu malen, zu der er – noch in Florenz – nach einem Rechtsstreit, der sich dreiundzwanzig Jahre hingezogen hatte, verurteilt worden war. Diesmal mußte er jede Figur mit einem Heiligenschein versehen.

Und obendrein begann er mit der Niederschrift seines *Traktats über die Malerei.* Nach einem hochtrabenden Vorwort verbreitete er sich über Themen wie Licht, Dunkel, Dichte, Farbe, Form, Position, Entfernung, Ähnlichkeit, Bewegung und Ruhe. Dann stellte er Größenvergleiche zwischen bestimmten Teilen des menschlichen Körpers an.

»Die Breite der Handfläche entspricht der des Fußes ... Die Länge des großen Zehs entspricht der Breite des Mundes ... Die Breite der Ferse entspricht der des Handgelenks ... Der Fuß ist so lang wie der ganze Kopf des Menschen ... Der Nabel ist von den Genitalien eine Gesichtslänge entfernt ...«

Im Juni 1509 kapitulierte Pisa.

Der fünfzehnjährige Krieg, der durch das verständnislose Kopfnicken des kleinen Königs ausgelöst worden war, hatte die Kräfte beider Seiten erschöpft, die Republik Florenz aber auch etwas mehr Vernunft und Menschlichkeit gelehrt. Diesmal verzichtete man darauf, Pisanerinnen auf offener Straße mit Brandeisen zu zeichnen und alte Männer zu verstümmeln. Die Sieger kamen den Besiegten mit offenen Armen entgegen. Wie ein altes Ehepaar, das des ständigen Zankens müde geworden ist, begruben Pisa und Florenz ihren Streit und versuchten, in Frieden miteinander zu leben.

»Dem Himmel sei Dank!« sagte Giocondo. »Der Friedensschluß kommt gerade rechtzeitig zu Eurem dreißigsten Geburtstag, liebe Frau. Womit könnte man Euch denn zu diesem Anlaß die größte Freude machen?«

»Am meisten würde es mich freuen, wenn niemand daran dächte.«

Aber dieser Wunsch wurde ihr nicht erfüllt. Den Männern konnte man eben nicht ausreden, solche Ereignisse groß zu feiern. Lisa war entsetzt, als sie hörte, daß ihr Großvater ihr zu Ehren ein Bankett geben wollte. Zahlreiche Mitglieder der Familien Gherardini, Rucellai und Giocondo hatten zugesagt.

Das Bankett fand im »Bauernhof« statt, und zwar in dem von der Spätsommersonne durchfluteten *boschetto*. Es war sehr festlich und von Gesang und Lautenspiel begleitet, aber für Lisa eine einzige Tortur.

Sie fand alles entsetzlich: die Gerichte (obgleich sie hervorragend waren), die endlosen Trinksprüche, die auf ihre Gesundheit und ihre Zukunft ausgebracht wurden, und ganz besonders die älteren Damen aus der Verwandtschaft, die ihr mit süßlichem Lächeln und mitleidigen Blicken zu verstehen gaben, daß sie jetzt zu ihnen zählte.

Mit dem dreißigsten Jahr, so erklärten sie, habe man die Schwelle zum Nachmittag des Lebens erreicht. Aber das mittlere Lebensalter habe auch manchen Ausgleich für die verlorene Jugend zu bieten. Man brauche sich nicht mehr in ein Korsett zu zwängen und könne sich das Auszupfen der Augenbrauen, das zeitraubende Schminken und sorgfältige Frisieren ersparen. Und die ohnehin überschätzten Freuden der Liebe würden durch Tafelfreuden ersetzt. Einige Pfund Übergewicht spielten keine Rolle mehr, denn die Männer sähen Frauen dieses Alters nicht mehr mit begehrlichen Blicken an.

Lisa war zumute, als wohne sie ihrem eigenen Begräbnis bei. Sie wünschte ihren Gevatterinnen die Pest auf den Hals. O nein, sie würde nicht auf diese vertrockneten alten Hexen hören, sondern auch künftig ihre Brauen auszupfen und Rouge auflegen. Jung würde sie bleiben, begehrenswert und den Freuden der Liebe zugetan!

Sie war so aufgebracht, daß sie sich aus Versehen mit ihrer zweizinkigen *forchetta* in die Zunge stach. Insgeheim verfluchte sie diese neumodischen, gefährlichen Geräte, mit denen man die Bissen aufspießen und zum Mund führen mußte. Wie vernünftig war doch die alte Sitte, dafür die Finger zu benützen!

Dann wurde ihr klar, daß sie sich über etwas ärgerte, das Fortschritt bedeutete, und daß sie den guten alten Zeiten nachtrauerte. Wie ein altes Weib, dachte sie, ich, mit meinen dreißig Jahren! Und nun lächelte sie – zum ersten Mal an diesem Tag.

Im folgenden Jahr wurde Giocondo fünfzig. Das bedeutete, daß man ihn, obwohl er noch immer eine gesunde Gesichtsfarbe, scharfe Augen und einen energischen Gang hatte, offiziell zur alten Generation zählte.

Lisa begann sich einzureden, daß ihm jetzt nur noch eine kurze Frist beschieden sei. Sie fühlte sich ihm immer enger verbunden und schwor sich, ebenso sorgfältig über seine Gesundheit zu wachen, wie sie es bei ihrem Großvater tat, der dank ihrer Fürsorge inzwischen das ungewöhnlich hohe Alter von sechsundsiebzig Jahren erreicht hatte.

Und so überredete sie ihren Gatten im Winter dazu, einen Brustwärmer aus Fell zu tragen und bei seiner Heimkehr aus der Weberei heiße Kräuteraufgüsse zu trinken.

Aber auch die junge Generation bedurfte ihrer Fürsorge und ihres Rates. Meo, der jetzt achtzehn war, hatte seine Lehrzeit beendet und war Mitarbeiter seines Vaters geworden, an dessen Geschäftsführung er so manches auszusetzen hatte.

»Mein ehrenwerter Herr Vater ist altmodisch«, vertraute er Lisa an. »Ich habe ihm vorgerechnet, welchen Gewinn uns die Herstellung von Seidensamt einbringen könnte, aber er sagt, das Unternehmen sei bereits groß genug. Wenn *ich* die Weberei leiten würde . . .«

»Du leitest sie aber nicht. In ein paar Jahren, wenn du von deiner Einkaufsreise zurückkehrst, kannst du vielleicht Neuerungen einführen. Aber vorläufig mußt du dich damit bescheiden, zu lernen, zu beobachten und zu gehorchen.«

Ein anderes Thema, über das er oft mit Lisa sprach, waren die jungen Damen, die ihn jetzt mehr interessierten als Ringkämpfe. Er hatte die Erfahrung gemacht, daß man beim Umgang mit ihnen ständig zwischen höchstem Entzücken und abgrundtiefer Verzweiflung hin- und hergerissen wurde. Hatte man eben noch das Bedürfnis, den Boden zu küssen, den ihr Fuß berührt hatte, so war man im nächsten Augenblick nahe daran, sie zu erwürgen.

Esmeralda war aus seinem Leben verschwunden. Seit dem Tod ihres Vaters lebte sie in Verona, der Heimat ihrer Mutter. Meo hatte ihr nicht nachgetrauert, denn kurz zuvor hatte er Ginevra kennengelernt und sich von neuem den Höhen und Tiefen junger Liebe ausgeliefert.

Ginevra war das schönste Mädchen der Welt, aber sie hatte ein Herz aus Stein. Und sie war nicht nur grausam, sondern auch launisch. Manchmal schienen ihre Blicke von Zärtlichkeit überzufließen, und ihr Lächeln verhieß die schönste Belohnung. Aber im nächsten Moment war sie wieder kalt und erbarmungslos. Es war zum Verrücktwerden!

Und so teilte Lisa ihre Liebe und Fürsorge zwischen ihrem Gatten, ihrem Stiefsohn und ihrem Großvater auf. Sie wagte nicht daran zu denken, wie ihr Leben aussehen würde, wenn der Mann, mit dem sie seit fünfzehn Jahren verheiratet war, eines Tages die letzte große Reise antreten müßte. Heimlich weihte sie der Heiligen Jungfrau Kerzen, damit sie ihn noch lange gesund und munter erhalten würde.

Was Giuliano betraf, so spielte er in ihrem Leben keine Rolle mehr. Ein paarmal hatte sie jenen Schrein ihres Herzens, den sie einst ihm geweiht hatte, geöffnet – und leer gefunden. Nur die Erinnerung an drei Ereignisse hatte die Jahre überdauert: an den Tag, als sie Giuliano von der Brücke gestoßen hatte, an die gemeinsame Reise nach Pisa und an den schicksalhaften Nachmittag im Olivenhain.

Hie und da erfuhr sie von Contessina etwas über Giuliano. Noch immer lebte er – als Gast des Herzogs Guidobaldo – im Palast von Urbino. Er beteiligte sich an höfischen Streitgesprächen über Literatur, verfaßte Gedichte und wartete auf eine Schicksalsfügung, die seine Familie wieder an die Macht bringen würde.

Lisa wußte jetzt, daß keine Liebe die ständige Trennung überdauert, daß ein Mensch, den man niemals mehr sehen, hören und berühren kann, schließlich so weit entrückt ist wie ein Stern. Sie hatte erkannt, daß die Beziehung, die ihre Jugendjahre mit Glück und Qual erfüllt hatte, nichts anderes gewesen war als das erste, unsichere Aufflackern sinnlicher Begierde. Sie beide hatten die Knospe bereits für die Blüte gehalten. Und jetzt war von all ihren Zärtlichkeiten nur noch ein leiser, melancholischer Duft nach vergangener Jugend zurückgeblieben.

In den folgenden drei Jahren versuchte Lisa, sich so jugendlich und begehrenswert zu erhalten, wie sie es sich geschworen hatte, aber allmählich fand sie, daß diese Bemühungen nicht nur ziemlich lästig und zeitraubend waren, sondern sich auch nicht mehr so recht lohnten. Trotzdem zupfte sie sich während des Badens noch immer die Augenbrauen aus und strich Salbe auf die Fältchen, die sich beim Lachen um ihre Augen zogen. Und standhaft verzichtete sie darauf, von dem verlockenden Berlingozzokuchen zu essen.

Doch das Ergebnis war unbefriedigend. Man machte ihr zwar Komplimente über ihre elegante Erscheinung, ihr liebenswürdiges Wesen, ihre Mildtätigkeit und ihr charmantes Lächeln, aber außer dem guten alten Giocondo warfen ihr jetzt nur noch wenige Männer begehrliche Blicke zu.

Anfangs vergoß sie heimlich Tränen über die Unausweichlichkeit des Alterns. War eine Frau denn nicht vor allem dazu bestimmt, begehrt zu werden? Wo waren die herrlichen Zeiten geblieben, als die

Männer sie auf der Straße so angesehen hatten, daß sie sich wie ausgezogen fühlte, und als Tessa ihr vorgeworfen hatte, sie besäße »nicht mehr Schamgefühl als eine streunende Katze«? Jetzt traten die Männer höflich zur Seite, um sie vorbeigehen zu lassen, zogen das Barett und setzten sogleich ihr Gespräch fort. Jetzt hatte sie vom Leben nichts mehr zu erwarten als die langen, einsamen Jahre, die sie ihrem Platz in der Familiengruft immer näher brachten. Es gab Momente, in denen sie am liebsten tot gewesen wäre.

Sie dachte an ihre Jugendzeit zurück, als sie für eine Minute voller Glückseligkeit mit Stunden, manchmal sogar mit Tagen voller Ungewißheit, Eifersucht, Ungeduld, Enttäuschung und heimlicher Trauer bezahlen mußte. War es das wirklich wert gewesen? Doch bei dem Gedanken an Meo und seinen Liebeskummer wurde ihr plötzlich klar, daß die Jugend in der Rückschau schöner erscheint, als sie in Wirklichkeit gewesen ist. Diese Einsicht half ihr, die Trübsal zu überwinden. Am selben Tag aß sie eine doppelte Portion Kuchen und genoß jeden Bissen. Eine Woche später verzichtete sie darauf, sich die Brauen auszuzupfen, und wie sie bald feststellen konnte, nahm niemand davon Notiz.

Aber noch etwas anderes trug dazu bei, daß Lisa von ihren Grübeleien über das Altern abgelenkt wurde: Florenz war wieder einmal vom Kirchenbann bedroht – diesmal durch Papst Julius II.

Sein Vorgänger Alexander VI. war, obzwar er der Fleischeslust gefrönt hatte, bis zu seinem Tod ein echter Herr geblieben. Julius aber war das genaue Gegenteil. In jungen Jahren hatte er Zwiebeln feilgeboten, und zeit seines Lebens blieb er ein unflätiger, zur Trunksucht neigender Emporkömmling. Die Ausdünstung seines ungepflegten Körpers und der durch Syphilis bedingte Eitergeruch waren so abscheulich, daß es den Würdenträgern erlassen wurde, Seiner Heiligkeit die Füße zu küssen.

Wie sein Onkel, Papst Sixtus IV., behielt er sein Leben lang die Gewohnheiten und die Redeweise der Fischer von Savonna bei. Und wie Sixtus war auch er ein großer Lügner, vergalt gute Dienste mit Feindseligkeit, setzte Kinder in die Welt, wurde obendrein »sodomitischer Neigungen« verdächtigt, schlug bei plötzlichen Wutausbrüchen mit dem Stock auf Bischöfe und Kardinäle ein und bezeichnete sie als *bastardi* (was in vielen Fällen zutraf) und »jämmerliche Hanswurste«.

Während der Audienzen mampfte er kleine Zwiebeln oder Pflaumen, deren Kerne er auf den Boden spuckte. Den Messeritus kürzte er ab, wie es ihm gerade paßte, und am Morgen trank er bereits so viel Wein, daß er am frühen Nachmittag nicht mehr imstande war, seinen Pflichten als Oberhirte der Kirche nachzukommen. Deshalb gab man ihm den Spitznamen *»Il Mezzo-Papa«*, der »Halbpapst«.

Elf Jahre lang hatte er gegenüber dem Borgia-Papst einen an Verfolgungswahn grenzenden Haß bekundet. Der glühende Wunsch, Alexander zu stürzen, hatte ihn erwogen, König Karl zum unverzüglichen Einmarsch in Italien zu überreden. Mit dem Geld, das ihm von Karls Nachfolger, Ludwig XII., zur Verfügung gestellt worden war, hatte er sich bei der Papstwahl die notwendigen Stimmen erkauft. Und mit Hilfe französischer Truppen hatte er Gebiete, die dem Kirchenstaat verlorengegangen waren, zurückerobert und einen erfolgreichen Krieg gegen Venedig geführt. Bei diesem Unternehmen hatten die Franzosen einen der am teuersten erkauften Siege ihrer Geschichte erfochten: Er hatte sie die Elite ihrer Ritterschaft und mehrere tausend Mann gekostet.

Von Julius, für den es diese Opfer gebracht hatte, erntete Frankreich schlimmen Undank. Der Pontifex verwandelte sich plötzlich in einen Patrioten und schwor, die »Barbaren«, die er selbst ins Land geholt hatte, aus Italien zu vertreiben.

Mit Hilfe des spanischen Heeres, welches bereits das Königreich Neapel besetzt hatte, machte er der französischen Vorherrschaft in Italien ein Ende, nur um sie durch die spanische zu ersetzen.

Im Frühling 1512 traten die erschöpften französischen Truppen den Rückzug über die Alpen an. Nun konnte sich Papst Julius der Abrechnung mit der Republik Florenz widmen, deren einzige Missetat darin bestand, daß sie gegenüber dem König von Frankreich Loyalität bewahrt hatte. Der Papst ließ die Soldateska Ferdinands II., des Katholischen, auf die nicht weit von Florenz gelegene, völlig ungeschützte Stadt Prato los, wobei die spanischen »Barbaren« bewiesen, daß sie es in jeder Hinsicht mit den französischen *écorcheurs* aufnehmen konnten.

Am 29. August 1512 brannten die Hilfstruppen des Heiligen Stuhles mehrere Kirchen nieder, schändeten Nonnen und töteten sechstausend Menschen, also fast die gesamte Einwohnerschaft.

Angesichts dieser Art Kriegführung blieb der Signoria keine andere Wahl, als um Gnade zu bitten. Julius forderte eine »Entschädigung« von 100 000 Gulden sowie die Absetzung des Staatsoberhauptes Piero Soderini, der, vom Verhalten der Christen angewidert, in der Türkei Zuflucht suchte. Außerdem bestand der Papst auf der Rückkehr der Medici.

So kam es, daß Lisa nach achtzehn Jahren Giuliano wiedersah, als er am 1. September 1512 in Florenz Einzug hielt.

Giocondo hatte sie nur mit Mühe dazu bewegen können, zu diesem Zweck von Settignano in die Stadt zu reisen. Wie sie ihm erklärte, war sie überzeugt, daß sie Giuliano gar nicht wiedererkennen würde.

Als sie vom Balkon der Casa Giocondo aus den großen, blassen, schwarzgekleideten Mann erblickte, der unten vorbeiritt und der jubelnden Menge zuwinkte, entdeckte sie kaum mehr eine Ähnlichkeit zwischen ihm und dem Jüngling, der ihr so vertraut gewesen war.

»Er sieht nicht gesund aus«, stellte sie fest. »Contessina sagt, daß er viel hustet und von seiner Mutter das bösartige Brustleiden geerbt hat.«

Tags darauf kehrte sie aufs Land zurück. Der Anblick Giulianos hatte einige Erinnerungen, aber keine besonderen Gefühle in ihr wachgerufen. Die Zeit hatte das Ihre getan. Die Vergangenheit war tot.

Von Giocondo erfuhr sie, daß Giuliano jetzt wieder im Palazzo Medici wohnte und die notwendigen Reparaturen durchführen ließ. Er ging selten aus und empfing nur wenige Besucher. Immer wieder erklärte er, daß er kein politisches Amt anstrebe. Man möge ihm nur erlauben, als Bürger in seiner Heimatstadt zu leben und die bei der Plünderung des Palastes abhanden gekommenen Kunstwerke zurückzukaufen.

Die Bürgerschaft, die Vergeltungsmaßnahmen befürchtet hatte, atmete auf. Wieder einmal brach in Florenz das Demokratisierungsfieber aus. Jedermann schwatzte von Freiheit und forderte mehr Rechte. Von Pflichten sprach niemand mehr. Ein neuer Gonfaloniere wurde gewählt, dazu ein Ratskollegium, das (obzwar man nicht so recht wußte, warum) aus achtzig Mitgliedern bestand. Wieder begann man, eine neue Verfassung auszuarbeiten. Die ohnehin prekäre wirtschaftliche Lage wurde durch eine wahre Streikepidemie weiter verschlechtert.

Einen Monat lang bewiesen die Florentiner erneut, daß sie nicht dazu geschaffen waren, sich selbst zu regieren.

Doch all dies fand ein jähres Ende, als Anfang Oktober der Oberbefehlshaber des spanischen Heeres, Don Raimondo Cardona, in Florenz eintraf. Mit seiner geharnischten Garde ritt er zum Palazzo Vecchio, ließ sich auf dem Stuhl des Gonfaloniere nieder, klatschte mit der Reitpeitsche gegen seine Stiefel und hielt vor dem versammelten Kollegium eine unverblümte Ansprache. Er verkündete, es werde keine neue Verfassung geben, und jede weitere Diskussion darüber sei zwecklos. Die unter den Medici gültige Verfassung trete wieder in Kraft, Seine Exzellenz Giuliano de' Medici erhalte alle Machtbefugnisse und werde die Nachfolge seines hochverehrten Vaters, des seligen Lorenzo, antreten.

Dann empfahl er den Ratsherren, dem König von Spanien als Zeichen ihrer Freundschaft und Liebe 80000 Gulden zu übergeben und ihm selbst 20000. Nach diesen Worten stand er auf, verbeugte sich und stolzierte hinaus.

So nahm denn, auf Befehl des Papstes und des spanischen Heerführers sowie auf den dringenden Wunsch seines Bruders, des Kardinals, Giuliano die Zügel der Regierung in die Hand. Er erwies sich als begabter Politiker und gewann bald das Vertrauen der Florentiner. Wie sein Vater ging er ohne Leibgarde durch die Straßen und nahm sich oft Zeit für Gespräche mit Ladenbesitzern. An den öffentlichen Backöfen und Brunnen bekreuzigten sich die Frauen und sagten, ihr geliebter »Lauro« sei aus dem Grab zu ihnen zurückgekehrt.

Eines Tages sprach Contessina bei Lisa vor. Die Ereignisse der vergangenen Wochen hatten sie völlig verwandelt. Sie sah nicht mehr blaß und verängstigt aus und trug keine hausgeschneiderte Garderobe mehr. Der Zobelmantel, den sie achtlos auf den Fenstersitz warf, war ein deutliches Zeichen ihres neuen Wohlstandes.

»Giuliano hat ihn mir geschenkt. Ach, *cocolina*, es ist herrlich, wieder reich zu sein!«

Und das sei erst der Anfang, denn nach all den dunklen Jahren steige der Stern der Medici jetzt um so strahlender wieder auf. Papst

Julius sei alt, kränklich, meist betrunken und streitsüchtiger denn je. Vermutlich werde er nicht mehr lange leben.

»Und du wirst sehen, daß man meinen Bruder Giovanni zu seinem Nachfolger wählen wird!«

Sie schmiedete bereits Pläne. Sofort nach der Papstwahl wollte sie nach Rom umziehen, um im Vatikan gewissermaßen als offizielle Gastgeberin zu fungieren. Dann würde die Vergabe von Pfründen und hohen geistlichen Ämtern durch ihre Hände laufen.

»Als erstes werde ich meinen Sohn Niccolò zum Kardinal ernennen lassen.«

Unterdessen war Giuliano bemüht, die alten Manuskripte und Kunstwerke, die sein Vater so liebevoll gesammelt hatte, zurückzukaufen. Bald waren im Palazzo Medici wieder die seltenen Onyxgefäße, die kostbaren griechischen und römischen Münzen, die Bilder von Botticelli und die Terrakottaplastiken von Luca della Robbia zu bewundern.

Auch eine andere Tradition seines Hauses ließ Giuliano wiederaufleben: den Weihnachtsball für das diplomatische Korps.

Lisa und ihr Gatte wurden dazu eingeladen. In dieser frostigen Winternacht war der Palazzo Medici wie in alten Zeiten von unzähligen Kerzen erhellt und von Musik erfüllt. Das Fest näherte sich bereits seinem Ende, als Lisa und der neue Herrscher von Florenz Gelegenheit fanden, einige private Worte zu wechseln.

»Schöne Cousine«, sagte er lächelnd, »welche Freude, Euch nach so vielen Jahren wiederzusehen!«

Sie wollte einen Hofknicks machen, aber Giuliano griff nach ihrer Hand. »Solcher Förmlichkeiten bedarf es zwischen uns nicht. Schließlich habt Ihr früher einmal versucht, mich zu ertränken.«

»Und Ihr habt mich mit ins Wasser gezogen.«

Einen Augenblick lang standen sie in Gedanken wieder auf der schwankenden Mugellobrücke – zwei sorglose Kinder, die nicht ahnten, welchem Schicksal sie entgegengingen.

»Ich habe Euch damals versehentlich von der Brücke gestoßen«, log Lisa, »aber Ihr habt mich aus reiner Bosheit mit hinuntergezogen.«

Worauf er erwiderte, das entspreche aber ganz und gar nicht der Wahrheit. Während sie auf diese Weise versuchten, eine gewisse Verlegenheit zu überspielen, stellte Lisa fest, daß seine braunen

Augen noch genauso schelmisch blitzen konnten wie früher. Aber sein Gesicht war blaß und von Schmerzen gezeichnet. Mehrmals drückte er sein Taschentuch an den Mund, um einen trockenen Husten zu unterdrücken, und dabei erschienen plötzlich rote Flekken auf seinen Wangen.

Lisa hatte den Eindruck, daß er sich aufrichtig über das Wiedersehen freute. Er führte sie in eine ruhige Ecke des Saales. Als er ihren Amethystgürtel bewunderte, erzählte sie ihm, daß er ein Geschenk Jacopos sei. Im Geist sah sie das knabenhafte Gesicht ihres Vetters vor sich, und die Tränen stiegen ihr in die Augen, als sie Giuliano schilderte, wie tapfer er in den Tod gegangen war.

»Er hat stets an Eure Rückkehr geglaubt.«

Sie war nahe daran, ihm von der kleinen Andoca zu erzählen, tat es dann aber doch nicht. Es gab Erinnerungen, an die man besser nicht rührte. Statt dessen fragte sie ihn nach den Jahren des Exils in Urbino. Er berichtete von seinem zurückgezogenen Leben in dem riesigen Palast, von seiner freundschaftlichen Beziehung zum jungen Herzog Guidobaldo und von seiner Begegnung mit Leonardo.

»Habt Ihr mein Porträt endlich erhalten?«

Er verneinte und sagte mit nachsichtigem Lächeln, es sei durchaus möglich, daß Leonardo versucht habe, ihn in Urbino zu erreichen. »Aber in den letzten drei Jahren habe ich am Kampf gegen die Franzosen teilgenommen.«

Dann tanzten sie miteinander, steif und würdevoll. Er ist ein gutaussehender, charmanter Mann, dachte Lisa, ein Mann, in den sich eine unerfüllte Frau leicht verlieben könnte. Ihr eigenes Herz aber gehörte Giocondo und Meo. Neben ihnen hatte kein anderer darin Platz.

Im Januar wurde eine neue Signoria gewählt, und zu seiner eigenen Überraschung zählte Giocondo zu den acht Magistraten.

Er sei ein Kaufmann und kein Politiker, erklärte er Lisa, und außerdem schon zu alt, um sich mit Staatsgeschäften herumzuschlagen.

»Das kann ich Euch wirklich nachfühlen«, sagte Lisa in gespielt ärgerlichem Ton. »Ich weiß nicht, warum man Euch nicht in Ruhe läßt.« Andrerseits würden, falls er ablehnte und seiner staatsbürgerlichen Pflicht nicht nachkäme, seine Vorfahren im Grabe Tränen der Scham vergießen und sämtliche lebende Mitglieder der Familie

Giocondo mit eingezogenen Köpfen herumlaufen. Und Meo würde in der Achtung seiner Freunde sinken.

»Was mich betrifft«, fügte sie mit niedergeschlagenen Augen hinzu, »so würde ich mich nicht mehr auf die Straße wagen. Aber von solchen Überlegungen dürft Ihr Euch natürlich nicht beeinflussen lassen. Schließlich seid Ihr ein hinfälliger, betagter Mann, von dem niemand erwarten kann, daß er sich mit Regierungsgeschäften belastet.«

Damit hatte sie ins Schwarze getroffen. Giocondo erklärte pikiert, er habe tagtäglich Probleme zu lösen, die viel komplizierter seien als politische Fragen. »Außerdem bin auch ich der Meinung, daß man sich nicht um seine staatsbürgerlichen Pflichten drücken darf.«

Und so gingen sie nach der Sonntagsmesse zu einem Goldschmied auf dem Ponte Vecchio und kauften eine wunderschöne, sehr teure Amtskette. Während der Handwerksmeister sie auf Giocondos breiter Brust zurechtrückte, murmelte der frisch gebackene Ratsherr etwas über die Aufwendigkeit und hohe Eitelkeit politischer Ehrenämter. Statt sich auf die letzte große Reise vorzubereiten, verschwende er Geld an derlei kostspieligen Firlefanz.

»Ich werde meinen Lebensabend im Armenhaus verbringen müssen!«

Lisa erwiderte, daß sie auch dann nicht von seiner Seite weichen, sondern gemeinsam mit ihm an die Zeit des Wohlstands zurückdenken würde.

Und plötzlich fühlten sie sich einander sehr nahe und so glücklich und jung wie einst.

Im Februar 1513 starb Papst Julius. Vier Monate zuvor hatte er Michelangelos Deckenfresken in der Sixtinischen Kapelle zur Besichtigung freigegeben. Während die versammelte Menge das gewaltige Werk mit seinen 343 Einzelfiguren bestaunte, sonnte sich Julius im Ruhm des Künstlers, dem er während der Arbeit schier unerträgliche Demütigungen und Qualen zugefügt hatte.

Kaum hatte er den letzten Atemzug getan, als in Florenz Kardinal Giovanni de' Medici zur Papstwahl nach Rom aufbrach. Wegen eines schmerzhaften Aftergeschwürs mußte er während der Reise in einer mit Seidenvorhängen verkleideten Tragsänfte liegen. Auf den holprigen, winterlichen Straßen kam der Troß nur so langsam voran, daß die anderen Kardinäle bereits fünf Tage in Konklave waren, als Giovanni in Rom eintraf.

Angesichts seiner Schmerzen beschlossen die Kardinäle, einem Barbier Zutritt zum Konklave zu gewähren. So etwas hatte es in der Geschichte der Kirche noch nie gegeben. Geschickt stach der Barbier das Geschwür auf und führte die heikle Operation durch. Dabei verbreitete sich in dem abgeschlossenen Versammlungsraum ein so penetranter Gestank, daß die Kardinäle ihren jungen, anscheinend im Sterben liegenden Kollegen prompt zum Papst wählten, nur, um möglichst rasch an die frische Luft zu kommen.

Als Giovanni vom Operationstisch herunterkletterte und erfuhr, daß er soeben in das höchste Amt der Welt gewählt worden war, ging es ihm sofort besser. Das zugemauerte Fenster des Konklave wurde aufgebrochen, und die Menschenmenge, die unten auf dem riesigen Platz wartete, vernahm die Nachricht, daß die Kirche einen neuen Oberhirten hatte, der sich Leo X. nannte.

Mit größter Vorsicht hob man ihn auf die *sedia gestatoria*, die dann von acht strammen jungen Männern auf die Schulter genommen und zur Basilika San Giovanni in Laterano getragen wurde. In der die Straßen säumenden Volksmenge wies jemand darauf hin, daß der neue Papst niemals das Priesteramt ausgeübt habe. Am 15. März 1513, vier Tage nach der Wahl, zelebrierte Leo X. seine erste Messe.

Die Papstkrönung fand am 11. April statt. Stundenlang bewegte sich die festliche Prozession durch die Straßen, während sämtliche Glocken läuteten und Kanonen abgefeuert wurden. Der siebenunddreißigjährige korpulente Pontifex thronte, das goldgeränderte Einglas ins Auge geklemmt, majestätisch auf seinem Schimmel und segnete die knienden Zuschauer.

Eine Woche später wurde Giuliano von seinem päpstlichen Bruder nach Rom beordert. Am Tag vor seiner Abreise machte er einen kurzen Besuch in der Casa Giocondo, um dem Kaufherrn für seine zweimonatige Amtszeit in der Signoria zu danken und sich von Lisa zu verabschieden. Beide wußten, daß es diesmal kein Wiedersehen geben würde, und verfielen immer wieder in melancholisches Schweigen. Dann erhob sich Giuliano, küßte Lisa die Hand und ging hinaus.

In den folgenden Wochen war in Florenz viel über den festlichen

Empfang zu hören, den man Giuliano in Rom bereitet hatte. Sein Bruder, der ihn wie keinen anderen Menschen liebte, hatte ihm den prächtigen inmitten der Vatikanischen Gärten gelegenen Palazzo Belvedere zur Verfügung gestellt. Dort führte Giuliano einen Hof, der nur von dem des Papstes übertroffen wurde. Man sprach bereits davon, daß er König von Neapel werden sollte. Zunächst aber wurde er zum Oberbefehlshaber der päpstlichen Truppen ernannt.

»Ihm wäre es sicher lieber, wenn man ihn ein ruhiges Leben führen ließe«, sagte Lisa zu ihrem Gatten. »Er hat die Krankheit seiner Mutter geerbt und wird wohl bald die letzte große Reise antreten müssen.«

Während des Sommers in Settignano hörte sie wenig über Giuliano, und allmählich wurde er für sie wieder so unwirklich wie vor seiner plötzlichen Rückkehr.

Was Lisa jetzt am meisten beschäftigte, war die Einkaufsreise, die Meo im kommenden Frühjahr antreten sollte.

»Diese schreckliche Seide! Ich hasse sie!« sagte sie zu Tessa, als sie sich eines Nachmittags wieder einmal ausmalte, welche Gefahren Meo in der Fremde drohten.

Zum Einkauf von Wolle hätte er nur nach Frankreich, England und Flandern reisen müssen, also in christliche oder mehr oder weniger zivilisierte Länder. Aber um Seide einzukaufen, mußte er sich in so zurückgebliebenen und heidnischen Gegenden wie Griechenland, der Türkei und Ägypten aufhalten, und wer wußte schon, welch entsetzliche Gefahren dort auf ihn lauerten?

Eine Woche nach der Rückkehr aus Settignano war Lisa an ihrem Schreibtisch gerade mit dem Haushaltsbuch beschäftigt, als die Hausmagd meldete, Ser da Vinci bitte um Erlaubnis, ihr seine Aufwartung machen zu dürfen.

Lisa traute ihren Ohren nicht. Sie hatte nicht erwartet, ihn jemals wiederzusehen, und nun war er plötzlich zurückgekommen! Vielleicht erfuhr sie jetzt endlich, warum er das Porträt nicht abgeliefert hatte. Sie ließ ihn hereinbitten.

Er sah sehr alt und müde aus. Sein Gesicht war von grauen Haarsträhnen eingerahmt, die ihm über die Ohren fielen und bis zu seinem Prophetenbart reichten. Auch seine buschigen Brauen waren inzwischen ergraut, seine mächtige Stirn war von tiefen Falten durchzogen, und er hatte mehrere Zähne verloren.

Plötzlich tat er Lisa so leid, daß ihr Ärger verflog. Sie bot ihm einen Stuhl an.

Leonardo bat um Verzeihung, daß er sie gestiefelt und gespornt und im Reisemantel besuche, aber er werde sich nur wenige Stunden in Florenz aufhalten.

»Ich bin nur gekommen, um Euch zu sagen, daß ich sofort nach meiner Ankunft in Rom Seiner Herrlichkeit Giuliano de' Medici Euer Porträt aushändigen werde. Ich gebe Euch mein Wort darauf.«

Lisa hätte fast aufgelacht. Sein Wort!

Als er ihren skeptischen Blick sah, begann er, sich lang und breit zu entschuldigen. Es sei ihm nur deshalb nicht möglich gewesen, das Bild abzuliefern, weil er sofort nach der Ankunft in Mailand mit Aufträgen überhäuft worden sei und sich in die Arbeit gestürzt habe. Zunächst sei er mit den Entwürfen für die Sommerresidenz des Vizekönigs beschäftigt gewesen, die ein wahres Weltwunder geworden wäre – wenn man sie gebaut hätte.

»Die mit den Wasserspeiern und der Windmühlenmusik, nicht wahr?« fragte Lisa spitz. »Mit solchem Unsinn könnt Ihr doch nicht Eure ganze Zeit verbracht haben!«

Er sah sie vorwurfsvoll an und erklärte, ihr kämen diese amüsanten Erfindungen vielleicht unsinnig vor, aber sie hätten sorgfältige Berechnungen erfordert. Außerdem habe er im Palast zahlreiche Festlichkeiten arrangieren müssen. Es sei keineswegs einfach, Maskenkostüme zu entwerfen, Ballette zu choreographieren und mechanische Löwen zu konstruieren, die sich vorwärtsbewegten und das Maul öffneten, um einen Vogel oder Blumen oder auch die französische Flagge von sich zu geben.

Und zu alledem habe ihn die Arbeit an zahlreichen Bildern ungeheuer viel Zeit und Mühe gekostet.[15]

»Und was führt Euch nach Rom, abgesehen davon, daß Ihr mein Porträt abliefern wollt?«

Er erwiderte, er habe noch keine bestimmten Pläne, aber es schwebe ihm einiges vor. Rom habe sich zum künstlerischen Mittelpunkt der Welt entwickelt, und er rechne fest damit, dort mit vielen Aufträgen betraut zu werden. Da er sich als Ingenieur und Architekt einen Namen gemacht habe, werde man ihn vielleicht auffordern, beim Bau des Petersdomes mitzuwirken. Es sei auch möglich, daß er den Auftrag erhielte, den Vatikanischen Palast mit einigen unsterblichen Fresken auszuschmücken. Vielleicht würde er sich aber darauf beschränken, päpstliche Würdenträger, unter Umständen sogar den Heiligen Vater selbst, zu porträtieren.

»Deshalb reise ich in Begleitung meiner begabtesten Schüler.«

Wie er weiter berichtete, wollte er sich jetzt auch intensiv mit dem gewinnträchtigen Studium der Optik, mit Zerrspiegeln und Zentrifugalpumpen beschäftigen.

Lisa hörte ihm schweigend zu. Warum erlag dieser hochbegabte Mensch immer wieder der Selbsttäuschung? Er hatte Mailand verlassen, nachdem die Franzosen aus der Stadt vertrieben worden waren, und nun, da er wieder ohne Existenzgrundlage war, suchte er einen neuen Mäzen, der ihm ein gutes Einkommen und Quartier bieten würde. Noch immer träumte er davon, die Welt in Staunen zu setzen und großen Reichtum zu erwerben. Dieser bedauernswerte alte Mann wollte sich einfach nicht eingestehen, daß sein *Abendmahl* bereits im Verfall begriffen war, sein *Kampf um die Standarte* rußgeschwärzt im Großen Ratssaal verkam und ganz Italien über sein gescheitertes Arnokanalprojekt spottete.

Trotz seiner zahllosen Fehlschläge hielt er sich auch jetzt noch für der Welt größten Erfinder. Sein Selbstvertrauen war offenbar unerschütterlich.

Lisa erhob sich. »Ich bin sicher, daß Ihr in Rom großen Erfolg haben werdet.«

Er beugte sich über ihre Hand. Mit leichtem Kopfschütteln sah sie ihm nach, als er aus dem Zimmer und aus ihrem Leben ging.

Wie sie einige Wochen später erfuhr, war er in die Dienste Giulianos getreten, der ihm eine Wohnung im Palazzo Belvedere zur Verfügung gestellt hatte und ihm ein fürstliches Gehalt – monatlich dreiunddreißig Gulden – zahlte.

Jetzt wird er endlich das Porträt erhalten haben, dachte Lisa.

Gutherzig wie stets hatte sich Giuliano des alten Mannes, der überall vor verschlossenen Türen stand, erbarmt und ihn beauftragt, einen Stall für seine Araberpferde zu entwerfen. Und er hatte seinen Bruder bewegen können, bei Leonardo ein Bild in Auftrag zu geben. So menschenfreundlich wie Giuliano war der neue Papst allerdings nicht. Eines Tages sah er von einem Fenster seines Palastes aus, wie der alte Maler unten im Garten Blumen pflückte, die er zur Herstellung eines neuartigen Firnis verwenden wollte. Das Einglas ins Auge geklemmt, beobachtete Leo X. ihn eine Weile. Dann sagte er mit belustigtem Lächeln zu seinem Begleiter: »*Costui non è per far nulla* . . . Dieser Mann wird niemals etwas fertigbringen . . .«

Lisa dachte bald nicht mehr über Leonardo nach, denn Meos Abreise rückte immer näher, und sie verging fast vor Angst.

Dann erinnerte sie sich daran, daß ihr Großvater Gherardini ihr erzählt hatte, auf welche Weise er dazu gekommen war, fünfundzwanzig Gulden für die Mitgift eines Waisenmädchens zu zahlen, damit sein Sohn Antonio in der Fremde von der Madonna beschützt werde.

Auch Meo brauchte diesen Schutz! Als Lisa dieses Thema zur Sprache brachte, erwiderte Giocondo, für fünfundzwanzig Gulden könnte man eine ganze Menge Messen lesen lassen, und seiner Meinung nach gebe es keinen besseren Schutz als den des Allmächtigen selbst.

Aber Lisa schüttelte den Kopf. Nein, mit dem Allmächtigen wollte sie keine Reiseversicherung abschließen.

»Maestro Bernardo, mein Hauslehrer, hat mir erzählt, daß den Kreuzfahrern der Schutz Gottes zugesagt war. Und trotzdem sind sie alle auf dem Weg nach Jerusalem gestorben.«

»Nicht alle, liebe Frau. Viele, aber nicht alle.«

Nein, dieses Risiko wollte sie keinesfalls eingehen. Die beste Garantie für Meos glückliche Heimkehr war die schützende Hand der Madonna.

Und so sprach Lisa im Waisenhaus der Unschuldigen Kindlein vor. Als sie der Mutter Oberin fünfundzwanzig Gulden gab, schüttelte diese bedauernd den Kopf. Früher, so sagte sie, habe ein tugendhaftes Waisenmädchen, das fünfundzwanzig Gulden besaß, leicht einen Ehemann finden können, aber die Zeiten hätten sich geändert. Wenn heute ein solches Mädchen nicht mindestens fünfunddreißig Gulden mitbrächte, müßte es weiterhin in Keuschheit leben.

Als sie erfuhr, in welch wilde, gefährliche Länder Meos Reise führen sollte, erklärte sie, in diesem Fall könne sie für den uneingeschränkten Schutz der Heiligen Jungfrau nur garantieren, wenn die Spende um weitere fünfzehn Gulden erhöht werde.

»Dann wird ihn die Madonna auf Schritt und Tritt beschützen, und Ihr könnt wieder ruhig schlafen.«

Als Lisa ihm von der Forderung der Mutter Oberin berichtete, sagte Giocondo seufzend: »Mir scheint, dieser Schutz wird teurer als die Reise selbst.«

Aber er gab ihr das Geld und bereute es nicht, denn nun fand sie ihre innere Ruhe wieder. Und auch nach Meos Abreise hatte sie keine Angstträume mehr. Sie war überzeugt, »ihren« lieben Jungen gesund und munter wiederzusehen, denn die Madonna hatte stets Wort gehalten.

Alles, was sie selbst jetzt noch tun konnte, war, die Tage bis zu Meos Heimkehr zu zählen.

Der Vorhang fällt

Nach Meos Abreise legte Lisa den hauchdünnen Kopfschleier und die falschen Locken, die sie aus purer Eitelkeit getragen hatte, beiseite. Von nun an trug sie ein weißes Häubchen, das dem ihrer Großmutter Gherardini glich: Es bedeckte ihr Haar und lief in zwei kleine, spitze Flügel aus. So nahm sie endgültig Abschied von der Jugend. Als sie sich in ihrem venezianischen Spiegel betrachtete, mußte sie die Tränen unterdrücken. Jetzt würde ihr niemals mehr ein Mann begehrliche Blicke zuwerfen.

Kurz darauf verzichtete sie auch auf das Stangenkorsett, das Rouge in den Nasenlöchern und die blaue Salbe auf den Augenlidern. Und sie trug keine tiefen Ausschnitte und auch keine seitlich geschlitzten Röcke mehr.

Allmählich schränkte sie ihre gesellschaftlichen Verpflichtungen ein und entschloß sich sogar, ihren schon fast zur Tradition gewordenen Weihnachtsball nicht mehr zu veranstalten. Solange Meo von zu Hause fort war, hatte sie keinen Sinn für Festlichkeiten. Viel lieber saß sie am Abend mit Giocondo im Garten und, als es kälter wurde, am Kaminfeuer. Dann las er ihr immer wieder vor, was Meo von seiner Reise berichtete. Er und sein Diener waren bei bester Gesundheit, und er lernte viele wissenswerte Dinge über die Herstellung von Seidensamt und das Bemalen von Seidengeweben.

»Nach seiner Heimkehr wird es an der Zeit sein, ihn zu verheiraten«, sagte Giocondo eines Abends, und Lisa versprach, nach einer geeigneten Schwiegertochter Ausschau zu halten.

Gelegentlich brachte Giocondo auch Nachrichten aus Rom mit nach Hause. Der Medici-Papst lebte noch verschwenderischer als seine Vorgänger. Allein der päpstliche Haushalt umfaßte nahezu vierhundert Personen. Obwohl Giovanni wöchentlich zweimal fastete, war er unmäßig dick geworden. An seinen blassen, schwabbeligen Händen funkelten Diamantringe. Im übrigen aber war sein Lebenswandel makellos. Dieser hochgewachsene, massige Mann hatte das Temperament eines Eunuchen. Allerdings spielte er gern Karten und liebte noch immer, wie in seiner Jugend, leidenschaftlich die Jagd. Nach wie vor ein großer Musikfreund, pflegte er auch nachts im Bett zu singen und die Laute zu schlagen.

Die zweitwichtigste Persönlichkeit in Rom war Seiner Heiligkeit Bruder Giuliano, der sich auf Grund seines ungekünstelten Wesens großer Beliebtheit erfreute. Zehn Jahre nachdem er es in Auftrag gegeben hatte, war er jetzt endlich im Besitz von Lisas Porträt, das er in seinem Privatgemach aufgehängt hatte. Unglücklicherweise trug die glühende Sommerhitze Roms zur Verschlechterung seines Gesundheitszustandes bei, so daß er häufig das Bett hüten mußte.

Was Leonardo betraf, so erregte er nach wie vor eher durch seine exzentrischen Einfälle als durch tatsächliche Leistungen Aufsehen. Florentinische Reisende, die aus Rom zurückkehrten, berichteten von seinen neuesten *ghiribizzi*.

Außer Giuliano hatte er keinen einzigen Freund. Offenbar wollte weder Bramante, einst sein Kollege am Mailänder Hof, jetzt Baumeister des Petersdoms, noch Raffael, den Leonardo früher einmal protegiert und dem er erlaubt hatte, Lisas Porträt zu kopieren, etwas mit ihm zu tun haben. Aber auch in Rom konnte ihn nichts davon abhalten, eine auffallende Eleganz zur Schau zu stellen und purpurrote Samtwämser, kastanienbraune Strumpfhosen und die unvermeidliche goldbestickte Tunika zu tragen.

»Es ist wirklich traurig«, sagte Lisa oft, »daß ein so begnadeter Künstler sich wie ein eitler Narr gebärdet.«

Im Oktober 1514 erregte die Nachricht von der bevorstehenden Vermählung Giuliano de' Medicis mit Filiberta, der Tochter des Herzogs von Savoyen, allgemeines Aufsehen. Die ausschließlich politischen Interessen dienende Verbindung war bereits einige Monate zuvor vom Papst ausgehandelt worden.

Wehmütig nahm Giuliano Lisas Porträt von der Wand und gab es Leonardo zurück.

»Es wäre unschicklich, wenn meine künftige Gemahlin das Bildnis einer anderen Frau in meinem Zimmer sähe. Ich weiß, wie sehr du an diesem Porträt hängst. Behalte es als Erinnerung an mich.«

Ein paar Tage später reiste er nach Savoyen, und Leonardo, der sich wieder einmal Sorgen um seine Zukunft machen mußte, vermerkte in seinem Notizbuch: »Seine Herrlichkeit Giuliano de' Medici verließ die Stadt in der Morgendämmerung des 9. Januar, um sich in Savoyen zu vermählen. Am selben Tag starb der König von Frankreich.«

Sein Nachfolger war Franz I., ein junger Hüne mit einer ungeheuer langen Nase, kleinen Schlitzaugen, einem unberechenbaren Temperament und einer Tollkühnheit, wie sie nur törichten Menschen eigen ist. Dieser Schwadroneur und Frauenheld wäre ein perfekter Kavallerieoffizier gewesen. Es war Frankreichs Pech, daß er König wurde.

Er hatte kaum den Thron bestiegen, als er auch schon Vorbereitungen für den dritten Einfall in Italien traf.

»Die französischen Könige sind besessen von der Idee, unser Land zu erobern«, sagte Giocondo bitter.

Im April kehrte Giuliano mit seiner Gemahlin Filiberta, einer sanften, unauffälligen Siebzehnjährigen, nach Rom zurück. In den zwei Monaten, die seit ihrer Hochzeit vergangen waren, hatten die beiden in inniger Liebe zueinander gefunden. Es war, als wüßten sie, daß ihnen nur eine kurze Zeit des Glücks vergönnt sein würde.

Da Filiberta die Tante des nur vier Jahre älteren Franz I. von Frankreich war, bedeutete ihre Heirat mit Giuliano die Aufnahme der Familie Medici in den Kreis der regierenden Fürstenhäuser Europas. Aus diesem Grund wurden auf Anordnung des Papstes zu Ehren der Neuvermählten außergewöhnlich prächtige Festlichkeiten veranstaltet, die Giuliano und Filiberta mit heiterer Gelassenheit über sich ergehen ließen.

Giulianos Tuberkulose hatte jetzt das letzte Stadium erreicht, und seine junge Gattin mußte verzweifelt mit ansehen, wie der geliebte Mann dem Tode immer näher rückte. Beide sehnten sich danach, miteinander allein zu sein und durch die blühende Frühlingslandschaft zu streifen. Statt dessen mußten sie die Hochrufe der begeisterten Menge, das Schmettern der Fanfaren und den Anblick des päpstlichen Elefanten ertragen, der »Aymone« genannt wurde und dazu abgerichtet worden war, vor den Neuvermählten zu knien.

Inzwischen hatte der junge König von Frankreich für den Einmarsch in Italien ein 35000 Mann starkes Heer und eine unbesiegbare Artillerie aufgestellt. Er gierte danach, den Thron von Mailand und später auch den von Neapel zu erobern. Der Medici-Papst, der es den Spaniern zu verdanken hatte, daß seine Familie wieder an die Macht gekommen war, mußte sich wohl oder übel auf ihre Seite schlagen. Er vereinigte seine Truppen mit den spanischen, und Giuliano, sein Oberbefehlshaber, mußte Rom verlassen, um gegen den Neffen seiner jungen Frau und dessen gewaltige Streitmacht zu Felde zu ziehen.

Knapp vier Wochen später, im Mai 1515, erhielt Lisa die Nachricht von Contessinas Tod. Eine Fülle von fast schon versunkenen Erinnerungen stürmte auf sie ein. Die arme Contessina! Es war ihr nicht vergönnt gewesen, die Verwirklichung ihres Traumes von neuem Reichtum und großem Einfluß lange zu genießen. Aber wenigstens den Wiederaufstieg ihrer Familie hatte sie noch miterleben dürfen.

Kaum war Giuliano aus Rom in Florenz eingetroffen, als er sterbenskrank wurde und den Oberbefehl über die päpstlichen Truppen abgeben mußte. Da sich sein Zustand nicht besserte, reiste Filiberta ebenfalls nach Florenz. In ihrer Begleitung befand sich auch Leonardo. Während Filiberta ihren Gemahl pflegte, marschierte ihr Neffe Franz mit seinem Heer in der Lombardei ein. Nach der siegreichen Schlacht von Marignano, die zwei Tage dauerte und dreißigtausend Soldaten das Leben kostete, hielt er Einzug in Mailand, wo er, genau wie seine Vorgänger, mit *Francia!-Francia!*-Rufen begrüßt wurde. Wieder einmal war Mailand eine französische Stadt geworden.

Da der Monarch mit dem Marsch auf Rom drohte, schlug ihm Papst Leo ein Treffen in Bologna vor. Im November, als Franz I. auf die Ankunft Seiner Heiligkeit wartete, verlieh er dem todkranken Giuliano de' Medici den Titel eines Herzogs von Nemours. Diese großzügige Geste gegenüber einem Manne, der zum feindlichen Lager zählte, veranlaßte Filiberta, ihrem mächtigen Neffen persönlich zu danken.

Bei dieser Gelegenheit wurde Leonardo dem Monarchen vorgestellt. In ausgezeichnetem Italienisch (das er von seiner Mutter gelernt hatte) gab Franz seiner Bewunderung für das *Abendmahl* Ausdruck. Dann erklärte er, daß ihm viele erstaunliche Dinge über Leonardos Fähigkeiten als Ingenieur und Baumeister zu Ohren gekommen seien und daß er sich freuen würde, wenn er sich entschließen könnte, in seine Dienste zu treten.

Auf dieses Angebot hatte Leonardo gehofft. Andernfalls hätte er, der Dreiundsechzigjährige, dessen großzügiger und zuverlässiger Gönner Giuliano an der Schwelle des Todes stand, von neuem um seinen Lebensunterhalt bangen müssen.

Aufrichtig gerührt dankte er für das Anerbieten und erklärte sich bereit, zum »ewigen Ruhme« des Herrschers »unsterbliche Werke« zu schaffen. Er hatte diese Worte schon so oft zu den verschiedensten Persönlichkeiten gesagt, daß sie ihm ganz mechanisch von den Lippen flossen.

Auf der Stelle wurde eine Vereinbarung getroffen: Leonardo sollte Festlichkeiten arrangieren, wie er es am Hofe Herzog Lodovicos getan hatte, und als Berater in architektonischen und bautechnischen Fragen fungieren.

Für seine Dienste sollte er ein großzügig bemessenes Honorar – jährlich 700 Kronen – erhalten. Sein Gesinde und seine Gehilfen sollten ebenfalls angemessen entlohnt werden. Und zu alledem wollte man ihm als Wohnsitz das elegante Schlößchen Cloux zur Verfügung stellen, das dicht beim Schloß Amboise, der königlichen Residenz, lag.

Von Dankbarkeit überwältigt, malte er sich das herrliche Leben aus, das ihn in dem fernen, fremden Land erwartete. Am liebsten wäre er im Gefolge des Königs gereist, der bald nach Frankreich zurückkehren wollte, aber er mußte vorher noch einiges regeln, ganz zu schweigen davon, daß es der Anstand erforderte, in den wenigen Wochen, die Giuliano aller Voraussicht nach noch zu leben hatte, bei ihm zu bleiben. Vor allem aber wollte Leonardo seine kostbaren Notizhefte sorgfältig verpacken, dieses Konvolut von fast 35000 Seiten, das Zeugnis von seinen lebenslangen Studien ablegte. Und außerdem mußten seine Kompasse, Astrolabien und anderen Instrumente sowie drei unvollendete Gemälde eingepackt werden. Und natürlich seine Garderobe.

So beschloß er, erst nach Giulianos Tod, wenn die Herzogin Filiberta nach Frankreich zurückkehren würde, in ihrem Gefolge zu reisen.

Giuliano starb im März 1516. Aber als die verzweifelte junge Witwe in ihre Heimat Savoyen aufbrach, wurde sie nicht von Leonardo begleitet. In letzter Minute bemächtigte sich seiner jene Unentschlossenheit, die ihn schon auf anderen Stationen seines Lebensweges gelähmt hatte. Plötzlich dachte er mit Schrecken an die gefährliche Reise über die Alpen und an das Leben in einem Land, dessen Sprache er nicht verstand. Am meisten aber ängstigte ihn der Gedanke an die Aufträge, mit denen man ihn dort überhäufen würde. Aus der Zeit, der er in Mailand im Dienste der Franzosen verbracht hatte, wußte er nur zu gut, daß sie für ihr Geld Gegenleistungen erwarteten.

Nun klammerte er sich an die verzweifelte Hoffnung, vielleicht doch noch einen nachsichtigen Gönner in Rom zu finden, einen zweiten Giuliano. Dazu kam, daß er sich an dem Wettbewerb für die Gestaltung der Fassade von San Lorenzo in Florenz beteiligt hatte und fest damit rechnete, daraus als Sieger hervorzugehen. Endlich eine Gelegenheit, über Michel Agnolo, der ebenfalls Entwürfe eingereicht hatte, zu triumphieren! Endlich würde er der Welt beweisen können, daß er ein genialer Architekt war! Dafür lohnte es sich wahrhaftig, vorläufig in Italien zu bleiben.

Woche um Woche verstrich. Leonardo war in seine Wohnung im Palazzo Belvedere zurückgekehrt und widmete sich wieder einmal den verschiedensten Studien. Unglücklicherweise holte er auch seine Skalpelle und Knochensägen wieder hervor, um von neuem Leichen zu sezieren – ein in der Stadt der Heiligen Inquisition besonders gefährliches Unterfangen.

Als man ihn denunzierte, riß ihn der Schock aus seiner Unentschlossenheit. In panischer Angst vor der Folter packte er seine Habseligkeiten ein und floh aus Rom.

Während er in der glühenden Augusthitze auf seinem Gepäckkarren die staubigen Wege entlangholperte, nahm er zum letzten Mal die Schönheit seines Heimatlandes in sich auf. Stumm verabschiedete er sich von den Weizenfeldern, die schon abgeerntet waren, von den Weinbergen, die auf die Lese warteten, von den kleinen Dörfern mit den rosafarbenen, von der Kirche überragten Dächern.

In Florenz erfuhr er vom Tod seiner verehrten Freundin Donna Lisa de' Gherardini del Giocondo. Ohne sich nach Einzelheiten zu erkundigen, setzte er seine Reise in den Norden fort.[16]

Acht Jahre später lebte Francesco del Giocondo noch in seinem Haus in der Via della Stufa. Der noch immer korpulente Mann war im Vollbesitz seiner geistigen Kräfte, litt aber unter Rheumatismus. Auf den Rat seines Arztes kaufte er einen kostbaren Saphirring, den er am Mittelfinger der linken Hand trug. Als der Ring, der angeblich Wunder wirken sollte, ihm keine Erleichterung verschaffte, verlor Giocondo den letzten Rest seines noch nie sehr großen Vertrauens in die ärztliche Kunst, legte den Ring beiseite und fand sich mit seinem Leiden ab.

Nach Meos Rückkehr aus dem Orient hatte er ihm die Leitung der Weberei übergeben. Daß Lisa nicht mehr erleben durfte, wie gut ihrem Stiefsohn diese Reise bekommen war, schmerzte Giocondo zutiefst. Es hatte sich tatsächlich gelohnt, den Schutz der Madonna mit einem beträchtlichen Geldbetrag zu erkaufen. Und welche Freude hätte es Lisa gemacht, Meo zuzuhören, wenn er von seinen langen Kamelritten durch die glühend heiße Wüste erzählte! Und wie entzückt sie über den prächtigen Papagei gewesen wäre, den er für sie mitgebracht hatte!

In der Weberei führte Meo sogleich einige gewinnbringende Neuerungen ein und vergrößerte das Angebot an Stoffen durch die Herstellung von Seidensamt. Gelegentlich ritt Giocondo zu den *stabilimenti*, vertiefte sich ins Hauptbuch, machte einen Rundgang, unterhielt sich mit langjährigen Arbeitern und winkte den Lehrlingen freundlich zu. Er wußte, daß die Weberei in guten Händen war.

Danach ritt er, gefolgt von seinem Pferdeknecht, in die Via Capaccio, wo er im Haus der Seidenhändlergilde Karten spielte und mit einstigen Konkurrenten Erinnerungen austauschte.

Nach einiger Zeit heiratete Meo das hübsche junge Mädchen, das Lisa noch für ihn ausgesucht hatte. Tita erwies sich als liebevolle Gattin, perfekte Hausfrau und gute Mutter. Ihr erstes Kind war ein Knabe, ihr zweites ein Mädchen. Eine Enkeltochter hatte sich Giocondo eigentlich nicht gewünscht, aber man mußte sich eben in Gottes Willen fügen und froh sein, daß bereits ein Stammhalter da war, der in einigen Jahren seine Lehrzeit beginnen würde.

Giocondo machte die bedrückende Erfahrung, daß ein Mensch, der ohne seinen Ehepartner alt werden muß, sich des Hinscheidens seiner Freunde und Kollegen um so schmerzlicher bewußt wird. Je stärker sich die Reihen seiner eigenen Generation lichteten, desto mehr fühlte sich Giocondo unter den Jüngeren als Fremder. Gewiß, sie waren höflich und respektvoll und sagten ihm, er habe sich erstaunlich gut gehalten, aber er gehörte nicht zu ihnen.

Für politische und gesellschaftliche Entwicklungen interessierte er sich nicht mehr so lebhaft wie früher, weil er wußte, daß er ihren Ausgang nicht mehr erleben würde. Er kam zu dem traurigen Schluß, daß künftige Generationen genau die gleichen Fehler machen würden wie seine eigene und alle anderen seit Anbeginn. Offenbar wurde man immer erst klug, wenn es zu spät war.

Und so wandte er sich der Vergangenheit zu und versuchte, sich so deutlich wie möglich an die Menschen, die ihm nahegestanden hatten, zu erinnern – an ihre Gesten, ihre Stimmen, die Art, wie sie gelächelt und die Stirn gerunzelt hatten.

Manchmal sah er Tessa ganz deutlich vor sich. Sie hatte Meos Heimkehr miterlebt, und es war ihre letzte, große Freude gewesen. Tiefbewegt hatte sie Allah dafür gedankt, daß er ihn vor Löwen und Krokodilen bewahrt hatte. Kurz darauf war sie gestorben, und Giocondo hatte sie in der Familiengruft beisetzen lassen. Er wußte, daß es Lisas Wunsch gewesen wäre.

Zwei Jahre später, 1519, erfuhr er, daß Leonardo gestorben war. Das Schicksal hatte es an seinem Lebensabend gut mit ihm gemeint. Er, der stets nur Quartiergast gewesen war, hatte in einem eigenen Schlößchen in nächster Nähe des Königsschlosses Amboise, umgeben von Menschen, die ihm jene Ehrfurcht und Bewunderung zollten, die er sich so sehnlich gewünscht hatte, sein irdisches Dasein beschlossen.

»Sein Entschluß, nach Frankreich zu gehen, war klug«, sagte Giocondo, als er sich an jenem Abend, wie so oft, vorstellte, Lisa säße bei ihm. »Hier in Italien wußten die Leute zuviel über ihn. So begnadet er als Maler war – er hat allzu viele Menschen getäuscht, allzu viele Verpflichtungen nicht erfüllt. Die Leute hatten das Vertrauen in ihn verloren. Hier wäre er sicher im Armenhaus gestorben.«

Und im Geist hörte er Lisa betrübt sagen: »Ich fürchte, Ihr habt recht, edler Gemahl. Wie schade, daß sein Entwurf für die Fassade von San Lorenzo nicht angenommen wurde! Es hätte ihn so glücklich gemacht, in Florenz ein bedeutendes Werk zu hinterlassen.«

Die Möglichkeit, in Florenz bedeutende Werke zu schaffen, war Leonardo – angefangen mit dem San-Bernardo-Altarbild für die Signoria – allerdings oft genug geboten worden. Er aber hatte keinen einzigen dieser Aufträge ausgeführt. Ob er es mit der Kirchenfassade anders gehalten hätte, muß bezweifelt werden. Die Florentiner jedenfalls trauten sie ihm, der weder Architekt noch Bautechniker war, nicht zu. Und so erhielt Michelangelo den Auftrag.

Glücklicherweise wußten die Leute in Frankreich nichts von den Altarbildern, dem Taucheranzug, dem Sprengstoff, der nicht zündete, dem Arnokanal und dergleichen Projekten. Sie sahen nur den hochgewachsenen, weißbärtigen, gepflegt gekleideten und in Gedanken versunkenen alten Mann. Und da ihn manchmal sogar der König besuchte, hielten sie ihn für einen ausländischen Edelmann und nannten ihn »Maystre Leonard de Vince«.[17]

Daß gelegentlich auch andere hochgestellte Persönlichkeiten bei ihm vorsprachen, förderte sein Ansehen in der Öffentlichkeit. So empfing er am 10. Oktober 1517 den Fürstkardinal Ludwig von Aragon. Zum Gefolge des hohen Besuchers gehörte, neben zahlreichen Geistlichen und Soldaten, auch sein Privatsekretär Antonio de' Beatis, ein junger Mönch. Dieser schilderte in einem an einen Freund gerichteten Brief die denkwürdige Begebenheit.

»Messer Lunardo Vinci, ein Florentiner von über siebzig Jahren [tatsächlich war er erst fünfundsechzig] und ein für sein Alter ganz ausgezeichneter Maler, zeigte Seiner Eminenz drei Gemälde, darunter auch das Bildnis einer gewissen Florentiner Dame, das er auf den dringenden Wunsch des Magnifico Giuliano de' Medici nach der Natur gemalt hatte.«

Daß Giuliano wirklich der Auftraggeber war, wird durch den Umstand bestätigt, daß seine Witwe zu dem Zeitpunkt, als Leonardo seinen Besuchern davon erzählte, in dem nur wenige Schritte entfernten Schloß Amboise wohnte und daß weder sie noch der Bruder Giulianos, Papst Leo X., noch Lisas Großvater, Mariotto Rucellai, noch ihr Gatte dieser Aussage widersprachen.

Leonardo spielte die Rolle des Gastgebers mit vollendeter Höflichkeit. Sein junger Gehilfe, Francesco de' Melzi, mußte aus geschnitzten Truhen anatomische Zeichnungen und Manuskripte heraussuchen und den Besuchern zeigen. Die größte Bewunderung aber erregten die drei Gemälde, die er aus Italien mitgebracht hatte: die *Hl. Anna Selbdritt*, das eigentümliche Bildnis *Johannes des Täufers* und das Porträt Lisas.

Nachdem sich der Kardinal verabschiedet hatte, brachte Francesco das Porträt wieder in Leonardos Privatgemach. In der herbstlichen Abenddämmerung kehrte der alte Meister an seinen gewohnten Platz am Kaminfeuer zurück.

Erinnerungen stürmten auf ihn ein: Er sah Lisa wieder in ihrem Garten sitzen, sah, wie sie lächelte, wenn sie mit ihm zufrieden war, sah, wie ihre Augen blitzten, wenn sie ihm »das Aufschneiden toter Menschen« vorwarf und ihn schalt, weil er seine Zeit mit tausenderlei Dingen vergeudete, anstatt sich aufs Malen zu konzentrieren.

Plötzlich erkannte er, wie recht sie gehabt hatte. Er hatte dem Götzen Wissenschaft gedient, der ihm Ruhm und Reichtum verhieß. Der Wissenschaftler, der er sein wollte und niemals war, hatte den Künstler, zu dem ihn die Natur bestimmt hatte, getötet. Er verbarg sein Gesicht in den knochigen Händen. Sein langes, rastloses Leben zog an ihm vorüber, und die Reue überwältigte ihn.

Er erhob sich, entzündete die Wasserlampe auf seinem Tisch und schrieb mühsam in sein Notizheft: »Ich habe meine Stunden vertan.«

Von nun an war er wie verwandelt. Er träumte nicht mehr von Maschinen, er gab Kanalprojekte auf, warf Skizzen für einen Umbau von Amboise in eine Truhe. Jetzt saß er oft in der Sonne, stützte die Hände auf den Knauf seines derben Stockes und ließ den Blick über die friedliche Landschaft des Loiretales schweifen. Sein bäuerliches Erbe wurde wach.

Es war zu spät, die Fehler eines ganzen Lebens wiedergutzumachen, aber nicht zu spät, Gott um Vergebung zu bitten. In diesem Winter lernte er das Beten wieder. Er, der sich über Christus und die Madonna mokiert hatte, hielt jetzt einen Rosenkranz in der Hand und sprach die Gebete seiner Kindheit.

Im Laufe der Monate wurde er immer hinfälliger. Ein Schlagfluß lähmte seinen linken Arm. Dennoch lebte er, meist ans Bett gefesselt, ein weiteres Jahr. Vom Krankenlager aus konnte er das Bildnis Lisas sehen. Sie lächelte ihm zu. Er war zufrieden mit dem Porträt. Ganz umsonst hatte er also doch nicht gelebt. Es war schön, daß Lisa die langen, einsamen Stunden, in denen er auf den Tod wartete, mit ihm teilte. Sie erinnerte ihn an Albiera, und in seiner Vorstellung wurden beide Frauen ein und dieselbe.

Als es Frühling wurde, halfen ihm Francesco und die französische Haushälterin Maturine aus dem Bett und führten ihn zu seinem Sessel am Fenster. Am 30. April machte er sein Testament. Er empfahl seine Seele dem Allmächtigen, der Heiligen Jungfrau, dem Erzengel Michael und allen Engeln und Heiligen im himmlischen Paradies. Und er gab genaue Anweisungen für sein Begräbnis: Hinter der Bahre sollten »sechzig arme Männer aus der Ortschaft Amboise« gehen, »jeder mit einer brennenden Kerze in der Hand«. Des weiteren verfügte er, daß dreißig Seelenmessen für ihn gelesen werden sollten.[18]

Tags darauf legte er die Beichte ab und empfing kniend die Absolution. Als am nächsten Morgen, dem 2. Mai 1519, die Sonne aufgegangen war, schlief er friedlich für immer ein.

Ein Jahr später, 1520, trat Mariotto Rucellai, der das erstaunliche Alter von sechsundachtzig Jahren erreicht hatte, die letzte große Reise an.

Er und Giocondo waren gute Freunde geworden. Sie hatten einander regelmäßig besucht, Schach gespielt und bei einem Krug Glühwein von den Tagen des großen Lorenzo de' Medici gesprochen. Auch wenn Florenz seiner Rolle als Welthauptstadt des Handels und der Kultur verlustig gegangen war, so hatte es doch die »Stunde des Löwen« erleben dürfen. Einige Jahre lang hatte in seinen Mauern eine feinsinnige Kultiviertheit gewaltet, die ein unvergleichliches Kunsterbe hinterlassen hatte. Es gab nur wenige Städte, die einen ähnlichen Anspruch erheben konnten.

Im Oktober 1524 wurde Giocondo erneut in die Signoria gewählt. Diesmal wehrte er sich allen Ernstes gegen die ehrenvolle Berufung, aber dann legte er doch wieder seine rote Robe und die schöne goldene Amtskette an und zog zum zweiten Mal im Palazzo Vecchio ein.

Im Dezember kehrte er nach Hause zurück. Und dort starb er zwei Wochen später in der Gewißheit, daß er Lisa glücklich gemacht hatte und daß sie in jener abgelegenen Provinz des Himmels, die der Toskana so ähnlich war, auf ihn wartete – mit offenen Armen und mit einem Lächeln auf den Lippen.

Anmerkungen

1 Der Geschlechterturm der Gherardini wurde 1845 wegen Einsturzgefahr abgerissen. Der einstige Standort ist heute noch durch eine Marmortafel bezeichnet.

2 In Montici ist noch heute das Wappen der Gherardini an der Stirnseite der Dorfkirche zu entdecken.

3 Simonetta de' Vespucci diente Botticelli als Vorbild für sein Gemälde *Geburt der Venus*, das in den Uffizien in Florenz hängt.

4 Daraus erklärte sich, warum Antonio in seiner Steuererklärung angab, Lisa sei noch »ohne den Grundstock einer Mitgift«.

5 Über Francesco de' Gherardinis Leben ist wenig bekannt. Er starb 1537.

6 Dieser Otho de' Gherardini, Sohn des Gherardo – in anglisierter Form: Fitzgerald, d. h. Sohn des Gerald –, war der erste der unzähligen Fitzgeralds, die heute über die ganze Welt verstreut sind. Dem verstorbenen Präsidenten der Vereinigten Staaten, John Fitzgerald Kennedy, war nicht unbekannt, daß er Vorfahren italienischer Herkunft hatte, wenn er auch nicht ahnte, daß er ein entfernter Verwandter der Mona Lisa war. »Mein Großvater hat oft behauptet, daß die Fitzgeralds von den Gherardini abstammen, die aus Venedig kamen.« (*Time Magazine*, Oktober 1962)

7 *Calcio*, ein mit dem heutigen Fußballspiel verwandtes Mannschaftsspiel, bei dem jeweils 21 Spieler gegeneinander antraten.

8 Karl VIII. hatte tatsächlich einen gewissen Anspruch auf den neapolitanischen Thron. Johanna II. hatte im Jahre 1421 König Alfons V. von Aragon-Sizilien zu ihrem Nachfolger bestimmt, wenig später jedoch den Thron Neapels einem Mitglied des Hauses Anjou vermacht. Nach ihrem Tod hatte Alfons den Rivalen besiegt, der daraufhin nach Frankreich zurückgezogen war, seinen Anspruch auf das Königreich Neapel aber nie aufgegeben hatte.

9 Wenn der König nicht bei seiner Gemahlin oder einer seiner Favoritinnen schlief, fungierte ein Ritter als sein *compagnon de lit*, sein stellvertretender Bettgenosse, dessen Aufgabe es war, im Notfall sein Leben für den Monarchen einzusetzen.

10 Alle Savonarola-Zitate sind wörtlich dessen Predigten entnommen, die von einem Notar namens Lorenzo Violi mitgeschrieben wurden. Er saß direkt unter der Kanzel und zeichnete die Predigten in einer von ihm selbst erfundenen Kurzschrift auf.

11 Es handelte sich um das erste schriftlich belegte Auftreten der Syphilis in Europa. Aus welchem Land sie eingeschleppt wurde, steht bis heute noch nicht fest, aber keiner anderen Krankheit hat man so viele Namen gegeben wie dieser – z. B. neapolitanische Krankheit, Franzosenkrankheit, deutsche Krankheit, spanische Krätze, Lustseuche, Hiobs Gebrechen, indianische Beschwerde. Die Sterblichkeitsziffer war horrend: Von den 8000 Schweizer Söldnern im französischen Heer kehrten nur 180 in ihre Heimat zurück.

12 anathema sit = Er sei verflucht! Exkommunikationsformel.

13 König Ludwig XII. hatte seine Gemahlin Johanna, die Tochter Ludwigs XI. (die 1957 heiliggesprochen wurde), verstoßen, um Anna, die Witwe seines Vorgängers Karl VIII., zu heiraten. Dafür benötigte er jedoch verschiedene päpstliche Dispensen, die ihm der Borgia-Papst nur unter folgenden Bedingungen gewähren wollte:
1. Sein Sohn sollte einen französischen Herzogstitel erhalten.
2. Er sollte mit einer französischen Prinzessin vermählt werden.
3. Er sollte ein Truppenkontingent sowie finanzielle Unterstützung erhalten, um seinen Plan, sich in Mittelitalien ein eigenes Königreich zu schaffen, verwirklichen zu können.
Sämtliche Bedingungen wurden erfüllt.

14 Die Anrede »Donna« – gleichbedeutend mit »Madonna« oder »Madame« – wurde im Italien der Renaissance für Damen der Gesellschaft benutzt. Mit dem weniger formellen »Mona« (eigentlich »Monna«) redete man gewöhnlich nur junge verheiratete Frauen an.

15 Während Leonardos zweitem Mailänder Aufenthalt entstanden folgende Bilder: die zweite Fassung der *Felsengrottenmadonna*; die pyramidenförmig komponierte *Hl. Anna Selbdritt*, ein Werk von herrlicher Farbgebung, das allerdings einige erstaunliche anatomische Irrtümer aufweist; ein merkwürdig geisterhafter *Johannes der Täufer* und schließlich ein zwitterartiger sitzender *Bacchus* (manchmal auch *Johannes in der Wildnis* genannt). An allen diesen – in künstlerischer Hinsicht sehr umstrittenen – Werken haben Gehilfen mitgewirkt, und auf allen ist jenes fast süßliche, etwas verzogene Lächeln zu finden, das für Leonardos spätere Schaffensperiode kennzeichnend ist.

16 Da aus dieser Zeit keine standesamtlichen Unterlagen über weibliche Personen vorhanden sind, ist das genaue Datum des Todes der Mona Lisa unbekannt. Die Vermutung, daß sie im Frühling 1516 – in ihrem

siebenunddreißigsten Lebensjahr – starb, liegt nahe, weil ihr Gatte im Juni 1516 den Maler Domenico Pulego beauftragte, für seine Grabkapelle in der Kirche Sant' Annunziata ein großes Bild zu malen. Es zeigte Giocondos Schutzheiligen Franziskus beim Empfang der Wundmale.
Mit solchen Gedenkbildern gab man in der Renaissance der Trauer um ein inniggeliebtes Familienmitglied bleibenden Ausdruck. Das Gemälde von Pulego, das später im Museum Pitti hing, ist verschollen. Erhalten ist die hinter dem Hauptaltar gelegene Grabkapelle der Familie Giocondo.

17 Man hat Leonardo verschiedene technische und architektonische Meisterwerke zugeschrieben, die er in Frankreich geschaffen haben soll, darunter die Wendeltreppe im Schloßturm von Blois mit ihren prächtigen Flachverzierungen. Ein Beleg dafür findet sich aber weder in zeitgenössischen Berichten noch in Leonardos Skizzen und Notizen.
Seine Entwürfe für den Umbau des Schlosses Amboise in einen Palast *à la mode d'Italie* wurden ebensowenig realisiert wie die Pläne für ein weitverzweigtes Kanalsystem, das die verschiedenen königlichen Residenzen miteinander verbinden und bis nach Italien reichen sollte.

18 Der Überlieferung nach soll ihm Franz I. das Porträt der Mona Lisa für den enormen Betrag von 4000 Goldtalern abgekauft haben. Merkwürdigerweise erwähnte Leonardo, der sonst über jeden Laib Brot und jedes Dutzend Eier Buch führte, diesen Betrag in seinem Testament nicht. Es ist daher nicht auszuschließen, daß der König das Porträt von Francesco de' Melzi, dem Haupterben Leonardos, erwarb.

Verzeichnis der Hauptpersonen

Noldo de' Gherardini, Kaufherr und Vorsteher der Wollhändlergilde, Großvater der Mona Lisa.

Lisa de' Gherardini, geb. Rucellai, Großmutter und Taufpatin der Mona Lisa.

Antonio de' Gherardini, ebenfalls Wollkaufmann in Florenz, Vater der Mona Lisa. Er starb, als sie elfjährig war.

Caterina Rucellai, verheiratet mit Antonio de' Gherardini, Mutter der Mona Lisa. Sie starb, als Lisa zwölfjährig war.

Tessa, türkische Sklavin, Zofe Caterina de' Gherardinis, der Mutter der Mona Lisa, und später Mona Lisas Kinderfrau und Vertraute. Dann auch Kinderfrau von Meo, dem Stiefsohn Mona Lisas aus der Ehe mit Francesco del Giocondo.

Lisa de' Gherardini, geboren 1480 als Tochter des Wollkaufmanns Antonio de' Gherardini und der Caterina Rucellai in Florenz, wurde die dritte Gattin des florentinischen Seidenhändlers Francesco del Giocondo. Ein Porträt, das Leonardo da Vinci in den Jahren 1503 bis 1506 von ihr malte, machte sie unter dem Namen »Mona Lisa« oder »la Gioconda« unsterblich. Sie starb wahrscheinlich 1516 in Florenz. Ihr Bildnis gelangte in den Besitz von König Franz I. von Frankreich und durch ihn später in den Louvre, wo es heute noch hängt.

Mariotto und *Filippa Rucellai*, Großeltern mütterlicherseits von Mona Lisa, in deren Haus sie nach dem Tode der Eltern bis zu ihrer Verheiratung mit Francesco del Giocondo lebte.

Lorenzo de' Medici, 1449 bis 1492, il magnifico, der Prächtige, genannt, Bankier und Stadtherr von Florenz. Sein Bruder Giuliano (1453 bis 1478) wurde im Dom von Florenz ermordet. Lorenzo war der Vater von Contessina, der Jugendfreundin Mona Lisas, von Piero »dem Unglücklichen«, der 1494 aus Florenz vertrieben wurde, von Giovanni, dem späteren Papst Leo X., und von Giuliano, der Jugendliebe der Mona Lisa und Vater ihres einzigen Kindes, das gleich nach der Geburt starb.

Contessina de' Medici, Tochter des Stadtherrn Lorenzo de' Medici, Jugendfreundin der Mona Lisa. Sie war die Schwester Giulianos, des späteren Versprochenen und Geliebten der Mona Lisa.

Giuliano de' Medici, 1478 bis 1516, dritter Sohn Lorenzo de' Medicis. Er war ein Jugendfreund und die erste Liebe der Mona Lisa und soll später bei Leonardo da Vinci zur Erinnerung das Porträt seiner Jugendliebe bestellt haben. Er wurde 1494 mit seinem Bruder Piero aus Florenz vertrieben, 1512 aber als Stadtherr zurückgeholt. Kurze Zeit später setzte sein Bruder, Papst Leo X., ihn als Oberbefehlshaber der päpstlichen Truppen in Rom ein, wo er 1516 an der Schwindsucht starb.

Papst Sixtus IV., Papst von 1471 bis 1484, vorher Francesco della Rovere, genannt »Papst Sisto«, für ihn wurde 1473 die Sixtinische Kapelle erbaut.

Papst Innozenz VIII., vorher Giambattista Cibo, lebte von 1432 bis 1497. Sein Sohn heiratete 1487 Maddalena de' Medici, die Tochter des Stadtherrn von Florenz, Lorenzo de' Medici.

Camilla Rucellai, jüngste Schwester der Mutter von Mona Lisa, nur drei Jahre älter als diese selbst. Sie heiratete 1491 den Seidenhändler Francesco del Giocondo, den späteren Ehemann von Mona Lisa. Sie starb im Kindbett und hinterließ einen Sohn, Bartolommeo, Meo genannt, den späteren Stiefsohn Mona Lisas.

Jacopo de' Gherardini della Rosa, Vetter und Verehrer Mona Lisas, der in eine Verschwörung verwickelt und 1497 hingerichtet wurde.

Francesco del Giocondo, Seidenhändler in Florenz, heiratete in dritter Ehe Lisa de' Gherardini, Mona Lisa. Er war zwanzig Jahre älter als sie, überlebte sie aber um acht Jahre. Die Ehe blieb kinderlos.

Girolamo Savonarola, 1452 bis 1498, Dominikanermönch und Bußprediger, Prior des florentinischen Klosters San Marco, der Florenz zur Republik Gottes erklärte und jahrelang tyrannisierte. 1497 wurde er von Papst Alexander VI. exkommuniziert und 1498 in Florenz erhängt und verbrannt.

König Karl VIII. von Frankreich (reg. 1483–1498), eroberte 1494/95 vorübergehend das Königreich Neapel.

Leonardo da Vinci, 1452 bis 1519, Baumeister, Maler, Bildhauer, Wissenschaftler. Geboren in Vinci als unehelicher Sohn eines Notars, gestorben auf Schloß Cloux bei Amboise in Frankreich. Er machte Mona Lisa durch ihr Porträt unsterblich.

Papst Julius II., 1443 bis 1513, Erbauer der Petruskirche in Rom und Förderer der Künste. Nach seinem Tod wurde Giovanni de' Medici als Papst Leo X. auf den Stuhl Petri gewählt.

Pierre La Mure

Moulin Rouge

Der Lebensroman des
Malers Toulouse-Lautrec

Ullstein Buch 23336

Der berühmte Roman vom Lebens- und Schicksalskampf der großen Künstlers Toulouse-Lautrec – zugleich das fesselnde Sittenbild einer vergangenen Epoche. Pierre La Mure schildert das Leben dieses genialen Künstlers, der zum Porträtisten eines ausklingenden Jahrhunderts, eines sterbenden Stadtteils wurde: Der Aufstieg des Moulin Rouge bedeutet das Ende des alten Montmartre.

Ullstein